붉은 눈의 공주님

붉은 눈의 공주님 1

초판 인쇄 2015년 12월 21일
초판 발행 2015년 12월 29일

지 은 이 김혜지
펴 낸 이 백주선
편   집 편집부
펴 낸 곳 베아트리체

등록번호 제2015-000107호
등록일자 2015년 5월 19일

주소 경기도 고양시 일산서구 가좌1로 10, 505동
전화 031-914-8944
투고 romance1314@hanmail.net

값 11,000원
ISBN 979-11-86907-17-7   [04810]
ISBN 979-11-86907-16-0 (set)

※ 이 책은 베아트리체와 저작자의 계약에 의해 출판된 것이므로,
   무단 전재 및 유포, 공유를 금합니다.

붉은 눈의 공주님

BEATRICE ROMANTIC NOVEL

김혜지 장편소설

베아트리체

목차

1장. 피를 부르는 장군   7
2장. 새로운 삶   69
3장. 전쟁은 사막바람을 타고   126
4장. 미묘한 심리   184
5장. 심장의 두근거림   249
6장. 암행 혹은 여행   305
7장. 사랑하는 이와 함께라면   366

1장. 피를 부르는 장군

  대륙의 가장 동쪽에 위치한 홍국에는 예로부터 재미있는 전설 하나가 전해 내려오고 있었다. 그것은 바로 대대로 왕의 뒤를 이을 왕자만이 붉은 눈을 가지고 태어나며, 공주들은 아리따운 미색과 함께 붉디붉은 입술을 갖고 태어난다는 것이다.
  홍국의 백성들은 그 이유가 왕이 될 자가 태양을 눈에 머금고 태어나기 때문이라고 생각하였다. 또한 공주들은 하늘에 사는 선녀의 환생이라 믿었다. 그것은 홍국이 건국된 이래로 깨지지 않고 내려오던 불변의 법칙과도 같았다. 이로 인하여 홍국의 왕들은 대대로 하늘의 자손이라 일컬어졌다.
  "중전, 힘을 내시오……."
  "흐흡, 전하, 전하……."

생명이 탄생하는 고귀한 순간이었다. 벌써 세 번째 아이를 낳는 왕후 곁에서 언제나 그렇듯 왕이 왕후의 손을 꼭 잡아주었다. 피 냄새와 땀 냄새가 즐비한 그곳에서도 왕이 왕비를 바라보는 눈은 사랑스러웠다.

"아들이라고 했다. 이번에는 틀림없이 왕자라 하였다."

"예 전하, 소…… 소첩도 그리 믿사옵……니다."

땀에 젖어 이마에 붙은 머리를 떼어 주며 왕은 마주잡은 왕후의 손을 더욱 힘을 주어 꽉 잡아 주었다. 그 순간 왕후는 짧은 비명을 지르더니 이내 힘이 풀린 듯 몸을 축 늘어뜨렸다. 이윽고 세상을 처음 맞이한 아이의 울음소리가 홍국의 교태전에 울려 퍼졌다. 왕은 몸이 축 늘어진 왕후를 바라보며 이마에 가볍게 입을 맞추었다. 왕후 또한 왕을 보며 힘없이 웃어보였다.

하지만 금실 좋은 부부를 보며 상궁들은 아무런 말을 하지 못하고 서로를 불안한 눈빛으로 바라보고 있었다.

'이 일을 어찌 고한단 말인가.'

태어난 아기가 왕자라는 기대에 찬 용안을 올려보기가 두려워 상궁들은 서로의 몸으로 아기를 감추고 있었다.

"왜들……. 그러시는……가?"

이내 자신이 낳은 아기 쪽으로 고개를 돌린 왕후가 안절부절못하며 서로 아기를 감추려는 상궁들과 의녀들의 모습을 이상하게 바라보았다. 상궁들이 우물쭈물하며 대답을 못하고 있자 답답한 마음에 왕이 자리에서 일어나 새로 태어난 아기 쪽으로 걸어갔다.

"아……."

아기를 본 국왕 또한 아무 말을 할 수 없었다. 딸이다. 또 공주였다. 그런데 이상한 것은 비단 그것뿐만이 아니었다. 왕은 제 눈을 의심하듯 용포로 눈을 비비고 다시 한 번 아기를 바라보았지만 좀 전의 상황과 달라진 것이 전혀 없었다.
"저 아기가…… 분명 여자아이가 맞느냐?"
"전…… 전하……."
"어찌, 사내아이, 그것도 후계자만이 갖고 태어난다는 '붉은 눈'을 저 아이가 갖고 있단 말인가……."
왕은 자신과 똑같은 붉은 눈동자를 가진 공주를 뚫어지게 쳐다보았다. 아이의 눈이 온전하게 뜨인 상태가 아니라 퉁퉁 부어있었지만 얼핏 보이는 눈동자는 분명 자신의 것과 같았다. 왕은 머리 뒤에서 아찔하게 현기증을 느낌과 동시에, 지금까지 대신들이 한 협박이 불현듯 떠올랐다.

'이번에도 중전마마께오서 원자를 생산치 못하신다면 후궁을 들이셔야 합니다!'

그 말이 다시금 떠오르자 그의 표정은 한없이 굳어졌다. 왕은 이내 분홍 포대기에 싸여 있던 아기를 꺼내 원자를 감싸는 황금색 포대기에 감았다. 그리고서는 품에 안고서 상궁들과 의녀들을 바라보았다.
"오늘 태어난 아이는, 홍국을 이어갈 '왕자'이니라."
"……."
"만에 하나, 이 아이가 여아라는 것이 새어 나간다면, 너희는 죽음을 면치 못할 것이다. 알겠는가!"
서슬 퍼런 왕의 말에 상궁들과 의녀들은 머리를 바닥에 숙이며 존명을 외쳤다. 왕은 세상에 나왔다는 것을 알리듯 제 품안에서 크게 우는 그 붉은 눈의 어린 공주, 아니 어명에 의해 공주가 아닌 어린 왕자가 된 아기를 바라보았다. 그리고 아기는 '공주'의 삶이 아닌 '왕자'의 삶을 살게 될, 자신의 뒤틀린 운명을 알지 못한 채 고민 없이 울음을 터뜨렸다.

* * *

홍랑 탄생 9년 후.

"저하! 저하!"
"태흘공, 여기가 바로 청룡국입니다!"
"네네, 그러니 저하 제발 좀 천천히 가시지요."

백마를 타고 무리 중에 가장 앞에 있는 아이의 눈빛이 반짝였다. 아이의 눈에는 발전된 청룡국의 수도 중경이 비추어졌고, 이곳을 오랜 세월 동경했던 아이는 감격스러워 했다.

아이는 지나가던 이들의 시선을 한 번에 사로잡고 있었다. 백옥색의 하얀 피부와 오뚝한 코, 붉은 입술은 더없이 아름다웠다. 그리고 무엇보다 예쁘게 자리 잡은 쌍꺼풀 속의 루비같이 붉은 눈동자는 누가 뭐라해도 홍국의 적통 후계자, '홍랑'의 상징이었다. 홍국의 두 번째 왕자 탄생을 오랜 시간 동안 홍국과 사대의 관계를 맺은 대국인 청룡국에 인정받으러 가는 건 바로 세자인 홍랑의 임무였다.

태어나자마자 '원자'로 책봉되어 다섯 살에 '세자'로 책봉을 받아 아홉 살이 되는 지금까지, '제왕'으로서의 교육을 착실히 받은 랑은 홍국의 떠오르는 태양이었다. 랑이 태어난 지 구 년 만에 둘째 왕자가 탄생했으므로 홍국의 왕은 랑에게 청룡국에 가서 알리라 명하였고, 이것은 랑이 처음 맡은 외교 행사이기도 했다.

그러나 사람들의 관심은 새로 태어난 둘째 왕자가 아닌, 여자보다 더 예쁘다는 세자마마에게 쏠려 있었다. 처녀시절부터 절세가인으로 유명했던 중전마마의 미모와 왕의 루비같이 빛나는 붉은 눈동자를 물려받은 세자는 자신의 해맑은 웃음이 이상하게도 사람들의 가슴을 벌렁거리게 한다는 것을 모르는지 아홉 살 천진한 아이답게 배시시 웃고 있었다.

그런 랑은 여자의 몸인 것이 분명한데도 사내아이처럼 활기차고 발랄했다. 호기심도 많아서 어릴 때부터 구중궁궐을 발칵 뒤집어 놓는 것은 예사였다. 그래서일까. 항상 랑을 주위에서 보필하는 태흘공은 불안해 죽을 지경이었다. 그런 외숙부의 마음을 아는지 모르는지, 랑은 중경을 두 눈 반짝거리며 살펴보고 있었다.

랑이 여자라는 것을 아는 몇 없는 사람 중에 한 명이 바로 중전의 남동생인 태흘공이었다. 중전은 자신의 하나뿐인 친정식구인 태흘에게 랑의 모든 것을 맡긴 상태였다. 물론, 이로 인하여 예기치 않게 랑이 치는 사고의 뒷수습은 모두 그의 몫이었다. 랑이 사내아이처럼 사고를 치는 게 하루 이틀의 일이 아닌지라 태흘은 누구보다 한숨이 나날이 늘고 있었다.

"어! 저거!"

또 무언가 발견했는지 랑이 자신이 타고 있던 백마의 배를 차서 앞으로 뛰쳐나가는 걸 본 태흘공은 다시 한 번 한숨을 쉬며 소리를 질렀다.

"제발! 저하!"

태흘공의 절규어린 목소리가 중경 시내를 울리고 있었다. 그렇게 한참을 중경 시내를 떠들썩하게 만들고 나서야 태흘공은 어린 세자의 백마 고삐를 제 손에 쥘 수 있었다. 그제야 홍국의 일행들은 청룡국의 황궁 안으로 입성을 할 수 있었다.

태흘공은 랑에게 홍국 사신들이 입는 옷과 모자를 입히고 나서 바로 황제를 알현하러 갔다. 시내에서와는 달리 랑은 다른 곳에 시선을 주지 않고 곧바로 청룡국의 대전인 태황전으로 향했다. 격식을 차린 인사를 올리고 나서 랑이 고개를 들어 환하게 웃었고 이에 황제가 편안한 표정을 지었다.
"많이 컸구나."
청룡국의 황제 진욱은 랑을 바라보며 너그러운 웃음을 보였다. 진욱이 태자였을 때 홍국에서 네다섯 살 정도의 어린아이였던 홍랑을 본 적이 있었다. 그런데 이젠 제법 컸다고 홍국의 사신으로서 이리 먼 길을 온 것이다. 이러한 상황이 흐뭇한 그는 미소를 지어 보였다. 그는 랑을 볼 때마다 저렇게 예쁘고 똘망똘망한 모습으로 성장하여 먼 훗날 후의 짝이 되었으면 하는 소망이 점점 커지고 있었다.
처음에 랑을 보았을 땐 예쁘게 생긴 사내아이라고만 생각했다. 물론, 형, 동생 하는 홍국의 왕과 함께한 술자리에서 홍국의 왕을 술에 취하게 만들어 진실을 내뱉기 전까지는 말이다. 그리고 나서 그는 다음날 이 비밀을 누구에게도 발설해 주지 말 것을 그에게 간곡하게 부탁하였다. 욱은 그러한 그의 부탁을 들어주었고 때문에 랑은 여전히 후계자의 자리에 앉아있었다.
"그래, 홍국의 왕이 두 번째 왕자를 얻었다고?"
"그러하옵니다."
"아이의 이름이 무엇이냐?"
"제 동생의 이름은 홍의(義)입니다."
"홍의…… 홍의라……."
태황전이 울리도록 씩씩하게 대답하는 소년을 보며 청룡국의 대신들도 모두 흐뭇한 웃음을 짓고 말았다. 홍국은 청룡국과 그리 친밀한 관계를 유지하던 국가는 아니었다. 역사적으로 보면 청룡국과 항상 전쟁이 끊이지 않던 나라가 바로 홍국이었다. 그러나 지금의 청룡국 황제는 홍국의 국왕과 함께 같은 스승 아래에서 동문수학한 선후배 관계였고 이는 국가 관계에도 영향을 미쳐 두 나라는 오랜 역사를 털고서는 그들의 치세에 이르러 친교를 맺었다.

진욱은 어린 아이의 말에 깊게 고민하는 듯 턱수염을 쓰다듬고 있었다.

"황후마마 납시오."

내관의 고함과 동시에 배가 남산만큼 불러 있는 황후가 들어오자 태황전에 있던 신료들과 홍국의 사신들이 기립을 하여 그녀를 맞이했다. 황후의 배 속에 이미 아홉 달이 꽉 찬 예쁜 따님이 있다는 것을 들은 랑은 황후를 보며 배시시 웃었다.

"어머! 홍국의 세자께서 오셨군요."

황후의 말에 랑은 두 손을 잡은 팔을 올려 '황후마마를 뵙사옵니다.'라고 예를 가볍게 올렸다. 황후도 황제와 같은 생각으로 마치 제 딸을 보는 것마냥 고운 미소로 랑을 바라보았다.

"폐하, 우리 희가 아바마마의 용음을 듣고 싶다 하옵니다."

애교 있는 황후의 말에 황제는 허허 웃으며 황후의 어깨를 감쌌다. 대신들도 저런 모습을 하루 이틀 보는 것이 아닌지라 이제는 무덤덤한 모습으로 황제 내외를 바라보고 있었다. 황제는 황후를 바라보다가 이내 무엇인가 생각이 났는지 살짝 감탄사를 내뱉고는 붓을 들었다.

"옳지, 내 과거에 홍국의 왕과 술을 마시면서 만약 아이들이 더 태어난다면 아들의 이름은 옳을 의(義)로 하고 딸의 이름은 빛날 희(熙)로 하자 하였지. 어쩐지…… 왜 짐이 황후의 배 속 아기 이름을 그토록 희로 하고 싶었는지 이제야 알 것 같구나. 홍국의 왕이 과인와의 약속을 지켰어. 왜 '의'라는 이름이 익숙한가 했더니……. 허허 참……. 이것도 운명이로구나. 아예 이참에 두 아이들을 약혼해 두는 것은 어떠할까."

그 말에 랑은 아무것도 모르기에 그저 '좋사옵니다!'라고 말하였으나 그 뒤에 시립하고 있던 태흘공의 표정은 가히 좋지가 않았다. 물론 황제 부부와 홍국의 국왕 부부는 서로 호형호제하는 사이라고는 하지만 국제적 관계에서는 대국과 소국의 관계가 아니던가.

허면, 저것은 우리 홍국을 부마국으로 묶어놓자는 심사이자 계략이라는 생각이 순식간에 들었다. 배시시 웃는 랑의 뒤에서 태흘공은 황제를 노려보았다.

"세자, 나와 함께 정원을 둘러보는 건 어떻소? 간만에 맛있는 다과와 놀이감을 준비해 두었다오."

"그래도 되나요?"

랑은 황후의 제안에 태흘을 바라보았다. 사나웠던 그의 표정이 사라지고 부드러운 미소를 지닌 그가 따스하게 랑을 바라보았다. 외숙부에게서 허락의 말이 떨어지기가 무섭게 랑은 황후에게로 달려가 그녀의 오른손을 꼭 잡았다. 황후는 그런 랑의 손을 꼭 잡으며 태황전에서 나갔다. 랑이 사라지고 태흘의 얼굴은 다시 차갑게 굳었다. 이를 놓치지 않은 황제, 욱의 얼굴 또한 함께 굳어져 버렸다.

늦은 오후, 청룡국의 황궁 구석에서는 작은 소동이 일어나고 있었다. 여러 명의 내관들이 전하를 외치며 황궁 안을 어지럽히고 있었다. 그러나 이들의 소동을 이미 여러 차례 봐 왔던 다른 궁인들은 무덤덤한 표정으로 그들 옆을 혀를 차며 지나갔다.

"전하! 전하! 어디 계시옵니까?! 전하!"

내관 무리가 고음의 목소리로 잔뜩 시끄럽게 외치고 간 후에야 한 소녀가 비단옷을 탈탈 털면서 마루 밑에서 나오고 있었다.

'동생만 태어나 봐라. 내가 이런 옷을 입나.'

계집아이의 옷을 입는 건 사내아이로서의 인격을 모욕한 것뿐만 아니라 한 나라의 태자로서의 권위도 모욕한 것이었다. 곱상하게 생겼지만 체격이며 얼굴이며, 누가 보더라도 사내아이의 모습을 가진 아이는 아랫입술을 꾹 깨물었다.

그럼에도 거부할 수 없는 이유는 이 옷을 입힌 사람이 바로 청룡국의 황후마마인 어머니이기 때문이었다. 후는 눈을 꼭 감았다가 제 어머니를 향해 돌아서며 눈을 떴다. 황후의 고운 미소를 바라보자 후는 속이 더 끓는 느낌이었다.

"어마마마! 도대체 희라는 녀석은 언제 태어납니까?"

"태자, 그런 말을 쓰면 못 써요."

"아우야 제발 좀 빨리 나와라. 네가 나와야 내가 이런 고생을 안 하지."

누구보다 동생을 손꼽아 기다리는 진후였다.

공주가 갖고 싶던 황후에게는 첫아들이자 이 나라의 태자인 진후가 태어난 후로 아이가 들어서지 않았다. 안 그래도 미모가 고운 아들이었는데, 공주 옷을 입혀놓으니 영락없는 공주와도 같았다. 게다가 귀한 아들에게 여아의 옷을 입히면 사내아이를 잡아가는 악귀가 피해간다는 미신이 퍼져 있었다. 그래서 황후는 종종 아들인 후에게 이렇게 여아의 옷을 입히곤 하였다.

또한 그것은 황후가 궁궐 안에서 갖는 즐거움 중 하나였기에 처음에는 경악을 하던 이들도 점차 후가 공주의 옷을 입는 것에 익숙해졌지만, 후는 그것이 상당히 창피하였다. 그런 심정을 담아 어머니의 불룩 솟은 배를 바라보며 애절하게 말하는 후가 재미있었는지 황후는 잠시 소리를 내어 웃었다. 그리고는 제 아들의 손을 잡으며 말하였다.

"후야, 오늘 홍국에서 세자가 왔단다. 같이 놀아주지 않으련?"

황후 뒤에서 살짝 고개를 내밀고 후를 바라보는 붉은 눈동자에 후는 자신도 모르게 한 발짝 뒤로 물러났다. 그리고 가슴 한 부분에서 '두근두근' 하는 소리가 제 귀에까지 들리자 후는 귀가 뜨거워지는 것 같았다. 붉은 루비 같은 눈동자만 봤는데 왜 이리 심장이 쿵쾅쿵쾅 뛰는 건지 알 수 없었다.

"바…… 바빠요!"

"대신에 오늘 강연은 미뤄줄게. 어떠니?"

"흐…… 흐음……."

후는 턱 아래를 만지작거렸다.

강연이 없다 이거지. 저 녀석이랑 놀면. 놀아 주는 거야 뭐, 어려운 일도 아니었다. 게다가 어마마마가 강연을 빼 준다고 하셨다.

"좋아요."

무언가 고민이 있을 때 턱을 만지는 제 아비와 똑같은 버릇을 보이는 후를 보며 황후는 풋 하고 웃어버렸다. 그리고 자신의 뒤에 서 있는 랑의 손을 잡아 자신의 옆에 세웠다. 처음 보는 제 또래의 사내 녀석이었지만, 이상하게도 후의 귀에 아까보다 더욱 빠르게 심장 소리가 쿵쿵 울리고 있었다.

'예쁘게 생겼네.'

자신도 모르게 드는 생각에 후는 소년에게서 눈을 떼지 못하였다.

"이름이 뭐야?"

"홍랑, 랑이라고 부르면 돼."

"너 근데 날 언제 봤다고 반말이야?"

정원을 걸어가면서 하는 후의 말에 랑은 입을 삐죽 내밀었다.

저도 황제폐하의 자식이고, 나도 우리 전하의 자식인데 뭐 다를 것이 있다고 위세인지……. 기분이 상한 랑은 연못으로 눈을 돌렸다. 그런 모습을 보며 후는 랑의 얼굴을 잡아 자신을 바라보게 하고 싶었다. 열세 살, 아직은 여자를 모르는 나이였다. 한데 이상하게도 사내인 이 녀석이 옆에 있는데도 보고 싶은 건 어쩔 수 없었다. 후는 걷다 말고 랑의 손목을 붙잡아 자신을 보게 하였다.

"뭐야……?"

후가 갑자기 제 얼굴 앞으로 쑥 다가오자 랑은 당황한 얼굴로 후를 바라보았다. 후는 그런 랑의 표정이 귀여워서 웃음이 나오고 말았다.

"너, 나중에 나한테 시집와라."

랑의 당돌한 말에 후는 랑을 빤히 바라보았다.

"야! 시집은 내가 아니라 네가 나한테 와야지!"

"뭐…… 뭐라고?"

후가 당황한 얼굴로 자신을 보니, 랑은 후의 옷을 가리키면서 말했다. 후는 자신이 입고 있는 옷을 보며 순간 현기증이 느껴졌다.

"시집은 여자가 남자에게 오는 거잖아. 난 남자고, 넌 여자인데 내가 너한테 시집을 간다는 게 말이 된다고 봐?"

"뭐라고?!"

랑의 말에 후는 얼굴이 벌게지며 랑을 무섭게 바라보았다. 지금 여자라 했다. 감히 청룡국의 태자에게 여자라고 하였다. 후는 랑의 말이 끝나기가 무섭게 옆에 있던 연못가로 랑을 밀쳐버리고 말았다.

"어, 어푸, 어푸, 사, 살려 줘!"

랑이 발버둥을 치며 팔을 마구 흔들었지만 후는 랑을 구해 줄 생각이 없는지 차가운 눈으로 다리에서 랑을 내려다보고 있었다.

저놈은 좀 혼나 봐야 한다. 감히 홍국의 세자 따위가 청룡국의 태자에게 시집을 오라고 하였다.

랑은 이제 점점 힘이 빠지는지 팔을 내젓는 힘도 약해졌고 얼굴도 수면 아래로 잠기는 시간이 길어지고 있었다.

"저하!"

멀리서 이 모습을 보게 된 태흘이 랑을 구하기 위해 연못으로 뛰어들었고 이내 물을 잔뜩 먹은 랑과 태흘이 연못 밖으로 나왔다. 잔뜩 기침을 하며 랑은 코와 입에서 연신 물을 쏟아내고 있었고, 태흘은 나름대로 응급처치를 하며 랑을 살피고 있었다. 한바탕 궁이 뒤집어진 이 소란스러운 소식을 들은 황제와 어의들이 와서 랑의 상태를 살피려 하자 태흘은 그들을 무섭게 바라보았다.

"손대지 마십시오!"

"하…… 하오나……."

"사태를 이리 만든 적국을 어찌 믿고 우리의 세자를 그쪽에 보인단 말입니까?!"

태흘공의 노기 서린 목소리로 그들의 접근을 막고 있었다. 한편 그 소란 속에서도 후는 여전히 다리 위에서 랑과 태흘공을 무섭게 쏘아보고 있었다.

'감히 청룡국의 태자를 능멸하였다.'

황제는 랑을 바라보다가 자신의 아들 후가 엄청난 살기로 이쪽을 바라보고 있음을 알 수 있었다. 이내 홍국에서 사신단과 함께 온 의원들이 랑을 살폈고 태흘공이 그녀를 업었다. 그리고 황제를 바라보았다.

"우리 홍국의 적통후계자를 이리 만들었으니, 각오하십시오."

황제와 청룡국 신하들은 아무 말도 할 수 없었다.

그들이 떠나자 태자는 그 자리에서 자신이 입은 여자아이의 옷을 찢으며 소리 질렀다.

"다시는! 이런 옷! 안 입어!"

태자의 분노는 하늘을 찔렀다. 욱은 그런 아들을 보며 고개를 돌렸다. 본래 아들의 성정이 자신의 아버지를 닮아 욱한 부분이 있는지라 단순하게 여겼다. 또한 청룡국에서는 어린아이들의 감정적인 싸움이 크게 번지리라 미처 생각하지 못했다. 그러나 홍국에서는 이 두 나라 사이에 있던 미묘한 신경전에 불이 붙었다.

홍국으로 재빠르게 돌아온 사신단의 보고를 받은 홍국의 왕, 홍륙은 머리를 짚었다. 자신이 왕위에 오른 뒤로 청룡국과는 관계가 많이 호전되었다. 홍국에서 진상하는 공물의 수도 대폭 줄여 주었고 또한 공녀도 욱이 황위에 오른 후로는 받지 않았다. 때문에 나이 지긋한 대신들은 그 정도만 해도 감지덕지라며 청룡국을 우호적으로 평가하였다.

그러나 혈기 넘치는 젊은 신료들은 아니었다. 홍국이 청룡국에 비해 부족할 것이 없다는 것이었다. 어떠한 일을 해도 청룡국에 보고를 해야 하고 청룡국의 감시를 받아야 하니 그들의 불만은 이미 오래전부터 쌓여 있었다. 그리고 그런 젊은 강경파 중에는 자신의 처남이자 중전의 남동생인 태흘이 있었다. 그는 청룡국에 의해 랑이 물에 빠지는 위험천만한 사고를 물고 늘어졌으나 실상은 그것이 아니었다. 홍륙은 중전의 품에 안긴 어린 왕자를 바라보았다. 그의 복잡미묘한 심정이 그대로 얼굴에 드러나 있었다. 왕의 얼굴을 살핀 중전은 아이를 유모에게 넘기고 왕의 손을 꼭 잡아주었다.

"전하, 태어난 왕자를 위해서라도 홍국은 자주국이 되어야 합니다."

자신이 가장 사랑하는 중전이 강경파의 뒤에 있다는 것을 그는 모르지 않았다. 나이든 대신들은 중전이 이 궁에 들어오는 것을 극도로 반대하고 왕자를 봐야 한다는 명분으로 후궁을 들이라 협박했다. 때문에 중전은 그들과 적이 되었고 태흘을 중심으로 한 젊은 신료들과 손을 잡았다.

"자주국이라……."

왕의 중얼거림에 중전의 입가에 미소가 떠올랐다. 그는 자신과 늦둥이 아들을 모른 체할 사람이 아니다. 중전은 조심스럽게 왕을 안고 그의 등을 쓸어 주었다. 홍국의 왕이 가진 자주국에 대한 열망의 불을 중전이 지펴 주었다.

그리고 이것이 표면적으로 오랫동안 지속된 영토 분쟁과 여러 공물 문제를 가지고 홍국이 청룡국에 선전포고를 보낸 '구 년 전쟁'의 시작이 되었다.

* * *

전쟁 발발 9년 후.
"혈랑이다! 혈랑이 나타났다!"
피 냄새와 화약 냄새, 쇠 냄새와 땀 냄새, 시체 썩는 냄새와 비명소리가 가득한 이곳은, 벌써 3개월째 난전을 거듭하는 백현성이었다. 붉디붉은 갑옷을 쓴 이의 등장에 청룡국 군사들은 혼비백산하여 후퇴를 명하는 나팔이 불지 않았음에도 벌써 자신들의 성으로 허겁지겁 후퇴하고 있었다.

"물러서지 마라! 물러서는 놈은 나에게 죽는다!"
백현성의 성주가 소리를 지르며 군사들을 독촉했음에도 이미 그들은 혈랑에 대한 공포심으로 성주의 명령 따위는 귀에 들리지 않았다. '혈랑'이라 외치는 비명 소리와 함께, 혈랑이 쓰는 언월도가 저 멀리서부터 번쩍거리자 군사들은 너무 무서워 혼비백산한 지 오래였다.

"물러서지 마······!"
성주는 어느새 자신의 목 밑으로 들어온 언월도를 바라보았다. 그리고 다음 행동을 판단하기도 하기 전에 그의 목은 혈랑의 언월도에 베여 백현성 앞에 묵직한 소리를 내며 땅에 떨어져 버렸다. 홍국의 군사들은 그 모습을 천천히 눈에 담았다. 그러고는 이내 정적을 깨는 어마어마한 함성이 전쟁터에 울려 퍼졌다.

그럼에도 혈랑이라 불리는 이의 얼굴에는 미세한 표정변화조차 없었다. 그저 다시 말머리를 반대쪽으로 돌리는 혈랑의 움직임 뒤로 그를 찬송하는 노래가 울렸고 전쟁터 너머 돌아오는 길에도 계속되었다.

"승전의 깃발을 드높이 올려라!!"
"홍국의 밝은 미래 혈랑을 맞이하라!!"
백성들은 승전보를 가져다 준 이에게 찬송의 노래를 바쳤다. 하얀 백마를 타고 붉은 갑옷을 두른 세자를 기쁜 마음으로 맞이했다. 우리의 자랑스러운 혈랑, 우리의 자랑스러운 세자마마라며 랑을 칭송하는 백성들에게 혈랑은 후계자의 의미를 넘어서서 영웅이었다.

랑이 선두에 서는 순간부터 청룡국으로부터 홍국은 벌써 열 개가 넘는 성을 차지하였다. 이번에는 어느 장군도 선뜻 나서지 못했던 천하의 요새 중 하나라 불리는 백현성을 청룡국으로부터 빼앗아 왔다. 그저 예쁘장한 줄로만 알았던 어린 세자는 장성하였고, 전쟁에서는 백전백승. 이름만 들어도 청룡국 백성들은 오줌을 지린다는 그런 명장이 되어 있었다. 랑이 지나만 갔다 하면 그곳은 피바다가 된다 하여 붙여진 별명이 바로 '혈랑(血浪)'이었다.

"형님!"
"의야, 왜 나와 있어."
올해로 아홉 살이 된 의는 자신의 형을 맞이하러 나와 있었다. 혹여 자신의 피 묻은 갑옷에 의가 더러워지기라도 할까 봐 랑은 의를 가까이 오지 못하게 하였지만 의는 개의치 않고 형에게 폭 하고 안겼다. 위의 두 누나보다 유독 랑을 더 따르는 의였다. 그래서인지 랑이 전쟁을 나가 있으면 외로움을 유독 타는 의이기도 했다. 랑은 그런 의의 손을 꼭 잡았고 의와 랑은 서로를 보고 환하게 웃었다.

그러나 그 웃음은 오래가지 못하였다.

중궁전에 오랜만에 가족들이 모였지만 그들 사이에서는 아무 말이 없었다. 결혼한 두 공주와 그들의 부군들 그리고 왕과 왕비, 랑과 의가 모두 모였지만 랑은 왠지 모르게 이 가족들의 모임이 가슴을 옥죄는 것처럼 불편하게 느껴졌다.

차라리 전쟁터에서 혼자 먹는 밥이 편할 정도로, 랑은 궁에 들어와 이렇게 비단옷을 입고 따뜻한 흰 쌀밥을 먹는 것이 언제부터인가 목에 걸린 생선가시인 양 느껴졌다. 아마도 그것은, 의가 태어난 구 년 전부터 그러했던 것 같다.

청룡국과 홍국의 전쟁도 그때부터 시작되었다.

처음에는 왕자이기에, 세자이기에 의무적으로 전쟁에 나가야 한다고 생각했지만 어느 순간부터 자신을 보는 눈이 유독 차가워진 어머니와 자신을 불편해하는 아버지를 보며 느꼈다. 따뜻한 밥과 반찬이 올라오면 항상 의에게 먼저 가는 것을 보며 느꼈다. 랑이 아프면 걸음조차 하지 않으면서, 의가 아프다는 소리에 단걸음에 뛰어가는 왕과 왕비를 보며 느꼈다.

'나는 사라져야 하는 존재구나.'

여자, 원래라면 공주일 운명이었지만 어쩔 수 없이 세자 자리에 앉았다. 이 자리가 본디 자신의 것이 아니라 의의 것임을, 청룡국에 자신이 사신으로 간 것도 남동생을 인식시키기 위함임을, 전쟁터에서 칼을 휘두르며 알았다.

랑은 중전의 옆에 앉은 의를 바라보았다. 아무것도 모르고 환하게 웃는 의를 보며 씁쓸한 미소를 지었다. 하루라도 빨리 죽어야 하는데, 내가 이 세상에 무슨 미련이 있어서 이러는지 정말 모르겠다는 생각이 계속 자신을 괴롭혔다.
"왜 그러니? 더 먹지 않고……."
"배불러서……."
큰 누이가 조심스럽게 물었지만 랑은 눈조차 마주치지 않고 대답을 하였다. 아마도 자신이 빠지면 화기애애한 가족 식사가 될 것이다. 언제나 그러하듯이 말이다. 랑은 양해를 구하고 자리에서 일어나 나갔다. 등 뒤로 궁녀들이 문을 닫는 소리가 들려왔고 한 걸음, 한 걸음 그렇게 정확히 열 걸음을 걸어갔을 때 웃음소리가 제 귀에 들려왔다.
한쪽 입꼬리가 올라갔으나 눈빛은 차가웠고, 조소가 나는 건 어쩔 수가 없었다. 뒤를 따르는 내시들과 상궁들은 그런 랑의 눈치를 보기에 바빴으나 랑은 그대로 중궁전을 걸어 나가고 말았다.
궁궐의 동쪽에 위치한 동궁전으로 향한 랑은 '동궁전'이라 적힌 편액을 보자 마음이 따뜻해지는 기분이 들었다. 동궁전은 여전하다. 십칠 년째 이곳이 자신의 집이었다. 랑은 내시들과 상궁들을 모두 내보내고 동궁전에 깔려 있는 보료에 편하게 앉았다. 그리고 방 한쪽에 서 있는 붉은 갑옷을 바라보았다.
'혈랑.'
백성들이 붙여 준 그 별명은 그럴듯했다. 벌써 제 손으로 죽인 청룡국 군사만 해도 헤아릴 수 없으니까. 벌써 제 손으로 빼앗은 성만 열 개가 넘으니 말이다.
"천아."
랑은 조용한 목소리로 호위무사의 이름을 불렀다. 그녀의 말을 들었는지 병풍 뒤쪽에서 검은 그림자가 일렁거렸고, 이윽고 머리를 하나로 묶은 사내 하나가 조용히 나타나 그녀의 앞에 무릎을 꿇었다.

"가져왔느냐."

"저하, 의원이 이르기를 더 이상 복용하면 몸에 무리가 올 거라 합니다."

"이리 주거라."

랑의 말에 천은 머뭇거리더니 이내 품에서 종이에 싼 약을 꺼내 랑에게 내밀었다. 랑은 그걸 받은 후에 왼편에 있는 서랍장을 열어 밀어 넣었다. 그리고는 다시 자리에 앉아 천을 바라보았다.

"아직도 청룡국 황제가 움직일 기미가 없더냐."

"아직 휘의 보고가 없습니다."

"백현성을 건드렸으니 이제 슬슬 황제가 움직이겠지."

랑은 피식 웃더니 좀 전에 천에게서 받아 넣어 둔 약을 한 알 꺼내 익숙하게 입에 넣었다. 그러고서 천을 바라보자 그 눈빛의 의미를 아는 천이 조용히 병풍 뒤로 물러나더니 이내 바람 한 줄기만 남기고 사라졌다. 랑은 점차 눈이 감겨 오는 걸 느꼈다. 이 졸음이 반항할 수 없도록 랑의 몸을 무겁게 만들고 있었고 랑은 보료 위로 쓰러지듯 누워 버리고 말았다.

수면제. 랑은 매일 밤마다 자신이 베어 낸 혼령들이 잠잘 때마다 나타나 귓속에 속삭이고, 괴롭혔다. 꽤나 오랜 시간동안 그녀는 가위에 눌리고 악몽을 꾸었다. 랑은 결국 언제부터인가 자신의 호위무사인 천으로부터 이것을 받아 오라 하였다. 이것을 먹으면 그런 고통과 악몽에 시달리지 않고 깊게 잠들 수 있었다.

자고 일어나면 또다시 온몸에서 나는 땀으로 인하여 입고 있는 옷이 축축해지겠지만 꿈의 내용을 기억하지 못하니 차라리 이렇게라도 눈을 감고 자는 것이 행복했다. 지독한 현실로부터 해방될 수 있는 이 시간이 랑에게는 가장 큰 행복이었다.

랑이 겨우 잠에 들 무렵, 청룡국의 황제가 차가운 무표정으로 대전인 태황전의 가장 높은 곳에 앉아 있었다. 눈동자조차 움직이지 않은 채 대신들을 바라보기에 대신들은 고개도 들지 못하고 서로의 눈치만을 살피고 있었다. 그중 한 신료가 조심스럽게 입을 열었다.
"폐하……."
청룡국의 조회는 살얼음을 걷는 것인 양 위태위태했다. 작년에 즉위한 청룡국의 황제, '진후'에게 즉위 이후 가장 치욕스러운 일이 기어이 터지고 말았다.
"백현성을…… 빼앗겼다고?"
무표정으로 대신들을 대하던 황제는 피식 웃고 말았다. 그는 조소와 함께 주먹을 꽉 쥐어 보였다.
벌써 구 년째 지속된 지독한 싸움. 한 오 년간은 두 나라가 비등비등했다. 빼앗고 뺏기기를 반복하는 지루하고 힘 빠지는 싸움만이 지속되었다. 그것이 사 년 전, '혈랑'이 나타나면서부터 사태가 역전되었다. 거기다가 당시 청룡국 황제였던 진욱이 지병으로 인하여 붕어한 바람에 급하게 청룡국의 황제가 된 후는 아버지의 삼년상으로 인해 출전조차 못하고 있었다.
때문에, 중요한 군사적 요새인 백현성을 결국 홍국에 빼앗겼다.
후는 두 주먹을 꽉 쥐었다. 자신을 능멸했던 구 년 전의 그 곱상한 녀석을 잊을 수가 없다. 특히 그 붉디붉은 눈동자는 후를 구 년 내내 괴롭히고 있었다. 후는 이를 빠드득 갈았고 분노로 인하여 미간이 찌푸려졌다.
후가 성을 내며 대신들과 회의하는 동안 오랜만에 푹 쉰 랑은 모처럼 조회에 들기 위해 발걸음을 대전으로 옮겼다. 랑을 필두로 뒤에는 동궁전 내시와 상궁 그리고 나인들이 뒤따랐고, 그런 랑을 보고 등청하던 당하관들이 깜짝 놀라 랑에게 허리를 숙이며 인사하였다.

"그리 허리 굽힐 필요 없네."

랑의 말에 당하관들은 허리를 피고 살짝 고개를 숙였지만 시선은 랑을 향해 있었다.

세자는 열여덟 살의 사내라고 하기엔 신하들의 턱밑에 머리가 닿을 정도로 키가 작은 편에 속하였다. 거기에 길게 뻗은 속눈썹이 깜박거리며 움직이자 젊은 당하관들은 자신들도 모르게 침을 삼켰다. 궐내에 세자가 여자라는 소문이 돈 적 있었다. 그러한 소문이 타당하기라도 하듯 참으로 아름다웠다. 이내 랑이 궁인들을 데리고 사라지자 당하관들은 한숨을 내쉬었다.

어찌 저런 미모를 가진 사람이 홍국의 백성들에게 추앙받는 장군이자 청룡국 백성들을 벌벌 떨게 만드는 장군인 것인가.

괴리감이 너무나도 컸다. 청룡국에서는 홍국의 세자가 그야말로 사내대장부에, 우락부락하고 무섭게 생겼다고 소문이 퍼졌다는 이야기를 들은 당하관들은 피식 웃고 말았다.

랑이 조회에 나오자 대전에 있던 신하들은 술렁거리며 랑을 바라보았다. 이제껏 신료들의 요청에도 불구하고 랑은 단 한 번도 회의가 열리는 편전에 나온 적이 없었기 때문이다. 신료들의 궁금증에도 랑은 그런 이들의 시선을 무시한 채, 용상 옆에 섰다.

"주상 전하 납시오."

조정의 신료들이 모두 자리에서 일어나 왕을 맞이하였다. 용상으로 향하던 왕은 랑을 보더니 그 또한 무척 당황하였다. 랑은 그런 아버지를 한 번 힐끗 보고는 두 손을 공손히 모아 올리고 그에게 인사하며 말하였다.

"전하. 소자, 전하께 드릴 말씀이 있어 이곳에 왔나이다."

"하고자 하는 말이 무엇이냐."

랑은 솔직한 심정으로 이제는 전쟁터에 다시 나가는 것이 싫다 말하고 싶었다. 그러나 조정의 신료들과 홍국의 백성들이 저에게 거는 기대를 잘 알고 있었다. 그러한 소망은 한낱 꿈에 이르지 않았다.

물론 대장군과 상의하였지만 깊은 이야기를 하지 않은 랑은 짧게 숨을 내쉬고서는 왕을 바라보았다.

"이번에는 청락성을 공략할까 하옵니다."

랑의 말에 왕은 깜짝 놀라 팔걸이를 꽉 잡았다. 백현성도 천하의 요새라 불리었지만 청락성은 청룡국 황제가 직접 관리하고 청룡국의 수호가 깃든 곳이라 불리며, 지리적으로 용의 역린이라 하여 어떤 나라도 건들지 못한 곳이었다.

"뭐? 청락성?"

"허락해 주십시오."

단 한 번도 조정회의에서 성의 명칭을 언급한 적이 없던 랑이었다. 이는 혹여 조정 안에 있을지도 모르는 간자를 대비하는 차원이기도 하였기에 갑작스러운 랑의 말에 신료들은 술렁거렸다. 랑은 힐끗 신료들을 보고 왕을 다시 바라보다 이내 바닥에 몸을 엎드리며 윤허해 달라 세 번 크게 외쳤다.

이번 전쟁에서 자신은 반드시 죽어야만 했다. 하지만 함부로 죽기에는 일국의 후계자란 자리가 있었다. 청룡국 황제의 손에 죽는다면 명분이 충분할 것이다.

백성들의 삶은 나날이 피폐해졌다. 전쟁도 전쟁이거니와 청룡국으로부터 수입 받는 물자 중에는 백성들의 삶과 직결되는 여러 물건들이 많았다. 오랜 시간 동안 청룡국으로부터 받던 물자의 흐름이 끊겼고, 이로 인해 홍국은 점차 어려운 상황에 빠지고 있었다. 이 때문에 홍국에서는 전쟁을 멈추고 청룡국과 다시 화의를 맺자는 여론이 슬슬 나오고 있었다.

그러나 청룡국의 황제, 진후는 전쟁의 원흉이 사라지기 전까지는 홍국과의 화의는커녕, 전쟁조차 멈추지 않을 것이라 공표한 상태였다. 그러니 랑은 이 전쟁을 멈추기 위해서 자신의 목숨이 필요하다는 것을 잘 알고 있었다.

자신만 죽는다면, 지금 단절된 국교를 다시 회복할 수 있을 것이다. 그렇게만 된다면, 홍국은 옛날의 영화로움을 다시 누릴 수 있을 것이다. 지긋지긋한 전쟁으로 인하여 백성들이 굶어서 죽는 일도 더 이상 일어나지 않을 것이다.

죽어야 한다. 분명 이곳에도 청룡국의 간자가 있을 것이니, 이것이 그의 귀에 들어가야 했다.

"세자는 잠시 후에 사정전으로 들라."

왕의 말에 랑은 살짝 고개를 숙였다. 다시 몸을 일으켜 세운 랑은 일부러 아버지의 얼굴을 보지 않았다. 대전을 나온 랑은 아까보다도 더욱 무거운 발걸음으로 대전 뒤에 위치한 왕의 사적 공간인 사정전으로 향하였고 상궁이 갖다 준 차를 마시며 조용히 기다리고 있었다. 그렇게 얼마의 시간이 흘렀을까. 밖이 시끌시끌하더니 평소와는 다르게 문이 거칠게 열리었다. 왕의 얼굴이 분노로 붉게 물들었고 표정이 한껏 일그러져 있었다.

"네가 지금 제정신이더냐!!"

왕의 말에 랑은 아무 대꾸도 하지 않았다. 하지만 랑의 표정은 화를 내는 아버지와는 달리 차가웠고 냉정해보이기까지 했다. 그러나 이내 그런 랑의 눈에 눈물이 차오르며 울먹거리는 목소리가 흘러나왔다.

"제가, 사라지시길 바라지 않습니까."

"네 지금 뭐라 했느냐!"

"제가 사라져야 의가 대통을 이을 것 아닙니까."

단 한 번도 내뱉지 않은 심중의 말이었고, 그런 랑의 말에 왕은 죄인이라도 된 것마냥 그녀의 눈을 피했다. 이미 제 딸은 너무나도 자신을 잘 알았다. 아니 이 나라가 돌아가는 사정을 말이다. 강경파였던 처남이 무리하게 일으킨 전쟁의 희생양은 다른 누구보다도 제 딸이었던 랑, 바로 이 아이였다.

아니, 태어나는 그 순간부터 모든 것을 희생당한 아이였다. 자신이 억지만 피우지 않았어도 누구보다 예쁘게 자랐을 셋째 공주였을 것이다. 하지만, 자신은 지금까지 단 한 번도 랑이 희생을 당했다고 생각하지 않았다. 그러나 지금에 와서야 랑의 표정을 보니 제 생각이 틀렸음을 느낄 수 있었다.

"아마, 청룡국 황제가 움직일 것입니다."

"이 전쟁을 그럼 지금……."

"아마, 제가 살아서 돌아온다 해도 이렇게 다시 얼굴보기 힘들 것입니다."

"흥랑."

"아바마마, 소자의 마지막 부탁이옵니다. 이제 그만 소자를 버리시옵소서."

랑의 말에 왕은 랑의 얼굴을 빤히 바라보았다. 이렇게 슬픔으로 가득 찬 랑의 모습을 본 적이 있던가. 그에게 랑은 울음을 참는 아이, 제 주장을 내세운 적이 없는 아이, 의에게 모든 것을 양보하는 아이였다. 한편으로는 미안한 마음이 들면서도 왕은 단 한 번도 랑의 입장에서 생각해 본 적이 없었다.

"필요한 군사는?"

"청룡국의 황제를 속이려면 1천의 군사가 필요하옵니다."

"랑아. 부디 살아서 돌아 오거라. 아니, 청락성을 뺏어라. 내 너에게 5천을 주겠다."

랑은 살짝 숙이고 있던 고개를 들어 왕을 바라보았다. 아버지의 눈에는 진심이 담겨 있었지만, 랑은 그렇게 생각하고 싶지 않았다. 자신도 모르게 저를 불쌍하게 바라보는 아버지의 눈을 피해버렸다.

"성은이 망극하옵니다."

랑은 아버지가 아닌 왕에게 하는 인사를 하고 재빠르게 방을 빠져나갔다. 왕은 그런 랑을 이제는 안쓰러운 눈으로 쳐다보았다. 랑은 자신에게 있어 열 손가락 중 가장 아픈 그런 손가락이었다. 그러나 자신은 한 나라의 왕이었고 그러기에 대통을 이을 왕자인 의가 더욱 신경이 쓰이는 것은 어쩔 수 없었다. 세자의 자리는 여자인 랑이 아닌 남자인 의의 것이었다.

"미안하구나……."

랑이 방을 빠져나가고 조용해진 침전에서 왕이 읊조렸다. 랑은 그에게 있어 한없이 미안한 자식이었다. 깊이 있는 대화가 아니라 표정만으로 랑의 마음을 읽고 안타까운 마음이 들었으나 이미 멀어져버린 딸은 그런 아비의 눈을 믿지 않았다. 그리고 그것은 다시 왕의 가슴에 비수가 되어 박혀버렸다. 왜 이렇게 되었을까 싶어 왕의 입에서 깊은 한숨이 흘러나왔다.

한편 침전의 댓돌에서 궁녀들이 신겨주는 신발을 신는 랑의 옆으로 천이 조용히 다가왔다. 랑이 무슨 일이냐는 표정으로 그를 바라보았고 천은 랑의 귀에 낮은 목소리로 조심스럽게 말을 하였다.

"저하, 청룡국 황제가 움직였다고 합니다."

"며칠 후에 그곳에 도착한다고 하더냐."

"엿새 정도 걸릴 것 같습니다."

천의 말에 랑은 자신도 모르게 아랫입술을 깨물었다. 동궁전으로 향하는 발걸음이 그 말을 듣자 천근만근 무거워지는 것 같았다. 호기롭게 청락성을 노린다고 선포하였지만 막상 전쟁이 다시 시작된다하니 왠지 모를 두려움에 심장이 미친 듯이 뛰는 것 같았다. 이번 전쟁은 평소 느끼던 희열이 아니라 두려움이었다. 동궁전에 들어서서 랑은 붉게 물든 갑옷을 바라보며 잠시 생각에 잠기었다. 그러고는 옆에 서 있던 천을 조용히 불렀다.

"천아."

"네. 저하."

"내가 잘못되거든, 의를 잘 보필해다오."

"저하!!"

랑의 말에 천은 자신도 모르게 언성을 높였다. 하지만 고개를 돌려 자신을 바라보는 랑의 눈에 천은 자신도 모르게 랑에게 손을 뻗었다. 소리 없는 울음. 그것은 항상 랑이 울던 방식이었다. 천은 랑의 작은 어깨를 감싸 자신의 품에 안았고, 랑은 그런 천의 옷을 붙잡았다. 자신이 가장 힘들 때, 항상 그녀 옆에 있어주던 사람은 누이들도, 부모도 아닌 바로 호위무사였던 천이었다.

천은 무사대회에서 가문만 좋았더라면 우승쯤은 그저 먹고 들어가는 실력이었지만 신분이 미천하다는 이유로 그 어떤 직급도 얻지 못하였다. 그러한 천을 데리고 온 것이 랑이었다. 천은 랑이 이 세상 누구보다도 믿는 사람이었다. 랑에게 있어 천은 친 오라비와 다를 바 없을 정도로 가까이 느껴지는 자였다. 그리고 자신이 여자라는 비밀을 아는 사람 중에 하나였다. 랑은 천의 품 안에서 여전히 소리는 없는 한 맺힌 울음을 터뜨렸다.

"천아, 다음 생에서는 이렇게 태어나고 싶지 않구나."
"저하……."
"다시 태어나면 그저 평범한 집에서 태어나고 싶어……."
 천은 제 품에서 제 옷을 꼭 잡고 있는 랑의 어깨를 토닥이며 한숨을 내쉬었다. 그녀가 마치 어린 시절 살기 위해 선승에게 맡긴 제 여동생 같이 느껴졌다. 이내 랑은 천의 품에서 일어나더니 눈물을 닦았고 천에게서 뒤돌아섰다.
"전쟁이 끝나고 의에게 가거라."
"저하!!"
"이것이, 내가 너에게 내리는 마지막 명령이니라."
 천은 망설였다. 그러나 랑이 매섭게 바라보자 천은 눈을 감고 고개를 숙였다. 이내 방에서 나온 천의 눈은 매섭게 빛났다. 이미 죽기를 각오한 주군 옆에서 저 또한 랑과 함께 싸우다 죽으면 죽었지, 절대 다른 주군을 모시지는 않을 것이라 각오하였다. 천이 사라지고 이내 동궁전으로 랑에게는 너무나도 익숙한 인물이 찾아왔다. 홍국의 대장군은 랑에게 있어 병법의 스승이기도 하였다. 오래간만에 두 사람이 마주앉았고 궁녀가 차를 우리는 동안 두 사람 사이에는 말이 없었다. 궁녀가 나가고서도 그들 사이에서는 한참 동안 고요함이 계속되었다. 이내 먼저 말을 꺼낸 것은 대장군이었다.
"저하, 이것이 최선의 방책이시옵니까?"
"대장군께서, 어린 시절 저에게 그러셨습니다. 청룡국을 제압하는 가장 좋은 방법은 청락성을 제압하는 것이라 하셨지요."
"하오나……."
"역린(逆鱗)이라 그러하시옵니까?"
 랑의 말에 대장군은 흠칫 놀란 듯 들고 있던 찻잔을 떨어뜨리고 말았다. 역린이라는 단어만 들어도 사람들은 몸을 움츠렸다. 건드리면 안 되는 금기어였다. 청룡국의 지형 상, 청락성은 용을 노하게 하는 역린이었다. 청룡국 최고의 방어성이었지만 이곳은 청룡국 수도까지 직통으로 연결되어 있는 곳이기도 하였다. 몰래 쳐들어가도 무너뜨리기 어려운 성이었고 침략한다하여도 그 소식이 황제에게 들어가는 것은 순식간의 일이었다. 그런데 어찌 세자가 조정대신들이 다 있는 곳에서 청락성을 건드린다고 한 것인지 대장군은 그의 뜻을 알 수 없었다.

"제 목숨을 걸고라도 이 전쟁을 치를 겁니다."

"저하……."

"그러니 너무 걱정 마십시오."

대장군을 안심시키고자 한 말이긴 한데, 랑은 자신도 모르게 붉은 입술을 꾹 다물었다. 자신의 직감이 항상 들어맞곤 하였는데, 이번에는 왜 이렇게 불안하고 두려운 감정이 수시로 드는지 랑은 께름칙하기 이를 때 없었다.

대신들 앞에서 공표를 하였기에 랑이 출전을 준비하는 속도 또한 이전에 비해 훨씬 더욱 빠르게 진행되었다. 홍국의 세자이자 무패의 장군이라 알려진 랑이 직접 진두지휘한다는 소문이 퍼지자 병사들이 지원하는 수가 더욱 늘어났다. 청락성을 공격한다고 알려졌지만 그보다도 홍국의 백성들은 무패신화의 지도자가 더 믿음직스러웠나 보다.

깨끗이 닦은 붉은 갑옷이지만 혈흔까지 지울 수 없었다. 여기저기 남아있는 피의 얼룩들에 랑은 살짝 눈을 감았다. 적국의 피인지도, 아국의 피인지도 알 수 없는 이 혈흔들을 더 이상 바라보기 어려웠다. 역시 제가 죽어야 멈추는 전쟁이었다.

랑에게 갑옷을 입히는 것은 역시 천이 맡아서 하였다. 붉게 물든 갑옷을 입고 동궁전을 나서는 랑의 눈빛은 그보다도 더욱 짙은 붉은 빛을 내고 있었다. 랑은 문득 저 멀리에서 저를 바라보는 시선에 고개를 돌렸다. 청록색의 당의와 붉은 스란치마를 입은 어머니, 중전마마가 의의 손을 잡고는 저를 바라보고 있었다. 두 모녀의 눈이 허공에서 마주쳤다. 한동안 랑은 발걸음을 떼기 어려웠고 계속해서 저와 닮은 듯한 어머니의 모습을 바라보았다. 그러나 이내 그녀에게서 시선을 떼고 다시 앞으로 발걸음을 옮겼다. 다시는 볼 수 없고 보아서도 안 될 사람이었다.

말에 올라탄 랑은 저를 따라 말을 탄 기마병들을 바라보고는 말의 옆구리를 세게 찼다. 말이 앞발을 들어 기세등등하게 울고서는 활짝 열린 성문을 향해 튀어나갔고 그 뒤를 장수들과 병사들이 뒤따랐다. 볼과 귀에 스치는 바람소리가 너무나도 차갑고 시려 랑은 달리는 말 위에서 눈물이 나는 것만 같았다. 저를 배웅하는 백성들의 만세소리가 아득하게 울리는 것처럼 느껴질 만큼 랑은 거칠고 빠르게 말을 몰았다.

그렇게 달려 생각보다 더 빠른 시간에 청락성에 도착을 하였다. 청락성 맞은편에 있는 산 속에 홍국의 진지가 차려졌고 랑은 다 세워진 진지에서 나와 청락성을 바라보았다. 천하의 요새, 역린이라 불리는 곳. 단 한 번도 다른 나라에게 허용하지 않은 곳. 석양보다 붉은 랑의 눈동자가 씁쓸하게 빛났다.

"저하, 밖이 춥습니다. 이만 들어가십시오."

어머니의 하나밖에 없는 남동생, 태흘공이 나와 랑을 바라보았다. 전쟁터라는 참담한 곳에서 단 한 번도 이 붉은 갑옷을 벗지 않은 그녀였다. 적의 피가 튀어 날이 갈수록 그 붉은 빛은 더욱 진해졌다. 처음, 랑이 입었던 붉은 갑옷은, 때 묻지 않은 순수한 열두 살 소년의 그것이었다. 그러나 지금의 갑옷은, 여기저기 혈흔이 가득하고 너덜너덜했다. 그 모습이 랑의 마음을 대변하는 것 같았다. 태흘 역시 다른 가족들처럼 막내인 의를 사랑하는 삼촌이었지만, 가족 중에 유일하게 랑을 아끼는,

그리고 랑이 따르는 사람이기도 했다. 랑은 아홉 살에 연못에 빠진 자신을 태흘이 구한 이후, 거의 아버지를 따르듯 그를 따랐고 그가 하라는 대로 하였다. 태흘이 검을 잡으라 하여 검을 잡았고 전쟁터에 나서라 하여 전쟁터로 발걸음을 했다. 그게 당연한 것이라 생각하였다. 그러나 열여덟 살의 랑은 그때처럼 제 뒤에 서 있는 외삼촌을 순수하게 믿고 따를 수 없었다.

"태흘공, 왜 전쟁을 일으키셨습니까?"

랑의 말에 태흘의 어깨가 움찔거렸다. 그 어느 곳에서도 이런 질문을 단 한 번도 하지 않던 랑이었다. 석양을 등진 랑의 얼굴이 보이지 않게 어두웠다. 태흘은 힐끗 랑을 바라보았다. 어린 줄로만 알았던 조카는 전쟁의 신이 되었고 목숨을 걸고 싸우는 이 전쟁터에서 정치를 배웠다.

"일부러 중전마마를 도발하시지 않으셨습니까?"

"저하……"

"저는, 주상전하께서 중전마마에게 화를 내시는 것을 한 번도 본 적이 없습니다. 다른 나라는 열 명 스무 명도 두는 후궁을, 주상전하께오서는 다 마다하시고 오직 중전마마 한 분만 두셨지 않습니까. 중전마마께서 전하께 죽어 달라 하면, 정말 죽으실 수 있는 분이 바로 주상전하시지 않습니까."

"저하……"

"의 때문이셨습니까?"

랑의 말에 태흘은 씁쓸하게 웃고 말았다. 랑의 말이 맞았으니까.

누님의 부탁이었다. 어떻게든 의가 왕위에 오를 명분을 만들어 달라 했다. 랑도 자신이 낳은 아이지만, 결혼한 지 18년 만에 얻은 '진짜' 아들이 중요했으니까. 그것의 수단은 바로 '전쟁'이었다. 그동안 홍국을 압박하던 대국이었던 청룡국과의 전쟁에서 이겨, 속국에서 벗어난다면 랑을 폐하고 의를 세자위에 앉혀도 뭐라 할 자가 없었다. 그래서 억지로 꼬투리를 잡아서 벌써 9년째 이 지겨운 전쟁을 하고 있었다.
 하지만 예상과 다르게 초반에 고전이 연속되었다. 그리고 다시 예상과 다르게 랑이 전쟁을 이끌기 시작하면서 승전보가 연이어 날아 왔다. 이기는 것까지는 좋았는데, 랑이 이길수록 백성들의 신임은 나날이 두터워졌고, 그것이 랑이 세자위에 있는 데 중요한 변수로 작용하고 있었다. 이미, 이 나라에서 랑은 세자를 넘어 영웅, 아니 그 이상인 수호신이었다. 그런 랑의 입지를 건드리고 의를 세자위에 앉히는 것이 쉽지 않았다.
 "차라리 후궁을 두셨으면 하는 원망을 시시때때로 했습니다."
 "저하……."
 "이 전쟁에서, 나는 죽고자 합니다."
 "저하!"
 랑의 말에 태홀이 깜짝 놀라 랑을 바라보았다. 이미 조정대신들에게 청락성을 건드린다 할 때부터 정해져 있던 수순이었다. 하지만 그는 부정하고 싶었다. 그렇게 생각하지 못한 건 아니지만, 랑의 입에서 직접 이런 말을 듣자 태홀은 가슴이 찢어지는 기분이었다. 태어난 그 순간부터 랑의 스승이자 대부로서 제 품에서 키운 아이였다. 그런 랑의 붉은 눈동자가 태홀을 바라보았다. 랑의 눈에는 슬픔과 억울함이 가득 담겨 있었다.
 "왕위는 하나, 붉은 눈은 두 개라지요. 하늘아래 태양은 두 개일 수 없으니, 하나가 사라져야지 않습니까."
 랑이 백성들 사이에서 떠도는 소문을 들은 모양이었다. 랑은 입가에 씁쓸한 미소를 지었다. 붉은 눈을 가진 자를 태양에 비유하는 백성들의 생각은 정확할지도 모른다. 어쩌면 태양이 두 개이기에 백성들은 이러한 고통을 겪는 것일 수도 있을 것이다. 모든 것이 윤활하게 돌아가기 위해서는 자연의 순리에 따라야 하는 것이며, 이를 따르자면 홍국에는 태양이 하나만 있어야 했다. 그리고 그 태양은 자신이 아닐 것이다. 랑이 온전히 해가 지는 서쪽을 바라보며 눈을 떼지 못하였다.

"혈랑이라? 그것은 홍랑을 일컫는 말이더냐?"
"아 그것이……."
청락성의 성주는 새로운 황제 앞에서 쩔쩔 매고 있었다. 어린 황태자가 황제가 되었다더니, 보통내기가 아니었다. 눈빛만으로 사람을 죽일 것 같은 날카로움과 살기로 인하여 성주는 숨도 제대로 쉬지 못하고 바짝 긴장하고 있었다.
"맞사옵니다. 홍국의 백성들이 홍랑에게 붙여준 별명입니다."
청룡국의 무관이자, 후의 호위무사 준휘의 말에 후는 피식 웃고 말았다. 혈랑이라, 전쟁터에서 피바람을 몰고 다닌다는 그 녀석인가. 후는 막사에서 홍국의 군사들이 있는 곳의 방향으로 눈을 돌렸다. 9년 전, 그 녀석이었다. 자신을 욕보인 그 녀석이었다. 그 붉은 눈이 떠오를 때면 어린 시절의 치욕이 떠올라 잠을 못 이룬 적이 하루 이틀이 아니었다. 다행히 희가 태어났다. 그것도 다행히 황녀인지라 그 이후로 후는 여장을 다시는 하지 않았지만 그 사건이 얼마나 자신을 창피하게 했는가는 이미 청룡국 황궁과 연결고리가 있는 자들이라면 알고 있는 사실이기도 하였다.
'그때, 꽤 예뻤지.'
저도 모르게 한 생각에 후는 다시 살짝 고개를 저으며 생각을 바로잡으려 애썼다. 이내 작은 소리로 후의 입에서 욕이 살짝 흘러나오자 성주와 신하들이 더욱 긴장을 했다. 황제폐하의 심기가 좋지 않으시다는 것을 느낀 신료들은 더욱 움츠린 채 서로 눈빛을 주고받으며 그의 눈치를 살폈다.

"감히 역린을 건드린다?"

후가 불편한 심기를 그대로 드러낸 채 지형과 세력을 표시해 놓은 지도를 노려보았다. 그리고 손에 들고 있던 지휘봉을 휘둘러 휘하 장군들에게 작전을 지시하기 시작했다. 해가 더욱 지고 새까만 밤이 될 때까지 작전을 짜는 동안 청락성의 불은 꺼질 줄을 몰랐다. 이내 더욱 깊은 밤이 되어 불이 최소한으로 남고 성의 이곳저곳이 어둠에 물들었다.

"후……."

어두운 밤에 작은 그림자 하나가 움직였다. 검은 복면을 쓴 랑은 자신도 모르게 한숨을 내쉬었다. 이렇게 긴장되는 건 어쩔 수 없다. 전쟁이 일어난 이후로 항상 적진을 탐색하는 건 랑의 몫이었다. 그것은 최측근 태홀에게도 알리지 않은 일이었으며, 지금까지 전쟁을 이끌어온 승리의 기반이기도 했다. 다행히도, 달은 초승달이었고 밝지도 않다. 복면을 다시 눈 밑까지 끌어올린 랑은 초소들이 지키는 앞문이 아닌 성에 난 작은 공간으로 빠져나갔다. 발걸음조차 들리지 않는 몸놀림으로 랑은 재빠르게 청룡국의 소굴로 발걸음을 움직이고 있었다. 사람을 믿지 않는 것은 아니다만, 이렇게 본인이 직접 확인하지 않으면 마음이 놓이지 않았다. 몇 번씩이나 목숨을 잃을 수 있었던 위험한 순간이 있긴 했지만, 어떻게든 그 함정에서 빠져나오곤 했다. 미리 지도로 봐둔 길을 통해 가던 랑은 우측에 위치한 숲으로 몸을 틀었다. 랑의 작은 몸집이 숲속에서는 동물보다도 더 빠르게 움직였다. 그러나 숲을 헤치며 가던 랑은 순간 등 뒤로 한기가 스며드는 듯한 느낌을 받았다. 그리고 재빠르게 주변의 높은 나무로 올라갔다. 랑이 나무 위로 온전히 올라갔을 때 숲속의 한 무리가 길에 멈춰 섰다. 누군지는 모르겠지만 이 기세는 랑의 숨이 막힐 정도로 강력했다.
"잠깐."
후는 오른손을 들고서는 가던 길을 멈추었다. 그의 행동에 후를 따르던 준휘와 군사들은 바짝 긴장을 했다. 이내 후의 뒤로 무언가 움직이는 소리가 들리자 후는 급하게 몸을 돌리며 칼을 재빠르게 뽑았다. 그러나 이내 그의 눈에 들어온 것은 휙 지나가는 다람쥐 한 마리였다. 날카롭게 벼려진 검이 스르릉 소리를 내며 검집으로 들어갔다. 하지만 후는 경계하던 눈빛을 풀던 것도 잠시 이내 다시 눈빛이 차가워졌다.
"폐하, 왜 그러십니까?"
준휘의 말에 후는 한쪽 입꼬리를 쓱 올렸다. 아아, 작은 다람쥐가 들어온 것이 아니라, 이 야밤을 틈타 간자가 쳐들어왔다는 것을 느낄 수 있었다. 후는 준휘를 바라보며 말했다.
"비상령을 내려라."
후의 눈빛을 본, 준휘가 명을 받고 바람같이 사라졌다. 후는 소리가 난 곳으로 다시 귀를 기울이더니 피식 웃고 말았다. 제 아무리 날고 긴다 하여도 오랜 세월 무공을 훈련한 제 감각을 이길 수는 없었다.
'간자가 침입했군.'
이내, 준휘가 명을 전한 것인지, 청락성 전체가 밝아지면서 군사들이 대열을 맞추어 움직이기 시작했다. 후는 왼쪽 허리에 걸려있던 검집에서 다시 검을 뽑으며 좀 전에 바라보았던 곳을 다시 바라보았다.
"참으로 맹랑하구나."
자신이 느끼는 기운이 꽤나 이질적이었지만 후는 그보다도 자신을 기만했다는 생각에 기분이 상당히 나빠졌다. 이곳은 제국의 황제가 있는 곳이었다. 아무리 수차례 이겼다고 하나 우두머리가 있는 곳을 이렇게 활개치도록 놔둘 수는 없었다. 후는 손에 쥐고 있던 검을 고쳐들고는 재빠르게 움직이기 시작했다. 그리고 그런 상황을 지켜보고 있던 랑은 아랫입술을 꾹 깨물었다. 황제는 어린 시절 잊을 수 없는 치욕을 주었고, 그 시절 미치도록 차갑던 눈동자는 성인이 된 지금까지도 잊히지 않는다. 그자가 바로 제 뒤에서 저를 쫓아오는 자, 청룡국의 황제인 진후였다.

랑은 자신이 뜻하던 바와는 달리 굴러가는 상황이 마음에 들지 않았다. 이미 밝아진 청룡국의 전진에 허둥지둥 뛰어나가다가 자신도 모르게 발목을 접질리고 말았고 동시에 자신도 모르게 비명소리를 내고 말았다. 저쪽이라 외치는 소리가 들리자 랑은 방금 다친 발목을 생각도 못하고 다시 뛰기 시작했다.

그리고 저를 쫓던 이들과 거리가 가까워지는 것이 느껴졌다. 그러나 이내 그 기운이 여러 명이 아닌 한 사람의 것이라고 생각이 되었다. 이건 명백하게 군사들의 기운이 아니다. 무엇보다 강하게 느껴지는 살기였다. 그리고 누구보다 강한 제왕의 기운이었다. 상황이 생각보다 골치 아프게 흘러가고 있었다. 숨을 헐떡이며 뛰는 랑의 머릿속에 많은 생각이 스쳤다. 하지만 결론은 단 하나였다.

'죽더라도 지금은 아니다. 이렇게 죽을 수는 없다…….'

도망가던 랑은 살짝 숨을 고르다가 고개를 돌렸다. 물비린내가 랑의 얼굴을 덮치는 듯 강하게 풍겨왔다. 그 느낌에 랑의 머릿속에는 여러 생각들이 빠르게 돌아가는 기분이었다. 그리고 이내 아랫입술을 꾹 깨물었다. 기분 좋지 않은 피 냄새가 비릿하게 올라온다. 이렇게까지 살아야 하나 싶은 생각도 들었지만 온갖 생각을 하기에는 시간이 너무 촉박하였다. 랑은 뒤를 힐끗거리며 옷을 하나, 둘 벗어 보이지 않는 곳에 두고 높게 묶었던 머리를 풀어헤쳤다. 물속에 깊이 잠수한 후 다시 위로 올라오기를 여러 번 반복하는 동안 아까 느낀 살기가 가까이에 다가왔다.

 쪼르르하고 물 흐르는 소리에 후는 자신도 모르게 고개를 돌렸다. 어느새 보니 주변에 준휘도, 군사들도 보이지 않았다. 누구보다 빠르게 적을 쫓느라 아무래도 자신의 속도를 그들이 따라오지 못한 듯싶었다.
 홍국과의 전쟁이 터지면서, 아버지는 자신을 전쟁터가 아닌 산속으로 보냈다. 말이 좋아 산속이지 온갖 사람들을 만나면서 무술을 수련하느라 후는 수련하는 동안에도 종종 차라리 전쟁터가 나을지도 모른다는 생각을 하곤 하였다. 그렇게 무림의 숨겨진 고수들과 만나면서, 날이 갈수록 손에 굳은살이 늘어났고 몸에 흉터 또한 늘어만 갔다. 그러면서 후는 그 누구보다 강해졌다. 심지어 청룡국 최강이라 일컬어지는 그의 호위무사 준휘도 단 몇 초 안에 제압할 정도로 후는 그 어떤 사내보다 강해져 있었다.
 풀숲을 헤치고 들어간 후는 자신의 눈을 의심했다. 어두운 구름에 가려졌던 초승달이 얼굴이라도 내민 것인지, 산속 깊은 연못가는 마치 환몽이라도 꾸는 듯 후의 머릿속을 어지럽혔다. 어둡지만 그 미세한 달빛이라도 연못에서 은은하게 빛이 나고 있었다. 아니, 그 연못가의 풍경이 후를 어지럽히는 게 아니라 그 연못에 몸을 담근 한 여인이었다. 달빛에 은은히 빛나는 연못가에 몸을 담근 여인의 긴 흑발이 가지런하게 한쪽 어깨로 정리되어 있었고 여인의 둥근 어깨가 하얗게 빛났다. 비록 옆모습이지만, 후는 정신이 아득해지는 기분이었다. 실루엣으로 보이는 것만 해도 상당히 육감적인 몸매였다. 거기다가 눈을 살짝 감고 손으로 물을 갖고 장난치는 여인을 보며 후는 자신도 모르게 침을 꿀꺽 삼키고 말았다. 마치, 하늘의 선녀라도 보는 듯한 그 느낌에 후는 자신도 모르게 한 발짝 앞으로 나가려 했다.
 "폐하! 어디 계십니까! 폐하!"

그러나, 이내 자신을 부르는 소리에 후는 여인과 눈이 마주쳤다. 자세히 보이지 않지만, 깊고 진하며 어두운 눈동자가 자신을 바라보는 기분이었다.

"누구세요?"

가녀리고 높은 고음소리는 깜짝 놀랐다는 듯 미세하게 떨렸다. 후는 미간을 찌푸리며 연못가에서 몸을 돌렸다. 그 누구에게도 저 여인을 보여주고 싶지 않다. 다시 말하자면 저 여인의 저런 모습을 말이다. 그래, 이곳은 청락성이었고 그리고 군사들의 전지이니, 아마도 성주 혹은 지방 귀족의 딸일 확률이 높다. 선녀라는 그런 미신이나 환상 따위는 믿지 않는 그였다. 지금은 이렇게 보낸다만 다음날 아침이면 확인할 수 있을 것이다.

단 한 번도, 청룡국의 그 미녀들에게조차 흔들리지 않는 그였다. 그런 그의 마음을 통째로 흔들어 놓은 여인이었다. 후는 주먹을 꽉 쥐었다. 그리고 왠지 모르게 저 여인을 다시 만날 수 있으리란 희망이 느껴졌다. 몸을 돌린 후는 발걸음을 재촉하며 연못에서 벗어났고 그런 황제의 모습이 온전히 사라지기까지 랑은 연못 밖으로 나올 수 없었다. 옷을 입는 랑은 하늘을 올려다보았다. 만에 하나 달빛이 조금이라도 밝았다면 자신의 정체는 들통 났을 것이다. 랑은 비틀거리며 겨우 홍국의 전지로 돌아왔다.

"저하, 감기라도 걸리면 어찌하시려고……."

"의를 지키라 명령을 내렸는데 어찌 여기 있는 것이야?"

"……."

랑은 막사로 들어서면서 막사에 있는 천을 바라보며 미간을 찌푸렸다. 안 그래도 머리가 축축하게 젖어있어 기분이 그리 좋지 않았다. 아니 솔직히 말하자면 기분이 나쁜 첫 번째 이유는 청룡국 적진에서 아무

것도 얻어낸 것이 없어서이고, 두 번째 이유는 발목이 시큰거려서였고, 세 번째 이유는, 바로 정말 어쩔 수 없이 여자행세를 했다는 점 때문이었다. 그것도 청룡국 황제 앞에서 말이다. 다행히, 그가 몸을 돌리고 갔기 망정이지 조금만 더 가까왔다면 자신의 목숨이 사라진 지 오래 되었을 것이다. 그런 생각이 들자 랑은 입술을 꾹 깨물었다. 무엇보다 달빛에 비춘 그의 눈동자. 랑은 사람의 눈빛이 무섭다는 생각이 든 것은 처음이었다. 어린 시절, 호수에서 자신을 바라본 그 눈이었다. 그렇지만 이번엔 분노라기보다는 욕망이었다. 전쟁터에서 무수히 많은 남자들을 보면서 배운 그 눈은 바로 욕망이었다.

"저는, 저하의 사람입니다. 이미 저하께서 저를 곁에 두시겠다고 하신 그 순간부터 제 목숨은 저하의 것입니다."

"천아."

"미천한 소인을 버리지 마십시오."

천이 랑을 향해 바닥에 엎드렸다. 랑은 그런 천을 바라보았다. 그리고 직접 천을 일으켰다.

"천아."

"예 저하."

"네가…… 나를 향해 있는 그 눈에 어떤 의미를 담고 있는지…… 네가 가장 잘 알겠지."

"저하."

"거두어라. 네 스스로 가두어라. 만약 네가 그것마저 하지 못한다면 나는 너를 죽일 것이다."

랑의 말에 천은 자신도 모르게 고개를 숙였다. 자신도 안다. 심지어 바라보지도 못할 고귀한 자리에 앉아 계신 분. 하지만 여자인 걸 안 그 순간부터 마음에 품은 그분. 랑이 자신을 그저 친한 오라비로 보는 것도 안다. 그러나 그저 옆에 있는 것만으로도 좋다.
"분부, 받잡겠사옵니다."
그리고 자신의 목숨을 여기서 버리려고 하시는 것도 알고 있었다. 천은 아랫입술을 꾹 깨물었다. 차라리 자신이 랑을 대신하여 죽던지 아니면 같이 죽을 것이다. 천은 절대 랑을 혼자 보내지 않을 거라고 그리 결심했다. 그런 천의 얼굴을 보며 랑은 남모르게 한숨을 내쉬었다.
그러나 밤을 혼란스러운 마음으로 보낸 사람은 랑뿐만이 아니었다. 다음날 아침이 되기도 전에 후는 청락성의 성주를 마주하였다. 후의 질문에 그는 당혹스러운 표정으로 후에게 해명하듯 대답하였다.
"소신은 여식이 없사옵니다. 여인들을 포함하여 민간인은 다들 여기서 이틀은 더 되는 거리에 있습니다만……. 전쟁 이후에는 이곳에 얼씬도 안합니다."
성주의 말에 후는 아랫입술을 꾹 깨물었다. 어제 본 그 여인은 도대체 누구란 말인가……. 정말, 사람들의 상상 속에나 있을 선녀라도 된단 말인가……. 후는 한숨을 내쉬었다. 그리고는 귀찮다는 듯 힘없는 손짓으로 성주에게 나가라 명하였다. 성주가 나가는 것을 본 후는 피곤이 몰려오는 듯 미간을 찌푸리며 눈을 감았다. 어젯밤 상황이 다시 머리에 떠올랐다. 자신은 여태껏 살면서 선녀 따위는 믿지 않았다. 하지만 그게 아니라면 도대체 누구란 말인가. 거기다가 환상이 아니라고 느껴지는 그 가녀리고 높은 고음. 그 소리를 떠올리자 후는 침을 목구멍으로 삼키었다. 누가 오든 상관없이 그 여인을 데리고 왔어야 하는가. 단 한 번도 그 누구도 자신을 그렇게 강하게 사로잡은 여인은 없었다. 22년을 살면서, 단 한순간도 말이다.
어마마마가 황후감이라 데려놓는 여식들도 다 변변찮았고 후의 마음에 들지 않았다. 지금까지 단 한 번도 여인을 가까이 한 적이 없어 황제가 남자를 좋아한다는 소문까지 궁 안에 은밀하게 퍼져 있었다. 그런 목석과도 같은 후의 상념을 사로잡은 여인이었다.

그러나 한숨을 내쉬고, 그런 생각을 하는 것도 잠시, 이내 다급하게 들어온 준휘의 말에 후는 다시 현실세계로 돌아왔다.

"폐하! 홍국에서 움직였습니다!"

준휘의 말이 끝나기가 무섭게 후가 자리에서 일어나 왼편에 세워둔 검을 집어 들었다. 그리고 장막 밖으로 나간 그의 황금 갑옷이 갓 떠오른 태양에 번쩍이며 빛이 났다. 말에 올라탄 후는 새까맣게 밀려오는 홍국의 군사들 사이로 제일 먼저 뛰어들었다. 그 뒤로 청룡국의 군사들이 따라들었고 금세 두 국가의 병사들이 뒤섞였다.

랑의 언월도의 힘은 강력하였다. 심지어 청룡국의 고위급 장군들조차 랑에게 가까이 다가가기를 꺼려하고 있었다. 홍국의 세자가 휘두르는 언월도는 무시무시했다. 한 번 휘두르면 병사 셋의 머리가 단번에 땅에 떨어져버렸다. 거기다가 랑의 곁에서 칼을 휘두르는 검은 복면의 사내가 막아서니 다가서는 것도 쉽지 않았다. 랑의 호위무사로 그 자의 실력 또한 하늘이 내린 재능이었다.

그러나, 그 상황은 청룡국의 진영에서도 마찬가지로 벌어지고 있었다. 후의 검 한 번에 수많은 홍국의 군사들이 목숨을 잃었다. 후의 얼굴에 피가 튀었지만, 후는 상관없다는 듯 쓱 닦고서는 자신의 앞길을 막는 홍국의 군사들을 가차 없이 베었다.

이내, 랑은 자신을 향해 느껴지는 살기를 쉽게 간파했다. 어젯밤에도 느낀 제왕의 기운은 바로 청룡국의 황제인 후의 기척이었다. 어린 시절 했던 여장이 아닌, 황금빛 갑옷을 입고 누구보다도 거침없이 전쟁터를 누비는 후를 보며 랑은 아랫입술을 꾹 깨물었다.

"챙!"

홍국의 병사 위로 내리꽂히던 후의 칼이 무언가 둔탁한 것과 부딪혔다. 후는 자신을 막아선 인물을 보더니 씩 웃었다. 자신이 노리던 먹잇감이 알아서 찾아와 주었다.

"오랜만이군."

그 붉은 눈동자는 여전히 아름답게 빛나는 홍국의 세자, 홍랑이었다. 랑은 후의 검을 위로 밀어내었고 순간 후의 몸체가 살짝 흔들렸다. 하지만 그 정도는 아무 문제없다는 듯 후의 몸이 다시 균형을 잡으며 랑을 향해 살기를 실은 검을 빠른 속도로 겨누었다. 후의 검을 랑이 피하거나 랑의 언월도가 후의 검에 막히는 순간은 계속적으로 일어났다. 그런 두 사람의 표정은 정 반대였다. 랑의 얼굴에는 초조함이 있다면 후의 얼굴에는 여유로움이 있었다.

'챙'

다시 한 번 검이 맞부딪혔다. 두 칼날이 부딪힌 부분에서 번쩍 불꽃이 일 정도로 강력한 힘이 오갔다. 그러나 이번에는 후의 얼굴이 당혹스러움으로 뒤덮였다. 아주 짧은 순간이었지만 말이다.

'이 이질적인 기운은 뭐지?'

산 속에서 억센 사내들과 셀 수도 없을 만큼 대련을 했을 때 느꼈던 기의 느낌이 아니었다. 섬세하고도 따스한 기운이었다. 이 전쟁터와는 어울리지 기운이 검을 타고 후에게로 스며들었다. 물론 이를 느낀 것은 그 혼자였지만 말이다. 후는 깜짝 놀라 검을 획 거두었고 검이 사라진 빈 공간을 랑의 언월도가 베어냈다.

그리고 다시 합이 시작되었다. 이번에는 랑의 언월도가 우세하였다. 후는 자신에게로 날아드는 칼날을 피하느라 정신이 없었다. 그러다 다시 부딪힌 칼날에 후는 아까와 같은 기운을 느낄 수 없었다. 수차례 검이 부딪혔지만 다시 느껴지는 기운에는 살기밖에 담겨 있지 않았다. 그제야 그는 자신에게 죽기 살기로 달려드는 랑을 보며 자신이 무엇인가 착각했다고 여기고 검을 바로 잡았다. 그의 얼굴에는 다시 여유로움이 생기고 있었다.

청룡국과 홍국의 병사들은 물론 장수들 또한 그들 곁으로 다가갈 수 없을 정도로 두 사람의 합이 꽤나 무섭게 진행되고 있었다. 용호상박, 두 사람 사이의 실력 차는 거의 없을 정도였고 신경전 또한 치열하였다. 그렇게 서로 막상막하의 실력으로 칼과 검을 주고받던 것이 점차 랑이 밀리는 듯한 형세를 갖춘 것은 순식간이었다.

사람의 목숨이란 것이 오히려 전쟁터 같은 가장 절실한 곳에서 더 질겨진다는 것을 느끼고 있었다. 그저 이 손의 언월도만 놓으면 되는 것인데 놓을 수 없었다. 랑은 자신도 모르게 손이 땀이 차올라 미끄러우면서도 칼을 놓을 수 없었다. 입에서 계속 욕지거리가 흘러나왔고 의의 얼굴이 머릿속에 둥둥 떠올랐다. 만감이 교차하는 가운데 랑은 언월도를 놓지 못하고 있었다.

명예로운 죽음. 그것만이 최선의 선택임을 알면서도 왜 이리 치열하게 싸운단 말인가. 도대체 무엇 때문에 이리 삶에 집착이 있단 말인가.

랑은 언월도를 휘두르면서 그 어느 때보다 생각이 많아졌다. 항상 전쟁터에서 사람을 죽일 때 정말 멍한 상태에서 이 악물고 그저 휘두르기만 했었는데 지금은 달랐다. 랑은 언월도 사이로 보이는 후를 바라보았다. 그의 표정은 살기등등했다. 이렇게 모든 준비가 되었는데…….

과거에도, 지금도 언월도는 삶의 끈이었다. 무엇보다, 지금 자신은 앞에 있는 사내에게서 두려움을 느끼고 있었다. 단 한 번도 전쟁터에서 이렇게 온몸이 떨려오는 듯한 두려움을 느낀 적이 없었다. 오히려 자신을 바라보며 공허하게 죽어가는 적국의 병사들의 검은 눈동자에서 읽을 수 있는 것이 바로 '두려움'이었다. 그리고 아이러니하게도 랑은 그 속에서 알 수 없는 희열을 느끼곤 했다.

그런데 지금, 전에는 느껴보지 못한 무시무시한 살기가 랑을 감쌌다. 랑은 자신도 모르게 느껴지는 두려움이 숨을 못 쉴 정도로 거세어서 짜증이 날 지경이었다. 어째서일까, 항상 모든 이에게 두려움의 대상은 자신이었는데…….

"저하! 퇴각신호입니다! 저하!"

천이 외쳤다. 이미 수차례 들었으나, 자신을 정말 벼랑 끝까지 몰고 갈 것처럼 검을 휘두르는 후 앞에서 랑은 고개를 돌릴 여유조차 없었다. 지금은 후의 검을 막기 급급하여 자신은 어떻게 할 도리가 없었다. 그런 랑의 다급한 표정을 보았는지, 후의 한쪽 입꼬리가 씩 올라갔다.

"저하!"

천이 저를 부르는 소리와 함께 랑의 언월도가 저 멀리 날아갔다. 이내 그 반동으로 그녀의 턱 밑까지 후의 칼이 들어와 랑의 투구 끈을 툭 소리가 나도록 끊고 말았다. 그리고 다시 후의 칼이 랑을 내리치기 직전 이내 천이 랑의 옆으로 달려와 재빨리 랑의 말고삐를 잡아채어 홍국의 진지로 재빠르게 사라지기 시작했다.

"뭐…… 뭐야…….."

후는 자신의 눈앞에서 하나로 높게 묶인 흑발머리에 정신이 혼미해지는 기분이었다. 더불어 느껴지는 땀 냄새가 마치 향기로운 꽃향기처럼 느껴져 자신도 모르게 천과 랑이 멀어지는 걸 그저 멍하니 바라보고만 있었다. 아울러 어젯밤 보았던 여인의 모습이 지금 도망가면서 자신을 얼핏 보는 랑과 흡사하다는 생각까지 들었다. 자신의 칼이 허공을 찔렀단 생각조차 하지 못한 채 말이다.

"폐하 홍국 군사들이 후퇴하고 있습니다. 뒤쫓아야 합니다."

"아니다."

"네?"

준휘가 달려와 후에게 말했으나, 후는 손을 들어 저지했다. 후는 바닥에 떨어진 언월도를 바라보았다. 그는 무기가 장수에게 있어 어떤 의미인지 너무나도 잘 알고 있었다. 더군다나, 항상 전쟁에 들고 다니는 무기가 얼마나 중요한지도 잘 알고 있었다.

후는 그것을 알기에 일부러 무기에 정을 주지 않고 매번 수련마다 새로운 무기를 썼지만, 랑의 언월도는 대륙을 떠들썩하게 할 정도로 홍랑과 함께 하였으며 혈랑을 상징하는 무기였다. 후는 직접 허리를 굽혀 언월도를 집었다. 꽤나 묵직한 언월도의 날에 비친 자신의 모습을 보며 후는 이까지 드러내며 환하게 웃었다. 왠지, 언월도에서조차 꽃향기가 날 것 같다.

"밤까지 기다린다."

어제 밤 자신만이 기억하는 그 풍경을 떠오르게 하는 홍국의 세자를 사로잡아야 한다. 후는 환하게 웃는 입에 힘을 주며 꾹 다물었다. 퇴각을 알리는 나팔소리가 점차 줄어들었고 홍국의 군사들도 점차 희미하게 보일 정도로 작아졌다.

겨우 진지로 돌아온 랑은 말에서 내리다가 어깨에서 느껴지는 고통에 저도 모르게 신음을 내뱉고 말았다. 그 모습에 대장군과 천이 서로 눈을 바라보며 무언의 말을 나누었다. 천의 도움으로 겨우 말에서 내린 랑은 혹여 군사들의 사기가 떨어진 것은 아닐까 걱정을 하며 난생 처음 손을 가볍게 하여 온 자신을 책망하였다. 어의가 와서 붕대로 랑의 어깨를 고정해 놓자 랑은 자리에서 일어났다. 그런 랑의 모습에 대장군과 천이 동시에 일어나 랑이 나가려는 문을 막았다.

"그 몸으로 어디를 가신다는 겁니까!"

"하지만……."

"대장군의 말씀을 들으십시오."

랑은 천과 대장군과 어의를 보며 한숨을 내쉬었다. 큰 상처가 아니라고 변명하려 했지만, 이내 옆에 서 있던 어의가 어깨를 힘주어 잡자 자신도 모르게 신음소리를 내고 말았다.

"식은땀까지 흘리십니다."

천의 말에 랑은 자신도 모르게 천의 눈을 피했다. 어젯밤 다친 발목에, 전쟁 중에 황제에게 힘으로 밀려 언월도까지 날려버렸다. 여자의 몸으로 월도를 쓴다는 것 자체가 무리였다. 그러나 랑은 누구보다 독하게 훈련해서 언월도를 자유자재로 쓸 실력에 도달하였다. 그러나 황제로 인하여 그 모든 훈련을 모두 헛수고가 되고 말았다.

최대한 빨리 해결하자는 마음으로 해가 뜨자마자 아침부터 전쟁터로 향하였다. 하지만 전쟁은 제 뜻대로 되지 않았고 심지어 무기마저 날려버리고 말았다. 어떻게든 벌판에 버리고 온 언월도를 회수해야 했다. 언월도는 전쟁터에 나오면서부터 함께한 랑의 전우였다. 그걸 모를 리 없는 천은 한숨을 쉬며 랑을 바라보았다.

"제가, 다녀오겠습니다."

"천아, 이건 내가……."

"저, 홍국 무술대회 우승후보자였습니다."

천이 가볍게 던진 농담에 랑은 어색하게 웃어 보일 수밖에 없었다. 하지만 왠지 모르게 자꾸 불안한 기분이 들었다. 너무나도 불길한 기분이 들어, 밖으로 나가려던 천의 옷을 랑이 살짝 잡았다. 천이 뒤돌아 랑을 바라보았다.

"언월도만, 바로 회수해서 돌아와야 한다."

랑의 말에 천은 살짝 웃으며 고개를 끄덕였다. 그리고 점이 되어 수

풀로 사라지는 천을 보며 랑은 저도 모르게 두 손의 깍지를 꼭 끼었다. 온몸이 덜덜 떨려 왔고 자꾸만 초조하고 불안했다. 태양이 서쪽 산등성이 너머로 점차 떨어지고 밤이 온 천지를 덮었다. 그 시간 동안 랑은 한 발짝도 움직이지 않은 채 초소 앞에서 초조하게 천을 기다렸다.

그러나 랑의 기대와는 달리 어둠 속에서 후의 눈빛이 반짝 빛났다. 랑이 애타게 기다리던 언월도는 이미 그의 손 안에 있었다. 수많은 청룡국의 군사들을 베어간 그 날카로운 날이 달빛을 받아 푸르렀다. 바스락거리는 소리와 함께 후의 귀도 쫑긋 세워졌다. 후는 오른편에 있던 준휘와 눈빛을 주고받았다. 이내 준휘가 손을 들어 보이자 다들 활을 들고 일어섰다. 하지만, 이내 후의 손에 들려있던 언월도는 형태조차 보이지 않았다.

"이런!"

후가 이를 바득 갈며 자리에서 일어났다. 얼핏 보이는 말 세 대에 후는 재빨리 옆의 병사의 활을 뺏어 직접 활을 겨누었다. 화살이 날아가는 빠른 소리와 함께 잠시후 푸흐흥 하고 말 울음소리가 들려왔다.

"포박하라!"

후의 명령에 전 병력이 말이 엎어진 곳으로 달려갔다. 세 대의 말 중 두 대는 재빨리 달아나고 있는 것이 보였다. 쓰러진 말 옆으로 사내 한 명이 매서운 눈초리로 후를 바라보았다. 후는 그가 낮에 랑의 옆에 있던 인물임을 알 수 있었다. 홍랑의 호위무사.

"뭐, 기대했던 건 아니다만, 이 정도면 나쁘지 않은 성과군."

후의 말에 천이 분하였는지 이를 갈며 눈길로 제 주위를 살폈다. 자신을 향해 있는 100여개의 칼을 본 천은 단도를 꺼냈으나, 그것이 준휘에 의해 저지당하고 말았다. 준휘는 고개를 끄덕였고, 군사들이 천을 포박했다. 그리고는 성에 당도하여 편지 하나를 병사를 통해 랑에게 보냈다. 랑이 그 편지를 받고 어떤 표정을 지을지 벌써부터 궁금해졌다.

문에서 직접 병사를 맞이한 랑의 손에서 전달받은 편지가 곱게 구겨지고 말았다. 단 한 번도, 자신의 직감은 틀린 적이 없었다. 차라리 제가 갔더라면 후회스럽지는 않았을 것이다. 이 모든 상황이 피곤하여 랑은 눈을 지그시 감았다. 미간에서부터 통증이 뻗어 나와 온몸을 휘감는 기분이 들었다. 랑의 굳어진 얼굴은 좀처럼 펴질 기미가 보이지 않았다.

태흘이 그런 랑을 보며 한숨을 내쉬었다. 역시나 랑은 몹시 화가 나 있는 상태였다. 아직까지 랑이 이성을 잡고 고삐 풀린 망아지처럼 행동하지 않는다는 것에 그는 그나마 안도의 한숨을 내쉴 수 있었다.

"역린을 건드린 대가인가."

"저하."

이를 으득으득 갈며 분노에 찬 랑의 표정에 태흘은 다시 한 번 깊게 한숨을 내쉬었다.

이내 태흘과 장수들이 나가고 랑은 아랫입술을 연신 깨물었다. 지금쯤 심한 고문을 당하고 있는 건 아닌지, 혹여나 다친 건 아닌지 랑은 자신도 모르게 심장이 덜컥 떨어지는 기분이었다. 랑은 허리를 숙인 채 제 머리를 쥐어 잡았다.

"저하, 휘입니다."

휘가 살짝 웃음을 지으며 들어왔다. 휘의 등장에 랑은 자신도 모르게 미간을 다시 한 번 찌푸렸다. 항상 저렇게 웃고 다니는 휘가 오늘은 꽤나 밉상이었다. 그러나 랑의 얼굴을 보면서도 휘는 여전히 웃는 낯이었다.

천은 휘를 어디서 만났는지 어떻게 만났는지 말해 주지 않았다. 그저 어린 시절 밥을 굶으며 떠돌다가 시장에서 만났다고 했다. 그 후로 같이 수련을 했고, 의형제까지 맺었다고 했다. 천이 믿는 사람이기에 랑도 그를 믿고 휘를 자신의 곁에 두었다. 하지만, 랑은 휘에 대해 가끔씩 불안한 마음이 들었다. 항상 헤프게 웃고 다니는 휘는 이상하게 가까이 하고 싶지 않은 느낌이었다.

"저하, 오늘밤 형님을 찾으러 갈 때, 변복을 하심이 어떠하십니까?"

제 앞으로 청룡국 군사의 옷을 내미는 휘를, 랑은 자신도 모르게 빤히 바라보았다. 휘가 제 얼굴에 무언가 묻었냐며 부끄럽다고 얼굴을 붉혀 랑은 그만 피식 웃고 말았다. 내가 도대체 무슨 생각을 하는 거지. 이미 몇 해를 지켜본 아이였다. 제 수하 하나 믿지 못하는데 전쟁이라는 거사를 어찌 치르겠는가. 랑은 휘가 내민 옷을 받아들었다. 그러나 휘의 입꼬리가 조금 더 위로 올라가는 것은 보지 못하였다.

"너도, 함께 가는 것이냐?"

"형님 찾으러 가는데 당연히 이 아우가 가야지요!"

옷을 입으며 휘에게 묻자 휘는 자신도 남자라고 탕탕, 제 가슴을 때리며 큰소리를 쳤다. 그 모습에 랑은 또 피식 웃고 말았다. 자신에게는 천을 무사히 찾는 것이 급선무였다. 랑이 군복을 입는 동안 휘는 잠깐 나와서 손목에 묶고 있던 천을 찢었다. 그리고 평상시 가지고 다니던 붓통에서 세필 붓을 하나 꺼내 휘갈기듯 무언가를 쓰고는 휘파람을 불었다. 방금까지도 랑의 막사 위를 맴돌던 새 한 마리가 가볍게 휘의 팔에 내려앉았고 휘는 주위를 감시하는 병사들의 눈치를 보며 재빨리 새의 다리에 편지를 묶고는 날려 보냈다.

'기러기가 달을 덮는 시간에 하늘을 찾으러 갑니다.'

상대편에서 날아 온 새가 사뿐히 준휘의 팔에 앉았다. 능숙한 솜씨로 비둘기 발목에 묶인 편지를 풀고, 비둘기를 제 옆의 병사에게 주었다. 비둘기가 모이를 먹는 동안 준휘는 익숙한 필체가 쓰인 쪽지를 재빠르게 읽고서는 불속으로 던져버렸다.

"그래, 물었다더냐?"

"해시에 온다고 전갈을 보냈습니다."

후는 한쪽 입꼬리를 올려 차갑게 웃음을 지었다. 그리고는 자리에서 일어나 이내 제 막사에서 나갔다. 바로 정면에서 십자형틀에 묶여있는 천을 바라보았다. 여기 저기 매질에 고문의 흔적이 역력했지만, 그는 비명이나 얼굴표정의 변화 없이 묵묵히 그 고통을 참아내고 있었다. 후는 그런 천이 마음에 들지 않았다. 형틀에 묶여 있는 천 옆에 서 있던 병사에게서 고삐를 뺏어 잡아 든 후를 준휘가 말렸다.

"폐하, 보는 눈이 많습니다."

준휘의 말에 후는 고삐를 바닥에 던져버렸다. 그리고 천을 노려보았다. 천의 멀끔한 얼굴이 이미 생채기로 가득했다. 후의 매서운 시선을 그저 받아내며 묵묵히 바닥만을 바라볼 뿐이었지만 후는 그것이 마음에 들지 않았다. 그는 천에게로 다가가 핏물이 흘러내리는 천의 귀에 나직하게 말을 하였다.

"감히, 역린을 건드린 죄, 그 주인을 모신 죄, 네 눈 하나로 받아가겠다."

그의 말이 끝나자 그제야 천이 고개를 들어 후를 바라보았지만 후는 등을 돌린 지 오래였다. 후의 명령이 병사들에게 전달되었고 이내 천의 비명소리가 청룡국의 청락성을 울렸다. 그러나 이내 다시 병사들이 천의 입을 막아 비명소리는 오래가지 못했다.

변복을 끝낸 랑은 앞에서 살짝 들려오는 비명소리에 숙이고 있던 고개를 들었다. 천에게 무슨 일이 생긴 것인가 싶어 소름이 돋았지만 이내 휘가 손짓을 하며 저를 이끌었다.

"저하, 이쪽입니다."

휘의 손짓에 랑은 그 누구에게도 들리지 않을 발걸음으로 사뿐히 움직였다. 달빛조차 구름에 가려 보이지 않는 지금, 랑은 행여 두근거리는 심장소리가 누군가에게 들릴까 봐 조마조마했다. 항상 이렇게 변복으로 하고 가는 건 익숙하다만, 이번에는 왠지 모를 불길한 기운에 랑은 몸을 더욱 움츠렸고 더욱 조심스러웠다. 그러다가 문득 드는 생각에 랑은 그 자리에 우뚝 서서 가는 길을 멈추었다.

"저하, 왜 그러십니까?"

"네놈이, 감히 나를, 너를 거둔 천에게 어찌……."

랑의 노기 섞인 목소리가 휘를 감쌌다. 앞을 향하던 휘가 뒤를 돌아 랑의 눈을 바라보았지만, 이미 랑의 눈은 분노로 벌겋게 충혈되어 있었다. 마차 야차와도 같은 그 모습에 휘는 자신도 모르게 잠시 몸을 움츠렸지만, 이내 제 뒤로 느껴지는 인기척에 다시 당당한 모습으로 랑을 바라보았다.

"저하, 그 무슨 말씀이십니까."

"이 배신자! 네가 바로 첩자였어!"

랑이 이를 갈며 검을 뽑아 휘에게 휘둘렀다. 목 밑으로 서늘한 칼날이 몇 번 오갔고 산속에서 두 검이 맞닿으며 불꽃이 튀었다. 검을 맞대고 휘를 나무 기둥으로 밀어붙이던 랑의 눈빛이 매서웠다. 휘의 이 얼굴이 왜 이리도 익숙하게 느껴졌던 것일까. 평소와 다를 것이 없었는데 이상하게도 낮에 있었던 전투가 끝나고 휘가 누군가를 참 많이 닮았다는 생각이 들었다. 이게 바로 그 불길했던 기운의 바탕이었나 보다.

"청룡국의 황제폐하께서 기다리고 계십니다. 저하. 제 동생은 놔 주시지요."

휘와 참으로 비슷한 목소리가 랑의 귀에 들려왔다. 랑은 휘를 다시 한 번 올려다보았고 휘는 이제 랑이 싫어하는 그 미소를 짓고 있었다. 왜 진작 눈치 채지 못했을까. 저 녀석을 어디선가 본 적이 있다고 느낀 것은 바로 저 녀석이 청룡국 황제의 호위무사였던 준휘와 닮아 있었기 때문이었다.

"역시나……."

검을 쥔 랑의 손에서 힘이 빠지는 것을 느낀 휘는 랑을 밀치고 청룡국 군사들의 뒤 쪽으로 슬그머니 빠졌다. 휘를 상관할 겨를도 없이 랑은 자신 앞에 나타난 준휘를 노려보았다. 진작 눈치 챘어야 했던 자신의 잘못이었다. 전쟁터에서 단 한 번도 자신의 직감은 틀린 적이 없었는데 그걸 간과한 탓이기도 했다.

"감히 어느 몸에 손을 대는 것이냐!"

밧줄을 들고 오던 청룡국의 병사들과 그녀의 팔을 잡으려던 청룡국 군사들은 깜짝 놀라 뒤로 물러났다. 산중이라 어두워 자세히 보이지는 않지만 랑에게는 왠지 건드릴 수 없는 아우라가 뿜어져 나오는 기분이었다.

"내 발로 걸어갈 터이니, 그딴 것 필요 없다."

적진에서도, 적국의 병사들에게도 마치 자신의 병사들에게 내리는 명령인 양 행동했지만, 누구 하나 랑을 건드릴 만한 담력은 되지 않는 듯 싶었다. 랑과 청룡국 군사들은 살짝 거리를 둔 채 청락성의 성내로 걸어갔다. 점차 불빛이 보이는가 싶더니 이내 랑은 눈에 너무나도 익숙한 이를 볼 수 있었다.

"천!"

랑은 천을 보자 천의 앞으로 달려갔다. 단 한 번도 흐르지 않던 눈물이 천을 보자 와장창 쏟아져 내렸다. 눈물을 닦을 겨를도 없이 천의 몸을 살피는 랑을 보며, 천은 제 주인의 목소리에 가까스로 정신을 차려 랑을 바라보았다.

"저…… 저하……."

다 갈라진 목소리에 랑은 천의 얼굴을 잡아서 자신을 보게 했다. 으윽 소리와 함께 천은 제 눈이 있던 자리가 욱신거리는 걸 느낄 수 있었다. 랑은 천의 왼쪽 눈이 뭔가 이상하다는 걸 느꼈다. 눈이 있어야 할 자리가 피로 응결지고 멍이 들었으며 움푹 패진 모습에 랑은 비명을 질렀다.

"이, 이…… 무슨 짓이야!"

랑은 자신도 모르게 고음을 내고 말았다. 천이 괜찮다며 나지막한 목소리로 여기는 적진이라고 말해 주지 않았더라면 랑은 정신을 차리지 못하고 계속 비명을 질렀을 것이다. 천은 그런 랑을 조용히 달래며 랑에게 무언가를 말하였다. 그 말에 랑은 이를 악다물며 천을 바라보았다.

"홍국 세자가 이곳까지 어려운 발걸음을 하셨습니다."

익숙하게 들리는, 치 떨리는 그 음성에 랑은 고개를 휙 돌려 후를 바라보았다. 후가 낯익은 비웃음으로 랑을 내려다보았고 랑은 자리에서 일어나 후를 바라보았다.

"우선, 담소 좀 나누실까?"

"담소가 아니라, 협상이겠지요."

랑의 말에 후는 피식 웃었다. 역시, 이 조그마한 몸에서 흘러나오는 패기를 무시할 수가 없다. 천하의 제왕인 자신을 이토록 긴장하게 만드는 자는 아마 지금 대륙을 통틀어 몇 안 될 테니 말이다. 저를 따라오는 랑의 눈빛이 보지 않아도 참 무섭다고 느껴졌다. 성 내에 마련된 회의 공간에 들어간 랑을 바라보며 신료들은 다들 입을 다물어야 했다. 갑자기 드는 오한에 한겨울 옷을 벗고 눈밭을 구른다 하여도 이보다는 덜 추울 것이라는 생각이 저절로 들었다. 그러나 이러한 생각은 비단 청룡국 신료들과 장군들뿐만은 아니었다. 후는 자신 앞에 앉아서 냉기를 넘어 살기를 여지없이 뿜어내는 랑을 보며 겨울 같다는 생각을 하고 있었다.

　머리를 묶은 끈마저도 붉은 색으로 염색을 한 랑은 여지없이 자신이 홍국의 세자라는 것을 드러내고 있었다. 갑옷을 입었을 때는 체격이 좀 된다고 생각하고 있었는데, 이렇게 붉은 평복을 입은 모습을 보니 생각보다 체구가 작았다. 과연 남자가 맞을까 라는 생각이 들 정도로 말이다.

　랑은 초조한지 붉은 아랫입술을 하얀 이로 계속 짓눌렀다. 분명 사내임에도 불구하고 왠지 자신도 모르게 침 넘어가는 사람이 하나 둘이 아니었다. 심지어 여인을 돌처럼 본다고 소문이 나 청룡국 여인들을 울린 후마저도 랑의 얼굴을 밝은 곳에서 보자 심장이 두근거렸다.

　'아, 이래서 홍국 세자의 미색이 아름답다는 소문이 퍼진 거구나……'

　아름답다……. 정말 이렇게 꾸밈이 하나도 없는데 아름답다는 생각이 저절로 드는 건 처음이었다. 그러나 랑의 눈과 시선이 마주치자 제 생각이 무척이나 짧았음을 알 수 있었다. 랑은 허리를 꼿꼿하게 편 채로 당당한 모습을 하고는 후를 정면으로 응시하였다. 랑의 눈빛이 매서워 당장이라도 사람을 죽일 듯한 기세였지만 맞은편에 앉아있는 후도 만만치 않았다. 먼저 입을 연 사람은 랑이었다.

　"내 실력은 다들 아실 테지요."

　적진에 혼자 앉아있는데도 랑은 무척 당당하고 여유로운 듯한 모습이었다. 후는 피식 웃었다. 자신이 잠깐 착각할 뻔했다. 그 곱상한 얼굴과 달리 내뱉는 말은 꽤나 사납게 들렸으니까. 홍랑의 실력이야 너무 잘 알고 있다. 이곳에서 랑이 내뱉는 모든 말이 협박처럼 들리는 건 저 말이 정말로 랑이 마음만 먹으면 여기 있는 모든 이를 제치고 도망갈 수 있다는 걸 알기 때문이었다.

　"자, 그럼 청룡국 황제께서 원하시는 조건은 무엇인지요?"

랑이 두 손을 깍지를 끼어 곱게 무릎에 얹어놓더니 빙긋 웃으며 천을 바라보았다. 그 웃음에 방금 전까지 빙하기처럼 얼어붙은 분위기가 순식간에 부드러워지는 것이 느껴졌다. 다들 표정들에서 무슨 생각을 하는지 알 것 같았다. 얼굴 표정 하나, 태도 하나만으로 주위 분위기를 순식간에 바꾸어 놓았다.

"역린을 건드린 대가."

"그건 제 호위무사의 눈을 가져간 것으로 이미 거래가 성사된 것 같습니다만……."

"뭐?"

"폐하께서 그렇게 이야기하셨다고 하더군요. 역린을 건드린 대가로 네 눈 하나를 가져가겠다고 말입니다."

아, 순식간에 후는 할 말을 잃었다. 화가 나서 한 말을 천이 기억하고 전했을 줄이야. 황제의 말 한 마디는 그것이 농이라 하여도 내뱉는 순간 엄중한 책임이 달려 있었다. 그리고 지금은 전시상황이다. 말 한 마디 행동 하나가 더욱 중요한 시기였다.

"그럼, 좀 더 알아듣기 쉽게 물어보지. 저놈과 내 언월도를 돌려받기 위해 청룡국 황제께서 원하시는 조건은 무엇인가?"

분명히 지금, 이 상황은 청룡국 황제가 갑이고, 홍국세자가 을의 위치임에도 어째 바뀐 분위기였으나 누구 하나 무엄하다고 말할 수 없는 상황이었다. 후마저도 랑의 저 거만함에 랑을 죽여 버리고 싶으면서도 이상하게 이 상황이 재미있게 느껴졌다. 하룻강아지가 제 주제를 모르고 범에게 덤비는 이 상황이 말이다.

"홍국 옥새."

"뭐요?"

"홍국의 옥새 말이다."

후의 말에 랑의 눈이 커졌다. '이 새끼'라고 작게 욕지거리를 내뱉었다만 후의 눈빛만큼은 진심이었다. 장난으로 내뱉은 말이 아니라 진짜였다. 그리고 그 눈에는 살기도 함께 서려있었으니까. 랑은 다시 아래 입술을 깨물었다. 한동안 둘 사이에는 아무 말이 오가지 않았고 신료들과 장군들은 두 사람의 눈치를 살폈다. 한동안의 고요함을 먼저 깬 것은 후였다

"싫으면 네 호위무사를 처형하도록 하지."

"청룡국에서는 옥새가 진후가 아니라 이준휘인가 보군요."

랑의 말에 후의 옆에 서 있던 준휘가 칼을 뽑아 랑의 목을 치려하였다. 그러나 랑은 흔들림 없이 다부진 눈으로 후를 바라보며 차갑게 내뱉었다. 그 말은 청룡국 대신들은 물론 황제마저 경악하게 만들었다.

"옥새가 아닌, 나는 어떠합니까?"

준휘의 칼에 살짝 베인 랑의 목에서 피가 조금 흘렀지만 그녀는 동요조차 하지 않았다. 랑의 말에 잠시 정적을 이루던 막사 안은 이내 혼란에 휩싸였다.

"너를?"

후가 내뱉은 말에 랑은 자신도 어이가 없는지 피식 웃었다. 하긴 누가 들어도 어이없는 대가이긴 했다. 호위무사를 받기 위해 주인이 가는 꼴이라니. 그것도 보통 주인이던가. 홍국의 대를 이을 세자가 아니던가. 그 세자가 혈혈단신으로 지금 제국의 황제와 신료들과 장군들을 상대하고 있었다. 너무나도 아무렇지 않게 저를 데려가라 했으니 경악할 만도 하다.

"대신, 조건이 있습니다. 천을 무사히 풀어주고 홍국의 독립권과 자유교역을 인정해 주시지요."

"뭐라?"

"옥새를 뛰어넘어 백성들에게 신으로 추앙받고 있는 홍국 세자를 인질로 잡고 있는 것. 이 정도면 황제, 그대에게는 얻는 것이 많지 않습니까?"

랑의 말에 후는 웃고 말았다. 얻는 것이 많다……. 전리품으로 홍국 세자는 나쁘지가 않았다. 그것도 다른 홍국의 왕족도 아닌 세자가 아니던가. 하지만 도대체 왜 제가 자진하여 저러는지 알 수가 없었다. 마치, 자진해서 적진으로 투항해서 들어온 비겁한 병졸처럼 말이다.

"그럼, 나도 조건 하나를 걸지."

"……."

"나의 개가 돼."

"그보다 더 고급스러운 단어는 없습니까."

"굳이 돌려 듣기 원한다면 나의 수족이 되도록 해. 이러면 되었는가."

후의 말에 랑의 고운 얼굴이 순간 일그러졌지만 다시 후를 똑바로 쳐다보았다. 랑의 붉은 홍채 가운데의 검디검은 동공이 후를 놀리는 듯한 느낌이 들었지만, 후가 그걸 인식하기도 전에 랑의 붉은 입술이 떨어졌다.

"원하신다면, 기꺼이."

이내 몸을 홱 돌려 나가버린 랑은 밖에서 천을 끌어내렸다. 그 짧은 시간에 온갖 매질을 당한 천을 바라보는 랑의 눈에 눈물이 차올랐지만 흘리지는 않았다. 그러나 천의 얼굴을 쓰다듬는 손이 떨려왔고 천은 아직 성한 한 쪽 눈으로 랑을 바라보며 희미하게 웃었다.

"마차를 가져와라!"

랑의 불호령에 군사들은 서로를 바라보며 난감한 표정을 지었다. 랑은 어느새 제 옆으로 다가온 휘를 차갑게 바라보았다.

"네가 인간이라면 너를 거두어 준 형에게 이럴 수는 없다. 최소한의 예의라도 보여라."
 항상 랑을 지척에서 모셨던 휘라 할지라도 랑의 이러한 모습은 보기 힘든 것이었다. 오금이 저려오는 느낌이 저절로 든 휘는 손짓을 해서 옆에 있던 병사를 시켜 마차 한 대를 대령하였다. 랑이 마차 안으로 언월도를 집어넣고는 저보다 키가 큰 천을 겨우 부축하였다. 휘가 와서 그를 부축하려 했지만 마치 닿으면 살이 문드러질 것처럼 저를 바라보는 랑 때문에 휘는 뻗었던 손을 접을 수밖에 없었다.

 패배했다. 그리고 홍국의 왕궁은 발칵 뒤집혀졌다. 환궁한 랑은 신하들 앞에서 아비에게 뺨을 맞아 조회에서 쓰러지고 말았다. 신하들은 서로의 눈치를 살피었고 분위기는 차갑기 그지없었다. 그들 중에 불처럼 화를 내는 사람은 바로 홍국의 왕이었다.
 "네가 제정신으로 그곳을 가겠다는 것이냐!"
 신하들은 힘없이 쓰러진 세자를 보며 누구 하나 아무 말 하지 못하고 있었다. 솔직히 말하자면 마음 한편에 자신도 모르게 일렁거리는 안도감은 어쩔 수 없었으니까. 그리고 그것이 세자에게는 무척이나 미안했으니까.
 "그리 원하시던 홍국의 독립권과 자유무역권입니다."
 랑의 볼이 부풀어 올랐다. 그러나 부어오른 얼굴은 상관없다는 듯 아비를 똑바로 바라보았다. 울지 않으리라 그리 다짐을 했건만 눈물이 맺히는 기분에 랑은 자리에서 벌떡 일어섰다.
 "저 하나로 인해, 홍국은 자주국가가 되었고, 백성들은 생활의 안정을 찾을 것이며, 병사였던 사내들이 돌아가니, 더 이상 흉년이 지속되지 않을 겁니다. 그리고 왕자는 저 말고 한 명 더 있지 않습니까!"
 랑의 울부짖음이 궁에 울려 퍼졌다. 그 한 맺힌 외침에 홍왕은 랑을 빤히 바라보았다. 대신들이 보지 못한 흘러내린 머리칼 속 랑의 눈빛이 오롯이 자신에게 향해있었다. 랑이 태어난 후 17년간, 상처받은 그 눈빛이 그대로 홍왕의 심장에 박혀 그 어느 때보다 욱신거렸다. 랑은 몸을 돌려 그대로 밖으로 나가버렸다. 다만 대신들 중 태흘이 한숨을 쉬며 대신들 뒤로 몰래 빠져 밖으로 나간 랑을 따를 뿐이었다. 랑이 나가자 서 있던 홍왕이 무너지듯 자리에 털썩 앉아버렸다.

"이제 그만."

"세자저하."

"더 이상 세자도 아니고 더 이상 왕자도 아닙니다. 연은 제가 먼저 끊었습니다."

"저하……"

동궁전에 앉아 주위를 물리친 랑은 눈물이 찬 눈으로 태흘을 바라보았다. 태흘은 랑의 눈과 그 눈에서 흘리는 눈물을 보았다. 지금까지 자신이 봐온 씩씩하고 든든한 왕자의 눈빛이 아니라, 툭하고 건드리면 금방이라도 쓰러질 것처럼 위태위태한 여인의 눈빛이었다. 그래서 어린 시절처럼 무섭게 혼을 낼 수 없었다. 어찌 보면, 누구보다 예뻤을, 누구보다 귀여움 받으며 곱게 자랐을, 홍국의 셋째공주였다. 그리고 커가면서 드러난, 남장으로도 가릴 수 없는 그 미색은 랑이 여인이라는 것을 더 이상 숨기기 힘들어지게 만들었다.

"어마마마께 가 보세요. 아무 걱정하지 말라 전해 주세요. 그분의 뜻대로 의가 대통을 잇게 될 겁니다."

"……"

태흘은 자리에서 일어나 조용히 동궁전을 빠져나왔다. 그러면서 동궁전 현판을 빤히 바라보다가 랑이 있는 방을 바라보았다. 비록, 누님에게는 거짓으로 알린 사주였지만 그녀의 명령으로 본 랑의 운명은 생각보다 힘들고 복잡하였다.
 '어떠합니까?'
 '쯧쯧, 천후(天后)가 되실 몸을 남자의 몸으로 묶어 놓으니 그 삶이 행복할 수가 있나.'
 '네?'
 '희생과 인내를 아주 그냥 몸이고 마음이고 도배를 하겠어. 초년복은 아주그냥 죽을 사자가 도대체 몇 개가 껴 있는 거야? 보통 강한 사주가 아닌데.'
 '이보시오. 지금 무슨 망언을 하는 것이오?'
 앞니 하나 빠져 앞도 제대로 못 보는 노파의 말이었지만 태흘은 그 말을 랑을 보면서 한 번도 잊은 적이 없었다. 어쩌면 이 선택이 랑을 죽음으로 몰고 가는 것이 아닌, 랑을 살리는 길이 될 수도 있으니 말이다. 아니 그렇게 되기를 간절하게 바랐다.
 "왔느냐?"
 동생 태흘의 등장에 왕비의 눈빛이 반갑게 변하였다. 하지만 태흘의 표정이 안 좋은 것을 보고는 고개를 끄덕였다. 태흘은 침을 꿀꺽 삼키며 중전을 향해 말하였다.
 "중전마마, 세자 저하께서 사지로 떠나려 하시옵니다."
 "글쎄……."
 "네?"
 누이의 의뭉스러운 태도에 태흘은 반문하였다.
 "호랑이를 잡으려면 호랑이굴로 들어가야 한다고 하지. 천하를 잡으려면 천자가 있는 곳으로 가야하는 것이 이치 아니겠느냐. 나는 그 아이가 왕으로 만족할 아이가 아니라 생각한다."
 왕비는 말을 마치고는 오래전 일을 다시 기억하였다. 첫째 딸과 둘째 딸과는 달리, 랑은 태어나는 그 순간부터 이미 그 운명을 점지 받은 아이였다. 아니 뱃속에 있을 때부터 남다른 태몽이었으니까. 붉은 용과 푸른 여의주. 사내아이에게만 점지된 그 태몽을 꾸고 태어난 아이였으니까. 비록 자신을 죽도록 원망한다 할지라도 왕비는 아직 눈도 제대로 못 뜨는 아이를 안고서 수천 번이고 수만 번이고 그 아이를 벼랑에서 밀어낼 것이라고 마음먹었다. 누구보다 강하고, 아름다운 황후(皇后), 혹은 천자의 비라 불리는 천후(天后)로 만들고 싶었다. 그것이 자신을 위해 여인의 삶을 억누른 아이에게 해 줄 수 있는 모든 것이라 생각하였다.

랑이 동궁전에 돌아와 싼 짐은 그리 많지가 않았다. 오래전 생일선물로 받은 여인의 옷, 처음 잡았던 붓, 자신이 직접 쓴 병서. 물건을 다 포장하고 보니 한손으로 들 정도의 양이었다. 나머지 준비는 어차피 상궁이나 궁녀들이 해 줄 것이다. 동궁전을 나서 뒤를 돌아보았다. 자신을 오랜 세월 돌보아 준 동궁전의 상궁과 내관, 궁녀들이 저를 보면서 눈물을 흘리는 듯싶었다. 지금 떠나지 않으면 오랫동안 발걸음을 떼지 못할 것 같아 랑은 재빠르게 고개를 돌리고 준비되어 있는 말을 탔다.

"아이고 세자저하!"

도성 안의 통곡소리가 랑의 발목을 잡는 느낌이었지만, 랑이 탄 말은 조용히 앞을 향해 걸어갈 뿐이었다. 마치 제 자식이라도 죽은 것마냥, 백성들은 그리 통곡을 하고 있었다. 랑을 호위라는 명분하에 감시하는 준휘에게는 살기가 가득한 눈빛들이 쏟아졌다.

'신'이라……. 준휘는 랑의 등을 힐끗 보았다. 어디 딴 마음먹고 도망가지 못하게 하라는 후의 명령에 따라 그는 자신의 호위무사인 준휘를 직접 홍국에 보내었다. 확실히 홍랑은 궁에서부터 그 존재가 남달랐다. 대신들을 휘어잡는 그 힘은 예사로운 힘이 아니었다. 괜히 세자가 아니었다. 단 한 번의 편전회의를 봤음에도 불구하고 준휘는 랑의 모습에서 태자시절의 후를 느낄 수 있었다. 신하들뿐만이 아니라, 궁녀와 내관들 모두 랑을 우러러 보고 있는 것이 느껴졌다. 다만, 특이한 점이라면 부모인 국왕 내외에게 버림받았다는 느낌이었다. 가장 존귀하고 미래 왕이 될 세자, 물론 지금은 이리 인질로 끌려가는 입장이라 하여도 왕후나 왕이 세자를 대하는 태도는 이미 전부터 냉담하기 짝이 없었다. 아울러, 랑의 곁에서 항상 랑을 보필하는 자는 그 어떤 왕족도 아닌, 왕비의 동생 태흘공, 인척이었다. 그에 반해, 랑의 동생이라던 두 번째 왕자인 홍의는 왕족들의 사랑을 한 몸에 받고 있었다. 왕후는 의왕자에게 일어난 일이라면 자다가도 벌떡 일어나 달려간다고 하였다. 소문으로 듣기엔 홍왕은 랑 왕자가 아닌 의 왕자를 차기 왕으로 생각하고 있다고 할 정도였다. 하지만, 민심은 누가 봐도 랑에게 몰려있었다. 홍국의 옥새보다 더 가치 있는 존재라고 내뱉었던 랑의 말은 허세가 아니었다. 준휘는 입이 텁텁해지는 듯싶었다. 오랜 세월 제 동생을 간자로 심어두고 여러 이야기를 듣기는 했다만 실제로 눈으로 보아하니 그 위세가 등등해 홍랑이 어째서 적진에서도 그리 당당할 수 있었는지 알 것 같았다. 랑을 붙잡는 백성들의 소리는 홍국을 벗어나 연국에서도 이어질 정도였다. 연국과 청룡국이 맞닿아 있는 곳에 위치한 주암성에 도착해서야 그 소리는 들리지 않았다.

"이만, 나가 주시게."

"하지만 옷시중을……."

"내가 스스로 한다 하지 않았는가?"

청룡국 변방의 성인 주암성에 도착한 지 사흘이 되고 있었다. 랑은 주암성에 온 이후로 주위에 아무도 가까이 하려 하지 않았다. 심지어 식사마저도 직접 자신이 보는 앞에서 짓게 하여 주암성에 소속된 시녀들의 마음은 불편하기 이를 데가 없었다. 옷을 입거나, 누군가 제 몸에 손을 데리려고 하면 소스라치게 놀라며 물러서 호통을 쳤다.

랑은 옷을 갈아입고서 탁상에 앉아서 차를 우려 마시기 시작했다. 청락성에서 있었던 일들이 자꾸만 떠올랐다. 천을 데리고 홍국 진영으로 돌아왔을 때 랑을 향해 울부짖던 천의 목소리가 울려 퍼졌고, 자신을 걱정하는 장군들의 목소리도 환청처럼 들려왔다.

'저하!'

천의 목소리가 아직도 귀에 울려 퍼지고 있었다. 제 잘못이었지만 천은 그렇게 생각하지 않았다. 천에게 자신의 미천한 목숨이야 버릴 수 있지만 랑은 고귀한 존재였다. 게다가 자신조차 눈치 채지 못한 청룡국의 첩자를 바로 옆에 두었다. 그것도 랑 옆에 두게 한 것은 천, 그 자신이었다. 천은 그런 죄를 갚겠다며 자신을 따라오겠다고 했다. 청룡국에서 자신을 호위하게 해 달라 애원했다. 하지만 랑은 그를 자신만을 위해 쓸 수가 없었다. 그는 자신이 없을 홍국에서 더 필요로 할 존재였다.

'형님!'

자신이 청룡국에 간다는 걸 들은 의는 랑이 돌아오자마자 동궁전으로 달려왔다. 랑은 저를 보며 숨을 헐떡이는 의를 보며 무릎을 굽혀 눈을 마주했다. 그 선한 눈동자가 랑의 마음을 더욱 아프게 하는 것 같았다.

'훌륭한 군왕이 되어야 한다. 아버님보다 더 뛰어나고 조부님보다 더 훌륭한 군왕이 되어야 한단다. 역사에 길이 남을, 그런 왕이 되어야 한다…….'

'형님…….'

'떠나기 전에 마지막으로 누님이라 불러다오.'

랑의 말에 의는 눈물을 터뜨렸다. 모든 왕족이 사랑하는 왕자였다. 하지만 의는 유독 랑을 따랐고 랑도 자신을 따르는 의를 함부로 내칠 수 없었다. 무엇보다 의는 자신이 사랑하는 홍국을 이끌어갈 왕이 될 '왕자'였다. 랑은 의와 천의 손을 서로 잡게 해주었다. 의는 눈을 깜빡거리며 천을 바라보았고, 천은 영문을 모르겠다는 듯 랑을 빤히 바라보았다. 랑의 입가에 살짝 미소가 지어졌다. 랑은 마주잡은 두 사람의 손 위로 제 손을 올려 토닥토닥 만져 주었다.

'천아, 의를 부탁한다. 이 아이는 내 목숨보다 더 소중한 녀석이다.'
'하지만 저는!'

천은 랑의 눈을 바라보았다. 그 어떤 때보다 깊은 신의가 눈에 서려 있었다. 아직은 나약하기 이를 데 없는 왕자의 실질적인 보호막이 되어 줄 수 있는 건 바로 그림자처럼 호위해 줄 수 있는 호위무사였다. 그리고 의는 아직 그런 호위무사를 고를 수 있는 눈을 가지지 못했다. 어느 누구도 함부로 할 수 없는 하나뿐인 왕자지만 그래도 걱정되었다. 그러한 걱정을 담은 랑의 눈빛에 천은 아랫입술을 꾹 깨물었다.

'제 목숨을 걸고서라도, 아니 제 영혼을 걸고서라도 의 왕자님을 지키겠습니다.'

천의 말에 랑은 그제야 입가에 고운 웃음을 띠었다. 랑은 의의 머리를 쓰다듬으며 천을 귀히 대해줄 것을 부탁했고 의는 자신보다 갑절은 큰 천을 맑은 눈망울로 바라보며 고개를 끄덕였다. 그렇기에 랑의 마음이 조금은 가벼웠다.

"주암성에 도착했다고?"
"네 그러하다고 하옵니다."

청룡국 수도 중경, 그 가운데 자리 잡은 청룡국의 황궁 내에 있는 무술훈련장에서 한창 훈련을 하던 후가 흐르는 땀을 닦으며 소식을 전한 이를 바라보았다. 자신의 비밀 친위부대인 흑무의 장인 준휘가 써서 보낸 친서를 읽은 그의 입가가 슬며시 올라갔다.

2장. 새로운 삶

연국의 변방, 주암성에도 어둠이 내려앉았다. 성이 온전히 어둠에 내려앉고 불빛만이 성을 비추자 랑은 문 밖으로 고개를 살짝 내밀어 주위를 살피고서는 조심스럽게 한 발을 내밀었다. 그런데 그런 랑이 신은 신발은 사내가 신는 운혜가 아닌, 여인들이 신는 꽃신이었다. 게다가 폭 넓은 치마와 장옷은 누가 보더라도 영락없는 여인의 모습이었다. 랑은 까치발을 세운 채 주위를 조심히 살피며 조용히 연국의 주암성에 위치한 자신의 숙소를 벗어나고 있었.

"우와!"

처음 보는 야시장의 풍경에 랑은 저도 모르게 살짝 입가가 올라가는 게 느껴졌다. 연국의 야경이 아름답다는 건 익히 들어 알고 있었다만, 처음 보는 야시장의 모습에 랑은 열여덟 살의 천진난만한 아가씨로 돌아가 있었다. 여기저기서 지글지글 굽는 꼬치와 갓 튀긴 만두냄새, 집집마다 달린 형형색색의 등과 젊은 사람들의 웃음소리, 그 모든 것이 랑의 마음을 벅차게 만들었다. 전쟁에서 항상 듣던 울음소리, 비명소리가 아닌 행복한 소리였고 토 나올 거 같은 피비린내가 아닌 냄새만 맡아도 배가 불러오는 맛있는 음식냄새가 가득했다.

항상 궁중에서만 먹던 격식이 차려진 음식이 아니라 그저 길거리를 돌아다니며 먹는 음식이었다. 랑은 자신도 모르게 신이 나서 닭 꼬치 하나를 들고 야시장을 돌아다녔다. 그런 랑을 주시하는 주위 사람이 한두 명이 아니었다. 누가 봐도 고풍스러운 비단옷을 입은 귀족 집 아가씨임은 분명한데, 걸음걸이며 태도는 마치 사내를 보는 것 같은 느낌이었다. 그러나 체격이나 닭 꼬치가 들어가는 입술을 보면 여인의 것이니 다들 신기하게 보는 건 당연하였다.

모두의 시선을 받고 있다는 것을 인식한 랑은 마침 제 눈에 들어오는 곳을 찾았다. 발걸음을 멈춘 것은 온갖 보석을 파는 매대였다. 과거에 작은 언니가 몰래 밖에 나가서 사오는 장신구를 자신도 모르게 멍하니 바라보다가 몇 번씩 혼나던 것이 생각나서 발걸음을 돌리려던 랑의 눈에 귀걸이 하나가 들어왔다. 단순히 은에 연국의 주요 생산품인 푸른빛의 투명한 보석이 박혀 있는 것 이외에는 별 다른 것이 없었다. 화려해 보이지는 않고 단순하지만 은은한 빛깔을 반짝이는 그 보석에서 랑은 눈을 떼지 못하였다. 그 보석을 보고 있던 랑을 눈치 챈 것인지 주인이 웃으며 바라보았다.

"아가씨, 이 보석이 마음에 드십니까?"

"아, 아니오……."

자신도 모르게 남자 목소리를 내려던 랑은 아차 하는 마음으로 입을 가리며 개미가 기어가는 듯한 작은 목소리로 얘기하였다. 하지만 보석

상인은 손에 보석을 들더니 밝은 불빛에 비춰보았다.

"원래 이 모양이 잘 나오는 게 아닌데 아가씨가 보는 눈이 있습니다요, 좋소! 내 이걸 특별히 지화 한 장에 드리지요!"

"안 살 거라니……."

"지화 반 장, 나도 이 이상은 안 되오."

랑은 상인의 말에 그새 눈을 반짝이며 상인을 바라보았다. 상인은 환하게 웃으며 지화 반 장 이하로 깎아 줄 수 없다고 말하였지만 어느새 그의 귀 옆에 랑이 바짝 다가와 속삭이는 말에 귀걸이를 그녀의 손에 넘기고 말았다.

"내 이미 연국의 은 거래 정세를 다 아는데 이리 하면 큰 처벌을 받는다지요……. 지화 반의 반 장으로 합시다."

말보다는 그녀가 낮게 내뱉은 그 목소리에, 상인은 랑이 사라진 후에도 몸을 흠칫 떨었다. 그녀의 말대로 처음 제시한 가격의 1/4를 받고서도 그의 어안이 벙벙한 기분이었다. 낮은 목소리도 그러하고, 불빛에 얼추 비친 눈동자가 붉은 색인 것도 그러했다. 마치 귀신에 홀린 듯한 기분이 들었다.

"누구냐!"

작은 골목을 걷던 랑의 목소리에 움직임을 잠시 멈추었다. 전쟁터에서 키워진 감각이란 무시할 것이 못되었다. 그것은 여자의 옷을 입고 있다고 하여도 마찬가지였다.

"아가씨, 어느 집안사람이려나. 겁도 없이 밤늦게 돌아다니고 말이야."

"꽤나 반반하게 생겼네. 팔아먹으면 돈 좀 되겠어."

몇몇 패거리의 등장에 랑의 이마가 찌푸려졌다. 이까짓 몇 명쯤이야 해치우면 그만이다만, 문제는 자신이 여자의 옷을 입고 있다는 것이었다. 무복을 입을 때보다 활동 반경이 더욱 불편해진다. 이럴 줄 알았다면 그냥 남장을 할 걸 하는 후회가 밀려왔다. 조용히 꽃신을 벗고 도망갈까. 라는 생각을 하려던 찰나에 자신 앞에 누군가 나타났다.

'아…… 나는 전생에 뭔 죄를 지었는가.'

그가 누군지 뒷모습만 보고도 알 것 같았다. 그러나 랑이 말리기도 전에 사내가 휘두른 칼날에 패거리들이 피를 뿜으며 쓰러져 있었다. 뒷모습만 봐도 알 수 있는 존재, 그건 바로 청룡국의 황제 '진 후'였다.

"쯧쯧, 연국의 변방이라 이리 치안이 불안한 것인가……. 아가씨, 괜찮소……?"

그가 뒤를 돌아보았으나, 방금 전까지 있던 여인이 아닌 텅 빈 공간만이 후를 반길 뿐이었다. 일찍이 무림에서 수련한지라 그의 부하들은 자신의 발걸음을 따라오기 힘들어 저 혼자 움직인 탓에 그녀가 어디로 사라졌는지 알 수가 없었다. 기껏 도와주었더니 말도 없이 사라지다니……. 후가 흘러내린 머리칼을 쓸어 올리며 작은 한숨을 내쉬었다.

한편 주암성으로 아무 사고 없이 돌아온 랑은 탁상에 고개를 괴고서 귀걸이를 바라보았다. 남장에 귀걸이는 전혀 안 어울리는데 이걸 도대체 왜 샀는지 알 수가 없었다. 옷이 참 문제다. 라는 생각이 들었다. 그러면서도 면경을 바라보며 몇 번씩 귀걸이를 걸어보았다. 난생처음 가져 보는 장신구에 자신도 모르게 들떠 있는 건 어쩔 수 없었다. 큰언니는 꽃신을 좋아해서 따로 꽃신만 모아놓은 방이 있을 정도였고, 작은언니는 장신구와 노리개를 좋아하여 자신이 모아놓은 함만 벽 한쪽을 이루고 있었다.

랑 또한 좋아하는 것이 있었다. 바로 이런 작은 귀걸이였다. 그럼에도 불구하고 랑은 그러한 마음을 꾹꾹 숨기고 온갖 진귀한 칼과 갑옷, 그리고 뛰어난 품종의 말에 환호해야 했다. 그래서일까. 지금 이 순간이 너무 행복하게 느껴졌다. 저도 모르게 한쪽 입꼬리가 올라가고 있었다. 의를 위해 홍국을 떠났다. 청룡국에 들어가면 황제의 개가 되어야 한다. 황제와의 계약기간은 3년. 바로 3년이었다. 그 시간만 지나면, 랑은 마치 이 세상에 존재하지 않은 사람처럼 살고 싶었다.

산에 들어가 평생 서책을 읽으면서 살고 싶기도 하고, 바닷가에서 평생 바다를 바라보며 살고 싶기도 하다. 어쩌면 그때쯤이면 진짜 여자로서의 삶을 살 수 있을지도 모른다.

홍국을 벗어나 처음 느끼는 자유. 여장을 해도 아무도 뭐라 하지 않고, 귀걸이를 사도 누구에게도 혼나지 않는 이 자유에 랑은 자신도 모르게 신나 있었다.

"홍랑님. 홍랑님."

밖에서 들리는 목소리에 깜짝 놀라 랑은 재빠르게 면경을 닫고 귀걸이를 허리 대에 달려있는 주머니에 넣었다. 무슨 일이냐는 자신의 질문에 제 시중드는 여종이 말을 꺼냈다.

"저기, 그것이……. 폐하께서 홍랑님을 뵙고자……."

"폐하? 황제폐하?"

"네 그러하옵니다."

"아……. 이런……."

당장이라도 험한 말이 나올 것만 같았다. 지난밤에 랑이 잘못 본 것이 아니었다. 그런데, 황제는 어떻게 며칠씩이나 걸리는 길을 대략 이틀 정도에 왔단 말인가. 축지법이라도 썼나 싶은 의문이 들었다.

"몸이 불편하다고 전해드릴까요?"

"응."

여종은 예의상 건넨 말에 냉큼 대답하는 랑의 말을 들으며 울상이 되어버렸다. 왜 하필 자신이 전쟁에서 제일 잔혹하다는 홍국의 왕자, 홍랑의 시종이 되었단 말인가.

"이왕이면 어제 저녁부터 푹 잠들었다고도 같이 전해라."

그 말에 시녀의 얼굴은 더욱 울상이 되어버렸다. 홍랑의 덧붙인 말에 황제가 있는 곳으로 돌아가야 하는 시녀의 발걸음이 한없이 무거워졌다. 문 앞에 서 있던 주암성의 성주가 초조한 기색으로 문의 좌우를 오가다가 혼자 나타난 시녀의 모습에 재빠르게 다가가 그녀의 주위를 살폈다.

"아니, 왜 자네 혼자 오는 건가?"

"홍랑님께서...... 오지 않으시겠답니다."

그 말에 성주의 얼굴이 사색이 되어버렸다. 방 안에 있는 이는 한 나라의 왕이 아닌, 동쪽 대륙과 열두 개의 국가를 통솔하는 제국의 황제였다. 자신과 시녀가 나누는 대화를 들었는지 방 안에서 사내의 목소리가 들려왔다.

"무슨 일이냐."

"홍랑님을 모시는 시녀가 당도했습니다."

"들라 하라"

방에 들어오라는 말에 시녀의 얼굴은 더욱 하얗게 질렸다. 이제는 몸마저도 사시나무 떨리듯 덜덜 떨려오는 시녀는 방 안에 들어가서 고개와 허리를 푹 숙여야 했다. 한 손에 책을 들고 창가에 걸터앉은 후가 시녀를 힐끗 바라보았다. 보름 전과 달리 둥근 달이 휘영청 떠올라 후의 등 뒤를 밝히고 있었고 그래서인지 그의 모습은 신과 같이 몽롱한 느낌을 주었다. 순간 넋을 놓은 시녀는 자신을 향해 고개를 돌린 후의 차가운 눈을 보고서야 급하게 정신을 차렸다.

"그것이...... 몸이 안 좋으셔서....... 어젯밤부터 주무신......."

시녀는 황제의 최측근인 준휘와는 눈도 못 마주친 채 그 옆에서 온몸을 떨며 말하였다. 시녀에게는 준휘의 검은 눈동자가 자신의 등을 마치 뚫을 것마냥 쏘아보는 것이 여간 부담스러운 것이 아니었다. 책을 읽던 후가 책에서 눈을 떼어 시녀를 바라보았고, 그 시선을 느낀 시녀가 바닥에 거의 몸을 밀착시키다시피 털썩 주저앉았다.

"내 특별히 네게 명을 내려 홍랑을 중경까지 무.사.히 모셔오라 했더니만 이 어찌된 일이냐."

황제의 말에 보는 이가 안타까울 정도로 사시나무 떨듯이 몸을 떠는 그녀였다. 그것은 비단 그녀뿐만이 아니었다. 황제의 맞은편에서 진땀을 빼고 있는 주암성의 성주 또한 이 자리가 마치 가시방석인 것 같은 기분이었다. 자신은 분명히 연국 사람이고, 이곳은 연국의 성이며, 연국의 왕에게 지명 받아 이 자리에 있는 것이다. 그러나 청룡국의 황제가 자신의 앞에 앉아있는 이 상황에 대하여 비명을 지르고 싶은 심정이었다. 오래전부터 청룡국과 연국은 사대관계라 청룡국 황제가 불시에 연국에 들어온다 한들 잘못된 것은 없었고, 자신은 연국의 사람으로서 그를 최고로 모셔야 하는 의무가 있었다. 따라서 주암성의 성주는 지금 이 상황이 불편했다.

"짐이 지명해 준 주인을 모시지 못했으니, 이 자리에서 죽어도 여한이 없으렷다?"

결국 준휘의 허리춤에 걸려있던 검을 뽑아든 후가 시녀의 목에 칼을 겨누었다. 시녀는 이제 눈물까지 펑펑 쏟으며 후가 들이민 칼날을 바라보고 있었다.

"실은……. 방에 계시는데, 그렇게 말하라고.……."

"앞장서라."

"네?"

후의 말에 시녀는 눈을 크게 뜨고 바라보았고, 후의 한쪽 입꼬리가 올라간 상태였다. 물론 눈은 여전히 가까이 다가서기 어려울 만큼 차가움으로 가득하였다. 준휘가 시녀의 오른팔을 잡아끌어 올렸고 앞으로 툭 밀었다. 시녀의 눈은 눈물과 두려움이 가득했지만 후의 눈에는 호기심과 즐거움이 서려있었다.

실은, 한 가지 확인해 보고 싶은 것이 있던 후였다. 전쟁터의 연못가에서 만난 여인, 그리고 어제 저녁 길거리에서 만난 여인이 묘하게 닮아있었다. 단지 랑을 괴롭히고자 왔는데 왜 그렇게 눈길을 빼앗는 여인이 자꾸만 자신의 앞에 나타나는 건지 알 수 없었다. 그리고 무엇보다, 그 여인을 볼 때에는 항상 '홍랑'에 대한 일이 얽혀 있었다.

어제 저녁에도 길거리의 그런 부랑패들이야 눈감고 지나갈 수 있는 일이었다. 그런데 자신의 눈에 오롯이 들어오는 여인의 모습에 그녀를 보호하고자 자신도 모르게 그들 앞에 나섰다. 검은 머리칼에 하얀 피부를 가진 그 여인은 수수한 노란 빛 비단옷이 무척이나 잘 어울렸다. 밤인지라 얼굴을 잘 보지는 못하였으나 자신도 모르게 이끄는 그 힘에 후는 그녀를 자신의 뒤에 두었다. 랑을 옆에 두면 어쩌면 그 여인을 다시 볼 수도 있다는 생각에, 후의 발걸음이 빨라졌고 왠지 가슴이 뛰었다.

"내 잔다 하였거늘!"

큰 소리와 함께 문이 열리고 침상에 옆으로 누워있는 랑이 말하였으나 이내 시끄러운 기척을 느낀 것인지 몸을 일으켰다. 후를 바라본 랑은 미간을 찌푸렸다. 가급적이면 그를 피하고 싶었는데 자신이 피한다는 것은 애초에 어려운 일일 수도 있었다. 후가 침상에 걸터앉았고 그를 피하는 랑의 턱을 붙잡았다.

"내 개가 되었으면 충실히 주인을 따를 것이지."

"여기는 아직 연국인데 내가 굳이 그대 말에 따라야 할 이유가 없지 않소."

 턱이 붙잡힌 상태에서도 랑은 자신이 하고 싶은 말을 모두 하였다. 그런 랑의 말에 후는 기가 차다는 얼굴로 어이없는 헛소리까지 나올 것 같았다. 그러다 문득 자신이 붙잡고 있는 랑의 얼굴을 보면서 그 얼굴이 참 작고 어찌 보면 참 가냘프게 보이기도 한다 느꼈다. 그러나 랑은 여리디여린 얼굴과 달리 자신을 지켜 줄 그 어떠한 것도 없는 상황에서 참 당당했다.
 "네가 이미 말한 순간부터, 이미 나에게 속해있음을 모르는 것이더냐."
 "당신이 이렇게 기본적인 예의조차 없다는 것을 그대의 백성들이 알아야 할 텐데……. 그대의 백성들이 불쌍하오."
 그러나 랑은 말을 끝까지 마칠 수 없었다. 후가 랑의 목을 손으로 붙잡았고 그녀의 얼굴 가까이로 다가와서 차가운 목소리로 노기를 누르며 대답하였다.
 "너는 우리 백성을 수없이 죽이고 또 죽였다. 내가 너를 살려놓는 것만으로도 감사히 여겨야지."
 후가 랑을 노려보며 일어섰다. 이내 랑의 얼굴을 부여잡고서 낮은 목소리로 얘기하였다.
 "오늘 저녁, 나갈 채비를 하라."
 반박할 새도 없이 후가 나가버렸고 랑은 자신의 옆에 서 있는 얼굴이 이미 눈물범벅으로 젖어있는 시녀를 보며 한숨을 내쉬었다. 자신이 옷을 다 입을 때까지 안 나가겠다는 시녀를 강제로 내보낸 랑은 머리를 하나로 동여매고 상투까지 튼 채 검은 천으로 칭칭 묶었다. 거기에 검은 옷에 검은 신발까지, 어둠속에서 본다면 어둠과 절대 구별이 가지 않을 것 같았다.

반면, 후는 연국의 귀족차림을 하고 있었다. 귀족의 자제처럼 보이는 그는 이미 성 안에 있는 여인들이 한 번씩은 힐끔힐끔 쳐다보는 미남자의 모습을 여간 뽐내는 것이 아니었다.

"누가 보면 암살자 같겠군."

전체적으로 검은색으로 도배를 해서일까, 유독 랑의 하얀 피부와 붉은 눈동자가 다른 사람들 눈에 환하게 들어왔다. 그러나 후의 심사가 이미 뒤틀어진지라 마음속에서 고운 말이 나오지 않았다. 저것이 과연 남자일까, 남장일까. 만약 랑이 홍국의 세자라는 걸 모르는 사람들이 본다면 대다수의 사람들은 여자가 남장했다고 생각할 정도였다. 주암성의 성주는 랑을 보면서 어찌 저런 얼굴로 아무렇지도 않게 수많은 군사를 베었냐며 호들갑을 떨기도 하였다.

"칼은 내려 놓거라. 난 타국에서 암살당하고 싶지 않구나."

랑이 허리춤에 차고 있던 칼은 결국 후의 호위무사인 준휘에게 압수당하고 말았다. 절대 어울릴 것 같지 않은 두 사람이 밖으로 나가는 모습은 다른 이들에게는 무척이나 이질적으로 느껴졌다.

주암성의 야경은 여전히 아름다웠다. 어제와 같은 거리를 걸음에도 불구하고 랑은 얼굴에 살짝 들뜬 기색을 감출 수 없었다. 비록 웃지 않으려고 노력중이나, 그 매혹적인 붉은 눈에 담긴 즐거움은 누가 보더라도 눈치 챌 수 있을 정도였다. 그러나 후는 그런 랑을 아랑곳하지 않고 주변을 열심히 살필 뿐이었다. 후가 무엇을 찾는지 모르겠다만 랑은 조용히 그의 뒤를 따랐다. 그리고 주암성으로 돌아가는 길, 랑은 드디어 그에게서 벗어날 수 있다는 생각에 무척이나 즐거웠다. 그러나 별 다른 소득 없이 주암성으로 돌아온 후는 깊은 한숨을 내쉬었다. 랑이랑 돌아다니면 무언가 소득이라도 있을 줄 알았는데, 눈에 들어온 건 향수냄새 강한 천박한 여인들과 야경이 주는 즐거움에 들뜬 홍국의 세자뿐이었다. 다만, 이상하게도 사람들의 시선이 그들에게 몰린 것, 아무리 생각해도 자신보다는 랑에게 쏠려있는 게 조금 짜증나고, 조금 신경 쓰이고 조금 이상했을 뿐이다.

후는 저보다 조금 앞서서 걸어가는 랑을 바라보았다. 전쟁터에서 갑옷을 입은 모습을 먼저 봐서일까, 지금 검은 무복을 입은 모습은 무척이나 낯설었다. 아무리 봐도 랑은 체격이 작았다. 듣자하니, 어린 시절부터 무게가 꽤나 나가는 언월도를 들어서 키가 안 자랐다고 하니 그렇다고 할 수 밖에 없었다.

후는 깊은 한숨을 쉰 뒤 동백기름으로 잘 바른 자신의 머리를 감싸쥐었다. 자신이 본 그 여인은 도대체 누구란 말인가. 정말 월궁항아라도 된다는 것인가. 오랜 시절부터 생각해오던 자신의 이상형이었다. 그런 신비로운 분위기를 낼 수 있는 여인, 검은 머리칼이 아름다운 여인, 연못에서 마주했을 땐 월궁항아라 생각하였고, 시장의 뒷골목에서 마주쳤을 땐 자신의 눈이 잘못되었다고 생각하였다.

도대체 누구란 말인가. 이 고민과 함께 청룡국에 돌아가면 또다시 어마마마와 대신들에게 시달릴 황후 문제 때문에 벌써부터 머리가 지끈지끈 아파오는 것 같았다. 그러다 문득 달빛을 바라보았다. 너무나도 둥글고 밝은 달빛에 매료될 것만 같았고, 마치 그 달 속에 여인이 살 것 같은 착각이 들었다. 그렇게 새벽이 밝아올 때까지 검은 밤하늘에 뜬 달을 후는 미동도 없이 한동안 바라보았다.

다음 날 주암성을 떠나 청룡국의 땅으로 들어섰다. 랑은 그제야 왜 홍국에서 바로 청룡국으로 오는 게 아니라 주암성을 거치는지 알 것 같았다. 산속의 작은 동굴과 복잡한 샛길 등을 이용해 이동하는 데 걸리는 시간이 단축되었고 그런 길의 끝에는 랑이 어린 시절 보았던 중경의 모습이 드러났다. 화려한 중경은 자신이 보았을 때보다 더욱 크고 발전

되어 있었고 그 모습에 랑의 입가에는 가릴 수 없는 웃음이 드러났다. 오랜만에 본 중경은 랑이 생각하고 짐작했던 것보다 훨씬 변화하고 사람냄새가 느껴지는 도시였다.

그런 랑을 보며 후는 자신도 모르게 피식 웃고 말았다. 중경은 누구든 보기만 하면 도시의 화려한 분위기에 빠져들어 버렸다. 입을 살짝 벌리고 고개를 좌우로 돌리며 도시를 살펴보는 랑은 마치 어린아이 같았다. 괜히 그런 랑의 모습에 후는 그가 말에서 떨어질까 싶어 몇 번씩 랑을 바라보았다. 이내 그가 랑에게 가서 정신 좀 차리라고 얘기해 주려던 순간에 어디선가 웅성웅성거리는 소리가 들려왔다.

"황제폐하의 행렬 아니야?"
"잠깐, 저기 봐봐 붉은 눈이야. 불길해"
"혹시 저거 홍국 세자라는 그 혈랑 아니야? 에그 무서워라."

백성들의 웅성거림이 커졌다. 비록 후에게 물질적으로 닿을 거리는 아니었지만 백성들이 어느새 자신의 행렬 근처로 몰려있었다. 후가 백성들이 들고 있는 물건을 보고 아차 하던 찰나에 그의 뒤쪽으로 무언가 날아가는 소리와 함께 둔탁하고 무거운 것들이 날아오기 시작했다.

"악."

랑은 자신의 이마에 날라 온 무언가를 피할 겨를도 없이 맞았다. 이내 자신의 이마에서 무언가 흘러내리는 게 느껴졌다. 이마를 훑은 랑은 제 손에 묻은 붉은 피를 멍하니 바라보았다. 이렇게 자신의 피를 손에 묻히는 건 꽤나 오랜만의 일이었고, 그 이질감이 랑을 당혹케 했다.

"혈랑이다! 저놈이 혈랑이야!"

한 쪽 다리를 절뚝거리며 나무 목발에 기대있던 자의 목소리와 함께 사람들의 웅성거림도 커져만 갔다. 사람들의 눈에는 존경하던 황제폐하의 모습보다는 자신의 가족, 친우를 뺏어간 존재에 대한 원한이 더 크게 와 닿았다.

"천하의 악마!"

"죽어버려!"

성난 민심은 금세 들끓었다. 랑은 자신이 피할 수 없을 만큼의 돌과 흙, 이물질 등이 날아오자 이내 이를 악물고 맞을 수밖에 없었다. 랑이 타고 있던 말이 놀라서 날뛰어 랑은 몸을 숙여 말을 쓰다듬으며 진정시키려 했다. 그럼에도 자신에게 날아오는 물건과 저주는 피할 수가 없었다. 이내 군사들이 우르르 몰려와 그들을 막아서고 길을 텄으나, 랑의 귀를 괴롭히는 저주들은 끊이지 않았다.

"빨리 궁으로 가자."

후의 명령과 함께 말들이 달리기 시작했다. 그러나 성난 민심은 랑을 쉽게 놔주지 않았다. 랑이 궁에 들어가고 성문이 닫혔을 때, 랑은 이미 온갖 이물질과 계란 등으로 온몸이 성한 곳이 없어 보였다. 이마에서 흘러내리는 피는 멈추지 않고 랑의 왼쪽 얼굴을 물들였다. 고운 얼굴에 여기저기 생채기가 생겼고, 옷은 백성들이 던진 흙과 계란 등의 각종 이물질로 인해 더러워진 지 오래였다. 후는 그런 랑을 보며 속으로 내심 통쾌하다는 생각이 들었다. 항상 당당하고 자신감이 충만하여 자신 앞에서 전혀 수그러드는 기색이 없었던 녀석이었다. 그러나 랑에게 가까이 갔을 때 그는 자신의 생각이 틀렸음을 알 수 있었다. 통쾌하기는커녕 오히려 제 품으로 끌어당겨 보듬어 주고 싶다는 충동이 일어나는 걸 간신히 참아야 했다. 랑의 눈동자는 그 어떤 것도 담지 않고 공허하였고, 후를 향해 있었다. 후는 자신도 모르게 랑에게 손을 뻗었다.

'괜찮은 것이냐.'

그러나 후의 걱정 어린 그 말은 밖으로 나오지 않았고 랑은 획 뒤돌아 서버렸다. 서로 얽히던 시선은 한순간에 끊어졌고 후는 랑의 뒷모습만을 바라보아야 했다. 랑은 주먹을 꾹 쥐고 부들부들 떨고 있었다.

"제 처소가 어디입니까?"

랑에게서 건드릴 수 없는 분위기가 흘러나오고 있었다. 여기서 조금만 건드린다면 랑은 당장이라도 자진하여 죽어버릴 것만 같았다. 후는 준휘를 바라보았고 준휘가 랑을 이끌고 궁의 한구석으로 들어갔다.

'친성각(親星閣)'이라는 현판이 랑을 맞이하였다. 건국 초기에 나라의 제사를 관장하던 신녀가 머물던 곳이었다. 그러나 무속인에 대하여 비판적이었던 유학자들에 의해 결국에는 신녀는 없어졌고 건물은 방치되었다. 그런 친성각을 바라보던 랑은 어떠한 말도 할 수 없었다. 건물 이곳저곳에 거미줄이 쳐져 있었고 지붕에는 이끼가 자라있어 사람이 오랫동안 살지 않았던 것을 여실히 보여 주고 있었다. 그러나 청룡국에 볼모로 잡혀온 왕자에게는 이마저도 감지덕지였다. 친성각 앞에 서 있는 궁녀 여럿이 다들 불안한 모습으로 서서 랑을 맞이하였다. 아무도 만지지 않은 문을 랑이 열었다.

"폐하께, 성은이 망극하다고 전해 주시게."

먼지가 쌓인 건물 안으로 랑이 발을 디디며 준휘에게 말하였다. 걸을 때마다 삐거덕거리는 나무 뒤틀리는 소리가 들려왔지만 랑은 개의치 않는 듯싶었다. 오히려 뒤에 따르는 궁녀들의 울음소리가 더욱 음산하게 들려왔다. 방에 들어선 랑은 탁자와 의자의 먼지를 입김으로 불고 손으로 쓸며 겨우 앉을 자리를 마련하였다. 그제야 자신의 몸에서 꽤나 고약한 냄새가 나는 듯싶었다.

"물러가거라."

랑이 문가에 옹기종기 모여 있는 궁녀들에게 명령하였으나 궁녀들은 쭈뼛거리며 제자리를 떠나지 못하고 있었다. 먼지며 거미줄이며 마치 귀신이 나올 것 같은 이곳에 한시도 있고 싶지 않았지만 앞으로 계속 모셔야 할 상전이었기에 랑의 눈치가 계속 보였다. 그러나 이내 훌쩍거리는 울음소리가 들려오자 랑은 미간을 찌푸리며 그들을 향해 고개를 돌렸다.

"모두 물러가라 했다!"

랑의 노한 목소리가 친성각에 울려 퍼졌다. 그럼에도 불구하고 궁녀들은 계속 우물쭈물하며 그녀 곁에서 어찌해야할지 몰라 했다. 랑은 자리에서 일어나 궁녀들이 있는 곳으로 걸어가 가장 앞에 있는 나이가 제일 많은 듯한 궁녀의 볼을 세게 내리쳤다.

"악!"

"지금 너희가 내가 홍국의 왕세자라 무시하는 것이더냐! 내 위로는 오직 황제만 있을 뿐이거늘 너희가 감히 내 명을 무시하려 들어? 피를 봐야 물러나겠느냐!"

랑은, 자신의 명령을 듣지 않는 궁인들을 다스리는 법을 알고 있었다. 이렇게 하나 본보기를 보여주면 나머지는 알아서 물러났다. 이내 맞아서 넘어진 궁인을 다른 궁인들이 부축해서 나갔다. 비로소 랑은 자리에 힘이 빠지듯 털썩 주저앉았다.

조금 마음이 놓여서일까. 이제야 여기저기 비명을 지르며 통증이 몰려오기 시작했다. 랑은 탁자에 놓인 자신의 짐을 익숙하게 뒤지기 시작했다. 항상 자신이 품에 지니고 있던 약초와 붕대가 나오자 랑은 약초를 입에 넣고 질겅질겅 씹기 시작했다. 랑의 고운 이마가 다시 찌푸려졌다. 이러한 처치들은 모두 전쟁에서 배운 것들이었다. 전쟁에서는 상처가 나면 약초를 빻아서 붙일 시간 따위는 허락되지 않았다. 원래는 곱게 빻아서 상처에 붙여야 하지만 랑은 그 쓴 내를 모두 참아내고 이렇게 자신의 입에 넣어 씹고 뱉어서 상처에 붙이곤 했다. 붕대를 감는 솜씨도 의원 정도의 수준급이었다. 이러한 사태를 예상하지 못한 건 아니지만, 조금은 당황했을 뿐이다.

어쩌면 황제가 백성들을 말려 주기를 바라였다. 그럴 사람이 아니라는 것은 알았지만 그래도 아주 약간 희망을 가지고 있었다. 그는 청락성에서 만난 여인, 그리고 주암성의 야시장에서 만난 여인을 찾는다고 했다. 즉 자신을 애타게 찾고 있는 셈이다. 그의 절실함에 아주 약간의 희망을 품었었다. 그러다가 여기서 황제에게 아직은 자신이 남자라는 것을 깨달았다. 홍국 왕실에서 벗어났기에 이제는 조금은 편해지려나 싶었는데 그건 아니었나보다. 랑은 이미 한바탕 신고식을 치른 옷을 벗고 다른 옷을 찾기 시작했다. 이내 잠옷을 찾은 랑은 가슴을 꽁꽁 동여맨 붕대를 풀었다.

"하아, 조금은 낫네."

아무리 감싸고 동여맨다 해도 랑도 여자는 여자였다. 봉긋 솟은 가슴 위로 부드러운 천 재질의 옷이 닿고, 자유롭다는 느낌이 들자 랑은 자신도 모르게 웃고 말았다. 오랫동안 사용하지 않은 천의 먼지 냄새가 조금은 괴로웠다. 아무래도 내일은 이곳을 청소라도 해야겠다는 생각이 절로 들었다. 적어도 3년은 살 곳이니 말이다.

태후전에서 차를 마시던 황태후는 제 방으로 들어오는 윤 상궁에게 다가갔다. 태후전에 누가 있는 것도 아니지만 윤 상궁은 좌우를 살핀 후에 조심스럽게 태후의 귀에 작은 소리로 랑과 관련된 보고를 하였다. 이내 보고를 받은 태후의 얼굴색이 좋지 않았다.

"참 매정도 하시지."

제 아들이지만 참 매정하다는 생각이 들었다. 그 어리고 여린 것이 얼마나 고통스러웠을지 짐작이 되는 부분이었다. 태후는 어린 시절 랑을 참 좋아하였다. 선이 무척 고운 아이였다. 누가 봐도 여아라 해도 이

상할 것이 없는 그런 아이였다. 때문에 그런 아이가 언월도를 들고 전장을 휘둘렀다는 보고를 받았을 때는 거짓이라고 생각하였고 그러한 상황 자체가 아예 상상이 되지 않았다.

그런데 오늘은 백성들에게 그런 수모를 당했으니, 자존심 강한 그 아이의 마음이 찢어졌을 건 당연지사였다. 홍국에서 항시 영웅으로만 떠받들어져 오던 랑이었는데 청룡국 백성들에게 그런 망언과 저주를 듣고 던지는 돌마저 모두 조용히 맞았다 하니, 참으로 속이 깊고 상처도 깊은 아이였다.

"윤 상궁."

"네 태후마마."

"랑이 머무는 처소 좀 각별히 신경 써 주게. 친성각이라 했던가. 오랫동안 쓰지 않아 아무래도 손 볼 곳이 많을 거야."

다시 찻잔을 드는 태후의 속마음이 복잡하였다. 청룡국의 황후였고 지금은 황제의 어머니였다. 그런 청룡국 백성들의 목이 랑에 의해 수십 번, 수백 번 잘려나갔음에도 이상하게 그 아이를 증오하는 감정보다 안타까운 감정이 더 컸다.

어젯밤의 소동으로 인해 랑의 처소 안에는 어느 누구도 들어오려는 모습조차 보이지 않았다. 랑이 눈을 몇 번 깜빡이고 일어나자 온몸에서 쩌릿쩌릿 아파오는 근육들의 비명소리가 들려오는 듯싶었다.

"밖에 아무도 없느냐."

랑의 목소리에 밖에서 대기하고 있던 궁녀 두 명이 슬금슬금 들어왔다. 아무래도 어제의 소동 때문이었는지 궁녀들이 랑을 꺼려하는 것이 느껴졌다. 아마도, 어제 몇몇 궁녀들은 최고상궁에게 가서 우는 소리를 했을 것이다. 그리고 혼났겠지. 그러니 저렇게 부은 얼굴로 자신의 처소에 있는 것일 게다.

"소세 물과 천을 갖고 오너라. 아 입을 옷도 같이 갖고 오너라."

"네? 네……."

아침부터 행패를 부릴 것이라고 예상했던 궁녀들은 부드러운 목소리와 그저 평범한 명령에 당황해하며 앞 다투어 방을 빠져나갔다. 랑은 그 사이 방을 한 번 바라보았다. 아침에 자세히 보아하니 어제보다도 흠집들이 더욱 눈에 잘 들어왔다. 그리고 다른 전각들과는 달리 팔각형의 독특한 구조였다. 혹여 귀신 씐 곳을 자신에게 준 건 아닌가 싶어 괜히 으스스한 한기가 도는 것 같기도 하였다.

"소세 물 대령했사옵니다."

황동으로 된 대야에 따뜻한 물을 들고 들어오는 궁녀와 그 옆에 수건과 옷을 들고 들어오는 궁녀가 랑이 머무는 탁자에 그것들을 가볍게 내려놓았다. 이내 랑이 팔을 걷어 부치고 세수를 하려 하자 옆의 궁녀들이 기함을 하는 표정으로 랑을 바라보았다. 팔 여기저기에 난 상처와 지독한 냄새를 풍기는 약재를 상처부위에 대어 감은 듯한 붕대 등은 자신들이 모시던 황족에게서는 보기 힘든 모습이었다. 곱상한 얼굴과는 달리 랑의 팔 여기저기에는 깊게 패인 흉터들과 상처들이 즐비했다.

랑이 궁녀들의 시선을 느끼고서는 그들을 빤히 바라보았다. 그제야 궁녀들은 자신들의 태도가 과했음을 깨닫고는 허둥지둥 방 밖으로 나가기 시작했다. 쾅 하고 닫히는 문소리에 랑은 다시 세안을 시작하였다. 문득 홍국에서 동궁전에 있던 자신이 떠올랐다.

홍국에서도 랑은 철저하게 혼자였다. 다른 황실의 임원들은 소세를 할 때조차 자신의 손을 쓰지 않았지만 랑은 누군가의 손길이 제 몸에 닿는 것을 끔찍하게도 싫어했다. 열두 살, 처음 전쟁을 마치고 돌아온 그때, 아직은 전쟁에서 어떠한 것조차 익숙하지 않던 그때에 팔에 난 깊은 상처는 끔찍한 흉터가 되었다. 갑자기 당한 기습공격에 의원이 죽어버렸고 랑의 팔에는 칼에 베인 긴 상처가 남아 있었다. 너무 많은 출혈에 결국에는 제 옆을 지키던 천이 봉합을 했어야 했다. 나중에 어의가 봐 주었으나 이미 징그러운 흉터가 남고 만 이후였다.

 예전처럼 아무 생각 없이 궁녀들에게 제 몸을 맡기던 랑은 예전과는 다른 눈빛을 느꼈다. 궁녀들은 제 몸에 난 상처를 마치 징그러운 벌레를 보는 듯한 표정을 짓고 있었다. 궁궐 안에서 최상급의 문화를 향유하는 궁녀들은 이러한 것에 익숙지 못했다. 그 마음을 이해한다고 스스로를 위로하였으나 어린 랑에게는 평생 잊지 못할 가슴속 상처가 되고 말았다. 그래서 그 이후로는 다른 사람들의 손길이 닿는 것을 싫어했고, 다른 사람이 저를 씻겨 주거나 시중드는 것을 극도로 꺼려했다.

 소세와 더불어 간단하게 몸을 닦은 랑은 제 앞에 놓인 잿빛의 옷을 바라보았다. 회색빛의 옷은 청룡국에서는 죄인, 노예 등 신분이 아주 미천한 사람들만이 입는 옷이었다. 어린 시절부터 사대의 예에 의해 묶여 있는 청룡국과 홍국이었던지라 랑은 청룡국의 문화에 대해 너무나도 잘 알고 있었다. 당연히 잿빛이 의미하는 바를 모르지 않았다. 랑은 그 잿빛 옷을 엄지손가락과 집게손가락을 이용해 살짝 들더니 다시 내려놓았다. 도저히 입고 싶다는 생각이 들지 않았고 저 옷을 입고 청룡국의 궁궐 안을 다니고 싶지는 않았다. 결국 랑의 발걸음은 자신의 옷을 담아 온 함으로 향했다.

 "저하……!"
 "저하, 이 옷은 아니 되옵니다……."
 "황제폐하를 보러 갈 것이다. 길을 안내하라."
 이미 친성각에서 궁녀들이 모두 말렸으나 랑은 그대로 친성각을 빠져나갔다. 랑이 지나가는 길마다 궁녀들과 환관들은 물론 입궐한 사람들까지 모두 한 번씩은 뒤돌아서 랑을 다시 보았다. 그 때문에 랑을 쫓아가는 궁녀들은 창피한지 고개를 푹 숙이고 있었다.

하얀 비단옷에는 금사로 된 새들이 날아다니고 있었고 허리에는 금사로 수놓인 띠를 두르고 있었다. 머리에도 사조룡이 수놓인 띠를 두르고 있었으며, 상투를 튼 머리에는 왕족만이 하는 금으로 된 작은 비녀를 꽂았다. 어떻게 보면 왕들이 잠들 때 입는 가장 기본적인 형태의 옷만 입은 것이기도 해서 보는 이의 생각에 따라 그저 속옷만 입고 나온 모습이기도 했다. 그러나 랑은 그 옷 위에 홍국에서 입던 하얀색의 하늘하늘한 긴 덧옷을 갖추어 입었다.

청룡국의 옷과는 사뭇 다른 느낌인데다가 정식적인 복장이 아닌지라 지나가는 이들의 시선이 주목되고 있었다. 거기다가 랑의 예쁘장한 얼굴도 한몫했다. 하얀 옷에 너무나도 잘 어울리는 하얀 피부와 붉은 입술, 그리고 적당히 솟은 코에 붉은 눈은 누가 보더라도 홍랑임을 알 수 있었다.

"흠흠……."

황제를 모시는 상선내관은 랑의 모습을 보며 당황해하였다. 표현하기 힘든 애매모호한 차림에 어찌 황제를 뵈러 온 것인지 민망하기 이를 데가 없었다. 때문에 랑이 왔음을 황제폐하에게 고해야 할지 고민하기 시작했다. 뒤에 서 있는 궁녀들이 고개를 푹 숙인 걸 보니 아무래도 말리다가 도저히 안 되는 모양이었다.

"뭐하는가, 고하지 않고."

수염자국 하나 없이 말끔한 랑의 모습을 처음 본 상선내관은 잠시 랑의 얼굴을 쳐다보다가 이내 한숨을 길게 내쉬고는 문 쪽으로 몸을 돌려 황제에게 고하였다.

"폐하, 홍국세자가 들었사옵니다."

"들라 하라."

궁녀 둘이 문을 양 옆으로 드르륵 밀자 꽤나 먼 곳에 후가 몇몇 무관들과 서류를 보며 토론을 하고 있었다. 랑은 그들을 하나하나 유심히 바라보았다. 황제와 가장 가까이 앉은 백발이 무성한 장군은 청룡국에서 가장 훌륭한 무관이라 칭송받는 태대장군이었고, 그 옆에는 황제가 가장 아낀다는 신위 대장군이었다. 무관뿐만 아니라 문관의 모습들도 보였고 랑은 그간 듣고 배운 청룡국의 지위를 추정하였다.

 같은 무인들에게서 느껴지는 분위기라는 것이 있어 랑은 무관들은 금방 알아보았다. 랑은 그들에게서 자신을 향해 분노하는 감정을 느끼고 있었다. 그들 입장에서 랑은 수많은 청룡국의 군인과 백성을 죽인 악독한 인물이었다. 때문에 랑은 소리가 나지 않도록 조심히 걸어가 가장 끝에 아무 말 없이 섰다.

 "그대들도 이미 알고 있겠지만, 홍국의 왕세자인 홍랑이네."

 이내 자신을 바라보는 이들의 눈빛에 랑은 자신의 기분이 한껏 아래로 떨어지고 있음을 느낄 수 있었다. 그들의 시선은 왠지 자신을 품평이라도 하는 듯한 기분 나쁜 착각을 불러 일으켰다.

 "이자가 바로 '혈랑'이라는……?"

 태대장군의 믿을 수 없다는 말투에 다른 장군들의 표정 또한 마찬가지였다. 몇몇 장군들이야 전쟁 때 봤지만 직접 참전하기보다는 주로 수도에서 명령을 내리는 태대장군과 대장군의 표정들은 모두 의아함이 가득하였다.

 '휙.'

 그들의 눈빛을 무심한 척 받아내던 랑은 자신을 향해 빠르게 날아오는 언월도를 재빠르게 잡아냈다. 그리고 자신에게 그 무기를 던진 후를 노려보았으나 후는 입가에 웃음을 건 채 랑을 바라보았다.

 "그대의 검무가 한번 보고 싶군."

"그딴 춤이나 추려고 내가 언월도를 휘두른 건 아닙니다만."

"앞으로 3년간은 나의 개가 된다고 약조한 건 그대가 아니던가?"

후의 말에 랑은 아랫입술을 꾹 깨물었다. 황제의 웃음이 무척이나 마음에 들지 않았고 얄미웠다. 그러나 랑은 제 손에 들어온 언월도의 따뜻한 기운이 느껴졌다. 자신이 쓰는 언월도가 가장 좋지만 랑은 이와 같은 형태의 무기를 본체 좋아하였다. 살짝 고민을 하던 랑이 손잡이를 바로 잡고는 이내 살짝 칼끝을 내린 언월도를 가지고 검무를 추기 시작했다.

꽤나 묵직해 보이는 언월도는 랑의 손 안에서 자유자재로 움직이고 있었다. 어느 순간에는 느리게, 어느 순간에는 빠르게, 어느 순간에는 슬프게, 어느 순간에는 기쁘게, 랑이 추는 검무 안에서 삶의 희로애락의 감정이 느껴졌다. 그곳에 있던 모든 이가 랑의 검무에 몰입하고 있었다. 랑의 옷으로 인한 효과 때문일까. 처음에는 신선이 내려와서 춤을 춘다는 느낌을 주었지만, 이내 사람들은 신선이 아닌 다른 존재를 생각하기 시작했다. 누군가는 월궁항아를 떠올렸고, 누군가는 선녀를 떠올렸으며, 누군가는 오래전 청룡국에 나타났다던 신녀를 떠올리기도 했다. 마치 이 세상에는 없는 아리따운 여인을 보는 착각에 빠져있었다.

"휙."

하지만 이내 랑이 언월도를 바닥의 복도에 박혀 있는 옥돌 조각에 정확히 내리 찍으려는 것이 보였다. 다들 소리 없는 비명을 질렀으나 용의 여의주 부분에 언월도의 칼날이 살짝 닿는 정도에서 그쳤다. 신하들의 표정은 깜짝 놀랐다가 안도하는 모습이었고 후는 턱을 괸 채 한쪽 입꼬리를 올려 재미있다는 표정을 지었다.

"언월도가 좀 무겁군요."

랑이 아무렇지도 않게 어깨를 주무르며 말했다. 다들 황망한 표정으로 랑을 바라보았고 갑자기 공기가 싸해진 건 예사도 아니었다. 그러나 후가 웃음을 크게 터뜨렸다. 그런 후의 모습에 다른 이들은 자신의 황제를 어이없다는 표정으로 빤히 바라보았다.

"태대장군, 어떻습니까? 홍랑을 별무에 투입하고자 하는데 그대가 보기엔 어떠합니까?"

"하오나……."

별무라는 말에 랑은 귀가 번쩍 뜨여 후를 바라보았다. 청룡국의 군사들 중 25세 미만의 정예인물로만 이루어진 곳이 별무였다. 최소 다섯 번 이상은 전쟁에 참전하여 실력을 쌓은 젊은 장군들이 득실거리는 곳이었다. 또한 무관이라면 반드시 거쳐야 고위관직에 오를 수 있는 곳, 그곳이 별무였다.

"아직, 호위무사로 삼기엔 과인에 대한 충심이 부족한 듯싶어 하는 말이오."

후의 눈이 여의주를 할퀴려던 언월도의 칼날로 향했다. 그의 말에 태대장군은 고개를 끄덕였다. 황제폐하의 명령이라면, 그것이 적국의 왕자를 길들일 수 있는 방법이라면 무조건 따라야 했다. 조회가 파하고 다른 대장군들이 달려와 태대장군을 말렸으나 그는 고개를 저으며 그들 무리에서 빠져나왔다. 태대장군이 향한 곳은 태후전이었다.

"장군 오셨습니까?"

퇴궐 전 태후의 갑작스런 부름에 태대장군은 급히 그녀의 처소로 향하였다. 여전히 고운 미색을 지닌 여동생이었으며, 그의 눈에 넣어도 안 아픈 그런 동생이었다. 엄밀히 말하자면, 그는 가문을 잇기 위해 들어온 양자였고, 태후는 정실부인의 핏줄이었다. 태후를 처음 본 것이 그의 나이 일곱 살이었고, 태후의 나이는 갓 세 살이 지나던 때였다. 그런 여동생이 장성하여 제국의 황후가 되었고, 지금은 황제의 모후인 태후가 되어있었다. 젊은 시절 아름다운 미색을 자랑하던 그녀는 나이 마흔이 넘었지만 그럼에도 그 미색은 바래지 않았다. 갈수록 그녀의 어머니를 닮아가고 있었다.

"무슨 일로 저를 부르셨습니까?"

"한 가지 청이 있어 이리 불렀습니다."

같은 가문의 가족이라 하기엔 무언가 거리가 있었다. 황제에게 시집가기 전이었던 그때, 태대장군은 이제 무인의 길을 걷기 시작한 신병이었지만, 자신의 동생을 무척 사랑하였다. 그것은 단순한 가족애를 넘어 이성으로 마음 속 깊이 담은 사랑이었다. 비록 겉으로 내색하지는 않았지만 어린 시절부터 눈치가 빠르고 총기가 뛰어나다고 소문났던 그녀는 자신의 오라비의 마음을 눈치 챈 지 오래였다.

열다섯 살의 나이에 태자비로 궁에 들어온 이후, 태후는 단 한 번도 자신의 오라비를 오라버니라 부른 적이 없었다. 항상 직급을 붙여 불렀다. 지난 25년 동안 옛날처럼 오라비라 불린 적이 없었다. 또한 태후가 자신을 이리 독대하는 건 무척 오래간만의 일이었다. 게다가 입궁 후 부탁이라는 걸 해 본 적 없는 여동생이라, 그는 약간 흥미롭게 태후를 바라보았다.

"홍랑, 그 아이를 훈련에서 빼 주세요."

"지금 뭐라 하셨습니까? 홍국 세자 말씀이십니까?"

"그러합니다."

태후의 속내를 알 수 없는 그 청에 태대장군은 고개를 갸우뚱했다. 청이라 하여 황상과 관련된 일이거나, 아니면 그녀의 딸인 황녀 희와 관련된 일일 거라 생각했는데 뜻하지 않게 홍국의 세자라니, 태대장군은 의심스러운 눈초리로 태후를 바라보았다.

"어찌 그런 부탁을 하시는 겁니까?"

"홍국 세자, 그 아이, 실은 여자입니다."

태후는 대수롭지 않게 말했지만, 그녀의 말에 태대장군은 할 말을 잃었다. 지금 자신의 귀가 잘못되기라도 했나 의심했다.

"여자라구요?"

"그러합니다. 홍국에서 사정이 있어 세자로 책봉하고 여자의 몸으로 그 수많은 전쟁터의 선두로 선 아이입니다."

태후의 말에 태대장군은 마치 뒤통수를 크게 맞은 듯한 기분이었다. 일찍이 들은 소문과 비교했을 때 자신의 입장에서는 도무지 말이 되지 않는 이야기였다. 여자라니, 그럼 공주가 세자위에 앉았고, 그 온갖 흉흉한 소문과 혈랑이라는 악명까지 얻었단 말인가.

하지만 낮에 보았던 랑의 모습을 보니, 태후의 말이 맞는 것 같기도 하였다. 만약 홍국 세자, 전쟁터의 악귀라 불리는 혈랑이라는 이야기를 듣지 않고 보았더라면 홍랑은 충분히 남장을 한 여자의 모습이었다.

그뿐이랴, 미색만 따지고 보았을 때 대륙에서 최고의 미인이라 칭찬을 들을 정도의 미모를 갖추고 있었다. 때문에 저렇게 선이 곱고 미남자의 모습을 가진 홍랑이 그런 무시무시한 소문의 주인공이라는 것이 서로 맞지 않아 이질감이 느껴졌었다. 이제야 왜 랑을 보면서 그런 낯선 감정이 느껴진 것인지 알 것 같았다.

"흠…… 훈련에서 뺄 수 있는 한 최대한 빼보도록 하지요."

"감사합니다. 태대장군."

태후의 입가에 미소가 서렸다. 태대장군은 그런 태후를 보며 어린 시절 손에 가득 쥐어 준 벚꽃 잎을 보던 그녀의 모습을 떠올렸다.

"저도 한 가지 청이 있습니다."

"무엇인지요?"

"태후마마께서 예전처럼 제게 오라버니라 해 주시는 것이옵니다."

태대장군의 말에 태후의 눈이 그에게 고정되었고 찻잔을 만지던 손이 멈추었다. 아무 말 없이 조용히 태대장군을 바라보던 태후는 아주 오래 전부터 간직한 그 웃음을 지으며 태대장군을 바라보았다.

"그리하지요, 오라버니."

25년 넘게 묵힌 남매의 감정이 한순간에 풀어졌다. 오랜만에 서로를 보며 편안한 미소를 지을 수 있었다. 이제는 청룡국이라는 제국의 큰 축이었지만 두 사람의 감정이 마치 처음 보았던 어린 시절로 돌아간 듯 싶었다. 태후전에서 나온 태대장군의 표정은 편하였고 그는 랑이 있는 친성각으로 발걸음을 옮겼다.

방 안에 고요히 모셔져 있는 언월도를 쓰다듬는 랑은 꽤나 깊은 생각에 빠졌다. 지금쯤 홍국은 어찌하고 있을까, 걸림돌이 사라졌으니 기뻐할까, 혹여 연회라도 열고 있을까, 그런 생각을 하니 괜히 심통이 났다. 왕실에서 언제나 미운오리새끼 취급을 받는 그녀였다. 언니들은 공주로서 사람들에게 선망의 대상이 되었고 아바마마와 어마마마의 사랑도 듬뿍 받고 자랐는데, 자신은 항상 독하게, 항상 홀로 남겨져 있었다. 자기 자신에 대한 비판과 비교를 하자면 끝도 없이 부정적인 생각들이 펼쳐졌다.

"하, 또 시작인가."

그러나 자신은 더 이상 감정에 쉽사리 휘둘리는 그런 어린아이가 아니었다. 미움과 시기의 감정은 단순히 잡생각으로 치부해버리면 마음이 편해진다. 아니 그렇게 하려고 노력하였다. 랑은 고개를 도리도리 젓다가 이내 홍국에서 가져온 검 두 자루에 눈이 꽂혔다.

"한 명만 나를 따라 오거라."

갑작스럽게 방에서 나온 랑의 모습에 앉아서 쉬던 궁녀들이 벌떡 일어났다. 청룡국 황제가 도대체 무슨 생각으로 마치 자신이 청룡국의 황족인 것마냥 궁녀들까지 붙여 주는 건지 알 수 없었지만, 없어서 아쉬운 것보다는 편하다고 생각하였다.

하지만 궁녀들은 갑작스런 인사이동에, 거기다 주인이 청룡국 사람들 수천을 베었다고 하는 홍국 황자니 화도 나고 속상하기도 하면서도 무섭기도 한 모양이었다. 친성각에 배치되었다는 것이 이미 웃전의 눈에 한 번 정도는 어긋났음을 뜻한다는 걸 이곳에 와서야 뼈저리게 느낄 수 있었다. 죽을 각오를 하고 최고상궁께 찾아가 하소연을 해 보기도 하고 치맛자락을 붙잡고 울고불고 떼를 써 보기도 하였으나 어느 누구도 그들의 사정을 들어주지는 않았다. 그저 목숨이라도 유지하는 것이 다행이라는 듯한 다른 궁녀들의 눈빛은 랑이 온 이후로 계속되었다.

더군다나 랑은 절대로 쉬운 상관이 아니었다. 낯선 환경에 주눅이 들 수도 있건만 첫날부터 궁녀의 뺨을 때렸으니 다들 바닥에 납작 엎드려 그녀가 하는 대로 따라야만 했다. 그리고 여인들의 사회에서 모진 일, 직접적으로 랑을 대하는 일은 어쩔 수 없이 가장 어린 궁녀의 몫이었다.

"무엇 하냐, 한 명 따라오라니까."

랑의 말에 궁녀들 중 가장 어린 소녀가 결국 언니들의 떠밀림에 밀려 울먹거리며 랑의 뒤를 쫓았다.

"혹시 대궐 안에 광장이나 대나무 숲이 있느냐?"

"대나무 숲은 지금은 늦은 밤이라 들어갈 수 없고……. 대…… 대신…… 연무장이 있습니다."

궁녀의 말에 랑은 고개를 끄덕였다. 어두컴컴한 밤에 불을 밝히는 궁녀 하나와 랑이 연무장으로 향하고 있었다. 얼핏 보니 제 동생 또래인 듯한 모습에 랑은 아이를 유심히 살폈다.

"몇 살 정도 되었느냐."

"네?"

"몇 살 정도 되었냐 이 말이다."

"열 살이옵니다."

랑은 어린 궁녀를 보며 왠지 의가 떠올랐다. 홍국에 남은 미련 하나라면 바로 의였다. 정말 자신의 모든 것을 내 주어도 아깝지 않은 남동생이었다. 모두가 자신에게 등을 돌린 그곳에서 의만이 자신의 편이 되어 주었고 자신을 감싸 주었다. 의가 태어난 이후로 자신은 찬밥신세가 되었는데도 아이러니하게도 제 부모님만큼이나 의가 소중하고 중요하게 여겨졌다. 그 아이는 태생이 모두에게 사랑을 받을 수밖에 없는 존재였다.

"네 이름은 무엇이냐?"

"연화라 하옵니다."

랑은 궁녀의 말에 고개를 끄덕였다. 이내 몇 발짝 더 걸었을까, 랑은 홍국과는 규모가 다른 연무장의 크기에 꽤나 놀란 듯싶었다. 연화도 이곳에 처음 온지라 랑과 함께 눈이 커진 채 연무장을 연신 둘러보고 있었다.

"전각으로 돌아가겠느냐?"

"아니옵니다. 여기 있겠사옵니다."

"혹여 다칠 수 있으니 열다섯 보 이상 물러나 있거라."

랑의 명령에 연화는 재빠르게 자신에게서 떨어져서 멀리서 그녀를 바라보았다. 연화의 표정이 전각 안에서와는 달리 생기 있는 모습이었다. 호기심이 가득한 아이의 얼굴에 랑은 슬며시 웃고 말았다. 어린 시절 처음 검을 잡은 그녀의 모습이 떠올랐고, 아마도 그 표정이 이 아이와 같았으리라.

연무장은 평평한 평지 위에 한단 높여 팔각형의 형태로 만든 곳으로 여덟 방향에 화로가 있어 밤에도 충분히 훈련을 할 수 있는 공간이었다.

횃불 하나를 집어든 랑은 연무장을 천천히 돌며 불을 붙였다. 이내 여덟 개의 화로에 불을 붙인 랑이 위에 덮은 하얀 야장의를 벗어버리고는 가볍게 몸을 풀고 바로 검 두 자루를 집어 들었다.

연화는 연무장 위에서 움직이는 랑의 모습을 보며 자신도 모르게 감탄을 하고 있었다. 전각으로 돌아가면 이 멋진 광경을 볼 수 없었을 것이다. 자신은 알 수 없는 동작의 연속이었지만, 눈앞에 있는 홍국 세자는 꽤나 멋있었다.

언니들과 함께 처음 랑에게 배속되었을 때 연화는 손수건이 다 젖도록 울었다. 전쟁에서 사람을 아무 감정 없이 베어버리는 무서운 사람이라 했다. 오죽하면 '피 혈'자를 써서 혈랑이라고 부른다고도 했다. 심지어 그곳에 배치되면 단 하루도 못 버티고 홍랑의 칼에 의해 죽을 거라며 다른 이들이 겁을 주곤 하였다. 랑이 이곳에 온다고 하는 소식이 퍼진 뒤로 황궁 안에는 랑과 관련된 괴소문이 줄지어 퍼져나갔고 어린 궁녀들은 혹여 랑이 머물 곳에 배치될까 봐 두려워해야 했다.

하지만, 오늘 랑을 지켜본 연화는 말투나 분위기가 차가운 거지 사람 자체는 차갑지 않다고 느꼈다. 검에 대해서는 잘 모르지만 랑이 휘두르는 검은 분명 부드럽고 아름답다는 생각을 하며 자신도 모르게 몰입하여 빤히 쳐다보게 되었다.

"꽤나 유려한 동작이군."

연화는 뒤에서 들려온 목소리에 고개를 돌렸다가 이내 바닥에 바짝 엎드렸다. 자신은 감히 쳐다볼 수도 없는 황제, 진후가 자신의 바로 뒤에 서 있었다. 언제 온 건지 그와 더불어 여러 궁인들이 그의 뒤를 따르고 있었다.

"폐, 폐……."

"쉬."

황제가 가볍게 연화의 어깨를 누르고 자신의 입에 손가락을 대며 조용히 하라 신호하였다. 하지만 그의 눈은 계속 랑을 지켜보고 있었다. 후는 랑의 동작에서 눈을 뗄 수 없었다. 야밤에 하는 훈련이 저리도 아름다울 수 있단 말인가. 왠지 모르게 부드럽고 유려한 느낌이었다. 가끔씩은 경쾌하고 화려한 느낌도 받곤 했다. 낮에 랑이 보여준 언월도를 가지고 춘 춤과는 또 다른 느낌이었다. 무기가 랑과 함께 있으면 그건 무기가 아니라 왠지 춤의 일부와도 같이 보일 뿐이었다.

후는 밤에는 항상 젊은 무사들과 함께 훈련을 하곤 하였다. 그러나 지금 자신이 보는 랑은 그들과는 또 다른 느낌이었다. 같은 사내지만, 홍국의 사람이라 그런가 싶은 생각이 들 만큼 랑의 모습은 부드럽고 유려했다. 홍국의 검법은 저러한 것일까. 후는 왠지 랑의 동작들에 심취되어 계속해서 보고 싶다는 생각이 들었다.

'획.'

하지만 후의 그러한 생각은 오래가지 못했다. 날카로운 소리와 함께 자신의 옆으로 긴 검 하나가 아슬아슬하게 지나갔다. 옆에 서 있던 궁녀들이 비명을 지르며 황제를 보호하려 했지만 후는 이미 자신의 허리춤에서 검을 뽑고 연무장으로 올라간 상태였다.

"남의 훈련을 몰래 보는 건 예의가 아니지요."

"과인의 훈련장에서 몰래 훈련한 건 자네이지 않은가."

'챙.'

검이 맞닿고 후가 한쪽 입꼬리를 올리며 랑을 바라보았다. 그가 힘을 주자 랑이 살짝 뒤로 밀려났다. 계속 힘을 주어 밀었지만 어느새 랑은 부드럽게 빠져나와 다시 후와 검을 맞대고 합을 주고받고 있었다.

어느새 연화는 물론 후를 모시는 궁인들, 아울러 연무장을 지키고 있던 병사들과 후의 호위무사 준휘까지도 정신이 그들의 대련에 쏠려 있었다. 눈을 뗄 수 없을 정도로 검은 빠르게 움직였으며, 두 사람의 기운은 마치 전쟁터에서 만난 듯 거침없고 살벌했다.

랑의 검이 후의 목선을 아슬아슬하게 지나가자 궁녀들은 높은 비명 소리를 질렀지만 후는 피식 웃으며 여유롭게 피하였고 후의 칼이 랑의 가슴팍을 향해 깊숙하게 들어왔지만 랑은 곡예를 하듯 뒤로 허리를 숙여 검을 피했다.

그렇게 몇 번의 놀람과 몇 번의 비명이 지나갔을까, 약속이나 한 듯 두 사람이 숨을 몰아쉬며 땀을 한바탕 쏟은 채 허리를 숙이고 서로를 바라보고 있었다.

"하아, 마치 전쟁터 같이 살벌하군."

"혹여 무림에서 수련하셨습니까?"

"뭐, 완벽한 무림인까지는 아니지만 말이지……."

랑의 말에 후는 살짝 고개를 끄덕였다. 전쟁이 터지고 그가 향한 곳은 전쟁터가 아닌 그보다 더 심한 무림세계였다. 깊숙이 입문한 것은 아니지만 그곳에서 무예를 갈고닦은 그였다. 때문에 첫 전쟁터에서도 그는 그가 가진 실력을 유감없이 뽐내고 패전만 거듭하던 청룡국에 승리를 안겨주었다.

"다시는 그대와 검을 맞닿지 않을 것이오."

랑은 후를 한 번 노려보고는 검을 검집에 넣었다. 이내 자신이 황제에게 날려버린 검을 찾으러 내려가던 찰나, 후의 검이 랑의 앞길을 막았다.

"받아라."

후가 갑작스럽게 툭 던져버린 검을 받아낸 랑은 어리둥절한 눈으로 후를 바라보았다. 이내 후는 터벅터벅 내려갔고, 자신이 지나가기 쉽게 길을 비켜 준 궁녀들 사이로 기둥에 꽂혀버린 랑의 장검을 뽑았다. 그러고서는 다시 올라와 랑의 허리춤에 꽂힌 검집을 뺏어 들었다.

"지금 뭐하는 겁니까."

후의 갑작스러운 행동에 랑은 불만이 가득 섞인 목소리로 후에게 말했다.

"나는 너에게 황제의 검을 하사하였으니, 너는 내 신하다. 또한 짐을 노린 검을 그 대가로 회수할 것이다."

"지금 무슨 말을 하시는 겁니까……."

랑은 후의 말에 미간을 찌푸리며 허리에 손을 올리고는 삐딱하게 그를 바라보았으나, 그런 랑의 멱살을 확 잡아 후는 자신의 얼굴 앞에 랑을 바짝 데려왔다. 후의 숨결이 랑의 얼굴 전체에 닿을 듯 말 듯 아슬아슬한 느낌이었다.

"황제의 하사품을 받았으니, 그에 상응하게 행동하라."

"잠깐 그건 그쪽이 억지로……."

"별무, 네가 함부로 볼 수 없는 곳이다. 오직 황제만을 위해 움직이는 황제의 최정예부대다. 그곳에서 너의 죄를 씻어라."

후의 말에 랑은 커진 눈으로 후를 바라보았다. 붉은 눈동자가 후에게 꽂혀있었고, 후는 랑의 그런 눈동자에서 왠지 놀람과 걱정을 느낄 수 있었다.

다음날 오전, 랑은 왠지 길을 지나가는 내내 궁녀들의 따가운 눈초리를 받는 듯한 느낌을 받았다. 그것은 밉다는 눈초리가 아니라 왠지 동경과 사랑이 가득담긴 눈길인지라 랑은 그들의 시선이 부담스러웠다.

"하아……."

랑의 입가에서는 자신도 모르게 한숨이 흘러나왔다. 어젯밤 황제와의 대련과 황제가 자신에게 검까지 하사하면서 신하로 삼았다는 소식이 모두 궁 안에 퍼진 모양이었다. 랑은 단순히 그것만 생각했지만, 랑을 따르는 궁녀들은 어제와는 달리 고개가 빳빳해져 다른 궁녀들에게 부러움을 샀다.

하룻밤 사이에 랑은 궁 안에서 유명인사가 되어 있었다. 곱상한 미남자에다가 뛰어난 무예실력, 황제와는 또 다른 마성의 매력이 느껴지는데다, 지금은 비록 청룡국에 볼모로 잡혀있으나 언젠가는 홍국의 보위를 이을 세자였다.

궁녀들이 그의 눈에 띄면 홍국의 왕비는 몰라도 후궁자리에는 앉을 수 있으리라 기대를 품을 만했다. 거기다 못생긴 것도 아니고 곱상하니 남자답게 무예실력도 좋고 그에 대한 평판이야 워낙 귀에 딱지가 앉도록 들었으니 궁녀들 입장에서는 여자라면 쳐다보지도 않는 황제폐하보다는 새롭게 등장한 홍국 세자가 더 흥미로울 수밖에 없었다.

지난밤에 보았기에 랑에게는 조금은 익숙한 연무장에는 별무의 장군들이 모여 있었다. 별무의 장군들에게는 랑이 그다지 호감이 가는 존재가 아니었다. 이미 전쟁터에서 그녀와 만났던 장군도 있었고, 그들 중에는 랑에게 등을 보이고 도망간 장군도 있어 랑은 또 다른 가시방석에 앉은 기분이었다.

"홍랑은 이리 오라."

태대장군이 랑을 부르는 손짓을 했다. 연무장 한쪽에 있는 건물에 들어가자 랑은 그를 따라 들어갔다.

"네가 여자라는 것을 태후마마께 들었다."

"……."

랑은 아무 말 없이 태대장군을 바라만 보고 있었다. 홍국에서야 자신이 세자라는 특수한 위치에 있는데다가 자신의 처지를 아는 사람들이 미리 입김을 불어넣어 특별히 옷을 입고 훈련한다든가 홀로 훈련하곤 했는데 청룡국에서는 그러다간 자칫 다른 이들의 눈에 밉보일 것이라는 걸 랑은 잘 알고 있었다.

군대라는 곳은 특수한 성격을 가지고 있었다. 개별적인 행동은 절대 쉽사리 허락하는 곳이 아니었고 그러한 행동을 하는 이들은 다른 이들에게 버림받기 쉬운 곳이었다.

"게다가 이곳에는 너에게 패한 장군들도 여럿 있다."

"이미 보았습니다."

랑은 깊은 한숨을 내쉬었다. 사람의 살기를 가장 잘 감지해내는 그녀였다. 아까 연무장을 들어설 때부터 랑은 온몸이 따가울 정도로 그들의 살기 어린 눈총을 받아야 했고 무시하려 해도 그 기운은 무시할 수 없었다.

"태후마마께서는 특별훈련을 빼라했지만 그리되면 그것은 황제폐하의 의도와는 다르겠지."

"제가 어찌하면 됩니까."

랑의 말에 태대장군은 랑의 눈을 바라보았다.

"조만간 대대적 인사이동이 있을 예정이다. 별무의 사람들이 가장 많이 교체되는 시기지. 그때까지 잘 버틴다면 너를 흑무로 빼 주도록 하겠다."

"제 무엇을 믿고 그곳으로 빼 준단 말입니까."

랑은 이미 오래전부터 황제의 비밀호위무사대, '흑무'의 존재를 잘 알고 있었다. 황제의 최측근 호위병이자 각종 암살과 첩보를 담당하는 기구였다. 별무가 황제의 손과 발이라면 흑무는 황제의 그림자와도 같았다.

"네 붉은 눈동자 속에 들어있는 올곧음, 그걸 보고 말하는 것이다. 그곳이 별무보다는 나을 것이다. 너는 훈련 시 옷을 입고 하거라. 내 별무의 군사들에게는 네게 끔찍한 상처자국이 있다고 말해둘 것이다."

태대장군의 미소에서 랑은 왠지 아주 오래전 만난 태후가 자신에게 보여 준 미소를 느꼈다. 자신을 미워할 법도 하다 싶은데 이렇게 신경 써 주는 그에게 깊은 고마움을 느껴 허리 숙여 인사를 하고는 건물을 나갔다.

밖에 나오자 랑의 입에서는 깊은 한숨이 저절로 흘러나왔다. 별무는 장군급 이상의 특수부대 같은 느낌이고, 흑무는 아마도 황제만의 비밀 부대였다. 이러나저러나 자신이 싫어하는 청룡국 황제와 얽히게 되니 머리끝까지 짜증이 나는 건 어쩔 수 없었다.

안 그래도 반대편에 서 있던 장군들의 시선이 자신에게 몰려있던 찰나, 신을 신던 랑은 익숙한 그 느낌에 고개를 들어 자신을 바라보며 편한 웃음을 짓고 있는 한 상궁을 바라보았다.

"세자저하."

자신을 부르는 소리에 고개를 들어보니 상궁 한 명이 랑을 바라보며 미소를 띠고 있었다. 오래전에 본 듯한 익숙한 얼굴과 느낌을 주는 인물의 등장에 랑은 고개를 갸우뚱거리다가 이내 환한 얼굴로 자리에서 일어나 상궁의 손을 꼭 잡았다.

"윤 상궁 마마!"

궁녀들 중 최고 자리인, 태후전 상궁인 윤 상궁을 이리도 친근하게 부르자 연무장 안에 있던 이들의 눈이 모두 윤 상궁에게 향했다. 그녀는 미소를 지으며 랑의 손을 꼭 잡아 주었다.

"저하, 태후마마께서 찾아계시옵니다."

윤 상궁의 말에 랑은 그녀를 따랐다. 길을 걷는 동안 랑은 윤 상궁을 바라보며 환한 미소를 지으며 지난날을 물었다.

"윤 상궁께서는 그간 어찌 지내셨습니까?"

"저야 태후마마 아래에서 늘 부족함 없이 지내고 있지요. 그나저나 저하께서는 무척 많이 변하셨습니다."

"아홉 살을 마지막으로 그간 보지 못하지 않았습니까?"

랑은 왠지 모를 민망함에 머리를 매만졌다. 윤 상궁은 자신의 가슴께까지 키가 자라있던 어린 소녀가 이제 자신의 키보다 더 자란 모습에 놀랐고, 남장을 했지만 그 미색을 감출 수 없을 만큼 아름다운 모습에 두 번 놀랐다.

"태후마마께서는, 근심이 많으셨지요?"

랑의 말에 윤 상궁은 아무 말 없이 그저 웃을 뿐이었다. 남편인 황제가 붕어한 지 3년이 지났다. 아들이 황위에 오르고 그녀는 황후에서 태후가 되었으며 황실의 주요 권력에서 조금 밀려났다. 금슬 좋던 황제 내외였는데 그 쓸쓸함은 어떠한 것으로도 채워지지 않을 것임이 랑의 눈에 선하였다.

"태후마마, 홍국의 세자저하께서 들어계십니다."

"들라 하라."

안에서는 고운 목소리가 들려왔고 그녀의 명령에 문이 열렸다. 방 안을 들어 선 랑은 인사를 올렸고 이내 탁자에서 차를 마시고 있던 태후가 일어나 직접 랑에게 걸어왔다.

"어서 오너라."

윤 상궁과 마찬가지로 따뜻하게 잡아 준 두 손이 참 정겹다고 생각하는 랑이었다. 기억도 잘 나지 않는 어린 시절에 너무나도 아름다웠던 황후를 보았고, 그 이후로도 몇 번 그녀를 만났지만, 황태후가 된 이후의 그녀는 처음 보았다. 그녀는 여전히 기품 있고, 온화하며 차를 마시는 모습이 가장 아름다운 여인이었다.

"태후마마, 마마께서는 제가 밉지 않으십니까?"

"무얼 말이냐."

"청룡국 사람 수천을 죽인 제가 밉지 않으십니까, 아니, 폐하를 죽음으로 몰게 한 제가 밉지 않으십니까……."

이미 이곳에 들어선 순간부터 랑은 태후와 눈조차 마주치기가 어려웠다. 아니 고개를 들어 그녀를 본다는 것이 죄인처럼 느껴졌고 그렇기에 랑의 목소리가 점차 기어들어갔다. 태후는 마시던 찻잔을 내려놓고 랑을 바라보았다.

축 늘어뜨린 어깨와 아래를 향한 눈동자의 모습. 태후는 어린 시절 랑을 기억해냈다. 처음 홍국을 방문했던 그때, 그 당시 황후가 된 지 채 석 달도 되지 않았고, 주변국의 순방을 돌고 있었다. 홍국의 궁이 너무 예쁘고 소담하여 기분 좋게 둘러보던 중 홍국의 궁 한쪽 구석에서 훌쩍이는 소리가 나 고개를 돌렸더니 그 담장 아래에 붉은 용포를 입고 있는 조그마한 아이가 울고 있었다. 손에는 제 누이의 것이라도 되는 것 같은 목걸이를 들고 그 나이에 맞지 않게 서글프게 울고 있었다.

제 아들도 그 나이를 보낼 때가 있었지만, 그럼에도 아이는 또래와는 달리 체구도 유난히 작고 심지어 가냘프게 보이는 모습이기까지 했다. 태후는 손에 쥔 목걸이는 놓지 않은 채 얼굴을 든 어린아이의 한쪽 볼에 난 붉은 손자국을 바라보았다.

'누가 널 이리 했느냐.'

'제가 잘못한 것입니다. 제가 잘못한 것이어요……. 사내아이가 계집아이의 것을 탐내지 말라 했는데 너무 예뻐서 그만…….'

그제야 태후는 아이의 눈동자를 바라보았다. 유난히 하얀 피부에 크고 붉은 눈동자에는 눈물이 맺혀 계속 흘러내리고 있었다. 옷만 사내아이의 것이었지, 그 외에는 어딜 봐도 여자아이였다. 조금이라도 건드리면 툭 하고 쓰러질 것 같은 아이의 모습에 태후는 그 당시 어린 랑을 꼭 안아주었다. 어린 아이를 제 어머니인 홍국의 중전에게 넘겨 주기까지 당시의 그녀는 이 아이에게 아무 말도 하지 않고 그저 아이가 진정되길 바라며 등을 토닥여 줄 뿐이었다. 설명을 듣지 않더라도 어린 나이에는 감당하기 힘든 상처가 마음 속 이곳저곳 난 아이였고, 이리 구석에서 아무도 없이 울고 있는 걸 보면 자신의 아픔을 쉽사리 드러내지 않는 아이인 듯싶었다. 왠지 모를 그 가슴 아픔에 태후는 그날 이후 랑을 자신의 딸인 것마냥 예뻐하고 좋아했다.

제 앞에 앉아 있는 랑의 모습이 어린 시절의 랑과 겹쳐졌다. 아마 저 속내를 어느 누구에게도 드러내지 않았겠지. 태후가 랑의 손을 꼭 잡아 주었다. 손바닥 이곳저곳에 박인 굳은살은 랑의 고운 얼굴과는 다른 모습이었다. 태후가 조심스럽게 보물을 만지듯 랑의 굳은살들을 어루만져 주었다.

"나라고 사람인 것을 어찌 너를 원망하지 않았겠느냐……. 전쟁이 터지고 선황께서 그리 붕어하신 후 수일 밤, 수일 낮, 너를 원망했었단다."

그 말에 랑은 고개를 더 폭 숙였다. 자신의 손은 수천 명의 사람을 죽인 손인데 태후는 그런 손을 너무나도 따뜻하게 어루만져 주었다.

"하지만 사람은 누구든 살아가는 방식이 있단다. 네가 그곳에서 살아남는 유일한 방법이 그뿐이었음을 내 어찌 모르겠느냐. 어차피 한 번 살고 가는 인생인데 이미 가신 분을 생각하며 너를 한없이 원망하기에 너는 내 딸과 같은 아이인지라 그리할 수 없더구나."

"마마……."

랑은 금방이라도 터질 듯한 눈물을 겨우겨우 참았다. 지금까지 그 누구 하나 랑에게 이러한 말을 해 주는 사람이 없었다. 항상 전쟁터에서 돌아오면 어느 누구에게라도 '수고했다.' 혹은 '괜찮다.'라는 말을 듣고 싶었다. 하지만 그런 말을 해 주는 이는 아무도 없었다. 이제는 타인의 무관심에 익숙해져버려 감정조차 메말라 버렸다고 생각했는데……. 함부로 눈물을 흘린 적 없었다고, 이제는 눈물이 없을 거라 생각했는데, 자신도 모르게 터져버린 눈물에 랑은 태후의 손 위에 고개를 푹 숙였다.
"괜찮아. 괜찮다."
그 말이 마치 마음 놓고 울라는 다독임처럼 들려 랑은 전쟁 이후 처음으로 그동안 느낀 모든 감정을 눈물에 담아 흘려보내기 시작했다. 그런 랑의 모습을 보며 태후는 오래전 그러했던 것처럼 랑의 등을 조심스럽게 쓸어내렸다. 랑은 그런 태후의 팔을 붙잡고는 한참 동안 눈물을 쏟아내었다.
한참을 울고 나니 랑은 머리가 아파오는 것이 느껴졌다. 꽤나 이질적인 감정이었지만 그래도 마음은 홀가분해졌고 그런 랑의 얼굴을 태후가 손수건으로 꼼꼼하게 닦아주었다. 자신을 보는 눈빛이 아련하게 느껴졌지만 랑은 그것이 창피하다거나 비참하게 느껴지지 않았다.
"훈련이 많이 힘들 텐데 괜찮겠니?"
그녀의 말에 랑은 말없이 고개를 끄덕였다. 이미 이곳에 자진하여 볼모로 온다고 한 순간부터 각오했던 일들이었다. 황제는 자신을 가만히 밥이나 낭비하도록 시킬 인사가 아니었다. 그것은 자신이 그의 입장이라 해도 마찬가지였다. 선전포고를 한 것은 홍국이었고 침략을 받은 것은 청룡국이었다. 어떻게든 자신의 자존심을 짓밟은 이의 자존심을 꺾고 싶어 하는 것이 침략당한 자의 마음이었고, 자존심이 강한 황제라면 이미 모든 구상을 끝내놓았을 것이다.
그런 랑의 예상은 맞아떨어졌다. 본격적인 훈련이 시작되니 해가 뜨기도 전에 연무장에 나가 훈련을 시작하였다. 랑 또한 홍국에서 전쟁이 없는 시기에는 그것보다 더욱 가혹하고 힘든 훈련을 견뎌야 했다. 그러나 이러한 훈련에서 신체적으로 피로한 것보다 더한 것은 정신적 피로였다. 결국에는 정신력 싸움이 전쟁의 승패를 가늠했기에 홍국에서도, 청룡국에서도 인간의 한계를 느낄 수 있을 때까지 강하게 훈련을 하고 있었다.

어느새 훈련장을 열네 바퀴째 돌고 있었다. 다들 숨이 턱 끝까지 차올랐지만 누구 하나 숨을 몰아쉬거나 속도를 늦추려는 사람이 없었다. 매일 그들이 받는 훈련은 매우 혹독하기로 유명했지만 특별한 곳에 소속되어 있다는 자신감으로 버텼다. 때문에 그들에게 매일 받는 그 훈련에 굴러들어온 돌은 자존심을 긁는 꽤나 불편한 존재였다.

맨 뒤에서 아무 말 없이 숨을 고르며 뛰는 녀석을 다들 한 번씩은 힐끗거리며 보았으리라. 날씨는 점점 여름을 향해 가고 있었다. 해가 중천에 가까워지면서 대다수는 웃옷을 벗고 훈련을 하는데 검은색 옷으로 위아래를 다 맞추어 입고 일정한 속도로 뛰는 랑이 신기하면서도 무섭기도 하고 어이가 없기도 하였다.

훈련은 끊이지 않고 매일 있었고 그러한 훈련이 벌써 삼 주째 계속되었다. 일반 사람들이라면 치를 떨 강도 높은 훈련임에도 랑의 얼굴에는 묵묵함과 무표정이 깔려있었다. 그런 랑의 표정을 보면서 질린다는 표정으로 별무의 젊은 장군들은 열다섯 바퀴째 훈련장을 돌기 시작했다.

"참 뻔뻔하다."

"나 같음 더럽고 치사해서 못 먹겠다."

"재수 없어."

남들이 뭐라 하든 랑은 배급으로 나온 주먹밥과 물을 가지고 건물 아래로 가서 앉았다. 꾸역꾸역 밥을 넘기고 있었지만 랑을 괴롭히는 소리는 계속해서 그녀의 귓가를 맴돌고 있었고 가끔씩은 심장을 찌를 것 같은 저주를 하는 이도 있었다.

무관 중에서도 정 6품 이상의 실력이 출중한 자들을 위주로 형성된 '별무' 중에는 몇 해 전 혹은 불과 몇 달 전에 랑이 만난 청룡국의 장군들도 더러 여럿이 있었다. 그들 입장에서나 랑의 입장에서나 서로 거북하기는 마찬가지였다. 그들 대다수가 오래 전 랑에게 등을 보인 채 도망간 장군들이었다.

  어떻게 별무까지 오게 되었는지는 몰라도 그들은 랑을 무척이나 미워하고 싫어하였다. 그들이 그렇게 느끼는 건 전쟁에서 졌기 때문이기도 하지만 다른 이유가 컸다. 그들은 무관이 되는 과거를 보고 몇 해에 걸쳐, 몇 십 번의 전투를 치르고 별무에 들어오게 된 것이지만, 랑은 그렇지 않았다. 게다가 랑은 자신들에게는 절대적으로 보복해야 하는 적국의 장수였으니 그들 눈에 굉장히 거슬리는 가시 그 자체였다. 때문에 그들은 일부러 훈련할 때 랑을 가장 힘든 자리에 위치시켰고 어떻게든 꼬투리를 잡아내려고 하였다. 그러나 그것이 하루, 이틀 지나 벌써 3주가 지나고 있었다.

  하지만, 마치 랑은 그들이 보이지 않는다는 듯 행동했다. 그들이 무슨 말을 하건 한귀로 듣고 한귀로 흘려버렸고 괜히 시비를 걸거나 몸을 치고 지나가면 그대로 받아주었다.

  하지만 오히려 받아들이는 사람의 반응이 없어도 너무 없으니 그들은 랑의 무반응이 점점 질리기도 하고 한편으로는 무섭기도 했다. 어쩌다 마주치게 되는 붉은 눈동자가 그들의 눈에는 핏빛을 담고 있는 기분이라 섬뜩하게 느껴지기도 했다. 랑은 그들 사이에서 철저하게 고립되었고 점차 혼자 있는 시간이 더욱 많아졌다. 어쩌면 이곳에서 조금은 사람다운 생활을 할 수 있지 않을까 싶었던 자신의 기대는 날이 갈수록 처절하게 무너지고 있었다.

  "하아……."

태대장군의 배려로 합숙훈련 중이지만 유일하게 랑만이 자신의 처소에 와서 쉴 수 있었다. 훈련장 문을 나서자마자 분 냄새가 역겨울 정도로 심하게 풍겨왔다. 최근에 궁중의 나인들은 어떻게든 랑의 눈에 들려고 난리가 난 상태였다. 랑이 지나가다가 얼핏 그들의 얼굴을 보니 얼굴은 새하얗고 입술은 붉게 연지로 바른 상태로, 가히 귀신이라 불러도 될 만큼 무서웠다. 뿐만 아니라 자신이 지나가는 길목에 궁녀들이 많아 보이는 건 자신의 착각이길 바랐다.
 랑은 처소의 한방에 마련된 욕실에 들어가자마자 시중을 들겠다는 궁녀들을 내보내고 문을 걸어 잠가 버렸다. 안에는 연화가 자신의 취향에 맞게 준비해 놓은 따뜻한 욕조와 수건이 마련되어 있었다. 랑은 이 시간이 가장 좋았다. 누구의 살기도 느끼지 않고, 누구의 간섭도 받지 않고, 누구의 눈치도 보지 않는, 이 시간 말이다.
 볼모로 와서 꽤나 힘든 삶을 각오했는데 그래도 황궁에서는 타국의 왕자라고 대접은 극진히 해 주는 것 같았다. 어쩌면 이게 그들의 대접 중 일부에 작은 부분에 속할지도 모른다. 어찌되었든 랑은 이곳에서 생활하는 데 지장은 없었다. 대국은 대국인지라 청룡국의 일개 전각이 홍국의 동궁전보다 훨씬 크고 넓었다.
 기분 좋게 목욕을 하고 난 랑은 목욕탕을 나서는 순간 하마터면 뒤로 넘어갈 뻔했다. 목욕탕에서 머물러있던 수증기가 괜히 자신의 뺨을 붉게 물들였다고 생각하기엔 마주 대한 상대를 보고 자신의 얼굴이 더욱 달아오르는 기분이었다.
 "무슨 일로 오셨습니까?"
 목욕탕 앞에는 궁녀들이 바닥에 머리를 조아린 채 오직 랑과 후 만이 복도에서 서로를 바라보고 있었다. 랑의 뒤에서 나오는 수증기가 두 사람의 시야를 계속 가리면서 복도에 켜둔 양초불이 은은하게 퍼져나갔다.
 "어…… 음…… 그것이…….."
 "방에 가서 얘기하지요."
 랑이 후를 지나면서 먼저 앞장을 섰다. 그런 랑의 뒤를 따르며 후는 자신도 모르게 숨을 몰아쉬었다. 이건 갑작스럽게 더운 습기를 맡아서 그런 것이리라, 후는 그리 생각하기로 했다.
 랑은 머리를 수건으로 감싼 채 후를 방으로 맞이했다. 원래는 바로 머리를 풀고 마른 수건으로 머리를 털면서 편하게 말렸을 텐데, 갑작스럽게 들이닥친 후로 인하여 랑은 그저 젖은 머리를 둘둘 말아 수건으로 감싸고 있었다. 머리 밑이 찝찝한 기분에 미간이 찌푸려졌다.
 하지만 그런 모습이 후의 눈에 들어오지 않았다. 목욕을 한 지 얼마 안 돼서일까, 하얀 피부는 복숭아 빛으로 두 볼이 물들어 있었고 안 그래도 붉은 입술은 더 붉어져 있었다. 후는 그런 랑의 모습을 보다가 무척 예쁘다고 생각하였다.
 예쁘다니, 후는 자신도 모르게 한 생각에 피식 웃고 말았다. 사내 녀석에게 예쁘다니. 그래도 이렇게 보면 홍국의 왕자는 사내라기보다는 여인이라 해도 손색이 없었다. 아니 오히려 그 편이 더 어울릴 수 있다는 생각이 들었다. 전쟁터에서 만난, 연못에서 깜짝 놀란 듯 자신을 보던 그 여인이 마치 랑과 흡사하다는 생각이 들었다. 어쩌면 랑을 데리고 오던 길에 들른 연국의 주암성에서 만난 그 여인하고도 흡사하였다. 그러나 더 깊은 생각을 하기도 전에 랑이 맞은편에 털썩 앉는 소리에 정신을 다시 현실세계로 돌려놓았다.
 "이 야밤에 뭔 일로 여기까지 행차하셨소. 부르면 될 것을."
 "이제 좀 고분해질 생각을 한 건가."
 "여기는 홍국이 아니잖소. 까닥 황제폐하를 욕하다간 사지가 찢겨져

나갈 듯싶소만."

 이전의 랑을 생각한다면 정중한 투로 말했지만, 내용은 전혀 정중하지 않았다. 꽤나 끔찍한 표현을 농담으로 하는 랑도 랑이었지만, 그 말에 크게 웃는 후도 후였다. 별무에 넣은 지 3주나 되었다 했다. 실은 자신 앞에 와서 그곳에서 빼 달라 간청하기를 은근 바라던 후였지만, 랑은 3주째 그 어떤 연락도 없었다.

 별무의 합숙소에 갔다가 오히려 무관들이 랑을 빼 달라 청하는 바람에 후는 곤욕스러웠다. 그들은 홍랑이 적국의 장군이니 자신들의 훈련 내용이 새어 나간다며 아우성을 쳤다. 그러나 후가 따로 들은 보고에 따르면, 아무리 괴롭혀도 아무 반응도 없이 무표정으로 훈련에 임한다는 내용이었는지라, 후는 자신보다 나이 꽤나 있는 장군들에게 마치 어린애 보듯 한심한 눈빛을 주었다.

 현재 별무를 총괄하는 태대장군의 직속부하인 대장군에게 듣자하니 홍랑은 마치 강철을 대하는 기분이라 했다. 그 어떤 충격에도 깨지지 않을 거라 했다. 얼핏, 랑을 따돌린다든가 일부러 힘들게 한다고 한다는 이야기도 들었다. 하지만, 지금 랑을 살피는 후는 랑에게서 어떠한 이상한 점도 발견할 수 없었다.

"별무는 할 만한가."

"할 만합니다."

 랑이 딱 끊어 얘기하자 후는 더 이상 랑과 할 얘기가 없었다. 그러나 왠지 랑을 놀리고 싶고 괴롭히고 싶다는 생각이 들었고, 이 방에서 조금 더 머물고 싶다는 생각도 들었다. 그러나 그의 생각과는 달리 방 안에 아무 말 없이 정적이 흐르자 후는 홍랑과 좀 더 이야기를 나누고자 머리는 굴렸다. 그러나 어색해진 분위기에 랑의 눈치를 슬금슬금 볼 뿐이었다.

"청룡국에는, 별무 이외에도 많은 군사집단이 있다고 들었는데, 왜 저를 하필이면 별무에 넣으셨습니까?"

랑이 먼저 입을 열었다. 후는 그런 랑을 바라보았지만 랑은 이미 시선을 아래로 내린 채 후의 대답을 조용히 있을 뿐이었다. 하필이면 별무라, 후 자신이 생각해도 자신이 미쳤다고 생각을 했기도 한 결정이었다.

별무는 청룡국을 위해 움직이는 장군 집단으로, 오직 정 6품 이상의 무관들로 구성된 곳이었다. 일정한 기간을 거친 후 한 번씩 주기적으로 교체되지만, 청룡국 무관이라면 별무에 들어가는 것은 고위급 장군, 즉 무관의 최고직인 태대장군이나, 그 산하 대장군의 자리에 좀 더 가까이 다가갈 수 있다는 것을 의미했다. 더불어 별무는 황제와 가장 가깝게 지낼 수 있는 '공식적'인 기관이었고, 전쟁터에서는 장수들을 지휘했다. 따라서 청룡국의 군영에서는 별무의 장군들을 우러러보고 선망하였다. 그런 곳에 청룡국의 원수라 할 수 있는 홍랑, 홍국의 세자를 집어넣은 꼴이었다.

"열다섯 살 이후 백전무패라는 네가 어디까지 견딜 수 있는지 그 끝이 궁금하였다."

실은, 이번 별무는 홍국과의 전쟁이 끝나기 바로 전에 구성한 것으로 유독 홍국과의 전쟁에서 패배한 장수들이 많았다. 그래서 일부러 불구덩이에 던져 넣고 싶기도 했다.

그런데, 실은 별무에 넣는다고 하고 후회했다. 별무에 넣겠다고 선언했던 그날 밤, 랑과의 대련에서 후는 랑이 탐이 났다. 랑의 검무를 보면서 후는 속으로 감탄하고 또 감탄했다. 모진 말과 욕설을 하긴 했지만, 랑은 보면 볼수록 자신이 얻은 가장 큰 전리품이었다. 별무에 넣는다는 결정은 그 뒤로도 계속해서 그에게는 후회로 남겨졌다. 별무가 아니라 차라리 자신의 호위부대인 흑무에 넣을 것을 말이다. 하지만 이미 랑은 별무로 갔고, 하필이면 별무에서 몇 달에 한 번 하는 특별훈련이 랑이 들어간 시기와 겹쳐버렸다.

 그러나 태대장군과 대장군이 올리는 보고에서도 랑의 훈련성과는 뛰어났다. 랑은 청룡국의 웬만한 젊고 패기 넘치는 무관들 저리가라 할 정도로 잘 버티고 있었다.

 후는 랑을 빤히 바라보았다. 육체적으로 괴롭히는 것에 있어서는 랑을 이길 수가 없다. 그러나 섣부르게 흑무로 데려오기엔 길들지 않은 야수한테 자신의 목숨을 내놓은 꼴이니 아직은 그럴 수 없었다. 무언가 정신적으로 괴롭힐 만한 일이 없을까.

 "혹시 어린 아이 잘 돌보나?"

 "무슨 말입니까?"

 "홍국에 제 2왕자가 아홉 살이라고 들었는데……."

 "우리 의에 대해서는 왜 물으십니까?"

 괜히 의까지도 청룡국에 볼모로 잡혀올까 랑의 신경이 갑자기 곤두섰다. 홍국에 관해서라면 마치 발톱을 세우는 고양이마냥 자신을 대하는 랑의 모습에 후는 피식 웃었다.

 "내 동생에게 무술스승이 필요할 것 같아서 말이지……."

 "황녀마마 말입니까?"

 황녀마마라는 극존칭에 후의 미간이 살짝 찌푸려졌다. 천하제일 만인 지상의 자리에 있는 황제인 자신은 하대를 하는 듯 대하면서 어찌 제 동생에게는 자신에게 대해야 할 태도로 대하는지 후의 입장에서는 기분이 썩 좋지는 않았다. 후는 한쪽 턱을 괸 채로 뚱한 표정을 지으며 랑에게 말하였다.

 "황녀가 올해 아홉 살이 되었는데 어찌나 개구진지 말이야."

"그래서요. 저보고 지금 황녀마마의 무술스승이 되라 하는 겁니까?"

"명령이 아닌 부탁이라 하면 그대가 들어 주지 않겠지?"

랑은 자신을 보고 매력적으로 웃는 후의 저 높이 솟은 코를 한 대만 제발 주먹으로 때리고 싶었다. 최근 들어 무턱대고 찾아오는 횟수가 부쩍 늘은 후가 부담스러워 일부러 대화가 끊기게 하려고 별 반발 없이 네, 네 하고 무성의하게 대답해 주었더니 다짜고짜 한다는 말이 황녀의 무술스승이 되란다. 랑은 여기 온 것이 얼마 되지 않은 사람에게 이러는 후가 이해가 되지 않았다.

"싫습니다. 훈련 마치고 좀 많이 피곤해서요."

"네가 여기 있는 기간이 3년이던가."

후의 말에 랑의 눈썹이 살짝 올라갔다 내려왔다. 이곳에 온 시간이 마치 30년 그 이상은 겪은 듯한 기분이었다. 말은 안했다만 적진에 홀로 떨어진 듯한 느낌에 항상 온몸이 긴장으로 똘똘 뭉쳐 랑의 신경이 이미 날카로워질 대로 날카로워진 상태였다.

"네가 황녀의 무술스승이 된다면 그 기간, 2년으로 줄여 주지."

획기적인 제안에 랑은 후를 빤히 바라보았다. 후의 입가에 걸린 미소가 불길해 보였지만 그의 제안은 마치 악마의 속삭임과도 같이 달콤하게 들려왔다. 랑은 그 속삭임에 홀리듯 고개를 끄덕였다. 그 여운은 후가 자리를 뜬 후에도 계속되었다.

"연화야!"

랑이 부드럽게 연화를 불렀다. 후가 랑의 처소를 벗어난 지 반 시진이 지난 시점이었다. 평소와 같으면 일찍 잠자리에 들었을 랑이었지만 오늘따라 방을 왔다 갔다 하며 깊은 생각에 빠진 듯싶었다.

"황녀 말이다."

"경령황녀는 왜 갑자기……."

후의 하나뿐인 여동생, 진희, 가볍게 이름에 칭호를 붙여 '희황녀'라 부르기도 하지만, 정식적인 별호는 희의 태명이었던 '경령(景鈴)'을 딴 경령황녀였다.

랑의 물음에 연화는 작은 목소리로 숨죽여 대답하는 듯싶었다. 몸을 움츠리며 자신의 시선을 피하는 것에 랑은 자신이 말을 잘못 꺼냈나 싶어 연화에게 조심스럽게 물었다.

"그래 경령황녀, 네가 보기엔 어떠하더냐?"

랑의 물음에 연화는 자신도 모르게 눈을 꼭 감고 두 손을 꼭 쥔 채로 고개를 좌우로 강하게 흔들었다. 연화가 바로 전에 모신 상전이 바로 희였다. 희의 성격은 청룡국 황실 내에서는 유명했다.

태후와 전 황제가 기다리고 기다리던 딸인데다가 너무 어린 나이에 아버지를 잃어 주변의 안타까움을 사서 모든 이가 희 황녀에게는 잘 대해 주었다. 황제인 후만이 희와 대적할 수 있는 적대 대상이라고 여겨질 정도였다. 물론 그런 오라비인 후 또한 희가 부당한 일을 당한다면 눈에 불을 켜고 제 동생을 보호하였기에 희는 세상 무서울 것이 없는 배경과 인맥을 가지고 있었다.

그래서일까, 희 황녀의 성격은 천방지축에 어디로 튈지 모르는 공 같아서 그 밑에서 희를 모시는 상궁이나 궁녀들은 하루하루가 숨바꼭질의 연속이었고 희가 부리는 모든 변덕을 받아주는 대상들이기도 했다. 그래서 혹여 황녀의 처소로 배치되는 날이면 궁녀들 사이에서는 한숨과 눈물이 끊이질 않을 정도라 소문이 돌았다.

무엇보다도 직접 당해 본 연화는 희가 머무는 전각 근처는 물론 그쪽으로 고개도 돌리지 않을 거라 굳게 다짐하였다. 그런 연화의 표정은 옛날의 괴로운 일들을 기억하는지 일그러지기도 하였고 울상이 되기도 하며 시시각각 변하였다. 그런 연화의 표정을 지켜보고 있던 랑이 작게 웃음을 터뜨렸다.
"그 정도로 싫은 것이냐."
랑의 목소리에 다시 현실로 돌아온 연화는 저를 보고 웃음을 터뜨린 랑을 바라보며 뒤통수를 긁었다. 아무래도 새로운 상전께서는 황녀에게 꽤나 흥미가 있나 보다. 제발 흥미로만 끝나면 좋겠다는 연화의 기대와는 달리 랑의 눈빛은 초롱초롱 빛이 났다.

"마마! 마마! 어디 계세요?"
황녀가 머무는 애화전은 아침부터 분주하고 시끄러웠다. 오늘은 무용과 서예 수업이 있는 날이었는데 이날만 되면 다른 날보다 희가 궁인들을 괴롭히는 정도가 가장 심해지기도 하였다. 오늘은 무용 때 입는 옷에다가 제 멋대로 산수화 한 폭을 멋들어지게 그려놓고 사라져 버렸다.
황제폐하의 귀에 이 일이 들어가면 또 한 시진 가까이 그 잔소리를 들어야 하는 이들은 황녀를 모시는 상궁들과 궁녀들이었다. 궁녀들이 소리를 지르며 자신을 찾으러 다니는 것을 희는 나뭇잎이 가득한 나무 위에서 킥킥대며 보고 있었다.
"바보들."
"글쎄, 바보는 황녀마마이신 것 같은데요?"
밑에서 분주히 움직이는 상궁들과 궁녀들을 보며 웃던 희는 자신의 뒤에서 들려오는 목소리에 깜짝 놀라 뒤를 돌아보려 했지만 그럴 틈도 없이 허리에 팔이 감겨오는 걸 느꼈다. 그리고 뭐라 할 새도 없이 눈앞에서, 자신을 찾던 궁인들이 노려보며 씩씩 대는 걸 볼 수 있었다.
"뭐야!"
"오늘부터 황녀마마의 무술스승이 되게 된 홍랑이라고 합니다."
랑의 말에 희는 고개를 홱 돌려 랑을 바라보았다. 인정하기는 싫지만 제 오라버니만큼이나 차가운 기운을 풍기는 이 미남자가 꽤나 잘생겼다는 생각을 했다.

"황녀마마를 안으로 모시게."

"네? 네네······."

땅바닥에 희를 내려놓았지만 희는 예전처럼 도망가거나 생떼를 부리지 않았다. 조신하게 랑에게 인사를 하고 애화전으로 들어가는 모습에 최측근 상궁들은 물론 궁녀들까지도 고개를 갸우뚱하며 제 주인을 따라갔다.

랑은 생각보다 나쁘지 않은 성품의 황녀에 만족스럽다는 듯 고개를 끄덕였다. 황녀의 얼굴은 처음 보았다. 얼핏 기억하자면 당시 황후였던 태후마마의 뱃속에 있을 때 자신은 황녀를 만났다. 희의 얼굴이 승하한 황제, 진욱을 무척이나 닮아있었다.

랑은 저 정도 성격이면 가르칠 만하고, 하루 정도는 고된 훈련을 마치고 조금의 노력을 들일 만한 대가가 있다고 생각하였다. 무엇보다 의와 비슷한 나이의 또래이니 의에 대한 그리움도 조금은 가라앉을 수 있을 것이다. 오랜만에 기분 좋은 웃음이 입에 걸린 랑이 후가 있는 전각으로 향했다.

전각의 문이 열리고 업무를 보던 후는 당장이라도 그냥 3년 있겠다며 온갖 투정을 부릴 랑을 기대하고 있었다. 그러나 후는 그런 불평 가득한 얼굴은커녕, 평온한 랑의 얼굴에 의아하였고 이윽고 랑이 내뱉은 말에 자신의 귀가 잘못되었나 의심했다.

"하겠다고?"

"네."

"진심으로 하는 말이냐?"

제 동생 가르치라 명령한 건 언제고 이제 후는 당혹스러운 얼굴로 랑을 바라보았다. 자신의 동생인 희의 못난 성격이야 궁 안에 널리널리 퍼져있는 것을 들었을 텐데 아무 표정의 변화 없이 와서 황녀의 무술스승을 하겠다 하니 오히려 당황한 것은 후였다.

희는 후에게 있어 눈에 넣어도 아프지 않은 동생이 아니라, 원수덩어리였다. 좀 잠잠하다 싶으면 궁 안을 발칵발칵 뒤집어 놓질 않나, 감히 황제인 제 살을 꼬집어 후의 몸에 있는 작은 상처는 모두 희가 만들어 놓은 것이었다. 그뿐이랴, 희를 가르치는 선생들은 모두 3일이 되기도 전에 희를 가르칠 수 없다며 두 손 두 발 들고서는 궁을 떠났다.

"황녀마마께서 나무에도 잘 오르시고 궁녀들과 뜀박질도 잘하시는 걸 보니, 저처럼 가만히 앉아있을 성격은 아닌 듯싶습니다. 오히려 이쪽에 관심을 가질 수도 있습니다."

"그래……. 그래……. 너처럼?"

후의 말에 랑은 속이 뜨끔하여 고개를 돌리며 후의 시선을 피했다. 랑이야말로 희와는 비교할 수 없을 만큼 홍국의 궁 안에서 화려한 전적을 남긴 어린 시절을 보내었다. 희는 공주고 여아이기 때문에 윗사람들이 행동을 억제시키려 하는 게 있었으나 랑은 왕자였고, 세자였기에 많은 부분이 묵인되곤 하였다.

"아무것도 아닙니다."

과거의 생활을 들킨 것 같아 랑의 얼굴이 빨갛게 달아올랐다. 그런 랑의 모습이 재미있는지 후의 입꼬리가 올라갔다. 그리고 그런 후의 모습을 보며 옆에서 그를 호위하던 준휘는 속으로 의문을 품을 수밖에 없었다. 그도 그럴 것이 후가 저렇게 웃는 모습은 실로 오래간만의 일이었다.

랑이 황녀의 무술스승이 되었다는 소식은 바람보다도 더욱 빠르게 사람들에게 알려졌다. 그러나 그 일 자체에 대한 말은 없었다. 별무는 말 그대로 황제의 특급 장수들이 모여 있는 단체이기도 했지만, 그들이 본래 하는 일은 무관직으로 기타 휘하의 장수들과 군사들을 관리하는 일이기도 했다. 또한 황자나 황녀 혹은 황족 일가의 무술을 담당하여 가르치는 일을 하기도 하였다. 이렇게 또 다른 일을 한다 하여 사람들은 별무를 또 다른 별무라 부르기도 했다.

 사람들이 경악하는 부분은 그런 랑이 말괄량이 경령황녀의 스승이 되었다는 것이었다. 다만, 그게 끝이었으면 랑의 존재가 그리 부각되지도 않았겠지만, 사건의 발단은 희의 태도에 있었다.

 유모인 황 상궁은 정갈하게 무복을 갈아입고 랑이 오기 한 시진 전부터 환하게 웃고 있는 희의 모습에 자신이 무언가를 잘못 보았다는 착각을 느꼈다. 그리고 랑이 첫 번째 훈련을 마친 후 희의 태도를 본 이들은 제 눈이 잘못된 것이 아닌가 싶어 몇 번을 깜빡거리며 희를 바라보았다.

 청룡국 황제에게조차 바락바락 대들며 굽힐 줄 모르던 희가 그리도 고분하게 랑을 따르는 모습을 보며 다들 랑의 존재에 대해 다르게 느끼기 시작했다.

 그 소문은 별무 안에서도 널리 퍼져나갔다. 점심으로 주먹밥을 먹던 랑은 의아한 표정으로 자신을 보는 무관들을 한 번 둘러봐 주었다. 그러자 제 눈과 마주친 무관들이 고개를 획획 돌렸다. 예전처럼 심한 적대감은 많이 누그러졌다고 생각했지만 그래도 여전히 자신을 어려워하는 사람이 많은 것 같아 갑자기 쓸쓸해졌다.

 "황녀마마를 어찌 가르치십니까?"

 그러던 중 비교적 젊은 무관이 다짜고짜 랑의 옆에 앉더니 랑에게 물었다. 랑은 갑작스런 질문에 그저 아무 말 없이 멀뚱히 그 무관을 바라볼 뿐이었다. 그러나 그의 질문에 아까 고개를 돌린 무관들이 다시 자신을 쳐다보는 게 느껴졌다.

"그냥, 처음 검을 잡아 보신다기에 검잡는 법 하고 자세 잡는 법만 알려드렸소만."

"그걸 그냥 조용히 배우시더랍니까?"

이 사람이 도대체 무슨 말을 하는 건가 싶어 랑은 고개를 끄덕였다. 황녀는 소문과는 달리 그리 시끄럽거나 유별난 성격도 아니었고 처음 검을 잡는데도 제 오라비를 닮아서인지 꽤 좋은 자세를 보여 주었다. 랑은 의를 가르칠 때와 비슷한 느낌을 받았다.

랑의 모습에 사람들은 다시 한 번 랑의 존재에 대해 실감하고 있었다. 전쟁터에서는 야차보다 무섭다는 혈랑으로 자신들은 손쓸 틈도 없이 승리를 쟁취해 가더니, 이제는 청룡국 황실 안에서 그 누구도 이길 수 없다는 경령황녀를 고분고분하게 만들다니, 이 작고 보잘것없어 보이는 홍국의 세자가 꽤나 거물인 듯싶었다.

희는 일주일에 두 번, 자신을 가르치는 랑이 오는 날만을 손꼽아 기다리고 있었다. 다른 무술스승과는 달리 랑은 조용히 차분하게 하나하나 세심하게 가르쳐 주었고 희는 항상 자신을 억누르려고만 하던 다른 스승과는 달리 심하게 혼내지도 않고 오히려 자신을 독려하면서 가르쳐 주는 랑이 좋았다.

항상 무뚝뚝한 오라버니와만 아옹다옹 싸우다가 새로운 오라버니가 생긴 기분이 들기도 했다. 오랜만에 황녀가 머무는 애화전에는 평화가 찾아온 듯싶었다.

그런 나날 속에 햇볕이 강하게 내리쬐던 날, 희는 방 안이 아닌 대청마루에 인형들을 잔뜩 들고 나와서 놀고 있었다.

"황녀마마, 별무의 홍랑장군이 드셨사옵니다."

유모인 황 상궁의 말에 희는 고개를 돌렸다. 무술수업이 있는 날도 아닌데 랑의 등장에 희는 활짝 웃으며 랑을 맞이했다.

"스승님! 오셨습니까?"

"네, 지나가다 마마 모습이 보이기에 왔습니다."

 훈련을 하고 난 후였지만 랑에게는 고약한 땀 냄새가 나지 않았다. 희는 랑의 손목을 잡고 자신이 놀고 있던 대청마루로 이끌었다. 랑은 힐끔 희가 벌려놓은 인형들을 바라보고 있었다. 희는 소문난 성격과는 달리 꽤나 귀엽고 예쁜 걸 좋아하는 여자아이였다. 랑은 희의 맞은편에 앉아서 인형 하나를 집어 들었다. 여러 인형들 중에서도 랑은 홍국에서 만든 듯한 토끼인형에 자신도 모르게 정신이 팔렸다.

 '나도 토끼인형 사 줘요'

 나름 토끼인형에 이름까지 붙이고 중궁전에 가서 난리를 치던 어린 시절이 떠올랐다. 제례를 따라갔다가 시장 한구석에서 본 토끼인형이 꽤나 마음에 들었었던 것 같다. 결국엔 누이들에 의해 제지되었지만, 지금까지도 토끼인형을 보면 그때 생각이 났다. 그때가 다섯 살이었나, 여섯 살이었나 기억조차 나지 않는 가물가물한 어린 시절이지만 그 기억만큼은 확실히 남아있었다. 그때부터 누이들이 가지고 있는 것을 저는 갖지 못함을 차츰 배워나갔던 것 같다.

 랑은 씁쓸하게 웃으며 희를 바라보았다. 희는 저 혼자서 인형놀이를 하고 있었다. 희를 바라보면 물질적으로는 어느 누구보다도 풍요로웠다. 랑이 어린 시절에도, 그리고 지금도 남장행세를 하느라 갖고 싶어도 가질 수 없는 것들을 희는 누리고 있었다. 곱고 예쁜 비단치마, 장수를 상징하는 꽃이 수놓아진 비단신, 각종 예쁜 장신구와 어린아이용 노리개, 그리고 이리 많은 인형들까지……. 겉모습만 보고 판단한다면 희는 부족할 것 없이 행복한 축에 속하였다.

 하지만 랑은 그런 희의 모습이 왠지 쓸쓸하게 느껴졌다. 희는 저 혼자서 인형놀이를 잘 하고 있었다. 목소리 톤을 높이고 낮추며 인형의 역할을 하는 모습이 아주 오래전부터 익숙하게 몸에 배어 들었다는 걸 알 수 있었다.

희에게는 무뚝뚝하기로 소문난 오라버니 '진후'가 있었지만 국정만으로도 어마어마한 일을 소화하는 그가 어린 동생과 놀아 줄 리는 만무했다. 또 희는 아주 어린 시절에 아버지를 잃었으니 아마 희가 기억하는 선황제의 모습은 네 살 때가 마지막일 것이다. 그러한 국상과 나라 안팎의 전쟁으로 태후 또한 정신없는 세월을 보냈으리라. 궁녀들이야 신분이 높은 희와 놀아 줄 수 없으니 희는 화려한 궁궐 안에서 아주 어린 시절부터 이미 혼자가 되어있었을 것이다.

랑이 희에게 토끼인형을 들고 다가갔다. 그러더니 목을 가다듬고서는 토끼인형이 말하듯 흉내를 내었다.

"안녕. 나는 토아라고 해, 너는 이름이 뭐니?"

그런 랑의 모습과 토끼인형의 모습을 보던 희의 얼굴에 미소가 퍼졌다. 희는 즐겁다는 듯 얼굴에 미소가 만연하며 자신이 들고 있던 다른 인형들을 랑에게 인사시켰다. 랑의 얼굴에도 희의 얼굴에도 웃음꽃이 만발하였다.

그날을 기점으로 랑은 훈련이 끝나면 예전과는 달리 재빠르게 훈련장에서 사라졌다. 다른 이들에게 랑은 눈 밖에 난 존재이니 사라지든 말든 상관이 없었으나 하루는 랑을 찾는 황제의 명령이 떨어져 당황했다. 그들이 우왕좌왕하며 랑이 머무는 친성각까지 갔으나 랑은 그곳에 없었다. 결국 흑무 한 명에게 랑을 미행하라 하였고 답은 생각보다 빠르게 나왔다.

"홍랑이 매일 애화전에 간다고?"

후의 미간이 살짝 찌푸려졌다. 어쩐지 훈련 끝나고 어딜 그렇게 매일 쏜살같이 가나 했더니 희에게 가는 것이었나 보다. 얼마 전 궁 안에 떠도는 소문이 사실이었는지 후는 구겨진 표정이 펴지지 않고 있었다.

단 한 번도 저를 오라비라 따뜻하게 맞아주지 않는 희였다. 항상 희와는 견원지간처럼 으르렁거리기 바빴다. 그것은 나름대로 후가 희와 놀아주는 방식이었으나, 희는 그렇게 생각하지 않았다. 그런 희는 어느 누구에게도 쉽게 마음을 열어주지 않았고 항상 궁중에 골치 덩어리라고 생각하곤 하였다. 그러나 랑이 희의 스승이 된 이후에는 희가 있는 애화전에서 웃음소리만 나온다는 것이었다. 심지어 어떤 이는 황녀가 홍랑을 가족처럼 따른다고 얘기하곤 하였다.

후가 자리에서 일어나 애화전으로 향하였다. 지금은 비어있는 황후전의 서북쪽에 위치한 애화전에서는 높은 웃음소리가 흘러나왔다. 애화전의 문을 지키는 병사들이 나와 예를 차리려 했으나 후는 손을 들어 말렸다.

황제가 들어온 것도 모르는지 황 상궁을 비롯해 애화전 전각 나인들은 랑과 희의 모습에 얼굴 가득 미소가 만연하였다. 문에서 더 이상 들어가지 않고 가만히 서 있는 후는 환하게 웃는 제 동생 희를 먼저 바라보고 그 다음에 그 맞은편에서 웃고 있는 랑을 바라보았다.

무슨 이야기를 하는지까지는 알 수 없었지만 랑의 목소리 톤은 어린아이가 재미있어 하기에 맞추어져 있었다. 무슨 옛날이야기라도 하는지 표정과 생생한 몸짓까지 하며 희와 함께 즐거워하고 있었다.

랑의 말에 눈을 반짝거리며 웃는 희와 그런 희를 바라보며 생긋 웃는 랑을 보며 후는 자신도 모르게 심장이 빠르게 뛰는 듯싶었다. 자신만큼이나 오랜 세월 웃음이 없던 아이가 웃는 모습은 꽤나 예뻤다. 제 동생이 저리 밝고 명랑하던 아이라는 걸, 이제 고작 아홉 살 어린아이라는 걸 느낄 수 있는 웃음이었다. 그렇게 희를 바라보던 후의 시선이 맞은편에 있는 랑에게 향하였다.

머리는 상투를 틀었으나 많이 풀어진 느낌이었고 훈련을 해서 그런지 살짝 탄 피부였지만 여느 사내들보다 하얗고 여전히 아름다운 모습이다. 랑이 환하게 웃으며 희의 머리를 쓰다듬으며 웃는 그 순간 후는 랑의 모습에서 여인의 모습이 보이는 착각을 일으켰다.

"황제폐하 납시었나이까?"

황 상궁이 깜짝 놀라 다급하게 허리를 굽히며 인사하였다. 그러자 애화전의 나인들은 모두 따라 인사하였고 희와 랑의 높은 웃음소리도 멈추었다. 희는 여전히 생글생글한 표정인 반면 랑은 다시 차가운 표정으로 돌아왔다. 후는 그것이 무척이나 섭섭하게 느껴졌다.

"아니다 되었다. 잠시 지나가다 들린 것이니 신경 쓰지 말아라."

후가 먼저 빠르게 등을 돌렸다. 하지만 후는 마치 무언가를 훔치다 걸린 아이처럼 심장이 매우 빠르게 뛰는 걸 느낄 수 있었다. 랑을 별무에 넣은 지 얼마 되지 않았지만, 계속 그래왔던 것처럼 한시라도 빨리 제 호위무사로 두고 싶다는 생각이 또다시 강하게 들었다.

아니, 그것보다는 희에게 보여 준 미소를 자신에게도 보여 주기를 바랐다.

3장. 전쟁은 사막바람을 타고

훈련이 점차 익숙해지자 랑은 예전만큼 피로를 느끼지 않았다. 또한 황제의 동생인 희와의 관계에 대한 소문 덕분이었을까, 별무 안에서 랑에 대해 악감정을 가지고 대하는 사람은 점점 줄어들었다. 예전만큼 살기나 두려움을 느끼지 않게 되었기에 그곳에서 지내는 동안 랑의 긴장이 점차 풀리고 있었다.

하지만 또 다시 들려오는 전쟁소식에 사람들은 동요하고 있었다. 홍국과의 9년 전쟁이 끝나고 나라에 평화가 오나 싶더니 이번엔 청룡국의 서쪽에 위치한 랴스만국의 침략소식이 들려왔다. 이미 별무 안에서는 장군들이 훈련을 마치고 랴스만국에 대비하여 모의 훈련 및 전쟁 구상을 짜기 시작하였다.

그러면서도 랑의 눈치를 살폈지만 랑은 그저 아무 말 없이 묵묵하게 듣고 있을 뿐이었다. 랑도 한두 번 랴스만국의 사신을 보긴 했지만 청룡국을 중심으로 극동에 위치한 홍국과 극서에 위치한 랴스만국이 만나려면 청룡국을 돌아가거나 혹은 청룡국을 둘러싼 여러 나라를 지나가야 했기에 교류가 거의 없는 나라였다.

"랴스만국은 주로 단검의 접근 전에 강하니 우리는 원거리 전을 위주로 구상하여야 합니다."

랑이 대장군의 말을 들으며 고개를 끄덕였다. 증오하고 싫고 끔찍하게 여기는 곳이 전쟁터라지만 모진 10년의 세월을 그곳에서 보낸 것 때문일까, 랑은 몸 안의 피가 다시 끓는 느낌을 받았다. 사람의 감각이 가장 치밀해지는 곳, 전쟁터에 나간다는 것만으로도 랑은 속에서 들끓는 그 감정을 조용히 느끼고 있었다. 아마도 전쟁의 신은 랑을 쉽사리 놓아줄 생각이 없는 듯싶었다.

별무에서 랴스만에 대하여 전쟁에 대한 구상을 하는 동안 한편 조정 회의에서는 시끄러운 소리가 계속 흘러나오고 있었는데, 그 화두의 중심에는 랑이 있었다.

"폐하, 얼마 전까지 적국의 장군이었습니다. 그런 자를 어찌 믿고 덜컥 장군 자리를 주신단 말입니까? 삼가 통촉해 주십시오!"

"그러하옵니다. 청룡국에 온 지 얼마 되지 않았습니다. 혹여 그 검의 끝이 폐하를 향할지는 알 수 없는 일이옵니다. 폐하, 이는 있을 수 없는 일입니다!"

후가 랑에게 갑작스럽게 청룡국의 대장군 자리를 맡긴다는 명령을 내리자 청룡국 조정이 술렁이고 있었다. 삼사의 장들은 물론 육조의 판서들까지 모두 들고 일어났다. 항상 반으로 갈려 으르렁거리던 신하들이 랑의 일에는 한마음 한 몸으로 행동하고 있었다. 이는 신료들에게는 자신들의 안위 문제를 넘어 국가의 중대사가 걸려 있는 일이었기 때문이다. 그들의 입장에서는 고양이에게 생선을 맡긴 꼴이 날 것이라 생각하는 것이 당연했다. 하지만 후는 그저 여유로운 웃음만 지었다.

"랴스만은 극서지 않소, 그러한 랴스만은 홍국을 알 수 없을 뿐만 아니라 홍랑에 대해 자세히는 모르지 않소. 전술적으로는 우리에게 매우 유리할 것이오."

"하지만 폐하, 이건 국가 안위가 걸려있는 일입니다. 그리 쉬이 생각할 것이 아닙니다."

"우리는 전쟁에서 최소한의 인명 피해로 이기기만 하면 되오."

"폐하! 홍국의 세자입니다. 그냥 왕자도 아니고 후계자인 세자입니다."

대신들은 길길이 뛰었지만 후의 입가에는 여전히 미소가 걸려 있었다. 그에게 번복할 의사가 없을 뿐만 아니라 랑을 이용해 랴스만을 충분히 이길 수도 있다는 뜻이었다. 대신들은 그런 황제의 웃음이 못마땅하였지만 그의 의견을 꺾을 수 있는 방안이 없었다. 한바탕 폭풍이 몰아치고 간 듯한 조정회의를 마친 후가 황제의 개인적 공간인 편전으로 들어섰을 때 누군가 앉아있었다. 황제가 왔지만 랑은 자리에서 일어나지 않았다.

"이번 전쟁에 그대의 공을 기대해 보지."

"신하들이 그리 반대하는데도 저를 내세우는 이유가 뭡니까?"

"말했잖소. 짐은 우리의 피해를 최소한으로 할 거라고. 그대만 한 실력자를 찾기 힘들지."

랑은 붉은 눈동자를 탁자로 내리깔았다. 왕좌의 뒤쪽에 위치한 작은 공간에서 대신들이 자신을 반대하는 소리를 너무나도 똑똑히 들었다. 그는 도대체 대신들의 반대를 무릅쓰고 왜 사지로 자신을 밀어 넣으려는 것일까. 랑은 눈을 들어 후를 바라보았다. 순간, 후의 눈동자 속에 재미난 것을 발견한 소년의 호기심이 비추었다.

'이 사람에게 나는……. 장기말, 어쩌면 장난감에 불과하구나.'

랑은 입이 씁쓸해지는 걸 느꼈다. 이 사람은, 지금 자신을 언제나 버릴 수 있는 장기말이자 가지고 놀 수 있는 장난감으로 보는 것이다. 랑이 두 주먹을 꾹 쥐었다. 손톱이 손바닥을 파고 들어갔지만 아픔이 느껴지지 않았다.

"안 나갈 겁니다."

"뭐?"

"출전하지 않겠습니다. 그대의 수족이 된다고 했지 언제 제가 목숨까지 거래했답니까."

랑은 들을 가치도 없다는 듯 냉정한 얼굴로 자리에서 벌떡 일어났다. 순간 차갑게 변한 랑의 분위기에 당황한 것은 후였다. 후가 자신도 모르게 손을 뻗어 랑의 손목을 낚아채었다. 랑이 후의 힘에 못 이겨 비틀거리며 후의 옆에 있던 의자에 끌려가듯 앉았다.

"너는 랴스만국 전쟁에 참가해야 한다. 이것이 네가 수많은 백성들을 베어낸 죗값을 치르는 길이라는 생각은 안 하는 것이냐?"

"뭐라구요? 청룡국이 홍국의 백성을 죽인 것은 아무 죄가 없답니까?"

후의 말에 랑은 기가 찼다. 물론 청룡국의 죄 없는 백성들을 베어낸 자신이지만, 그만큼이나 홍국의 백성들 또한 전쟁터에서 수많은 피를 흘리며 죽어갔다. 랑의 얼굴에 노기가 가득 찼고 다시 자리에서 일어났지만 후는 랑의 팔을 잡고 자리에 끌어 앉혔다. 후가 랑의 턱을 한손으로 붙잡으며 눈을 바라보았다.

"네가 원하는 조건은 무엇이냐."

후의 눈빛이 짙어졌다. 까맣게 변한 동공 속으로 빨려들 것 같은 느낌에 랑은 후의 손목에서 팔을 빼려 했지만, 후는 쉽사리 랑을 놔 주지 않았다. 랑은 결국 한숨을 쉬며 바닥을 바라보았다.

이상하게도 이 사내 앞에서는 당당한 척해 봐도 결국 자신이 지게 된다. 그와는 항상 그런 대결을 벌여왔고 더 싫은 것은 자신은 아무 말도 할 수 없게 된다는 것이었다. 모든 사내들에게 명령을 내리고 우위를 점해온 것은 자신이었는데 후에게는 그것이 통하지 않았다.

"두 가지입니다."

"그래, 말해 보거라."

"하나는 제가 이곳에 머물 수 있는 기한을 1년으로 줄여 주십시오."

랑의 말에 후는 고민하는 듯 미간을 찌푸렸다. 무려 1년이나 줄여달라는 랑의 의사가 당돌하게 느껴졌다. 희의 스승을 맡아서 이미 1년이라는 긴 시간이 대폭적으로 줄어든 것도 그에게는 꽤나 큰 호의였다. 후의 대답이 늦어지자 랑은 그의 손목에서 팔을 빼서 나가려 했으나 이내 후는 다시 악력으로 랑을 자리에 앉혔다.

"그래 좋다. 1년으로 줄여 주지. 다른 하나는 무엇이냐."

후는 이런 상황이 재미있었다. 전쟁터에서 했던 첫 번째 합의가 살기등등하고 차가웠다면 지금 하는 이 합의는 마치 놀이를 하듯 재미있게 느껴졌다. 랑은 그만큼 분위기가 달라져 있었고, 후 또한 그때보다 부드러워져 있었다. 하지만 후도, 랑도 그 미묘한 차이를 알지 못했다. 랑은 거칠게 후의 손에서 자신의 팔을 뺐다. 계속 강한 힘으로 잡혀 있어서 그런지 손목에 손자국이 발갛게 나 있었고 시큰거리기까지 했다. 랑은 그러한 손목을 어루만지며 후를 바라보았다.

"홍국의 국왕 전하께 저를 폐세자 하라는 교지를 내려주십시오."

"폐세자라고?"

랑이 제시한 조건은 너무나도 파격적인 이야기였다. 후는 어이없다는 표정을 넘어 허탈한 표정을 지었다. 이건 오히려 자신에게 좋은 조건이었다. 대신들이 랑의 전쟁 참여를 반대하는 이유가 바로 그가 홍국의 세자임에 있었다. 랑이 폐세자되어 단순히 왕자, 즉 인질다운 인질에 불과하다면 그들은 더 이상 말을 하지 못할 것이다.

"어째서?"

이유를 말하라는 후의 눈이 오롯이 랑에게 향하였다. 제왕이 된 자의 입장에서 랑을 이해할 수 없을 것이다. 조금만 참고 기다리면 홍국의 국왕 자리가 그에게 돌아간다. 물론 자신에게는 이득이 되는 조건이지만, 랑에게 있어서는 이보다 불리한 조건일 수가 없다.

홍국의 백성들은 랑을 홍국 그 자체로 생각했고 홍국을 지키는 영웅이자 수호신으로 여기고 있었다. 제 한 몸 희생해 홍국을 살리고 전쟁을 끝내며 아울러 자주국까지 만들어줬으니 이대로 그가 홍국으로 돌아간다면 그는 역사상 가장 존경받는 임금이 될 수 있었다. 후의 눈빛에 서린 생각을 랑도 잘 알고 있었다. 애초에 자신이 사내로 태어났다면 이렇게 비참하게 자진하여 볼모가 되어 이곳에 온다고 하지 않았을 것이다. 아니 어쩌면 아예 두 나라 사이의 전쟁은 없었을 수도 있다. 하지만 이 모든 사태를 만든 원인은 바로 자신이 여자라는 것에 있었다. 랑은 언제나 모든 상황의 탓을 자신에게 두고 자책하였다.

"그저, 이제부터라도 자유롭게 살고 싶을 뿐이니까요."

그러나 모든 사정을 어찌 그에게 다 말할 수 없었다. 후에게 잡혔던 손을 다른 한 손으로 문지르며 랑은 후의 따가운 시선을 피해 먼 곳을 바라보았다. 후는 당장이라도 그에 대한 정확한 이유를 듣고 싶었지만 랑은 그걸 말해 줄 생각이 없어보였다. 아직은 그와 랑 사이에 높은 벽 하나가 놓여 있는 듯 거리감이 느껴졌다.

"언젠가는, 네가 말해 줄 날이 올 것이다. 짐은 그때까지 기다릴 것이다."

후의 말에 랑은 그를 멍하게 쳐다볼 수밖에 없었다. 과연 그날이 올까. 자신이 황제에게 모든 속내를 털어놓을 그날이 말이다. 오지 않을 것이지만 마음 한구석에서는 그런 날이 왔으면 하는 생각도 들었다. 어린 시절부터 억눌린 감정을, 비밀을, 속내를, 그 모든 것을 듣고도 담담하게 자신을 볼 수 있는 사람이라면 말이다.

랑은 후가 쓰는 황금 조서를 지켜보았고 그것이 준휘의 손에 넘어가는 것을 바라보았다. 유독 '폐세자'라는 단어가 눈에 잘 들어왔고 랑은 자신이 말했음에도 마음 한 부분이 아파와 그 조서에서 눈을 돌리고 말았다. 그토록 원하던 자유였고 부모님이 원하던 것이었음에도 불구하고 오랜 세월 자신이 누려온 지위를 포기하는 것은 굉장히 어려운 일이었다.

"성은이……. 망극하옵니다. 폐하……."

"가서 쉬거라. 안색이 좋아 보이지 않는구나."

후의 명령에 랑은 고개를 숙인 채 편전에서 나갔고, 랑이 나가는 모습을 지켜본 후는 한숨을 내쉬더니 준휘에게 급하게 작은 쪽지 하나를 건네었다. 준휘가 쪽지를 펼쳐서 후를 바라보자 후는 고개를 끄덕였다. 황제의 명령에 준휘는 마치 그곳에 없었던 사람인 것처럼 사라져 버렸다.

홍국은 조회 때부터 심상치 않은 기운이 감돌았다. 갑작스러운 청룡국 사신의 방문으로 홍국에서는 이른 아침부터 조정신료들이 대전에 모여야 했다. 청룡국 사신으로 온 사람은 다름 아닌 황제의 최측근이자 호위무사인 이준휘였다. 홍국 신료들 모두 그의 눈치를 보며 서 있었다.

"청룡국의 호위무장이 어찌 홍국까지 오셨소?"

"저희 폐하께서 홍국의 왕께 급히 내리는 전갈이 있어 이리 무례를 감행하고 왔습니다."

준휘의 손에 든 황색의 교지가 홍국의 왕에게 넘어갔다. 대신들은 궁금한 눈으로 교지를 펼치는 왕을 바라보았다. 혹여 청룡국에 인질로 가 있는 세자의 안위에 무슨 문제라도 생긴 것이 아닌지 다들 내심 걱정하는 눈치였다.

"어…….어찌…… 세자를 폐하라 하시오!"

"조만간 랴스만국과 전쟁이 있을 예정입니다. 그곳에 대장군으로서 최정예로 세울 예정입니다. 그러려면 세자보다는 일반 왕족의 신분이 되는 것이 제국에 있어 유리하지 않겠습니까."

아무 미동 없이 살며시 웃으며 말하는 준휘를 보며 왕은 온몸을 부들부들 떨었다. 이렇게 청룡국의 방패막이가 되라고 그곳에 보낸 것이 아니었다. 가장 잘 보살펴 주지 못한 자식이었다. 딸을 아들로 만든 그 우스운 애기 뒤에는 자신이 있었다. 거기에 의로 하여금 세자로 세우라 하니, 이건 분명히 랑의 지시가 분명하다. 하지만 어째서 이러한 교서를 쓰라 한 것일까.

홍국의 입장에서 랴스만은 교류자체가 거의 없는 나라였다. 거대한 청룡국을 가운데 두고 가장 멀리 떨어져 있는 나라가 바로 랴스만국이었다. 따라서 그 전쟁은 홍국의 왕자인 랑과는 전혀 별개의 문제였다. 준휘의 말에 홍국의 신료들은 모두 이를 갈며 그를 노려보았다.

"사신께서는 잠깐 저와 독대를 하셨으면 합니다."

왕이 준휘를 바라보며 먼저 편전에서 물러나고 준휘가 그의 뒤를 따랐다. 그들이 나가고서 신료들 사이에서 불만의 소리가 터져 나오는 것을 들으며 준휘는 고개를 끄덕였다. 이것이 당연한 반응이었다. 하지만 황제폐하가 주신 또 다른 명령이 마음에 걸렸다.

"너무하지 않소이까!"

왕은 개인의 서재로 향하였고 그 뒤를 준휘가 따랐다. 랑이 제 목숨을 걸면서 인질로 갔기에 홍국이 자주국이 되었다 하나 아직 완전히 그 소속에서 벗어난 것이 아니었다. 랑이 청룡국에 있는 이상 홍국에게 자주국은 허울만 좋은 말이었다.

"저희 폐하의 명령이니 저는 뭐라 드릴 말씀이 없군요. 다만, 이걸 전하라 하셨습니다."

준휘는 품 안에서 교지가 아닌 밀봉이 된 편지를 꺼내었다. 그것을 전해 받은 왕은 익숙한 필체에 글씨를 뚫어지게 바라보았다.

랑의 편지에는 '종묘사직(宗廟社稷)'과 '평안(平安)'이라는 두 단어만이 적혀 있었다. 그러나 홍국의 왕, 홍륙은 그 의미가 무엇인지 알 것 같았다. 마치 편지에서 랑의 목소리가 들려오는 듯싶었.

'저를 버리셔야 홍국이 살고 저를 폐하셔야 의가 보위를 이어 홍국의 종묘사직을 이을 수 있습니다. 지금이라도 모든 것을 제대로 돌려놓아 나라를 평안하게 하시옵소서.'

혹여 준휘가 볼까 싶어 자세한 내용을 생략하였지만 왕은 그 속에 담긴 감정을 읽어낼 수 있었다. 이 모든 것이 자신의 잘못인 것마냥 쓴 글에 왕은 저도 모르게 눈이 벌게지는 걸 느꼈다. 그는 편지를 잡고 한참을 놓지 못했고 마치 소중한 보물이라도 되는 양 편지를 읽는 눈동자가 몇 번을 위아래로 움직였다. 가끔씩 깊은 한숨이 흘러나왔고 열린 창 너머 바라보는 그의 얼굴에는 고민이 가득하였다. 그리고 한참 후에야 그는 낙심한 얼굴로 준휘를 바라보았다.

"폐하의 뜻대로 하겠다고 전하시게"

"네."

"그리고, 우리 랑이……. 잘 좀 부탁한다고도 전해 주시게"

준휘는 그의 말에 고개를 끄덕였을 뿐이었다. 조용히 서재를 벗어나는 준휘의 눈동자가 빛났다. 홍국의 왕의 태도에 그의 할 일은 아직 끝나지 않았다. 홍국의 궁을 걷는 그의 발걸음이 가볍고 빨라졌다.

준휘가 전한 황명으로 홍국 왕실이 뒤집어지는 동안, 랑은 랴스만을 상대로 싸울 준비를 차근차근 하고 있었다. 랴스만과의 전투경험이 있는 나이든 장군들이 별무에 와서 특별히 장수들을 가르쳤고, 특히나 최전방을 맡게 될 랑은 거의 개인 교습을 받다시피 그들에게 붙잡혀 온갖 무기와 전술에 대해 익혀나가고 있었다. 물론 그들이 불신과 적개심을 온전히 거둔 것은 아니었지만 랑에게 그것은 그다지 문제가 되지 않았다. 또다시 전쟁터라는 도륙의 현장으로 향하는 랑에게는 살아남는 것이 최우선이었다.

랑은 처음 쥐어보는 단검의 모양을 계속 살펴보며 의아해 하는 모습이었다. 랴스만에서 쓰는 칼이라는데 근접전에 매우 유리하다고 하였다. 확실히 쥐어보니 적은 힘으로도 상대의 몸에 깊숙하게 박히는 듯싶었다.

"어때, 할 만한가?"

근래 들어 랑에게 접근하는 사람들 중 하나인 '신채무'라는 자였다. 랑의 기억 상엔 3년 전 자신에게 대패한 선웅성 전투에 참가했던 어린 무관이었다. 그래서인지 랑이 왔을 때 가장 적대감을 드러냈던 젊은 장군 중에 하나였다.

어느 순간부터인가 랑 주위로 젊은 장군들이 하나, 둘 모이기 시작했다. 고된 훈련은 물론이고 랑이 하는 행동은 그 하나하나가 빈틈이 없고 조심스러웠기 때문에 다들 랑의 성격이 차가워 아무도 다가가지 않았다. 그러나 의외의 모습을 본 이들은 한때 자신의 적이었음에도 불구하고 조심스럽게 다가갔다. 그 의외의 모습이란 바로 황제폐하의 하나

뿐인 동생인 희와 함께 있는 장면일 것이다.

랑이 얼마나 골탕을 먹고 있는지 알아보자며 황녀가 머무는 애화전에 갔다가 랑이 희에게 보여주는 밝은 미소와 품격 있는 태도에 젊은 장군인 채무와 황족인 하호는 얼이 빠진 채로 그 모습을 바라만 봐야 했다. 생각보다 적대적이지도, 위험하지도 않다는 것이 그들의 판단이었다. 특히나 황제와 황녀의 사촌인 하호는 누구보다 희의 성격을 잘 알고 있었다. 저렇게 누군가를 잘 따르는 희의 모습을 처음 본 지라 랑에게 더욱 호감이 생겼지만 우선은 지켜보자는 입장이었지만 채무는 달랐다.

그때부터 랑을 졸졸 따라다니며 언월도를 알려달라는 둥, 병법서는 뭘 보냐는 둥, 캐묻더니 랴스만과의 전쟁이 확정되자 이제는 랴스만 사람은 보았냐는 둥, 이 무기는 어떻게 쓰는 것이라는 둥, 온갖 참견과 이야기를 쉴 새 없이 떠들었다. 랑은 그가 무척 귀찮아졌다.

"내가 알아서 한다고."

"에이, 자 봐봐. 검은 그렇게 잡는 게 아니야."

"어이, 신채무! 그만 노닥거리고 이쪽으로 와서 나 좀 알려 줄래?"

채무가 자상하게 랑에게 알려 주려던 찰나에 그의 가장 친한 친우인 하호가 끼어들었다. 순간 하호와 채무의 눈빛이 공중에서 전기가 일어날 듯 부딪쳤다. 그 사이에서 랑은 한숨을 내쉬더니 몸을 뒤로 휙 돌렸다.

"홍랑! 야! 어디가!"

"따라 오지 마! 나 혼자 훈련할 거니까."

랑은 혹여 두 사람이 따라올세라 빠른 걸음으로 바람같이 사라졌다. 채무가 랑을 붙잡기도 전에 랑은 그의 시야에서 안 보였다. 갑작스럽게 사라진 랑의 행방에 채무는 넋이 나간 모습을 하고 있었고 이러한 상황을 보던 하호는 만족스럽게 웃으며 고개를 끄덕였다.

"홍랑은 적어도 랴스만국 포로가 되지는 않겠군."

"아 진짜 너…… 왜 붙잡고 그러냐."

"훈련은 홍랑이 아닌 네가 더 열심히 해야지. 대장군께서 바라시는 걸 누구보다 잘 아는 녀석이……."

하호는 정말 걱정스러운 표정을 지으며 친우에게 말을 했고 채무는 그 말에 반응하며 씩씩거렸다. 유독 전쟁에서 자꾸 지는 채무에게 무관 중에서 2인자인 아버지는 세상에서 가장 무서운 존재이자 뛰어넘을 수 없는 산이었다. 때문에 하호가 이를 가지고 종종 놀렸고 그때마다 채무는 날카롭게 반응하였다.

두 사람의 설전이 계속되는 동안 랑은 대나무 숲에 도착하니 마음이 평온해지는 기분이었다. 저도 신채무나 진하호가 나쁜 건 아니었다. 하지만 가까이해서 좋을 것 없는 청룡국의 장군들이었다. 괜히 인연이 닿고 친해진 후에 먼 훗날이라도 혹여 전쟁터에서 적으로 만난다면 그것만큼 슬픈 일은 없을 것이다. 랑은 흔들리는 마음을 다잡고자 주먹을 꾹 쥐었다.

손에 쥔 랴스만의 무기, 카타르가 꽤나 불편하다. 언월도는 마음이 통한 친구인 것처럼 좋았는데 카타르는 왠지 저를 공격할 것 같은 기분이었다. 무기를 막으려면 그 무기의 사용법을 아는 것이 가장 중요하지만, 랑은 왠지 손에 쥐기조차 싫었다.

랑은 카타르를 한쪽에 내려두고 허리에 차고 있던 단검을 들고 연습하기 시작했다. 대나무의 싸한 소리와 바람이 통하는 소리는 언제 들어도 기운이 나고 맑은 느낌을 주었다.

'탁.'

랑은 저도 모르게 한 발짝 뒤로 빠졌다. 그리고 랑이 방금까지 있던 자리에는 후가 카타르를 들고 있었다. 그가 언제 왔는지 랑이 내려둔 카타르를 들고 서서 웃고 있었다. 이곳에서는 언제 어느 순간이라도 방심할 수 없다.

"카타르는, 꽤나 매력적인 무기지."

"내 손에는 그저 불편한 물건에 불과합니다."

"그래도 근접전에서는 말이야. 꽤나 골치 아픈 무기랄까."

후가 다시 팔을 뻗었고 랑은 간발의 차로 검을 피했다. 후는 제 허리에 걸려있던 또 다른 단검을 꺼내었다. 두 손에 검을 들고 마치 검무를 추듯 랑을 공격했고 랑은 계속 미끄러지듯 검을 피해나갔다. 후는 혹여 조금이라도 스친다면 살점이 떨어져나갈 기세로 랑을 공격하였다. 랑이 피한 곳에 후의 카타르가 꽂혀 들어왔다. 랑은 저도 모르게 단검을 쥔 손에서 땀이 나는 걸 느꼈다. 자꾸 미끄러지려는 단검을 단단히 잡았다.

'챙.'

랑이 단검으로 후의 카타르를 막았다. 하지만 이내 후가 씩 웃더니 랑과 맞닿아 있는 검에 힘을 주자 랑의 단검이 긴 원을 그리며 날아가 바닥에 꽂혔다. 그와 동시에 랑이 힘에 부치는지 헉헉거리며 바닥에 주저앉았다. 아니 앉으려 했다.

"이게 무슨 짓입니까?"

"이게 랴스만과의 전쟁이었다면 넌 죽은 목숨이었어. 기억해 둬."

후의 얼굴이 괜히 가깝게 느껴진 건 랑의 착각이 아니었다. 바닥으로 주저앉으려던 랑의 허리를 어느새 후가 받쳐서 랑을 일으켜 세우고 있었다. 랑은 급하게 그의 품에서 빠져나오려 했으나 후의 뒤로 대나무 사이로 뻗어 나온 태양의 빛줄기가 몽롱하게 느껴졌다. 랑은 순간 아무 말도 할 수 없었다.

처음으로 자세히 본 후의 얼굴에 왜 대륙의 여자들이 그의 얼굴을 한 번만 보더라도 반한다는 소문이 돌았는지 알 수 있었다. 이목구비가 뚜렷한 거야 이미 알고 있었지만 이렇게 가까이서 바라보니 생각보다 잘생긴 축에 속하였다.

선이 굵직하여 남성적인 매력을 한없이 뽐내고 있었고, 그러한 생김은 랑이 가장 갖고 싶었던 모습이기도 했다. 거기다 그 흔한 잡티 하나 없었다. 항상 일정 정도의 거리를 두고 보던 얼굴이라 잘 몰랐는데, 랑은 지금까지 만난 그 어떤 사내보다 후가 잘생겼다는 것을 인정해야 했다.

랑은 순간 저도 모르게 후의 얼굴을 넋 놓고 바라보고 있었다는 생각에 얼른 몸을 일으켰다. 괜히 묘한 분위기에 랑이 목을 가다듬으며 화제를 바꾸었다.

"왜 저를 무리해서 전쟁에 내보내려 하시는 겁니까?"

"왜냐면 랴스만국은 네가 어떤 사람인지 소문만 들었을 테니까. 실제로 너와의 대련 경험이 있는 나조차도 너의 붉은 갑옷과 그 눈동자를 보면 무서운데, 소문만을 들은 자들은 그 공포가 더 하지. 게다가 내가 너를 선발대에 세우겠다고 공표했으니 정보도, 경험도 없는 그쪽은 더 불안할 수밖에."

"단지 그 이유뿐입니까? 소문만으로 저를 선발대에 세운다구요?"

"말이 그렇다는 거지. 전쟁에서 소문의 힘은 생각보다 강하니까. 하지만 걱정 말거라. 네가 칼을 뽑아야 하는 일을 그리 많이 만들지는 않도록 노력하마."

랑에게는 후의 말이 신빙성이 있어보이지는 않았다. 그런 랑의 시선을 의식한 건지 그는 어깨를 으쓱 하며 별일 아니라는 식으로 행동하며 말하였다. 랑은 그런 후가 미워서 한 번 노려보았으나 여전히 그의 뒤로 쏟아지는 몽롱한 햇빛에 제 주인의 의사와는 다르게 뛰는 심장이 무서워 고개를 돌려버렸다.

친성각에 돌아온 랑은 평소와는 다르게 정신이 어디론가 가버린 듯한 모습이었다. 그러한 랑의 모습에 궁녀들은 다들 조용히 행동하며 눈치를 살폈으나 랑은 궁녀들의 기색은 안중에도 없었다. 그들의 눈에 랑은 영혼이 없는 사람처럼 보였다. 궁녀들은 그나마 랑이 자리에 누워 마음이 편안해질 때쯤 이유 없이 랑이 소리를 내질러 모두들 신경을 곤두세워야 했다.

"아아아아아악!"

랑은 이불보를 얼굴에 감싸고 발로 막 이불을 찼다. 밤이 되어 자리에 누우니 후의 얼굴이 천장에 두둥실 떠올랐다. 아까 대나무 숲에서의 광경이 랑의 머리에 박혀 떠나가지 않고 있었다.

'어째서! 왜 머리에서 안 잊히는 거야!'

랑은 자리에 일어나 울상으로 베개를 꼭 끌어안았다. 제 목숨까지 노렸던 인물이었고 둘도 없는 천하의 원수였다. 심지어 그는 자신의 개가 되라고 말까지 했다. 세상에 있는 모욕이란 모욕은 다 느끼게 해 준 적장이었다. 랑은 자신에게 그런 패배감을 안겨준 후의 명령에 쉽사리 따르지 않겠다고 각오하고 또 각오하였다.

그런데 그 모든 의지가 대나무 숲에서 꺾여 버렸다면 거짓말일까. 랑은 자신도 모르게 떠오르는 후의 얼굴에 제 얼굴이 빨개져 버렸다. 이런 감정은, 저는 절대로 느끼면 안 되는 것이었고 이미 어린 날 버린 것이라 생각하였다. 여기 온 지 얼마나 되었다고 마음이 이리 풀려버린 것일까. 아직까지는 남자로 살아야 하는 것인데……. 조금만 참으면 자유인데……. 그때가 되면 여자로 살든 남자로 살든 누구도 상관하지 않을 터인데……

'여자로 산다는 것은 어떤 것일까…….'

랑은 이제 가만히 누워서 천장을 바라보았다. 항상 누이들의 비단옷이 부러웠고 누이들이 하고 다니는 장신구가 갖고 싶었으며 누이들이 신고 다니는 꽃신이 너무나도 예뻤다. 그렇게 누이들에게는 마음껏 허용되는 그 모든 것들이 랑에게는 금지의 대상들이었다.

어느 정도 나이가 되자 누이들은 얼굴에 곱게 분을 바르기 시작하고 입술에는 붉은 연지를 바르기 시작했다. 홍국의 공주들은 본디 대륙에서 손에 꼽히는 미인들로 소문도 났지만 화장을 할수록 미모는 더욱 아름다워졌고 동시에 랑의 부러움은 더욱 커졌다. 자신에게는 감색 곤룡포가 입혀졌고 꽃신 대신 목화가 신겨졌으며 장신구 대신 붓과 칼이 쥐어졌다. 누이들이 분칠하며 단장하는 동안 랑에게 허락된 것은 밖에 나가 땀을 흘리며 운동하는 것과 군주로서 갖추어야 하는 덕목이 적힌 각종 유학 서적들과 역사서들이었다.

이 거짓된 삶이 끝난 후에, 자신은 어떤 삶을 살고 있을까. 홍국을 떠나올 때는 홍국의 작은 바닷가에 가서 사는 것도 좋다고 생각했고 아니면 연국이나 하국의 깊은 산골에 들어가 평범한 사람으로 사는 것도 좋다고 생각했다. 어쩌면 청룡국의 수도인 중경에서 장사를 하며 살 수도 있었다. 랑의 머릿속에서 항상 꿈꿔왔던 상상은 어떠한 간섭도, 억압도 없는 곳이었다. 특히 가장 행복한 상상은 이곳에서 나간 후의 삶은 필부(匹婦)로서의 자유로운 생활이었다. 그때가 되면 치마를 맘껏 입고 머리에 예쁜 장신구를 꽂을 수 있으려나. 랑은 이불속에서 저도 모르게 배시시 웃고 말았다.

황제의 성지를 전한 지 일주일이 넘어가고 있었지만, 청룡국 사신의 자격으로 온 준휘는 아직까지도 홍국에 머물고 있었다. 비록 홍국 궁궐이 아닌 밖에 마련된 외국 사신들이 머무는 공관에 있었지만 그는 여전히 홍국 왕실을 수색 중이었다. 그리고 그것은 후의 명령이기도 했다.

'아무래도 수상하다. 홍랑이 왜 세자 자리를 포기하는 건지 모르겠다만 만약 홍왕이 너무 쉽게 그 제안을 수락한다면 왕실과 신하들이 홍랑에 대해 어떻게 생각하는지 알아보도록 하거라.'

준휘는 그런 후의 명령이 조금은 이상하다는 생각도 들었다. 그러나 더 이상한 것은 홍국 국왕의 태도였다. 일국의 후계자를 폐하는 일에 너무나도 쉽게 동조했다는 것이다. 후계자를 세우는 데만 하더라도 몇 달의 회의를 거치고 몇 년이 걸리는 일이다. 후계자를 폐하는 일 또한 마찬가지인데, 홍국의 왕은 단 하루 만에, 아니 반나절도 되지 않아 결정을 내려버렸다. 대신들의 얼굴에는 불만이 있었으나 국왕을 가까이서 보필하는 자들인지라 왕의 심중에 오래전부터 둘째 왕자가 있음을 눈치채고 있어 다들 묵인하였다.

반면 젊은 신료들과 아직 관직에 나아가지 않은 어린 유생들, 그리고 길거리의 홍국 백성들은 심하게 반대하고 있었다. 벌써 일주일째 그들은 성문 앞에 모여 명을 거두라, 통촉하라, 어찌 나라를 살린 세자 저하를 이리 버릴 수 있느냐며 시위 중이었다.

그런 밖과는 다르게 궁궐 안은 평온하고 조용하기 이를 데 없었다. 듣자하니 얼마 전 폐세자가 된 홍랑의 군호를 정하고 새로 세자가 될 홍의를 위한 준비로 궁궐 안은 조금은 분주하다고 했다. 궁궐 안을 돌아다니며 준휘는 골똘히 생각하다가 멀리서 보이는 홍국의 둘째 왕자인 의를 바라보았다. 그러다 그는 눈을 가늘게 떴다. 분명 홍랑과 닮았지만 홍랑보다 훨씬 사내아이답게 생긴 모습이었다. 거기다 붉은 눈을 가진 홍의는 사람들 사이에서도 단연 돋보였다.

'홍국에서는 붉은 눈을 가진 왕자만이 계승권을 가질 수 있다는 미신이 있더라구요.'

언젠가 제 동생이 랑의 첩자로 있을 때 자신에게 해 준 그 말이 떠올랐다. 그렇다면 홍국은 왕위를 이을 왕자가 두 명이 되는 셈이었다. 준휘의 눈이 의를 향해 있었다. 분명 자신이 모르는 무언가가 홍국의 왕실에 있었다.

청룡국에서는 쉬지 않고 회의가 계속되었다. 전쟁이라면 이미 오랜 경험이 있는 청룡국에서는 랴스만에 대해서도 점차 구체화되어 가는 모습이었다. 랑은 홍국에서 지휘봉을 잡고 장군들을 이끌었지만 이곳에서는 다른 장수들과 함께 묵묵히 설명을 듣고 있었다. 그러나 회의를 진행할수록 랴스만이라는 곳이 사막에 둘러싸인 비밀스러운 나라라고 느껴졌다. 두 나라가 붙어있다고 하나 지형적 특수성 때문에 교류가 쉽지 않은 탓이었다.
"그럼 이번 전쟁에서는…… 홍랑 장군이 전방과 탐색을 맡고, 진하호 장군께서 우방을 맡아주시고…… 신채무 장군은 보급부대 3대대를 맡는 것으로 하겠소."
태대장군의 말에 다들 고개를 끄덕였다. 랑이 맡은 곳은 정찰과 전방 부대였다. 그의 말대로 랑을 최전방, 최정예의 장군으로 넣은 꼴이었다. 이미 황제에게 들은지라 랑은 그저 묵묵하게 앉아있었고 다른 장군들도 조용히 고개를 끄덕였다. 지위 높은 대장군들이 나간 후에 다만 채무만이 입이 한 자 나와서 뾰로통한 모습이었다.
"분명 이번 인사배치는 아버지가 짠 걸 거야."
"너 후방이 얼마나 중요한지 몰라서 하는 소리냐."
"아 나도 전쟁터 나가서 검 좀 휘두르고 싶다고."
채무와 하호가 서로 주거니 받거니 하며 한 명은 투덜대고 한 명은 그만하라는 식으로 얘기했다. 랑은 어쩌다 보니 이들과 있을 때면 항상 그 사이에 콕 끼어있었다. 어쩔 수 없이 귀를 막던 랑은 그만하라고 애기하며 채무를 바라보았다.

"너는 성질이 급해서 적들의 도발에 넘어가기 쉽고 덩치는 곰처럼 큰데 검을 크게 휘두르니 빈틈이 많아 근접전에 맞지 않기 때문에 이번 전쟁에서 보급부대를 맡은 것이다. 다소 근접전보다는 원거리전이 많은 우리 홍국과의 전쟁에서도 그리 빈틈을 보이는데 하물며 이번 전쟁은 근접전을 막는 게 중요하다. 때문에 그런 너의 태도는 이번 전쟁에서 전혀 도움이 되지 않는데 왜 이렇게 불만이야."

"무……. 뭐라고……?"

속사포처럼 내뱉는 랑의 말에 채무가 어벙한 얼굴로 랑을 바라보았다. 랑은 한숨을 푹 쉬더니 이내 품에서 작은 약병을 꺼내 그에게 던져주었다. 자신이 먹는 영양제와 같은 약이지만 왠지 채무에게는 그렇게 말해 주고 싶지 않았다. 현재로서는 채무의 입을 다물게 하는 게 급선무라 생각했다.

"만에 하나, 그럴 일이 없어야 하지만 혹여 식량이 적들에 의해 털리게 된다면 그 약을 먹어."

"이게 무슨 약인데?"

"독약."

랑의 말에 채무는 이번엔 얼굴 전체가 하얗게 질리며 경악하는 얼굴로 랑을 바라보았다. 채무가 어안이 벙벙한 채 랑에게 묻기도 전에 랑이 하호와 채무 사이에서 벗어나 저만치 앞서 가고 있었다. 그런 랑의 모습을 보며 하호는 입을 막고 숨죽여 웃음을 터뜨렸다. 자신이 친우가 되기로 한 자는 꽤나 재미있었다.

그렇게 자신의 처소로 향하려던 랑은 한동안 희의 처소에 들르지 못한 것이 생각나 발길을 애화전으로 돌렸다. 한창 전쟁준비로 인해 훈련이다 뭐다 해서 워낙 바빠 벌써 두 번이나 희의 수업을 빼야 했다.

"랑 왕자님!"

그렇게 랑은 오랜만에 희의 처소에 들렀다. 갑작스러운 랑의 등장에 희는 밝은 미소를 띤 채 랑을 맞이하였다. 신발도 신지 않은 채 처소에서 맨발로 뛰어나와서는 빠르게 달려와 랑의 허리에 폴싹 안겼다. 배시시 웃는 얼굴을 들어 랑을 바라보는 휘어지는 갈색 눈은 꽤나 귀여운 모습이었다.

"오늘은 토아가 랑 왕자님이 올 거라 했는데 정말 오셨네요?"

"그러십니까?"

랑은 희의 머리를 쓰다듬어 주었다. 연화를 볼 때도 그렇지만 이렇게 희를 볼 때마다 홍국에 있는 의가 떠올랐다. 딱 동생의 나이 또래인데다가 희와 의가 부르는 발음이 비슷해서인지 희를 말할 때마다 의가 떠올랐다. 다과를 먹는 희를 보던 랑은 살며시 미소를 띠며 희를 바라보며 물었다.

"황녀마마, 혹여 홍국의 의 왕자를 아십니까?"

"이름은 들어보았습니다."

희가 동그란 눈을 뜨고 깜박이며 랑을 바라보았다. 이름은 많이 들어보았다. 어머니인 태후에게도, 그리고 들리는 말에 의하면 홍국과 사이가 좋던 시절에 아바마마가 직접 홍국의 둘째 왕자의 이름을 지어주었다는 이야기도 들었다. 랑은 희의 손을 꼭 잡아 주었다. 이내 희미한 미소를 띠며 희에게 말을 하기 시작했다.

"의 왕자는 제 하나뿐인 남동생이지요. 나이는 올해 황녀님과 동갑이구요."

"아……. 의 왕자님도 랑 왕자님을 닮았나요?"

"그럼요. 하지만 저보다 더 의젓하고 저보다 더 멋진 사내가 될 것입니다."

랑의 말에 희는 고개를 끄덕였다. 다과를 다 먹고서 다시 손에 인형을 든 희는 손에 들고 있던 토끼인형을 움직이며 랑에게 말하였다.
"꼭 그리되실 겁니다."
희의 말에 랑의 얼굴에 웃음꽃이 활짝 피었다. 랑은 저도 모르게 손을 뻗어 희의 머리를 쓰다듬어 주었고 희 또한 그 손길을 피하지 않았다. 상황은 자신에게 한없이 불리하고, 불안하게만 흘러가는데 희를 마주한 그 얼굴을 본 순간 마음은 평온하였다.

며칠의 시간은 눈 깜짝할 사이에 흘러가 버렸다. 출정준비를 마친 랑은 후의 뒤쪽에서 흑마를 탄 채 그를 따르고 있었다. 그러면서도 힐긋힐긋 자신의 뒤쪽을 바라보았다. 홍국과 청룡국의 9년 전쟁 동안 입은 붉은 갑옷은 더 이상 입을 수가 없었다. 그 옷은 수없이 많은 청룡국의 병사들의 피로 만들어진 갑옷이었다. 갑판을 이은 가죽끈은 피로 물들었고 갑에 묻은 피의 얼룩 또한 그러하였다. 자신이 가진 갑옷이 그것밖에 없어 그 옷을 입고 나타나자마자 태대장군에게 불려가 어마어마한 꾸중을 들은 랑이었다. 다행이 다른 이들의 눈에 띄지 않아 불미스러운 사태는 일어나지 않았고 랑은 황제가 하사하였다는 새 갑옷을 입어야 했다.
그러나 랑은 그 옷이 마음에 들지 않았다. 랑의 갑옷은 신기하게도 은색이었다. 뭐라 하기도 전에 태대장군이 손을 들어 그녀를 저지하였다. 이유가 있는 거라고 말이다. 이제 보니, 그 이유를 알 듯 싶었다. 랑과 후를 제외하고는 모두가 황토빛 갑옷이었다. 즉 황제를 대신하여 표적이 될 대상이라는 것이었다. 군사들의 복장도 사막지역과 비슷한 황토색이었다. 후의 갑옷은 황금빛의 갑옷이라 번쩍거리긴 하여도 장군들, 군사들과 있자니 그렇게 튀는 색이 아니었다. 즉, 랑의 갑옷은 질감이나

색이나 튀어서 적들에게는 있어 표적대상 1순위였다.

"1년의 대가치고는 너무 혹독한데……."

총 3년에서 1년은 황녀 희를 가르치는 대가로, 나머지 1년은 전쟁의 참전에 대한 대가였다. 이제 랑에게 남은 시간은 10개월 남짓 이었다. 생각보다 수월하게 보내겠다고 생각한 건 랑만의 착각이었던 것이다. 랑은 세상의 삶이란 절대 쉽게 이루어지는 것이 아님을 다시 한 번 깨달았다.

그리고 그렇게 한숨을 내쉬는 랑을 후가 힐끗 쳐다보았다. 햇빛마저 받았기에 랑의 갑옷은 은빛이라기보다는 마치 거울 같기도 하였다. 그리고 그 때문에 장군들도 눈이 부셔서 그런지 랑의 근처로 가까이 가기를 꺼려했다.

"폐하!"

후의 곁으로 하호가 다가왔다. 준휘가 없는 지금, 후의 사촌동생이자 후의 항렬 중에서는 후와 가장 가까우면서도 희 다음으로 높은 황족인 하호가 그의 호위를 맡았다. 하호는 후만이 볼 수 있게 엄지손가락으로 뒤쪽을 가리키며 조용히 말했다.

"일부러 저거 입히신 거죠?"

하호의 말에 후는 아무 대답이 없었다. 갑옷의 소재도 직접 대장장이를 찾아가 골랐던 후였다. 후의 갑옷보다 확실히 튀었고 적의 눈에도 잘 띄는 것은 사실이었다. 하지만, 그 갑옷에는 비밀이 하나 있었다.

그들이 가는 곳은 사막지대. 햇빛이 강렬한 그곳에서 랑의 갑옷은 분명 제 갑옷보다 더 랑을 지켜 줄 것이다. 햇빛을 반사하여 적들이 눈조차 뜨지 못해 랑을 공격하지 못할 것이다. 원래 군사의 옷은 보호색으로 맞추는데 그것보다 랑의 갑옷이 랑을 더 지켜 줄 것이다. 하호는 그의 숨은 뜻을 읽어내는 데 탁월한 능력이 있었고, 이번에도 그의 속뜻을 읽어낸 듯싶었다.
　중경에서 시작된 행군은 보름을 지나가고 있었다. 랑은 이렇게 오랫동안 행군을 한 적이 없었지만 그래도 랴스만과 가까워지면서 청룡국의 초목 또한 미세하게 변화한다는 것을 알아챌 수 있었다. 왠지 모를 희열감이 들었다. 하지만 랑과는 달리 후의 표정은 점점 더 굳어지고 있었다.
　"랴스만과의 국경이 얼마나 남았지?"
　"앞으로 이틀 정도만 더 가시면 됩니다."
　황제인 후의 눈빛은 어느 때보다 진지해져 있었다. 랴스만이 국경을 침입해 수탈과 노략을 일삼으면서 청룡국 백성들의 불만이 하늘을 찌르고 있었다. 랴스만이 치고 빠지는 속도는 매우 빨랐고 그들은 근접전에 강하였다. 결국 보다 못한 황제가 직접 군사를 이끌고 랴스만을 침공하기로 결정한 것이었다.
　대장군들의 말을 들으면서 진술을 직접 지휘하는 후의 모습에 랑은 저도 모르게 후를 빤히 바라보았다. 청락성 전투 때도 이러한 모습이었을까. 그때 그는 무슨 생각을 했을까. 나를 어떻게 생각하고 있었을까.
　"홍 장군, 내말 듣고 있소이까?"
　"네…… 아, 네?"
　랑은 어느새 장군들이 모두 자신을 쳐다보는 걸 느꼈다. 멍 하니 후의 얼굴을 바라보다 그새 정신을 놓은 모양이었다. 랑의 허둥지둥한 태도에 후는 피식 웃고 말았다.
　"홍랑, 짐이 잘생겨도 그리 넋 놓고 봐야 쓰나. 여기는 전쟁터이오."
　"그렇게 넋 놓고 볼 정도로 잘생긴 얼굴은 아닌 듯싶습니다."
　"호오, 그러시오?"
　"다른 생각을 좀 했을 뿐입니다."

방금 전까지 짓고 있던 멍한 표정은 사라지고 황제에게 꾸중을 들어 얼굴 가득 짜증이 나타나는 랑을 보며 후가 웃고 있었다. 자신을 보면서 지은 멍한 그 표정도 꽤나 볼만했다. 예전의 랑에게는 혈랑, 혹은 전쟁의 야차 등의 무시무시한 수식어가 따라다녔다. 후는 아무렇지도 않은 척 새침하게 지도를 살피는 랑을 보면서 과연 이번 전쟁에서는 랑이 과연 어떠한 활약을 하게 될지 궁금하였다.

회의가 끝나고 개인 막사로 돌아온 랑은 침대에 걸터앉아 한숨을 내쉬었다. 항상 홍국 군사들과 하는 전쟁이 익숙해져 새로운 사람들과 함께하는 전쟁은 여러 면에서 눈치 보이는 것이 여간 힘든 게 아니었다. 거기다 새로 입은 갑옷은 전에 입던 갑옷만 하지 못하였다.

랑은 항상 천이 서 있던 위치를 바라보았다. 침대 옆 오른쪽에 항상 그가 서 있었다. 늘 같이 붙어 다니던 호위무사라 잘 몰랐는데 생각보다 천의 존재는 크게 다가왔다. 특히 전쟁터에서 자신을 지켜주던 방패와도 같던 그였다.

홀로 막사 안에 앉아있는 지금, 랑은 천이 그리웠다. 청룡국 황궁 안에서는 느끼지 못했던 외로움, 천의 부재가 밀려오는 느낌이었다. 제 목숨, 제 지위와 바꿀 만큼 중요한 사람이었다. 지금쯤, 의를 잘 보호해 주고 있을 것이라 생각하니 쓸쓸한 미소가 지어졌다.

"무슨 생각을 하기에 그런 표정을 지으실까?"

갑작스럽게 들려온 목소리에 랑은 벌떡 일어섰다. 후가 문가 한쪽에 몸을 기대고 서 있었다. 늦은 밤인데도 갑옷을 벗지 않는 그는 랑을 빤히 쳐다보다가 랑의 갑옷이 걸린 곳을 바라보았다. 은빛의 갑옷, 랑이 없을 때 대전회의에서 나온 결과였다. 황제를 대신하는 자. 그럴 만한 실력을 가진 자. 한편으로는 충성심을 기르고자 하는 취지에서 그런 것이었다. 물론 랑이 전쟁에 참여하는 것조차 반대하는 대신들을 설득한 것은 후였지만, 처음 갑옷을 입고 나온 랑의 표정이 잊히지 않았다.

"그 갑옷, 마음에 안 드는가?"

"마음에 들 리가 없지요."

랑의 입이 툭 튀어 나온 상태로 투덜거렸다. 황제는 랑에게 썬 예전 이미지를 지워버리고 싶어 하는 기색이 역력했다. 게다가 태양이 작열하는 이곳에서 은빛 갑옷이라니, 북쪽에 일 년 내내 눈이 내린다는 설국과의 전쟁이 아니고서야 이건 자신의 과시용이자 자살행위와 비슷한 것이었다.

"전쟁이 시작되면 알 것이다. 과인이 심혈을 기울여 그런 갑옷을 제작한 것을 말이다."

후는 씩 웃으며 랑을 바라보았다. 랑은 그런 그의 시선이 부담스럽게 느껴졌다. 사람을 싫어하는 것도 이유가 없지만, 사람이 좋아지는 것도 이유가 없는 것이 참 억울하게 느껴졌다. 그를 더 이상 미워하기는커녕, 저런 장난기 어린 말조차 이렇게 나누는 것이 즐겁게 느껴졌으니까.

"이만 가서 쉬시지요. 전 여독이 좀 쌓인 듯싶어 잠을 자야겠습니다."

랑은 겨우 얼굴 표정을 굳혔다. 그리고 다시 차가운 얼굴로 돌아온 랑을 보며 후가 아쉬운 듯 입맛을 다셨다. 하지만 랑은 그런 후를 무시한 채 침대에 누워버렸다.

"가실 때는 불도 같이 꺼 주시면 감사하겠습니다."

랑의 말에 후는 기가 차다는 듯 랑을 바라보았다. 하지만 이미 돌아누워버린 랑에게 뭐라 하기도 애매하였다. 후는 나가면서 문 입구에 놓인 불의 심지를 꺼뜨렸다. 장막 안에 어둠이 내리고 랑이 눈을 감으려던 찰나, 자신이 느끼기도 전에 누군가 빠르게 자신의 옆으로 온 것이 느껴졌다. 그리고 자신의 오른쪽 귓가에 나지막한 목소리가 아주 가깝게 들려왔다.

"짐의 막사는 바로 옆이니 혹시라도 무슨 일이 생기거든 언제든 오도록 하거라."

랑이 자리에서 벌떡 일어나 후를 노려보았다. 아마도 그럴 일은 없을 겁니다. 라고 말을 날려 주기도 전에 후가 빠른 걸음으로 막사를 나가 버렸다. 그는 방금 한 말이 얼마나 자신의 심장 떨리게 만들었는지 아마 죽어도 깨어나도 모를 것이다. 랑은 방의 불이 꺼져 있어 다행이라는 생각이 들었다. 이불을 폭삭 덮은 상태에서도 양 볼에 달아오르는 느낌이 썩 좋지는 않았다.

황제를 보내고 막사 내부에 임시로 만들어놓은 침상에서 랑은 몸을 뒤척였다. 그새 좋은 곳에서 잤다고 몸이 꽤나 불편했다. 오랫동안이나 이렇게 밖에서 잤는데 말이다. 궤짝 두 개에 건초를 깔고 그 위에 동물 가죽을 씌어놓으면 전쟁터에서 임시로 잘 수 있는 침대가 만들어졌고 어느 순간 간이침대가 동궁전에서 잠을 자던 보료보다도 더욱 편하게 느껴질 정도였다.

오랜만에 누운 임시용 침대는 몸을 돌릴 때마다 부스럭부스럭 소리가 났다. 랑은 곧게 누운 채 천장을 바라보았다. 마음이 뒤숭숭했다. 오랜만에 열두 살 때 기억이 났다. 처음 자는 이러한 곳이 너무 불편해서 밤에 잠을 이루지 못한 날, 그리고 그 다음날 랑은 첫 전투에서 팔에 큰 상처를 입었다. 그 다음부터는 어떻게든 잠을 잤던 것 같다. 그래야 전쟁터에서 집중해서 싸울 수 있었다. 괜히 감기지 않는 눈을 억지로 감은 채 랑이 잠에 들었다.

'이런……'

희뿌연 안개, 어디에 서 있는지 알 수 없는 이 공간, 랑의 미간이 저절로 찌푸려졌다. 너무나도 익숙하지만, 끔찍하게도 싫은 이 공간, 랑은 머리를 짚으며 자신이 꿈속에 있다는 걸 인지하였다. 그리고 이 꿈은,

누군가 깨워 주지 않으면 빠져나갈 수 없다는 것도 말이다.

 굉장히 지독하고 끔찍하고 역겨운 꿈. 열다섯 살의 랑이 대승을 거둔 전투 이후부터 꾸기 시작한 꿈.

 '헉!'

 보이지 않던 곳에서 피가 잔뜩 묻은 손이 튀어나와 랑의 목을 잡았다. 숨을 쉬기가 힘들어진다. 목을 옥죄어오는 그 이질적인 느낌에 랑은 몸을 잔뜩 비틀었다. 살려 줘. 숨 쉬고 싶어.

 하지만 이내 다른 곳에서도 그러한 징그럽고 괴기스러운 손들이 튀어나오더니 랑의 손과 팔 등을 붙잡았다. 그 악력이 너무나도 강해서 랑은 그저 소리 없이 발버둥을 쳤다. 이곳에서는 아무리 목소리를 내고 싶어도 낼 수가 없다.

 '네가 날 죽였어!'

 '살려 줘!'

 이쯤 되면 누군가 자신을 깨워 주어 이 이후의 꿈은 알지 못했다. 하지만 랑은 처음으로 손들의 주인을 보았다. 얼굴이 잔뜩 일그러지고 옷이 너덜거리며 저마다 랑의 언월도가 만들어낸 긴 상처들이 있었다. 그리고 그곳에서 흐르는 피는 끊이지 않게 흐르고 있었다. 죽은 이들이 마치 랑의 육신이라도 탐하려는 듯이 먼 곳에서 다가오고 있었다.

 '왜 죽였어!'

 '같이 죽자!'

 귀에 맴도는 이러한 소리에 랑은 꿈속이라 인식해도 숨을 쉴 수가 없었고 심장이 두려움에 쿵쾅거렸다. 아니라고, 미안하다고, 잘못했다고, 어쩔 수 없었다고 해명하고 싶어도 목소리가 나오지 않았다. 랑은 제 눈에서 눈물이 마구 쏟아지는 게 느껴졌다.

 '살려 줘.'

'누가 나 좀 이 지옥에서 꺼내 줘.'

랑은 절망감이 가득한 그곳에서 한시라도 빨리 벗어나고 싶었다. 수면제로 인해 기억하지 못했던 꿈. 이것이었나 보다. 자신이 죽인 청룡국의 군사들이 저를 데리고 지옥으로 가고자 하고 있었다. 잠을 자고 일어나면 항상 땀이 비 오듯 흘러내렸고 눈에 눈물자국이 가득하였다. 하지만 기억하지 못했으니까. 잠은 푹 잘 수 있었으니까. 이제 랑은 마음속 깊은 곳에서 살려달라고 원하고 또 원하였다.

'살려 주마.'

자신의 간절함에 누군가가 대답하였다. 그리고 그 목소리에 자신을 억누르던 악령이 조용히 물러났다. 그들의 표정에는 한없는 아쉬움과 충성심이 깃들어 있었다. 그들에게는 절대적으로 복종해야 하는 존재의 음성인 듯싶었다.

"……르."

"……랑!"

"……홍랑!"

멀리서부터 들려오는 소리에 랑은 눈을 번쩍 떴다. 어느새 막사 안은 누군가가 켠 불로 인해 환해져 있었다. 사리판별을 하기도 전에 랑은 제 눈에서 끊임없이 흘러내리는 눈물을 감지했다. 하지만, 멈추지는 않았다. 살았다는 안도감에, 이렇게 지독한 꿈에서 깨었다는 그 안도감에 랑은 멍하니 눈물을 흘렸다.

"홍랑, 정신 좀 드나?"

랑은 누운 채로 눈물로 인해 뿌옇게 변한 시야에 미간을 살짝 찌푸렸다. 잠을 자다가 깨서 온 것인지 머리를 풀러 내린 후가 랑의 두 어깨를 잡은 채 놀란 눈으로 랑을 바라보고 있었다. 랑은 그런 후의 모습에 안도감이 들었다. 랑의 입에서 깊은 한숨이 흘러나왔다.

"괜찮나?"

"괜찮아요."

자리에서 일어난 랑은 옷을 추슬렀다. 후가 랑을 무척이나 걱정된다는 눈으로 바라보았다. 그도 그럴 것이 랑이 계속 울고 있었다. 단 한 번도 이런 모습을 본 적이 없는 후는 머릿속이 하얗게 되는 기분이었다.

본디 깊게 잠이 들지도 않지만, 옆 막사에서 끙끙대며 숨넘어가는 소리가 들려 후는 자리에서 일어났다. 보통 사람이라면 그냥 가벼운 잠꼬대로 여길 수도 있었지만, 후는 적어도 3년을 산속에서 수련하며 살아봤던 경험이 있던 사람이었다. 이러한 소리조차 가볍게 여길 수가 없는 그였다.

무슨 일이 있으면 제 막사로 찾아오라 했는데, 라고 웅얼거리며 랑의 막사로 들어간 후는 놀라서 막사의 불을 켰다. 온몸에 식은땀을 흘리며 진심으로 괴로워하는 랑의 모습이 보였다. 그리고 무엇보다, 랑은 제 손으로 제 목을 누르고 있었다. 제 스스로 숨을 막으면서 괴로워서 죽겠다고 몸을 비틀었다.

후는 그런 랑의 손을 목에서 간신히 떼어놓았다. 정신 차려. 왜 이래. 이 두 말을 반복하며 랑의 발버둥을 막으려 했다. 그걸 제지하던 후는 랑의 입에서 작게 흘러나오는 소리에 그녀를 바라보았다.

살려 줘. 작게 흘러나온 그 목소리에 후는 멈추어버렸다. 랑의 몸이 마치 무엇에라도 짓눌리는 것마냥 괴로움을 표현하며 비틀렸다. 후는 그런 랑을 품에 꼭 안았다.

'살려 주마.'

그 말을 하자 랑의 발버둥이 멈추었다. 그제야 어깨를 흔들며 홍랑을 몇 번 외쳤을까. 랑의 정신이 돌아왔다.

"무슨 악몽을 꾸었기에 너 스스로가 네 목을 죄고 있는 거지?"

"내가, 내 목을 졸랐다구요?"

랑은 마치 처음 듣는다는 듯 후를 바라보았다. 후는 그런 랑의 물음에 고개를 간단히 끄덕이는 것으로 대답을 하였다. 랑은 깊은 한숨을 쉬고 이마를 짚었다.

'천아, 내 목이 왜 이렇게 붉지? 마치 누구 손에 잡힌 것 같지 않아?'

예전에 종종 자고 일어나서 아침에 옷을 입을 때 거울을 보면 제 목은 마치 누군가에게 잡힌 것마냥 손자국이 가득했다. 그럼 천은 아무 말 없이 랑이 보고 있는 거울을 덮어주었다. 그저 밤에 열이 좀 오르셨을 뿐입니다. 그렇게 대답하는 천이었다.

랑은, 머리 뒤통수를 맞은 기분이었다. 이건, 자신이 아닌 제 손에 죽은 청룡국 군인들의 원혼들이 남긴 자국이었다. 꿈에 의하면 그래야 했다. 물론 이것은 기억에 남지 않았기에 랑은 그저 대수롭지 않게 생각했을 뿐이다. 그러기에 천이 대답을 안 해 준 것이라 여겼다. 내가, 내 스스로 목을 졸랐다니. 랑의 눈에 경악함이 가득하였다.

"하아……."

랑은 괜히 드는 복잡한 심정에 두 손으로 머리를 감싸 매었다. 여러 생각과 더불어 너무 운 탓에 머리가 띵하게 아파왔다. 후는 그저 그런 랑을 바라볼 뿐이었다.

"열다섯 살에, 처음으로 청룡국을 이긴 전투였습니다. 현공성 전투 말이에요."

"……."

랑의 말에 후는 그저 입을 다물었다. 현공성 전투, 지독하고 끔찍한 전쟁이었다. 그 전투 이후 청룡국은 후가 출전하기까지 단 한 번도 홍국을 이길 수 없었다. 참전했던 군사 중 단 10분의 1만이 살아남았던 전투. 그 충격으로 인해 선황이 붕어하고, 산속에서 세상 사정 모른 채

훈련만 하던 후는 가까스로 아버지의 임종을 지킬 수 있었다. 그리고 다급하게 황위에 올랐던, 청룡국의 전투 중 역대 최악의 전투였다.

"내가 몇 번 언월도를 휘둘렀는지도 기억하지 못해요. 그저 아무 감정이 없었으니까요. 그저 해야 하는 일이라 했어요. 그랬어요."

"……."

마치 고해성사를 하는 기분이었다. 누군가에게 털어놓고 싶다는 생각은 하지도 않았지만, 랑은 그저 입을 열고 머리에서 나오는 그대로 말할 뿐이었다. 제 앞에 누가 있는지, 그것은 상관하고 싶지 않았다. 그저 털어놓고 싶었다.

"그날, 돌아오는 전투에서 군사들이 청룡국 군사들의 피로 목욕을 했냐고 말해 주더라구요. 그제야 알았어요. 아 내 갑옷이 온통 피투성이구나. 내 피가 아닌, 남의 피. 그리고 내 얼굴을 본 본진의 장군들이 다 경악하더군요. 그것도, 냇가에 얼굴을 씻으러 갔다가 알았어요. 눈의 흰자를 제외하고는, 모두 붉은 그 모습에 저마저도 놀랐어요. 내 눈동자가, 붉은 색이라는 것이 그렇게 원망스러울 수 없었어요."

후는 랑의 말을 들으며 랑의 눈을 바라보았다. 붉은 눈은 언제나 생기가 있었고 저를 볼 때면 독기가 흘렀다. 하지만, 왠지 지금은 이것이 살아있는 사람의 눈동자인가 라는 생각조차 들었다. 그리고 그 눈동자는 아마도 그 당시의 모습 그대로를 반영하고 있는 듯싶었다.

그런 랑의 모습에서 후는 그 당시 아버지가 기억났다. 아버지가 돌아가셨던 그날. 비가 잔뜩 쏟아졌다. 어린 여동생은 아버지의 옆에서 큰 소리로 울고 있었다. 어머니는 끊이지 않는 눈물을 흘리며 아버지를 바라볼 뿐이었다. 그날은 하늘이 무너지는 듯 비가 쏟아졌고 그 사이로 패잔병이 가지고 온 현공성이 함락되었다는 비보를 들은 아버지가 숨을 거두셨다. 후는 아버지의 입관을 바라보며 이를 갈았다. 그 붉은 눈. 내

아버지를 죽인 그 녀석을 똑같이 죽여 줄 것이라고. 똑같이 갚아 줄 것이라고.

너무나도 많은 군사가 죽었기에 아버지의 상을 치른 지 49일이 되던 날, 위령제를 지냈다. 언젠가는 갚아 주겠다고. 복수하겠다고. 내 백성의 목숨을 거둔 자의 목숨 또한 똑같이 거둘 것이라고 다짐하고 또 다짐하였다. 아니 더 독하게 해 주겠다고 그렇게 악을 품은 채 황제가 되었다.

"그때부터, 혈랑으로 불렸어요. 전쟁터마다 피바람을 불러일으킨다고……. 내가 칼을 한 번 더 휘둘러야 군사들의 사기가 높아졌고, 내가 한 사람이라도 더 죽여야 홍국의 백성들을 지킬 수 있었으니까요. 근데, 그렇게 불리기 시작한 날부터 시작되었어요."

"악몽이 말인가?"

"내가 베었던 청룡국의 군사들이 원귀로 나타나 나를 데려가려고 했던 것 같아요. 희뿌연 안개와 어딘지 알 수 없는 공간. 그런 나에게 손을 뻗으며 내 몸을 옥죄고 가자고 했어요. 그리고 그럴 때마다 천이 나를 깨워 주었어요. 그래도 그 끔찍한 기억을, 지울 수가 없었어요."

랑은 두 손으로 얼굴을 가렸다. 다시 눈물이 흐르는 것이 느껴졌다. 다시는 겪고 싶지 않은 그 끔찍한 고통이었다.

"수면제를 먹기 시작한 게 2년째예요. 홍국에 있을 때는 단 한 번도, 단 하루도 빼먹지 않고 먹던 거예요. 어떤 줄 알아요? 속이 부글부글 끓고 머리가 띵하게 아파요. 그래도, 잠을 푹 잘 수 있어요. 내가 잠자고 싶은 만큼요. 무슨 꿈을 꾸었는지 기억조차 안나요."

랑이 억울하다는 목소리로 울먹이며 말하였다. 후는, 그런 랑이 왠지 측은하게 느껴졌다. 단 한 번도, 홍랑의 입장을 생각해 본 적이 없었다. 청룡국 백성들의 숨을 거두어 가는 저승사자라고 여겼다. 언젠가, 아버지의 죽음을 거두어 간 녀석에게 복수할 생각만 하고 있었다.

그런데 왜일까. 이 녀석이 이렇게 불쌍하게 여겨지는 것은……. 아까 제 스스로 목을 죄고 있으면서도 살려달라고 말하는 랑의 모습. 그것이 잊히지 않는다. 이미 제가 복수하는 것보다 제 스스로에게 지우는 짐이 너무나도 컸다. 제 스스로가 고통 속에 살아가고 있었다. 새삼스러운 이러한 모습이 적응되지 않는다.

"밖에 누구 있느냐?"

"네, 폐하!"

"홍랑의 간이침대를 내 막사로 옮겨 두거라."

밖에 서 있던 군사 둘이 들어왔다. 어리둥절한 눈으로 상황을 지켜보던 랑은 후가 자신의 손목을 잡으며 일으키는 걸 느낄 수 있었다. 랑은 자신이 일어나자 침대를 옮기는 군사들을 바라보다가 이내 자신의 손목을 잡고 황제의 막사로 향하는 후를 바라보았다.

"폐하, 이 무슨……."

"혼자 자면 또다시 악몽에 시달릴 듯싶은데, 내 명이 잘못되었는가?"

"하…… 하오나……."

랑이 당혹스러운 목소리로 후를 붙잡았다. 황제의 막사는 확실히 달랐다. 바닥에 모피가 깔려있으며 긴 테이블과 의자들, 방 한 쪽에 마련된 책상과 지필묵까지 마치 황궁 안의 후의 공간을 옮겨온 기분이 들었다. 이내 침대에서 조금 떨어진 곳에 랑의 간이침대가 마련되었다.

"수면제는 이 시간 이후로 내 허락을 받고 복용토록 하라."

"네?"

"먹지 말라는 명령이다. 이렇게 옆에 누가 없을 때는 과인의 막사에 와서 자도록 하라."

후가 자신의 침대로 걸어가더니 그대로 푹 누웠다. 랑이 우물쭈물 서 있자 후는 빨리 누우라 하고는 막사 안에 입구 쪽을 제외하고는 켜두었던 중앙의 불을 껐다.
"하…… 하오나…… 여기는 황제폐하의 막사이온데……."
아무리 그래도 남자다. 남녀가 한 공간에서 이렇게 있는 것이, 랑의 입장에서는 매우 당혹스러운 일이었다. 천의 경우에야 호위무사였고 오라버니라 여겼다. 그렇기에, 아무렇지 않았다. 하지만 후는…….
"설마, 내가 사내 녀석을 어떻게 하기라도 하겠느냐."
후의 무미건조한 말에 랑은 자리에 누웠다. 뭔가 기분이 더 안 좋아진 느낌이다. 그래도 옆에 누군가 있으니 랑은 마음이 놓이는 편안한 느낌을 받았다. 아마도 현공성 전투는, 후에게 있어서도 분명히 큰 고통일 텐데 이렇게 자신을 감싸주는, 그리고 자신의 이야기를 묵묵히 들어준 그가 고마웠다.
방에 불이 꺼지고 랑은 다시 눈을 감았다. 아까보다 훨씬 편안한 마음으로 잠이 들었다. 그리고 악몽을 다시 꾸지는 않았다. 후 또한 랑이 있는 쪽을 보고 살짝 웃음을 짓고서는 다시 잠자리에 들었다.
그러나 그런 평화는 오래가지 못했다. 랑은 저도 모르게 자리에서 벌떡 일어났다. 기분이 찝찝함에 랑은 고운 미간을 찌푸렸다. 언제나 그렇듯 왠지 안 좋고 불길한 예감은 일어나기 전에 랑을 먼저 덮쳤다. 특히 전쟁터에서 그 감각은 다른 때보다 더 강력하게 발현되었다.
부스럭, 저도 모르게 후가 있는 곳으로 눈이 돌아갔다. 혹여 그가 깰까 봐 급한 마음에도 조심스럽게 일어난 랑은 자신의 막사로 가서 갑옷을 입었다. 하늘의 푸르스름함을 통해 봤을 때는 태양이 뜨기까지 얼마 남지 않았다. 아직 이른 시각에 몽롱할 법도 하건만 랑은 갑옷을 모두 입고 언월도를 들고 재빨리 망루로 올라갔다.
"호…… 홍 장군님"

랑의 눈이 지평선에 떠오르는 태양으로 향했다. 눈이 부셔 살짝 찌푸렸지만 랑의 눈은 지평선에서 떠나지 않고 있었다. 이내 랑은 멍한 듯 지평선을 바라보더니 자신의 옆에 서 있던 군사들을 향해 말했다.

"나각, 나각과 북을 울려라."

"네?"

"바보 같은 녀석들! 정신 안 차리고 뭐해!"

랴스만국의 군사들이 떠오르는 태양과 함께 말을 타고 빠른 속도로 그들의 성을 향해 달려오고 있었다. 랑의 말에 군사들이 허둥지둥 움직이기 시작했고 이내 낮은 고동소리와 북소리가 천지에 울려 퍼졌다. 이른 아침부터의 전투는 모두를 당혹스럽게 만들었고 군사들은 쉽게 대열을 갖추지 못했다.

랑의 언월도는 묵묵히 제 몫을 해내고 있었다. 랴스만 사람들은 태양의 자녀들이라 불리었다. 그만큼 태양의 빛을 많이 받고 살아 피부가 까무잡잡했고 머리는 검은빛으로 빛났으며 눈 또한 짙은 검정색이었다. 하지만 랑의 언월도에 의해 생명의 빛은 사라졌고, 랑의 몸은 점차 이들의 피를 뒤집어쓰고 있었다.

본디 근접전에 유리한 사람들이었지만, 랑이 휘두르는 언월도에 가까이 다가올 생각조차 하지 못하고 있었다. 무엇보다 아무리 태양빛에 익숙하다 하나 거의 태양빛을 그대로 반사시키는 랑의 갑옷 때문에 눈을 가늘게 뜨고 그녀를 바라보아야 했다. 그렇게 좁은 시야에서 조금이라도 파고들려하면 언월도의 칼날이 먼저 제 몸에 닿아 있었다.

랑 이외에도 여러 장군들과 군사들은 성벽에 오르는 랴스만국 군사들을 베어내고 있었고 뜨거운 물과 기름, 돌 등을 이용해 그들이 올라오는 걸 막고 있었지만 그럼에도 불구하고 랴스만국의 군사의 수는 끊이지 않았고 계속 올라오고 있었다.

　은색의 갑옷에 어느새 핏물이 얼룩덜룩 묻어나 있었다. 그리고 랑의 눈동자는 여전히 붉게 빛나는 선홍빛이었다. 랴스만국의 군사들은 그런 랑의 눈빛에 저도 모르게 뒷걸음질 쳤다. 그러다가 청룡국의 군사들에게 제 목숨을 잃기 마련이었다.

　'아수라.'

　청룡국에서 지옥의 신 중 하나라 칭하는 아수라를 보는 것 같았다. 이곳은 지옥이었고, 랑은 아수라였다.

　"폐하께서는 아직도 안 오셨나?"

　랑의 뒤에서 고군분투하는 한 장군이 성벽 아래쪽을 바라보았다. 무슨 이유인지 몰라도 후는 더 이상의 지원병을 보내 주지 않고 있었다. 하지만 랑 한 사람의 역할은 어마어마했다. 그녀가 없었다면 랴스만의 군사들은 이미 이 성벽을 넘어갔을 실력을 가진 자들이었다.

　'챙.'

　검이 부딪히는 소리에 랑의 눈빛이 다시 현실을 직시하듯 돌아와 있었다. 랑의 눈이 자신의 검을 막아낸 인물과 마주쳤다. 다른 인물들과 달리 갈색 빛 피부와 황금빛 머리카락에 짙은 갈색 눈동자였지만 이목구비는 후만큼이나 뚜렷하고 잘생긴 인물이었다. 그런 그의 얼굴에 여유가 넘쳤다. 그리고 랑이 미처 생각도 하기 전에 그의 얼굴은 랑의 가까이에 와 있었다.

　"반가워요, 혈랑."

　꽤나 유려하게 들리는 청룡국어와 함께 랑이 저도 모르게 고음으로 비명을 질렀다. 그리고 날카로운 소리가 들리며 언월도가 바닥에 떨어져 버렸다. 허리춤에 달아놓은 단검을 꺼내들기도 전에 랑은 자신의 입가에 무언가 축축한 천이 자신의 입과 코를 막는 기분이었다. 그리고 그 천을 통해 숨을 들이마시면서 제 눈이 먼저 감기는 걸 느꼈다. 마지막으로 본 장면은 자신을 찌른 그 남자가 보여 준 은은한 미소였다.

"으……. 으음……."

간신히 정신이 돌아오는 듯한 느낌이었다. 랑은 실눈 사이로 희미하게 보이는 천장이 꽤나 이질적이라고 느꼈다. 이내 몸을 일으키려던 찰나 저도 모르게 짧은 비명 소리를 내고 말았다. 온몸에 식은땀이 났고, 랑은 저도 모르게 팔을 움켜잡았다.

"그렇게 무리하면 상처가 덧날 거예요."

갑작스런 사람의 목소리에 랑의 고개가 그를 향했다. 가운데 화로에서는 장작이 타오르고 있었고 랑은 맞은편에 앉아있던 그를 더 자세히 보기 위해 미간을 찌푸렸다. 이내 그가 찻잔을 들고 랑에게 다가왔다.

"마셔요, 낙타유예요."

"그걸 어떻게 믿고…… 독약일 수 있지 않소?"

랑이 남자의 말을 믿지 못하겠다는 듯 그를 날카롭게 바라보며 시비를 걸 듯 대답하였다. 그는 랑의 이러한 태도에 살짝 당황하는 듯싶더니 이내 크게 웃어젖혔다. 한동안 남자의 웃음소리가 랑을 놀리듯 울려 퍼지더니 랑이 다치지 않은 왼손에 컵을 직접 쥐어 주었다.

"그렇다면, 이 사막 한가운데 버렸겠지. 이렇게 막사에 데려오지 않고."

"나를 왜 데리고 온 겁니까?"

랑은 손에 쥔 찻잔을 움켜잡으며 말했다. 그들이 먼저 성에 침입했다. 그리고 랑은 성 안에서 싸우고 있었다. 성에서 물러나면서 자신을 데리고 후퇴한다는 건 쉬운 일이 아니었을 것이다. 그런데 눈을 떠 보니 사막 한가운데라니, 게다가 이 남자, 후만큼이나 보통내기가 아니다.

"궁금했거든, 홍랑이라는 존재. 뭐 워낙 유명하잖아. 대륙에서."
"칭찬으로 듣겠소."
랑이 무표정에 말투도 심드렁하게 아무렇지도 않다는 듯 말했다. 앞에 앉아있는 남자는 랑을 보며 한 손으로 턱을 잡더니 요리조리 살피는 듯싶었다. 그리고 이내 하얀 이를 드러내며 씨익 웃었다. 하지만 그의 말은 랑에게는 무척이나 살벌하게 들려왔다.
"근데 너, 여자더라?"
음료를 마시려던 랑의 손이 멈추었다. 그리고 마치 고개를 누군가 잡아 돌리듯 랑의 고개가 어색하게 돌아가며 남자를 바라보았다.
"너, 누구야?"
"와, 이제야 내 정체가 궁금해진 건가?"
"닥치고 대답해."
랑의 눈이 붉게 타오르는 불을 담은 느낌이었다. 하지만 사내는 여전히 여유로운 미소를 보이고 있었다.
"랴스만의 후계자, 레스테다. 그쪽이 홍국의 후계자인 건 알고 있어."
레스테의 자기소개에 랑은 고개를 갸우뚱하였다. 랴스만은 전혀 교류가 없던 지역이었다. 청룡국 황실에서 연회가 있을 때 사신들끼리 보기는 했지만 모든 방면에서 전혀 다른 생활방식을 가진 그들이었다.
"랴스만이 우리와 교류를 한 기억은 없는데……."
"아, 없었지. 지금까지."
레스테가 본격적으로 대화를 나누어 보겠다는 의지로 의자를 끌어와 랑의 가까이에 앉았으나 랑은 여전히 그를 경계하는 눈빛이었다. 제 정체가 이리도 허무하게 드러났고 그러한 비밀을 아는 그를 더더욱 경계할 수밖에 없었다. 그 누구에게도 들키지 않으려고, 정체가 드러내지 않으려고, 여자인 것이 밝혀지지 않게 여태 발버둥 쳐 온 모든 것이 허사가 된 느낌이었다.

"항상 궁금했거든, 콧대 높은 청룡국의 극동에 위치한 그 작은 나라에서 대륙을 벌벌 떨게 한 장수라니. 누구는 피바람을 불러온다고 혈랑이라고 불렸고 누구는 죽음의 신이라 하고, 동쪽 사람들 생각은 꽤나 재미있단 말이지."

"시끄럽다."

랑은 제 옆에서 이야기하는 레스테의 말에 짧게 말하라는 듯 공중에 가로로 선을 그었다. 그러나 레스테는 그런 것 따위는 생각하지 않는 듯싶었다.

"홍국의 왕자가 미색이 그렇게 아름답다고 해서 잡아놓고 보니 이거 꽤나 실망인 걸."

"무엇이 실망스럽더냐?"

"미색은 예쁜데 성격은 꽤나 한 성질 하네. 난 고분고분한 여자가 좋던데."

레스테의 말에 랑은 가만히 그를 바라보았다. 지금까지 랑을 이긴 사람은 몇몇 되지 않았다. 랑의 실력은 자신을 둘러싼 모든 사람들을 능가했다. 어쩌면 3년을 무림에서 살아남은 후와도 동등한 실력일 수 있다고 생각하였다. 하지만 레스테는 실력은 둘째 치고 말로 사람을 놀리는 태도에서 이제까지의 모든 상황보다 최악이었다.

"그쪽이 아까도 본인의 입으로 말했듯 나는 왕자요, 홍국 국왕의 첫째 아들, 그게 나의 자리요."

"하지만 의원은 네가 여자라 했어. 그도 무척이나 의아해 하……."

"그대가 원하는 것이 무엇인가?"

랑은 레스테의 말을 중간에 끊어버렸다. 하지만 레스테의 얼굴에는 웃음이 여전했다. 그렇게 즐거운 듯한 미소를 띤 얼굴로 레스테가 마치 가벼운 농담을 하듯 내뱉은 말이 랑의 심기를 거슬렀다.
"그대와 나, 우리 둘이 청룡국을 나누어 갖는 건 어떠한가?"
레스테의 말에 랑은 한동안 그를 빤히 바라보았다. 제 앞에 있는 이의 머리가 혹여 잘못된 것이 아닌가 생각도 하였다. 그러다가 랑은 이내 무언가 재미있는 걸 본 것마냥 배를 잡고 웃기 시작하였다. 한동안 재미있다는 듯 과장되게 웃던 랑은 칼에 베인 팔의 상처가 아파오자 그제야 웃음을 멈추며 레스테를 바라보았다.
"청룡국을 나눠 갖자라……."
"한쪽은 홍국이, 한쪽은 랴스만이."
"내가 왜 그래야 되나?"
랑이 레스테를 빤히 바라보았다. 그런 랑의 말에 오히려 당황한 것은 레스테였다. 청룡국에 인질로 잡혀온 왕자라면 당연히 청룡국에 적대적인 감정을 갖고 있을 것 같았는데 랑의 반응은 자신이 예상한 것을 빗나간 느낌이 들었다.
"지금의 청룡국 황제를 건드려봤자 홍국에 유리할 것이 없는데 내가 왜 굳이 그런 번거로운 일을 해야 하는지 나는 이해할 수가 없네."
"잠깐, 언젠가는 홍국으로 돌아가 보위를 잇는 것 아닌가……."
"그 인질, 조금만 참으면 끝나는데, 내가 굳이 그렇게 귀찮은 일을 할 필요는 없잖아."
이제 상황이 역전되어 여유로운 것은 랑이었고 조급해진 것이 레스테였다. 적을 치는 데 있어 협공만큼 좋은 것이 없었다. 극동과 극서에 위치한 두 나라였다. 거리가 워낙 멀어 교류의 기회조차 없던 두 나라의 사람이 만났다. 청룡국이 아무리 강건하다 하나 극동과 극서에서 들어오는 공격을 막아낼 재간은 없으리라. 홍국의 후계자라 하여 일이 수월하게 풀릴 줄 알았는데 랑의 태도는 의연하기 짝이 없었다. 괜히 번거롭게 성을 공격하고 그녀를 빼온 것이 갑자기 후회스럽게 느껴지는 레스테였다.

레스테의 얼굴에 '아 어떻게 하면 이자를 꼬여낼 수 있지?'라고 고민하는 것이 다 드러나 랑이 가볍게 웃음을 터뜨렸다. 후와 있으면 언제나 자신이 당하는 입장이었는데 레스테와 있으니 그를 아래에 두는 기분이었다. 저의 말 한 마디에 이렇게 고민하는 그가 생각보다 재미있었다.

"청룡국을 분할해서 가진다는 것은 그대의 어불성설에 지나지 않아."

"……."

"하지만, 어쨌든 내 목숨과 내 비밀을 붙잡고 있는 이상, 나는 그대에게 협력해야겠지."

랑과 레스테의 눈이 허공에서 마주쳤다. 랑의 말에 레스테는 다시 만족스러운 미소를 입가에 띠었고 랑 또한 지금 이 순간이 왠지 즐겁게 느껴졌다.

그러나 이러한 두 나라 후계자들의 상황은 모른 채 청룡국의 진영은 싸늘하기 이를 데 없었다. 후는 눈을 감고 있었고 다른 장수들은 몸을 움츠린 채 다들 황제의 눈치를 보며 서로 시선을 주고받았다. 이내 후가 천천히 눈을 뜨고 입을 열었다.

"홍 장군이 라스만국 왕자에게 잡혀갔다고?"

"송구하옵니다. 폐하……."

성루를 지키던 장군들은 얼굴을 푹 숙이고 후의 눈치를 바라보았다. 요새 안 보이나 싶더니, 후의 냉기가 다시 뿜어져 나오고 있었다. 한여름의 더위마저 눈 내리는 겨울로 바꾸어 버리는 후의 눈빛에 장군들은 모두 심장이 쫄깃쫄깃해지는 기분이었다.

홍랑을 믿었다. 아니 그 실력을 믿었기에 최소한의 인원만 성벽으로 보냈다. 듣자하니 성벽 위에서도 랴스만국의 인원피해가 홍랑으로 인해 꽤나 컸다고 한다. 하지만 랴스만국이 홍랑을 데려 갈 거라는 생각은 하지 않았다.

평소 두 나라가 교류가 전혀 없던 상태에서 랴스만국이 홍국의 왕자를 만나봤자 얻을 수 있는 것이 없었다. 청룡국의 극동과 극서에 위치한 두 나라, 협공을 한다하여도 청룡국을 뒤흔들만한 피해까지는 주지 못할 것이 자명했다. 그런데 왜 랴스만국의 왕자는 홍랑을 데려간 것일까.

후가 이를 갈았다. 자신이 처음 산속에 덩그러니 떨어졌던 그날 만났던 랴스만국의 왕자 레스테, 두 사람은 성격도, 스승도, 배운 무술도 달랐다. 심지어 말까지도 달라 만나기만 하면 숙적이 따로 없었고 으르렁 거리기 일쑤였다. 3년간의 지옥에서 후가 그렇게 성장할 수 있던 것 중에는 레스테가 기여한 바도 크지 않다고 말할 수 없었다.

두통이 점차 크게 느껴지기 시작했다. 그저 이 전쟁에서 버리는 패라 생각하면 그만인데, 후는 랑이 상처를 입고 잡혀갔다는 말을 들었을 때 심장이 쿵 바닥으로 떨어지는 기분과 함께 군사를 더 보내지 못한 자신을, 그리고 그곳에 가지 않은 자신을 원망했다.

"하호야."

"네, 폐하."

"변복을 준비해라."

후의 눈빛을 본 하호는 아무 말이 없었다. 무언가를 갈망하는 눈빛은 꽤나 오랜만에 보는 하호였다. 단 한 번도 적진에 잡혀간 장수를 찾으러 갔던 적은 없었다. 그러나 후에게 안 된다고 말을 해도 듣지 않을 것을 뻔히 알기에 하호는 그저 그대로 물러났다. 후의 눈길이 레스테와 랑이 있을 사막 쪽으로 향하였다.

 사막에서는 랑과 레스테가 여전히 치열한 협상 중이었다. 그러나 갑을의 관계는 바뀌어 있었다. 상황으로만 본다면 레스테가 갑이고 랑이 을이어야 할 상황임에도 랑은 제왕의 모습을 띤 채 레스테를 상대하고 있었다.
 "협공이니 청룡국의 분할이니 이런 말 말고 현실적인 걸 제시한다면 나도 고려해 보지."
 분명 여기는 적진이었고 사막 한가운데였다. 그럼에도 불구하고 랑의 태도는 너무나도 당당했다. 그런 랑의 모습에 레스테는 웃음을 터뜨리고 말았다. 전쟁터에서도 담담하고 왜 그런 무시무시한 별명이 붙은 건지 이제는 이해할 수 있었다. 단순히 적을 베어내고 공을 쌓는 것 이외에도 랑의 담력은 꽤나 컸다. 하긴, 그러니 그 진후에게 제가 스스로 인질이 되겠다고 호랑이 굴로 들어간 것이리라.
 "미인계."
 "뭐라?"
 랑이 의외의 말에 레스테를 바라보았다. 레스테는 어깨를 한 번 들썩하더니 랑을 바라보았다.
 "아무리 강철 같은 사내라 해도, 사랑하는 여인 앞에서는 사막의 모래알과 같이 무너지지."
 "음…… 난 지금까지 남자로 살아온 사람이라 황제에게 미인계가 통할까……. 청룡국을 분할하자는 의견만큼이나 말이 되지 않는다 보는데……."
 "솔직히 네가 세자라는 생각을 제외한다면 누가 봐도 여자인데 말이야."

"조용히 해."

랑은 입술을 삐죽거리며 말했다. 그런 랑의 말에 레스테는 랑의 머리끈을 풀었다. 꽁꽁 동여맸던 랑의 검은 머리칼이 허리까지 구불구불 곡선을 그리며 내려왔다. 레스테는 씩 웃으며 랑에게 말했다.

"내가 보기엔 그대는 대륙 최고의 미인인데, 넘어오지 않는다면 그건 사내라 볼 수 없지."

"그런 감언이설은 네 애인에게나 하지 그래?"

랑이 레스테의 손에 있는 반지를 보며 말했다. 동부 대륙 어딜 가도 사랑의 증표로 금강석이 박힌 장신구를 자신의 정인에게 선물한다는 것은 랑도 이미 너무나도 잘 아는 사실이었다. 그것은, 청룡국에서도, 연국에서도, 홍국에서도, 그 외의 기타 국가에서도 모두 같았다.

"하하, 언젠가 너와 루이나가 만났으면 좋겠다."

레스테가 크게 웃으며 유쾌하게 말했다. 랑은 레스테를 바라보며 슬며시 웃었다. 왠지 자신도 모르겠지만 루이나 라는 레스테의 정인이 부러웠다. 한 사내에게 오롯이 사랑을 받을 수 있는 여인이라니. 후가 자신을 사랑한다라……. 랑은 왠지 얼굴이 빨개지는 기분이었다.

레스테와는 랴스만에 대해 이야기를 나누었다. 또한 홍국에 대해서도 이야기를 나누었다. 서로의 국가에 대해 몰랐던 부분은 두 사람을 늦은 시간까지 잡아둘 만큼 꽤나 오래되었다. 새벽으로 사막이 어둠에 물들고 나서야 레스테는 잠자리에 들었다. 그러나 불 꺼진 사막의 막사에서 좀처럼 잠자리에 들지 못하는 랑은 자리에서 일어났다. 팔의 통증은 생각보다 욱신거리고 아파왔다. 결국 잠을 이루지 못한 랑은 바깥의 바람을 쐬기 위해 밖으로 나갔다.

막사의 규모는 크지 않았다. 아마도 본진은 다른 곳에 있는 모양이었다. 랑은 막사를 벗어나서 오아시스 쪽으로 걸어 나갔다. 어린 시절부터

말로만 듣던 사막이란 곳은 너무나도 고요했다.
낮에는 사막의 외곽에 위치한 성에서 지글지글 끓을 것만 같던 날씨가 밤이 되자 차갑고 고요하기 짝이 없다. 랑은 고개를 올려 하늘을 바라보고 오아시스를 한 번 바라보았다. 하늘이 별들로 가득했으며 오아시스는 그러한 별빛을 담고 있었다. 이렇게 고요한 세상이 너무나도 신기했다. 과연 지금까지 살면서 이렇게 조용한 적이 몇 번이나 있었던가……. 손으로 꼽으라면 한 손가락 안에 들 정도라 생각하니 얼굴에 슬그머니 웃음이 떠올랐다.
머리카락이 사막의 바람에 휘날려 랑의 얼굴을 가리었다. 긴 천으로 머리를 묶으려 했지만 한손으로 묶는 것이란 쉽게 되는 것이 아니었다. 낑낑거리며 온힘을 다해 머리를 묶으려던 랑은 결국 포기하고 오아시스에 비친 자신의 모습을 바라보았다. 밤이라 자세히 보이지는 않았지만 랑은 자신의 윤곽을 손으로 건드려 보았다.
머리 하나 풀었을 뿐인데 랑의 분위기는 확연하게 달라져 있었다. 게다가 이곳의 옷은 독특하였다. 잠잘 때 입는 옷이라고는 해도 하나로 이루어진 옷이 마치 치마와도 같이 느껴졌다. 이렇게 보아하니 자신의 모습이 영락없는 여인의 모습과도 같았다. 그러나 랑은 그런 제 모습이 갑자기 미워져 왔다. 아무리 그래도 저를 여자로 인정해 주는 사람이 없는데, 언제까지나 랑은 사내여야 했고 홍국의 왕자여야 했다. 모든 대륙의 사람들이 그렇게 알아야 했다. 랑이 오아시스에서 일어났다. 그러나 뒤를 돌아본 순간, 랑은 익숙한 형체에 그 자리에 박힌 듯한 기분이 들었다.
"홍……랑……?"
너무나도 익숙한 그 목소리에 랑은 제 귀를 의심하지 않을 수 없었다. 그것은, 청룡국의 황제 진후의 음성이었다. 그리고 랑은 그런 후의 질문에 대답을 할 수 없었다. 다만 그 순간 랑의 머리가 재빠르게 돌아갔다. 이렇게 레스테에 이어 진후에게까지 자신이 여자라는 것을 들킬 판국이었다. 랑은 갑자기 뒤돌았고 이내 오아시스로 뛰어들었다.

"으으."
"상처가 덧날 뻔했습니다."

의원이 꼼꼼하게 랑의 상처를 보며 으깬 약초를 바르기 시작하였다. 깨끗한 붕대로 감고서야 랑은 급하게 이불을 끌어당겨 다친 팔마저 쏙 넣었다. 새벽에 급작스럽게 레스테의 처소로 들어온 랑은 온몸이 물로 젖었고 다친 상처에서 피가 흘러내렸다. 동이 트기도 전인데 의원이 레스테의 처소로 불려가 희미한 불빛 아래에서 랑의 상처를 치료하고 있었다.

"이만 물러가 보시게."

레스테의 명령에 의원이 나갔다. 뒤를 돌아보니 이까지 부딪히며 추위에 떠는 랑을 보며 레스테는 고개를 저었다. 이게 도대체 무슨 날벼락인지 레스테가 자신을 한심하게 바라보는 것이 느껴졌다.

"저 의원에게도 입단속한 거지?"
"뭐 일단은. 그나저나 이 새벽에 이게 무슨 꼴이야."
"오아시스에 손을 뻗으려다 발을 헛디뎠다고."

랑이 어색하게 변명 아닌 변명을 하였다. 후가 이 사막의 진지까지 찾아온 걸 알면 레스테가 새로운 전략을 쓸 것이 분명하였다. 레스테와 이상한 계약을 맺긴 했지만 랑은 이상하게 랴스만의 승전에는 협조하고 싶지 않았다.

다행히 후에게는 들키지 않았지만 랑은 오랜 시간 동안 오아시스에서 나오지 못했다. 후가 돌아간 것을 보고서야 나올 수 있었다. 막사에 오는 동안에도 후가 누군가를 공격한 흔적은 찾아볼 수 없었다.

그럼, 그는 오롯이 자신을 구하기 위해 이 막사에 온 것이었다.

'도대체…… 왜?'

황제에게 있어 한낱 장기말에 불과한 자신이었다. 그런 자신을 찾으러 올 정도로 그에게 홍국이 중요했나 싶을 정도였다. 의문점과 의아함은 꼬리에 꼬리를 물었다.

"내일 너를 성에 데려다 주지. 아 네가 너무 곱게 돌아가면 의심받을 수 있으니까……."

레스테의 말을 이해하지 못하던 랑은 느닷없는 주먹에 그대로 바닥에 쓰러지고 말았다. 그리고 제 볼을 강하게 친 레스테를 어이없단 식으로 바라보았다. 랑의 하얀 피부에 금세 붉은 주먹모양이 나타나며 부풀기 시작했다. 새벽에 깨운 죗값이라며 웃으려던 레스테는 이내 랑의 발길질에 신음소리를 내며 배를 움켜잡았다.

"뭐 이런 놈이 다 있어?"

랑이 레스테를 바라보며 화를 냈으나, 그런 랑을 보며 레스테는 큰 소리로 웃음을 터뜨렸다. 아무래도 랑과는 좋은 친구가 될 것 같았다.

한편 새벽의 어두움 속에서 낙타에 올라타 모래 위를 지나오는 후의 머릿속은 복잡함이 가득하였다. 잊힐 때쯤 나타나던 매혹적인 여인은 자신이 전혀 생각지도 못한 곳에서 다시 한 번 나타났다.

'그 여자, 또 놓쳤어.'

후까지 오아시스에 뛰어들 재간이 나지 않았다. 그 추운 사막의 밤에 진지에서 멀리 떨어진 오아시스에 뛰어든다는 것은 자살행위였으며 몸에 묻은 물기가 바닥에 떨어지며 흔적을 고스란히 남기기 때문이었다. 하지만 어떻게 해서든 붙잡고 싶었다.

홍랑을 찾으러 갔으나 이번에도 신기루와 같은 여인을 보았다. 이쯤 되니 점차 그의 머릿속에서도 혼동이 오기 시작하였다. 그런 검고 긴 머리칼을 가진 사람이라면 이 지역에서는 홍랑밖에 없었다. 랴스만의 사람들은 모두 머리카락이 짧은 편이었고 청룡국에서도 짙은 흑발은 매우 드물었다. 마치 어둠을 흡수한 듯한 그 느낌을 이곳에서는 어디에서도 만날 수 없었다.

홍랑이 있을 것 같은 곳이면 어김없이 그 여자가 나타났다. 이런 경우가 벌써 세 번째였다. 홍랑과 그 여자 사이에 무언가 연결고리가 있는 것이 분명한 듯싶은데 후는 그 연결고리를 찾지 못했다. 무언가 자신이 놓치거나 보지 못한 것이 있으리라.

"폐…… 폐하!"

장수 하나가 막사 안으로 헐레벌떡 뛰어 들어오자 후가 인상을 찌푸리며 장군을 바라보았다. 장군은 성문을 가리키며 기쁘다는 듯 고음의 목소리로 말하였다.

"호…… 홍 장군이 옵니다!"

그의 말에 후가 자리에서 벌떡 일어섰다. 장군은 성큼성큼 걸어가는 후를 안내하기 위해 후보다 더 급한 발걸음을 옮겼다. 후가 성문 안으로 들어온 랑이 다른 장군들에 의해 내려지는 것을 보고 있었다.

"레스테 이놈!"

입에 재갈을 물리고 눈을 천으로 가리고 손목을 밧줄로 어찌나 꽁꽁 묶어놨던지 칼로 겨우 끊어냈다. 랑을 결박했던 모든 것을 풀어내자 랑은 자신을 데려온 랴스만 사신을 바라보며 화를 냈다. 랑이 무슨 일을 당한 것인지는 모르겠다만 길길이 날뛰는 랑이 당장이라도 사신을 잡아 분풀이를 하고 싶어 하는 게 모두의 눈에 보였다. 전쟁에서 사신은 함부로 할 수 없는 존재라 다들 그 사신을 노려만 보았다. 이내 사신이 말을 타고 돌아가자 후가 랑을 향해 큰 보폭으로 걸어갔다. 아니 이미 랑의 입에서 레스테라는 이름이 나온 순간부터 후의 발걸음은 랑에게로 향해 있었다.

본디 전쟁에서 끌려간 인질이 돌아오면 살려두지 않는 후였다. 거짓말을 싫어하는 그의 성격상, 살아 돌아온 인질이 하는 말이야 뻔할 뻔자였다. 아니, 역할이 분명해졌다할까. 군의 내부기밀을 흘렸거나 아니면 이곳의 기밀을 흘리기 위해 돌아온 것이리라.

자결하라. 단검을 던지며 후가 항상 하던 말이었다. 하지만 후는 랑을 보고 그런 말은 아예 꺼낼 수도 없었다. 팔은 붕대로 감겨있었고 볼은 꽤나 부풀어 있었다. 입술까지 터진 걸로 봐서는 한 대 크게 맞은 것 같았다.

"폐…… 폐하!"

후가 갑작스럽게 랑의 볼을 감쌌다. 자연스레 랑의 눈이 후를 바라보았다. 크고 붉은 눈동자가 오롯이 후만을 바라보고 있었다. 그런 후의 행동에 주변의 장군들이 왠지 모르게 경악하며 후를 바라보았다. 하지만 이내 후가 랑을 내팽개치듯 놓아버리고 의원에게 데려가라 말 한 마디를 남기고 싸늘하게 돌아서자 아까의 행동은 도대체 무엇인가 하는 의구심을 갖게 하였다.

"뭐…… 뭐야……. 왜 저래……?"

랑은 의원들을 따라가면서 후가 자신에게 한 행동에 저도 깜짝 놀랐는지 당혹스러운 얼굴로 막사로 사라지는 후의 뒷모습을 바라보았다.

한편 막사로 돌아온 후는 양손에 랑의 얼굴을 잡은 느낌에 얼굴이 벌겋게 달아올랐다. 자신이 왜 그런 행동을 했는지 저도 이해가 되지 않는 듯싶었다. 이내 그 두 손으로 제 머리를 움켜잡았다.

랑의 모습을 보자마자 심장이 미친 듯이 뛰기 시작했다. 랴스만국에서 아무 연고 없는 홍국의 왕자를 죽일 리는 만무했지만 혹시라도 무슨 일이라도 생겼을까 싶었는데 랑은 다행히 큰 상처 없이 돌아왔다.

하지만 한쪽 볼이 퉁퉁 불어있는 랑을 보는 순간 저도 모르게 정신줄이 끊어지는 기분이었다. 양 볼을 붙잡고서 어루만질 때는 주위의 시선 따위는 들어오지도 않았다. 하지만, 랑의 그 붉은 눈을 보는 순간 아차, 한 생각이 들면서 주변에서 당황해하며 폐하를 외치는 신하들의 목소리가 들려왔다.

머리를 움켜쥐며 눈을 감은 후는 자신을 바라보던 랑의 눈동자가 생각났다. 안 그래도 오아시스에서 본 그 여인 때문에 골치 아프던 상황에서 랑의 눈동자는 그의 기분을 이상하게 만들고 있었다.

"내가, 홍랑을……? 미치지 않고서야……. 남자를……? 하지만 그 묘령의 여인은…… 뭐지……?"

웅얼거리며 나오는 말이 다시 후의 귀에 꽂혔다. 머리에 마치 단단히 엉켜버린 실타래가 들어앉은 기분이었다.

랑은 막사에서 팔을 의원에게 맡기고 고개를 돌리고 있었다. 부들부들 떨었지만 비명을 지르거나 울지 않았다. 그저 아랫입술을 꾹 깨물고 있을 뿐이었다.

상처가 단순히 약초만으로 해결될 것이 아니었다. 자꾸 벌어지는 상처 때문에 랑은 막사에 돌아오자마자 의원의 치료를 받고 있었다. 결국 꿰매야 한다는 결론을 내리자 랑은 한숨을 내쉬었다. 그리고 의원은 랑이 왜 한숨을 내쉬는지 알 수 있었다.

붕대를 풀어서 본 랑의 상처 아래로 깊고 옅은 상흔들이 즐비했다. 눈에 보이는 부분만 멀쩡할 뿐, 옷 안의 피부에 드러난 상처들이 생각보다 많아서 의원은 깜짝 놀랐다. 마취를 하겠다는 의원의 말에 랑은 그냥 시작하라 했고, 의원은 난생 처음 마취하지 않은 사람의 상처를 꿰매기 시작했다.

랑의 상처들 중에 꿰맨 상처는 여러 개였지만 그중에서도 가장 기억에 남는 상처가 있었다. 첫 전투에서 청룡국의 장수가 긁고 지나간 상처였다. 그리고 그것을 치료한 사람은 그 누구도 아닌 바로 천이었다. 마취약조차 구하기 어려워 그냥 꿰매었던 상처, 랑은 그날 지옥을 맛보았다고 생각했다. 바늘 한 땀 한 땀이 살을 뚫을 때마다 랑은 입에 천을 물고 견뎌냈다. 눈앞이 펑펑 돌고 세상이 뒤집어엎어질 것만 같았던 고통.

하지만 사람이란 동물은 고통과 힘든 것에 대해 익숙해진다. 몇 번의 상처가 났고 몇 번의 바늘이 통과하면서 랑은 더 이상 상처에 대해 고통스러워하지 않았다. 하지만 아이러니하게도 밤에 잘 때는 여전히 수면제가 필요했다.

의원은 이를 악물고 있는 랑을 바라보며 마지막으로 실의 매듭을 짓고서 참았던 숨을 몰아쉬었다. 의원이 침통을 자신의 가방에 담는 걸 보며 랑은 그를 바라보다가 이내 주위를 물리었다.

"모두 물러가라. 어의만 남으시게."

모든 사람이 물러가고 의원과 랑만이 남게 되자 랑은 어의를 빤히 바라보았다. 나이 지긋한 이 의원은 아주 오랜 시간 동안 황제를 모시며 전쟁터를 전전했을 테고 수많은 황실 사람들을 돌보았을 것이다. 그만큼 황실에 대해 잘 알 것이다.

"제가 어떻게 부르면 되겠습니까?"

"손 어의라 부르시면 됩니다."

"그럼 손 어의, 부탁 하나만 하겠습니다."

"여인임을 아무에게도 말하지 말라, 이것이지요?"

손 어의의 말에 랑은 고개를 끄덕였다. 그러면서 랑은 자리에서 일어나 자신이 갖고 온 보따리를 뒤지더니 이내 금덩이 하나를 그의 앞에 내밀었다.

"이번 비밀도 지켜 주시고, 상처도 치료해 주어 고맙습니다. 이건 앞으로도 잘 부탁드린다는 제 작은 성의입니다."

"하지만 저는 이것을 받을 수 없습니다……."

"앞으로도 제가 몸이 아프거나 변고가 생긴다면 손 어의를 부르겠습니다. 아시겠습니까?"

랑의 말에 그는 고개를 끄덕였다. 금덩이를 그의 가방에 같이 넣고 그는 깊게 인사하며 나갔다. 그가 나가자 랑은 재빠르게 자신이 지니고 다니던 수면제를 꺼냈다. 가까스로 참은 고통은 다시 배가 되어 돌아오고 있었다. 후에게 허락을 받을 새도 없이 입에 약을 털어 넣더니 그대로 침대로 쓰러졌다. 청룡국에 와서 이상하게도 단 한 번도 먹지 않은 수면제여서 그런 걸까, 랑의 몸이 누가 엎어 간다 해도 모를 정도로 깊은 잠에 빠지었다.

며칠 뒤 몸이 회복된 랑은 망루에 올라가 사막 쪽을 바라보았다. 후가 직접 군사들을 이끌고 랴스만국의 진영을 쳤고, 랴스만국과 협정을 맺었다. 그 자리에 랑은 없었다. 대신 랑이 맡은 것은 망루에서 소수의 군사들과 함께 성을 지키는 것이었다.

랴스만국은 이상할 정도로 저항이 없었다. 마치 자신들이 이룬 일은 다 했다는 것처럼 문 앞에서 몇몇의 군사들의 언쟁이 오가고 몇 번의 칼을 주고받고서 문을 열어 주었다. 때문에 협정체결을 하기 전날 후는 직접 랑과 레스테를 불러 3자 대면을 할 정도였다.

"도대체 무슨 얘기를 주고받은 것이냐!"

"이자는 내 팔을 벤 자인데 무슨 할 말이 있겠습니까."

"허, 그거 되게 섭섭하게 말하십니다? 그래도 하룻밤 사막에서 같이 지샌 사이인데……."

"주먹으로 맞기 싫으면 조용히 해."

랑과 레스테의 언쟁이 마치 친한 동네친구의 말싸움인 것마냥 가벼운 농담 같았다. 후는 한숨을 내쉬었다. 지금 둘의 정황을 보자니, 딱히 간자의 역할을 시킨 것도 없는 것 같고, 아마 청룡국에 얼마 있지 않은 랑에게서 중요한 정보는 얻어내지 못했으리라. 아니, 알고 있다고 해도 자신의 조국의 안위가 아직 후의 손에 있는 이상, 랑은 함부로 행동하지 않았을 것이다.

"홍국의 세자가 청룡국에 와 있다기에 궁금해서 데리고 와 본 것뿐이다. 무사하게 데려다 주지 않았소."

"무사하게? 팔을 베어놓고 참 잘도 그런 얘기를 한다?"

레스테의 말에 랑은 대놓고 레스테를 노려보았다. 후는 그제야 랑이 움켜잡고 있는 팔을 바라보았다. 마취약도 없이 꿰맸다고 이미 소문이 퍼진 상태였다. 덕분에 군사들의 사기는 증진되어 있었다. 랑이 랴스만국에 어처구니없이 끌려갔을 때만 하더라도 청룡국 군사들은 자신들이 두려워하는 존재인 랑이 랴스만국 세자와 싸워 다칠 정도라면 자신들은 말 다했다는 듯 두려움에 떨고 있었다. 그러나 랑이 마취약도 없이 상처를 꿰맨 얘기는 랑의 정신력이 얼마나 강한지 그들에게 알려 주는 계기가 되었고, 아이러니하게도 청룡국 군사들의 사기가 증진되었다.

그 이후로, 군사들은 지나다니며 랑을 볼 때, 힐끗거리며 다친 팔을 바라보았다. 마취도 안하고 꿰맸다 하니 홍랑은 보통 독종이 아니었다.

이전과는 전혀 다른 분위기가 되어 있었다. 홍랑이라는 존재가 과거에는 청룡국 군사들에게는 사기를 바닥까지 떨어뜨리던 두려움의 존재였다면 이제는 홍랑이 강할수록 군사들의 사기를 증진시키니, 이건 생각지도 못한 수확이었다.
"우리가 원하는 건 하나야. 자율적인 교역."
말다툼을 하던 레스테는 정면으로 후를 바라보며 이야기하였다. 후는 순간 레스테를 노려보았다. 후는 레스테라는 존재가 항상 껄끄러웠다. 자신이 이루고자 하는 일에 느닷없이 나타나서 훼방을 놓았다.
랴스만은 서쪽 대륙과 동쪽 대륙을 잇는 교량의 역할을 하고 있었다. 중간에서 엄청난 폭리를 취하는 탓에 청룡국 또한 랴스만의 물건에 대해서는 무거운 관세를 부과하고 있었다. 그것은 유목민족에서 시작한 랴스만의 입장에서는 남는 것이 하나도 없는 꼴이었다. 이미 오래전부터 랴스만은 그것에 대해 불만이 상당히 많은 편이었다.
"홍랑이라 팔 정도로 끝났지만 일반 군사들은 우리 정예부대를 못 견뎌 낼 듯싶은데……. 우리는 특수한 훈련방식으로 훈련을 하고 있지. 황제폐하께서도 그 훈련을 모르니 무작정 근거리전을 피하려는 것을 내가 모를 듯싶소?"
레스테는 이미 후를 꿰뚫어보고 있었다. 후는 미간을 찌푸린 채 레스테를 바라보았다. 한참 동안 서로 탐색을 하며 아무 말 없이 시간이 흘러갔다. 그러나 먼저 백기를 든 것은 후였다. 후는 결국 어쩔 수 없이 레스테와 휴전협정과 더불어 자율교역을 허가하였다. 원정 자체가 무리였지만 무엇보다 홍랑이라는 자의 가능성을 얻게 되었으니 그의 입장에서는 나름 수익을 얻은 셈이었다.
"팔은, 괜찮은 것이냐?"
"괜찮습니다."
랑은 말 위에서 한 손으로 고삐를 잡고 후의 뒤에서 터덜터덜 따라오고 있었다. 후가 입은 갑옷은 피 한 방울 튀지 않고 깨끗한 반면, 랑의 은빛 갑옷은 초반에 있던 성 위에서의 전쟁 때문인지 피가 튀어 조금은 피기스러운 느낌을 주고 있었다.

"잠깐."

후가 손을 들자 전 부대가 멈추어 섰다. 후가 옆에 있던 하호에게 무언가를 속닥이자 하호가 급하게 뒤로 말을 몰고 달려갔다. 이내 다시 돌아온 하호가 후에게 무언가를 말하자 후가 말에서 내렸다.

"내리거라."

"갑자기 왜 그러시는 겁니까?"

후의 갑작스런 호위에 랑은 오히려 당황해서 후를 내려 보았다. 랑이 가만히 있자 후는 랑의 허리를 한 팔로 휘감아 끌어내리려 하였다. 그런 그의 행동에 오히려 기겁하는 것은 랑이었다. 랑뿐만 아니라 주위의 군사들과 장군들도 깜짝 놀라 그들을 바라보았다.

"걸어갈 테니 놓아주시오!"

랑이 당황해서 큰 소리를 내었다. 그제야 후는 랑을 놔 주었고 랑은 천천히 말에서 내려왔다. 이내 땅에 발이 닿자, 후는 랑에게 따라오라는 말을 한 채 뒤로 향하였다. 그들이 도착한 곳은 마차였다. 올 때 식량을 담아서 왔는데 갈 때가 되니 빈 마차가 생겼다. 후는 랑을 마차에 넣고 자신도 함께 들어갔다.

"출발하지."

후와 랑이 마차 안으로 들어갔고 후의 명령에 행렬은 다시 시작되었다. 후는 마차 입구의 정면에, 랑은 입구의 왼편에 앉았다. 덜컹덜컹 마차의 승차감이 그리 좋은 편은 아니었으나 말 위보다는 좀 편안하게 느껴졌다. 안 그래도 팔의 통증이 다시 슬슬 오는 바람에 몸이 불편했던 랑에게 마차는 그래도 나름 좋은 안식처였다.

"폐하……."

"무엇이냐."

"약을 좀 먹겠습니다."

랑이 작은 목소리로 움츠리며 후에게 말했다. 후는 감고 있던 눈을 뜨고 랑을 바라보았다. 이내 다친 왼팔을 오른팔로 잡고서 약간 식은땀을 흘리는 랑을 보며 후는 고개를 끄덕였다.

랑은 천을 제외하고는 난생 처음으로 누군가에게 자신이 수면제를 먹는다는 걸 이야기했다. 그때는 비몽사몽에 제정신이 아닌 상태였던 것이 분명하다. 물론 통증을 완화하는 정도는 평소만큼 먹기보다는 적은 정도면 충분할 것이다. 어쩌면 이제는 잠도 오지 않을 양이었지만 랑은 왠지 후에게 허락을 받아야 할 것 같은 느낌이었다. 품에서 약을 꺼냈고, 물도 없이 약을 삼킨 랑의 미간이 살짝 찌푸려졌다. 이내 눈을 깜빡거리던 랑은 고개를 푹 숙였다. 평소 같으면 조금 있어야 잠이 오는데 몸이 아파서일까, 랑은 저도 모르게 깊은 잠에 빠졌다.

흔들리는 마차 안에서 랑의 고개가 좌우로 흔들흔들 움직였다. 그런 랑의 모습을 보고 있던 후는 랑을 자신의 옆으로 끌어 당겨 랑의 고개를 저의 어깨에 기대게 했다. 몸이 안 좋아서인지 표정이 좋지 않았던 랑의 얼굴에 살짝 미소가 피어났다.

후는 자신이 왜 이렇게 랑을 챙기는지 알 수 없었다. 어쩌면 준휘가 말한 대로 자신이 랑을 좋아하는 것일 수도 있다. 하지만, 남자를 말인가? 준휘가 홍국으로 떠나기 전에 자신에게 한 말은 전쟁을 하는 내내 머릿속을 괴롭혔다.

세상 편한 얼굴로 자신에게 기대 잠든 랑을 보며 후는 입가에 살짝 미소를 지었다. 남자를 좋아한다니, 누군가 알면 기겁할 일이었다.

'네가 여자였으면 얼마나 좋을까. 그러면 아무런 고민 없이 너를 황후로 맞이할 텐데……'

그의 머릿속에 떠오른 단어에 그는 강하게 고개를 저었다. 황후라니! 후는 갑작스럽게 민망해지기 시작하였다. 아직 묘령의 여인을 찾지 못한 상태에서 랑을 보며 황후라니, 후의 머릿속이 복잡해지기 시작하였다. 저도 모르게 랑을 감싸던 어깨를 꽉 움켜잡았다.

'사내의 몸이 이리도 부드러울 수 있는가?'

방금 전까지 자신이 이상한 생각을 한다며 자책하였던 후는 저도 모르게 랑을 바라보았다. 다시 한 번 랑의 어깨를 잡아보았다. 랑 또한 오랜 세월 전쟁터에서 잔뼈가 굵어진 사람이었다. 그런데 자신이 만진 그 느낌은 사내의 느낌이 아니었다. 오히려 여자의 몸에 가까웠다. 보지 않더라도 손에서 느껴지는 감각이 후의 뒤통수를 무언가가 때린 기분이었다.

후가 살짝 고개를 돌려 랑의 얼굴을 내려다보았다. 만약, 랑이 남자가 아닌 여자라면? 그런 가정 하에 후는 자신이 보았던 여인의 이미지를 떠올리며 랑을 바라보았다. 하지만 그것을 떠올리기 전에 이미 자신이 본능적으로 알고 있다는 것을 깨달았다.

왜, 나는 이 녀석을 단 한 번도 사내가 아니라고 생각해 본 적이 없는 거지?

만약, 홍랑이 사내가 아니라 여자라면?

여자라니……. 후는 자신의 머리가 아득해져 온 기분이었다. 아무것도 모르던 어린 시절에 도리어 남자아이의 모습을 했던 랑에게 자신에게 시집오라며 외쳤던 사람이 바로 자신이었다. 후가 랑의 얼굴을 바라보았다. 비록 머리를 틀어 동여매긴 했지만, 그래도 눈을 감은 그 얼굴은 영락없는 여인의 얼굴이었다. 아무리 고운 사내라 하더라도 이런 얼굴은 힘들다. 이제 홍랑의 나이 열여덟 살, 사내로서 나타나야 할 그 모든 것들이 랑의 얼굴에는 흔적조차 없다.

그렇게 잠든 랑의 얼굴을 살피던 후의 눈에 랑의 붉은 입술이 들어왔다. 언젠가 들은 말이 있다. 홍국의 공주들은 붉디붉은 입술을 가지고 태어나는 미녀들이라고. 항상 홍랑의 눈에만 집중이 되어 입술까지 깊이 있게 본 적이 없었다. 그런데 지금 랑이 그 붉은 눈을 보이지 않는 이 순간, 후의 눈에는 랑의 붉은 입술만이 들어왔다.

'쪽.'

후는 저도 모르게 랑의 입술에 제 입술을 살짝 갖다 대었다. 다시 한 번 가볍게 입술을 갖다 대었지만 아쉬웠다. 이내 후가 자신 안에서 일어나는 욕망을 참지 못하고 랑의 입술을 깊게 가지었다. 비록, 약간의 씁쓸한 약 냄새가 났지만, 그런 것은 상관없었다. 입술의 색뿐만이 아니라 그 느낌마저 입맞춤 하나만으로도 사람을 매혹시켰다.

4장. 미묘한 심리

 준휘는 청룡국에서 보내온 랴스만과의 전쟁 결과와 관련된 장계를 살피다가 이내 들려오는 발걸음 소리에 고개를 들었다. 그 얼굴도, 그 품새도 이제는 준휘에게는 익숙한 이였다.
 "무슨 일로 아직도 떠나지 않고 궁에 남아 계신 겁니까?"
 준휘가 머물고 있는 처소로 초대받지 않은 손님이 들어왔다. 천의 등장에 준휘는 피식 웃었다. 홍랑의 최측근이자 지금은 홍의의 호위무사인 천만큼 황실의 이 기묘하고 이상한 분위기를 해결해 줄 사람은 없었다.
 "그야 내 개인 사정이오."
 "그것이 무엇이든 간에 공식적인 행사는 끝났으니, 이제 그만 돌아가셨으면 합니다."

"흠…… 깊은 이야기를 나누고 싶다면 여기 앉아도 좋소."

준휘가 여유로운 모습으로 천을 바라보았다. 천은 이를 으득 갈며 준휘를 바라보았다. 준휘는 천을 힐끗 바라보고서는 품에서 단도 하나를 꺼내어 날을 살피기 시작하였다. 그는 지금 어떤 마음일까. 미간을 찌푸린 천은 맞은편에 서서 여전히 마음에 들지 않는다는 얼굴로 준휘를 바라보았다.

"한 나라의 세자가…… 그리 쉽사리 버리는 패가 되었을까?"

정곡을 찌른 질문에 천이 순간 당황했지만 이내 표정을 굳혔다. 하지만 준휘는 그 순간을 놓치지 않았다. 홍랑의 최측근인 그가 이렇게 감정기복을 보일 정도라면 이 질문에는 분명히 확실한 답이 있을 것이다.

"난 그에 대해 대답할 것이 없소. 저하는 저하일 뿐이오. 그 누구도 아닌."

"그냥 개인적인 궁금함이니 그리 날 세울 필요는 없소."

준휘는 여전히 여유로운 표정이었다. 천은 그런 준휘를 바라보았다. 오래전 만나서 멋모르고 의형제를 맺은 민휘와 매우 닮아 있었다. 10여 년 전, 차가운 길바닥에서 떨고 있던 휘라는 이름을 가진 저의 의동생, 이제는 적이 되어버린 존재. 만약 그 녀석이 청룡국 호위무사였던 준휘의 친동생이라는 걸 알았더라면, 이러한 사태까지 오지는 않았겠지.

"……휘는 잘 지내오?"

"내 동생 민휘를 말하는 것이오?"

내 동생이라 친근하게 말하는 저 단어가 왜 그리 마음이 아픈지 천은 혼란스러웠다. 오랜 세월 제 동생이었는데 그 세월을 떨어져 있던 친형이라는 자는 정말 아무렇지도 않게 자신의 동생이라 하였다. 그러나 대답을 해 주지 않는 준휘를 보며 천은 아무 말 없이 다시 밖으로 사라져 버렸다.

천은 준휘를 파헤치러 왔다가 자신이 오히려 당한 것 같아 기분이 왠지 바닥에 떨어진 느낌이었다. 랑도 걱정되었지만, 오랜 세월을 동생같이 여겨온 휘가 마음 한 부분에 걸리는 건 어쩔 수 없는 일이었다.

홍국에서 두 호위무사 간의 신경전이 펼쳐지고 있는 동안 마차 안에서는 랑의 눈이 확 떠지는 느낌이었다. 흔들리는 천 사이로 군사들이 들고 가는 횃불이 보이는 걸 보니, 아마도 해가 지고 얼마 안 된 상태였나 보다. 랑은 고개를 들려다가 이내 제 머리를 누르는 것 때문에 미간을 찌푸렸다. 그러다가 이내 저 또한 누군가의 어깨를 누르고 있는 것을 알 수 있었다.
"뭐…… 뭐야…….”
랑이 겨우 고개를 빼내자 후가 살짝 소리를 내며 몸을 살짝 움직였다. 분명히 아까만 해도 서로 바라보며 앉아있었는데 언제 이렇게 옆에 와서 자고 있는지 알 수가 없었다. 수면제를 안 먹다 먹어서인가, 약효가 꽤나 강하게 들었나보다. 입구를 가린 무명천 사이로 스며들어오는 불빛이 후와 랑을 비추었다. 랑의 눈에 후의 목선이 들어왔다. 눈을 감았지만 이목구비 또한 뚜렷하니 사내답다는 생각까지 들었다. 홍국에서는 찾아보기 어려운 인물이다.

하지만 이내 자신이 미워졌다. 괜한 오기를 부려서 이제 얼마 뒤면 자신은 이 사람을 떠나야 한다. 그냥 3년 있겠다고 할 걸 괜히 후회스러운 마음이 들었다. 레스테는 후의 마음을 뺏으라 했지만, 이미 자신의 마음을 빼앗겨 버린 듯한 이 상황에서 과연 그것이 될까 싶어 랑은 우울해졌다.

만약 자신이 홍국에서 정식적인 공주로 자라났다면 사람들에겐 어떤 존재였을까. 그리고 이 남자에겐 어떤 존재였을까. 오래전 자신에게 시집오라며 호기 있게 외치던 여아 옷을 입은 어린 태자가 떠올랐다. 일찍이 어린 태자의 부인이 되어 있지 않았을까…….

"그 어린 시절에…… 왜 그랬을까……."

후를 바라보는 랑의 눈빛이 아련하였다. 가정을 한다는 것은 몇 번을 하든 자유였지만 절대로 그 상황으로 돌아갈 수 없다는 것을 랑은 잘 알고 있었다. 그저 누군가를 좋아하는 자신의 감정조차 숨겨야 하는 이 상황이 우습고 슬플 뿐이었다.

오랜만에 내린 비로 인해 길은 더디게 움직일 수밖에 없었다. 본래의 목적지까지 도달하지 못한 채 주변의 작은 성에 머물게 되었는데 장군들은 후의 앞에서 그의 눈치를 보았다. 이를 알아차린 후가 무슨 일이냐는 식으로 바라보자, 후의 사촌인 하호가 나섰다.

"폐하, 아픈 병자들이 많아 잠잘 수 있는 방이 부족합니다. 거기다 비까지 와서 병사들을 밖에다 재울 수도 없는지라……."

"그래서?"

"장군들이 아무래도 한방에서 자야할 듯싶습니다. 마침 오래전에 이곳 병사들이 쓰던 방이 있다 합니다."

"그렇게 하라."

후는 아무 생각 없이 그렇게 하라는 명령을 내렸다. 이동 중에 자는 공간이 부족한 경우는 종종 있던 일이고 장군들이 한방에서 같이 자는 경우도 드물지만 종종 있던 일이었다. 이내 성주의 안내로 자신의 방으로 들어가려던 후는 시끄러운 소리에 저도 모르게 고개가 돌아갔다.

"홍 장군은 내 옆에서 자!"

대장군 신위의 아들, 신채무의 걸걸한 목소리가 후의 귀를 강타했다. 한껏 신난 채무와 달리 랑은 머리를 짚으며 고개를 좌우로 흔들고 있었다. 순간 후의 눈이 둘을 빤히 바라보았다. 그의 머리에는 자신이 순간 방심했다는 생각이 들었다.

"홍 장군은 오늘 내 불침번이다."

"네에?"

갑작스럽게 내린 명령에 장군들이 모두 후와 랑을 번갈아가며 바라보았다. 그중에서도 가장 황당한 얼굴로 바라보는 건 다름 아닌 랑이었다. 아프다고 마차를 타라며 배려해 줄 땐 언제고, 이제 와서 불침번이라니. 모든 장수들이 깜짝 놀라 당황한 표정으로 후를 바라보았다.

"폐하, 홍 장군은 팔에 부상을 입어서 오늘은 쉬어야 합니다. 오늘은 제가 폐하 옆을 지키겠습니다."

"아…… 그렇군……."

하호의 말에 후는 랑의 팔로 눈길이 갔다. 표정이 풀리려던 찰나에 랑에게 장난을 치는 채무를 보니 다시 알 수 없는 감정이 슬슬 올라오는 기분이었다. 후는 미간을 찌푸린 채 몸을 돌려서 성주를 따라 안으로 들어가 버렸다.

장군들의 방은 두 개로 나뉘어졌는데 랑은 당연히 젊은 장군들이 쓰는 방에 배치되었고, 방에 가장 먼저 들어가 가장 구석에 자리를 잡았다. 이내 뒤따라 들어온 채무가 랑의 옆에 당연하다는 듯 앉았.

"아 좀 저리 갈래? 너 코 엄청 크게 골고 이도 간다고 들었어."

"에이 친구끼리 섭섭하게……."

"우리가 언제부터 친구였냐."

둘의 투닥거리는 모습을 보며 다른 장군들은 고개를 절레절레 흔들었다. 이내 각자의 짐을 풀며 방 안을 정리하던 장군들은 밖에서 하호와 후가 언쟁을 벌이는 소리에 귀를 쫑긋 세웠다. 그리고 이내 무표정으로 들어온 후와 그 뒤에서 후를 말리며 들어오는 하호의 모습에 다들 어리둥절한 모습을 보였다.

"폐하, 어찌 여기서 주무신다 하십니까. 체통을 지키시옵소서."

"내 나라를 위해 지키는 신하들과 하룻밤 같이 머물겠다는데 어찌 말리는 것이냐. 무엇보다 내가 여기 와서 쉬면 너도 함께 쉴 수 있지 않느냐."

그 말인 즉, 황제인 후가 자신의 단독 방을 놔둔 채 이 누추하고 작은 방에 와서 자겠다는 것이었다. 후가 고개를 돌려 랑을 찾았다. 이내 구석에 있는 랑을 발견한 후가 랑을 보다가 옆의 채무를 보더니 이마가 살짝 찌푸려졌다. 후는 랑과 채무 사이로 터벅터벅 걸어가더니 그 사이를 비집고 들어갔다. 갑작스런 황제의 등장과 이런 태도에 당황한 건 랑뿐만이 아니었다.

"대장군 신위의 장남이었던가?"

"아, 그러하옵니다. 신채무라 하옵니다."

갑작스럽게 묻는 황제의 질문에 채무는 이마를 조아리며 대답하였다. 후가 싸늘하게 채무를 바라보다가 문 쪽을 가리켰다. 채무는 어리둥절한 표정이었다. 도대체 갑자기 등장해 자신의 자리를 빼앗는 황제의 모습에 채무는 그저 당황해 할 뿐이었다.

"오늘, 친왕 진하호와 함께 신 장군은 문 앞에서 짐을 지키도록 하라."

"네에?"

본래 불침번도 아닌데 갑작스럽게 내려진 명령에 채무는 입을 떡 벌린 채 당혹스러운 눈으로 후를 바라보았다. 하지만 후의 태도에는 어떤 반응도 없었다.

"황명이다."

황명이라는 말에 채무의 귀가 번쩍 뜨이는 기분이었다. 채무는 후의 눈치를 보며 평소와는 달리 빛의 속도로 짐을 싸서 바로 문 옆으로 몸을 옮겼다. 다소 어수선한 분위기가 정리가 되자 후는 아무도 모르게 만족스러운 웃음을 지었다. 그러나 이내 누군가의 따가운 눈빛이 제 등 뒤에 꽂힌다는 기분이 들었다.

"고귀하신 황제폐하께서 어찌 이곳에서 주무시려 하십니까."

뒤에서 들려오는 랑의 목소리에 후는 랑을 바라보았다. 랑의 표정에는 왠지 불만이 덕지덕지 붙어있는 기분이었다. 물론 채무의 큰 덩치와 시끄러움에서 해방된 것은 좋은데, 갑작스러운 황제의 등장, 거기다가 제 옆자리라니. 그리고 무엇보다 자꾸 빠르게 뛰는 심장 때문에 랑은 왠지 모르게 후에게 부끄러웠다. 그러나 그것을 필사적으로 숨겨야 했다.

"황제가 나라를 위해 수고한 군장들과 함께 하룻밤을 보내고자 하는 것이지."

후는 능청스럽게 이야기했다. 하지만, 아까 혼자 방에서 초조하게 왔다 갔다 하며 어찌하면 좋을지 안절부절못한 걸 생각하면 저도 어이가 없었다. 홍랑을 남자들 무리에서, 그것도 채무라는 새파란 장군 옆에서 재운다고 생각하니 기분이 급속도로 안 좋아졌다. 하지만 자신의 방으로 불러 자라고 하자니 오히려 그것이 모양이 더 이상해 보였다. 종종 전쟁터에서 이런 식의 취침은 있던 일인데 평소 같으면 그리 자든지 말든지 별 상관도 안 할 후였지만 랑이 여자인 것을 안 순간부터 그 모든 것이 거슬리고 이상했다.

어찌됐든 그 결과, 자신이 랑 옆에 있으니 안심이 되었다. 마침 자리도 구석인지라 랑의 옆에는 후밖에 없었다. 후는 저도 모르게 입꼬리를 올리고 기분 좋은 웃음을 짓고 말았다.

저녁 식사를 마치고 몇몇 장군들이 후에게 다가와 후는 오랜만에 자신 또래의 젊은 장군들과 많은 이야기를 나누었다. 한편 랑은 후를 등진 채 몸을 돌려서 일찍이 자리에 누웠다. 왼팔을 다쳤음에도 왼쪽으로 돌려서 잠이 든 것은 후를 생각했기 때문이었다.

이내 깊은 밤이 되고 방의 불이 다 꺼졌다. 후 또한 자리에 누웠다. 얼마 지나지 않아 사내들의 코 고는 소리가 들려왔다. 하지만 낮에 눈을 좀 붙인 후는 쉽사리 잠이 들지 않았다. 무엇보다 이렇게 어두운 밤에 랑과 이토록 가까이 있자 아까와는 다른 색다른 기분이었다.

문가에 어른거리는 불빛으로 랑의 모습이 조금이나마 눈에 들어왔다. 잠든 랑의 모습은 역시나 매우 아름답고 유혹적이었다. 풀기 귀찮다며 머리를 높이 올리고 잠이 든 랑을 바라보던 후는 저도 모르게 피식 웃었다. 어쩌다 자신이 이 남장여자에게 빠져든 것인지 알 수 없었다.

고민을 하지 않았다면 거짓말일 것이다. 그저 언젠가는 돌아가야 할 홍국의 왕자였기에, 이후 홍국과 청룡국의 관계를 생각해서 랑을 극진하게 대했던 후였다. 처음 전쟁터에서 보았을 때는 오히려 치를 떨며 싫어했다.

하지만, 보면 볼수록 저도 모르게 빠져들었다. 남자를 좋아한다 생각했다. 설마 자신이 여자들에게 관심이 없는 것이 정말 자신이 남자를 좋아해서인가 심각하게 고민하게 되었다. 하지만 랑 이외의 다른 남자들에게는 그런 마음이 추호도 든 적 없었다. 그래서 더 이상했다.

랑을 처음 보던 그 시기에 본 월궁항아 같은 묘령의 여인에게 빠져들었다. 하지만 어느 새인가 랑을 대하는 마음이 더 커져버렸다. 그리고 이번 전쟁에서 너무나도 뼈저리게 느꼈다. 팔을 다쳐온 랑을 보면서 그리고 레스테와 아웅다웅 말다툼을 하거나, 다른 장군들하고 이야기하는 랑을 보면서 느꼈다.

랑이라는 존재가 자신의 온 신경을 붙잡고 있었다.

그리고 그것이 너무 혼란스러웠다. 도무지 이 감정을 어떻게 정의를 내려야 할지 알 수 없었다. 한참을 고민하던 후는 이 '홍랑'이라는 여자를 좋아한다는 것을 시인하지 않을 수 없었다. 하지만 그 모든 복잡한 고민이 자신이 고정관념에 가려져 보지 못했던 진실을 깨우치는 순간 사라졌다.

후가 랑을 빤히 바라보았다. 이내 랑이 불편해하자 후가 랑의 머리를 살짝 들어 자신의 팔을 베고 눕게 하였다. 이내 랑이 후의 품으로 파고들었다. 그런 랑을 바라보던 후가 랑의 이마에 입술을 갖다 대었다.

아까는 계속 먹고 싶은 사탕을 먹는 기분이었다면 지금은 오히려 저의 입술이 타는 듯한 기분에 후는 입술을 안으로 말면서 랑의 이마로 흘러내린 머리칼들을 뒤로 넘겨주다가 이내 머리를 묶은 머리끈을 풀었다.

홍국에서는 홍의의 세자 책봉으로 인하여 어수선하였다. 그 틈을 타서 준휘는 홍국의 궁궐로 스며들었다. 벌써 며칠째 그는 여러 자료를 얻으려고 꽤나 고생 중이었다. 그러나 모든 기록들과 모든 단서들은 랑이 왕자임을 한 번 더 확인시켜 주는 결과밖에 되지 않았다.

주위를 살핀 준휘가 재빠르게 잠긴 서고의 자물쇠를 열고서 들어섰다. 그는 조심스럽게 서가의 안쪽으로 향하였다. 책을 훑는 그의 손이 조심스러웠다. 그러다가 자신이 찾던 책을 빼서 보았다. 먼지가 잔뜩 쌓여 얼마나 오랫동안이나 방치되어 있었는지 알 수 있었다. 준휘는 책 위의 먼지를 몇 번이나 불어서 털어내야 했다.

혹시나 싶은 마음으로 들어선 곳이었다. 홍국에서는 왕실에서 아이가 태어나면 아이의 탯줄과 태반을 따로 항아리에 담아서 보관하였다. 묘지와도 같이 태반을 모신 곳이 풍수의 영향을 받아 아이의 일생에 영향을 미친다는 풍습이 있었다.

 자신이 찾은 책은 공주와 옹주의 태항아리의 모습과 위치를 기록한 곳이었다. 책을 펼쳐 재빠르게 훑었으나 그는 홍륵의 두 딸에 관한 기록만 보았다. 역시 홍랑이 여자일 리 없지……. 안도하는 마음으로 다시 책을 덮으려던 그는 맨 뒤의 종이가 표지와 교묘하게 붙어 있는 것을 느꼈다.

 품에서 단도를 꺼내어 표지에서 종이를 떼어낸 준휘의 눈에는 익숙한 이의 이름이 들어왔다. 바로 홍랑의 이름이었다. 게다가 태항아리의 모습은 전형적인 공주의 것으로 세자의 태항아리 모습과도 달랐고 묻힌 위치 또한 전혀 다른 곳이었다. 이는 홍국에서 홍랑의 탄생 때부터 의도적으로 여아를 남아로 자라게 했다는 것을 의미했다.

 준휘는 홍국에 오기 전에 자신이 폐하에게 했던 말을 떠올렸다.

 '폐하, 아무리 그래도 사내이옵니다. 너무 깊은 마음을 두실까 걱정되옵니다.'

 사내가 아니라 여인이라면, 황제가 홍랑에게 향하는 마음은 분명 걷잡을 수 없이 커질 것이다. 무려 9년 동안의 전쟁을 벌인 나라, 그리고 청룡국의 수많은 군사들의 피로 물든 홍랑, 어찌 여인의 몸으로 전쟁터를 휘젓고 다녔단 말인가……. 이미 황제는 사내였던 홍랑에게 관심을 두던 상태였는데 여인이라니…… 이제는 하루라도 속히 청룡국으로 돌아가야 했다.

 준휘의 다급한 마음을 모르는 황제는 여전히 랑을 바라보았다. 끈을 풀자 검은 머리칼이 구불구불하게 흘러내렸다. 머리칼은 거진 허리까지 흘러내린 모습이었다. 안에 있는 몇 개 켜두지 않은 불빛이 은은하게 방 안을 비추고 있었다. 물론 정확하게 볼 수는 없지만 후는 숨이 멈출 것만 같았다. 자신의 눈은 역시 틀리지 않았다. 자신이 봤던 그 매력적인 여인이 지금 눈앞에 있었다. 새까만 머리카락이 마치 비단처럼 흘러내려 랑을 덮었다. 분명 연못가에서, 연국 주암성에서 그리고 얼마 전 오아시스에서 봤던 그 여인이었다.

이미 랑이 여자라는 걸 알고 있었지만, 자신만의 약간은 철저한 확인이 필요했다. 역시 자신의 짐작은 맞았고 랑은 은은한 어둠 속에서도 숨이 막히도록 아름다웠다. 마치 천상의 선녀가 있다면 이러한 모습인 듯싶었다. 랑이 아무것도 모른 채 몸을 웅크리며 후의 품 안으로 더 깊이 들어오자 후는 몸을 움직일 수 없었다. 그때 느낀 그 감정, 그리고 랑에게서 나는 특유의 향기 때문에 몸이 굳어버렸다. 하지만 제 품에 있는 랑을 살며시 안았다.

후는 랑의 등에서 느껴지는 천을 만져보았다. 앞쪽으로 향한다면 정확히 가슴이 있는 쪽이었다. 이렇게 명백한 증거들이 많은데 여태껏 자신이 랑을 알아보지 못했다는 것에 자신이 무척이나 멍청하고 답답하게 느껴졌다.

후가 랑을 안던 팔을 들어 랑의 볼을 쓰다듬다가 다시 랑을 품에 꼭 끌어안았다. 아무리 확인해도 여인이다. 어찌 여인이 왕자인데다가 세자가 되었는지는 모르겠지만, 지금 자신의 눈앞에 있는 홍랑은 여인이 분명하였다.

저를 속인 것 같아 화가 나기보다는, 안도감과 웃음이 나왔다. 어린 시절, 후가 랑에게 한 말 그것은 절대 잘못된 말이 아니었다. 후가 조용히 입가에 미소를 지운 채 눈을 감았다. 이렇게 랑의 입술을 탐하다간 이대로 저가 랑에게 먹힐 것 같은 기분이 들었다. 후는 짧게 한숨을 내쉬고는 그대로 랑을 안은 채 눈을 감았다.

"끄응……."

새벽녘에 팔에서 느껴지는 고통에 랑의 눈이 저절로 떠졌다. 눈앞을 가로막는 무언가 때문에 랑은 도대체 무슨 상황인지 판단하기 위해 눈을 깜빡거리다가 이내 살짝 고개를 들어 올려다보았다. 그리고 이내 들어온 얼굴에 눈앞에 캄캄해지는 기분이 들었다.

저를 품에 꼭 끌어안아 그의 품에 넣은 채 후가 잠든 모습이 랑의 눈에 오롯이 들어왔다. 해가 뜨기 전 가장 어두운 그 새벽에 방 안을 은은히 비추는 불빛과 은은하게 새어 들어오는 달빛만으로도 랑은 후의 얼굴을 알아볼 수 있었다. 후의 품에서 벗어나려 했지만 제 몸을 꼭 끌어안고 자는 후 때문에 랑은 어쩔 수 없이 일어나기를 포기했다.

눈 바로 앞에 사내의 단단한 가슴팍이 한눈에 들어왔다. 코 또한 후의 옷깃에 닿아 있어 후의 냄새가 랑에게 스며들고 있었다. 랑은 저도 모르게 눈을 감고 후의 향기를 맡았다. 왠지 따뜻하고 포근한 향이었다. 항상 전쟁터에서 맡던 그런 사내들의 질펀한 땀 냄새가 아니었다. 어찌 사내에게서 이런 냄새가 날 수 있을까 라는 생각이 들 정도였다.

하긴, 그는 황제였다. 일반 사내들이 아니었다. 청룡국이라는 제국을 다스리고 주변 12개국을 다스리는 자였다. 하늘의 아들이었고, 세상의 지배자였다. 그의 수랏상에는 항상 최상급 음식이 올라갔고, 그가 입는 옷은 최고급 비단이었으며 그의 말 한 마디에 사람 목숨이 왔다 갔다 했다. 무엇보다, 그의 옆에는 아리따운 여인들이 항상 득실거렸다. 그런 생각에 미치자, 그가 갑자기 미워져 랑은 입술을 삐죽거렸다. 아무래도 안 되겠다고 생각하며 일어나려던 랑은 뒤척거리며 자신을 더 품으로 끌어들이는 후에 의해 다시 후의 가슴팍으로 끌려갔다.

후의 가슴에 얼굴이 더 가까이 밀착하게 된 랑에게 후의 심장소리가 들려왔다. 랑은 저도 모르게 얼굴이 빨개지며 그런 후의 심장박동 소리를 들었다. 사람이 살아있다는 것을 증명하는 듯한 심장 뛰는 소리는 새벽녘에 꽤나 기분 좋게 들려왔다. 랑이 살며시 미소를 지었다.
 아무래도, 자신은 대륙 최고의 남자, 진후를 좋아하게 된 듯싶었다.

 분명 새벽에 일어났는데 눈을 뜨니 자신의 주변에 아무도 없었다. 벌써 장군들이 다 일어나서 식사라도 하는 듯싶었다. 랑은 기지개를 펴려다가 이내 머리가 이상한 걸 느꼈다.
 "머리가 왜 이렇게 엉성하게 묶인 거야?"
 분명 자신의 잠꼬대는 이렇게 심하지 않은 것으로 알고 있었는데 머리는 마치 랑이 거칠게 잔 것처럼 헐렁하게 묶여 있었다. 한쪽 팔을 못 쓰니 머리를 제대로 묶을 수도 없어서 혼자서 낑낑대던 랑을 본 것은 채무였다.
 "어? 일어났네? 뭐하는 거냐?"
 큰 덩치와는 다르게 가볍게 달려와 제 옆에 앉은 채무를 보며 랑은 여전히 낑낑댔다.
 "아 머리가 다 헝클어졌다. 한번 제대로 묶어 봐."
 턱 하니 제 머리를 채무에게 맡기자 채무는 당황한 눈빛으로 랑을 바라보다가 이내 랑의 머리칼을 잡은 채 끈을 풀었다. 항상 제 머리만 묶다가 남의 머리를 묶어 주려하니 채무는 꽤나 끙끙거리며 머리칼을 잡아 올리기 시작했다.
 "아 왜 이렇게 못해? 덩치는 산만해가지고."
 "이런 건 여자들이 잘하지. 내 머리 묶는 것도 힘들다고. 그나저나 이게 왜 이렇게 안 묶이냐."
 투박한 손에 랑의 머리칼을 잡은 채 채무가 랑의 머리를 틀어 올리려 할 때 장막의 문이 열리면서 들어서던 하호와 후는 딱 하고 자리에 멈추어 섰다. 랑의 검고 긴 머리칼의 채무에게 잡힌 채 채무가 끙끙거리며 진땀 빼고 있는 모습은 남들이 보면 꽤나 웃길 법했다.

언제나 그렇듯 조용하게 채무를 비웃는 하호와 달리 후의 얼굴은 굳었다. 지난밤에 자신이 랑의 머리칼을 풀어 혹여 랑의 예쁜 모습을 누구라도 볼까 봐 머리칼을 묶어놓고 나갔는데 제가 묶은 것을 그새 풀어 다른 사내에게 묶게 하다니……. 아니 다른 사내가 머리를 올리게 만들다니. 후가 그들에게 재빠르게 다가갔다. 후가 다가온 것도 모른 채 끙끙거리며 랑의 머리칼과 싸우던 채무는 이내 거칠게 랑의 머리칼을 잡아채는 존재에 짜증을 내려다가 그 존재가 후라는 것에 머리를 땅에 닿게 하며 인사하였다.

"화…… 황제폐하?"

"짐이 직접 할 것이다. 가서 내 동백기름이나 가져 오너라."

후의 미간이 잔뜩 찌푸려져 있었다. 채무는 얼떨떨한 표정으로 후를 바라보았고 한편 하호는 사촌의 그런 모습이 처음이라는 얼굴로 흥미롭게 후를 바라보기 시작했다. 한편 랑은 갑자기 머리칼이 잡혀 아픈 상태로 후를 노려보았다.

"폐……. 폐하의 동백기름이요?"

"그래. 신 장군 뭐하나."

후의 목소리에는 짜증이 잔뜩 섞여 있었다. 채무가 얼떨떨한 얼굴로 나가자 하호는 묘한 얼굴을 지으며 후를 한 번 바라보고는 채무를 따라 나갔다. 랑의 머리칼을 잔뜩 잡아당긴 채 흘러내린 머리를 정리하는 후를 랑이 살짝 고개를 들어 바라보았다.

"좀 살살해 주시지 그러십니까?"

랑의 말에도 후는 끄떡도 하지 않았다. 마치 머리카락 하나하나를 샅샅이 훑겠다는 기세로 랑의 머리칼을 모으고 있었다. 자신이 일어나서 낑낑거리며 묶어 준 머리를 푼데다가 그걸 다른 사람에게 맡겼다는 것이 후는 괘씸했다.

"아, 아프다고요!"

랑은 후의 손에서 빠져나와 후를 바라보았다. 검고 윤기 나는 검은 머리칼이 후의 손에서 빠져나와 랑의 허리까지 흘러내렸다. 밤에 볼 때보다 훨씬 아름다운 모습이었다. 비록 막사 안은 어두컴컴했지만 해가 밝은 만큼 후는 랑을 똑바로 바라볼 수 있었다.

누가 봐도 아름다운 여인이었다. 아니 자신이 여태 본 그 어떤 여인보다 랑은 아름다웠다. 후의 눈동자가 진해졌고 잠시 멍 때리는 기분이었다. 랑이 자신을 향해 무어라 했지만 들리지 않았다. 후는 세상에서 가장 아름다운 여인을 눈에 담고 있었다.

"도대체 동백기름이 어디 있는 거야? 도대체 환관은 어디 간 거야?"

밖에서 채무의 투덜거리는 소리가 들리자 후는 급하게 랑을 돌려세우고 다시 머리를 묶어 주기 시작하였다. 자신 이외에 그 어떤 사람에게도 랑의 머리 푼 모습을 보이고 싶지 않았다. 분명 랑에게 빠질 것이다.

"폐하 동백기름을 찾을 수 없습니다. 송구하옵니다."

하호가 정중한 말투로 채무 대신 대답하였다. 하지만 후는 랑의 머리를 이미 깔끔하게 묶은 상태였다. 순식간에 깔끔하게 묶인 머리칼에 랑이 후를 바라보자 후는 자신의 머리칼에 꽂힌 용무늬의 황금꽂이 두 개 중 하나를 빼서 랑의 머리에 꽂아 주었다.

"이러면 말을 타거나 그래도 머리가 흐트러지지 않을 것이다."

후가 랑의 머리를 보더니 그제야 만족스러운 웃음을 지으며 밖으로 나갔다. 하호마저도 후를 따라 나갔기에 막사 안에는 랑 혼자 남아있었다. 랑이 아프지 않은 다른 손을 들어 후가 꽂아준 용 장식을 만지작거렸다. 물론 후 앞에서는 웃지 않았지만 저도 모르게 웃음이 났다. 왠지 행복한 기분이 온몸을 휩싸는 기분이다.

"어? 폐하는 어디 가셨어?"

"흠, 몰라."

"폐하께서 해 주신 거야?"

"어……."

채무의 물음에 랑은 눈길을 돌리며 대답하였다. 그런데 왠지 채무의 눈은 부러움이 가득한 채 랑의 머리에 고정되어 있었다.

"어후, 최고의 하사품을 받았네."

"뭐?"

"머리에 꽂힌 거, 그거 네가 궁녀였으면 승은을 입었다는 의미라 여관(女官)이라면 출세의 가도일 텐데 말이야."

"…… 홍국에서도 용잠으로 상투머리 고정했는데……."

채무가 역시 왕족은 왕족이라며 부러운 눈길로 랑을 바라보았지만 랑은 가볍게 무시해주었다. 순간 후에게 여자인 것이 들킨 건가 싶은 생각에 심장이 빠르게 뛰었지만 다행히 그는 모르는 듯싶었다. 후가 단단히 묶어놓은 탓에 아무래도 당분간은 머리를 풀지 않아도 될 듯했다. 하지만 괜히 머리에 꽂은 용잠에 입술 끝이 슬며시 올라갔다.

돌아올 때는 약 열흘을 걸쳐 중경에 도착하였다. 소문이 사람보다 빠른 것일까. 이미 통행을 제한하였음에도 사람들은 골목골목 나와서 황제와 장군들의 행렬을 바라보았다. 그러다가 사람들은 팔을 다친 랑을 바라보았다. 아니 랑이 다친 팔을 바라보았다.

실밥을 푼 지 얼마 되지 않아 랑은 여전히 팔을 쓰지 못한 채 목에 건 긴 띠에 팔을 넣어 고정하고 있었다. 물론 사람들의 눈에는 여전히 적대적인 감정이 담겨 있었지만, 처음 랑이 왔을 때보다는 누그러진 모습들이었다. 아마도 그것은 청룡국을 위해 다친 랑에 대한 사람들의 생각에 변화가 있었을 것이다.

랑은 백성들이 쳐다보는 자신의 왼팔을 한 번 쳐다보았다. 팔 하나를 내놓고 이렇게 인심을 바꿀 수 있다니, 제 목숨이라도 내놓으면 이들의 미움에 대해 조금은 용서를 받을 수 있지 않을까.

"괜한 생각 하지 마라."

자신의 앞에 가고 있던 후의 목소리가 들려오자 랑은 무의식적으로 고개를 들어 후를 바라보았다. 후는 여전히 꼿꼿하게 허리를 편 채 당당한 제왕의 모습을 하고 앞을 향했으나 랑의 그의 목소리가 그 어떤 소리보다 잘 들려왔다.

"네 목숨은 청룡국에 온 그 순간부터 네 것이다. 그러니 헛되이 쓸 생각 하지 말라는 뜻이다."

비록 자신을 쓰다듬는 그런 부드러운 말투는 아니었지만, 걱정하는 마음이 잔뜩 담긴 그 목소리에 랑은 저도 모르게 고개를 끄덕였다. 후의 목소리에, 그가 하는 말에 우울했던 감정이 모두 날아가는 듯싶었다.

가벼운 마음으로 입궁을 했을 때 랑을 가장 먼저 반기는 것은 예쁜 옷을 차려 입고 태후의 손을 잡고 그들을 마중 나온 희였다. 희가 랑을 보자 얼굴이 화색이 만연하였다. 그녀는 랑이 황궁에 들어서자마자 뛰어와 랑의 품에 폭 안겼다.

"스승님!"

랑이 기분 좋은 미소를 띠우고 희를 쓰다듬자 희가 고개를 들어 해맑은 웃음을 지었다. 그 모습을 보던 후가 앞에서 가다가 터벅터벅 돌아 걸어오더니 랑과 희의 사이를 떼어놓았다.

"넌 어째 오라비보다 홍랑을 더 좋아하냐."

"흥, 내 마음이야"

"그래가지고 누가 널 데려가겠어……."

"적어도 황제폐하보다는 성격이 훨씬 좋은 사람일 거야."

후의 말에 한 마디도 지지 않는 그 모습은 영락없는 희 황녀였다. 희가 랑의 다치지 않은 팔을 흔들며 배시시 웃었다. 물론 장수들과 희를 모시는 상궁들은 여전히 그 모습이 적응되지 않는다는 얼굴로 희와 랑을 바라보았다.

"랑 왕자님, 저랑 놀아주시면 안 돼요?"

"홍 장군은 다쳐서 피곤해."

후의 말에 희의 입이 한 주먹이나 나와 버렸다. 랑이 직접 무릎을 꿇고 앉아서 희와 눈을 맞추며 희의 머리칼을 쓰다듬었다. 그러나 이내 자신을 바라보는 또 다른 눈빛에 그대로 고개를 돌렸다.

"의······. 의야?"

"형님!"

청룡국 황궁 안에 의가 있다는 것만으로도 랑은 어안이 벙벙하여 몸을 움직일 생각도 못한 채 의를 바라보았다. 그리고 이내 자신의 품으로 뛰어와 안기는 의를 꼭 끌어안았다. 갑작스러운 낯선 이의 등장에 희는 두 사람의 재회를 멀뚱멀뚱한 눈으로 바라보았다.

"어째서 홍국의 왕자가 온 것이냐."

"아직은 자주국이 아니니 홍국의 세자책봉은 황제폐하의 승인을 받아야 한다 하지 않았습니까."

가시가 잔뜩 난 목소리에 후는 목소리의 주인을 무섭게 째려보았다. 오래전 랑을 이곳에 데리고 왔던, 현 홍국의 중전의 남동생인 태흘과 그리고 지난 전쟁에서 한 쪽 눈을 잃은 천이 홍국의 신하들을 대동하고 서서 그들을 바라보았다. 그리고 이내 천이 랑을 향해 뚜벅뚜벅 걸어오자 후는 저도 모르게 랑 앞에서 그의 발걸음을 막았다.

"폐하!"

후는 저도 모르게 칼을 뽑아 천의 목 아래에 칼을 갖다 대었다. 주변

장군들이나 홍국의 신하들이 모두 깜짝 놀라서 후를 바라보았다. 후의 눈빛에는 적의가 가득했다. 그러나 천의 눈에는 아무것도 없었다. 그의 눈에는 오롯이 랑과 의만을 담고 있었다.

"이곳에서 열 보 물러서라."

"의 왕자님의 호위무사로서 그리할 수 없습니다."

"나머지 한 눈도 뽑히고 싶은 게냐."

후는 자신이 왜 그러는지 알 수 없었다. 다만, 천은 볼 때부터 눈에 거슬리는 인물이었다. 그는 언제나 랑의 그림자처럼 붙어있던 존재였고, 랑의 어린 시절부터 항상 함께하였다. 랑의 모든 것을 알고 있고, 자신이 랑과 함께 보낸 몇 달의 시간보다 몇 갑절의 오랜 시간을 같이 보낸 인물이었다. 그랬기에 그가 너무 싫었다.

"폐하!"

랑이 후를 부르는 목소리에 후는 이를 갈았다. 아마도 의를 제 품에 꼭 안는 랑을 보면서 이미 느꼈다. 랑을 좋아함에도 랑이 그들과 보낸 시간을 절대 뛰어넘을 수 없다는 것을 말이다.

"홍국의 사절을 친성각에 머물게 하고 내 눈앞에 띄지 말게 하라."

갑작스러운 홍국 사절과의 만남은 후가 칼을 거둠으로써 조용해졌다. 후는 랑을 쳐다도 보지 않은 채 휘하 장수들을 이끌고 사라져 버렸다. 그런 후의 뒷모습이 사라질 때까지 랑은 그의 등을 바라만 봐야 했다. 이내 랑 또한 태흘공과 의, 그리고 천을 데리고 친성각으로 들어왔다. 이제 제법 사람이 사는 듯한 그곳에 도착한 세 사람은 두리번거리며 의자에 앉았다.

"어린 시절의 기백이 여전합니다."

태흘공의 한숨을 내쉬는 목소리와 함께 랑의 슬며시 미소를 지었다. 그리고 다과를 먹는 의의 머리칼을 쓰다듬었다. 청룡국에서 가장 보고 싶었던 가족은 바로 의였다.

"저하."

천이 낮게 랑을 부르는 목소리에 랑은 고개를 들어 천을 바라보았다. 천의 한 쪽 눈에 감은 안대를 볼 때마다 미안한 마음이 항상 깊어지는 기분이었다. 자신이 그날 저녁 굳이 언월도를 찾으러 간다고만 안했어도, 천의 눈 한 쌍이 오롯이 자신을 보고 있을 테니 말이다.

"혹시, 여인임을 들키셨사옵니까?"

천의 목소리에 그 말을 들은 세 사람 모두 싹 굳었지만 천은 여전히 무표정인 얼굴로 랑을 바라보았다. 랑은 한 손에 들고 있던 잔을 내려놓았다. 잔 속의 물이 살짝 흔들렸다.

"아니, 아직은…… 아닐 거야."

"그러하옵니까."

랑은 천을 바라보며 자신이 원하고자 하는 바를 얘기하였다. 그래, 들키지 않았을 것이다. 그리고 아직은 들켜서는 안 된다. 물론 그를 사내로서 좋아하는 마음도 마찬가지이다. 그리고 괜히 천의 눈치가 보였다. 자신이 황제에게 들킨 것은 둘째 치고 혹시라도 자신이 어떤 감정을 가졌는지 그가 눈치 챈 것만 같았다.

천은 랑의 대답에도 불구하고 여전히 랑이 내려놓은 잔에서 눈을 떼지 못하였다. 자신을 막아서던 황제의 눈빛은 사내의 눈빛이었다. 그것은 자신이 아끼는 여인을 뒤로 놓고 자신에게 더 이상 다가오지 말라는 적대적인 눈빛이었다.

그것이 오래전에 그리고 어쩌면 지금도 자신이 지닌 눈빛이었으니 말이다. 그 느낌을 잘 알고 있다. 하지만 어떻게 황제가 랑이 여자인 것을 알게 된 것일까. 랑이 아니라 하였지만 분명 황제는 랑이 여인인 것을 눈치 챘다. 그것은 절대 자신이 다스리는 신하나 인질에게 보일 수 없는 눈빛이었다.

"천아! 부탁이 있는데, 의를 데리고 잠시 궁궐을 구경시켜 주었으면 하는구나."

"네?"

랑의 말에 천과 의는 어리둥절한 얼굴로 랑을 바라보았다. 하지만 랑은 그들의 반응과는 상관없이 연화를 불렀다. 딱 의 나이와 비슷한 또래인 연화가 두 손을 옷 속으로 가린 채 조심스럽게 방으로 들어왔다. 연화는 처음 보는 홍국 사람들이 조금은 낯설게 느껴졌다. 그러나 랑은 그녀에게 미소를 지으며 두 사람을 가리켰다.

"연화야, 이 두 사람에게 청룡국의 궁궐을 구경시켜 줄 수 있겠니?"

랑의 부드러운 목소리에 연화는 의와 천을 바라보았다. 의를 잠시 보고 천을 바라보던 연화는 몸을 살짝 흠칫 떨었다. 안대를 가리고 남은 한 눈은 한없이 깊고 까맸다. 청룡국에서 단 한 번도 느껴본 적 없는 그 깊은 눈동자에 연화는 천을 바라보다가 이내 정신을 차리고 그들을 데리고 밖으로 나섰다.

"외숙부님."

"네."

"랴스만과의 전쟁이 있다는 것은 들으셨지요?"

랑의 말에 태흘공은 고개를 끄덕였다. 그는 그러면서 랑의 팔을 바라보았다. 왼팔의 상처가 아직 다 낫지 않았는지 랑은 팔에 붕대를 감고 있었다. 랑은 자신의 팔을 내려 보다가 태흘공을 바라보았다.

"실은, 랴스만국의 후계자인 레스테라는 자가 저에게 제의를 해왔습니다."

"무엇을 말입니까?"

"황제를 유혹하라 하더군요."

랑의 말에 태흘의 눈빛이 크게 흔들렸다. 그가 두 손으로 잡고 있는 잔의 물이 떨려왔지만 눈빛에 황당함과 어이없음을 가득 드러낸 채 랑을 바라보았다. 랑은 피식 웃으며 잔에 입을 갖다 대었다.

"외숙부님의 생각은 어떠합니까?"

랑의 말에 태흘은 어떠한 대답도 할 수 없었다. 이를 위해서는 랑이 여인이라는 것이 드러나야 했다. 그것이 랑에게 더 나아가 홍국에게 득이 될지, 독이 될지는 알 수가 없었다.

"저하, 만에 하나 청룡국 황제에게 저하가 여자라는 것이 밝혀지는 순간, 저하가 아닌 의왕자님께서 이곳에 인질로 올 수도 있습니다."

"외숙께서는 항상 홍국을 먼저 생각하시는군요……."

랑은 태흘을 바라보며 쓸쓸하게 대답하였다. 제게는 누구보다 자상하고 따스한 외숙부이지만, 그는 홍국의 신료였고 또한 중전의 하나뿐인 친정 가족이었다. 어찌 보면 그가 홍국을 먼저 생각하는 것은 당연한 처사였다. 그럼에도 그 말에 서운해지는 것은 어쩔 수 없었다.

"저하……. 송구하옵니다. 제 뜻은 그게 아니었는데……."

자신이 내뱉고도 그는 아차 싶은지 변명을 하려 했으나 랑은 손을 들어 태흘의 말을 끊었다. 랑은 그런 태흘의 말에 쓸쓸한 미소를 지으며 어느 정도 식은 차를 마셨다. 예전 같았다면 여전히 표정조차 알 수 없던 그 얼굴로 자신을 대했을 랑이지만, 랑의 표정에 쓸쓸함이라는 것이 생겼다는 것 자체가 태흘에게는 랑이 많이 변했음을 시사하고 있었다.

아홉 살, 이곳에 사절단으로 오고 연못에 빠지고, 어이없는 이유를 꼬투리로 잡아 전쟁을 하고, 아마 그때부터 랑의 얼굴에는 표정이 사라졌을 것이다. 어린 시절 항상 담을 넘으며 웬만한 사내아이를 능가하던 장난꾸러기였고 항상 자신에게 외숙이라며 밝게 웃어 주던 아이, 항상 그렇게 예쁜 표정을 가졌던 랑. 그녀가 청룡국에 왔다간 이후로 표정이 점차 사라지더니, 첫 번째 전투를 마치고 돌아왔을 때는, 더 이상 표정 자체가 없었다. 그렇기에 모두가 정작 랑의 진심을 알지 못한 채 그저 영웅으로 받들었다.

"저하…… 한 가지 여쭐 것이 있습니다."

"무엇입니까?"

"왜 저를 외숙부님이라 부르십니까?"

또 다른 변화는 바로 호칭의 변화였다. 전쟁이 시작된 이후 태흘공이라 부르던 랑이었다. 외숙이라 부르던 것은 세자가 되기 전이었던 것으로 기억한다. 랑의 어린 시절 명랑한 목소리로 외숙이라 외치던 그 목소리. 비록 분위기는 많이 바뀌었지만 말이다.

"저는 더 이상 세자가 아니지 않습니까. 이제 저와 외숙은 군신관계가 아니니 굳이 태흘공이라 부를 이유가 없지요."

랑은 경직된 얼굴에 살짝 미소를 지으며 눈을 살짝 아래로 향했다. 비록 남장을 했지만 두 볼에 상기된 붉은 모습과 입가에 서린 미소를 보며 태흘은 진작, 랑이 이렇게 세자라는 무거운 짐을 내려놓았다면 더욱 좋았을 것이라 생각했다. 아니 어쩌면 처음부터 랑에게 주어진 자리가 아니었다. 랑이 만약 공주로 자랐다면, 자신의 누이에게 연적이 생길지언정, 자신의 조카가 이렇게 자랐다면 말이다.

"홍국에 계실 때보다 지금이 더 행복해 보이십니다."

태흘의 말에 랑은 태흘을 바라보며 살짝 눈이 커졌다. 언제나 그렇듯 외숙인 태흘만이 자신의 속내를 가장 잘 알아챘다. 가끔은 이렇게 자신이 놓치고 가거나, 생각지도 못한 자신의 본심을 알아챘다. 이번에도 그렇다. 행복하다라……. 인질로 와서 느낄 수 없는 감정이었다. 아니 느껴서는 안 되는 감정인데, 랑은 왠지 그 물음에 가슴이 설레었다.

"네, 외숙!"

랑은 청룡국에 온 이후 가장 해맑은 미소를 태흘에게 보여 주었다. 거짓 없이 진실 되게 웃는 그 미소에 태흘 또한 마음이 놓이는 듯싶었다. 적어도 랑만큼은 이제 홍국의 굴레에서 벗어나 행복하게 살기를 누구보다 바랐다.

랑이 태흘과 상담을 하는 동안 연화는 연못 가운데에 놓인 다리로 의와 천을 인도하였다. 한창 더워지는 날씨였지만 호수는 그 이름을 증명하듯 연꽃이 활짝 피어 연꽃에서 퍼져 나오는 은은한 향이 가득하였다. 의는 저도 모르게 깊게 숨을 들이쉬었다.

"이곳은 문경원입니다. 청룡국의 내궁에 위치한 연못 중에 가장 아름다운 곳이지요."

확실히 청룡국의 궁은 홍국과는 그 규모가 다르다. 과연 자신이 보위를 물려받아 이렇게 부강한 국가를 만들 수 있을까, 의는 랑이 떠난 그 날부터 끊임없이 자신에게 질문하고 또 질문했다. 남자로 태어났다는 그 이유 하나 때문에 자신이 왕위를 이어받는다는 것이 이해가 되지 않았다.

'누님이 차라리 왕위를 이어받는다면…….'

의는 언제나 자신의 누나이자 형인 랑을 동경하였다. 백성들은 모두 랑을 신임하고 떠받들었다. 단지 여자라는 이유만으로 왕실 사람들에게 찬밥이었지만 의는 자신이 지금까지 배운 모든 지식을 통틀어 보았을 때 제왕의 자리는 자신보다는 오히려 랑이 더 잘 어울린다고 생각했다. 그런 누님이 왕이 된다면 홍국은 분명 태평성대일 것이다.

"황녀마마! 조심하시옵소서!"

문경원의 호수 한가운데에 놓인 전각 2층에 한 소녀가 몸을 빼어 바람을 맞고 있었다. 소녀의 입가가 부드럽게 올라가고 풀어 내린 갈색 머리칼이 바람에 나부끼어 부드럽게 날리고 있었다. 다리를 건너던 의는 저도 모르게 소녀를 바라보았다.

뽀얀 피부에 부드러운 갈색 머리카락, 딱 제 또래의 소녀였지만 의는 무슨 이유에서인지 그 소녀에게서 눈을 떼지 못했다. 홍국에서 들은 바에 의하면 분명 저 소녀가 황제의 하나뿐인 여동생인 경령황녀일 것이다. 아까는 누님이 있어 제대로 보지 못한 청룡국의 황녀였다.

"어?"

황녀가 무언가를 잡기 위해서인지 저도 모르게 난간에서 손을 뗐다. 그 모습에 의는 저도 모르게 황녀 쪽으로 몸을 틀었고, 그리고 궁녀들이 미처 손을 쓰기도 전에 황녀의 몸이 호숫가로 떨어졌다.

"아아아악!"

'풍덩.'

황녀가 연못에 떨어짐과 동시에 의가 뛰어들어 희를 붙잡았다. 처음 깊은 물에 빠져보는 희는 팔을 내저으며 소리를 질렀고 의는 그런 희를 붙잡아 겨우 못가로 데리고 왔다.

"콜록, 콜록."

코와 목으로 잔뜩 물을 마신 희가 기침을 연거푸 물을 뱉어내고 있었고, 놀란 상궁들과 궁인들을 비롯하여 천이 달려왔다. 다행히 두 사람 모두 크게 다친 것 같지 않은 모습에 한시름 놓으며 궁녀들이 희의 몸을 긴 수건으로 감싸주었다.

"괜찮소?"

먼저 일어나 몸을 정리한 의가 여전히 자리에서 못 일어난 채 기침하는 희를 바라보며 손을 내밀었다. 희는 기침을 하다가 자신에게 손을 내밀은 의를 바라보았다. 그리고 의의 모습에서 눈을 뗄 수 없었다. 아까 보았을 때와는 다른 느낌이었다. 그리고 랑 왕자와는 다른 느낌의 붉은 눈동자에 온몸이 사로잡혀 움직일 수 없었다. 아까보다 더 이질적이고 당혹스러운 기분이 자신을 휘감았다. 어쩌면 랑 왕자가 했던 그 말이 지금 자신에게 벌어지는 기분이었다.

 '언젠가 황녀마마도 우리 의를 보시게 되면 아마 분명 멋지다고 생각하실 겁니다.'

 그때 랑의 두 눈이 휘어지며 자신에게 했던 말이 희의 머리에 번개와도 같이 내리치는 기분이었다. 의의 모습은 눈을 떼기 어려울 정도로 멋있었고 희는 저도 모르게 의가 내민 손을 붙잡았다. 의가 악력으로 자신을 끌어 올려 세운 후에 어디 다친 곳이 없는지 살피었으나 희는 그런 의를 멍하니 바라볼 뿐이었다.

 "다행히 아무 문제는 없는 것 같습니다."

 "감……사……하옵니다……."

 희가 그에게서 시선을 회피하듯 고개를 돌렸으나 의는 그런 희를 바라보며 살며시 웃음을 지었다. 저 또한 물을 많이 마셔 코와 목이 쓰라렸으나 희의 모습에 그런 것쯤은 괜찮다는 생각이 들었다. 천과 연화가 와서 의를 데리고 친성각으로 향할 때까지 의의 눈은 희에게서 떠나지 못했다.

 홍국의 제 2왕자인 의가 황녀를 구했다는 소문이 궁궐을 돌고 돌아 황제인 후의 귀에 들어갔다. 오랜만에 밀린 정사를 해결하느라 바쁜 후는 방금 편전으로 들어온 하호의 말에 의외라는 눈으로 하호를 바라보았다.

 "뭐라? 누가 누굴 구했다고?"

 "홍국 의 왕자가 희를 구했다."

 사촌인 하호의 말에 턱을 만지며 후는 골똘히 생각했다. 얼마 전 까지 적대적인 국가였다. 비록 랑이 와 있다 하나, 홍국 입장에서나 청룡국 입장에서나 껄끄러운 것은 매한가지. 그런데 의 왕자가 희를 구했다는 것은 단순한 마음에서였을까, 아니면 그 뒤에 무언가 자신들 쪽으로 좋은 모습을 심기 위한 정치적 의미가 있는 것일까.

"복잡하게 생각하지 마. 나이 어린 왕자가 뭘 알겠어."

"어찌 한시도 조용한 날이 없단 말이냐……. 내가 전생에 무슨 죄를 지었다고 그런 동생을 얻었는지…….'

후가 자리에서 일어나면서 투덜거렸다. 물론 그 눈빛에 걱정스러움도 담겨 있었다. 누가 말하지 않아도 후가 애화전으로 향하는 것을 안다는 듯 환관이나 궁녀들은 조용히 따랐다.

"폐하……."

어의가 애화전에서 나와 후를 맞이하였다. 후는 자신을 향해 허리를 굽히는 어의를 내려다보다가 희가 있는 방문 쪽을 바라보았다. 이미 후의 걱정스러운 눈빛을 느낀 것인지 어의가 먼저 말을 꺼내었다.

"황녀께서는 무사하시니 걱정 마십시오. 단지 갑작스러운 놀람 때문에 신체가 미령해 지셨사옵니다."

"홍국의 의왕자도 살펴보았는가?"

"그것이……."

자신이 제 동생을 걱정하는 것 이상으로 랑 또한 제 동생을 걱정하고 있을 것이다. 후는 어의를 보내려다가 자신이 직접 그곳에 발걸음을 하기로 결정하였다.

한편 친성각에서는 천이 고개를 푹 숙인 채 의의 옆에 힘없이 서 있었고 랑은 연신 기침을 내뱉는 의를 보면서 혀를 찼다.

"그래서 황녀마마는 무사하신 게냐."

"하하……."

"어떻게 그렇게 대책 없이 행동했어······."

의는 멋쩍은 듯 머리를 긁으며 이불을 더 감쌌다. 그저 저도 모르게 나온 행동이었다. 어째서 남매가 이렇게 청룡국에만 오면 연못에 빠지는 사태가 벌어지는 것인지 랑은 되도 않는 이 우연에 한숨을 내쉬었다.

"천, 너는 무엇을 하고 있던 것이야."

"그것이······ 왕자님께서 너무 빠르게 뛰어들어서 어찌할 수 없었습니다."

랑은 괜히 천에게 무어라 했지만 이내 의를 보면서 안도의 한숨을 내쉬었다. 언제나 어린 동생이라 생각했는데 어느새 커서 이렇게 누군가를 구할 줄도 알고 제 동생이지만 언제나 보더라도 마음하나만큼은 예뻤다.

"그래, 오늘 행동은 잘한 행동이야."

랑이 의의 머리를 쓰다듬었다. 의는 코를 훌쩍이면서도 누나의 손길에 환하게 웃고 말았다. 이불로 몸을 감싼 채 머리가 젖은 모습이 오래 전 랑과 무척이나 비슷하였다.

태흘은 마치 9년 전의 모습을 다시 보는 것 같아서 묘한 기분이 들었다. 그리고 그때 무서운 눈빛을 하던 어린 태자가 오늘날 황제가 되어 다시 보고 있자니 시간이 참 야속하다는 생각도 들었다.

"황제폐하 납시옵니다!"

황제가 든다는 내관의 소리에 태흘의 정신은 다시 현재로 돌아왔다. 그의 생각을 하고 있었는데 딱 맞추어 황제가 오니 태흘은 왠지 그를 보기가 껄끄러웠다. 그러나 자신의 생각과 다르게 황제는 걱정이 가득한 얼굴로 랑과 의를 번갈아 바라보았다. 정확히 말하자면 랑 쪽을 더 많이 바라보았다.

"어인 일로 납시었사옵니까?"

"그대의 동생이 희를 구했다고 들었다. 하여, 혹여 왕자의 심신이 괜찮은지 확인하기 위해 이리 들렸네."

보는 눈이 많기에 후는 무표정을 유지한 채 황제로서 신하를 대하듯 랑을 바라보았다. 오랜만에 제 사람들을 봐서일까, 랑의 얼굴에 화색이 감도는 것이 후는 마음에 들지 않았다. 그런 마음을 숨기고는 의자에 앉자 랑과 태홀이 앉고 의는 침대에 폭 앉았다. 어의가 들어와 의의 팔을 잡고 진맥을 하기 시작하였다.

어의가 진맥을 하는 동안 후는 의를 바라보았다. 아직 어린 나이이지만 꽤나 총명하게 생겼다. 굵은 눈썹과 다부진 눈매가 그의 할아버지였던 홍국의 태종을 닮은 모습이었다고 들었다. 하지만, 어린 시절 자신이 기억하는 랑과는 매우 달랐다. 그 당시, 랑은 매우 선이 곱고 예뻤다. 눈길을 돌려 랑을 바라보던 후는 이내 랑의 뒤에 서 있던 천과 눈이 마주쳤다. 그는 여전히 자신의 마음에 들지 않았고, 그와 한 자리에 있다는 것에 기분은 더욱 나빠졌다.

그도 랑이 여자라는 것을 알까. 분명 호위무사를 그리 오래했으니 알 것이다. 그럼 그 또한 자신이 지금 랑에게 품었던 마음을 랑에게 품었을까. 여자 보기를 돌같이 하는 자신의 온 신경을 잡고 있는 랑인데 천이라고 오죽했을까.

"왕자의 상태는 어떠한가?"

후는 어의가 진맥하고 있는 시간이 굉장히 길게 느껴졌다. 때문에 아무 잘못도 없는 어의에게 신경질을 내듯 쏘아붙였다. 어의는 그런 후의 말에 바로 손을 떼고는 단순히 고뿔이 들 것 같으니 이를 예방하는 탕약을 올리겠다고 하였다. 후는 그 말을 듣고서는 자리에서 일어나 바로 문 쪽으로 몸을 돌렸다. 랑 이외의 홍국 사람들은 왠지 모르게 불편한 마음이 들었다.

"내 동생, 구해 줘서 고맙네. 몸조리 잘하게."

"황공하옵니다. 폐하."

의의 표정에는 전혀 고마움이 느껴지지 않았지만, 후는 그걸 보지 않고 방을 빠져나갔다. 자신과는 눈 한 번 마주치지 않고 말 한마디 안하고 방에 온 내내 기분 나쁜 표정을 하더니 빠르게 나가버리는 후를 보며 랑은 괜히 마음이 울적해졌다.

누구보다 랑을 가장 잘 아는 천이 그런 랑의 표정을 읽었다. 그는 오래전부터 랑을 모셨다. 그리고 사모하는 마음도 있었다. 물론 지금도 없다고 하면 거짓말이지만, 랑은 천이 탐낼 수 있는 그런 여인이 아니었다. 자신은 바라볼 수조차 없어 포기했던 랑이 황제를 좋아하는 것이 느껴졌다. 천은 마음 한편이 아파왔다.

편전으로 돌아온 후는 자리에 거칠게 자리에 앉았다. 그리고 깊은 한숨을 내쉬었다. 랑과 조금은 가까워졌다고 생각했는데 자신보다 훨씬 가까운 존재인 가족들의 등장에 자신의 존재는 랑에게 있어 이미 저 멀리 날아간 듯싶었다.

"폐하, 흑무 이준휘공 들었사옵니다."

"들라 하라."

후의 얼굴은 이미 먹구름이 잔뜩 낀 상태였다. 그런 그의 기분을 살피는 준휘는 말을 꺼내기가 조심스러웠다. 도대체 무엇 때문에 저러는 것일까. 그 이유는 알 수 없지만 후의 최측근에서 그의 기분을 파악하는 것은 이미 상선내관보다 준휘가 더 뛰어났다.

"괜찮다. 홍국은 잘 다녀왔느냐."

"네, 폐하······. 그나저나 심기가 불편해 보이십니다."

후는 준휘의 말을 가볍게 치부하고서는 자신의 앞에 쌓인 서류를 펼쳐서 보는 척했다. 물론 귀가 준휘에게 쏠려 있다는 것은 누구보다도 준휘가 더 잘 알고 있었다.

"홍국에서, 폐하가 말씀하신대로 반나절이 지나지 않아 대전회의를 거쳐 세자였던 홍랑을 폐위하여 헌영대군에 봉하고, 그 동생인 헌제대군 홍의를 세자로 삼았습니다."

물론, 후는 이제 랑이 여자라는 것을 알고 있었다. 하지만 그것은 어디까지나 직감과 자신의 생각과 추론, 그리고 군막에서 랑을 자신의 품에 안았던 그 감각이었다. 랑이 여자라는 객관적인 증거가 필요했다. 바로 청룡국이 아닌 홍랑의 고향인 홍국에서 말이다. 후 자신도 모르게 잡고 있는 상소문의 끝이 떨려왔다.

"헌영대군 홍랑이 여자라는 사실은 왕족 일부만이 알고 있는 사실이라고 알려져 있는 듯합니다. 그래도 탄생 당시의 기록들을 살펴보면 공주와 왕자의 예식이 혼용되는 것이 보입니다."

"그러면……. 천, 그녀석도 알고 있었다는 것이군."

"네?"

후는 이를 꽉 깨문 채 중얼거렸다. 그러나 이내 반문하는 준휘의 물음에 아니라며 그에게 말을 계속하라고 하였다. 후는 들고 있던 상소문을 내려놓은 채 한 손으로 턱을 괴고 준휘를 바라보았다.

"홍랑이 태어나기 전의 상황을 살펴보면 당시에 왕비의 집안이 미약하였고 왕비가 연이어 두 명의 공주만을 낳은 터라 대신들이 이번에도 왕자가 아니라면 후궁을 들이라고 왕을 압박하였다는 소문이나 기록이 일반문서에서도 나타납니다. 그래서 오래전에 퇴궁한 궁인들을 중심으로 조사해본 바…… 왕은 여아로 태어난 헌영대군을 원자로 봉한 것으로 보입니다."

"뭐라고? 지금 뭐라 하였느냐? 왕비를 위해 딸을 아들로 삼았다는 그 말이냐?"

"그러하옵니다."

고금에 듣지도 보지도 못한 그 이야기에 후는 기가 차다는 듯 준휘를 바라보았다. 세상에 어느 부모가 자신들을 위해 자녀의 인생을 이리도 바꾸어 놓는가 말이다. 평탄하게 살았다면 모를 일이지만, 자신이 알기에 랑은 열두 살 때부터 이미 전쟁터를 누비고 다녔다고 들었다. 여자의 몸으로 전쟁의 최전방에서 언월도를 휘두르며 살았다. 복잡하고 평탄치 못한 삶이었다.

"그렇게 원자로 봉하고 다섯 살에 세자가 되었는데, 아홉 살이 되던 해에 헌제대군이 태어났다고 합니다."

"그래서 이곳으로 자신의 동생이 태어났다는 것을 알리러 왔고 그 다음은, 내가 알고 있는 그 상황이겠지."

대체로 첫 적통대군이 태어나면 대국인 청룡국에 알리러 오는 것이 관행이었고, 두 번째 왕자 이후로는 따로 사신을 보내 알리지 않고 정기적으로 있는 사절단에게 말하여 왕자가 태어났음을 알리곤 하였다.

그때는 이상하다고 생각은 하였으나 대수롭지 않게 생각했던 일들이었다. 그러나 그러한 괴리감도 준휘의 말을 듣는 순간 해결되었다.

왕자가 된 공주라니, 남자가 된 여자라니, 부모에 의해 원치 않았던 삶을 사는 것도 모자라, 제 동생을 위해 모든 것을 희생한 것이다. 후는 랑이 왜 세자 자리를 포기했는지 이해가 되었다. 왜 전쟁터에서 항상 선봉에 섰는지도.

전쟁터에서 선봉에 선 이유는 공을 세우기보다는 제 목숨을 빨리 거두어가기 위해서였을 것이다. 하지만, 손에 들고 있는 언월도를 내려놓지 못했을 것이다. 항상 공존하는 그 마음을 누구보다 잘 아는 후였다. 그러기에 랑에게 세자 자리는 언젠가는 내려놓아야하는 것이었다. 때문에 포기는 너무나도 당연한 것이었다.

정말 왕자였다면 홍국 왕실에서 인질로 보내는 것을 논의하는 것조차 전전긍긍하였을 것이다. 대체로 후계자인 세자를 인질로 보내기보다는 다른 왕자들을 보내는 것이 관행이었다. 세자는 나라를 이어야 할 대통이었다. 그런데 너무나도 쉽게 자신 스스로 인질이 되었고, 홍국에서는 말리지도 않았다.

생각해 보면, 처음부터 모든 게 수상했고, 의심해 볼 수 있는 여지가 그렇게도 많았는데 왜 그걸 눈치 채지 못한 건지 후는 스스로가 답답해져 왔다. 그리고 자신이 청락성 전투에서 홍랑을 처음 만난 곳은 들판이 아니었다. 자신의 짐작대로 연못가에서 만난 그 여인이 맞다.

"폐하! 어딜 가시옵니까!"

"홍랑한테 가겠다."

"아니 되옵니다!"

자리에서 벌떡 일어나는 후를 준휘가 말렸다. 준휘가 무릎을 꿇고 머리를 조아린 채 후를 향해 조용히 말을 꺼냈다.

"폐하, 소신의 간언을 잊으신 것이옵니까……. 홍랑에게 마음을 주지 마소서!"

그가 머리를 바닥에 조아리며 하는 말에 후는 준휘를 바라보았다. 후의 그 눈빛이 꽤나 싸늘하였지만 준휘는 후를 계속 붙잡았다. 후가 그런 준휘를 내려 보며 말하였다.

"어이하여 네가 그런 말을 하는 것이냐?"

"폐하, 여자라 하나, 홍국에서는 왕자의 신분이옵니다. 세상 사람들이 모두 그렇게 믿고 있사옵니다. 그런데 만에 하나 폐하께서 홍랑에게 마음이 있다 하면 세상 사람들이 뭐라 말하겠사옵니까? 더군다나 홍랑은 홍국 사람이 아니옵니까? 전쟁에서 선두로 서 청룡국 사람들의 피를 가장 많이 묻힌 사람이 바로 홍랑이옵니다!"

"홍랑에 대해 가장 조사를 많이 한 네가 어찌 이렇게 말할 수 있더냐! 그 아이가 불쌍하지도 않더냐? 제 뜻이 아니라 타인의 뜻으로 그리 살아온 사람을. 너는 일말의 자비심도 없는 것이냐!"

"폐하는 만인의 어버이요, 하늘입니다. 어찌 한 사람의 사사로운 일에 얽매이려 하시옵니까!"

준휘는 단호하게 후의 앞길을 막았다. 가기 전에 그리 말렸다. 절대 홍랑에게 빠지지 말라고, 홍랑에게 마음을 주지 말라고 말이다. 하지만 후는 그렇게 낮은 목소리로 자신을 누르고 있었다. 목소리뿐만이 아니라 후에게서 뿜어져 나오는 기운이 자신을 누르고 있었다. 그것이 준휘에게는 무척이나 생소한 느낌이었다. 그는 자신에게 이렇게 노골적으로 적대감을 드러내는 경우가 없었기 때문이다.

"폐하, 소신은 충언을 드리는 것이옵니다."

"짐의 마음이 이미 홍랑에게 향했다면 어찌할 생각이냐?"

단 1초의 생각도 하지 않고 후가 준휘에게 대꾸하였다. 준휘는 그런 후의 반응에 아무런 대답조차 할 수 없었다. 자신이 할 수 있는 것은 오직 황제인 후를 보필하고 그의 주변을 지키며 그에게 불순분자가 될 것들에 대해 그의 뜻대로 처리하는 것뿐이었다. 모든 판단은, 후가 하였다. 황제의 말은 하늘의 명이었고, 준휘에게는 절대 거스를 수 없는 것이었으니까.

"제가 어찌 폐하의 뜻을 거스르겠사옵니까……. 그러나 만에 하나, 그녀가 폐하께 조금이라도 해가 되는 존재라면……."

"……."

"저는 가차 없이 그녀를 베어낼 것입니다."

준휘의 대답에 후는 준휘를 내려다보았다. 그는 자신의 호위무사였고 친우였다. 랑에게 천이 있듯이 그에게는 준휘가 그러한 존재였다. 자신이 지금 그런 준휘에게 화를 내고 있었다. 세상 모든 일이 자신의 뜻대로, 자신의 마음대로 되는 것이 없었다. 후는 한숨을 내쉬었다.

"후원으로 갈 것이다. 차비를 하라."

편전을 나가며 후의 뒤로 내관과 궁녀들이 뒤따르고 준휘는 언제나 그렇듯 후의 바로 뒤편에 서서 그를 호위하였다. 모든 것이 다 제자리에 돌아왔는데 황제의 마음만은 불편하였다. 이곳에서 랑을 향하는 자신의 마음을 헤아려 주는 이는 없었다.

친성각에서는 랑이 자신의 침대에 잠든 의의 머리칼을 쓸어 넘겨주었다. 이렇게 빠른 시일 내에 다시 볼 줄 몰랐는데 다시 무탈하게 동생의 얼굴을 볼 수 있으니 랑의 마음은 조금 편안해졌다.

"저하."

"더 이상 저하라 부르지 말라 하지 않았느냐."

랑은 자리에서 일어나 탁자로 몸을 옮겼다. 오랜만에 천과 랑, 두 사람만이 따로 담소를 나누고 있었다. 홍국에 있을 때는 항상 천이 그림자에 가려 오직 소리로만 이야기를 주고받았다. 그러나 이곳에서는 탁자를 앉아있으니 조금은 어색하기도 했다.

"내 군호가 헌영대군이라며? 그럼 대군이라고 불러야지 아니면 의에게 하는 것처럼 랑 왕자님이라고 하던가."

"제가 어찌 저하를 그리 부르겠사옵니까."

"그래? 그럼 마마라 부르던가."

그 호칭에 천이 깜짝 놀란 듯 주변을 살피더니 랑을 바라보았다. 그 호칭은 왕비와 후궁, 그리고 그들 소생의 여식들을 부를 때 붙이는 호칭이었다. 물론 랑이 여자라는 건 알고 있었지만 마마라니, 생각도 못한 그 단어에 천이 당황해 했다.

"내가 너무 심한 농을 한 것이냐. 그냥 주군이라 부르거라. 그게 편할 것 같구나."

"저를 놀리시는 방법이 더 공교해지셨습니다."

"그래? 아마도 황제폐하를 모시다보니 그렇게 되었나보네."

랑이 어깨를 으쓱하더니 천을 보며 피식 웃었다. 홍국에서는 볼 수 없는 웃음을 청룡국에 와서 볼 줄이야. 천은 마치 오래전 산 속에 보낸 여동생을 보는 것 같았다. 눈에서 멀어지면 마음에서도 멀어진다고 간만에 만나는 랑이 조금은 편하게 느껴졌다.

"이곳은 어떠하십니까?"

"글쎄. 아직은 모르겠어. 이제 겨우 3개월 정도 지났으니까. 그런데 신기하게도 수면제가 없어도 잘 수 있더라……."

항상 전쟁의 원귀들에게 눌리는 듯 잠이 드는 랑이었다. 랑은 기억하지 못하지만 항상 가위에 눌려 식은땀을 흘려대며 잠을 자고 일어날 때마다 항상 온몸을 부들부들 떨며 두 팔로 웅크린 다리를 붙잡고 우는 랑이었다. 랑이 수면제를 먹기 시작한 것은 열다섯 살 때부터였다. 처음으로 랑이 혈랑이라는 이름이 붙는 전투에서부터였다.

전투에서 돌아온 랑을 본 장군들은 물론 홍국의 군사들은 깜짝 놀랐다. 온몸을 피로 뒤집어 쓴 랑을 본 그들은 같은 편이지만 그때만큼 랑이 무서운 적이 없었다. 눈빛마저 붉은 색이 감도는 그 모습은 마치 지옥의 악귀와도 같은 모습이었으니까.

무서운 겉모습과 달리 랑은 그날 저녁부터 잠을 이루지 못했다. 항상 일어나면 온몸이 땀에 젖어있었고 자신이 죽인 군사들이 자신의 목을 조르는 꿈을 꾸는 게 한두 번이 아니었다. 그래서 그때부터 수면제를 먹기 시작하였다. 그러면 적어도 랑은 꿈 내용은 기억하지 못하였다. 물론 일어나면 온몸이 땀에 젖어있었지만 말이다.

"다행이십니다. 이리 무탈한 모습이니······."

"천아, 왜 내가 잠을 잘 때 스스로 목을 조른다는 것을 말해 주지 않은 것이냐."

랑의 말에 천의 표정은 싹 굳었다. 결국 자신의 주군은 그 사실을 알게 되었다. 끝까지 숨기려던 비밀이었는데 결국은 랑이 그 사실을 알고 말았다.

"그저······ 주군이 안타까웠을 뿐입니다."

천은 말을 하며 랑을 바라보았다. 수면제를 먹고 잔다 하여, 다음날 랑이 기억 못한다 하여, 천마저 그 기억을 잊을 수는 없었다. 랑이 제 스스로 목을 조르는 것을 몇 번이나 막아본 천이었다. 하지만 마치 누군가 랑의 몸을 조종하는 듯 랑의 악력은 강하였다. 얼굴 표정에는 괴로운 모습이 가득한데 제 몸을 자신이 제어하지 못하였다. 그러나 그것을 어찌 말하겠는가. 겉보기에는 강해보이는 랑은 속은 한없이 여린 그런 사람이었다. 그 약한 모습을 말한다면 혹여 자신을 스스로 해하지 않을까 싶어 여태 그것을 감춰온 천이었다.

"천아, 걱정 말거라. 이곳에서는 악몽을 꾸지 않아. 전처럼 갑갑하지도 않고······."

천과 랑 사이에 조용한 침묵이 흘렀다. 그러자 랑은 먼저 말을 꺼내고 환한 웃음을 띠우며 천을 바라보았다. 그 얼굴에서 천은 랑이 말하는 것이 이 장소가 아니라는 걸 알 수 있었다. 랑의 마음은 진후를 좋아하는 것이었다. 그리고 천은 진후 또한 그 마음이 랑에게 향해있는 것을 느꼈다. 여전히 자신에게 살기를 여지없이 드러내는 후를 보았을 때, 그 눈은 마치 질투하는 남자의 눈 같았으니까. 그 눈빛과 그 감정은 자신도 한때 그러했으니 알아 볼 수 있었다.

"주군! 필요하시면 언제든 저를 불러 주십시오. 저는 주군의 사람입니다."

만에 하나, 그 누구라도 랑을 해치는 자가 있다면 자신은 목숨을 내걸고 랑을 지킬 것이다. 랑의 방패, 랑의 보호막이, 언제나 그러했듯이 그렇게 살 것이다. 그것이 세상 그 누구도 거스를 수 없는 황제라 할지라도……. 천의 말에 랑은 천의 손을 꼭 잡아주었다. 고맙다며 환하게 웃어 주는 랑을 보며 천 또한 미소를 지을 수밖에 없었다.

친성각에서 나온 천은 발걸음을 황제가 있는 곳으로 옮겼다. 누구에게도 들키지 않고 잠입한 천은 곳곳에 숨어있는 흑무들의 인기척을 살짝 느꼈다. 그리고 후를 바라보았고 역시나 후는 잠을 자다가 느껴지는 인기척에 벌떡 일어났다.

"누구냐."

후의 예상대로 그의 침소 앞에는 검은 인영 하나가 서 있었다. 머리맡에 놓인 검을 들고 베려는 순간 검이 마주쳤다. 금속이 부딪히는 날카로운 소리를 낸 검이 창가에 스며들어오는 달빛에 반사되었다.

또 다시 두 번째 합에 두 사람의 눈이 마주쳤다. 한쪽은 안대로 막혀 보이지 않고 다른 한쪽은 영롱하게 빛났다. 그런 눈빛에 후가 한쪽 입꼬리를 비릿하게 올렸다. 자신의 예상대로 랑의 호위무사인 천이었다.

"아무도 나서지 마라!"

흑무들의 움직임을 눈치 챈 후가 외치자 일시에 움직임들은 모두 멈추었다. 후는 검을 통해 느껴지는 힘을 통해 천이 랑을 뛰어넘는 검객이라는 것을 느낄 수 있었다. 전쟁에서조차 보여주지 않은 기술과 힘이 후와의 대련에서 나오고 있었다.

조금만 경계해도 후의 목이 위태로울 정도였다. 하지만 이내 자신의 검을 거두는 천을 보며 후 또한 천의 목에서 검을 거두었다. 그렇지만 두 사람 모두 경계를 풀고 있지는 않았다.
"한 가지 부탁이 있어 왔소."
"무엇인가?"
"홍랑님, 잘 부탁드립니다. 이제 그분 곁에 정말 아무도 안 계시니 오직 그대만이 제 주군을 보호할 수 있습니다."
 천의 목소리는 묵직하고 낮았다. 후는 잠시 동안 아무 말이 없었다. 이미 이 사내는 눈치 챘을 것이다. 자신이 준휘를 보낸 일 하며, 자신이 랑을 바라보는 눈길과 그 마음, 그리고 오랫동안 랑의 곁에 있던 그를 질투하는 마음을 기반으로 한 행동, 그 모든 것에서 추론해 냈기에 이리 온 것일 거다.
 참으로 대단한 사내였다. 이만한 검술실력과 충성심, 만약 그가 집안만 좋았다면 분명 홍국의 중추적인 세력이 되었을 것이다. 물론 랑이 그의 능력을 알아봤기에 자신 곁에 두고 호위무사로 삼았으며, 의 왕자의 호위무사로까지 삼은 것일 거다. 만약 그가 청룡국에 태어났다면, 지금의 준휘의 자리에 그가 있지 않을까 싶기도 했다.
"그러지."
 단 한 마디 내뱉은 말에 천은 조용히 미소를 띠었다. 우선은 그를 믿어보는 것, 그것 하나밖에 할 수 없지만, 그의 말은 황제의 말임을 떠나서 남자 대 남자로 왠지 신임이 갔다.
 살짝 바람이 일면서 천의 모습이 사라졌다. 말도 없이 천이 사라진 자신의 눈앞을 바라보며 후는 돌아섰다.

 아무 일 없이 며칠이 지났다. 홍국의 사람들이 떠나고 청룡국의 궁은 여전하였다. 모든 것이 전쟁 전처럼 제자리도 돌아갔으며 랑은 다시 별무의 훈련장으로 향하였다. 이제는 궁 안 사람들 중 어느 누구도 랑을 이상하거나 특별하게 생각하지 않았다. 마치 처음부터 청룡국 황실의 임원인 양 그저 가볍게 인사하고 지나갔으며 랑 또한 마찬가지였다.

오히려 랑의 처소에 있는 궁녀들만 신났다. 이제는 궁에서 가장 편한 보직이라면 친성각의 궁녀를 뽑았다. 랑이 연화를 제외하고는 자신을 따라다니지 말라고 명했으며, 자신의 훈련시간에는 각자 개인적으로 하고 싶은 활동을 하라 명하였기 때문이다. 물론 그렇다고 친성각을 비울 수 없기에 궁녀들은 다른 궁인들의 일을 떠맡거나 불려가는 일이 없었다. 랑의 무복을 짓거나, 아침저녁으로 간단하게 수라를 준비하며, 랑이 돌아올 때쯤이면 씻을 물을 데워 채워놓는 정도였다. 때문에 다른 궁녀들의 부러움을 사고 있었다.

"어이! 홍랑!"

랑은 갑작스럽게 큰 소리로 자신에게 인사하는 채무를 보며 그저 피식 웃을 뿐이었다. 항상 구박하고 꾸중하는데도 채무는 랑을 가장 잘 챙기는 사람이 되어 있었다. 어쩌면 하호에게 워낙 많이 당해서 자신이 하는 것은 아예 느끼지도 못하는 것 같았다.

"으아!"

"사내 녀석이 비리비리하기는……."

채무가 걸걸하게 웃으며 랑의 목에 자신의 두툼한 팔을 턱 하고 올렸다. 이내 랑은 채무가 있는 오른쪽 어깨 말고 왼쪽 어깨에서 누군가가 슬며시 무게를 더하고 있음을 느끼고는 고개를 돌렸다.

"팔은 좀 나았어?"

"아프니까 둘 다 좀 내려 주면 안 될까?"

랑의 말에 하호와 채무는 아무 말 없이 서로를 보며 씩 웃을 뿐이었다. 그러더니 자신들의 팔에 더 무게를 더해서 랑을 눌렀다. 랑이 그런 두 사람을 무섭게 노려보며 하지 말라고 외쳤지만 이미 하호와 채무의 사이에 끼어서 울상을 지을 뿐이었다.
'뿌득.'
후는 자신의 이가 갈리는 소리도 듣지 못한 채 채무와 하호를 무섭게 노려보았다. 저것은 자신이 여자라는 인식조차 없는 걸까, 어찌 저렇게 사내 녀석들 틈바구니에 껴서 채신없이 행동한단 말인가.
"폐하?"
상선내관이 조심스럽게 후를 불렀지만 후의 눈은 여전히 세 사람에게서 떨어질 줄 몰랐다. 아무래도 대대적인 인사이동이 필요할 것 같다. 랑이 전쟁에서 돌아오고 벌써 보름이 지나있었다. 이제 보름만 견디면 별무의 특별 인사이동이 가능하다. 하지만 이미 보름을 견딘 것만으로도 한계에 도달하는 기분이었다. 자신이 3년 동안 있던 천랑산의 수련보다 더 길게 느껴졌던 보름이었다.
후가 용포를 휘날린 채 별무의 훈련장에서 사라졌다. 아마 랑은 시끄러워서 눈치 채지 못한 듯싶었다. 그러나 누구보다도 그의 측근인 하호는 후를 따라 이동하는 궁인들을 보며 눈을 가늘게 바라보았다.
서슬 퍼런 궁에서 살아남는 방법은 바로 눈칫밥이었다. 아버지가 선대황제의 제 2황자이자 친왕이지만, 황제의 명 한 마디면 친왕자리는 아무것도 아니었다. 하호는 아주 어린 시절부터 그것을 알고 있었다. 자신이 충성을 바쳐야 할 인물이 누구인지, 자신이 어떻게 행동해야 하는지 말이다.
제 2황자의 역할은 황제를 보위하고 황실을 유지하며 그에 반대되는 세력을 제거하는 것이다. 때문에 제 2황자는 황제와 가장 가까운 친왕에 봉해지며 가장 큰 영지를 물려받는다. 후에게는 남동생이 없으니 당연히 다음 친왕은 바로 사촌지간인 하호였다.
본래 그의 이름은 진호였다. 만약 황제가 붕어하고 후계가 없을 때는 가장 가까운 황족이 황위를 이었기 때문에 황족들의 이름은 항상 외자였다. 그러나 하호가 그것을 거부하였다. 그것은 바로 자신은 황위에 관심이 없다는 것을 후에게 알리기 위함도 있었다.

하호가 슬그머니 랑의 어깨를 더 움켜잡았다. 아마 전쟁터로 나간 어느 시점에서 이 아이가 여자라는 걸 눈치 챈 것이다.

'이제야 눈치 채다니⋯⋯.'

누가 보더라도 여자 아닌가. 하긴 사람들의 고정관념이란 무서운 거니까. 저 또한 처음에 제 눈이 이상하다고 생각했으니까. 뭐, 우둔한 사람은 비단 후뿐만이 아닐 것이다.

"홍랑, 우리 저녁에 화림에 갈래?"

"화림?"

태어난 순간부터 이미 제 옆에 있던 친구이자 둔하기라면 둘째가면 서운하다는 신채무도 예외는 아닌 듯싶었다. 화림이야기를 꺼내는 채무를 보며 하호는 남모르게 피식 웃고 말았다. 여자가 여인이 득실거리는 곳에 가서 어떤 일을 겪게 될지 그것 또한 꽤나 재미있는 일일 듯싶었다.

훈련을 마치고 친성각으로 돌아온 랑은 연화를 시켜 이곳 사내들의 복장을 준비하라 일렀다. 그리고 연화가 가져온 옷을 입어본 랑은 입고 있는 옷을 계속 살피면서 몇 번이고 면경을 바라보았다.

"흐음?"

면경 앞에 서서 몇 번을 자신을 살피던 랑은 무언가 마음에 안 드는 눈치였다. 연화는 그런 랑을 보며 약간은 초조한 듯 랑을 살폈다.

"이상하지 않아?"

"전혀요. 너무 잘 어울리십니다."

"아무리 봐도 놀기 좋아하는 한량 같은데⋯⋯."

랑이 중얼거리며 면경 앞에서 건을 고쳐 쓰길 여러 번 하였으나 결국엔 한숨을 내쉬며 자리에서 일어났다. 좋은 곳이라며 같이 저녁에 가자고 얘기한 채무로 인하여 랑은 난생 처음으로 청룡국의 일반 남성의 옷을 입었다. 아니 입으려했다.

그런데 황궁의 사람들이 다 키도 크고 체격도 좋은 걸까, 연화가 가지고 온 남성용 옷들이 모두 랑에게 컸다. 품이 많이 남을 정도로 커서 결국 랑은 일반 사내들이 입는 옷은 포기하였다. 결국 연화는 황자들의 사복 중 그나마 랑에게 맞는 크기를 가져왔다. 그러나 그것마저도 꽤 화려해 눈에 띄니, 조용히 다니고자 했던 랑의 마음에 들지 않았다.

"도대체 황궁엔 평범한 옷은 없는 거야?"

"그래도 상선내관께서 그 옷이 그나마 비슷할 거라며……."

상선내관이라는 말에 랑이 연화를 바라보았다. 채무와 저랑 하호밖에 모르는 일을 상선이 어떻게 알고 이렇게 옷을 준비하였단 말인가……. 랑의 눈길에 연화는 아차 하는 표정으로 제 입을 두 손으로 막았다.

"그……. 그것이……. 폐하께서도 마침 오늘 암행을 나가시는 날인지라……. 침방에서 상선 어르신을 뵈었는데……. 음……. 그로 인하여 지금 당장 평복을 지을 수는 없다고 하시기에……. 폐하의 유년시절 옷을……. 송구하옵니다……."

연화가 말을 끊었다 이었다 해서 잘은 알아들을 수 없지만, 지금 내용을 정리하자면 후가 소년시절 입은 옷을 지금 제가 입고 있는 것이다. 어쩐지, 문양이 금박에 은박에 화려하기 이를 데 없다. 붉은 옷이 제 눈색과 또 하나의 쌍을 이룬다.

그런데 어째 기분이 묘하다. 후가 입었던 옷이라니. 왠지 랑은 오래전 후의 얼굴에 이 옷을 대치해 보았다. 상상만으로도 꽤나 잘 어울리는 미소년이 머리에 둥둥 떠다녔다.

"알았다. 다녀오마."

"해시가 되시기 전에 돌아오셔야 돼요."

"알고 있다."

랑이 친성각을 나서자 연화가 가볍게 뛰며 후가 있는 집무실로 향했다. 후 또한 일반 사내들이 입는 푸른 옷에 가볍게 외투를 걸치고 있었다. 랑의 옷만큼 화려하지는 않지만 누가 보더라도 명문 귀족가의 자제처럼 보였다.

"랑이 나갔더냐?"

"그러하옵니다."

"흐음……."

후가 턱을 쓸었다. 하호가 와서 저랑 랑이랑 채무가 오늘 화림에 간다 하였다. 화림이 어디란 말인가, 바로 청룡국의 최고로 크고 최고로 아름다운 기생들이 가득한 곳이 아니던가. 원래는 '향화가'라고 부르는 곳이지만, 꽃들이 모여 있는 숲이라 하여 사람들은 그곳을 화림이라 별칭으로 줄여 부르곤 하였다.

홍국에 살던 랑이 향화가는 들어봤어도 화림은 들어보지 못했으리라, 왠지 여자인 랑이 과연 오늘은 어떠한 반응을 보일 것인가 하는 궁금증에 예정에도 없던 암행을 나가게 된 후였다. 솔직히 말하자면 랑과 친한 채무의 존재가 짜증나고 거슬리지만, 랑이 그래도 여인의 몸이라는 걱정이 앞섰다.

"폐하, 설마 폐하께서도 화림에 가실 생각이시옵니까?"

후의 보폭에 맞추며 준휘의 물음에 후는 양 미간 사이를 급격하게 좁혔다. 실은, 후는 화림을 무척 좋아하지 않는다. 우선 첫 번째는 암행을 나갔다가 화림을 갔던 기억 때문이었다. 양 옆에서 제 집으로 가자며 당기는 분칠한 여인네들 때문에 후는 그날 자신의 비단 옷이 다 찢어지는 줄 알았다. 두 번째는 술에 이상한 약을 타서 가지고 오는 경우가 종종 있었다. 다행히 마시기 전에 눈치 채고 먹지 않았지만, 그러한 분내 나고 화려한 비단 옷에 둘러싸인 여인들이 무서워진 것은 그러한 이유였다.

"윽."

후는 저도 모르게 신음소릴 내었다. 마음 같아서는 당장에 화림이고 뭐고 다 싹 치우고 싶은 생각이었지만, 화림은 나라를 운영하는데 있어서도 꽤나 중요한 위치를 차지하는 곳임을 모를 리 없는 후였다. 나라의 정책이 그곳에서 결정되는 경우도 있었고 은밀하고 근심스러운 이야기가 흘러나오는 곳이 그곳이기도 했다. 후는 그곳을 없애는 대신에 한 가지 묘안 책을 내긴 했다.

"우선, 하호가 그곳에 먼저 도착하기 전에 향정루부터 가지."

후의 말에 준휘가 고개를 살짝 끄덕였다. 변복을 하는 후의 행동이 빨라졌고 두 사람은 금세 청룡국의 귀공자가 되어 궁 밖을 나섰다.

랑 또한 하호와 채무와 함께 궁 밖을 나서며 각종 관아를 거쳐 시전으로 향하였다. 랑의 눈이 동그랗게 변하며 놀라움이 가득해졌다.

"오오!"

저도 모르게 감탄사를 내뱉는 랑을 보며 하호는 피식 웃었고 채무는 타박을 주었다. 하지만 랑의 눈에 들어오는 중경의 야경과 시장의 풍경을 막을 수는 없었다. 연국에서 봤던 야경과는 또 다른 느낌이었다.

"홍국에는 이런 시장 없어?"

"있는데 중경하고는 또 느낌이 달라."

있지만, 홍국의 시장은 낮에는 분주해도 밤이 되면 마치 쥐죽은 듯 조용하였다. 물론 랑은 연국 등 홍국을 제외한 몇몇 국가들의 시장은 밤이 되도록 불이 꺼지지 않으며 밤에 보는 경치가 무척이나 아름답다는 걸 들었다. 랑은 그러한 야경에 쉽게 매료되는 기분이었다.
 한편, 사람들은 랑을 다들 한 번씩은 쳐다보았다. 아무리 불빛이 밝다 하나 밤이었다. 그러기에 랑의 눈동자가 어떠한지는 부각되지 않았다. 다만, 랑이 입은 옷을 한 번씩 바라보았다. 금박과 은박의 붉은 비단이 미소년과 묘하게 어울렸다. 눈을 뗄 수 없을 정도로 아름다운 소년과, 그 주변에는 건장한 사내 둘이 마치 미소년을 호위하는 모습으로 보였다.
 "지금 여기도 그런데 화림에 가면 정신을 못 차리겠네."
 "화림이 도대체 뭐하는 곳인지 정말 말을 안 해 줄 것이냐?"
 아까 낮부터 물어보았지만 둘은 그저 씩 웃을 뿐이었다. 젊은 장군들은 그저 좋은 곳 가네, 라며 웃을 뿐이었다. 혹은 그곳을 아직도 안 가봤냐는 반응들이었다.
 "도박판이나 뭐 이런 곳이야?"
 "푸하하, 진짜 모르는 거야? 아니면 모르는 척하는 거야?"
 "뭘 알아야 모르는 척을 하지."
 랑이 투덜대며 대답하였다. 채무가 아까 같이 랑의 어깨에 한 쪽 팔을 턱 걸쳤다. 랑이 무겁다며 짜증내기도 전에 채무가 크게 웃으며 '향화가(香華街)'라 적힌 글귀가 서 있는 곳으로 발걸음을 돌렸다. 그리고 점차 얼굴이 굳어지는 랑을 보며 씩 웃었다.
 "청룡국 최고의 꽃들이 모인 것을 화림에 온 것을 환영합니다."
 채무의 말에 랑은 몸을 돌려 바로 나가려 했다. 그러나 그럴 새도 없이 자신들에게 몰려드는 여인들에 서로 떨어져야만 했다. 랑은 제 옆으로 다가온 여인들에 경악을 할 것 같았다. 여인들의 분냄새, 서로 저마다의 개성을 드러내려는 듯한 향수 냄새, 간드러지는 웃음소리, 옷은 입었다만 속살이 모두 비추어 입은 것이라 볼 수 없는 것들, 이 모든 것이 섞여서 랑의 머릿속을 무척이나 혼란스럽게 만들었다.
"아이 신 장군님, 이쪽으로 오시어요."
"어머 신 장군님! 더 멋있어지셨네요. 소녀 장군님 기다리다가 목이 빠지는 듯 알았사옵니다."
 서로 신 장군님 신 장군님 외치며 데려가려는 걸 보아하니 채무는 꽤나 이곳을 들락날락한 모양이었다. 이미 넋이 빠진 표정으로 양 옆에 미녀들을 꿰찬 채 어디로 가면 좋을지 미녀들과 농담 따먹기를 하는 것을 보며 랑은 머리를 좌우로 저었다.
"어머 장군님, 새로 보이는 도련님을 데려오셨네요?"
"어머어머 어디 봐, 너무 잘생겼다."
 그러나 정작 기녀들의 관심사는 채무에게서 랑으로 넘어왔다. 채무와는 모든 것이 반대로 보이는 랑은 향화가 기생들에게는 새로운 눈요기 대상이었다. 하얀 피부와 또렷한 이목구비의 남정네의 외향만으로도 기생들에게는 두근거릴 새로운 얼굴이었는데, 거기다 입은 옷마저 나는 돈 많이 있고 신분도 꽤 높다는 걸 여지없이 드러내고 있었다.
"하호, 도와 줘······."
"이런, 내가 어찌 할 도리가 없네."
 하호도 이미 제 옆에 기생 하나를 낀 채 다른 한 손은 부채를 들고 여유롭게 흔들거리며 랑을 재미있다는 듯 바라보았다. 언제나 도도하고 차갑기만 하던 랑의 얼굴에 당혹감과 난처함이라는 새로운 표정이 드러났다. 그러면서 하호의 눈꼬리가 가늘어졌다. 이미 향화가에 새로 등장한 이 아름다운 미소년의 존재가 퍼졌으리라.
 벌써 양 팔에 매달려 서로 제 집으로 데려가려는 기생들 때문에 랑은 당혹스럽고 어처구니없다는 표정을 짓고 있었다. 본인이 여자니 단 한 번도 여자 다루는 법을 배워 본 적도, 겪어 본 적이 없었다. 같은 여자라고 외치고 싶은 랑은 그저 울상이 될 뿐이었다.

 한편 향정루 안에서는 궁궐 연회를 총괄하는 기생의 우두머리이자 향정루의 주인인 숙영이 후를 바라보며 여유롭게 웃으며 차를 마셨다.
 "혹여 약을 타거나 이러진 않았겠지?"
 "아직도 그 일을 잊지 못하신 것이옵니까?"
 과거에 미행 중에 기생들에게 잡혔던 날이 있었다. 한 기생이 아양을 떨며 따라 준 술에 정신을 잃게 만드는 약이 들어있었다. 수행을 하기 전이라면 모를까, 산에서 온갖 독초와 온갖 경험을 한 후는 그 잔에 어떠한 물질이 들어갔는지 단번에 눈치 챘다. 물론 기녀들은 그의 신분을 몰랐을 테지만 그 일로 인해 향정루는 한 달 동안 운영을 할 수 없었다. 대노한 후가 내린 조치였다.
 아이러니하게도 그 일은 후와 숙영이 가까워지는 계기가 되었다. 나라가 전쟁상태였고 혼란했던 시기인지라, 급히 연회를 베풀어야 할 행사가 있으면 기녀들을 뽑아서 할 수밖에 없던 시절이었고 그때 발탁된 것이 숙영이었다. 그런 복잡하고 여러 인연과 일이 얽히면서 숙영은 이곳 향화가에서 떠도는 소문들과 자신이 들은 뒷이야기들을 가끔 이곳에 방문하는 후에게 해주었다.
 "이쪽으로 오시어요."
 "호호."
 "어머 너무 잘생겼다."
 조용히 차를 마시던 후와 숙영은 시끄러운 바깥 소리에 둘 다 창으로 고개를 돌렸다. 무슨 일인지 후가 준휘를 부르기도 전에 숙영의 딸인 앵화가 문을 열고 들어왔다.
 "밖이 왜 이리 소란스러운 게냐? 내 귀한 손님이 와 계시니 조용히 하라 하지 않았더냐."

숙영이 조용히 다그치는 목소리로 말하였다. 하지만 앵화는 이미 표정이 싱글벙글거리며 밝게 웃고 있었다.

"어머니, 홍국의 왕세자가 오셨답니다. 어찌나 곱게 생기셨던지, 기생들 사이에서 서로 방으로 데려가겠다고 난리가 아닙니다. 어찌할까요?"

앵화의 목소리는 신나있었다. 이미 청룡국에 랑의 외모에 대한 소문이야 퍼져 있은 지 오래였고 화림에서도 그 소문은 익히 들은 지 오래였다. 하지만 이곳에 와서 단 한 번도 화림에는 오지 않은 랑이었기에 기생들은 그저 관심이 없을 뿐이었는데, 직접 나타난 그 거물에 화림 전체가 술렁였다.

하지만 그 소리에 후의 주먹이 꽉 쥐어졌다. 괜히 마음을 진정하려 차를 마셔도 답답한 마음이 가라앉지 않는다. 거칠게 찻잔을 내려놓는 후를 보던 숙영이 눈을 가늘게 뜨며 팔짱을 끼었다.

"그래? 그럼 가고 싶다는 아이들을 말릴 수는 없지."

"그런데 복채가 장난이 아닐 텐데요? 하기야, 그 왕자님의 얼굴을 보아하니 아주 유복하게 보이는 것이 전쟁을 그렇게 하고도 홍국이 잘산다는 소문이 헛소문은 아닌 것 같습니다."

이미 신이 난 상태인 앵화가 밖으로 나갔다. 비어버린 찻잔을 마치 죽일 듯이 바라보는 후를 보며 숙영은 웃었다.

"그 방이 어디인가? 나도 가겠다."

"가시기 전에 저에게 들으셔야 할 말이 있사옵니다."

자리에서 일어나 당장이라도 방에 들어가 랑을 끌어내 궁으로 데려가고 싶다. 설마, 여자들에게까지 이렇게 인기 있을 줄은 몰랐다. 여자의 몸이니까 설마 같은 여자들이 좋아할까 했는데, 이럴 수가…… 그는 당장이라도 이곳을 박차고 나가 랑을 끌고 궁으로 돌아가고 싶었다.

"빨리 말하라. 무엇이냐."
"승상께서 대신들에게 황후 자리에 대한 이야기를 꺼내셨습니다."
 숙영의 말에 후는 미간을 찌푸리고 자리에 다시 정좌하였다. 한동안 묻어두었던 문제가 다시 수면 위로 떠오르는 듯싶었다. 그가 거슬려하는 단어였기에 밖의 소란함에도 숙영의 말에 경청하였다.

 심각한 이야기가 오가는 숙영의 방과는 달리 랑의 방은 몰려드는 기생들로 시끌벅적하였다. 향정루의 기생들 중 절반이 이 방 안에 찬 기분이었다. 랑은 얼떨결에 이곳까지 끌려 들어왔다. 채무와 하호는 그저 그런 랑이 재미있다는 듯 크게 웃으며 즐거움이 얼굴에 만연하였다. 한편 랑의 표정은 당혹감과 어설픔이 가득하였다.
"어……. 어?"
"도련님, 아, 해보셔요."
 자리의 정 중앙에 앉은 랑은 졸지에 좌우에 향정루 최고의 기생들을 한 쪽씩 끼고 앉게 되었다. 한 사람은 술을 권하고 한 사람은 반찬을 권하며 랑에게 살살 눈웃음을 쳤다. 하지만 랑은 그저 속으로 울고 싶었다. 이야기만 들어보았지 이런 상황은 그녀에게 처음이었다.
"거, 한번 신명나게 놀아보자."
"잠깐……."
 이미 술 주전자 하나를 비운 채무가 크게 웃으며 옆 기녀를 희롱하자 기녀는 그에 맞추려는 듯 자지러지게 웃었다. 이내 기녀가 긴 끈을 가져오자 술에 살짝 취한 채무가 랑과 기녀들을 데리고 넓은 공간으로 나왔다. 이내 제 스스로 눈까지 가리더니 술래잡기를 하겠다는 가관을 보이고 있었다.
"어머 도련님, 저를 지켜 주셔요."

"아이참, 도련님 이쪽으로 오시어요."

그러나 기녀들의 마음은 다른 곳에 있었다. 서로 랑을 가지겠다는 듯 랑을 탐하는 탓에 랑은 이러지도 저러지도 못했다. 또한 이렇게 놀아 본 적이 없어서 정말 나무가 땅에 뿌리를 박듯이 서서 이 정신없는 상황에 정신 줄을 놓지 않기 위해 필사적이었다.

"잡았다! 요거 요거 어느 이쁜이냐."

여인들이 호호호 깔깔거리는 소리와 함께 채무가 눈에서 천을 풀자 멍한 눈으로 자신을 바라보는 랑이 서 있었다. 채무는 아쉽다는 듯 왜 하필 너냐 라고 중얼거리더니 이내 랑의 눈을 가리었다.

"이거 뭐야! 당장 안 풀어?"

"술래잡기라고 술래잡기. 이게 얼마나 재미있는데, 아니 그러하냐?"

채무는 자리에 돌아가서 술을 거나하게 마셨다. 채무가 양 옆에 기생을 끼고 앉아서 랑이 허공에 팔을 뻗고 허우적거리는 것을 바라보았다. 재미있어 죽겠다는 그의 표정과 함께, 하호는 여전히 여유로운 웃음으로 채무를 바라보았다.

"폐하께서 오늘 암행을 나오신 것은 알고 있냐?"

"설마, 기생이라면 치를 떠는 분이 화림으로 오시겠어?"

"그러다 또 네 아버지 귀에 들어가면 어쩌려고 그러냐."

"그냥 지금을 즐기게나. 어어어, 푸하하하하."

기녀들이 사방에서 고운 목소리로 저를 잡아보라며 깔깔대며 웃는 통에 랑은 도저히 방향감각을 잡을 수 없었다. 전쟁터에서 들려오는 살기 넘치는 소리와 그 좋던 방향감각이 모두 사라져서 랑은 빨리 붕대를 풀고 싶은 마음뿐이었지만, 채무가 워낙 복잡하게 졸려놓은 통에 빨리 누군가를 잡아서 그 순번을 넘겨주고 싶었다.

"여기예요 도련님!"

아니, 어디 있다는 거야. 분명 있을 만한 곳에 가서 손을 뻗으면 없다. 하하 호호 높은 고음소리가 이리 듣기 싫었던가. 신경이 곤두서는 기분이었다. 거기다가 온갖 분 냄새와 향수냄새와 술 냄새가 섞여서 어지럽기 그지없었다.

"탁."

랑의 손에 누군가가 잡았다. 드디어 잡았다며 랑은 환호성을 외쳤는데, 어째 느낌이 자신이 상대에게 잡힌 기분이다. 그리고 자신보다 크고 넓은 덩치에 랑은 의아해하며 상대가 자신의 눈을 가린 천의 매듭을 풀어 주기를 기다렸다. 그리고 이내 눈을 감았던 천이 풀리고 랑은 갑자기 밝아진 빛에 눈을 찌푸리며 상대를 바라보았다.

"폐…… 폐하!"

어쩐지, 후를 잡기 전부터 분위기가 어째 조용하더니, 이 사람의 등장에 주변 기녀들은 물론이고 채무와 하호까지 모두 바닥에 엎드려서 후를 맞이하고 있었다. 후가 한쪽 팔로 랑의 어깨를 감싸서 자신의 품 안에 가두었다. 그런 랑은 자신의 머리 위에 있는 후의 얼굴을 바라보았다. 왠지 그의 눈이 무척이나 화가 가득 차 있었다.

"신채무!"

"네, 폐하……."

황제의 목소리가 지극히 낮았다. 그의 몸 안에서 울려 퍼지는 낮은 용음이 이리도 두렵던가. 거구의 체격을 가진 채무가 떠는 게 눈에 보일 정도였다.

"너는 앞으로 내 명이 있기 전까지 근신이다."

"폐…… 폐하?"

후가 성이 난 얼굴로 채무를 바라보았다. 채무는 살짝 고개를 들려다가 마치 자신을 굽기라도 할 듯한 후의 얼굴에 다시 고개를 푹 숙였다.

설마, 미행 나온 황제폐하가 이곳에 있었을 줄이야. 채무가 고개를 살짝 돌려 하호를 바라보았지만, 하호의 얼굴에는 살짝 웃음이 띠는 걸 보아하니 하호가 자신을 골탕 먹이기 위해 일부러 이곳으로 데리고 온 게 분명하였다.

"가자."

"폐, 폐하 좀 놔 주십시오……."

후가 랑의 손목을 잡았으나 고통을 호소하며 놔달라는 랑의 말에 도리어 후는 랑의 손목을 더 꽉 쥐었다. 그러더니 랑을 품에서 풀어 주고서 손목을 거칠게 잡아서 문 밖으로 빠져나갔다.

'황후 자리에 대해 뭐라 하던가?'

'폐하의 남색에 대해 걱정하더이다. 폐하께서 남자를 좋아하게 된 것 같다고 말입니다.'

'그래서?'

'이 소문이 백성들에게 퍼지기 전에, 승상의 따님을 황후자리에 앉히면 어떻겠냐고 신료들에게 묻는 듯합니다.'

숙영의 목소리가 자꾸 머리에 맴돈다. 이제 랑이 여자인 걸 알았는데, 그렇게 허무하게 황후 자리를 아무에게나 줄 수는 없다. 이제야 제 마음에 드는 여인을 만났는데 자신의 반려 자리를 다른 이에게 주고 싶지 않았다.

"아픕니다!"

랑이 소리를 지르며 후의 손에서 팔목을 뺐었다. 보아하니 손목에 멍이 들어 있었고, 후는 미안한 마음이 들었다. 하지만 아까 랑이 속수무책으로 채무와 기녀들에게 당하는 모습을 보아하니 속이 더 아팠다.

"너는 왜 싫으면 싫다고 말을 못 하는 것이냐!"

"어찌 그 자리에서 싫다고 말을 합니까?"

랑이 억울하다는 목소리로 후에게 말하였다. 후는 주먹을 꽉 쥐었다. 후의 눈에는 노기가 일렁이었고 랑은 왠지 그런 후의 모습에 눈물이 날 것처럼 속상해져 왔다.

"너도, 당분간 근신하라. 추후 너에 대한 조치를 따로 내리겠다."

후의 명에 랑은 뭐라 대꾸하고 싶었지만 그럴 수가 없었다. 이미 자신을 보며 노기와 실망의 눈빛을 한 후를 본 순간 마치 심장이 얼어붙듯 죽어버리는 기분이 들었다.

절망감, 이유를 알 수 없는 절망감이 랑을 휘감았다. 랑은 후가 사라진 방향을 바라보았다. 그가 그렇게 화를 내는 것이 왜 이리도 마음이 아픈 것인지 랑의 눈에 저도 모르게 눈물이 고였다.

"하아……."

집무실로 돌아온 후는 머리를 싸매었다. 황후 문제만으로도 머리가 아플 지경인데, 랑에게도 의도치 않게 큰 소리를 내버리고 말았다. 하지만, 그저 채무의 말에 휘둘리며 눈을 가린 채 기녀들의 박수소리에 허우적대는 랑이 너무나도 안타깝게 느껴졌다.

자신이 싫은 처지에 있는데도 싫다는 말을 하지 못한다. 도대체 그러한 삶을 얼마나 살아온 것일까? 분위기 때문에, 상황 때문에, 자신을 얼마나 감추고 얼마나 참고 살아왔을까. 아까 근신하라는 말에 랑이 보여준 눈빛은 상처로 가득하였다. 안 그래도 상처 가득한 사람에게 또 하나의 상처를 준 기분에 후는 그것이 거슬렸다.

랑이 여자인 걸 알고 난부터는 랑의 모든 것이 제 신경을 건드려온다. 랑이 누군가를 보고 웃는 웃음이 저를 향해서 웃는 웃음이었으면 좋겠고, 랑이 가진 그 수많은 표정들이 모두 자신을 보고 짓는 것이었으면 좋겠다. 랑을 누군가에게 보이기도 싫고 자신만이 보고 자신만이 랑을 알았으면 좋겠다.

랑이 여자인 걸 제 입으로 밝히게 하려면 어떻게 해야 할까, 랑이 저를 좋아하게 만들려면 어떻게 해야 할까, 자신이 스스로 나서서 랑에게 너 여자인 것 안다. 라고 말하고 싶은 순간이 한두 번이 아니었다. 하지만, 그것은 어쩌면 랑이 가진 마지막 자존심일 수도 있었다. 아마 밝혀지는 순간, 랑의 모든 것이 무너질 수도 있다.

18년간을 사내로, 남자로, 세자로, 살아온 그런 사람이다. 그래서 후는 함부로 랑에게 대할 수도 없었고 말을 꺼낼 수도 없었다. 어떻게 하면 랑이 스스로 여자임을 밝히고 자신에게 올 것인가. 후의 머리에는 국가의 정책보다 그것이 더 급하고 더 초조한 문제로 인식되었다.

후가 자신을 놓아 주고 제 멋대로 돌아간 후에도 랑은 한참을 궁궐을 서성여야 했다. 자신은 잘못한 것이 없는데 그는 화가 잔뜩 났고 랑은 그런 후가 제멋대로라 여겨졌다.

"아무도 들어오지 마라!"

방으로 들어온 랑이 신경질적으로 문을 닫고는 침대에 누웠다. 애초에 채무를 따라간 것이 잘못된 것이었을까, 그저 황궁 밖의 세상이 좀 궁금했을 뿐이었다. 마침 채무도, 그리고 하호도 동행하기에 아무 생각 없이 따라나선 것이 잘못이었다.

그 상황에서 자신을 구해 줬다면 구해 주었다고 생각할 수 있는 후가 고맙기도 하다. 그런 여자들을 대하는 건 단 한 번도 없던 일이었으니까, 난처한 자신을 구해 줬던 그 순간은 너무 벅차고 감격스러울 정도로 후가 고마웠다.

그러나 그의 눈빛에는 실망으로 가득하였다. 자신에 대한 실망이 가득해서 랑은 그의 눈동자를 오랫동안 쳐다볼 수 없었다. 그 실망스러운 눈은, 이미 몇 번이나 겪어본 눈동자였으니까. 어머니가 자신에게 보인 눈동자였으니까. 내가 여아이기에, 내가 왕위를 이을 수 없는 사람이기에, 내가 어머니의 세력에 진정한 힘이 되어줄 수 없기에, 자신을 바라보는 눈은 항상 그러한 눈이었다.

"흑…… 흐흑……."

울음소리가 새어나가지 않게 베개에 얼굴을 파묻고 울기 시작하였다. 이렇게 몰래 울어본 적이 언제던가. 아주 오래전에, 어린 시절에 이렇게 울었던 기억이 난다. 그 이후로는 울지 않았다. 아니 울지 못한다고 생각하였다. 더 이상 사람들의 냉대나 실망이 서린 눈동자에 쉽게 상처받지 않는다고 여겼다.

그런데, 계속해서 후의 눈빛이 잊히지 않는다. 마치 가슴이 아려오듯이 아프다. 다른 사람이 그렇게 보는 건 아무래도 상관없는데 후의 그 반응이 자신을 왜 이리도 힘들게 하는지 알 수 없었다.

"아흑……. 아…… 아……."

그러나 그러한 랑의 고민은 오래가지 못했다. 갑작스럽게 명치에서부터 뻗어 나오는 통증이 느껴지며 몸이 저절로 고꾸라졌다. 숨이 턱턱 막히는 기분에 랑은 손을 문가로 뻗었다. 밖에, 밖에 아무도 없느냐며 겨우 모기같이 작게 내뱉었다. 눈이 스르르 감겨오며 눈앞이 희뿌옇게 흐려졌다.

"……님, 장군님, 장군님!"

밖에 서 있던 연화는 안에서 들려오는 소리에 청각을 곤두세우고 있었다. 들리지 않는다고 생각했던 랑의 흐느끼는 소리가 연화의 귀에 맴돌았다. 들어가야 하나 말아야 하나 고민하던 찰나에 무언가 헉 거리는 소리가 들려왔다. 웅얼거리며 잘 안 들리는 소리에 연화는 저도 모르게 문을 열고 들어갔다.

"연……화야……. 손 어의…… 어의를……."

"장군님!"

랑이 자신을 겨우 붙잡은 채 힘들게 말을 하고는 쓰러졌다. 이를 어찌 하냐며 연화가 발을 동동 구르며 울먹였다. 아무리 랑을 불러도 깨어나지 않았다. 다른 궁녀들을 부른 연화는 자리에서 일어나 랑이 말했던 손 어의를 찾아갔다. 전의감에 있던 그는 연화가 랑을 언급하며 숨이 넘어갈 듯 말하자 다급하게 침통을 들고 연화를 따라 나섰다.

친성각에는 다른 궁녀들이 랑의 몸을 흔들고 있었고 랑은 여전히 정신을 차리지 못하는 상황이었다. 그는 재빨리 랑의 팔을 잡고 진맥을 하며 다른 궁녀들에게 명령하였다.

"모두 나가 있거라."

"하, 하오나……."

"진맥에 방해가 된다. 그리고 여기서 있던 일은 아무에게도 발설치 말아야 할 것이다."

손 어의의 말에 다들 입을 다문 채 방에서 물러나갔다. 사람들이 없는 걸 확인한 손 어의가 랑의 손목을 잡고 진맥을 하기 시작했다. 이내 그가 들고 다니는 침통에서 침을 꺼내 신중하게 침을 놓은 그는 한숨을 내쉬었다.

저번 진맥에서도 느꼈지만 랑의 체력이나 몸이 한계에 다다른 듯싶었다. 거기에는 정신적인 압력이 한 몫 하였다. 이내 침을 빼고 랑이 스르르 눈을 뜨는 걸 본 손 어의는 마음을 한결 놓았다.

"……손 어의이십니까?"

"그러하옵니다."

"다행입니다……."

랑이 안심이 된다는 듯 그를 바라보며 희미하게 미소를 지었다. 그러나 손 어의의 표정은 굳은 채로 있을 수밖에 없었다. 그는 침통을 정리하고서는 랑을 걱정스러움을 가득 담아 바라보았다.

"더 이상, 수면제를 드시는 건 몸에 무리가 옵니다. 정신적으로도 작은 충격만 받아도 이리 쓰러지시지 않습니까."
"이미, 버린 몸이지 않습니까……."
"지금이라도 늦지 않았습니다. 훈련시간도 줄이셔야 하고, 무엇보다 심신의 안정이 중요합니다. 그렇지 않으면……."
"그렇지 않으면요?"
랑의 눈동자가 살짝 흔들렸다. 이미 이번 생에서는 자신은 제 몸을 버렸다고 생각했다. 그러나 손 어의의 말에 심장이 덜컹 떨어지는 기분이었다.
"아이를 못 가지실 수 있는 불임의 몸이 되실 수 있습니다."
"……."
손 어의의 말에 랑은 아랫입술을 꾹 깨물었다. 아이라니 단 한 번도 생각해 본 적 없는 단어였다. 그런데 왜 자신이 아이를 가질 수 없는 몸이 될 수도 있다는 그 말이 왜 이렇게 슬프고 아려올까……. 랑은 자신도 모르게 깊은 한숨을 내쉬었다.
"다시는 수면제에 손도 대지 마십시오. 지금 당장 버리십시오. 제가 약을 지어 올리겠습니다. 우선은 기력을 회복하시는 게 중요합니다."
"감사합니다. 손 어의……. 이 일은 누구에게도……."
"네. 말하지 않겠습니다."
마치 할아버지가 손녀를 걱정하며 바라보는 눈길로 손 어의는 그녀를 바라보았다. 랑이 살아온 사정은 알 수 없지만 겉으로 보이기에 문제없이 멀쩡하고 강해 보이는 이 어린 소녀가 속으로는 뭉그러질 때로 뭉그러져 있었다.
"수면제를 주십시오. 제가 가져가겠습니다."
약간은 머뭇거리는 랑을 보며 그는 한숨을 내쉬었다. 이내 랑이 그의 손에 수면제가 쌓인 포장지 묶음을 올려놓았다. 이내 손 어의는 그것을 자신의 소맷자락에 넣더니 조용히 물러났다. 이제 수면제가 없으니 깊은 잠을 자기는 힘들 것 같았다.

황제에게서 근신처분을 받은 게 어찌 보면 랑에게는 더 좋은 일일 수도 있었다. 밖과 소통이 안 된다는 것 이외에는 생활에 불편함이 없었다. 간만에 해가 중천에 떴을 때 눈을 뜬 랑은 의외로 자신이 푹 잤다는 것이 신기하게 여겨졌다.

사실 청룡국에 와서 수면제를 입에 댄 경우가 별로 없었다. 이상하게도 이 궁 안에 있으면 악몽을 꾸지 않았다. 가볍게 소세를 하고 탁자에 앉은 랑은 오랜만에 지필묵을 준비했다. 먹을 갈면 먹 향이 랑을 차분하게 만든다. 종이에 무엇을 그릴 지 고민하던 랑은 한참을 가만히 있다가 자리에서 일어났다.

창문을 열고 풍경을 그리려던 랑은 자신이 연 곳이 후가 있는 전각이었다. 괜히 심통이 났다. 그러나 이내 무언가를 보았는지 랑의 얼굴이 장난스럽게 변하였다. 재빠르게 자리에 앉은 랑은 이내 붓을 들고 열심히 그림을 그리기 시작하였다. 랑이 정신없이 그림을 그리는 동안 연화가 뜨거운 물을 들고 들어와 차를 우리기 시작했다. 그러다 힐끗, 그림을 보던 연화는 웃음을 참느라 자신의 허벅지를 꼬집어야 할 정도였다.

"네가 보기엔 어떠하냐, 닮았느냐."

연화의 인기척을 느낀 랑이 연화를 보며 물었지만 연화는 대답할 수 없었다. 과연, 폐하께서 이 그림을 보신다면 어찌 생각하실 지 그것이 궁금할 뿐이었다.

랑의 그림은, 잔뜩 심통이 난 후의 모습이었다. 그리기는 또 정말 비슷하게 잘 그렸다. 단, 눈썹 빼고. 눈썹은 랑의 심술대로 진하게 툭툭 붓을 던져 사선으로 그어났다. 그 모습에 사실화 같은 그림에 묘미를 더했다.

비록 연화는 후가 심통이 난 모습을 본 적은 없지만 왠지 그러할 듯한 모습이었다. 결국 웃음을 참지 못한 연화의 큰 웃음에 랑은 오히려 뿌듯하다는 듯 어깨를 들썩였다.

"정말, 정말 똑같으십니다."

"무엇이 똑같다는 것이냐."

연화는 문가에서 들려오는 소리에 깜짝 놀라 고개를 들었다. 이내 랑도 고개를 들더니 아차 하는 표정으로 종이를 치우려 했으나 방 안으로 재빠르게 들어온 후가 종이를 낚아챘다. 그의 미간이 급하게 좁혀지는 것을 보며 연화도 랑도 표정이 싹 굳었다.

"홍랑의 그림 그리는 실력이 매우 좋다고 하더니, 다 헛소리인가 보군."

"누가 보더라도 폐하이십니다."

랑은 고개를 살짝 돌리며 이야기하였다. 자신에게 근신처분을 내릴 때는 언제고 이렇게 무턱대고 제 처소로 들이닥친단 말인가. 황제의 방문에 랑은 심기가 불편했다. 왠지 그가 너무 밉게 느껴졌다.

"흐음."

후는 비록 그림을 노려보긴 하였지만 그림을 제품에 접더니 넣으려 했다. 랑이 그런 후의 모습을 보며 기겁하며 종이를 뺏으려 했지만 후는 입가에 미소를 띠운 채 그림을 품 안으로 쏙 넣었다.

"왜 제가 그린 그림을 가져가십니까?"

"어진화사들도 이리 사실적으로 그리지는 못할지니, 내 이것을 표구하여 대대손손 물려 주려 하거늘⋯⋯."

표구하여 대대손손으로 물려 준다니, 랑은 기가 찬 얼굴로 후를 바라보았지만, 후가 이내 랑의 양 볼을 잡아당기자 랑은 알 수 없는 말을 하고 있었다. 손에 잡힌 랑의 볼마저 말캉말캉했다. 후가 자신의 손에 잡힌 랑의 볼이 부드러운지 놓지 않자 랑이 직접 그의 두 손을 잡고 떨어뜨렸다. 근데, 왠지 모르게 두근거린다. 황제와 이렇게 맨살이 닿은 적이 있던가, 별로 없던 것으로 기억한다. 랑의 얼굴이 붉어져 왔다.

"흠흠— 어인일로 이곳에는 오신 겁니까?"

랑의 말에 후는 목을 가다듬었다. 어제 저녁에 가서도 밤새도록 자신이 한 짓에 엄청나게 후회를 했던 후였다. 자신이 너무 랑을 몰아세운 것 같기도 하고, 생각해보면 랑의 잘못도 아닌데 왜 그리 신경이 곤두서서 랑에게 뭐라 했는지 미안해져 오기까지 했다. 그러던 차에 친성각에서 랑이 혼절했다는 연락까지 받으면서 그는 밤새 잠을 이루지 못했다. 국정일이 아무리 많아도 얕은 잠을 조금은 자는 후였는데, 어젯밤은 랑을 어떻게 해야 할까. 그 고민에 밤을 꼬박 지새웠다.

"아, 내가 아마도 3개월 정도 남쪽지방으로 암행을 떠날까 하는데……."

내심 사과의 말을 기대했던 랑이었다. 그러나 후의 말에 그러면 그렇지 라는 반응이었다. 하기야, 자신을 남자로 생각하고 있는 후일 텐데 사과라니, 그게 어디 사내들 사이에서 통하던 말이던가. 랑은 후 모르게 작게 한숨을 내쉬었다.

"그대가, 동행하였으면 하는데…… 어때?"

"지금 뭐라 하셨습니까?"

갑작스러운 암행의 동행에 랑은 당황한 눈으로 후를 바라보았다. 후는 살짝 미소를 띠우며 랑에게 말하였다.

"이번 남방 암행에 그대를 동행하고자 한다. 어떠한가?"

랑은 눈을 깜빡이며 후를 바라보았다. 아까의 삐져있던 표정과는 달리, 이번에는 당혹스러움도 있고 호기심도 있는 듯한 눈빛이었다. 랑의 표정이 이렇게도 귀여울 수 있나, 후는 당장이라도 랑의 얼굴을 붙잡고 입맞춤이라도 하고 싶었다. 하지만 방 안에는 두 사람만 있는 것도 아니고, 무엇보다 랑은 아직 자신이 모든 것을 알았다는 것을 모르지 않나.

"흠…… 생각 좀 해보겠습니다."

"아마, 생각해도 별 다른 방법이 없을 것이다."

랑은 후의 말에 무슨 말이냐는 얼굴로 후를 바라보았다. 후가 씩 웃더니 랑의 앞에 무언가를 꺼내었다. 돌돌 말린 두루마리를 편 랑의 눈에는 경악으로 가득 찼다.

"흑무로 인사이동을 한다니요!"

랑의 말에 후는 그저 차를 마실 뿐이었다. 후는 아무리 생각해도 랑을 가장 가까이 두고 볼 수 있는 방법은 흑무밖에 없었다. 자신의 호위무사로 랑을 자신 옆에 두고 보는 것, 방법은 그것 하나뿐이다.

"저 말고 다른 사람들에게도 적용된 것입니까?"

"아마도?"

"채무랑 하호는……."

"알아서 배치되었을 테니, 신경 쓰지 말거라!"

"어찌 신경을 쓰지 않습니까."

어제 저랑 같이 근신처분을 받은 자가 아닙니까. 라는 말은 목구멍으로 살짝 넣어두었다. 그러나 후의 미간은 이미 좁혀질 대로 좁혀진 상태였다. 이 성지가 얼마나 소중하며 가치 있는 것인지도 모르면서 성지는 내버려 둔 채 두 사람의 안부를 묻는 랑이 괜히 미워졌다.

"모른다! 대장군이 알아서 하겠지."

대장군이라 함은 아마도 채무의 아버지를 말하는 것이었다. 어젯밤 채무가 근신처분을 받자 후를 찾아온 대장군이었다. 신위장군은 자신의 자식에게는 자신이 따로 근신처분을 내리겠다고 말하며 황명을 거두어 달라 부탁하였다. 황제가 직접 내린 근신처분은 채무의 앞날 대대로 걸고넘어질 수 있는 문제였다. 자신에게 머리를 숙인 그런 신위장군을 보며 후는 그에게 직접 자신의 눈에 띄지 않는 곳으로 배치하라 하였다. 그러니, 저도 어디로 배치되었는지 알 수 없었다.

"하아."

랑의 입에서 긴 한숨이 흘러나왔다. 흑무로의 인사발령은 좀 당혹스러운 것은 사실이다. 생각해 보면 자신은 적국의 왕자이며 포로인데 이렇게 황제의 신변을 지키는 자로 임명해도 되나, 싶은 생각이 들었다. 하기야, 지금의 자신의 상태로는 그의 털끝 하나 건드리지 못할 것이다.

'혹시, 내가 가진 감정을 눈치 챈 건가……?'

갑작스럽게 든 생각에 랑은 마음속으로 경악했다. 설마, 설마, 설마, 갑자기 후를 바라보기가 민망해진다. 설마 눈치 챘을까? 그럼, 자신이 여자라는 것도 눈치를 챈 것일까? 머리가 복잡해져 온다.

"준휘에게 말해 이미 어제부로 인사이동을 모두 끝내었다. 일주일의 휴식을 취하고 암행준비를 하도록 하라."

"그 암행은 저와 폐하 이외에 누가 함께 갑니까?"

랑이 살짝 떨리는 목소리로 후에게 물었다. 후는 피식 웃으며 랑에게 대답하였다.

"너랑, 나면 충분하지 않을까?"

"폐……하랑 저랑 단둘만요?"

오늘따라 랑의 얼굴에서 당황함이 계속 사라지지 않는다. 물론 인원이 더 있지만 이러한 랑의 표정이 즐거운 후는 왠지 랑을 더 골려주고 싶었다.

"오히려 인원이 많으면 의심을 사는 법이지. 왜, 너는 불만인 것이냐?"

"아니옵니다. 다만 폐하의 신변이 걱정이 되어……."

랑이 후의 눈을 피하며 대답하였다. 항상 차갑고 딱딱하고 다가갈 수 없는 분위기의 껍질을 둘러싸던 랑의 모습은 온데간데없었다. 후의 눈에는 그런 랑이 한없이 예쁘고 사랑스러워보였다. 자신의 생각보다 훨씬 더 많은 감정과 재미를 가진 여자다. 그래, 이 모습을 누가 남자라고 할 것인가. 후가 기분 좋게 미소를 지었다.

자리에 누우려던 랑은 갑작스러운 낯선 이의 등장에 머리맡에 놔둔 장검을 들었다. 눈앞이 어두워서 아무것도 보이지 않으나 랑은 직감적으로 느낄 수 있었다. 자신에게 향한 살기는 오롯이 저를 죽이고자 하는 것이라는 걸.

'챙'

두 검이 맞붙고 랑은 상대를 살짝 밀고서 그를 향해 검을 휘둘렀다. 상대는 한두 명이 아니었고 어둠 속에서 검끼리 부딪혀 불꽃이 보일 정도로 몇 번의 합을 주고받았다. 그러다 랑은 갑작스럽게 밝아진 주위에 눈을 살짝 찡그렸다.

"그 정도 실력이면 합격이오."

준휘의 모습과 그 주위 흑무에 소속된 사람들로 보이는 이들의 등장에 랑은 어리둥절한 눈으로 준휘를 바라보았다. 자신을 둘러싸고 있던 살기가 싹 사라졌다. 흑무들은 모두 제자리로 이동하라는 준휘의 명으로 준휘와 랑 단둘만이 방에 남아있었다.

"이미 전쟁에서 나를 겪어보지 않았는가."

"하지만, 흑무의 실력점검은 대대로 이리 해온 것이 관행이오. 황제폐하도 모르는 흑무만의 관행이지요."

"나에게 하고 싶은 말이 그것만 있는 것은 아닌 것 같은데……."

랑의 말에 준휘는 말을 망설였다. 폐하가 이미 그대가 여자인 것을 알고 있다는 말이 목구멍 끝까지 치솟았으나, 절대 말하지 말라는 후의 엄명 때문에 준휘는 이 말을 하지 못했다. 대신 랑에게 다른 말을 꺼내었다.

"흑무는 폐하를 지키는 것을 제 목숨보다 더 중요시 여기는 것이오. 할 수 있겠습니까?"

"폐하께서 나를 이미 흑무에 넣은 이상 나는 그리 해야겠지."

"그리고 폐하를 지키고 보호하는 것 이외에 그 어떤 마음도 품지 마시오. 슬픔도, 연정도, 안타까움 같은 소소한 감정들 말이오."

준휘의 말에 랑은 정곡을 찔린 듯싶었다. 연정이라는 소소한 감정이라……. 그와 별로 보지 못했던 별무에서조차 그를 사모하는 마음을 두었는데, 이제 그를 매일 보면서 과연 그 마음을 얼마나 가둘 수 있을 것인가……. 랑의 얼굴에 비소가 떠올랐다.

"홍랑, 당신을 믿겠소. 그대가 혹여 폐하께 일말의 해라도 가한다면, 나는 그대를 가차 없이 죽일 것이오."

준휘의 말에 랑은 고개를 끄덕였다. 검을 쥔 그녀의 손에 힘이 들어갔다. 죽음은 두렵지 않다. 다만 자신이 후에 대해 가지고 있는 이 소소한 감정을 들킬까 봐 그것이 염려되었다. 준휘가 방을 나가고 나서도 랑은 한동안 잠들 수 없었다.

5장. 심장의 두근거림

 흑무가 되었다고는 하나 이렇다 할 훈련도 없고 오랜만에 얻은 자유에 랑은 오래간만에 밖에 나가보기로 하였다. 후원 쪽으로 길을 잡으려던 랑은 잠시 멈추어 섰다. 뒤따른 연화가 갑자기 멈추어 서는 랑의 표정을 살피었다.
 "연화야, 혹시 여기에 보서고가 있지 않아?"
 "있지만 그곳은 문과 신료들만 들어가실 수 있는 곳입니다. 왜 그러십니까?"
 "아, 홍국에 있을 때 청룡국 보서고가 그렇게 크고 웅장하며 전 세계의 모든 책을 가지고 있다는 소문을 들어서……."
 홍국에 있을 때부터 언젠가는 꼭 가보고 싶은 곳이었다. 랑이 접할 수 있는 물건은 칼과 책이 대다수였다. 한동안 책을 손에 잡지 않았더니 머리가 굳는 기분이었다. 연화는 살짝 미간을 찌푸리더니 턱을 잡으며 고민하는 듯싶었다.

"폐하께 허락을 받는 수밖에 없을 것 같사옵니다."

"허락해 줄까?"

"아뇨. 아마 안 될 것 같습니다. 무신들의 접근은 청룡국이 세워지던 시기부터 금지하였으니까요. 더구나 외국인의 접근은 더……."

연화의 말에 랑이 이마를 찌푸렸고, 연화는 두 손으로 입을 막더니 놀란 모양인지 랑에게 송구하다며 허리 굽혀 사죄하기 시작하였다. 랑이 한숨을 내쉬며 아쉬운 눈빛을 하려던 찰나에, 연화가 박수를 치며 묘안이 떠오른 듯한 눈빛을 하였다.

"장군님, 한 가지 수가 있긴 합니다."

"무엇이냐?"

"내관의 복장을 하면 됩니다."

"내관?"

연화가 고개를 끄덕였다. 말인 즉, 문신들 이외에 보서고에 접근할 수 있는 이는 바로, 황명을 받은 그들의 수족들이었다. 가끔 문신들이 지나가는 내관에게 필요한 책을 적어 심부름을 시키기도 하였기에 내관들의 출입은 자유로웠다.

"장군께서는 내관의 옷을 입으면 잘 맞으실 듯합니다. 한번 부탁해 보겠습니다."

"괜찮을까?"

"누가 홍국의 왕자를 욕하겠습니까?"

왠지 뭔가 신이 난 듯한 연화의 모습을 의아해하며 랑은 왠지 모를 걱정에 한숨을 내쉬었다. 괜히 자신의 욕심 때문에 일을 키우는 기분이 드는 듯싶었다.

이내 친성각에서 나인과 내관 하나가 길을 나섰다. 청룡국 최하위 내관의 옷은 하늘색으로 거기에 관모까지 쓰니 랑은 그저 곱상한 미남자의 모습을 한 내관이었다. 실제로 내관 중에서도 곱상한 얼굴을 가진 경우가 많아 랑은 그리 눈에 띄지 않았다. 랑의 검은 머리 또한 관모에 가리어 보이지 않았다. 평소 같으면 랑에게 잔뜩 쏠렸을 시선들이 하나도 없었다. 두 손을 모으고 허리를 숙인 채 총총 걸음으로 걷는 랑은 의외로 이렇게 사람들의 시선에서 벗어난 것이 자유롭게 느껴졌다. 아무도 자신을 못 알아본다는 생각에 입가에 미소까지 지어졌다. 은근히, 기분이 묘하게 떨린다.

"대군, 이곳부터는 대군께서 혼자 들어가셔야 합니다. 궁녀는 황족의 심부름이 아닌 이상 들어갈 수 없습니다."

"고맙구나."

그렇게 연화의 안내를 받아 보서고에 발을 들인 랑은 그 크기와 규모에 정신이 혼미해져 오는 것을 느끼었다. 홍국의 도서관은 비교도 안 될 규모였다. 그곳에서 문신들을 상징하는 자색, 적색, 녹색, 연녹색의 관복을 입은 관료들이 바쁘게 오가는 모습과 더불어 보서고의 가운데에 놓인 큰 탁상에 문관들이 삼삼오오 모여 독서를 하거나 책을 베끼는 일을 하고 있었다.

"누구의 명으로 온 것이냐?"

"경령황녀의 명으로 왔사옵니다. 스승께 읽어달라고 할 책을 골라오셨으면 하셔서요."

아무래도 황명을 수행하는 것보다는 그래도 랑을 가장 좋아하는 인물인 경령황녀의 이름을 파는 것이 혹시라도 나중에 발각되더라도 조금은 안전하다는 생각이 들었다. 사관은 의외라는 표정을 짓더니 이내 스승이 읽어 줄 책이라는 말에 고개를 끄덕이며 들어가라는 손짓을 하였다.

랑은 사관을 지나면서 알 수 없는 미소를 지었다.

 그 시각, 친성각은 발칵 뒤집어졌다. 갑작스러운 황제의 등장에 그들은 서로 눈치를 볼 뿐이었다. 안 그래도 간다는 곳이 보서고라고 한지라, 그들 중 어느 누구도 들어갈 수 없는 곳이었다. 왜 하필 그곳에, 이 시간에 가셨담……. 다들 후회하는 눈빛이 역력했다. 물론 랑이 하도 비밀이라고 함구하라고 명하고 간 탓에 다들 입을 꾹 다물 뿐이었다.
 "어딜 갔는지 어찌 너희가 모른단 말이냐!"
 "상선어르신, 그…… 그게……."
 나인들이 발을 동동 구르며 서로 어떻게 하냐는 눈빛으로 바라보았다. 연화 고것이 내관의 옷을 빌린다는 둥, 여기저기 쑤시고 다니는 것으로 보아서는 분명 랑이 보서고에 들어갈 수 있는 무언가 일을 꾸미는 것 같은데, 다들 뭔 일이나 있겠나 싶어 놔두었다. 그 결과는 후의 싸늘하고 차가운 눈동자를 대하는 것이었다.
 후가 화가 났다는 것은 말을 하지 않아도 모두가 느낄 정도였다. 옆에 있던 상선 내관이 발을 동동 구르며 무섭게 나인들을 혼냈지만 다들 눈치만 쭈뼛쭈뼛 볼 뿐이었다. 후가 한숨을 내쉬었다.
 "상선, 이들 모두 궁내에 가장 고역인 곳으로 보내어라."
 "그, 그게……. 아까 연화가 내관의 옷을 구하러 다닌다고는 들……."
 "야!"
 후의 명령에 한 나인이 울먹이며 말하자 다른 나인들이 소리를 지르며 그 나인을 바라보았다. 그러나 후의 물음은 끝이 아니었다.
 "내관이라니? 왜 내관의 옷은 왜……."
 "그…… 그것이, 홍랑 장군께서 보서고를 구경하고 싶다고 하셨는데………… 폐하를 방해할까 봐 그런 차선책으로 들어가고자……. 저희는 말렸으나 도무지 듣지 않으셔서…… 폐하 송구하옵니다."

결국에는 나이가 가장 많은 궁녀가 입을 열었다. 그런 궁녀의 말에 후는 잠시 동안 망부석이 된 듯 궁녀를 바라보았다. 이내 그의 입가에는 미소가 실리더니 입가를 가리고 웃음을 참았지만 터져 나오는 웃음은 어쩔 수가 없었다. 후가 갑자기 기분이 좋아진 듯 궁녀들을 바라보았다.

"그래, 진작 얘기해 주었으면 좋지 않았느냐."

"황공하옵니다."

나인들이 바닥에 머리를 조아리고 감사인사를 올렸다. 왠지, 후의 눈빛이 신나는 장난감을 발견한 눈빛이었다.

"진짜 없는 책이 없구나……."

품에 안고 가고 싶은 책들이 한 가득이다. 정말 전 세계의 책이 모두 있다는 소문을 가진 보서고에는 랑이 오래전부터 보고 싶었던 책은 물론, 듣도 보도 못한 책들도 가득 있었다. 오랜만에 책을 잡은 랑의 표정이 꽤나 밝고, 입의 미소가 떠나질 않는다.

"이 책은?"

그중에서도 랑이 오래전에 보려다가 보지 못한 책이었다. 주위를 살피고서는 아무 망설임 없이 책을 뽑더니 바로 펼쳐서 보기 시작하였다. 글을 읽어 내려가던 랑의 눈빛에 웃음이 가득하다.

"폐, 폐하!"

한편 보서고를 지키던 후의 등장에 보서고를 지키던 말단 관리는 급하게 일어서며 복장을 정리하였다. 황제의 등장은 보위에 오른 후 처음이었다. 항상 내관을 시켜 책을 가져오라 시키던 후였는데 오늘은 직접 등장한 것이었다. 책을 보던 신료들도 모두 깜짝 놀라 후에게 인사를 하려 하였으나 후는 조용히 하라는 행동을 하더니 손으로 조용히 자리에 앉으라 하였다. 후는 내관들과 궁녀들마저 밖에 세워둔 채 혼자 서고 안으로 들어갔다.

이렇게 혼자 서고에 와 본 적이 없던 것 같다. 그런데, 이곳은 생각보다 조용한 세상이었다. 곳곳에 문인들 혹은 짙은 청색 옷을 입은 내관들이 책을 고르거나 책을 보고 있었다. 그런 후를 보고 다들 인사를 하려다가 후의 제지에 어설프게 책으로 눈을 향하는 듯싶었다.

여기 저기 서고를 살피던 후는 하늘색 옷을 입은 내관 하나가 서고 구석에 앉아 들어오는 햇빛에 의지해 책을 읽는 걸 가볍게 여기고 지나치려다 다시 돌아왔다. 햇빛 때문에 랑의 얼굴이 잘 보이지는 않았지만 저 체구, 저 얼굴은 영락없는 랑이었다. 다시 한 번, 후의 입가에 미소가 생겼다.

자신이 다가가는데도 랑은 정신없이 책을 읽는 듯싶었다. 조심스럽게 랑의 뒤로 가 랑이 읽는 책의 내용을 바라보았다. 그러다가 랑의 뒤에서 팔을 뻗어서 책을 제 품으로 가지고 갔다.

"폐, 폐하……?"

"이건 서쪽 대륙에서 쓴 건데 홍랑에게 이런 소설 읽는 취미가 있는 줄 몰랐는데?"

"소싯적에 읽다가 다 못 읽은 거라……."

"흐음, 그래? 나도 태자 시절에 읽은 건데……."

"정말이시옵니까?"

이 땅에는 없는 희귀한 생명체들이 좀 많이 등장하는 소설이었다. 때문에 대체로 남자 아이들에게 무척 인기가 많은 소설이었는데 랑이 그 소설에도 관심이 있다니, 후의 눈이 살짝 휘어졌다. 무엇보다 랑이 소설을 읽었냐며, 역시 재미있지 않느냐며 들떠서 말하였기 때문이었다. 이내 책을 다시 서고로 꽂으려던 랑은 몸이 저절로 굳는 걸 느껴졌다.

본래대로라면, 자신은 이곳에 출입할 수 없는 존재였다. 황명이 떨어져도 출입할 수 있을까 없을까인데, 황제인 후의 등장이었다. 이대로라면 랑의 징벌은 피할 수 없는 것이었다. 랑의 표정이 울상으로 가득했다.

서고에 시선이 박혀 고개를 숙인 채 자신을 쳐다보지도 않는 랑을 보며 후는 웃음을 참느라 꽤나 고생하였다. 나지막하게 랑의 입에서 한숨 소리까지 나오니, 이제야 자신의 처한 상황을 알았나 보다. 후를 보지도 않은 채 서고에 몸이 굳은 듯 꼼짝도 하지 않았다.

"홍랑, 뒤로 돌아서 나를 보거라."

후가 랑을 부드럽게 불렀다. 랑이 쭈뼛쭈뼛 뒤로 돌아서는 형세가 꽤나 귀엽다. 얼굴이 이미 붉게 익어서 고개를 숙이고 있는 걸 후가 살짝 랑의 턱을 잡아서 들었지만 랑은 여전히 자신의 눈을 피하고 있었다.

"그…… 그것이…… 청룡국의 보서고가 워낙 유명하다 하여……."

"안되겠네. 보서고의 관리를 바꾸던지 해야겠다."

"아, 아니 되옵니다. 제 잘못이니……."

랑이 자리를 뜨려는 후의 팔을 급하게 잡아서 말리었다. 후가 피식 웃으며 랑을 바라보았다. 여전히 얼굴은 붉었고, 뿌연 창을 통해 들어온 햇빛 때문일까, 랑이 매우 몽환적으로 보였다. 지금 당장이라도 탐하고 싶을 만큼……

후가 갑작스럽게 랑의 입을 자신의 입으로 강하게 눌렀다. 갑작스러운 입맞춤에 랑은 어안이 벙벙하여 그저 눈을 깜빡거릴 따름이었다. 후가 두 번, 세 번 가볍게 입을 맞추더니 이내 랑의 입술을 탐하기 시작하였다. 그 이질적인 느낌에 랑은 당혹스러웠다. 자신의 입술에 느껴지는 뜨거운 느낌이 랑의 몸 전체로 퍼져나가는 느낌이었다. 온몸에 기운이 빠지고 주저앉을 것 같은 기분이 들었다. 후 또한 그것을 느꼈는지 랑의 얼굴을 잡지 않은 다른 팔로 랑의 어깨를 붙잡았다. 더 깊게 탐하고 싶었으나 그는 혹여 다른 이가 볼까 봐 천천히 랑의 입술에서 떨어졌다. 한층 더 붉어진 입술과 얼굴을 한 그녀가 참으로 예뻐 보였다.

"이것으로, 조용히 넘어가 주지. 아, 그대의 보서고 출입을 허용한다."
"네?"

후가 만족스러운 듯 웃으며 말하였다. 이내 랑의 품에 랑이 보던 책을 뽑아서 품에 안겨 주었다. 랑이 서고에 기댄 채 후가 자신을 바라보는 그 눈빛을 오롯이 지켜볼 따름이었다.

후는 환하게 미소를 지으며 랑을 놔둔 채 서고에서 나왔다. 그제야 신료들이 폐하라 외치는 소리가 랑의 귀에 들려왔다. 갑작스러운 후의 행동에 랑은 그저 책을 안은 채 한참을 망부석이 될 따름이었다. 손을 들어 자신을 입술을 만지는 랑은 아직도 후가 남긴 그 뜨거운 여운이 남아 심장이 크게 뛰었다.

다음날 오전 신료들이 올린 장계를 살피던 후는 저도 모르게 가볍게 웃고 있었다. 이 엄중한 대전회의에서 후가 한 번 웃을 때마다 신료들도 한 번씩 힐끗힐끗 후를 바라보며 후의 눈치를 보았다.

"폐…… 폐하? 뭔가 기분 좋은 일이 있으십니까?"
"어? 아, 아니오. 그냥 날이 좋아 그렇소."

신료들 중 최고의 자리인 승상인 이염무가 후에게 조심스럽게 물었다. 그 어느 누구도 황제가 그냥 기분이 좋아 대전회의에서 가볍게 웃는 것은 있을 수도 없는 일이라 생각했다. 심지어 오늘 올린 장계에는 후의 심기를 건드릴만한 사항들도 꽤 들어 있어 대전회의에 들어오기 전에 다들 기합을 한껏 넣고 들어왔는데 뭔가 김이 새는 기분이다.

"흠, 북쪽의 선족의 동태가 심상치 않다라……."

"그러하옵니다. 최근에 군비를 증가시키는 중이라는 보고이옵니다."

"폐하, 수도의 병력을 움직여 북쪽으로 전력을 증강시켜야 하옵니다."

"흠, 그대들 뜻대로 하시오."

신료들은 지금껏 단 한 번도 들어본 적 없는 말을 들은 기분이었다. 아니, 후가 보위에 오른 뒤 단 한 번도 들어본 적 없던 말이었다. 어떠한 조건도 없이 신료들의 뜻대로 하라는 그 말에 다들 어안이 벙벙해져 후를 빤히 바라보았다.

"다들 왜 그러는가? 그대들 뜻대로 하라는 것이 불만인 것인가?"

"아니옵니다. 성은이 망극하옵니다!"

혹여 후가 말이라도 바꿀까 다들 급하게 허리를 숙여 뜻을 받들었다. 그 후로도 평소 같으면 후의 날카로운 성정을 건드릴 만한 일들이 모두 물에 술 탄 듯 술술 지나갔다.

대전회의가 끝나자마자 후가 달려간 곳은 친성각이었다. 대전회의 내내 어제 내관의 옷을 입은 랑이 자꾸 떠올랐다. 꽤나 귀엽고 예쁘다. 아무리 바라봐도 어여쁘고 아름답다. 그러나 친성각에 도착한 후는 이번에는 나인들도 모르게 사라진 랑을 찾느라 바빠진 나인들만을 볼 뿐이었다. 보아하니 나인들도 사라진 랑 때문에 무척 울상들이었다. 어제처럼 말이라도 하고 사라지면 몰라도 이제는 랑의 최측근이라 할 수 있는 연화마저 어제 혼난 나인들과 함께 울상의 모습이었다.

"하, 없다고?"

"소…… 송구하옵니다. 폐하…… 아침 소셋물을 들고 들어갈 때부터 사라지셔서……."

후가 손을 꾹 말았다. 손톱이 마치 그의 손바닥을 파고들 것 같이 힘이 들어갔으나 이내 손을 풀었다. 지금 당장이라도 눈에 안 보이면 미칠 것 같은 기분이었다. 천국을 떠도는 것 같던 기분은 지옥의 나락으로 떨어진 느낌이다.
 후는 준휘를 바라보았으나, 준휘 또한 모르는 눈치였다. 그런 준휘의 태도에 후는 이미 저조했던 기분이 더 나락으로 떨어지는 기분이었다.
 "하아……. 지금 당장 황궁 안을 모두 뒤져라. 황명이다."
 후가 굳게 닫힌 주인 없는 방의 방문을 한 번 노려보고서는 돌아섰다. 어차피 제가 사라져봤자 자신이 손바닥 안이었다.

 그 시각, 궁궐 밖의 손 어의 집 가장 안쪽에 위치한 곳에 랑이 누워있었다. 얼굴과 몸에 침을 맞은 채 랑의 주위에는 향이 타오르고 있었다. 누워있는 랑은 식은땀만 흘리는 채 미동조차 없었다. 랑은 그가 나누었던 대화를 곱씹어 생각하고 있었다.
 '지금 뭐라 하셨습니까……? 독이라니요?'
 '온몸이 중독되었습니다…….'
 '…….'
 랑은 아무 말도 할 수 없었다. 그저 주먹을 꾹 쥘 따름이었다. 항상 사방이 적이었다. 태어난 순간부터는 어머니의 정적들이 시시때때로 자신을 죽이려 시도하였고, 의가 태어난 다음에는 가족 전체가 자신의 적이었다. 백성들은 모두가 자신의 편이었지만, 정작 가까운 사람들은 자신들의 적이었다. 그랬다. 더구나 청룡국에 와서는 자신 이외의 모든 사람이 적이었다. 그러나 이렇게 노골적으로 자신을 죽이려 한 적은 없었다.
 '혹시 수면제에……?'
 '수면제의 문제는 아닌 것 같습니다. 평소 드시던 음식을 통해서 중독되었을 확률이 큽니다. 두 약이 몸 안에서 반응하여 몸이 더 상하신 듯싶습니다. 당분간 강도 높은 치료를 받으셔야 할 듯합니다. 다만 중독은 기간도 짧은데다가 청룡국에 오신 후에 중독되신 거라 단기간 치료하시면 될 듯싶습니다.'

 단순히 수면제를 복용했는데 이 정도로 몸이 상하는 것은 랑이 타고난 허약체질이 아니고서는 어려운 일이었다. 그런 손 어의는 집에 도착해서 침통을 열어보는 순간 깜짝 놀랐다. 은침 하나가 색이 거무스름하게 변해있었다. 혹시라도 싶어서 수면제를 살펴보았지만 수면제에는 독은 없었다. 그럼 랑의 평소 식사나 습관 등을 통해 독이 투입되었을 가능성이 높았다. 더군다나 이것은 청룡국에 온 이후에 섭취했을 정도로 단기간에 걸친 중독이었다.

 '제가 매일 아침에 오도록 하겠습니다.'
 '아닙니다. 제가 손 어의를 밖에서 뵈었으면 합니다. 황궁 안의 그 어느 누구도 이 사실을 알면 안 됩니다.'

 랑의 말에 손 어의가 자신의 집으로 랑을 부른 것이었다. 황궁 밖은 역시 조용하다. 아무 소리도 들리지 않는 랑은 눈을 감은 채 어제 상황이 떠올랐다. 그는 왜 자신에게 입맞춤을 한 것일까. 안 그래도 얼굴만 봐도 요동을 치는 심장이 더 미친 듯이 뛰기 시작한다. 그리고 왠지 그의 얼굴을 보기가 어색해진다.

 "하아."

 랑의 입에서 긴 한숨소리가 나왔다. 한동안 몸을 축 늘어뜨린 채로 있었을까. 침을 뽑고 뜨겁게 느껴졌던 뜸과 향들이 사라졌다. 이렇게 한 번 했을 뿐인데도 확실히 예전에 비해 몸이 좋아지고 가벼워지는 기분이었다.

 "한 5일 정도는 이렇게 치료하시고 그 다음부터는 약으로도 치료하셔도 될 듯합니다. 괜찮으시겠습니까?"

"……폐하께는 비밀로 해 주셔야 합니다."
 랑의 목소리는 기운이 없었다. 그리고 랑의 말에 손 어의는 긍정의 대답도, 부정의 대답도 하지 않았다.

"장군! 도대체 어딜 가셨던 겁니까?"
 궐내를 발칵 뒤집어 놓은 인물은 밤이 다 되어서야 조용히 친성각에 돌아왔다. 그러나 랑은 밤늦게까지 불이 켜진 친성각에 아무도 잠들지 않는 궁녀들을 보며 당황해 했고 연화가 울먹이며 랑을 맞이했다. 물론 다른 궁녀들도 얼굴 가득 걱정과 수심으로 무척 피곤해 보였다.
"무슨 일이야, 평소에는 내가 사라져도 신경도 안 쓰더니……."
 랑의 말에 다들 헛기침을 하며 랑의 시선을 피하였다. 연화가 입을 열어 랑에게 말하였다.
"폐하께서 장군을 찾으셨사옵니다. 장군께서 없다고 하자, 얼마나 화를 내시던지……."
"폐하께서……?"
"흑무 분들을 모두 풀어 데려오라 하실 정도였습니다."
"어휴 말도 마십시오. 정말 폐하가 무섭다 무섭다 해도 그 정도일 줄은 꿈에도 생각 못했습니다."
"승은 따위는 필요 없으니 그저 화가 난 폐하를 다시 마주하고 싶지 않습니다."
 자신에게 쫑알쫑알 신세한탄을 하는 궁녀들을 보며 랑은 웃었다. 아무래도 일주일 정도는 이들의 한탄과 한숨 쉬는 소리를 들어줘야 할 듯 싶다. 알았다는 말과 함께 방에 들어간 랑은 침상에 누웠다. 그리고 끊임없이 자신을 괴롭히는 어제의 잔상이 다시 떠올랐다.
 그는 갑작스럽게 자신에게 입맞춤을 해왔다. 도대체 무슨 심정이었을까. 그는 자신을 남자로서 그러한 것일까. 아니면 여자라는 것을 눈치 챈 것일까. 자신을 좋아하기라도 한 것일까. 아니면 단순한 호기심과 장난이었을까.

그런 복잡한 심정으로 인하여 지금 당장은 그를 보는 것이 민망하다. 왠지 그의 얼굴을 보면 부끄러워서 쥐구멍에라도 숨고 싶을 심정이 들 것 같았다. 아까 낮에 치료 받을 때도, 그리고 지금도 부끄러운 마음뿐이었다. 랑이 이불을 머리끝까지 뒤집어쓰고 잠에 들었다.

그러나 후의 입장에서는 4일째 랑의 얼굴을 볼 수 없었다. 랑은 유령인 것처럼 아침 일찍 사라져서 정말 잠만 자러 친성각에 들어왔다. 흑무들에게 감시를 맡겼는데 제국이 세워진 이래 단 한 번도 미행을 놓친 적 없던 흑무의 단원들이 랑을 놓친 것이 벌써 세 번째였다.

"……"

"송구하옵니다. 폐하……"

"나의 흑무가 생각보다 무능하구나."

본디 흑무를 개인적인 일에 쓰지는 않았지만 후는 지금 랑을 보지 못하면 일이 손에 잡히지 않았다. 붓을 던져놓고 일을 쉰 것도 벌써 몇 차례 계속되었다. 겨우 4일 못 봤을 뿐인데 눈앞에 랑이 아른거렸다. 자신을 쳐다보는 그 붉은 눈동자가 너무나도 보고 싶고 그 예쁜 얼굴이 보고 싶은데 랑은 도무지 보여 주지 않는다.

팔짱을 낀 채 방을 서성이던 후는 한숨을 내쉬었다. 자신이 너무 성급하게 랑에게 다가갔나 싶기도 하였다. 하긴 그럴 것이 좋아한다. 사모한다. 뭐 이런 감정 안비추고 무작정 달려들었으니 말이다. 그러니 랑이 피하는 건 어쩌면 당연한 일일지도 모르겠다. 그러나 이렇게 숨어버리듯 보이지 않는 것은 화가 났다.

"폐하, 어의 손주한이 알현을 청하옵니다."

"들라 하라."

방을 서성이던 후가 자리에 앉았다. 그가 후에게 세 번 크게 절을 한 후 주변을 살피었다. 준휘와 눈이 마주친 그는 조금은 불편한 표정을 지었다.

"폐하, 혹시 주변을 물러 주실 수 있으신지요?"

어의의 말에 후는 고개를 갸우뚱했다. 어의의 독대는 거의 없는 일이었다. 그가 준휘에게 눈짓을 하자 준휘는 방에 숨어있던 흑무들과 함께 후의 눈에서 사라졌다. 그가 편하게 말하라는 듯 손 어의에게 말하였다.

"왜 그러는가? 혹여 어마마마나 희에게 문제가 있는 것이냐?"

"아닙니다. 다만, 제가 어쩌다 홍 장군을 맡아서 진료를 하게 되었는데……."

"뭐? 홍 장군이면……. 홍랑을 말하는 것인가?"

안 그래도 랑에 대해 계속 생각하며 머리를 굴리던 후는 어의의 입에서는 나올 수 없다고 생각한 뜻밖의 인물을 내뱉은 말에 의아해하며 그를 바라보았다.

"생각보다 상태가 좋지 않으십니다. 우선 몸에 침투해있던 독은 거의 다 빼내었는데……."

"독이라니? 그게 무슨?"

후가 깜짝 놀라며 어의를 바라보았다. 손 어의는 마치 무엇인가를 각오한 듯 깊은 한숨을 내쉬더니 후를 바라보며 입을 열었다.

"청룡국에 오신 이후로 중독이 되신 듯싶습니다. 누구의 소행인지는 알 수 없지만 이대로 놔두면 어떤 경로로든 홍랑님의 목숨이 위험할 듯싶어……."

"그럼 어제 오늘 홍랑이 사라진 이유가 그대에게 치료를 받기 위함인가……?"

후의 눈이 가늘어진다. 랑은, 생각해 보면 누군가에게 쉽게 마음을 내 주지도 않고, 쉽게 옆을 내 주지 않는 타입이었다. 그럼에도 마음이 약해서 끈질기게 그 옆에 있으려던 사람을 믿고 신뢰하는 여린 모습도 있었다.

"폐하께는 무조건 비밀로 해달라고 하셔서……."

"……."

어의의 말에 왠지 모르게 화가 난다. 지금 당장이라도 데리고 와서 랑에게 따지고 싶다. 그리고 얘기하고 싶다. 내가 너를 사모하고 있다고, 제발 이렇게 자신을 비참하게 만들지 말라고 말이다. 후가 의자의 팔걸이의 양쪽을 꽉 쥐었다. 그리고 자리에서 박차고 일어나듯이 일어났다. 의자가 그가 민 힘에 의해서 넘어졌지만 별로 괘념치 않았다. 그는 자신의 아래에서 두 손을 잡고 조용히 서 있는 손 어의를 내려 보았다.

"홍랑은 어디 있느냐, 직접 봐야겠다."

"뫼시겠사옵니다."

손 어의의 말에 후는 두 주먹을 꽉 쥐었다. 화가 난다. 항상 강한 모습만 보던 홍랑이었다. '혈랑'이라 불리는 인물이 이렇게 쉽게 독에 당하고 마음이 약한 모습이라니, 어울리지 않는다. 후가 아랫입술을 꾹 깨물었다.

변복까지 한 후가 도착한 곳은 손 어의의 집이었다. 대문을 지나 사랑채와 안채까지 지나 뒷마당에 작게 꾸며놓은 나무 숲 가운데 정갈한 흙집이 하나 있었다. 손 어의는 잠시 기다리라더니 문 안으로 들어갔다.

이내 그가 들어오라는 손짓을 하자 후가 급한 마음과는 달리 조심스럽게 방 안을 들어갔다. 향냄새와 뜸 냄새로 방 안이 약초냄새로 가득하였다. 거기에 랑이 누워있었다.

"아마 지금은 깊은 잠에 빠지셨을 겁니다."

"……."

후는 아무 말을 할 수 없었다. 랑의 몸에 꽂힌 침의 개수만 봐도 그는 소름이 끼쳤다. 방안의 불빛이 하나밖에 없어 자세히는 안보였지만 랑의 몸은 상처투성이였다.

"정말, 얼굴 말고는 성한 곳이 없으십니다. 치료를 위해 팔다리를 드러내셔야 한다고 했더니 꺼리셔서 무슨 이유인가 했더니……. 전쟁에서 얻은 상흔이 많아서 자신은 몸을 드러내기 그렇다 라고 하시더라구요."

"알았다. 나가 있거라."

손 어의가 후의 말에 밖으로 나갔다. 그가 후를 찾아온 이유는, 랑을 걱정해달라는 것도 있었지만 이미 궐 안에 후가 홍랑을 찾는다는 소문이 퍼져있었기 때문이었다. 그리고 왜인지 모르게 그에게는 말을 해야 할 것 같은 느낌이 들었다. 홍랑은 비밀로 하라 하였지만 황제에게 보고를 해야 할 것 같았다.

"후우……."

후는 랑의 옆에 앉았다. 그간, 며칠 동안 안 보였던 이유가 이것이었는가. 후는 손을 들어 랑의 이마를 쓰다듬었다. 후가 손을 대자 랑의 찡그린 얼굴이 좀 풀리는 기분이었다.

이런 줄도 모르고 자신 모르게 사라진다며 어린애 같이 투정만 피웠다. 이렇게 아픈 줄 모르고…… 겉보기에만 강한 녀석이었다만 속은 여리다 못해 문드러지고 상처투성이였다.

후는 조용히 랑의 상처들을 바라보았다. 이제야 랑이 이곳에서 왜 그렇게 검은색의 긴 옷만을 유독 고집했는지 알 것 같았다. 혈랑이라는 별명은 결국 자신이 흘린 피에서 이루어진 것이었다. 후는 얼마 전 랑이 꿰맨 상처를 빤히 바라보았다.

"다시는, 너를 아프게 하지 않을 것이다."

"……."

"어느 누구도 너를 건드릴 수 없게 할 것이다."

랑이 듣지 못할 말이었지만, 후는 랑을 바라보며 제 스스로 마음을 다졌다. 어느 누구도 홍랑을 해할 수 없게, 반드시 지킬 것이라고 말이다. 후는 그런 랑을 바라보며 랑의 이마를 쓰다듬었다. 곱디고운 얼굴이 상한 게 보여 속이 쓰려왔다.

"정신이 들었느냐?"

어둠속에서 들려오는 목소리에 랑은 여전히 몽롱한 기분이었다. 짙은 어둠이 내려앉아 방 안에도 누군가 있는 것 같지만 오직 형체만을 알아볼 수 있었다. 몸을 일으키려하자 방 안에 함께 있던 이가 랑의 몸을 일으켜 주었다. 랑이 고맙다며 인사를 하고 어둠 속에 눈이 익숙해질 무렵, 랑은 자신 앞에 있는 인물을 바라보았다.

"폐…… 폐하?"

전혀 예상치 못한 인물의 등장에 오히려 당황한 것은 랑이었다. 랑이 허겁지겁 일어서서 나가려하자 후가 랑의 손목을 붙잡았다. 그리고 자신의 품 안으로 랑을 끌어당겼다.

"폐하, 어찌 이러십니까?"

후는 아무 말도 하지 않은 채 랑을 꼭 끌어안았다. 쿵쿵거리며 뛰는 후의 심장소리가 랑에게까지 전해져온다. 불과 얼마 전 들어본 소리지만 그때와는 달리 더 빠르게, 더 힘차게 뛰는 듯싶었다. 랑이 자신의 얼굴로 떨어지는 무언가에 얼굴을 들어 후를 바라보았다.

황제가 울고 있었다. 흐느낌조차 속으로 숨긴 채 그가 울고 있었다. 랑이 손을 들어 그의 얼굴을 닦아주었다.

"너를 위험한 상황에 처하기 하지 않을 것이다."

"……."

"네가 지금까지 겪었던 그 모든 고통을, 이제는 더 이상 기억조차 안 나게 해 줄 것이다."

"……제가 여자인 걸 아셨사옵니까?"

"네가 여자이면 어떠하고, 남자로 살면 어떠하냐. 네가 홍랑이라는 것이 나에게는 중요하다."

랑이 자신을 꼭 안고 있는 후의 팔을 쓰다듬었다. 실은, 그 말이 듣고 싶었다. 혹여 자신이 남자 같을까 봐 아니, 나중에 들키고서라도 그렇게 행동하여 소중한 이가 자신을 떠나갈까 봐 그것이 걱정이었다. 단 한 사람에게만큼은 그저 '홍랑'이라는 사람 그 자체로 인정받고 싶었고 사랑받고 싶었다.

"그대의 치료가 끝나고 남방으로 순방을 갈 것이다. 잠시 동안이라도 대신들과 너를 노리는 자들의 눈에서 벗어날 것이다. 그 기간 동안 그대를 노린 범인을 색출하여 다시는 그들이 건드리지 못하게 할 것이다."

"폐하……. 저는 사내의 마음을 믿지 않습니다."

"아니, 믿어도 된다. 네가 믿지 못하겠다면 내 교지라도 쓰겠다."

후가 다급하게 랑에게 말하였다. 랑은 입가에 잔잔하게 미소를 띠우며 후를 바라보았다.

"저를 사모하십니까?"

후는 자신을 보며 사모라는 단어를 언급한 랑의 붉은 눈동자에 가려진 검은 동공에 빠져들 것 같은 기분이었다. 후는 대답 대신 제 입으로 랑의 입을 가리었다. 짙은 입맞춤으로 두 사람 모두 방에 감도는 독한 약초냄새도, 머리 아픈 향냄새도 느낄 수 없을 정도였다.

저번이 마치 랑을 놀리듯이, 오히려 랑이 정신이 혼미해지는 입맞춤이었다면, 지금은 후가 랑에게 홀릴 듯한 입맞춤이었다. 부드러운 입술의 촉감은 언제나 그렇듯 자신을 녹게 만든다. 자신을 오롯이 빼앗는다.

"사모한다."

숨이 가빠질 무렵, 후가 랑의 입에서 떨어지며 랑을 오롯이 바라본 채 대답하였다.

"너를 청룡국의 황후로 책봉할 것이다."

후의 말에 랑의 눈이 커졌다. 랑은 그가 하는 그 말이 얼마나 무겁고 힘든 선택인지 알고 있었다. 한 나라의 왕비도 아닌 제국의 황후였다. 랑이 너무 놀라서 후를 바라보기만 하자 후는 그런 랑을 보며 웃음을 지었다. 그리고 오른손을 들어 조심스럽게 랑의 눈을 감기고는 다시 입을 맞추었다. 오랜 시간동안 두 사람의 입맞춤은 다시 이어졌다. 어쩔 때는 숨이 막힐 것 같이 강렬하기도 하였고 또는 부드러운 과자를 먹듯이 달콤하기도 하였다. 후도, 랑도 서로에게 깊이 빠져들고 있었다.

다음날 후는 직접 랑을 데리고 손 어의의 집으로 향했다. 랑이 치료를 받으면서 잠에 빠지자 후는 어의를 보며 조심스럽게 랑을 남쪽 암행에 데려가도 될지 물어보았다. 황제의 물음에 그는 곤란한 듯한 표정으로 대답을 하였다.

"폐하, 홍랑님의 몸은 상당히 허약한 상태이십니다. 홍랑님을 남방순행에 데리고 가신다면 상태가 더 안 좋아질 수도 있습니다."

"그럴 수는 없다. 이미 모든 계획이 세워졌다. 거기다 홍랑은 지금 누군가에게 독으로 당할 만큼 위험한 상태니, 더더욱 혼자 놔둘 수 없지."

황제의 순행 중 일종인 암행은, 역대 황제들도 몇 년의 계획을 세워야 할 만큼 중대한 일이었다. 암행으로 가는 경우에는 더더욱 그러하였다. 황제가 사라졌다는 것을 대신들이 알아채서는 안 되기도 하였고 황제의 부재를 담당할 믿을 수 있는 자를 황제의 대리로 세우고 가야 하는 일이었다. 한여름, 한 달 정도 너무 더운 날씨로 인해 황실의 모든 회의가 쉬는 달이 있다. 이것은 후가 황위에 오르면서 계속 해왔던 것으로 지금은 일종의 공식행사로 지정될 정도였다.

"하오나……. 신은 무척 염려가 되옵니다."

"짐이 옆에서 잘 챙길 것이다."

후는 굳은 의지로 대답을 하였다. 랴스만과의 전쟁을 따라간 그는 후가 다급하게 랑의 상처를 치료하라 명했을 때부터 그가 랑에게 호감을 가지고 있다고 생각하였다. 그뿐만이 아니라 궁궐 가득히 은밀한 벽을 따라 퍼진 후가 남색이고, 그 대상이 홍랑이라는 소문은 자신의 생각을 더욱 확고하게 해 주었다. 하지만 실제로 보니 그는 자신의 생각보다 더 깊이 랑에게 빠져 있었다.

"내게 주의해야 할 것들을 말해 달라."

후의 눈은 고집스러웠다. 그 앞에서 손 어의는 그저 자신의 고집을 꺾을 수밖에 없었다. 홍랑이 이번 암행을 통해 조금이나마 몸이 나아서 오기를 바랄 뿐이었다.

그 시각 중경의 북쪽에 위치한 청룡국 최고의 귀족, 이염무의 집에서는 큰 소리가 흘러나오고 있었다. 외출복을 입고 나온 궁녀는 고개를 들지 못하고 승상의 눈치를 살필 뿐이었다.

"무슨 말이냐? 폐하의 궁녀들이 홍랑의 집기를 모두 바꾸었다니?"

"그…… 그것이…… 송구하옵니다. 어르신……."

승상은 한숨을 내쉬었다. 선대 때부터 누려온 최고의 권력과 명예, 집안 대대로 승상을 배출한 그의 집안은 정치적으로 어마어마한 입지를 지니고 있었다. 하지만, 단 한 가지 부족한 것이 있었으니 바로 집안에 황후가 한 명도 없다는 것이었다. 한때 그의 고모가 오래전 후궁이긴 하였으나 그것이 다였다.

　황제가 남색이라는 소문은 진작 들었다. 그렇다면 명목상으로나마 자신의 딸을 들일 수 있지만 한 가지 걸리는 것이 있었다. 바로 홍랑이 여자일 수도 있다는 소문이었다. 물론 그 소문의 근원에는 그녀의 미색이 있었다. 승상도 언젠가 한 번 홍랑의 얼굴을 보고 그 아름다움에 정신을 못 차렸으니 말이다.

　친성각에 심어둔 나인의 가장 친한 동무라는 다관(茶館-차를 관리하는 관청)의 나인을 통해 독이 든 차 잎을 친성각에 보내었다. 그것도 홍국의 왕실에서 가장 좋아하는 청룡국의 차였고, 그의 예상대로 랑은 그 차를 자주 마셨다. 각종 은기를 사용하는 수라와는 달리 차는 청자를 사용하기에 독의 유무를 파악하기 어려웠다. 그래서 그의 계획은 성공하는 듯싶었다.

　단 1퍼센트의 위험을 남겨두고는 언젠가는 자신이 당한다는 것이 바로 정치계였다. 그의 목표에 있어 아주 작은 위협은 절대 허락하지 않았고 홍랑 또한 마찬가지였다.

　"아버님……."

　"오, 황화 왔느냐?"

　승상이 가장 아끼는 딸, 태어난 순간부터 제 딸만큼은 꼭 황후를 만들어 집안을 빛내리라 각오하였다. 그래서 이름까지도 황궁의 꽃이 되라 하여 황화라 지을 정도였다. 태어난 순간부터 황후가 되기 위한 교육을 받아온 아이였다. 청룡국과 홍국의 전쟁만 아니었다면 제 딸은 진작 황태자비가 되었을 테고 지금쯤 황후가 되어 있었을 것이다. 이미 제 또래 아이들은 모두 시집을 갔지만 황화는 아직도 시집을 안 보낸 이유도 거기에 있었다.

　"감기는 어떠하냐? 좀 나았느냐?"

"예, 제 걱정은 마시지요."

천생 여자였고 황후감이다. 이렇게 다소곳하고 어여쁘며 조용한 아이가 또 있을까, 승상은 자신의 딸의 모습에 저절로 만족스러운 미소를 지었다. 조용한 담소가 오가고서 황화는 문밖을 나섰다.

"하아……."

한숨을 내쉬는 것은 언제나 황화가 하는 버릇이었다. 아버님은 거대한 바위와 같은 느낌이다. 황화는 단 한 번도 황궁에 들어가고 싶은 마음이 없었다. 듣자하니 황제폐하는 아버님조차 어려워하고 힘겨워하는 분이라 들었다. 자신은 아버님은 물론 아버님의 사람들을 볼 때면 가슴 한편이 숨이 못 쉬어질 만큼 답답해져 왔다.

"아가씨, 여기 쪽지요."

"빨리 줘."

대여섯 살 정도 된 어린 소년이 품안에서 작은 쪽지를 꺼내 황화에게 건넸다. 쪽지를 읽던 황화는 방에서와는 달리 입가에 환한 미소가 걸렸다.

"그래, 수고 많았다. 여기 선물이다."

"네 감사합니다."

황화가 소년의 손에 작은 동전 하나를 쥐어주었다. 다행히 소년은 유모의 작은 아들이었기에 온전한 제 사람이었다. 집안에서 유모와 유모의 저 작은 아들을 제외하면 어느 누구도 자신의 편이 없었다. 모든 사람이 아버지의 사람들이었다.

방에 들어온 황화는 두 손을 가슴에 꼭 모아서 한껏 상기된 모습이었다. 원래 그녀의 성격은 방에 들어오는 것조차 싫어하는 성격이었다. 밖에 나가서 사내아이들과 놀다가 걸려서 어머니에게 혼난 것도 한두 번이 아니었다. 비록 무술을 할 수 있는 것은 아니지만 무술을 하는 소년들을 무척 동경하였다.

그중에 황화의 마음을 오롯이 빼앗은 사내가 있었다. 황화가 자주 놀러가던 재막골에서 만난 폐하의 충신이었던 이주학의 첫째아들이라 하였던 준휘라는 사내였다. 무척이나 어린나이에 친해진 황화였다. 오래 전 이염무와 이주학의 사이가 정적관계로 돌아서며 이주학이 귀양을 간 일이 있었다. 그 이후 황화 또한 쉽사리 준휘를 볼 수 없었지만, 그래도 한 달에 한두 번, 준휘가 비번일 때 준휘와 황화는 만날 수 있었다.

그러다보니 이렇게 아무도 모르게 쪽지를 주고받으며 황화는 그에게 더욱더 큰 연심을 가지게 되었다. 빨리 밤이 찾아와 달이 떴으면 좋겠다고 황화는 간절하게 빌었다. 훈계하는 소리로 가득 찬 책을 보면서 평소 같으면 잔뜩 찡그렸을 황화의 표정이 잔뜩 기쁨으로 달아올랐다.

몸이 좋지 않다는 핑계로 황화의 방의 불은 금방 꺼졌다. 그러나 이내 황화의 방에서 평민 남자와 같이 변복한 황화가 조심스럽게 빠져나왔다.

집에서 살짝 담을 넘어 나온 황화는 마치 가슴이 뻥 뚫린 것 같은 기분이었다. 이렇게 준휘를 만날 때면 자유를 느끼는 것 같아 저도 모르게 입가에 미소를 달고 다니게 된다. 아니, 그것보다도 그를 본다는 것이 이렇게 좋을 수가 없다.

그를 처음 본 그날이 떠올랐다. 재막골에 놀러갔다가 불어난 물에 황화가 빠졌다. 아무도 나서지 못한 그 찰나에 준휘가 물에 뛰어들어 황화를 구해냈다. 자칫 잘못하면 준휘까지도 위험해질 수 있던 상황이었지만 준휘는 그저 황화를 구하고도 무뚝뚝하게 황화를 바라볼 뿐이었다.

'우…… 우리…… 친구하자.'

물이 기도며 코며 잔뜩 들어간 탓에 말도 제대로 못하던 그 상황에서 황화는 저도 모르게 자리를 뜨려던 준휘의 옷을 붙잡았다. 그런 황화의 태도에 준휘는 그저 고개를 끄덕일 뿐이었다. 그 이후에 무려 10년이라는 시간 동안 두 사람은 친구였다.

"준휘야!"

다리에 기대어 흘러가던 물을 바라보던 준휘는 고개를 돌려 남장한 황화를 바라보았다. 뛰어왔는지 어설프게 묶은 머리가 제법 많이 풀렸다. 헉헉거리는 황화를 바라보던 준휘는 피식 웃더니 황화의 흘러내린 머리카락 한 올을 귀 뒤로 넘겨 주었다.

"이번에는 좀 많이 늦었지? 한 달 만이잖아."

"괜찮아. 폐하를 모시는 몸인데 바쁜 건 당연하지."

황화가 환하게 미소를 지으며 준휘를 바라보았다. 준휘는 피식 웃으며 황화의 손을 잡았다. 갑작스럽게 자신의 손을 잡은 준휘의 태도에 황화는 심장이 크게 뛰는 것을 느꼈다. 그를 향해 온 힘을 다해 뛰어올 때보다 더 말이다.

'너를 황궁으로 시집보내지 않을 것이다.'

향정루에서 들은 승상의 계획대로 준휘는 황화를 그곳에 보내고 싶지 않았다. 이미 다른 이에게 마음이 있는 폐하 옆에서 울릴 생각은 전혀 없었다. 오직 내 옆에서, 내 옆에서만 웃고, 내 옆에서만 있게 할 것이다. 황화의 손을 잡은 준휘는 혹여 황화의 손이 미끄러져 빠지기라도 할까 그녀의 손을 힘을 주어 더욱 꼭 잡았다.

더군다나 황화와 걷던 준휘는 뒤에서 따라붙은 인기척에 황화의 손을 꽉 잡았다. 황화가 무슨 일이냐고 바라보자 준휘는 그저 웃을 뿐이었다.

"우리 잠깐만 달릴까?"

"응?"

황화의 대답이 떨어지기도 전에 준휘는 황화의 허리를 껴안아 자신의 품에 안고 뛰기 시작했다. 하나, 둘, 셋, 넷, 다섯. 자신에게 붙은 미행이 제법 많다. 여인인 황화가 자신의 속도에 맞춰 뛰기란 무리였다. 황화는 갑자기 자신을 안아든 준휘의 태도에 얼굴이 새빨개져 그의 옷깃을 꽉 잡으며 물었다.

"준휘야, 왜 그래?"

"미행이야."

"뭐?"

준휘가 달리는 속도는 꽤 빠르다. 마치 바람이 움직이듯 부드럽고 조용하다. 황화가 그의 품에서 얼핏 뒤쪽을 바라보았다. 검은 복면을 쓴 자들이 자신들을 따라오고 있었다. 준휘가 골목골목으로 숨어들어감에도 불구하고 그들은 꽤나 집요하게 준휘와 황화를 따라잡고 있었다.

"황화야 잠깐 숨 좀 참을래?"

"아…… 알았어."

중경의 가장 큰 강가에 도착한 준휘가 황화를 안고 거리낌도 없이 물에 뛰어들었다. 제법 높이가 있는 누각에서 아무렇지도 않게 뛰어내린 두 사람을 보며 뒤따르던 이들은 멈출 수밖에 없었다.

"푸하."

빠른 물살 때문에 누각에서 제법 떨어진 곳에서 두 사람의 인영이 나타났다. 보아하니 중경 밖으로 나온 듯싶었다. 물에서 나오자 황화가 몸을 덜덜 떨었고, 준휘가 그런 황화의 어깨를 꼭 끌어안았다.

"조금만 참아, 불을 피울게."

풀들이 가득한 곳에서 준휘가 풀들을 누르고 겨우 자리를 만들어 황화를 앉혔다. 불까지 피우자 제법 따뜻해졌지만 황화는 여전히 추위에 떨고 있었다. 준휘가 황화의 몸을 꼭 끌어안았다.

"이래서는 안 되겠다. 황화야 옷 벗어."

"뭐?"

준휘의 말에 황화가 깜짝 놀라 동그래진 눈으로 준휘를 바라보았다. 준휘는 한숨을 내쉬었다. 이런 의도가 아니었는데 본의 아니게 말이 엉뚱한 방향으로 흘러가는 듯싶었다.

"내말은 그러니까……. 물에 젖은 옷을 입고 있으면 더 추워. 차라리 맨살로 있는 게 체온 유지에 더 나아. 어…… 음…… 그러니까…… 어떤 행동도 안할게……. 나를 믿어."

준휘의 말에 황화는 눈을 꼭 감았다. 실은 그가 자신을 어떻게 할 거란 생각은 안한다. 다만, 자신이 그를 너무나도 마음에 품고 있어서 그 마음이 커서 그것이 걱정이었다.

불빛에 비추어져 황화의 뽀얀 속살이 붉게 빛났다. 준휘는 헛기침을 하며 황화의 뒤에서 그녀를 끌어안았다. 피부 밑까지 피가 엄청난 펌프질을 하는 기분에 준휘는 왠지 머릿속이 하얘지는 기분이었다. 얼핏 황화를 내려다보다가 고개를 돌린 그녀와 눈이 마주쳤다.

"준휘야 미안한데, 나는 나 자신을 못 믿겠어."

황화가 눈이 마주친 준휘의 얼굴을 끌어당겼다. 준휘의 입술이 황화의 입술과 맞부딪혔다. 오히려 멍하게 있는 것이 준휘였고 준휘의 입술을 탐하는 것이 황화였다. 어설픈 입맞춤에 준휘가 피식 웃었다. 준휘가 황화의 입술을 강하게 끌어당겼다.

반면 준휘와 황화를 놓친 이들은 제 주인에게 가서 무릎을 꿇고 상황을 보고했다. 그러는 내내 분위기는 좋지 않은 방향으로 흘러가고 있었다.

"놓쳤다고?"

"송구하옵니다."

"흐음……. 확실한가?"

"어두워서 자세히 보이지는 않았지만, 그런 듯싶습니다."

내금위장의 보고에 후는 책상을 손가락으로 탁탁 쳤다. 암행을 떠나기 전에 승상의 동태를 알아보기 위해 얼마 전부터 내금위의 몇몇 인사들을 시켜 변복을 하고 살펴보라 일렀다. 주변 국가의 정세를 알아보기 위해 흑무들을 대거 간자로 보냈기 때문에 흑무가 얼마 남지 않아 내금위를 시켰는데 생각 외의 일에 후의 표정이 좋지 않았다.

승상, 그리고 그의 딸, 그들의 행동 하나하나, 일거수일투족을 모두 후에게 상세히 알리라는 명을 내린 지 나흘째, 늦은 저녁에 다급하게 황제의 알현을 청한 내금위장은 후의 심기를 꽤나 거슬리게 하고 있었다.

준휘가 승상의 딸과 어울린다라……. 그것도 이렇게 늦은 저녁에 말이다. 신왕을 모시던 문관 신료였던 이주학이 준휘의 아버지였다. 후가 알기로는 지금 현재까지도 이미 세상을 떠난 이주학과 승상은 서로 앙숙지간이었고 정쟁의 결과, 이주학은 그의 모함을 받아 유배를 갔고 병을 얻어 별세하였다. 물론 그들을 따르는 세력 또한 무척 사이가 좋지 않았다.

준휘는 도대체 어떤 생각으로 승상의 딸을 만나는 것일까. 혹시라도 향정루에서 있던 일을 승상의 딸에게 말하려는 것은 아닐까? 혹시라도, 그의 계획이 새어나가는 것은 아닐까? 의심이 꼬리에 꼬리를 문다.

"알았다. 이만 물러가라."

"네, 폐하."

내금위장이 예를 갖추어 방에서 물러났다. 후가 한숨을 내쉬며 자리에서 일어났다. 머리가 복잡할 때는 궁궐을 산책하는 것이 머리를 정리하는데 꽤나 좋았다.

"홍랑은 어디 있느냐?"

"보서고에 계신다고 합니다."

후의 대답에 상선내관이 후의 가까이로 와 후에게 조용히 알렸다. 이미 후와 랑의 관계를 눈치 챈 상선내관은 연화를 통해 랑이 어디에 있고 무엇을 하는지 실시간으로 보고를 받았다. 방금 전까지 얼굴이 굳었던 후가 입가에 미소를 머금는다.

"보서고로 가자."

후의 말에 어린 내관이 등을 들고 보서고 쪽으로 길을 잡았다. 밤에도 퇴청하지 않은 신하들로 인해 보서고는 여전히 밝았다. 궁의 구석에 위치해 있지만 그 크기만큼은 후의 대전만큼이나 크고 웅장했다. 후가 발을 들여놓자 보서고를 지키던 사관은 다시 한 번 깜짝 놀랐다. 평생을 가도 보지 못할 황제의 얼굴을 요즘 들어 자주 보는 기분이었다.

늦은 시간, 보서고 안에는 사람이 적었다. 책을 읽을 수 있는 책상이 있는 곳에 쓰러진 한 인영에게 눈길이 간다. 검은 흑발에 동여맨 머리, 후가 조심히 다가가 얼굴을 바라보았다.

랑이 눈을 감은 채 팔을 베고 잠에 빠져 있었다. 후가 그런 랑의 모습을 보며 피식 웃었다. 독기를 제법 뺐지만 무리한 운동은 절대 안 된다는 어의의 말에 랑은 다음 주 암행 전까지 이렇게 보서고에 와서 책을 좀 보고 싶다는 얘기를 했었다. 후가 랑이 보고 있던 책을 바라보았다.

'지리지?'

청룡국 24성 지리지 중에서도 남부 지역에 관한 지리지였다. 후는 조심스럽게 랑의 팔에서 책을 빼내어 랑이 보고 있던 쪽을 보았다. 그가 암행을 갈 지역 중 하나인 지전성에 관한 것이었다. 그는 지리지를 바라보다가 랑이 쓴 듯한 종이를 들고 지리지와 비교해 보았다. 대부분이 생활과 토산물의 수확에 대한 기록이었다. 후가 랑을 빤히 바라보았다.

왠지 갑자기 그녀가 남자로 태어나지 않은 것이 감사하게 여겨졌다. 자신과 비슷한 생각을 하는 랑이었다. 백성들의 생활, 토산물의 수확과 기록, 이것들이 바로 후가 이번 암행에서 구체적으로 보고자 하는 것들이었다. 매번 올라오는 장계와 기록만으로는 그들의 생활을 제대로 알 수 없었기 때문이다.

제왕의 교육을 받은 랑이었지만, 그녀 또한 이렇게 백성들의 생활에 깊게 생각이 있는 줄은 몰랐다. 만약 홍랑이 여자가 아니라 남자로 태어났다면, 그래서 홍국의 왕이 되었다면 후의 입장에서는 군신관계가 아니라 제왕과 제왕의 대등한 관계에서 홍랑을 봐야 했을지도 모른다.

후가 랑의 잠든 얼굴을 바라보며 웃었다. 이미 홍국의 왕이야 물 건너 간 셈이다. 아무리 봐도 자신의 아내가 되는 게 제일 좋은 일이다. 자신과 함께 제국을 다스릴 만한 여자다. 그녀가 황후가 된다면 분명 역사에 길이 남을 현명하고 아름다운 황후가 될 것이다.

암행을 다녀온 다음, 제천절을 준비하고, 그런 바쁜 일정이 끝나면 랑을 정식적으로 황후로 맞이할 생각이다. 후가 부드러운 랑의 얼굴을 쓰다듬으며 웃었다. 랑이 황후의 대례복을 입고 자신의 옆에 서 있는 모습을 상상했다. 생각만으로도 가슴이 벅차고 웃음이 난다.

"폐…… 폐하?"

랑이 잠에서 막 깨어 그녀의 눈이 게슴츠레하게 떠지며 후를 바라보았다. 후가 랑의 얼굴을 쓰다듬던 손을 다급하게 치웠다. 랑이 의심스럽다는 듯 눈을 가늘게 뜨자 후는 헛기침을 하며 먼 곳을 바라보았다.

"아 벌써 시간이 이렇게 되었네요. 어인 일로 보서고까지 오셨습니까?"

"그거야 네가 있다 하여……."

"제가 있는 곳은 친성각 아니면 원래 따로 잘 보시지 않으시잖아요?"

웃으며 말하지만 랑의 말에는 왠지 가시가 있는 듯싶었다. 후는 그런 랑의 말을 부정할 수 없었다. 아직은, 랑이 여자인 것을 밝히기엔 시기상조였다. 그것도 그것인데다가 궁에는 벽에도 귀와 눈이 달려 있었다. 작은 행동 하나가 구설수가 되어 사람들의 입에 오르내리기 때문에 후는 대범하게 행동하는 척해도 의외로 소심하게 랑을 보곤 하였다.

"네게 상의할 것이 있어 이리 왔다. 여기서 이럴 것이 아니라 후원이라도 걷는 것이 어떠하냐?"

"좋습니다."

랑이 환하게 웃음을 지으며 후를 바라보았다. 후가 다시 한 번 랑을 바라보며 심장이 거세게 뛰는 것이 느껴졌다. 랑의 웃음은 제 눈에는 너무 예뻐서 자신을 무장 해제시키는 효과가 있었다.

후원으로 나온 후는 자신을 따르는 궁인들은 좀 물러나게 하고 랑과 둘이서 걸었다. 비록 손을 잡고 걷는다든가 그런 건 아니었지만 어두컴컴한 이 밤에 후와 단둘이 걸으니 랑은 괜히 심장이 두근거렸다. 그도 같은 마음일까. 보고 있어도 보고 싶고, 항상 자신을 애타게 한다는 것을 말이다.

"준휘가 승상의 딸과 만난다는 보고를 받았다."

"그러하옵니까?"

랑의 표정이 굳어졌다. 이 좋은 시간에 이준휘의 얘기는 갑자기 왜 꺼낸단 말인가. 괜히 달콤한 말을 기대했던 랑은 살짝 풀이 죽어 후에게 약간은 퉁명스럽게 대답하였다. 그러나 후는 짐짓 심각한 듯싶었다.

"얼마 전 향정루에 갔던 때를 기억하느냐?"

"그때 얘기는 왜 꺼내시는 겁니까?"

랑은 조금은 퉁명스럽게 대답하였다. 그 일로 받은 상처는 아직도 가시지 않았다. 그 때문에 근신처분을 받은데다가 별무의 사람들과는 따로 인사도 못한 채 흑무로 배정되어 버렸다. 그 때문에 궁궐 안에서 자신을 두고 쑥덕대는 소문이 많다는 걸 랑은 이미 눈치 채고 있었다.
"승상이 제 딸을 황후로 올리려는 계책을 꾸미려는 것 같더구나."
"아……."
 랑은 살짝 허탈해져 오는 기분이었다. 후가 자신에게 황후 자리를 약속하였다. 그 권력이 탐이 나는 것이 아니었다. 권력이라면 이미 홍국에서 세자위로 있으면서 충분히 겪었으니까, 18년 동안 세자라는 막강한 후계자 자리를 겪어본 랑은 그런 권력에 이골이 난 사람이었다. 만약 권력에 욕심이 있었다면 의에게 그렇게 쉽게 세자자리를 넘겨주지 않았을 것이다. 법을 바꾸어서라도 자신이 지켰을 자리였다.
 다만, 후의 옆자리가 탐났을 뿐이었다. 후가 황제이기에 랑은 황후가 되고 싶었다. 후가 일반 사내였다면 랑 또한 여염집의 아낙이 되고 싶었을 것이다. 그냥, 이 남자 옆에 있고 싶을 뿐이었다. 랑의 이러한 복잡한 생각이 얼굴에 그대로 드러났다. 후가 랑을 바라보더니 웃음을 지었다. 후가 랑을 부드럽게 바라보았다.
"걱정마라. 내 옆자리는 오직 너의 것이다."
"허면 무엇 때문에 그리 수심이 가득한 것이옵니까?"
 후는 다시 얼굴이 굳어졌다.
"랑아, 너는 천을 얼마나 믿느냐?"
"천이요?"
 준휘와 승상의 여식의 이야기에서 갑자기 자신에게 천에 대해 묻는 후를 보며 랑은 의아해했다.
"글쎄요. 그저 온전하게 믿는 자 중 하나이지요."
"만약, 천이 네게 적이 되는 자와 내통하는 기색을 보인다면?"
 후의 물음에 랑은 후의 의도를 알아차렸다. 그는, 준휘가 자신을 배신

했을까 봐 그것이 걱정인 듯싶었다. 황후가 되려는 승상의 딸과 자신의 호위무사의 만남, 황제의 옆에서 가장 황제를 잘 알고, 황제의 정보통인 자. 그가 바로 준휘였다. 후의 입장에서는 보통 걱정되는 일이 아닐 것이다.

"흠, 글쎄요. 마음 같아서는 천을 불러다가 고문이라도 해야지요."

고문이라는 말에 후가 랑을 바라보았다. 꽤나 무서운 말을 아무렇지도 않게 생글거리며 말하는 랑을 보며 후는 살짝 미간이 찌푸려졌다. 하지만 이내 랑은 부드럽게 말하였다.

"그러나, 믿어야지요. 나를 위해 목숨을 바친 자가 아닙니까? 나를 배신하지 않을 거라 믿어야지요. 내가 모르는 어떠한 무언가가 있지 않을까 싶습니다."

"그러하냐……"

랑의 말에 후는 표정이 부드러워졌다. 하지만 랑의 말에 그는 고개를 끄덕일 수밖에 없었다.

"물론, 사람의 마음이나 그 의도를 깊이 파악할 수는 없으니 자세하게 조사는 해야겠지요. 저처럼 믿었던 수하에게 배신당하지 않으려면 말입니다."

"음…… 그 일은……"

후는 약간 당혹스러운 듯 할 말이 없었다. 랑의 입장에서는 천 다음으로 믿는 호위무사에게 뒤통수를 당한 꼴이었다. 이미 준휘와 랑의 사이가 좋지 않음을 어느 정도 눈치 챈 후였지만 역시 이 여자는 당해낼 수 없다.

"농담입니다. 폐하."

"전혀 농담 같지 않다."

입이 오히려 툭 튀어나온 것은 후였다. 그런 후의 표정에 랑이 웃고 말았다. 천하를 다스리는 냉혈한 황제라 불리는 그에게 이러한 어린아이와 같은 모습이 있을 줄이야. 랑이 후를 보며 생긋 웃었다.
"그리 믿지 못하시겠다면 직접 불러서 물어보시면 되지 않습니까?"
"흠……."
"그리 불신이 깊어져서는 준휘공이 아무 일도 못합니다. 차라리 술이라도 마시면서 푸시지요."
후가 랑을 보며 피식 웃고 말았다. 역시 랑에게 의논하기를 잘하였다. 과연, 이 세상에 어느 여자가 이렇게 현명한 답안을 자신에게 내려줄 것인가. 후는 당장이라도 랑의 입술을 훔치고 싶었지만, 그저 누가 볼까 봐 조심스럽게 랑의 손등을 쓰다듬을 뿐이었다. 하루라도 빨리 랑을 제 옆에 두어야 하는데……. 후의 마음이 조급해졌다.

준휘는 며칠이 지난 후에야 복귀를 하였다. 아직 감기기운이 가시지 않은 것인지 얼굴의 양 볼이 살짝 열이 올라 있었지만 표정만은 아무 일이 없다는 듯 무표정이었다. 후는 서책을 읽으면서 자신에게 인사를 올리는 준휘를 힐끔 바라보았다.
"잘 쉬고 왔는가?"
"송구하옵니다. 폐하."
"쯧쯧, 흑무의 장이라는 자가 어찌 이리 몸이 약해서야……."
후의 투덜거림에 준휘는 그저 웃을 뿐이었다. 그날 이후 지독하게 감기가 들어 몸조차 일으킬 수 없었다. 며칠 후에 몸이 좋아지면 궁에 들라는 후의 명령에 준휘는 겨우 몸을 일으켜 후에게 올 수 있었다.
"주안상을 들여라."
"네, 폐하."
후가 다짜고짜 주안상을 들이라는 말에 도리어 놀란 것은 준휘였다.

손님이 찾아올 것 같지도 않은 이 늦은 시각에 후가 홀로 주안상을 올리라 하는 경우는 매우 드물었기 때문이다. 멀뚱히 서 있는 준휘를 보며 후가 준휘를 바라보았다.

"뭐해, 앉지 않고."

"네…… 네?"

"너 말이야. 이준휘. 앉으라고!"

왠지 황제가 무섭게 느껴지는 기분은 왜일까. 준휘는 얼떨떨한 얼굴로 졸지에 후와 마주앉게 되었다. 후가 따라주는 술이 맑은 소리를 내며 잔에 채워졌다. 황제가 내려주는 술은 본래 바로 모두 마셔야 하지만 준휘는 왠지 그 술이 두렵게 느껴졌다.

"짐이 내려주는 술을 어찌 이리 바라만 보고 있는 게냐?"

"아, 아닙니다."

고개를 돌려 준휘가 술잔을 비웠다. 약기운 때문일까. 몸이 안 좋아서일까. 아니면 술이 독해서일까. 평소 같으면 이러한 술 서너말은 마셔도 괜찮았는데 오늘은 겨우 한잔을 비웠을 뿐인데 몽롱해져 온다. 잔이 비기가 무섭게 후가 술을 따랐고 준휘는 다시 그 술을 마셨다. 그렇게 서너 번 했을까. 이제 겨우 시작이라 생각한 후인데 준휘의 상태를 보아하니 벌써부터 고개를 도리도리 흔든다. 몸이 안 좋다는 말이 사실이었나 보다.

"어제 밤에 무얼 했느냐?"

"딸국, 네에?"

술에 취해서 볼이 더욱 벌게져온 준휘가 후를 보며 눈을 게슴츠레 떴다. 후가 혀를 끌끌 차며 준휘를 바라보았다. 이 방법이 맞긴 한 건가? 갑자기 랑에게 의아한 마음이 들기까지 한다. 가장 독한 술을 준비하라 했는데 준휘가 이렇게까지 취할 줄 몰랐던 후는 비어버린 술잔에 술을 따라 주며 준휘의 눈치를 살폈다.

"승상의 딸을 만나 무얼 했냐고."

"아, 황화 말씀이시옵니까?"

흠, 이름이 황화인가 보군. 승상이 어지간히 권력에 욕심이 있나보다. 왠지 후의 미간이 찌푸려진다. 하지만 준휘는 반대로 표정이 헤실헤실 웃고 있는 모습이었다. 항상 무표정에 딱딱하던 준휘에게 저런 표정이 있다니, 후는 갑자기 조금은 흥미롭기 시작했다.

"황화 말입니다. 세상에 그리 아름다운 여인도 없습니다."

"……"

"제가 아주 어린 시절, 물에 빠진 어린 소녀를 구해 준 적이 있습니다. 그저 사람의 목숨이 위태로워 구해 준 건데 그 아이가 제 옷을 꼭 붙잡고 저에게 친구가 되어 달라 하지 않습니까. 당시 아버지가 좌천되어 제 주변에 어느 누구도 친구가 되어 준다는 이가 없었는데 그 아이의 그 말이 어찌나 기뻤는지 모릅니다. 그런데 날이 갈수록 아름다워지고 날이 갈수록 제 옆에 두고 싶다는 욕심이 커집니다."

준휘는 밝게 웃으며 후에게 얘기했다. 후는 단 한 번도 들어본 적 없는 이야기였다. 아니 준휘가 누군가를 좋아한다는 것을 몰랐다. 그만큼 준휘는 자신의 생각을 함부로 얘기하지 않았다.

"그런데, 승상이 황화를 폐하께 보낸다 합니다. 황후의 자리에 앉힌다 합니다…… 폐하, 저는 어찌해야 합니까?"

"……그대가 걱정하는 일은 일어나지 않을 것이다."

"하아, 그랬으면 좋겠는데……. 향정루에서 그 말을 듣는데 폐하가 처음으로 싫었습니다……."

준휘가 내뱉는 말에 후는 피식 웃고 말았다. 어쩐지 그날따라 뒤통수가 따갑더라니……. 후가 비어있는 준휘의 잔을 채워 주었다. 준휘가 단

숨에 들이마시고서는 미간을 잔뜩 찌푸린 채 쓰다는 말을 내뱉자 후가 얼굴에 웃음이 만연하였다. 제 부하의 새로운 모습을 보는 게 나쁘지만은 않군. 준휘에 맞추어 후가 자신의 잔에 비어있는 술을 비웠다.

"폐하, 폐하, 소신 청이 있습니다. 다른 이, 어느 누가 황후 자리에 앉아도 저는 그분을 존경하고 받들 것입니다. 하지만, 하지만, 황화만큼은 제발 그 자리에 앉히지 마십시오. 폐하…… 부탁드립니다. 황화만큼은……. 황화만큼은……."

황화라는 이름을 몇 번을 반복하며 몸을 이리저리 비틀거리던 준휘가 쿵 소리를 내며 테이블에 쓰러졌다. 제 잔에 술을 채워 다시 잔을 비운 후는 밖에 대기하고 있던 상선내관을 불러 준휘를 옆방으로 데려가 재우라 하였다.

'승상, 그대의 뜻대로 되지는 않을 것이오.'

입 안에 도는 술 맛이 참 쓰다. 전쟁으로 인하여 황권은 추락하였고 황제를 대신하여 나라를 좌지우지하던 귀족의 권위는 높아졌다. 황제임에도 쉽게 넘어가는 일도, 제 뜻대로 할 수 있는 일도 없었다. 심지어 자신의 반려를 정하는 일에도 말이다.

다음날 아침 댓바람부터 친성각에 들려 얘기를 해 주는 후의 말에 랑은 그저 무표정으로 고개를 끄덕일 뿐이었다. 하, 자기에게는 황제폐하에게 그 어떤 작은 감정도 갖지 말라면서 준휘, 자신은 그렇게 사모하는 여인이 있었다는 것인가. 역시 그 형제는 마음에 들지 않는다. 형이고 아우이고 정말 싫다.

"그대 덕분에 나의 수족을 지켰다. 고맙소."

혹여 큰일이라도 연관된 줄 알았더니 고작 그런 이유라니, 랑은 괜히 심통이 났다. 이럴 줄 알았으면 그냥 후와 준휘 사이가 안 좋도록 놔둘 걸. 랑이 찻잔을 만지작만지작 거렸다.
"암행 준비는 잘 되어 가느냐?"
"그럭저럭 짐은 쌌습니다. 그나저나 저와 폐하, 단둘만 갑니까?"
 아무래도 그것이 걱정이었나 보다. 후는 랑의 손을 꼭 잡았다. 이내 랑의 허리에 손을 감아 자신의 다리에 앉게 하였다. 졸지에 랑이 후를 내려다보는 구도가 되었다. 랑이 깜짝 놀라 후를 바라보고 있자 후는 마치 귀한 보물이라도 어루만지는 양 나머지 한 손으로 랑의 볼을 쓰다듬었다.
"왜? 싫은 게냐?"
"아니 그게 아니옵고, 폐하의 신변이 걱정되어서요……."
"보는 눈이 적어야……."
'쪽.'
"내 이리 마음 놓고 너에게 입을 맞출 수 있지 않겠느냐?"
 순간적으로 음흉한 눈빛을 짓더니 기습적으로 입을 맞추는 후의 행동 때문에 랑은 속수무책으로 당할 수밖에 없었다. 랑이 저도 모르게 웃어 버리자 후는 그런 랑의 미소에 다시 랑의 입술을 훔쳤다. 제법 긴 시간 동안 두 사람의 농밀한 입맞춤이 지속되었다. 후의 그런 애정표현에 아까지만 해도 서운했던 랑의 마음이 스르르 녹아내렸다.
 저녁시간이 되자 방 안에 바람 한줄기가 불더니 준휘가 나타났고 랑은 대수롭지 않다는 듯 탁자에 놓인 책을 보며 그의 인기척을 느꼈다.
"폐하의 안위가 최우선임을 잊지 마시게."
 검은 무복을 툭 던지며 하는 준휘의 말이 랑에게 그리 좋게 들리지는 않는다. 누구 덕에 폐하의 의심에서 풀렸는데 이리 막 대한단 말인가. 랑은 한 손가락으로 무복을 들며 준휘를 한 번 노려봐주었다.
"아, 그나저나 어제 저녁에 폐하와 술은 잘 드셨소이까?"

랑의 물음에 준휘는 랑을 빤히 쳐다보았다. 어제 일은 기억도 하고 싶지 않았다. 깨어보니 대전의 어느 방이었다. 자신이 몸이 안 좋은 상태로 폐하와 술을 마셨다가 그 말도 안 되는 양에 취해서는 마음속에 담아두었던 말을 다 꺼낸 기억이었다. 그 때문일까. 오늘 하루 종일 폐하가 자신을 보는 눈이 꽤나 재미있는 듯싶었다.

"다시는 폐하께 의심을 살 행동은 하지 마세요."

"의심이라니요?"

랑은 그저 미소를 짓고 웃고 나갈 뿐이었다. 준휘는 랑의 물음에 곰곰이 생각하였다. 그럼, 황화와 함께 도망치던 그때 자신의 뒤를 미행한 자들은 바로 폐하의 사람들이었던 것이다. 준휘의 입에서 깊은 한숨이 나왔지만 마음 한편이 편안해지듯 안도감이 들었다.

혹여, 승상이 붙인 자들인가 해서 여간 걱정스러운 것이 아니었다. 이곳에서는 황화의 소식을 들을 수 없으니 혹시라도 제가 없던 사이에 승상에게 불호령이라도 듣지 않았을까 싶었다.

왠지 웃음이 났다. 그리고 랑이 나간 문을 바라보았다. 자신이 랑에게 빚을 한 번 진 셈인가. 그녀가 떠난 자리를 오랫동안 지켜보았다. 랑이 폐하에게는 매우 위협적인 존재가 될 거라 생각했다. 초반에 그녀가 보여 준 살기로는 언젠가는 폐하를 죽일 수도 있겠다는 생각도 했었다. 랑이 폐하에게 미인계를 써서 폐하를 나락으로 떨어뜨릴지도 모른다는 걱정이 앞섰다. 하지만 어쩌면 자신이 너무 성급하게 그녀를 판단한 것은 아닌가 싶었다.

근신처분이 풀렸지만 랑은 친성각에 있는 시간이 더 많았다. 그런 랑의 처소에 간만에 하호가 발걸음을 하였다. 화림에 데려간 인물 중 한 사람이었던 하호는 그냥 자중하라는 명을 받았다. 셋 중 가장 가벼운

형을 받은 축에 끼었다. 역시 황족이라 후가 봐 주었다는 생각에 하호를 보는 랑의 얼굴 한쪽에 심통이 붙어 있었다. 하호는 그런 랑의 눈을 보고는 저를 향한 생각을 읽었다.

하호가 랑이 따라준 차를 마시며 채무의 이야기를 꺼냈다. 역시나 후가 채무를 싫어하는 이유에는 랑의 태도도 한 몫 한 듯싶었다. 그렇게 귀찮아하더니 그래도 그녀 자신과 함께 징계를 받은 채무의 이야기라는 말에 랑의 귀가 솔깃해지는 기분이었다.

"채무가 어디로 발령이 났다구?"

"북방 한령이라는 곳이야. 선족들이 요새 하도 들쑤시나 봐. 대장군이 공이라도 쌓으라고 보냈다는데 뭐, 잘됐지."

하호가 어깨를 괜히 으쓱하며 말하였다. 좌천되지 않은 게 어디냐는 말에 랑은 저도 모르게 안도의 한숨을 내쉬었다. 선족들이 사는 북방은 지세가 험하고 다른 지역보다 겨울이 길었다. 항상 땅이 얼어있는 동토인지라 청룡국과는 빈번하게 전투가 일어나는 곳이었다. 그 때문에 청룡국에서 공을 쌓아 높은 자리에 오르려면 선족들과 대치하고 있는 한령의 배치는 인생에 한 번쯤은 있는 일이긴 했다.

특히 음서는 허락하되 실력이 없으면 좌천되어 버리는 이 청룡국에서 그동안 음서로 잘 먹고 잘 놀던 채무의 경우에는 대장군이 정신 차리라고 한 특단의 조치인 듯싶었다.

"이번 암행에 따라간다면서?"

"어찌 알았어?"

랑이 당황해하며 얼굴을 붉혔다. 후가 단둘이 간다며 계속 강조한 암행이었다. 설마 후가 여기저기에 알리고 다닌 걸까 싶어 랑은 당황한 눈으로 하호를 바라보았다.

"그야, 내가 황제폐하의 대리를 맡았으니까 사정이야 다 알지."

"아……."

"뭐 단둘이 가는 것도 아니면서 왜 그렇게 당황해 해."

하호의 말에 랑은 마치 김이라도 새는 듯 귀에서 김빠지는 소리가 나는 듯싶었다. 이 말인 즉, 후가 자신을 놀린 것이었다. 그럼 그렇지. 몇 년을 준비한다는 황제의 암행에 어찌 단둘만이 간단 말인가. 그게 어디 말이 쉽지 될 성 싶은 말이던가. 랑의 허탈한 표정을 잡아낸 하호는 부채로 얼굴을 가리고 입가를 씩 올렸다. 역시, 랑은 재미있다. 왜 후가 랑에게 관심이 생기는지 알 것도 같았다.

"왜, 너도 폐하처럼 남색인 거야?"

"남…… 남색?"

"몰랐나 보네, 황제폐하, 남색이라는 소문이 파다해. 너도 홀리지 않게 조심해라."

하호가 던진 이 한 마디에 랑은 얼굴이 하얗게 질렸다. 분명 얼마 전 자신이 여자인 걸 알았고 그는 그런 그녀를 좋아했다. 그런데 남색이라니, 물론 그의 말을 듣기 전까지는 그런 의심도 한 번 해 보긴 해봤다만 후가 직접 자신을 좋아한다고 그랬는데……. 설마, 자신이 남자 같은 여자라서 좋은 걸까. 랑의 머리가 꽤나 혼란스러워왔다.

"오랜만이십니다. 홍 장군님"

오랜만에 희를 찾아온 랑을 반갑게 맞이하는 황 상궁이었다. 대답하는 목소리가 희의 방 안에 들렸는지 희는 랑을 어서 방에 들라 하라 하며 재촉하였다.

"스승님!"

제 다리에 폭 안기는 희를 바라보며 랑은 슬며시 웃고 말았다. 전쟁에서 돌아온 이후 처음 보는 랑의 모습에 희는 더욱 랑에게 꼭 매달렸다. 랑이 살짝 희를 떼어내며 자리에 앉았다.

"희 황녀님 방이 가장 시원한 듯싶네요."

"어마마마가 직접 정해주신 방이에요. 오라버니도 부러워하는 곳이죠."

여름이 찾아오려는지 날씨가 점점 더워졌다. 그럼에도 황궁의 곳곳에는 시원한 바람이 들었는데 희의 방도 궁 안에서는 통풍이 제일 잘되는 곳 중 한 군데였나 보다.

"스승님 혹시 제가 홍국에 갈 수 있는 방법은 없을까요?"

"황녀님이요? 황녀님이 왜 홍국에……."

"아, 그냥 놀러요! 놀러 가고 싶어서요!"

새빨개진 얼굴에 랑은 재미있는 표정으로 희를 바라보았다. 아무래도 자신을 구해준 의가 제 마음에 들었나보다.

"의를 보고 싶어 그러신 겁니까?"

"아니요! 절대 아니요!"

희가 여전히 새빨개진 얼굴로 강하게 부정을 하며 손을 휘휘 저어 부정하였으나 랑의 눈에는 희의 속마음이 모두 보였다. 희를 향해 미소를 짓자 희는 랑을 향해 변명을 하였다.

"아, 아닙니다. 그저…… 홍국이 아름다울 것 같아서……."

랑은 환한 미소를 지으며 말을 더듬거리는 희의 머리를 쓰다듬어 주었다.

"뭐, 아주 방법이 없는 것은 아닙니다."

"뭔데요? 뭔데요?"

금세 눈이 초롱초롱해지는 희를 바라보며 랑은 웃고 말았다. 아무래도 희는 의를 꽤나 마음에 들어 했나 보다. 황녀의 공식적인 외국 방문이 여러 가지였지만 랑은 하나만 알려 주기로 생각했다.

"우리 의의 부인이 되시면 됩니다."

"스승님……. 자꾸 저를 놀리십니까?"

결국엔 얼굴이 빨갛게 변해 터져 버릴 듯한 희의 태도에 랑은 소리 내어 웃고 말았다. 랑은 제 앞에 놓인 차를 한 입 마시고서는 희의 눈치를 살폈다. 희가 아직 어리다고 하나 후의 가족이었고 궁중의 일원이었으니 하호가 자신에게 알려주고 간 소문의 진상을 알 것 같았다.

"그나저나 저 황녀님께 한 가지 물어볼 것이 있습니다."

"무엇인가요?"

랑의 놀림에 희는 퉁명스럽게 대답하며 이미 뾰로통해져서 입이 툭 튀어 나왔다. 이번에는 랑이 목을 가다듬더니 희에게 물었다.

"혹시, 폐하……. 남자를 좋아하시나요?"

"우리 오라버니요?"

랑의 물음에 희는 고개를 갸우뚱했다. 아직 황후를 들이지 않았고, 또한 희도 그리 큰 고민을 한 적이 없던 문제였다. 물론 자신 또한 궁녀들이 하는 소문을 들은 적은 있었다. 황제폐하 옆에 수천의 아리따운 꽃들이 있는데 폐하는 거들떠도 안 본다고. 어쩌면 폐하는 남자를 좋아할 수도 있다고 말이다.

"음, 좋아하는 것 같아요."

문제의 심각성을 그리 모르는 어린아이의 입에서는 대수롭지도 않은 얘기가 나왔다만 희의 말 한 마디에 랑은 얼음이 되듯 딱딱하게 굳어버리는 기분이었다. 아, 왠지 울고 싶은 심정이었다. 그래서 황제가 자신이 남자같이 행동해서, 혹은 그러한 모습이라서 좋아지게 된 것일까? 그리 알기 때문에 좋아하는 것일까?

"스승님, 괜찮으세요?"

"아, 괜찮아요."

랑이 희를 바라보며 안심하라는 듯 웃어보였다. 그 웃음에 희도 같이 웃음을 지었다. 희가 참 어여쁘다. 그런 희의 얼굴에서 의의 얼굴이 겹쳐보였다. 랑은 그런 희가 정말 제 동생처럼 애틋하게 느껴져서 오랫동안 애화전을 나오지 못했다.

 친성각으로 돌아와 짐을 싸고 있던 랑은 자신의 허리를 감싸는 이질적인 느낌에 저도 모르게 소리를 지를 뻔했다. 그러나 이내 익숙한 그 느낌에 저도 모르게 입꼬리를 올리고 말았다.
 "죄다 무복뿐이네……."
 "폐하를 호위하는 일이지 않습니까."
 랑은 후의 불평에 너무나도 당연한 대답을 하였다. 그런데 왠지 후의 얼굴이 불만으로 가득한 모습을 본 랑은 의아한 표정으로 후를 바라보았다. 무엇이 불만일까. 랑은 아까 낮에 하호와 희의 말이 귀에 맴도는 기분이었다.
 '남색입니다.'
 '폐하는 남색입니다.'
 저도 모르게 들려오는 환청 같은 소리에 랑이 고개를 도리도리 돌렸다. 후는 제 품안에서 무슨 생각을 하는지 눈을 꼭 감고 고개를 도리도리 흔드는 랑을 보며 피식 웃고 말았다.
 "여자 옷도 좀 넣고 그러지 그래?"
 "네에?"
 뜻밖의 말에 랑은 의아한 표정으로 후를 바라보았다. 여자 옷이라니……. 그는 남성스러운 것을 좋아하는 사람이 아니었나? 랑이 후의 예상과는 달리 너무 놀라자 랑의 그러한 태도에 도리어 후가 왜 그러냐고 물었다.

"폐하, 남색 아니셨어요?"

"……뭐라?"

후의 당혹스러운 그 말에 랑은 저도 모르게 입을 두 손으로 막았다. 미쳤다. 미쳤어. 그 말을 입 밖으로 꺼내면 어떡해! 랑의 표정이 울상으로 가득했다. 한편 후에게는 이게 무슨 소리인가 싶어 랑을 어이없다는 듯 바라보았다. 아, 아니다. 하기야 자기도 그런 소문을 들어보긴 했었다.

황후를 들이지도 않고, 심지어 건드리는 궁녀들도 없어서 여자에 관심이 없다는 소문, 어쩌면 남자를 좋아할지도 모른다는 그 소문. 들어도 어차피 궁인들이 심심해서 떠드는 가벼운 소문이라 여겼다. 대수롭지 않게 생각했는데 랑의 입에서 그런 말이 나오다니 후는 어처구니가 없었다.

"누가 그딴 말도 안 되는 소리를 하는 것이야?"

"그…… 그게…… 하호와 희 황녀님이……."

진하호, 진희라. 후와는 가장 가까운 인물이었다. 가족인 그들마저 후를 남색으로 여겼단 말인가. 후는 저도 모르게 갑자기 부끄러워지는 기분이었다. 여자에게 관심이 없던 이유는, 그동안 제 마음을 줄 만큼 사랑하는 사람을 만나지 못했기 때문이었다. 궁녀들이고 귀족의 여식이고 간에 제 마음에 드는 여자가 없었다. 단지 그뿐이었다.

"송구하옵니다. 폐하."

랑이 고개를 푹 숙이며 웅얼거리듯 말했다. 후는 한 손으로 이마를 짚으며 마음속에서 깊이 한숨을 내쉬었다. 이미 제 마음을 모두 보여 주었다고 생각하였다. 그러나 랑은 아직도 자신이 남자 같아서 내가 그녀를 좋아한다고 여기나 보다. 후가 랑의 턱을 잡고 살짝 고개를 들었다. 그리고 제 눈을 바라보기를 피해 눈을 살짝 옆으로 돌린 랑을 바라보았다.

 자신이 남색이었다면 랑이 남자였을 때부터 끌렸을 것이다. 하기야 생각해 보면 그것도 아주 틀린 말은 아니다. 하지만, 홍랑을 좋아하게 된 이유는 그때는 몰랐던 묘령의 여인에게 간 관심에 랑에게 눈이 간 것이었다. 묘령의 여인과 랑이 동일 인물이었기에 랑에게 눈이 간 것이었다. 그러나 지금은 남장한 랑을 보아도 자신의 눈에는 어여쁜 여인이다. 언젠가 홍랑이 여자라면 대륙 최고의 미인이었을 것이라는 얘기를 들은 적이 있다. 그만큼 랑은 아름다웠다.

 남들이 두려워하는 붉은 눈동자가 후의 눈에는 루비처럼 반짝이게 보였다. 하얀 피부와 적당히 솟은 코, 그 아래 홍국의 공주들이 가진다는 붉고 아름다운 입술, 새까만 머리카락. 그 모든 것이 적절하게 어우러져 후 앞에는 대륙 최고의 아름다운 여인이 서 있었다.

 "아직 못들은 것이냐?"

 "무엇을 말입니까?"

 후가 랑을 보며 장난기 가득한 웃음을 지었다. 왠지 두근거린다. 무엇일까. 후의 말에 랑은 저도 모르게 침을 삼켰다. 후의 얼굴이 랑에게 가까이 다가왔다.

 "홍랑, 이번 암행에서 네가 내 부인 역할을 맡게 되었다는 것 말이다."

 "네에?"

 랑의 눈이 커지며 후를 바라보았다. 입을 살짝 벌리고 멍한 표정으로 후를 바라보았고, 역시 후는 기회를 놓치지 않았다. 랑을 제 품으로 꼭 끌어안은 채 랑의 입술을 탐하기 시작했다. 랑의 입술은 언제 탐해도 부족하고 또 부족하다. 후가 랑의 아랫입술을 강하게 빨자 랑에게서 약간의 신음소리가 함께 흘러나온다.

"부인, 오늘 밤 운우지정을 한번 쌓아볼까요?"

"아, 아니 되옵니다."

랑이 후를 살짝 미쳤지만, 후는 별로 밀려나지 않았다. 후가 랑의 손목을 잡아채서는 자신을 끌어안게 만들었다. 동시에 후의 가슴팍에 랑의 얼굴이 묻혔다. 쿵쿵거리는 후의 심장소리가 크게, 그리고 빠르게 뛰었다. 랑은 그 소리에 저도 모르게 미소를 지었다.

"나는 사내를 탐하지 않아."

"폐하……. 그것은……."

"이리 아름다운 너를 두고 내가 어찌 사내를 찾겠느냐."

옛날 같으면 절대 상상도 못할 말이 후의 입에서 흘러나왔다. 후의 달콤하고도 사랑스러운 말에 랑이 쿡쿡 웃고 말았다. 후가 랑을 품에 꼭 끌어안았다. 그러고서는 랑의 이마에 사랑스러운 입맞춤을 남겼다.

후가 깊은 여운을 남겨주고 간 이후로 며칠이 지나 친성각은 여인들의 옷이 들어오자 궁녀들 사이에서 난리가 났다. 여자 옷들의 등장에 랑만 어색하게 허허 웃을 뿐이었다.

"어머어머, 이 옷감 보십시오. 너무 곱사옵니다."

보아하니 모두 젊은 여인들이 입는 옷이었다. 홍랑이 여자라는 것을 광고라도 할 것 같은 기세와도 같아서 랑은 얼른 궁녀들을 내보내고 자리에 앉아 옷들을 바라보았다.

그러다가 홍국에서 가져온 옷이 든 함을 열어보았다. 주암성에서 입은 노란빛 옷이었다. 랑은 다시 문을 확인하고서는 그 노란 옷을 입었다. 비록 홍국의 옷이지만, 아름답다. 상투를 틀었던 머리를 풀자 머리는 굽실굽실 굽이치며 흘러내렸다. 반쯤 묶어 후가 꽂아 주었던 용잠으로 머리를 틀어 올렸다. 거기에 주암성 시장거리에서 산 귀걸이를 하자, 비록 화장은 하지 않았지만 아까와는 또 다른 느낌의 여인이 앉아서 자신을 바라보고 있었다.
 랑은 저도 모르게 면경으로 손을 뻗어 제 얼굴을 쓸어보았다. 오래전부터 하고 싶었던 얼굴이었다. 이 모습을 후에게 보여 준다면 그는 어떤 반응을 보일까. 랑이 입술을 끝을 올려 예쁘게 웃어보였다. 자신의 눈에 행복이 서려있었다. 오래 전 어설픈 여인의 모습은 없었다.

 7월이 되자 조정에서는 황제의 건강을 염려하여 한 달간의 조정회의 휴일이 선포되었다. 이에 일각에서는 후의 암행을 언급하기도 하였지만 황제가 계속하여 장계를 받는다는 말에 그러한 소문은 사그라졌다.
 "폐하 덕분에 한 달 동안 청룡국은 제 손바닥 안에 있겠군요."
 "태대장군에게 단단히 주의를 주고 가야겠군. 혹여 역모라도 하려면 당장에 도성을 공격해도 된다고 말이지."
 하호는 그런 후의 말에 크게 웃음을 터뜨렸다. 오랜만에 대전에는 후와 하호, 준휘, 랑, 그 외에도 태대장군과 황제의 여러 문무 신료들이 있었다. 그중에서도 랑은 얼마 전 보서고에서 만난 이부시랑이 후가 신임하는 자라는 말에 그와 다시 반갑게 인사하였다.
 "언제 이부시랑과는 그렇게 친해졌소?"
 보서고에서 책을 보다가 몇 번 이야기를 나누다보니 조정 돌아가는 일에 대해 공통된 생각이 많은 그들이었다. 후가 자신과 이부시랑을 째려보는 눈빛이 꽤나 예사롭지 않다. 그의 매서운 눈빛에 이부시랑 정운은 그저 부드럽게 웃을 뿐이었고 랑은 진땀을 흘릴 따름이었다.
 "폐하, 시작하시지요."
 준휘의 말에 후는 고개를 돌리며 가볍게 토라진 모습을 보였다. 물론 이부시랑은 그가 가장 믿는 문신 중 하나였다. 그러나 랑과 저렇게 친한 모습을 보아하니 꽤나 배알이 뒤틀린다. 하호가 옆에서 랑에게 장난칠 때도 그냥 아무 감흥 없었는데 말이다. 이내 준휘가 조심스럽게 그를 다시 부르고 나서야 후는 정신을 차려 신료들을 바라보았다.

"우선, 과인이 암행을 떠난 동안, 친왕 진하호가 짐의 대리로서 이곳을 지킬 것이다. 일은 친왕과 이부시랑과 병조참판, 형부시랑과 논의하여 결론을 내리도록 하라. 도성과 황성은 태대장군이, 궁성의 경비는 특별히 흑무의 장이 관리할 것이다."

"네?"

준휘는 느닷없는 그 말에 후를 바라보았다. 그는 흑무의 장이었다. 누구보다 후를 지키는 임무를 맡은 게 그의 역할이었다. 그 또한 이번 암행에 당연히 따라 갈 거라 생각하고 준비하였으나, 후는 그를 도성에 남겨두기로 명하였다. 준휘의 눈이 흔들렸으나 후는 그런 준휘를 바라보지 않고 말을 계속 이어갔다.

"군사와 병조 또한 태대장군께서 역시 잘 유지해 주실 거라 믿소이다."

"여부가 있겠사옵니까? 별무 또한 모두 도성에 있으니 걱정 마십시오."

별무라는 말에 랑이 고개를 들어 태대장군을 바라보았다. 별무라는 단어가 꽤나 정겹게 들렸다. 아직은 흑무보다는 별무가 더 익숙한 랑이었다. 아마도 앞으로도 자신은 별무가 더욱 신경 쓰일 것 같기도 하였다.

"이번 암행에서 나를 최측근으로 호위할 자는 바로 홍랑이오."

"네에?"

후의 말에 하호를 제외하고는 다들 깜짝 놀라 후를 바라보았다. 물론 요새 들어 후가 랑을 많이 아끼고 챙긴다는 이야기는 들은 적이 있었다. 친성각도 매일같이 들린다는 말도 들었다. 때문에 항간에서는 후가 홍국의 왕자인 랑을 좋아한다는 소문도 들었다. 그래서 황제폐하가 정말 남색이라는 소문도 들었다. 그저 소문이라고만 생각했다.

다들 얼이 나가있던 상태로 후를 바라보다가 하호가 분위기를 파악하고는 부채를 펴서 웃음을 가리었다. 그러더니 장난기 가득한 눈으로 후를 바라보며 물었다.

"폐하, 혹시 여인보다 사내가 좋으시옵니까?"

하호의 말에 후는 미간을 잔뜩 찌푸리며 그를 바라보았다. 다른 이들은 조마조마한 마음과 궁금한 마음을 가지고 후를 바라보았다. 후는 하호를 바라보며 억지로 웃었다.

"진하호, 변방으로 쫓겨나고 싶은 게냐?"

"어휴……. 그럴 리가요. 변방은 신채무만으로도 충분합니다. 저는 폐하 대리역할이 좋습니다."

하호가 능글능글하게 말하였고, 그런 하호의 행동에 후는 한숨을 내쉬며 참았다. 황제폐하라 하더라도 가족 간의 장난에는 속수무책으로 당하고 있었다. 랑은 그런 인간적인 모습에 웃음을 지었다.

"짐은 남색이 아니오. 또한 이미 마음속에 정인이 있으니 다들 헛소문에 현혹되지 말라."

후의 말에 순간 대전 안은 정적이 흐르다가 다들 경악한 얼굴로 후를 바라보았다. 요 근래 후가 내뱉은 말 중에 가장 충격적인 말이었다. 나이 스물두 살이 되도록 아직도 배필이 없는 후에게 좋아하는 사람이 있다니! 신료들의 얼굴에는 지금이라도 당장 황후로 맞이해야 한다는 표정들이 서려있었다.

"폐하, 이 기쁜 소식을……."

"암행이 끝나고 바쁜 일이 지나간 후에 다시 이야기하도록 합시다."

그 말을 마친 후는 랑을 바라보며 싱긋 웃어보였다. 그리고 다시 인사배치를 말하는 후를 바라보며 랑은 저도 모르게 환하게 웃어버렸다. 그리고 그 둘의 모습을 보던 하호는 부채를 펴서 얼굴을 가렸다.
"홍랑이 그리도 좋으십니까?"
신료들이 다 나간 방에 하호와 후, 두 사람만이 남아있었다. 하호의 말에 장계를 보고 있던 후는 얼굴을 들어 하호 쪽으로 돌렸다. 역시 저 녀석 모든 걸 알고 자신도 떠보려고 하고 랑에게도 그만 이상한 말을 한 게 분명하다. 후는 읽고 있던 장계를 내려놓으며 하호를 바라보았다.
하호는 아무 말 없이 자신을 바라보는 후를 바라보았다. 후의 갈색 빛 눈동자가 마치 금빛처럼 빛난다. 실제로 금색으로 변하는 게 아니지만 마치 그런 느낌을 받는다. 무언가를 집중하거나, 자신의 진심을 내보일 때 이런 느낌을 받았다.
하호가 후의 이런 모습을 본 적은 과거에 딱 두 번 있었다. 하나는, 선황제인 육제가 돌아가셨을 때, 두 번째는 황위에 오를 때, 바로 그때 그가 이러한 모습을 보였다. 어떤 굳은 결심을 할 때 나타나는 모습이었다.
"홍랑을 황후로 맞이할 생각이십니까?"
"그렇다면?"
"분명 홍국의 왕자를 황후로 맞이한다면 대신들이 폐하를 공격할 것입니다."
"본디 홍국의 공주이다. 신분으로 따진다면 대신들보다 랑의 지위가 더 높지."
이미 후의 콩깍지가 단단히 눈에 씌우어진 모양이었다. 지금 청룡국 내에서 어느 정도 랑에 대한 인식이 좋아졌다하나, 아직도 이곳에서 랑은 적국의 왕자이자 청룡국의 가장 무시무시한 적장이었다. 하기야 홍랑의 미모라면 어느 사내라도 탐낼 만큼, 뛰어나고 아리따운 여인이다.

그리고 제 앞에 서 있는 사촌 형이자 대륙의 주인인 이 황제는 무소불위의 권력을 가질 수 있는 자리에 앉아있는 사람이었다. 아마 그는 그 어떤 반대와 풍파에도 홍랑을 차지할 것이다. 어쩌면 황제폐하만큼 랑을 지켜줄 수 있는 사람도 없을 것이다. 하호는 그런 후의 결심이 확고한 얼굴을 보며 더 이상 어떠한 말도 할 수 없었다.

아직 닭도 울기 전인 어두운 새벽, 대전에서 준비를 마친 후는 고개를 괴고 문을 바라보고 있었다. 황위에 오른 후에 계획해 온 암행이었다. 흑무 인원 중에서는 오직 두 명만이 후를 호위할 정도로 후의 암행은 무척이나 조심스럽고 아무도 눈치 채지 못하게 하도록 꾸며져 있었다.
"왔느냐?"
검은 무복으로 나타난 랑을 보며 후는 조금은 실망스러운 얼굴 인 듯 싶었다. 옷까지 보내주었더니 랑은 간편한 검은 무복 차림으로 나타났다.
"어찌 그리 실망한 눈빛이옵니까?"
"흠, 아니다."
"폐하, 이건 여행이 아니라 암행이지 않습니까."
랑의 말은 틀린 것이 없다. 다만, 제 욕심을 좀 채우고 싶을 뿐이었다. 후가 랑을 끌어당겨 제 품에 꼭 끌어안았다. 크게 한숨을 내쉬는 후에게 랑은 손을 뻗어 그의 등을 살며시 감쌌다. 시간만 된다면 이렇게 계속 있고 싶다.
"흠흠, 폐하?"
호위할 흑무 인물 중 한 명이 헛기침을 내뱉으며 말을 걸자 랑이 놀라서 급하게 후에게서 떨어졌고 후는 아쉬운 듯한 표정이 역력했다. 이내 자신에게 말을 건 흑무를 살짝 노려보았다.

"이제 가셔야 할 듯싶습니다."

"그래. 알았다."

흑무의 말에 후는 다시 무표정으로 돌아오며 그를 따라 문 밖으로 나갔다. 랑은 그런 후의 뒤를 따르며 그를 흘깃 바라보았다. 아직은 랑에게 그의 무표정이 익숙한 듯싶었다. 하지만 다시는 자신과 있을 때 그 표정은 보고 싶지 않다.

후는 랑과 함께 성문 가까이에 서 있는 말에게로 다가갔다. 암행이기에 좋은 말을 타기 보다는 역참에 쓰이는 말을 타기로 하였다. 랑은 자신이 타게 될 말에게로 향하였다. 말의 갈색 갈퀴를 쓰다듬는 랑의 손길이 조심스러웠고 말을 바라보는 랑의 눈빛이 그리움으로 가득했다.

"전장서 탔던 말이 많이 그립지?"

"네, 전우였으니까요."

랑이 후의 말에 슬며시 미소를 지으며 말을 쓰다듬었다. 보석과도 같은 장신구가 아니라 무기와 말이, 그녀의 친구였다. 랑의 그러한 모습을 보던 후와 일행들은 말에 올라탔고, 말의 고삐를 잡아당겼다. 말의 고삐를 당기는 소리와 함께 후의 말에 앞장서며 질주하자 뒤에 서 있던 두 사람과 랑이 함께 뒤따랐다. 떠오르는 햇살에 랑의 머리칼이 붉게 물들었다.

"워워. 좀 쉬다 가자."

정신없이 말을 몰다보니 어느새 해가 어느새 머리 위에 걸려있었다. 시원한 물줄기가 흐르는 강가에 이르러서야 후는 말을 멈추었다. 푸르르 울음소리를 내는 말의 목을 잠시 축이며 랑은 얼굴에 미소가 걸렸다. 이렇게 말을 타고 달려본 것이 얼마만인지 몰랐다. 그리고 청량한 물줄기에 손을 넣어 세수를 한 번 하자 시원함이 랑의 얼굴 전체에 퍼졌다.

"그리 좋으십니까?"

일행 중 한 사람이 다가와 물었다. 랑은 그제야 제 동무가 된 흑무의 일원을 바라보았다. 이제 보니 여자였다. 랑이 저도 모르게 당혹스러운 얼굴을 짓자 여인은 그저 말없이 조용히 웃을 뿐이었다.

"걱정 마십시오. 홍랑님이 여자라는 건 이미 오래 전에 알고 있었습니다."

"아……."

그 말에 랑은 머리를 긁적였다. 이렇게 낯선 이로부터 친근하게 인사를 받는 것도, 이렇게 말을 타고 전쟁터가 아닌 산천초목을 누비는 것도, 피비린내가 아니라 풀냄새를 맡는 것도, 항상 자신을 노리던 적이 아니라 자신이 마음으로 진정 원하는 이와 함께 하는 것도, 그 모든 것들이 낯설고 새로운 경험이다.

"저는 이번 암행에 같이 온 유하와 결혼한 사이입니다."

"아, 부부가 폐하를 호위하는 건가요?"

"네. 근데 이건 다른 흑무 사람들에게는 비밀이에요. 그이와 결혼한 걸 아는 건 오직 폐하뿐이시거든요."

여인은 한 쪽 눈을 찡긋 하며 랑에게 웃어보였다. 랑은 저도 모르게 마음 편하게 웃고 말았다. 왜 후가 굳이 이 두 사람만 암행에 포함시켰는지 알 것 같기도 하다. 서로의 비밀을 공유함으로써 지금 암행에서는 그 어떤 비밀도 없다.

"포희, 이만 가자."

"알았어요!"

적당히 땀을 식히고서 유하라는 자의 말에 정답게 대답하며 자리에서 일어나는 포희를 보며 랑은 저도 모르게 후를 바라보았다. 랑은 그들이 부러웠다. 두 사람처럼, 편하면서도 함께 동등한 위치로 그와 설 수 있었으면 좋겠다는 작은 희망을 품었다.

"몸은 괜찮아?"

"아직 무리한 정도는 아니에요."

어느새 제 옆에 와서 저를 살피는 후를 바라보았다. 손 어의가 정성껏 포장해 준 약이 후의 짐의 절반을 차지할 정도였다. 랑은 그것이 미안했지만 후는 대수롭지 않은 눈치였다. 후는 그 이후에 시간이 날 때마다 랑의 옆에 와서 랑을 살폈다. 혹여 이번 암행이 무리가 되서 다시 그녀의 몸을 망치지 않을까 싶어서였다. 손 어의에게는 당당하게 자신이 잘 챙기겠다고 해놓고서는 혹여 랑의 몸이 상할까 봐 생각보다 더디게 가고 있는 그였다.

"누가 보면 내가 애라도 밴 줄 알겠어요."

자신을 극진히 보필하는 후를 보며 랑이 우스운 소리로 내뱉었다. 그러나 랑은 후의 눈을 보는 순간 아차하고 말았다. 후의 눈빛이 꽤나 달아오른 기분이었다.

"지금이라도……."

"폐하! 늦겠사옵니다. 빨리 떠나야 오늘 저녁에 율기(栗基)에 도착할 듯싶습니다."

"알았다……."

어지간히 재촉하는 유하를 향해 후가 나지막하게 읊조렸다. 뭔가 매우 아쉬운 표정을 뒤로 한 채 앞장서며 자신의 손을 잡는 후를 바라보며 랑은 저도 모르게 안도의 한숨을 내쉬었다. 자신의 마음을 오롯이 보여 준 후는 애정표현에 있어서 나날이 발전하는 중이었고 랑은 그런 후가 좋으면서도 한편으로는 살짝 부담감이 들기도 했다.

후의 일행은 다행히 문이 닫히기 전 가까스로 제령성의 성도인 율기에 도착하였다. 후는 말에서 내려 제 스스로 말의 고삐를 잡고 유하를 따라서 가고 있었다. 청룡국의 수도인 중경을 둘러싼 제령성의 성도인 율기는 성도보다는 규모가 작지만 아무래도 제국의 수도와 가장 가까운 도시이다 보니 그래도 아직까지는 성도와 매우 비슷한 느낌이었다.

"이를 어째, 방이 두 개밖에 없네. 제천절 과거시험 때문에 벌써부터 여기에 몰려들어서 말이야."

"아……."

암행이 끝나고 10월에 있을 제천절에는 황제가 특별히 고시하여 과거시험이 있다. 제천절 과거시험에서 수석을 하면 재상의 자리에 오를 수 있다는 미신이 있어 본 시험보다 더 많은 사람이 몰려들었다. 그들이 간절한 눈빛으로 주모를 바라보았지만 주모는 어림도 없다는 듯 고개를 돌렸다.

"그럼, 저랑 포희가 같은 방을 쓰도록 할게요."

"흠……."

랑이 대수롭지 않게 방 두 개를 남자와 여자로 가르자 후는 꽤나 아쉬운 듯한 소리를 내뱉었다. 어차피 포희와 유하야 부부이니 한방 쓰는 게 당연한데 아직, 랑이 저와 부부가 아니니, 랑은 아무래도 자신이 조금은 껄끄러운가 보다.

"그래, 알았다."

후가 살짝 토라진 목소리로 랑에게 대답하였다. 그런 후의 모습에 랑은 포희의 뒤에서 살짝 웃고 말았다. 이내 방을 나누어 포희가 방에 먼저 들어가고 랑이 그 뒤를 따라 들어가려 하자 후가 랑을 뒤에서 끌어안았다.

"후아, 그래. 조금만 참자. 조금만 더……. 참자……."

"무엇을 참으신단 말이옵니까?"

랑은 눈을 동그랗게 뜨며 짐짓 모른다는 목소리로 후에게 말을 건넸다. 후는 한숨을 내쉬더니 랑을 자신을 보게 돌려세웠다. 그러더니 이마에 쪽 소리가 나게 입맞춤을 남겼다.
"그대가 빨리 나의 아내가 되었으면…… 유하가 부러워 죽겠군."
입을 쭉 내민 채 투덜대는 후의 모습을 보고 누가 이 사람을 그 차갑다는 냉혈한 황제라 할 것인가. 지금 이 모습은 누가 보더라도 한 여인을 사랑하는 평범한 사내에 불과하다. 랑의 입술이 예쁘게 곡선을 그으며 그의 입에 가볍게 입맞춤을 했다.
"저를 사랑한다면 아껴 주시옵소서."
"하아, 그래. 많이 피곤할 텐데 들어가 쉬어야지. 무슨 일 생기면 포희 뒤에 숨도록 해. 아무튼 그대는 나서지 말아."
"그런 일이 생기면……. 제가 포희보다는 더 실력이 뛰어나지 않을까요?"
랑의 말에 후는 웃고 말았다. 그래, 자신 앞에 서 있는 이 홍랑이라는 사람이 누구던가. 청룡국을 벌벌 떨게 한 인물이 아니던가. 후가 랑을 품에 한 번 꼭 안더니 놓아 주었다.
"빨리 내일이 되었으면 좋겠다."
짐짓 피곤할 수도 있는 암행이었지만 후는 랑이 옆에 있다는 이유, 함께 한다는 그 이유만으로도 피곤을 느낄 수 없었다.

6장. 암행 혹은 여행

다음날 아침, 제령성의 성도 율기의 민생을 살피기 위해 후와 유하는 졸지에 여자 둘을 기다리는 신세가 되었다. 후는 여인들의 준비가 왜 이렇게 긴 시간을 필요로 하는지에 대해 투덜대었다. 그 소리를 들은 것인지 동시에 두 사람의 앞에 나타난 두 여인의 모습에 각자 정신이 홀리는 듯 아무 말도 할 수가 없었다.

유하는 포희에게……. 후는 랑에게…….

"유하, 나 어색해?"

"아, 아니야."

포희의 모습이 어색한지 무뚝뚝하게 뒤돌아서는 유하를 보며 포희는 쪼르르 달려가 그의 팔짱을 꼭 끼었다. 유하는 그런 포희를 힐끗 내려 보았다. 흑무라는 직업 상 항상 검은 옷과 검은 천으로 머리를 감추고 눈만 보이던 포희는 청룡국에서 새색시들이 입는 노란 저고리와 붉은 치마에 유하가 준 옥가락지를 끼고 머리를 틀어 올려 얼마 전 산 은비녀로 고정하였다.

 두 사람 모두 고아라는 환경에서 흑무가 되었기에 아무도 모르게 깊은 산속에서 정화수 하나 떠 놓고 그렇게 부부가 되었다. 달빛 아래에서조차 이리 아름답게 꾸밀 수 없던 포희가 조금은 어색하지만 이렇게 꾸미고 얼굴에 화장까지 하고 나타나자 유하는 이것이 과연 자신의 아내가 맞나 싶었다.

 "포희 씨 아름답죠?"
 "그대만큼은 아니지."
 뒤에서 들리는 후의 목소리에 유하는 흠칫 몸을 떨었다. 그래, 지금 한창 연애하시는 좋은 시기 아니시던가. 유하는 길을 걷다가 살짝 뒤를 돌아 후를 쨰려보려다가 후와 눈이 마주치자 다시 앞을 향했다.

 "넌 포희나 봐. 홍랑은 보지도 마. 눈에 담지도 마."
 질투심이 어린 후의 말에 세 사람 모두 웃음이 터졌다. 오직 후 만이 진지한 얼굴로 랑을 바라볼 뿐이었다.

 "홍랑님은, 얼굴조차 보이지 않는데요."
 포희는 후의 말에 웃으며 말을 이었다. 포희가 아침부터 기대하며 꺼낸 것은 청룡국의 여인들이 입는 전형적인 옷들이었다. 포희는 태어나서 색이 들어간 옷은 처음 입어본다며 꽤나 이른 아침부터 설레발을 쳤다. 그 덕에 랑도 함께 덩달아 여자의 옷을 입게 되었다. 비록 홍국에서 가져온 옷은 아니라 청룡국 옷이었지만 말이다.

 하얀 저고리와 진분홍 빛 치마를 입고 머리를 반을 묶어 틀어 올리고 반은 흘러내렸다. 다행히 청룡국의 신분이 아주 높은 집안의 처녀들은 얼굴을 가리기 위해 촘촘한 망사로 된 얼굴 가리개를 비녀의 양 끝에 매달아 쓰고 다녔기에 랑의 눈동자는 쉽게 가리어졌다.

"내 눈에만 들어오면 되지……."

랑의 예쁜 얼굴을 기대했건만 조금은 씁쓸하게 들리는 후의 목소리였다. 이게 최선이라는 것을 아는데도 불구하고 조금은 자유로워진 지금, 하고 싶은 것을 모두 누리고 싶었다.

"율기에서 올라온 장계 중에 특별한 것이 있었나?"

"없습니다. 다만, 최근에 과거시험을 준비하는 자들로 북적여서 주막에서 담합의 형태로 가격을 많이 올린다 했습니다. 실제로 어제 저녁에 묵은 숙소도 중경의 웬만한 숙소들보다 두 배는 비쌌습니다. 그리고 최근 들리는 이야기로는 과거 시험을 대비해서 답안지를 숨길 수 있는 비방 같은 것도 암암리에 성행한다 들었습니다."

후의 물음에 포희는 막힘없이 대답을 하였고, 그 말에 후는 고개를 끄덕였다. 포희는 웬만한 학자들보다 암기력이 뛰어나 후가 한 번 보여준 장계들은 거의 머리에 외우고 있었다. 다만 고아라는 이유 하나만으로 천대받던 그녀를 흑무로 발탁한 것은 황제인 후였다. 때문에 포희는 무술보다는 이렇게 옆에서 후를 보좌하는 역할이 컸다.

"참 재미있네요."

"무엇이?"

포희의 보고를 듣고 있던 랑이 웃으며 말하였다. 랑은 뭔가 재미가 가득한 목소리로 말하였다.

"황제가 어떤 문제를 출제할지 미리 꿰뚫어서 답안을 작성한다는 거요. 황제가 어떻게 생각하는지 다 안다는 거잖아요. 세상에, 천자의 머릿속을 꿰뚫어본다니 세상의 머리 꼭대기에 있다는 거죠."

"내 머리 속을 꿰뚫어보는 자들이라, 참 재미있구나."

"그런 의미에서 폐하……."

랑이 살짝 뜸을 들였다. 왠지 저 천을 들어서 랑의 표정 좀 자세히 보고 싶다. 희미하게 보이긴 하지만 랑의 얼굴이 안보여서 답답해 죽겠다. 왠지 저를 놀리는 것 같기도 하고 무언가 기발한 생각을 하는 듯싶기도 하다.

"그럼 폐하, 그가 누구인지 살펴보는 건 어떠세요?"

랑의 말에서 누군가를 괴롭힌다는 의미의 엉뚱한 말이 툭 나오자 후는 어리둥절한 눈으로 랑을 바라보았다. 심지어 포희와 유하마저도 가던 길을 멈추고 뒤돌아서 랑을 바라보았다. 랑은 발걸음을 멈춘 채 책을 파는 책방의 현판을 가리키고 있었다. 책방만큼이나 과거를 보려는 자도 많았고 비방을 팔기에도 적합한 곳이 없었다. 책방으로 들어선 후는 세 사람의 시선이 모두 자신에게 향해 있음을 깨달았다. 후가 유하에게 하라는 눈치를 주었으나 애초에 무술만 하던 이였으니 문관들의 과거에 대해 아는 것이 없어 결국에는 후가 직접 나섰다. 터벅터벅 주인에게 다가가더니 몸을 숙여 과거의 비방을 물었으나 돌아오는 것은 타박이었다. 그의 면박에 후가 다시 목을 가다듬고는 재차 물었다.

"흠흠, 어디가면 그런 사람을 만날 수 있소?"

"이 양반이 나를 뭐로 보고, 썩 가지 못해?"

책방 주인의 말에 후는 미간에 힘줄이 솟을 것 같은 기분이었다. 지금 이 순간 제 눈앞에서 벌벌 떨던 사람들은 하나도 없었다. 오직 실랑이를 벌이는 책방 주인만이 있을 뿐, 얼핏 뒤를 돌아보니 세 사람 모두 웃겨 죽겠다는 표정을 겨우 참은 채 후를 바라보고 있었다.

'탁.'

후가 언성을 높이려던 찰나, 갑자기 제 옆에 무언가를 툭 놓는 랑을 보며 후는 의아한 눈으로 랑을 바라보았다. 책방 주인도 얼굴을 가릴 정도로 지체 높은 아가씨가 나서자 의아한 눈으로 랑을 올려다보았다.

"한번 보시오."

랑이 내밀은 것은 책 한 권이었다. 붉은 표지에 홍국의 말로 쓰인 것에 책방 주인은 헛기침을 하고서는 책을 가져갔다. 이내 책방에 들어오던 햇빛에 한 장 한 장, 책을 넘기던 그의 표정에는 호기심과 경악이 가득한 듯싶었다.

"아니, 이 책은……."

"홍국의 세자인 홍랑이 직접 저술한 병법서요. 저번 무과 시험에 현공성 전투에서 출현한 병법에 대해 자세히 논하라는 것이 문제였는데 무관들이 잘 모른다 했소. 그럴 수밖에, 홍랑이 직접 만든 진이니 청룡국 사람들이 알 길이 없지."

"이걸 어떻게 손에 넣었소?"

책방 주인의 반짝거리는 눈에 랑은 살짝 코웃음을 쳤다.

"그건 알 필요 없고, 내가 오라버니를 이번에는 꼭 과거시험에 합격시켜 집안을 빛내고자 하는데 협조해 주실 수 있소?"

랑의 말에 책방 주인은 머뭇거렸다. 랑이 던진 승부수에도 반응이 이렇게 미지근한 것으로 보아 그는 무언가를 더 원하는 듯싶었다. 랑이 그의 손에 있는 병서를 가져가 버리자 주인의 얼굴 가득 아쉬움이 가득했다.

"보아하니, 이득만 챙기고 우리에게 떨어질 것은 없는 듯하니 이만 가보겠소."

"아이고 아닙니다. 아니에요. 소개시켜 드리겠습니다. 암요. 대신 이 책은 그 어디에도 주시면 안 됩니다."

책방 주인이 두 손을 싹싹 비비며 입맛을 다시며 말을 했다. 그런 그의 자세와 말투에 랑이 입가를 씩 올리는 게 느껴진다. 그런 랑의 태도에 후는 랑을 대단하다는 듯 바라보았다. 자신도 보지 못한 병법서. 과연 랑이 왜 전쟁에서 이길 수 있었는지 순간 그는 느껴졌다.
 "유시에 다시 책방으로 오시오. 내 그 사람을 만나게 해드리다. 청룡국 최고의 족집게 선생을 만나게 해드리지요."
 책방에서 나오며 후는 랑의 손을 꼭 잡았다. 이제 그녀의 손에서 느껴지는 굳은살은 별게 아니라고 느껴질 정도다. 후가 엄지손가락으로 랑의 굳은살을 한 번 쓸었다.
 "괜찮은 것이냐?"
 "무엇이 말입니까?"
 "그 병법서……."
 후의 눈에는 아까 그 붉은 병법서가 계속 거슬렸다. 어쩌면 랑이 지난 전쟁에서 보낸 모든 것을 쓴 것이었다. 랑의 모든 것이었다. 랑은 자신의 손을 잡은 후의 손을 바라보았다.
 사실, 자신이 직접 집필한 병법서는 지난 9년간의 제 모든 것을 담은 것이었다. 청룡국을 분석하고 또 분석했고 홍국을 분석하고 또 분석했다. 전쟁에 나가지 않을 때면 틈틈이 병법서를 읽으며 정리하고 경험한 그 모든 것이었다.
 "앞으로, 청룡국과의 전쟁은 없을 것이라 믿으니까요. 어쩌면 더 이상 필요 없는 책일지도 모르죠. 아마 먼 훗날 다시 전쟁이 있다 하여도 이와 같은 방식으로는 싸우지 못할 겁니다."
 랑의 말에 후는 랑의 손을 힘주어 꼭 잡았다. 그래, 내 너를 위해 네가 그렇듯 나도 너에게 내 모든 것을 내 줄 것이다. 더 이상 너를 위험에 처하지 않게, 내 뒤에서 내 보호를 받게 할 것이다. 랑을 향한 그의 각오는 나날이 두터워지고 새로워지고 있었다.
 길을 걸어가면서 랑은 제 손에 들린 책을 한 번 쓸어보았다. 이 세상에 딱 두 권만 존재하는 책이었다. 하나는 보관용으로 자신이 가지고 있었고 나머지 하나는 바로 이것, 예비용으로 들고 다니던 책이었다.
　열다섯 살 전쟁에서 처음으로 혈랑이라는 별명을 얻기 전까지, 랑이 참여한 전투에 단 한 번도 이긴 적이 없다는 사실을 아는 사람은 랑의 측근들밖에 없다. 아홉 살에 청룡국에서 돌아오자마자 아무것도 모르는 채 검을 잡고 맹훈련을 하였고, 왕명에 따라 열두 살에 전투에 처음 나갔다. 그때 천이 없었다면 랑은 지금 살아있는 사람이 아니었다.
　경험이라고 하기엔, 너무나도 지독하고 지옥 같은 시간들이었다. 항상 패배하는 전쟁, 줄어드는 영토, 각박해지는 신임. 그럴 때마다 랑은 틈이 날 때마다 병서를 읽었고 진법을 구사했다. 그러다 보니 점차 전쟁에서도 오직 자신 앞에 있는 적 한 사람만 보이던 시야가 넓어졌다.
　열다섯 살, 아무도 믿어주지 않던 전법이었다. 이미 홍국에서는 무리하게 일으킨 전쟁에 자포자기하는 신료들도 생겨나고 있던 그 시기에, 랑의 전술은 적절하게 맞아 떨어졌고 그때부터 백전무패의 무장이 되었다. 예전에는 홍국의 어떠한 장수도 자신을 데리고 전쟁터에 나가려 하지 않았지만, 그 전쟁 이후에는 장군들이 스스로 지원하여 랑을 따르고자 하였다.
　"무슨 생각을 그리 하는 것이냐?"
　한창 더워지는 태양 빛을 피해 잠시 다관에 머물던 후가 랑에게 말을 걸었다. 그제야 랑은 정신이 현실로 돌아오는 것 같았다. 항상 과거에, 아픔에, 슬픔에, 빠질 때마다, 괴로움에 몸부림칠 때마다 이제는 후가 항상 옆에 있다. 그가 있어야 랑은 현실에 사는 것 같은 기분이다.
　후가 내민 환을 먹은 랑의 미간은 저절로 찌푸려졌다. 그 모습에 랑은 약을 다 먹기가 무섭게 후는 랑에게 과일즙을 짠 음료를 내밀었다. 마치 어린 아이를 보듯이 후는 랑을 걱정스럽게, 그러면서도 기분이 좋게 바라보았다.

"어휴, 누가 이 모습을 보고 폐하를 냉혈한이라 하겠습니까?"
 네 명만이 앉아있는 방에 잡은지라 포희는 이 모습이 꼴불견이라는 듯 후를 비꼬았다. 후가 노려보았지만 역시 궁궐에서만큼이나 살벌하거나 그러지는 않다. 다들 밖을 나와서일까. 마음이 한결 편해졌다.
 "저희가 결혼한 게 아니라, 폐하와 홍랑님이 결혼한 듯싶습니다."
 평소 조용하던 유하까지 말을 거들자 랑은 괜히 헛기침이 났다. 후가 그런 랑의 모습에 괜찮은 것이냐 하고 극진히 챙기려는 모습이 보이자 랑은 후를 향해 팔을 뻗으며 제지했다.
 "폐하, 제 별명이 무엇인지 잊으신 겁니까? 그리 약한 몸이 아니니 걱정 안 하셔도 됩니다."
 후는 랑의 말에 네가 내 심정이 되어보라고 대꾸해 주고 싶었지만 후는 속으로 말을 삭혔다. 왠지 책방에 다녀온 이후로 자신의 권위가 점점 떨어지는 기분이었다. 그 기분은 아마도 평생 잊지 못할 것만 같았다.

 약속한 유시가 되어 서점 앞에 당도하자 책방 주인이 가게 문을 걸어 잠그는 것이 보였다. 서점 안에서 만나는 것이 아니라는 의구심도 잠시, 자신을 따라오라는 그의 조용한 손짓에 네 사람 모두 숨을 죽이고 그를 따랐다.
 왼쪽과 오른쪽을 수차례 꺾으며 기억하기도 힘든 골목길을 그는 막힘없이 지나갔고, 다들 행여나 놓칠까 초조하게 그 뒤를 따르던 찰나에 그들이 도착한 곳은 허름한 초가집이었다.
 "이곳이 확실합니까?"
 "아이고 율기, 아니 청룡국을 통틀어 이 사람만큼 잘 아는 사람도 없습니다."

그의 말에 랑은 고개를 끄덕였다. 조용히 서점 주인을 따라 방에 들어가자 곱게 차려 입은 미남자가 앉아있었다. 그를 통틀어 방 안에 여섯 사람이 들어서자 방은 꽉 들어찼다.

"이번 과거를 치를 분이 누구신가요?"

사내의 말에 후는 저도 모르게 자신이라고 말하였다. 후를 바라보는 사내가 눈을 가늘게 뜨며 그를 탐색하는 듯싶었다. 그 눈빛이 제법 날카로워 후는 저도 모르게 긴장을 하고 말았다.

"얼굴이나 입은 옷으로만 보아서는 이미 관직에 오래 계셨을 것 같은데……."

"하하, 그러고 싶은 마음이 간절하지요. 허나 벌써 5년째 과거만 준비 중이지요."

"5년이야 뭐, 평생에 걸쳐 준비하는 사람들도 있습니다."

입에 침도 안 바르고 거짓말 하는 황제나, 그런 후의 말을 여유롭게 받아치는 서생이나 보통내기들이 아니었다. 서생은 들고 있던 부채를 착 소리가 나게 덮더니 후를 바라보며 생긋 웃었다.

"어떻게 해드리길 원합니까? 대리시험? 아니면 문제에 대한 답안지만 드릴까요? 아니면 앞으로 남은 기간 과외를 해드릴까요? 대리시험을 하시게 되면 아무래도 지금 서책 방 어른에게 주신 것보다 열 배는 더 되는 것을 주셔야 합니다. 물론 들킬 염려는 걱정 마세요."

서생의 입에서는 말이 술술 나왔다. 국법으로 대리시험은 엄격하게 금지되어 있었다. 그런데도 그의 얼굴 낯빛에는 긴장감이나 초조함이 보이지 않는다.

"대리시험은 몇 번 정도 해보셨습니까?"

"한 네 번 정도 해 봤지요. 물론 들키지도 않았고 모두 무사하게 합격시켰지요."

서생의 얼굴은 싱글벙글 웃는 낯이었다. 그 웃음이 마치 황제와 청룡국을 농락하는 기분이 들어 후가 화를 내려던 찰나에 랑이 먼저 입을 열었다.

"왜, 그렇게 좋은 실력을 갖고 본인이 직접 과거를 응시하지 않으시는 건가요?"

랑의 말에 서생의 얼굴에는 어두운 빛이 깔렸다. 그러나 그것도 찰나의 순간이었다. 그저 개인적 사정이라며 얼버무리며 자신과 협상하려는 서생을 이번에는 후가 지극히 낮은 목소리로 물었다.

"서자인 것이냐? 아니면……."

"저랑 거래를 안 하시겠다는 걸로 들립니다."

서생의 표정과 낯빛이 심히 안 좋아졌다. 옆에 있던 책방 주인과 랑이 두 사람을 달래며 시험문제와 답안지를 주는 것으로 협의를 보고 나오면서 서생은 후를 바라보며 말하였다.

"그대 같은 양반들은 그저 돈으로 지식을 사고 써먹기만 하면 되는 것 아닙니까? 천한 것들의 삶을 전혀 알지도 못하면서 그렇게 함부로 말하지 마십시오."

차갑게 바라보며 바람같이 사라지는 서생의 뒷모습을 바라보던 후는 별안간 옆에서 느껴지는 아픔에 자신을 때린 이를 쳐다보았다. 감히 황제의 옥체에 손찌검이라니, 그 행동에 유하가 검을 뽑아들었고 후가 무섭게 책방 주인을 노려보았다.

"아이고, 저 녀석이 얼마나 비싼 녀석인지 알고 이리 대하는 겨?"

"아니 왜요? 과거시험에 네 번이나 합격했다면서 왜 본인이 시험보지 않고 대리시험을 한단 말입니까. 과거 합격하면 더 큰 돈이 들어 올 텐데……."

"그걸 누가 몰라서 그런답니까? 저 녀석은 과거를 칠 수 없다고."

"왜요? 천민출신이라도 되는 거요?"

후의 말에 책방 주인은 입을 꾹 다물었다. 그제야 후는 자신이 말을 너무 함부로 내뱉었다는 것을 알고 입을 다물었다. 천민, 청룡국에서는 가장 아래에 해당하는 신분층으로, 과거는 고사하고 글조차 접할 수 없는 게 현실이다.

"에휴, 이래서 귀족들은……."

그가 고개를 절레절레 흔들며 앞장을 섰다. 그 모든 상황에 풀이 죽은 후의 손을 랑이 꼭 잡아주자 후는 그런 랑의 손을 더욱 꼭 잡았다.

"폐하의 잘못이 아니에요. 그저 현실의 문제인 거예요. 오래전부터 그래왔던 것에 대해서 당신이 너무 죄책감을 가질 필요는 없어요. 지금부터 알아 가면 되잖아요. 지금부터 바꾸면 돼요."

"하아……."

여름밤인데도 후는 마치 입김이 나는 듯싶었다. 그렇게 싸늘해진 마음속을 달래주는 이는 오직 랑뿐이었다. 황제의 자리라는 것이 새삼스럽게 어렵고 힘들게 느껴졌다.

아직 닭이 울지도 않은 어슴푸레한 새벽이지만 랑은 조용히 자리에서 일어나 검은 무복을 챙겨 입었다. 그러나 그것도 잠시 어느새 옆에서 포희가 일어나 랑을 지켜보더니 자신도 같이 무복을 입기 시작하였다.

"포희 씨는 더 주무세요."

"홍랑님 혼자 보냈다가 폐하께 혼납니다."

두 사람이 조심스럽게 주막의 문을 열고 나가자 싸한 공기가 둘을 감쌌다. 한여름인데도 새벽의 날씨는 여전히 추웠다. 랑이 몸을 살짝 웅크리고 종종 걸음으로 새벽길을 걸어갔다.

"어제 그 서생을 만나러 가시려는 거지요?"

"내가 그 사람을 만난다는 걸 지금은 폐하께서 아시면 안 됩니다."

포희는 랑의 말에 고개를 끄덕였다. 어제 저녁, 아무래도 마음에 걸린 랑이 포희를 시켜 서생을 따라가게 했었다. 의외로 서생이 머문다는 곳은 한 기방이었다.

어제 저녁의 한참 장사를 마치고 기방은 마치 깊은 숙면에라도 빠진 듯싶었다. 랑과 포희가 주변을 살피고 가볍게 담 벽을 넘었다. 술 냄새와 화장냄새와 향냄새가 아직까지 남아있자 랑은 저절로 저도 모르게 미간을 찌푸렸다. 역시, 이곳은 안 좋은 기억만 떠오르게 했다.

서생이 머무는 방을 어떻게 찾아야 하나 고민하던 랑은 조금씩 밝아지는 새벽빛과 함께 멀리서 들려오는 악기소리에 고개를 돌렸다. 포희가 어디를 가냐고 말리기도 전에 랑의 발걸음이 먼저 그곳을 향했다. 그리고 얼마 가지 않아 집 안의 담 안에서 들려오는 악기소리에 귀를 기울였다. 낮지만 웅장하게 울리는 거문고 소리에 랑은 저도 모르게 문을 살짝 밀었다. 이내 문 사이로 몸을 넣어 랑은 악기를 연주하는 이를 바라보았다. 역시나 제 직감이 틀리지 않았다. 홍국에서는 오직 사대부만이 연주한다는 거문고를 연주하는 이는 다름 아닌 어제 밤 그 서생이었다.

"누구십니까?"

약간은 높지만 조금은 잠긴 그 목소리에 랑은 그 모습을 드러냈다. 졸지에 포희까지, 검은 무복을 입은 두 인영을 보고 서생은 피식 웃고 말았다.

"내 그대에게 제의할 것이 있어 이리 찾아왔습니다."

"천민에게 요구할 것이 무엇입니까? 그저 높은 사람들이 하라는 대로 해야지요."

랑이 마루에 걸터앉았다. 아직 어두웠지만 사람의 모습만은 정확하게 보였다. 랑이 얼굴을 가린 복면을 끌어내리고 서생을 똑바로 바라보았다.

"내 그대를 나의 인재로 삼기 위해 왔습니다."

그리고 랑의 뒤로 서서히 비치는 햇빛에 랑의 모습이 좀 더 드러나자 서생의 눈은 못 믿겠단 듯 커졌다. 항상 소문으로만 듣던 이가 자신의 눈앞에 서 있었다.

청한은 기생의 아들이었다. 지금은 율기에서 그래도 잘나간다는 기방 행수의 외손자였고, 지금은 부 행수인 기생의 아들인지라 다른 천노(賤奴)들처럼 궂은일을 하지도 않았고 가끔 귀족이라는 아버지의 얼굴도 보는 행운도 누렸다.

차라리 다른 기생의 아들들처럼 노비로 살면 좋았을 인생일 수도 있다. 무슨 짓궂은 운명이었을까. 어머니를 따라 옷감을 사러 갔던 그 어린 시절, 그는 이상하게도 그날 어머니의 손을 놓치고 말았다. 그리고 이곳저곳 어머니를 찾으며 돌아다니다 들어간 곳이 바로 책방이었다.

알 수 없는 그림들이 가득했던 곳. 그 그림들이 기묘했고 끌리었다. 그것들은 문자였고, 그 문자로 이루어진 세계는 또 다른 재미와 흥미를 그에게 불러왔다. 커갈수록 현실의 벽을 느낄 때마다 책 속의 세상은 현실을 잊는 도피처였다. 청룡국이라는 이 제국의 재상이라던 아버지의 피를 이어받기라도 한 것이 맞는지 웬만한 유생들보다 그의 지식은 폭이 넓었고 날이 갈수록 그는 또래의 어느 귀족의 자제들보다 뛰어났다.

그것이 다였다. 기생의 아들로 태어난 이상 그는 기생의 아들이었고 천민이었다. 그가 그 세계에서 가장 인정받을 수 있는 일은, 악공이 되는 것뿐이었다. 다행히 어머니의 재주도 이어받은 그는 나름 악기를 잘 다루었다. 홍국에서 전래되었다는 귀족들의 악기인 거문고는 율기에서 그를 따라갈 이가 없었다.

기생의 아들이었던 그는 평생 과거시험장의 담장을 넘을 수 없었다. 다행인지 불행인지 그는 대리시험을 몇 번 치른 경험이 있었고 그가 대리로 시험을 쳐 주었던 대상들이 과거에 모두 합격했다. 현실에서는 이룰 수 없지만, 그래도 나름 만족하며 살았다.

그런데, 지금 그의 세계를 바꾸어 주겠다는 이가 그의 앞에 앉아있었다. 소문으로만 듣던, 붉은 눈을 가진 홍국의 왕자이자, 혈랑이라는 무시무시한 별명을 가진 자, 홍랑이 말이다.

"이번엔 대리시험을 치르지 말게."

랑의 말에 그는 연주하던 악기를 멈추었다.

"그 정도의 돈을 주신다면 생각해 보지요."

"그 이상을 보장해 준다면 어떤가?"

새벽부터 들이닥친 낯선 이의 등장에 그는 그리 편한 마음이 아니었다. 그런데 왜인지는 모르겠지만 어젯밤, 이후부터 심장이 두근거려 잠을 잘 수 없었다. 지금까지 단 한 번도 자신의 신분을 물어보는 이는 없었다. 그저 시험만 잘 쳐주면 되는 것이었다. 그리고 자신은 그에 해당하는 대가를 받으면 그만이었다.

사내의 지극히 낮은 목소리에 그는 겉으로 내색은 안했지만 속으로는 무척 떨렸다. 밤에 잠을 쉽사리 이루기도 힘들 정도로 그들이 떠올랐다. 평소 같으면 새벽에 거문고를 켜는 일은 전혀 없는데 새벽부터 옷을 차려입고 거문고를 켰다. 마음을 다스리기 위해 켰지만 그는 아무래도 이런 손님을 기다렸나보다.

"그 이상이라니요, 신분이라도 올려주겠다 뭐 그런 말입니까?"

"평생을 악공으로 살기엔, 실력은 좀 부족하고, 그대의 학문적 재능이 아깝다 싶어서."

나름 율기에서는 악공으로 어느 정도 밥 벌어 먹고 살기엔 충분했다.

하지만 량은 그의 음악적 능력을 비꼬아 얘기했다. 학문적 재능이 아깝다……. 단 한 번도 자신에게 악공으로의 능력이 부족하다고 말하는 이도 없었고 또한 자신의 학문적 재능을 알아 봐 주는 이도 없었다. 량이 하는 말들이 썩은 동아줄일지 금 동아줄일지는 모르지만 그 줄을 잡고 싶었다. 그러한 생각에 그는 피식 웃고 말았다.

"먼 훗날, 재상이 되어 볼 생각은 없는가?"

량의 말에 그는 고운 얼굴을 들어 량을 바라보았다. 그의 눈동자가 흔들렸다. 절대 이룰 수 없는 꿈. 이번 생에서는 절대 이룰 수 없는 일이었다. 그런 불가능함을 량은 입에 담고 있었다. 그의 표정을 본 량이 웃으며 말하였다.

"청룡국의 천민으로는 이룰 수 없는 꿈이지만, 홍국의 귀족으로서는 청룡국으로 귀화하여 이룰 수 있는 꿈이지. 내 그대만 허락한다면 그대를 홍국의 귀족, 그것도 중전마마의 조카로 만들어 줄 수 있어."

"……."

"그대의 이름이 무엇인가?"

량의 물음에 그는 입술을 꾹 다물었다가 열었다. 새벽 공기와도 비슷한 이름이 그의 목을 통해 흘러나온다.

"청한, 청한이라 하오."

"좋은 이름이다. 이후 그대의 이름은 유청한이다. 그대의 아버지는 홍국 왕비의 남동생이자 홍국 공신귀족인 태흘공이다. 내 중경으로 돌아가는 대로 내 외숙에게 말해 두겠다. 그러니 유청한의 이름으로 과거에 응시하라."

량이 품에서 태흘공의 유씨 가문 증표를 그에게 주었다. 귀족의 패, 오직 바라보기만 했던 그 물건이 청한의 손에 떨어졌다. 얼떨떨한 그 이질적인 느낌의 물건이 닿자 그는 멍 때리듯 량을 바라보았다. 량은 그런 청한을 보며 환한 미소를 지으며 그에게 손을 내밀었다. 청한은 마치 무엇인가에 홀린 듯 그 손을 잡았다.

 기방에서 나온 랑과 포희는 시간을 벌고자 이제 막 준비하는 아침 시장을 둘러보고 있었다. 시장을 둘러보며 포희는 가끔씩 랑을 힐끗거리며 바라보았다.
 귀족의 양자로 들어가는 것은 어마어마한 인맥과 힘을 들이지 않고는 무척이나 어려운 일이었다. 더군다나 같은 귀족들끼리 대를 잇기 위해 양자를 들이는 것 외에는 천민을 귀족 가문의 양자로 들이는 것은 하늘이 뒤집혀야만 하는 일이라고 생각하였다. 그런데 랑은 그것을 아무렇지도 않다는 듯 행하고 있었다.
 "어찌 그리 귀한 것을 아낌없이 주시는 것입니까?"
 포희가 아침 시장에서 산 만두를 들고 가며 랑에게 물었다. 랑은 기분 좋게 웃으며 포희를 바라보았다.
 "글쎄요, 예전부터 저런 숨겨진 인재를 보면 무척 탐이 나더이다. 폐하보다 앞서서 내 사람으로 만들었을 뿐입니다. 어차피 외숙에게는 자녀 한 다섯 명 생길 각오하시라 말씀은 드렸는걸요."
 랑은 웃으며 포희에게 농담을 건넸다. 폐하가 그 사람을 탐낸다는 걸 눈치 채긴 했지만, 랑이 이렇게 발 빠르게 행동을 할 줄은 몰랐다. 하지만 어떻게 보면 랑은 후를 위해 그를 발탁한 것도 있었다. 청룡국의 과거에 응시하라. 홍국이 아닌 청룡국의 과거라. 그것은 황제의 인재를 뽑는다는 것이었다.
 "어딜 갔다 온 것이냐!"
 마당을 서성이던 후가 싸리문을 들어선 랑을 바라보며 호통을 쳤다. 포희의 표정에는 그럴 줄 알았다는 기색이 역력하였지만 랑은 그저 배시시 웃으며 후의 품에 말없이 폭 안겼다. 랑의 행동에 후가 당황하는 표정으로 랑을 내려다보다가 이내 두 팔을 올려 랑을 안아주었다.
"아침부터 어딜 그리 다녀 온 게냐."
"율기의 만두가 맛있다기에 아침 산책 겸 나갔다온 것뿐입니다."
"다음부터는 말없이 사라지지 말거라."
후가 랑을 꼭 끌어안자 랑의 입가에는 웃음이 걸렸다. 자신을 이리 사랑해 주는 이 남자를 위해서 그에게 도움이 되는 것들은 제 모든 것을 바쳐서 돕고 싶고, 그에게 해가 되는 것들은 제 손으로 없애고 싶다. 랑이 후를 조금 힘을 더 주어 꼭 안았다.
다시 저녁에 되어 초가집으로 향한 후와 랑은 그 안에서 눈을 감고 자신들을 기다리는 청한을 만날 수 있었다. 청한은 품 안에서 자신이 쓴 문서를 꺼내 후에게 건넸다. 후의 얼굴에는 만족스럽다는 표정이 만연했고 그러면서 청한을 한 번 살폈다.
후는 청한 앞에서 그가 쓴 문서를 펼쳐보았다. 곱상하게 생긴 청한의 얼굴과는 다르게 그의 글은 당당하고 거침없었다. 필체 또한 마치 대장군이라도 되는 자가 썼을 것처럼 보이게 힘이 넘쳤다. 후가 문서를 한 번, 청한을 한 번 바라보았다.
"흠……."
문서를 바라보던 후는 그가 쓴 글에 깜짝 놀라 눈이 커지는 느낌이었다. 조세제도 개혁안이 완벽하게 작성되어 있었다. 황제의 머리 위에 있다더니, 그 말이 틀리지 않았나보다. 안 그래도 이 문제에 대해 과거시험으로 내볼까, 고민하던 후는 놀란 눈으로 청한을 바라보았다.
랑은 그런 후와 청한을 한 번씩 바라보았다. 청한에게는 후에게 비밀로 하라 했다. 그의 신분, 그의 모든 것, 그리고 랑과 맺은 그 약속까지도 그 모든 것을 비밀로 하라 하였다. 나중에 밝혀지는 날이 오더라도 우선 지금 당장은 비밀로 하기로 하였다.

"흠흠, 그대 덕에 내 이번에 과거시험을 잘 볼 듯싶소."

"관직에 오르시거든, 술이나 한 번 사주십시오."

청한이 웃으며 말하였다. 이미 홍랑의 정체에 대해 알았으니 청한은 자신의 앞에 있는 자가 누구인지도 자연스럽게 유추하고 있었다. 최근에 황제가 홍랑을 그렇게 총애한다더니 그 말이 사실이었나 보다.

청한은 다시 과거로 돌아가 감히 황제폐하에게 말을 함부로 한다는 둥, 대리시험을 보았다는 둥 불법적인 사항들에 이야기했던 자신의 주둥이를 틀어막고 싶은 감정을 숨긴 채 거짓 웃음을 지어야 했다. 청한의 농담에 후가 고개를 끄덕였고 그의 품에 청한이 작성해 준 문서를 넣었다.

율기에서 그 다음 더 남쪽으로 가기 위해 배를 탄 후는 뱃머리에서 청한이 준 문서를 펼쳐보았다. 패기 넘치는 젊은 인재다. 짐짓 생각이 많은 얼굴로 문서를 바라보고 있자, 랑이 그의 곁에 다가왔다.

"무슨 생각이 그리 많으십니까?"

"하아, 글쎄?"

검은 무복차림이지만, 후는 개의치 않고 랑의 허리를 끌어안더니 랑의 목덜미에 제 얼굴을 푹 숙였다. 그의 코로 강의 물비린내와 랑의 향기가 함께 어울려 들어왔다. 랑은 한 팔로 그런 후의 얼굴을 감쌌다.

이런 평화가 언제 또 있을까. 과거에는 생각지도 못했던 평화와 행복이 지금은 자신과 함께하고 있다. 처음 후를 보았을 때, 그와 이리 암행까지 떠날 거라 생각이나 했을까. 랑이 고개를 돌려 후의 볼에 짧고 가볍게 입맞춤을 남기자, 후는 랑을 올려다보더니 그의 눈매가 활처럼 휘어 있었다. 그가 청한의 문서를 크게 펼쳐 타인이 보지 못하게 하고서는 그 안에 랑을 가리고 랑의 입술을 탐하였다.

아랫입술을 살짝 깨물자 랑의 저도 모르게 입술을 벌렸다. 그 사이로 후의 혀가 랑의 모든 것을 가져가겠다는 느낌으로 강하게 랑의 치아를 훑었다. 어색한 느낌이지만 랑의 혀와 후의 혀가 섞였다. 가끔은 희롱하듯이, 가끔은 도망가는 랑의 혀를 후가 강하게 따라잡기도 하며 두 사람의 입맞춤은 꽤나 오랫동안 이루어졌다.

"사모한다."

랑의 입에서 제 입술을 뗀 후가 랑을 바라보며 마치 습관처럼 웅얼거렸다. 랑이 그의 말에 입꼬리를 올렸다. 그리고 다시 한 번 이번에는 랑이 후의 목에 팔을 감싸고 그의 입술을 탐하였다.

후의 암행이 얼마 되지 않아 몇몇 신료들은 서로 모임을 가졌다. 특히 귀족가의 필두라 할 수 있는 영승상 이염무의 집에 사람들이 모여들고 있었다.

"아무래도 폐하가 궁을 비우신 듯싶습니다."

영승상과 친분이 두터운 두 사람이 늦은 밤 승상의 집에서 술잔을 기울이고 있었다. 매년 있는 관례와 같이 되어버린 조정의 휴식기간이지만 그렇다고 신하들의 눈과 귀까지 멈추어 버린 것은 아니었다.

궁궐 여기저기 곳곳에 심어놓은 눈과 귀가 매일같이 소식을 전해왔다. 그것은 바로 후가 방에 틀어박혀 상선내관을 제외하고는 그 누구도 들이지 않는다는 것이었다. 식사마저도 최고상궁과 후의 절대적인 수족들이 수랏상을 운반하여 들어갈 정도로 후의 행동은 이상하리만큼 조심스러웠다. 후를 보지 못했다는 궁인들도 점점 나오고 있었다.

청룡국의 승상 이염무, 재상들 중에서도 가장 높은 영승상의 자리에 앉아있었다. 황제가 없다는 것이 지금의 그에게 중요한 것이 아니었다. 그에게 지금 최대의 정치적 수는 바로 딸인 황화의 황후자리였다.

'황제가 없다라…….'

지금이야말로 조정 중론을 모으기엔 가장 최적의 적기가 아니던가. 그가 갑자기 옆에 놓여있던 지도를 펼쳐보았다. 청룡국을 중심으로 아래에는 바다가, 가장 동쪽에는 홍국이, 가장 서쪽에는 랴스만국이, 주변의 국가를 살펴보던 그의 눈에 한 국가가 들어왔다.

'하국(河國)…….'

청룡국 위에 연국, 그리고 그 위에 위치한 하국에서 그의 눈이 멈추었다. 하국은 오래전부터 자신과 친분이 있었으니 그 나라의 공주는 제 손바닥 안에 있는 것과 같았다. 영승상의 눈이 반짝였다.

"좌승상. 그대가 예전에 이 세상 누구의 글자도 똑같이 베낄 수 있다는 모필꾼을 알고 있다 하지 않았소?"

"그…… 그렇긴 하온데……."

"내 그자가 좀 보고 싶은데……."

이염무의 말에 좌승상은 내일 데리고 오겠다며 기쁘게 대답하였다. 이염무의 입가가 비열하게 올라갔다.

하국(河國)은 홍국보다는 좀 더 북쪽에 위치해 있으며 물의 나라라는 이름에 걸맞게 수상가옥이 많은 나라로서 청룡국과는 오래전부터 협력하는 관계였다. 그런 하국의 왕에게는 한 명의 왕자와, 한 명의 공주가 있었다.

"제발!"

하국의 공주이자, 또 다른 후계자인, 예희는 아침부터 신경질을 내고 있었다. 며칠 전부터 자신의 호위를 맡은 호위무사 때문에 그녀의 신경은 이미 폭발하기 직전까지 이르렀다. 조회에 가지 않겠다던 그녀를 민휘가 어깨에 들쳐 메고서는 소셋간에 던지다시피 내려놓았다. 엉덩방아를 찍은 예희는 민휘를 무섭게 노려보았다.

"공주마마, 오늘 조회는 꼭 참석하라는 세자저하 명입니다."

"도대체 오라버니는 어디서 이딴 물건을 데려다가 내 옆에 붙여 놓은 거야?"

예희의 투덜거림에 민휘는 씨익 웃었다. 후의 명령으로 하국의 첩자로 들어온 지 3개월 만에, 우연히 참가한 검투장에서 왕자에게 실력을 인정받아 예희의 호위무사로 임명받았다. 다만, 다른 이들과는 달리 민휘는 예희의 명이 아닌 세자의 명과 자신의 생각대로 행동하였다.

"물건이 아니라 민휘이옵니다."

"흥, 그거나 이거나."

항상 대전회의는 도망을 가던 예희는 영락없이 대전회의에 끌려가게 생겼다. 아무리 봐도 하국 태생은 아닌 것 같은데 오라버니는 이런 자를 어찌 제 옆에 붙여 놓은 것인지 처음에는 의심에 의심을 했었다.

"그나저나 오늘은 방귀는 뀌시고 대전회의 들어가시는 겁니까?"

"제발 좀! 그만 좀 놀려!"

예희는 누가 볼 세라 다급하게 민휘의 입을 세게 틀어막으며 온갖 짜증을 다 내었다. 첫날 그가 있는지도 모르고 방 안에서 아무도 없을 때 뀌었던 거였는데 위에서 나는 웃음소리는 정말이지 소름이 끼칠 정도로 무서웠다. 너무 창피해서 감옥에 하옥하라 소리 소리를 질렀더니 오라버니가 달려와서는 예희 자신의 호위무사라 하였다. 국적이고 뭐고를 떠나서 오라버니가 자신을 괴롭히기 위해 그를 옆에 둔 것 같았고 예희와 민휘는 그날 이후로 사사건건 부딪혔다.

가까스로 예희를 대전으로 들여보낸 민휘는 표정을 싹 굳혔다. 혹시라도 주위에 사람이 있는지 둘러본 민휘는 몸을 날렵하게 움직여 하국 대전의 대들보에 몰래 잠입했다. 공주의 호위를 맡아 대전에 몰래 들어오는 것이 좀 더 수월해졌다. 처음에는 하국의 세자의 눈에 들려고 했는데 어쩌다보니 세자가 자신을 제 옆이 아닌 제 여동생 옆에 저를 붙여 주었다. 다행인지 공주도 종친 자격으로 하국 회의에 참석할 수 있는 특권이 있어서 제 일은 좀 더 수월하게 진행되었다.

"전하, 청룡국에서 칙서가 도착하였습니다."

회의를 지켜보던 민휘는 청룡국의 칙서라는 말에 눈을 가늘게 떴다. 황제가 속국들에게 내리는 칙서는 칙서가 그 나라에 도착하기 전에 먼저 간자들에게 그 소식이 들어간다. 민휘는 얼마 전 황제가 암행을 떠났다는 소식은 들었어도 따로 하국에 대해 칙서를 내렸다는 소식은 들은 적이 없었다.

"나, 청룡국의 제 20대 황제 진후가 명하노니, 하국의 공주 주예희는 이번 제천절에 하국 대표 사절로 청룡국에 오도록 하라."

청룡국 사절이라는 자가 해 주는 말에 민휘의 표정이 일그러졌다. 그에 반해 예희는 눈을 반짝이며 엄청난 기세로 기쁨을 얼굴에 표시했다.

"정…… 정말이옵니까? 사실이에요? 폐하께서 저를 부르셨다고요? 사절로요?"

신료들 앞이지만 예희는 좋은 기색을 얼굴에 만연히 드러내고 있었다. 그도 그럴 것이 예희의 첫사랑은 바로 청룡국의 황제, 진후였다. 워낙 심하게 구애하였기에 청룡국과 하국은 물론 각국에서도 하국의 공주라고 한다면 고개를 끄덕일 정도로 하국 공주가 청룡국의 황제를 좋아하는 사실은 모두 알고 있었다.

하지만, 후는 예희를 별로, 아니 정말 끔찍할 정도로 싫어하였다. 때문에 하국만큼은 사절을 정해서 이 사람을 보내라고 명을 내리고 있었는데, 이렇게 일찍, 그것도 그가 그리도 싫어하는 하국 공주를 불러들이다니, 민휘 입장에서는 이해가 되지 않는 부분이었다.

'형에게 들었을 때는, 폐하와 저하가 서로 사모하는 사이라 들었는데…….'

민휘의 머리에는 홍랑이 스쳐지나갔다. 비록 배신한 주군이었지만, 천의 수하에서 랑을 보필한 시간이 그에게는 적지 않은 시간이었다. 랑을 배신했을 때, 좀 깐족대며 그녀를 화나게 한 것도 있었지만 항상 마음 한구석이 무거웠던 그였다. 그래서 폐하가 홍랑이라는 자신의 옛 주군을 좋아한다는 소식을 들었을 때 마음 한편에서 안심한 것도 있었다.

그런 폐하가, 정인이 있는 폐하가, 저를 미친 듯이 좋아하는 하국의 공주를 제천절 행사에 이렇게 일찍 부른다는 것이 민휘의 입장에서는 이해가 되지 않는 부분이었다.

아직 조정회의의 주제가 많이 남아있었지만 민휘는 이미 대전을 나와 서신을 보내기 위해 다급하게 움직였다. 이건 아무래도 흑무에 알려야 할 긴급사항이었다.

승상의 모략이 차근차근 진행되는 동안 후 일행은 그 다음 목적지인 유오성의 성도인 서오에 도착했다. 후는 배가 완전히 멈출 때 까지 랑이 일어나지 못하도록 하였고 정박한 배가 살짝 흔들리자 랑이 혹여 다치기라도 할까봐 조심스럽게 움직였다.

"손 줘."

후가 내민 손을 잡으며 랑이 부드럽게 땅에 착륙하였다. 그 모습을 본 포희가 유하에게 손을 내밀었지만, 안타깝게도 유하가 무시해버리자 포희는 입이 툭 하고 나와 버리고 말았다.

"주군의 절반이라도 닮으면 좋겠네."

포희의 말에 랑이 웃고 말았다. 냉혈한이라고 소문난 그가 이렇게 부드러운 남자라는 것을 세상 사람들은 알까? 랑이 배를 타는 내내 후는 그녀의 옆에서 혹시라도 몸이 상할까, 배 멀미를 할까 조심조심 그녀를 살피었다. 랑의 약시간은 정확하게 알고 약을 준비해서 랑에게 먹였고 랑이 조금이라도 피곤한 기색이라도 보이면 제 어깨를 내주며 눈을 부치라 하였다.

그의 세심한 보살핌 덕분이었을까, 랑은 제가 느끼기에도 몸이 굉장히 많이 회복되었다는 것을 느낄 수 있었다. 랑은 제 손을 잡고 부두를 벗어나는 후의 뒷모습을 바라보았다.

길가의 여인들은 물론, 사내들마저 건장하고 푸른 옷을 입은 낯선 귀공자를 한 번씩 쳐다보았다. 그리고 그 뒤에 그의 손을 잡고 얼굴을 붉은 천으로 가리었지만 매우 여리여리한 여인의 모습 또한 바라보았다.

랑은, 저를 바라보는 시선보다는 후를 바라보는 시선에 왠지 모르게 어깨가 으쓱 올라갔다. 이 사람이 내 남자다. 이 사람이 나를 사랑한다. 그런 생각이 들자 저도 모르게 웃음이 터지고 말았다.

"왜, 갑자기 무슨 일 있어?"

자신의 작은 웃음소리마저 민감하게 반응하는 후를 보며 랑은 아무 일 아니라고 작은 소리로 대답하고는 그의 손을 더욱 꽉 쥐어주었다. 그러나 이렇게 행복할수록 누이들의 사랑이야기가 머릿속을 헤집고 다녔다.

'사내의 사랑은 단 한순간뿐이야. 어느 사내던 믿으면 안 된다.'

사랑하는 남자가 있었던 큰 누이, 그런 누이가 결혼식 날 울며 자신에게 했던 말이었다. 나중에 알고 보니 그 남자는 신분이 미천한 사내였고 집안이 가난하였다.

홍국의 국왕부부는 그런 결혼을 반대하였고 사내를 협박하고 돈을 주고 결국엔 변방으로 보내버렸다. 하지만 큰 누이는 그 사실을 모르고 그저 마음이 바뀌어 헤어지자는 그를 결혼하는 그날까지, 어쩌면 지금까지도 사랑하고 있었다. 물론 그것은 제가 몰래 뒷조사를 하여 안 사실이기에 누이에게 이야기하지는 않았다.

그런 뒷이야기가 있었음에도 랑은 이상하게도 그런 큰 누이의 말이 그 뒤로 항상 머리에 맴돌았다. 때문에 랑은 후의 말을 솔직히 아주 믿지는 않았다. 하지만 저를 꽉 쥐어 준 손과 그의 세심한 자상함, 그리고 오롯이 자신을 바라보는 그의 눈빛에 랑은 후를 절실히 믿고 싶었다. 만에 하나, 먼 훗날 그가 자신이 아닌 다른 여인을 사랑하게 되었다고 할지라도 말이다.

'쪽.'

비록 직접 입이 닿지는 않았지만 입술과 입술 사이에 천을 두고 두 사람의 입술이 맞추어졌다. 굉장히 이질적인 느낌에 후는 랑을 향해 당황한 기색을 보였지만 이내 웃음을 터뜨리고 말았다. 지금 당장이라도 천을 거두어 올리고 랑의 입술을 맞추고 싶지만 길 한복판이지 않은가. 후는 랑을 자신의 품으로 당겨 허리에 손을 얹어 팔로 감쌌다. 얼핏 보이는 천 사이로 그의 입가에는 행복한 미소가 가득 했다.

성문을 들어서던 일행은 모두 미간을 찌푸렸다. 길가에는 돈을 구걸하는 거지들이 한두 명이 아니었다. 비단옷을 입은 낯선 이방인이 등장했다는 소문이 돌아서일까, 처음에는 몇몇밖에 보이지 않던 거지 일행들의 모습들이 이제는 그들을 둘러쌀 정도였다.

"폐…… 아니 주군! 제가 길을 내겠습니다."

유하가 검을 들어 그들을 치려던 찰나에 마차를 탄 이들이 나타나자 거지 떼들은 순식간에 사라졌다. 그들은 후의 일행 앞에 멈추더니 갑자기 군사들이 나와 이번에는 군사들이 그들을 둘러쌌다.

"이들을 포박하라!"

명이 떨어지기가 무섭게 그들이 후의 일행 주위로 둘러쌌다. 다들 등을 맞대고 서다가 후가 아랫입술을 꾹 깨물었다.
"이 무슨 봉변인지는 모르겠지만 지금은 맞서지 말고 도망치도록 한다. 한 시각 뒤 성문에서 보도록 하지."
후의 목소리가 조용히 그들에게 전해졌다. 그와 동시에 각자 병사들을 헤치며 도망치기 시작하였다. 모두 각자 다른 방향으로 흩어졌고 후는 얼마간을 달리다가 담벼락에 숨어 저를 쫓는 이들과 도망가는 이들을 바라보았다. 어디로 갔냐며 시끄럽게 외치던 무리들이 사라지고 잠잠해지자 후는 숨을 돌리며 도포와 건을 벗어 짐 안에 잘 넣어두고는 일반 백성들이 입는 베옷 차림으로 바꾸어 입었다. 이곳에서는 비단옷을 입고 암행을 하기엔 좀 힘들 것 같았다.
낯선 이방인을 관졸들이 쫓는 곳이라……. 후는 턱을 괴고 얼마 전에 파견한 암행어사 중 두 명이 돌아오지 못했다는 사실을 깨달았다. 그 둘 다 보냈던 지역이나, 거쳐야 할 지역이 바로 이곳이었다.
"으읍, 이거 놓으시오!"
후는 익숙한 목소리에 고개를 무의식적으로 돌려버렸다. 랑이 포박되어 군사들에게 끌려가는 모습을 보았다. 랑이라면 저 정도 포박쯤은 금방 풀고 도망갈 수 있음에도 랑은 일부러 큰 소리를 내며 저를 풀어 달라 하고 있었다. 그 모습을 본 후는 랑을 구하기 위해 앞으로 나서려던 찰나에, 저를 붙잡는 손길에 신경질적으로 고개를 돌렸다.
"폐하!"
"그대는……!"
랑이 제 눈앞에서 끌려가고 있었다. 눈이 뒤집히는 그 분노에 귀찮게도 제 팔을 붙잡는 이를 신경질적으로 대하던 후는 익숙한 얼굴에 눈이 커지며 자신을 붙잡는 이를 바라보았다. 그리고 랑을 구해야 한다는 생각은 사라진 채 제 눈앞에 있는 인물을 바라보았다.

"폐하, 무사하시옵니까?"

 정확히 한 시각 뒤 성문 아래에서 유하와 포희 또한 일반 백성처럼 외투를 벗고 변복을 하고 나타났다. 후는 고개를 끄덕였고 둘은 후 옆에 검은 장삼차림의 인물을 바라보았다.

 "혹시 홍랑님이 끌려가는 걸 보았습니까?"

 "네, 저도 보았습니다."

 랑이 워낙 발버둥을 치며 큰 소리로 자신을 놓으라고 외쳐서인지 이미 유하도 포희도 랑이 감옥으로 가는 걸 본 모양이었다. 다들 손 쓸 수 없게 워낙 많은 관졸들이 랑을 포위해서 데려가고 있어서 구하지 못하였다고 힘없이 말하였다. 이내 유하의 눈이 후 옆에 있는 검은 장삼을 입고 삿갓을 입은 이에게 돌아갔다.

 "근데, 옆에는 누구신지……?"

 "아, 암행어사로 파견된 신채형 장군 아닙니까?"

 유하의 질문에 포희가 상대를 알아보며 손바닥을 딱 쳤다. 그제야 삿갓을 벗으며 얼굴을 드러낸 그는 포희와 유하에게 인사를 했다.

 "과인이 그대에게 돌아오라 한 기간은 5월 중순인데 어찌 지금까지 있는 것인가?"

 "그건 우선 제 숙소에 가서서 해명하겠습니다."

 암행어사가 다시 삿갓을 쓰며 주위를 살피더니 조심스럽게 발걸음을 옮겼다. 채무와 사촌지간임에도 불구하고 그는 발걸음 하나, 행동 하나 모든 것이 조용하고 신중하였다. 후는 그런 채형을 따라 이동하면서 연신 랑이 있을 곳으로 눈이 향하였다. 그의 입에서 깊은 한숨이 흘러나왔다.

 "흐아."

감옥에 끌려들어간 랑은 감옥 구석에 앉으며 몸을 두 팔로 비볐다. 어둠에 눈이 좀 익숙해지자 그제야 랑의 눈에는 저처럼 곱게 옷을 입은 몇몇 사람들이 있다는 것을 알 수 있었다. 다만, 얼굴은 며칠을 못 씻은 것인지 까무잡잡한 모습들이었다.

어차피 어둠이라 제 눈이나 얼굴을 유심히 바라볼 사람이 없다고 판단한 랑은 면포를 거두어 올렸다. 눈을 가리던 면포가 사라지자 감옥 구조가 좀 더 잘 들어왔다. 이미 들어오면서 나가는 출구나 대략적인 감옥의 평면도는 익혀둔 상태였다. 하지만 아직은 몰래 나갈 시기는 아니었다.

'암행어사가 둘이라……'

바닥에 쪼그려 앉은 랑은 곰곰이 생각하기 시작했다. 이미 유오성에 들어올 때부터 수상한 것을 느꼈다. 지나치게 많은 거지들과 낯선 이를 포박하려는 군사들, 죄목이 뭐냐는 말에 허락 없이 성에 들어왔다는 것을 들먹였다. 하지만 랑이 알기로 청룡국은 신분만 명확하면 성과 성 사이의 이동에 제한이 없었다.

아까 후를 얼핏 보았지만 후는 다행히도 저를 잡지 않았다. 왠지 랑은 이런 감옥 속에 무언가 비밀을 파헤쳐 줄 만한 정보가 있을 거라 생각했다. 물론, 잡히지 않을 수도 있었지만 호랑이를 잡으려면 호랑이 굴에 들어가라는 말이 있지 않은가. 랑은 그 정보를 얻기 위해서는 자신이 들어온 유오성의 핵심인 바로 이 관청의 지하 감옥에 들어와야 한다고 생각했다.

"아가씨는 어찌 들어오게 되었소?"

귀부인으로 보이는 노파의 물음에 랑은 고개를 돌렸다. 입은 옷과 느껴지는 품위에서 그녀의 신분이 절대 낮은 신분이 아니라는 것이 느껴졌다. 하지만 이미 여러 날을 감옥에서 보낸 것인지 그녀의 얼굴에는 피곤함이 가득하였다.
"배를 타고 이곳을 거쳐 지전성으로 가려던 찰나에 관졸들에게 잡혔습니다. 어르신은 어찌 이런 곳에 들어오시게 된 것입니까?"
"나는 본디 지전성 사람인데 중경으로 가려던 찰나에 이곳에 들어왔는데 허락 없이 들어왔다며 다짜고짜 내 수하들과 나를 잡아가지 않겠소? 내 아무리 지전성 성주의 아내라 주장해도 믿는 자도 없고 남편에게 편지를 쓴다하여도 보낼 수 없으니……."
"이곳에 갇히신 지 얼마나 되신 건가요?"
"거의 보름 정도 되어 갑니다."
노파의 말에 랑은 머리에 무언가 번뜩 생각나는 것이 떠올랐다.
"혹시, 이곳 수령이 탐관오리라던가, 혹은 암행어사가 있다든가……."
"나와 비슷한 시기에 들어온 젊은이 중에 자신이 암행어사라고 오라를 풀라는 젊은이가 하나 있긴 하였소. 뭐 유오성 성주의 포악함이야 폐하 빼고 다들 알 겁니다. 승상이 뒷배를 봐주고 있지 않소."
지전성 성주의 아내라는 노파는 관직에 있는 남편을 둔 덕분인지 정치상황에 꽤 밝은 눈치였다. 랑은 노파의 곁에 다가가 앉았다. 노파는 오랜만에 본 사람이 반가운지 랑에게 쉬지 않고 말을 걸었다.
"암행어사가 자신을 왜 가두냐고 소리를 지르니, 관졸들이 암행어사를 사칭하는 이가 많아서 조사를 해봐야 한다고 하였소. 그 다음에는 그 젊은이가 어디로 이동한다든가 그런 건 본 적이 없소이다."
"그 암행어사가 참으로 암행어사가 맞는지요?"
"나야 모르지요. 지전성에는 암행어사가 나타났다는 소문이 없었으니 말이오."
"그 암행어사라는 자는 어디에 있습니까?"
"아마 저쪽으로 갔던 듯싶소."

노파가 손을 들어 잘 보이지 않는 곳의 왼쪽을 가리키며 말하였다. 그런 노파의 말에 랑의 눈이 반짝 빛났다. 그리고 그런 랑을 살피는 노파의 눈빛 또한 간만에 빛을 찾은 듯했다.

"그러니까 과인이 그대보다 먼저 파견했던 암행어사 임영의 행적이 이곳에서 사라졌다는 것. 이 말이지?"
"그러하옵니다. 특별히 도적떼라던가 살수집단에게 당한 흔적은 찾지 못했는데 그가 진즉 돌아왔어야 하는데 돌아오지 못했다는 소식을 듣고 저도 이쪽으로 향하였습니다. 그런데……."
"이곳에서 낯선 이는 포박하여 감옥에 가둔다. 이 말인가?"
후의 말에 암행어사인 채형은 고개를 끄덕였다. 자신 또한 잡힐 뻔하였는데 다행히 관졸들이 잡지 못했고 그래서 지금 이렇게 숨어서 이곳의 현장과 성주의 비리, 그리고 더 나아가 현재 갇혀있을 것으로 추정하는 임영을 구하기 위해 아직까지도 이곳에 머물고 있다고 하였다.
"랑이 잡혀갔다. 임영의 문제보다 랑의 문제가 더 급하다. 랑의 신분이 들통 나면 과인이 암행을 한다는 사실이 곳곳에 퍼질 것이야."
"그분이라면 걱정 마십시오."
"뭐라?"
후의 걱정에도 불구하고 채형은 괜찮다며 걱정하지 말라고 대답하였다. 그런 채형의 말에 후는 의심 가득한 눈으로 채형을 바라보았다.
"실은 폐하보다 그분을 더 먼저 만났습니다. 아무래도 여인부터 구해야겠다는 생각에……. 송구하옵니다. 폐하."
"아니다. 근데 어찌 랑이 잡혀간 것인가?"
"제가 자초지종을 설명했는데 고개를 끄덕이시더니 폐하를 구하라 하시면서 자신이 스스로 관졸들에게 잡히신 것입니다. 그러면서 폐하께

호랑이를 잡으려면 호랑이 굴로 들어가야 한다고 전하라 했습니다."

채형의 말에 후는 그만 얼빠진 표정을 짓고 말았다. 그러더니 얼굴 가득 노기가 만연해지며 자리에서 벌떡 일어섰다.

"유하."

"네, 폐하."

"……아무래도 암행을 여기까지만 해야 할 듯싶다."

"네……. 네?"

후의 말에 유하와 포희는 당혹스러운 얼굴로 후를 바라보았다. 이번 암행은 후가 오랜 세월을 준비해온 일이었다. 그만큼 중요하고 신분을 들키지 않는 것이 중요한 일이었다. 이번에 암행을 놓친다면 앞으로 이렇게 다시 암행을 나오기가 쉽지 않은 일이었음에도 불구하고 후는 이미 결단을 내린 듯싶었다.

"폐하를 드러내실 작정이시옵니까? 폐하, 앞으로의 일정이 많이 남았사옵니다."

"지금은, 홍랑을 구해야 한다. 거기가 어디라고 제 발로 들어간단 말이냐!"

후가 주먹을 쥐며 자신의 노기를 누르는 듯싶었다. 제 품 안에서만 조용히 보호하고 싶다. 더 이상 위험도 아픔도 겪게 하고 싶지 않은데 그곳이 어디라고 감히 제 발로 들어간단 말인가. 지금 당장이라도 자신이 황제임을 밝히고 랑을 데려와야 할 듯했다.

"폐, 폐하. 이 방법은 어떠합니까?"

방을 나가려던 후는 제 팔을 붙잡는 채형을 무섭게 바라보았다. 그 모습을 지켜보는 포희는 절망해야 했다. 홍랑님 덕분에 저 냉혈한 황제 폐하는 다시는 안 볼 줄 알았는데, 방 안이 순식간에 싸늘하게 얼어버리는 듯한 기분에 포희는 저도 모르게 팔을 움츠려 들었다. 무표정의 후는 아무리 봐도 무섭다.
"무엇이냐?"
"폐하께서, 암행어사인 척하시면 어떠하시옵니까?"
 채형은 제발 제 말이 후에게 먹히기를 간절히 바랐다. 잠시 고민하는 후의 표정에 유하와 포희도 그것이 좋은 방법 같다며 옆에서 거들자 후는 열었던 문을 다시 닫았다. 황제임을 밝히지 않으니 어딜 가더라도 제약이 너무 많이 따르고 생각해야 할 것도 더 복잡해지는 기분이다.
"수행원들은 어디에 있느냐?"
 암행어사의 수행원을 묻는 말에 다들 표정이 밝아졌다. 그중에서 채형은 제일 환하게 웃으며 그에게 조심스럽게 설명하기 시작했다. 그의 계획을 듣는 후의 마음 한구석이 근심으로 가득하였다.

 어느 새 감옥 안에도 어둠이 내려앉았다. 구석에서 조는 척을 하던 랑은 눈을 번쩍 떴다. 오랜 시간 눈을 감고 있어서인지 감옥 안의 구조가 눈에 한눈에 들어왔다. 랑은 머리를 고정했던 핀을 하나 빼내어 자물쇠로 문을 열었다.
 다행히도 순찰을 도는 시간이 아니었는지 랑의 감옥을 지키는 자는 아무도 없었다. 이미 비단옷은 벗어 던진 채 속에 입었던 검은 무복만이 랑을 감쌌다. 그 덕분인지 어둠속에서 랑의 움직임은 빠르지만 다른 이들에게 눈에 띄지 않았다. 오랜 세월, 전쟁터에서 적군의 적진을 몰래 탐색하던 기질이 나오고 있었다.
 노파가 가리킨 곳의 감옥은 생각보다 더 깊숙한 곳에 있었다. 겨우 한 사람이 지나갈 만한 계단에 경계를 바짝 세우며 내려가던 랑은 저와 눈이 딱 마주친 경비병이 소리를 지르려던 찰나에 재빠르게 그를 제압하였다. 툭 소리와 함께 그자가 힘없이 쓰러지는 소리가 들려왔다.

"거…… 거기 누구 있으시오?"

랑은 소리가 들려오는 곳으로 갔다. 감옥은 무척이나 좁았고, 빛마저 들어오지 않았다. 감옥 안은 위의 감옥보다는 많이 비어있었고 오직 한 사람만이 갇혀있었다.

"그대는 누구시오?"

랑의 목소리가 좁은 감옥을 울렸다. 랑의 목소리가 울려 퍼졌지만 랑은 그리 개의치 않았다. 자신의 직감은 생각보다 잘 맞아 떨어지는 편이니까. 아마도, 노파가 말한 그 암행어사가 맞을 것이다.

"임영이라 합니다. 폐하의 암행……."

"쉬잇."

암행어사라 말하려던 그의 입은 랑이 입을 가리는 행동에 멈추었다. 누군가 걸어 내려오는 소리가 들려왔다. 횃불까지 어른거리며 계단에 비추어졌다. 그 모습에 랑이 재빠르게 어둠속으로 몸을 감추었다.

"그래, 그 암행어사라는 자는 잘 있고?"

"네, 지하 감옥에 여전히 있었습니다."

유오성의 성도 서오, 그곳은 승상 이염무가 뒷배를 봐주는 탐관오리가 다스리는 곳이었다. 본디 집안이 몰락한 귀족이었지만 막대한 부를 쌓은 그의 선조들 덕분에 그는 승상의 자금줄이자 이곳의 성주가 되어 있었다. 그가 다스리는 서오는, 오래전부터 남쪽 지역에서 중경으로 가기 위해 반드시 배를 타야하는 지역이었기에 중계무역과 숙박으로 어마어마한 부를 축적한 곳이었다.

본래대로라면, 그 재정이 모두 황실로 들어가야 했다. 그러나 그가 이곳의 성주가 된 후로 그 자금은 꼬박꼬박 승상 이염무의 손아귀에 들어갔고 그 때문에 죽어나는 것은 유오성의 백성들이었다.

"그런데 이렇게 폐하의 암행어사를 함부로 가두어도 되겠습니까? 혹여 폐하께서 아시기라도 하면……."

"뒷일은 승상께서 알아서 처리해 주시겠지. 내가 승상의 자금줄인데 설마 나를 자르실까."

푹신한 의자에 몸이 꺼지도록 깊게 앉으며 그는 삐죽 튀어나온 콧수염을 쓰다듬었다. 암행어사가 파견되었다는 승상의 명을 들은 후로 그는 타지에서 그의 허락 없이 들어오는 자들을 모두 감옥에 가두었다. 특히 그의 표적이 된 이들은, 곱게 옷을 차려입은 귀족층들이었다. 예전과는 달리 암행어사라고 무작정 가난한 백성들처럼 옷차림을 하지 않는다는 소리를 들었기 때문이었다.

마침, 두 달 전인가. 중경으로 가기 위해 이곳에 들렸던 선비 하나를 붙잡았다. 그리고 그의 몸을 수색한 결과 암행어사들이 들고 다니는 다섯 마리의 말이 그려진 마패를 찾아냈다. 그리고 그 선비는 지하 감옥에 가두었다.

"나머지 한 놈은 어떻게 되었어?"

"계속 찾고 있는데, 그 행적을 쫓기가……."

"어서 찾아내. 황제폐하 귀에 들어가기 전에. 그리고 이번 주말에 승상께 공납해야 하니까 세금 한 번 걷지."

"저기……. 성주님……? 거둔 지 달포도 안 되었는데……. 이번에는 무슨 명목으로……."

"아무 이유나 붙여."

그의 눈이 번뜩이며 자신의 수하를 노려보았다. 알겠다며 작은 목소리로 대답한 그의 수하는 속으로 깊은 한숨을 내쉬었다. 자신 또한 살아남으려면 어쩔 수 없었으나 성주의 무리한 수탈이 도를 넘고 있었다. 차라리 이럴 때 암행어사가 나타나서 한바탕 뒤집어 주었으면 하는 생각이 들 정도였다.

  좁은 방 안에서 잠을 이루지 못한 후가 아침 일찍 문 밖에 나와 있었다. 이렇게 누추한 곳에서 자 본 적이 오랜만인데다가 정신적인 걱정거리로 인하여 그는 잠들 수 없었다.
  "폐하, 밤에 한숨도 못 주무신 겁니까?"
  비록 깊게 잠들지는 않더라도 어느 정도 얕은 잠이나마 자는 후였다. 그러나 아침이 되었으나 그의 눈은 퀭하기가 이를 데 없었다. 그의 모든 정신이 랑에게 쏠려 있었다. 그렇게 끌려간 랑이 걱정되었고 어제의 일이 머릿속에 계속 맴돌았다. 랑은 항상 자신이 가진 모든 걸 내놓는데, 제가 랑에게 해 줄 수 있는 거라고는 없었다. 궁 밖에서는 이리도 무능하다니. 그는 자신을 둘러싸고 있던 권위와 그 모든 것들이 자신이 아닌, 황제라는 이름 아래 행할 수 있다는 것이 이렇게 답답한 일이라는 걸 뼈저리게 느끼고 있었다.
  "폐하……. 별 일 없을 것입니다. 혈랑이시지 않습니까?"
  유하와 포희의 달램에도 불구하고 후는 시간이 갈수록 초조해지는 듯싶었다. 안부라도 알 수 있으면 좋으련만, 지금 당장 그가 할 수 있는 것이 없음에 속상했다.
  "그럼, 폐하. 수행원을 데리고 오겠습니다."
  채형은 후에게 머리를 조아렸고 후는 허가의 뜻으로 고개를 끄덕였다. 그러다 큰 길 쪽에서 들려오는 소리에 발걸음을 대로 쪽으로 향하였다.
  "아이고! 안됩니다. 이건 제 마지막 재산입니다."
  "안 내놔?"
  길을 나서자마자 난장판이 되어버린 도시의 모습에 후와 그의 일행들은 모두 당혹스러운 눈빛으로 포졸들을 바라보았다. 솥단지며 어린 아이의 수저까지 모조리 빼앗는 그들은 명령에 따르지 않는 사람들을 몽둥이로 가차 없이 내려치고 있었다. 몽둥이에 맞은 이들은 피를 흘리며 그들의 재산이 빼앗기는 것을 지켜볼 수밖에 없었다.

"안 됩니다. 아니 되오!"

"할머니!"

나이든 노파와 어린 손녀가 포졸들에 의해 멀어진 채 서로를 향해 울부짖고 있었다. 손녀를 따라가려는 노파를 포졸이 밀쳐버렸고 할머니는 바닥에 넘어져 탁상 모서리에 머리를 찧어 한쪽 이마에서 피가 흘러내렸다.

"괜찮으십니까?"

"이런 못 돼 처먹은 것들! 도대체 지옥이 어디란 말이냐! 아이고! 내 새끼!"

유하가 다급하게 달려가 넘어진 할머니를 일으켜 세웠지만 할머니는 제 손녀가 사라진 곳을 향해 소리를 질렀다. 이내 마을 주민들이 와서 노파의 이마를 지혈하였지만 노파의 눈에서 흐르는 눈물은 계속 흘러내렸다.

"보름 전에도 세금을 거두어가더니, 퉤엣"

"세금이라구요?"

할머니를 돕던 중년의 사내는 침을 바닥에 뱉으며 욕을 지껄였다. 보름 전에도 세금을 거두어 갔다며 욕을 지껄이던 그는 포희의 질문에 귀찮다는 듯 그녀를 바라보았다.

"기억 안 나시오? 보름 전에 성주 생일날이라며 세금을 거두어 갔지 않소? 허 참, 이번에는 뭐라고?"

"아 그 있잖아, 돌아가신 황제의 위령비 건립으로 거두어 간다잖아."

거기 있던 모든 이들이 그들의 말에 고개를 갸우뚱했다. 계획에는 전혀 없던 위령비 건립이었다. 하지만 그것은 백성들이 알 턱이 없었다.
"김 씨, 솥단지 가져갔지?"
"응, 홍국과 전쟁 때도 지켜냈던 건데, 이제 나도 세금으로 낼 것이 없어……."
"그래도, 그쪽은 아들들만 있잖아. 성주한테 빼앗길 딸은 없어서 다행이지."
할머니를 의식해서인지 사람들의 대화는 낮게 조심스러웠다. 후는 그들의 말을 들으며 주먹을 꽉 쥐었다. 이들의 말인즉, 있지도 않은 세금을 거두어 백성들의 고혈을 짜낼 대로 짜내는 것이었다. 그것뿐만이 아니라 세금을 내지 못하면 여자를 데려간다는 것이었다.
"포희야."
"네, 주군."
"청룡국에서 여자까지 세금에 포함한다는 조항이 있었느냐?"
"……."
포희는 대답할 수 없었다. 청룡국이 세워진 이래, 단 한 번도 사람을 세금으로 거둔다는 조항은 없었다. 그리고 무엇보다 후의 얼굴에 노기가 가득하여 포희는 함부로 입을 열기가 어려웠다.
"폐하, 수행원들을 모았습니다."
수행원들을 구하러 나간 채형이 멀리서 뛰어와서 후의 귀에 조심스럽게 이야기하였다. 후는 아랫입술을 꾹 깨물었다. 항상 자신이 신하들에게 내려 주던 마패를 품에서 꺼내었다. 이질적인 청동이었지만 왠지 그것이 제 손에서 녹을 것 같은 기분이 들었다.

"이게 다야?"

"아휴 이것도 겨우겨우 모았습니다."

온갖 고물 앞에서 성주의 표정이 일그러졌다. 이딴 것으로 승상의 마음을 움직일 수 없었다. 그는 마당 앞에 쌓아놓은 솥단지며 각종 쇠붙이들을 살피다가 그 사이에서 반짝거리는 금반지 하나를 집었다. 그것을 살펴보던 그는 이내 마음에 들지 않는지 고물들 사이로 휙 던지고 말았다.

"쟤네는 세금 대신 받은 애들인 거냐?"

"그…… 그러하옵니다."

여자들 넷이 옹기종기 붙어서 벌벌 떨며 울고 있었다. 그들을 찬찬히 살피던 그는 미간을 찌푸렸다. 어째 이번에는 마음에 드는 미색 하나도 없다. 이래서야 승상에게 바치는 뇌물은 둘째 치고 팔아넘길 계집조차 없다.

"이봐."

"네, 성주 나으리……."

"감옥에 갇힌 여자들 중에 좀 반반한 애들 있지 않을까?"

"하…… 하오나 성주 나으리, 귀족 자제들은 한 번도 건드리지 않으셨잖습니까?"

성주의 수하가 성주의 말에 벌벌 떨며 말하였다. 귀족 자제들은 괜히 잘못 건드렸다가는 골치 아파진다며 지금까지 옥중에만 가만히 놔두었던 그였다. 잡혀온 귀족들 연락 끊는 것만으로도 꽤나 힘들었다. 그래도 그 정도만 했는데 성주의 도가 점점 지나치고 있었다.

제 신경을 건드리게 한 부하의 멱살을 성주가 잡아끌었다. 그의 입에서 구역질나는 냄새가 퍼져 나오고 있었다.

"너, 지금 그 자리에서만 만족할래? 아니면 여기 성주 해 볼래? 이번 한 번만 잘 갖다 바치면 나는 중앙으로 가고 그 자리를 네가 할 수 있단 말이다."

"알겠사옵니다……."

그의 수하가 억울한지 표정이 잔뜩 일그러진 채 그의 협박에 굴복해 버렸다. 그제야 성주가 힘을 풀어 제 부하를 바닥에 내팽개쳤고, 그 과정에서 부하는 자신의 하얀 옷에 흙이 묻었지만 그는 아무 말도 할 수 없었고 옷을 털 뿐이었다.

"뭐해, 빨리 데려와!"

성주의 말해 그는 포졸들을 이끌고 성의 한쪽 구석에 위치한 옥사로 향했다. 덜컹 소리와 함께 다들 무슨 일인가 싶어 바라보던 찰나, 부하는 한숨을 한 번 내쉬고는 포졸들에게 명령을 내렸다.

"젊은 여자들을 모두 끌어내라!"

이내 옥중에는 놓으라는 큰 소리와 억지로 끌려가는 비명소리가 울려 퍼졌다. 그중에는 면포를 내린 채 조용히 포졸들에게 끌려가는 랑도 있었다.

청룡국에서 지체 높은 귀족 집안의 여식은 태어날 때부터 온갖 학식과 예의범절을 배우며 집안에 머물게 된다. 때문에 일반 백성들이 귀족 여식을 보기는 힘든 편이다. 그중에서도 청룡국의 황실과 재상가의 여식들은 좀 더 특별하다고 할 수 있다.

밖에 나설 때는 다른 귀족의 여식들은 제약이 그리 없는 반면에, 재상가의 여식들은 촘촘한 구멍이 있는 망사로 된 얼굴 덮개를 하고 밖을 나선다. 어찌 보면 답답한 구석이지만, 그것은 하나의 특권이요, 자신의 신분을 드러내는 것이기도 하였다.

그리고 지금 유오성의 성에서는 다들 면포를 내린 랑을 한 번씩 힐끗힐끗 바라보았다. 미동조차 없이 서 있는 이 아가씨는 도대체 어느 집안의 사람이기에 이리 면포를 내리고 있는 것일까? 면포를 쓴다는 것은 귀족들 사이에서도 최상급에 해당하기에 다른 귀족의 여식들은 고개를 숙인 채 랑을 바라보았다.

"이봐, 이쪽으로 와 봐."

그것은 성주 또한 마찬가지였다. 일반 귀족이 아니라 재상가의 귀족이 꼬이면 정말로 골치 아파진다. 그것이 승상과 관련된 사람이면 몰라도, 승상의 반대파에 위치한 우승상이나 태대장군의 일파라면 자신의 행적이 곧바로 그들 귀에 들어갈 것이다.

"저런 아가씨는 들어오자마자 나한테 바로바로 알렸어야지."

"소…… 송구하옵니다. 그저 잡아들이라 하셔서…….."

이는 그의 수하도 생각지 못한 변수였다. 자신 또한 옥사에 가둔 이 중에 이렇게 고위급 귀족의 여인이 있을 거라 상상도 하지 못했다. 아니 애초에 이런 집안의 여식들이 중경이 아닌 다른 지역에 오는 경우가 극히 드물었다. 때문에 방심하고 있었는지도 모른다.

"어느 집안인지 가서 물어봐. 가서 보고 미색이 반반하면 내 방으로 데려오고."

"나머지는 어떻게 할까요?"

"적당히 미색 보고 괜찮다 하면 뽑아놔. 나머지는 다 옥에 다시 넣고."

성주가 한 번 힐끗 보더니 방으로 들어갔다. 성주가 사라지자 부하는 랑에게로 다가왔다. 어쩌다 이런 거물이 악독한 성주의 손에 들어오게 된 것일까. 아가씨 인생도 참 꼬일 대로 꼬였네. 라며 속으로 랑을 불쌍히 여기던 부하는 랑 앞에 섰다.

"흠흠…… 저기……. 아가씨는 어느 집안사람입니까?"

"……국"

"네? 뭐라구요?"

얼굴을 덮은 면포 때문인지 랑의 목소리는 잘 들리지 않았다. 좀 더 자세히 들으려고 면포 앞에 귀를 기울인 순간 랑은 포박된 밧줄을 언제 풀었는지 가볍게 부하를 제압했다. 순식간에 부하가 랑의 손아귀에 있었다. 그는 목에 와 닿는 이질적인 물건에 몸이 싹 굳는 기분이 들었다. 얼핏 느끼기에도 날카로운 단도였다.

"지금 당장 포졸들을 안정시키고, 옥중에 있는 귀족들을 모두 풀어 주거라!"

"아…… 저…… 저기……."

"그대는 목숨이 두 개인가?"

성주의 수하의 귀에 랑이 협박하는 목소리가 꽤나 위협적이면서도 달콤하게 들렸다. 우물쭈물하자 랑이 그의 목에 칼을 살짝 그었다. 짧은 비명소리와 함께 랑이 살짝 그은 그 선을 따라 부하의 피가 흘러내렸다. 그가 손을 갖다 대기도 전에 랑이 그의 상처에 손을 대고 막았다. 그리고는 이제는 살 떨리는 무섭고도 지극히 낮은 소리로 말하였다.

"혈랑이라고, 들어봤어?"

"……!"

부하의 눈이 커질 대로 커졌다. 그리고 그제야 면포 사이로 랑의 붉은 눈동자가 보이는 듯싶었다. 그리고 그는 3년 전 참가했던 전투에서 혈랑을 보았던 기억이 났다. 다행히 목숨을 건졌지만 그는 한동안 붉은 것만 보면 경기를 일으킬 정도로 랑에 대한 공포는 대단했다. 그 또한 랑의 언월도에 목숨을 잃을 뻔한 인물이었다.

"뭐…… 뭐해! 당장 이 사람들을 풀어 줘."

"그리고 옥중에 있는 사람들까지도 말이야. 특히……. 암행어사는 더더욱 빨리 풀어주었으면 하는데……."

"……!"

랑의 말에 그는 다시 한 번 심장이 바닥까지 떨어지는 걸 느꼈다. 암행어사는 혹시라도 들킬까 싶어서 다른 공간에 홀로 가두어 놓았는데 랑이 그것까지 알고 있었다.

"당장…… 지하 감옥에 있는 자부터 풀어 줘라. 어서!"

"……네…… 네!"

갑작스러운 이 상황에 당혹스러운 것은 성주의 부하나 그곳에 있는 귀족뿐만이 아니었다. 졸지에 포졸들도 갑작스러운 상황에 이러지도 저러지도 못하고 감옥으로 향했다. 자신의 명령대로 움직이는 이들을 바라본 랑은 다시 한 번 입을 열었다.

"그럼, 우리 이제 장부 좀 찾으러 가 볼까?"

"그…… 그건……. 성주님 방에만 있습니다만……."

"뭐해, 앞장서야지?"

그는 당혹스러운 마음에 랑이 여자인지도 남자인지도 판단이 안 설 정도였다. 다만 목에서 흘러내리는 피가 이제 제법 많이 흘러내렸다는 것만 느낄 수 있었다. 다행인지 불행인지 랑이 꽤나 강한 힘으로 그 피를 막고 있었다. 포졸들은 랑이 든 단도와 인질로 잡힌 성주의 부하 때문에 아무것도 할 수 없이 그들이 성주의 방으로 향하는 것을 볼 수밖에 없었다.

성내가 랑으로 인해 뒤집힌 그 시각, 시장통을 울리는 번개 같은 소리에 사람들은 눈이 휘둥그레져서 갑자기 나타난 인원들의 모습을 구경하기에 바빴다.

"암행어사 출두요! 암행어사 출두야!"

시장 한복판에서 갈색의 말을 타고 있는 자는 손에 다섯 개의 말이 그려진 마패를 들고 있었다. 그의 옆에는 말을 탄 수행원 세 명과 십 수 명은 되어 보이는 수행원들이 그들을 호위하고 있었다.

갈색머리칼을 하나로 틀어 올린 미남자의 얼굴을 보기도 전에 지나갔지만, 사람들은 서로 시선을 교환하더니 이내 서로를 부둥켜안으며 환호하였다. 드디어 자신들의 고난과 고통을 해결해 줄 인물이 등장한 것이었다. 그들이 그토록 기다리던 암행어사였다.

"가뭄에 내리는 비보다 이게 더 달구나!"

"드디어 그 나쁜 성주 놈이 벌 받는 날이 오는구나!"

사람들의 얼굴에는 환희와 기쁨으로 가득했다. 암행어사와 수행원들이 지나가는 길목을 재빠르게 비켜 주며 얼마 전, 그들에게 매달렸던 거지들마저 박수를 치며 환호하였다. 말 위에서 후는 그런 자신의 백성들을 보며 마음이 뭉클해졌다. 그러면서 말의 속도를 높였다.

"멈추시오!"

성문 앞의 포졸들이 문을 막았지만 수행원들을 힘을 막기엔 역부족이었다. 수행원도 보통 인원들이 아니라, 임영의 수행원들까지 해서 두 배 가까이 되는 수였기에, 그들을 막는 이들은 없었다.

"암행어사 출두야! 암행어사 출두야!"

수행원들이 들이닥친 유오성의 성은 혼란이 가득했다. 안 그래도 랑이 한바탕 해 놓은 턱에 정신없이 귀족들을 풀어 주고 옥중에 있던 이들도 모두 나와 있던 차였다.

"폐하……?"

임영의 목소리가 조심스럽게 흘러나왔다. 후는 저도 모르게 임영을 바라보았다. 후의 옆에 있던 신채형이 먼저 임영에게 다가갔다. 그의 옆에 바로 서서 말에서 뛰어내린 채형이 괜찮냐고 묻기에 그의 몰골은 말이 아니었다.

"암행어사 임영! 신채형! 임무를 수행하라!"

후의 목소리에 둘은 무릎을 꿇고 대답을 하였다. 이내 후가 두리번거리며 누군가를 찾는 듯한 모습에 임영이 그에게 물었다.

"폐하, 왜 그러시옵니까?"

"랑, 홍랑은 어디에 있는 것이냐! 너만 풀려난 것이냐?"

"그것이…… 그분은 아마 성주의 장부를 찾으러 갔을 것이옵니다."

"그래서 지금 어디 있다는 것이야!"

후가 답답하다는 듯이 소리를 크게 질렀다. 이내 잡혀온 포졸 하나의 멱살을 틀어잡았다. 후의 얼굴에는 초조함과 노기가 가득하였다. 포졸은 겁에 질린 듯 저도 모르게 덜덜 떨었다.

"면포, 면포를 쓴 귀족 여식은 어디에 있는 것이냐?!"

"성주…… 성주 나으리 방에……."

바닥에 포졸을 내치고 후는 성주의 방으로 향했다. 뒤에서 폐하와 주군을 외치는 목소리가 들렸지만 후는 상관하지 않았다. 이미 아수라가 되어버린 현장에서 후의 눈은 오직 성주의 방을 찾고 있었다.

성주의 수하의 목에서 흐르는 피가 이제 랑의 손을 벗어나 흐르고 있었다. 그러나 그는 이미 겁에 질려서 그러한 상황조차는 파악이 되지 않는 듯싶었다. 으리으리한 건물 앞에 도착한 랑은 자신이 끌고 온 자를 힐끗 바라보았다.

"어…… 어르신……. 귀족 아가씨 대령했사옵니다."

"들라 하라."

"이곳에 있거라. 아, 아니다. 지혈하지 못하면 조금 위태롭겠구나. 다만, 나와 성주님이 할 얘기가 있으니 주위에 아무도 없으면 좋겠는데……."

면포를 썼음에도 랑의 표정이 생생하게 느껴졌다. 그건 상당히 고혹적인 웃음이었다. 그는 이제는 자유스러워진 제 목을 잡고 고개를 끄덕였다. 자신만 이 위험에 처했으면 되었다. 다른 사람들을 끌어드리기엔 홍랑이라는 존재가 너무 강했다.

랑은 방에 들어서며 혀를 찼다. 청룡국의 황실만큼 화려한 기물들이 가득했다. 홍국보다도 훨씬 화려한 방의 모습이었다. 이 정도 꾸미려면 백성들의 고혈을 엄청나게 뽑아냈어야 할 것이다. 절대 적은 돈을 가지고 살 수 있는 물건들이 아니었다. 하나 하나는 무척 화려하고 번쩍이는데, 합쳐놓으니 오히려 너무 화려하여 질릴 정도였다.

"그래, 그대는 어느 집안 여식인가?"

"초면부터 반말이라니, 무례하군요."

성주의 체격은 꽤나 컸다. 이 정도 돈이라면 단순한 장사로도 몇 대에 걸쳐 쌓아야 할 부였을 것이다. 그러면, 다른 방법은 하나. 바로 사채였다. 랑은 한눈에도 그가 사채업을 했었을 거라 추측했다.

"승상 어르신 빼고 내가 허리를 굽혀야 할 이는 없거든."

그는 의자 뒤로 몸을 빼며 거들먹거렸다. 랑은 그의 굵은 손에 끼어진 굵은 보석이 박힌 반지를 바라보다가 그를 바라보았다. 면포를 한 여성 앞에서조차 이렇게 할 정도면 승상, 그중에서도 영승상이 뒷배를 봐주고 있는 자일 것이다. 그리고 아마도 이자는 그의 돈줄일 것이다.

그렇다면, 국가에 올려야 할 장부와 자신이 빼돌린 장부, 이중장부가 분명히 있을 것이다.

랑은 흘낏 창문 쪽을 바라보았다. 지금쯤이면 암행어사인 임영이 풀려났을 것이다. 그가 후와 만나서 이곳까지 들어오려면 시간이 좀 걸릴 것이다. 부디 시간을 앞당겨야 할 텐데……. 랑은 저도 모르게 초조하게 입술을 깨물었다.

"어디 한번, 미색을 볼까? 황화 아가씨만큼이나 아름다우려나?"

면포를 감싸며 제 얼굴에 닿는 손이 징그럽기 그지없다. 당장이라도 그 더러운 얼굴을 짓밟아버리고 싶지만 랑은 그것보다 더 큰 공포와 절망을 이자에게 주고 싶었다. 공격은 그가 면포를 들어 올리는 순간 하려고 마음먹었다.

쾅!

별안간 뒤에서 문이 깨지는 소리가 들리더니 이내 날쌘 이가 들어와 성주의 얼굴에 주먹을 가하였다.

"감히! 어디에! 손을 대는 것이냐!"

익숙한 목소리에 랑의 눈이 커졌다. 성주가 반격할 새도 없이 후가 그에게 엄청난 주먹을 가하고 있었다. 뒷모습만 보더라도 그가 얼마나 화가 났는지 알 수 있었다.

"폐…… 폐하!"

랑이 떨리는 목소리로 후를 불렀다. 랑의 목소리를 들어서야 후는 정신이 돌아오는지 주먹질을 멈추었다. 이미 성주는 그의 기세와 주먹 때문에 정신을 놓은 지 오래였다. 랑이 달려와 후의 등을 감쌌다.

"그대는…… 왜……."

"폐하?"

"왜……. 나보다 앞서는 것이냐!"

후가 랑을 돌아보며 화를 냈다. 랑이 어벙한 얼굴로 후를 바라보았다. 그가 이렇게 화를 냈던 적이 있던가. 후는 항상 차가운 얼굴과 표정을 고수하였다. 그의 웃는 모습은 보았지만 그가 이렇게 무섭게 화를 내는 것은 처음 본 랑이었다.

"폐……하…… 그것이…… 저는 폐하를 위해……."

"내가 한 시도 내 눈앞에서 떨어지지 마라 하지 않았더냐! 어째서 나보다 앞서는 거야! 내 뒤에 서 있으라 하지 않았느냐! 내가 너를 보호해 주겠다고 하지 않았더냐! 어찌 이리 성급하게 구는 것이야!"

랑은 아무 말도 할 수 없고 오직 후를 바라볼 뿐이었다. 그는 여전히 씩씩거리고 있었다.

"폐하……. 송구하옵니다……."

대꾸를 할 줄 알았던 랑은 의외로 조용히 물러났다. 예전 같았으면 같이 날을 세우고 싸웠을 랑인데, 랑은 후의 노성에 마치 귀를 축 늘어뜨린 토끼마냥 풀이 죽은 모습을 하고 말았다.

랑은 그저, 후에게 조금이라도 도움이 되고 싶었다. 그가 일을 좀 더 편하게 할 수 있게 도와주고 싶었다. 어쨌든 유오성의 성 상황을 알아보기엔 포희보다는 제가 적절하다 생각하였다. 그리고 이미 밖에서 신채형이라는 자를 만났을 때 모든 계획을 세운 랑이었다.

"주군! 모두 포박하였습니다. 이자를 포박하겠습니다."

후는 방에 들어선 임영과 수행원들이 제 뒤에 쓰러진 성주를 포박하는 것을 허락하고는 랑을 지나쳐 방 밖을 나가버렸다. 제 화를 못 참아 랑에게 화를 낸 것도 그렇고, 랑이 저 때문에 풀이 죽어버린 것도 그렇고, 마음 같아서는 자신의 행동이 너무 지나쳤다고 생각하기도 하였다. 그리고 이렇게 무사한 랑을 당장이라도 품에 안고 등을 토닥여 주고 싶었다.

그런데 왜인지 모르겠지만……. 지금은 제 화 때문에 랑이 더 상처를 입을 것만 같았다. 만나면 걱정했다고, 꼭 안아주고 싶었는데 랑을 보자마자 화가 났다.

제 여인을 지켜 주고 싶었다. 항상 전쟁터에서 아픔만 겪었던 랑이었다. 이제는 제 품 안에서 지켜 줄 수 있다고 생각했다. 그런데 오히려 랑이 저를 지켜 주고 있었다. 저를 도와주기 위해 다시 한 번 불구덩이로 뛰어드는 모습이 후는 속상했다.

"제길······."

마당으로 나서며 후는 짜증을 냈다. 그가 생각했던 것은 이게 아니었다. 후는 자신의 머릿속이 뒤죽박죽 섞여버린 기분이었다.

후가 나가기가 무섭게 성주의 방에 들어온 건 포희였다. 포희는 가만히 앉아있는 랑을 바라보았다. 미동조차 없는 랑을 바라보던 포희는 랑의 면포를 살짝 거두었다. 아랫입술이 피가 나도록 꾹 깨문 채 흐느낌의 소리조차 없이 눈물이 흘러내리는 랑을 보며 포희는 저도 모르게 한숨을 내쉬었다. 포희는 손을 들어 랑의 눈물을 닦아 주었다. 포희의 따뜻한 손이 닿자 랑은 저도 모르게 울음소리를 냈다.

"홍랑님, 괜찮으세요?"

"흐······ 흐흑······. 흡······."

"에휴······."

포희는 랑을 제 품에 안고 토닥토닥 등을 가볍게 쳐 주었다. 왠지 후의 태도가 이질적인 만큼 랑 또한 지금의 제 감정을 억제하기 힘들 거라 생각했던 포희의 예상은 적중하였다.

후가 황위에 오른 후로 그렇게 화를 내는 모습은 처음 본 포희였다. 후의 얼굴은 항상 굳어있었다. 항상 차갑고 딱딱해서 신료들뿐만 아니라 후를 모르는 백성들까지도 황제폐하는 냉혈한이라는 소문이 퍼질 정도로 그는 제 감정을 잘 억눌렀다. 조정회의를 할 때마다 신료들은 그의 의중을 알지 못해 항상 답답해했다. 황제의 의중을 알아야 정책이 어떻게 흘러갈지 대략 감이라도 잡겠는데 후는 항상 같은 표정으로 신료들을 대하였다.

그런 후가, 그렇게 큰 소리로 외치는 건 처음 들은 포희였다. 심지어 담을 하나 넘어 있는 마당에까지 그 소리가 쩌렁쩌렁하게 울려 퍼졌다.

마당에서 후를 본 포희는 그런 후가 매우 낯설게 느껴졌다. 노기로 얼굴이 붉게 익어 마당에 나와서까지 씩씩대는 후의 모습은 마치 어린 아이의 모습과도 같았으니까. 유하도 그런 후가 걱정되었는지 포희에게 랑을 찾아보라 하고 후의 옆에 붙어 그의 눈치를 보고 있었다.

"장부, 장부를 찾아야 돼요, 포희."

포희 품에서 울던 랑은 포희를 붙잡고 고개를 들며 말하였다. 포희가 그런 랑의 태도에 한숨을 내쉬었다. 왕자로 자란 환경 때문에 그런지 랑은 사랑하는 이의 감정보다도 객관적인 일을 먼저 신경 쓰고 있었다.

"홍랑님, 폐하께서 화가 많이 나셨어요."

"……그건 나도 아는데……."

"지금, 폐하의 노기를 가라앉힐 수 있는 사람은 오직 홍랑님뿐입니다. 그러니 제가 장부를 찾는 동안 홍랑님께서는 폐하의 노기를 풀 생각을 해 주세요."

랑의 태도에 포희는 한숨을 내쉬었다. 전쟁터에서는 유능한 장군일지 몰라도 여인으로서 랑은 무척이나 서툴렀다. 그래도 노력하던 모습이 보여 포희는 이번 암행에서 저도 모르게 미소를 짓는 경우가 많았다. 그 노력들이 허사가 된 것 같아 안타까운 마음이 더욱 컸다.

유오성은 순식간에 형세는 역전이 되었다. 항상 자신이 내리깔며 보던 형장의 땅바닥에 저를 포함하여 저를 수행하던 이들이 한데 묶여 갑자기 일어난 상황에 어리둥절해 하는 모습이었다.

"당장 풀거라!"

그 와중에도 제 몸에 묶인 단단한 밧줄을 풀겠다고 낑낑대고 있는 성주를 후는 얼음과 같은 표정으로 내려다보았다. 암행어사가 공식 업무를 치룰 때 입는 연두빛 도포와 붉은 장막이 쳐진 가리개, 그리고 꽃술이 길게 달린 관을 쓴 후는 싸늘하고 차가운 눈으로 그를 쏘아보았다.

그런 후의 양 옆에는 채형과 방금 감옥에서 풀린 임영, 그리고 유하가 서 있었다. 그리고 그 아래에는 수행원들이 그들이 이 관아에서 찾아낸 각종 장부들을 살피고 있었다.

"내가 누군지 알고 이러는 게야! 내가 바로!"

"그 입 닥쳐라!"

후의 노성이 마당을 울렸다. 그리도 꿈에 그리던 암행어사가 등장했다는 소식에 서오뿐만이 아니라 서오에서 가까운 곳에 위치한 마을들은 모두 성으로 몰려들었다. 다들 암행어사의 모습에 눈을 반짝이며 그들을 바라보았고 한편으로는 지금껏 자신들의 고혈을 뽑아낸 탐관오리를 살기가 가득하게 바라보았다.

"주군! 이중장부를 찾았사옵니다!"

포희가 품에 서책 두 권을 갖고 나왔다. 그리고 서책에 랑의 얼굴을 감싸던 붉은 천이 함께 있는 걸 본 후는 포희를 바라보았지만 포희는 그에게 책만 건네고 조용히 유하 옆에 섰다. 받은 책을 넘기며 살피던 후는 기록된 내용에 어이가 없었는지 기가 찬 듯한 웃음소리를 내고 말았다. 하지만 그가 내뿜는 기운 만으로도 마당에 포박된 이들에게는 날씨는 한여름이지만 한겨울과도 같은 기분을 느끼고 있었다. 그 와중에 성주는 소리를 질렀다.

"네까짓 암행어사쯤은, 승상, 승상께서 해결 못 하실 줄 아느냐!"

승상이라는 말에 다들 흠칫 몸을 떨었다. 그 모습을 보며 성주는 다시 얼굴에 자신감이 넘치는 듯한 표정으로 돌아왔다. 누가 뭐라도 이염무 어른의 세력은 막강하다. 제 아무리 날고 기는 암행어사라 해도 저를 어찌 하진 못할 것이다.

그러나 그의 말에 후는 다시 눈빛을 매섭게 그를 바라보았다. 입가를 가리고 있던 가리개마저 유하에게 넘기고 한 걸음, 한 걸음, 무게 있는 발걸음으로 그에게 다가갔다. 그리고 후가 성주에게 다가갈수록 그의 눈빛은 흔들리고 있었다. 비록 단 한 번 보았지만 잊지 못할 그 얼굴, 잊지 못할 그 권위를 가진 사람은 오직 한 사람뿐이었다.

가문의 영광이라며 승상을 꾀어 운 좋게 참가했던 황실의 행사에서 가장 높은 곳에 있던, 황금 용포를 두른 자. 황금 관을 쓴 자였다. 모두가 경외하고 모두가 두려워하는 그자. 바로 황제폐하.

"폐…… 폐……."

차마 입에서 '폐하'라는 존칭이 떨어지지 않는다. 온몸을 얼릴 것 같은 저 한기가 오롯이 자신을 향하고 있음을 그 또한 모를 리가 없었다. 이내 발걸음이 성주 앞에 멈추고 그가 허리를 숙였다. 그리고 오직 성주가 들을 만한 작은 소리를 내뱉었다.

"승상의 힘이 그 정도라니, 짐이 미처 알지 못하였구나."

"그…… 그것이 아니오라……."

"그대는, 승상과 짐, 두 사람 가운데 누가 더 무서우냐?"

"다…… 당연히…… 폐……."

"그럼 한 가지만 더 묻지, 승상과 혈랑 중 누가 더 무서운 존재지?"

후의 질문에 승상의 낯빛은 사색이 되었다. 그에게는 둘 다 만만치 않은 인물이었다. 둘 중 누구 하나를 꼭 집어 고를 수가 없을 정도로 둘 다 그에게는 무서운 존재였다. 승상이, 자신의 뒷배를 봐 주는 실세라는 점에서 느끼는 두려움이라면, 혈랑은 알 수 없지만 그 이름만으로도 오한이 끼칠 만큼 두려운 존재였다. 입까지 벌린 채 덜덜 떨며 후를 바라보는 성주의 눈빛에는 두려움이 서려있었다.

"이자는 사형에 처하고, 재산은 몰수한다. 성주를 보좌했던 자들은 죄질을 낱낱이 살핀 후에 그 죄를 물을 것이다. 신채형 장군!"

후의 말에 채형이 짧고 굵게 대답을 내뱉으며 나섰다. 사람들의 눈길이 그제야 채형에게 돌아갔다. 신채형 장군이라면, 대장군 신위의 조카로, 홍국과의 초기 전투에서 몇 번의 승리를 거둔, 사람들에게는 꽤나 알려진 장군이었다. 검은 옷을 입은 부랑자가 그런 장군이었다니, 사람들의 눈이 놀람으로 가득했다. 더군다나 잘생긴 암행어사는 그를 아랫사람 대하듯이 대하고 있었다.

"이자들을 중경으로 압송하라!"

"존……. 아……. 그리하겠사옵니다."

항상 장수들이 황제폐하께 존명이라 대답하기에 저도 모르게 존명이라 대답하려던 채형은 입을 급하게 닫고서는 후에게 대답했다. 후는 뒤돌아서 다시 자리로 돌아가 앉고 가리개로 입을 가리었다.

"앞으로 이곳, 유오성에 대해서는 황실에서 특별 관리체제에 들어가 황실 직속으로 배정한다. 동시에 지금의 성주가 그 죄질이 심히 안 좋기에 바로 이 자리에서 폐하고 중경에서 사형에 처한다. 더불어 임영으로 하여금 이곳, 유오성의 성주로 임명하는 바, 성심성의껏 백성을 다스리고 황제폐하께 충성하도록 하라. 나의 암행어사로서의 임무는 이곳에서 마친다."

"성은이…… 아…… 음……. 명 받잡습니다."

임영이 순간 '성은이 망극하옵니다.'라고 황제에게 올리는 말을 꺼내려던 차, 유하의 눈빛에 대략 눈치 채고 말을 돌렸다. 자신의 임무를 마치고 기분 좋게 의자에 기댄 후는 순간 장내를 둘러보았다.

"포희야!"

"네 주군!"

"랑은 어디 있느냐?"

"어? 방금 전까지 여기 계셨는데……."

"……."

후는 저도 모르게 불안한 기분이 들었다. 아까까지만 해도 포희의 옆에 서 있었던 랑이 보이지 않으니 후는 다시 불안감이 밀려오는 것 같았다.

"홍랑, 홍랑을 찾아 보거라."

"네, 주군!"

유하와 포희가 허둥지둥 대답하며 홍랑을 찾기 위해 마루로 내려왔다. 냉정하고 차갑던 후의 얼굴에는 다시 걱정과 근심이라는 감정이 서리고 있었다.

한편 마당에서 후의 행적을 지켜본 랑은 문 뒤로 몸을 숨겼다. 하아, 어떡하지. 그의 화를 풀어 주는 방법이 도무지 떠오르지 않았다. 그의 화를 풀려면 어떡해야 하지? 전우라든가 제 주변의 사내가 무엇인가로 인해 화가 났을 때 방법은 딱 하나, 그와 술을 마시며 푸는 것이 최고였다. 랑은 그렇게 알고 있었고 주변의 장수들에게서도 그렇게 배웠다.

근데, 후의 화는 어떻게 풀어야할지 모르겠다. 한숨을 내쉬며 괜히 바닥을 툭툭 치던 랑은 문 밖으로 걸어 나오는 여인들을 바라보았다. 다들 큰 충격을 겪었는지 몸을 부들부들 떨면서 긴장이 풀린 모습이 역력했다.

"괜찮아요?"

제 앞에서 푹 쓰러지려는 여자아이를 붙잡아 준 랑은 그저 느끼기에도 소녀의 상태가 무척 안 좋다는 걸 알았다. 후가 있는 곳을 바라본 랑은 한숨을 내쉬고서는 여자아이를 부축하였다. 잠깐만 나갔다오면 문제가 없을 거란 생각에 랑은 아이를 더 단단히 부축하였다.

"감사합니다. 감사합니다."

성주에게 붙잡혀 온 소녀를 무사히 제 할머니에게 데려다 준 랑은 한숨을 내쉬었다. 지금쯤이면 대략적인 일은 처리가 되었겠지. 다시 성으로 발걸음을 옮기는 랑은 기운이 없었다.

후에게 무엇이라도 도움이 되고 싶었다. 자신 또한 제왕학을 배운 자이기에, 후를 도울 수 있을 거라 생각했다. 성주를 제압해서, 후가 도착하기 전에 그가 편하게 일을 진행할 수 있게 모든 일을 해놓고 싶었다. 마음 깊이 사랑하는 그가 제왕으로서 이룰 수 있는 그 길이 돌멩이가 가득한 길이 아니라 평탄한 길이길 바랐다.

그런데 과연 그것이 사랑일까? 랑은 처음으로 자신에게 반문했다. 처음 후를 만났을 때는 감정조차 담지 않은 그 얼굴이 너무 두렵게 느껴졌다. 그랬던 그의 얼굴에 오늘은 분노라는 감정을 담았다. 자신을 사모한다는 고백 이후로 그의 얼굴에는 웃음이 가득하였다. 그러나 오늘 처음으로 그의 화난 얼굴을 보았다. 랑은, 그것이 또 다른 두려움으로 다가왔다.

'사내의 감정은 함부로 믿지 마라.'

큰 누이의 말을 다시 한 번 내뱉어 보았다. 그는 정말 나를 사랑하는 걸까. 만약 지금이 아닌 먼 훗날 그가 내가 미워졌다고 하면 어떡하지……. 자신의 감정은 날이 갈수록 커지고 있는데, 그의 화난 모습에 이렇게 동요하는 자신이, 홍랑 자신이 아닌 것 같아 이질적으로 느껴졌다.

"뭐지?"

랑은 골목길 사이로 움직이는 검은 무복을 입은 무리에 눈을 가늘게 떴다. 지나간 사람들의 수가 꽤 되는 듯싶었다. 랑은 조심스럽게 발길을 그쪽으로 향했다. 아무래도 후를 풀어 줄 생각이나 고민하라던 포희의 말은 다시 묻힐 듯했다.

"황제폐하?"

풀어 주는 인물들 사이에 후를 알아본 노파가 조심스럽게 그를 불렀다. 저도 모르게 고개가 돌아간 후는 노파와 눈이 마주쳤다.

"아니……. 대모께서 여긴 어쩐 일로……."

노파가 씨익 웃으며 후에게 인사를 올렸다. 지금은 지전성 성주의 부인, 어린 시절 자신의 대모였고 정경대부인이라는 자리에 올랐던 외명부 최고의 인사가 그의 눈앞에 있었다.

"소첩, 폐하를 못 알아볼 뻔하였나이다."

"흠흠, 지금 제가 암행을 하고 순행중인지라……."

늠름하게 자란 후의 모습을 본 그녀의 입가에 미소가 퍼졌다. 그녀는 세 살부터 열 살이 되던 해까지 그를 키워온 보모였다. 황자가 태어나면 황제의 최측근 중 두 명이 대부와 대모를 맡음으로써 그들이 교육을 담당한다. 때문에 이들의 존재감은 황제와 황후만큼 차기 황권에 지대한 영향을 미치기 마련이었다.

후의 대부는 준휘의 아버지였던 이주학이었고, 대모는 바로 자신 앞의 사람, 청룡국 최고의 현자라 불리며 선황제에게 세 번이나 벼슬을 내려놓고 낙향하기를 바랐지만 선황제가 그 재능을 아까워하여 그의 고향인 지전성의 성주로나마 임명하였다는 과거의 우승상이었던 임재우의 아내, 백선하였다.

이제는 나이 60을 바라보고 있지만, 그녀의 눈에서 뿜어져 나오는 맑은 기색이 후에게는 여전히 포근하고 따뜻한 대모였다. 후가 무림에 가서 조금이나마 무공을 배우게 된 계기도 그녀에게 있었다.

"흐음……."

"대모님!"

잠시 고민을 하던 그녀는 어느새 후에게 표창을 하나 날렸다. 그 모습에 후뿐만이 아니라 일행 모두가 깜짝 놀랐고 후는 재빠르게 무기를 피하였다. 날렵한 몸놀림과는 달리 자상하게 미소 짓는 그녀를 보며 후가 버럭 소리를 질렀다. 유하와 포희가 다급하게 검을 빼어 들고 후를 보호했다.

"그러다 제가 죽으면 어쩌시려고 그럽니까?"

"에이, 제가 폐하의 실력을 아는 걸요. 그래도 그 아가씨는 몸놀림이 꽤나 빠르던데."

"누구 말씀이십니까?"

"홍국의 세자 말입니다. 홍랑이요."

그녀의 말에 후는 마치 몸이 굳은 듯 움직이지 못한 채 선하를 바라보았다.

"옥사 안에 우연히 같은 방에 있었어요. 꽤나 재미있는 아가씨 던걸요. 몸짓도 날렵하고 숨는 능력도 뛰어나고, 찾아내는 능력도 뛰어나고."

"선하님, 탐내지 마십시오."

후가 표정을 싹 굳히며 선하에게 말하였다. 백선하, 그녀야말로 흑무의 최고의 인물이었다. 이주학과 백선하, 선대 황제이자 후의 아버지였던 옥제의 수족과도 같은 존재였다. 특히, 백선하는 무림에서 이름을 날렸던 인물이었다. 그녀가 어째서 황실과 속세와 연을 맺기를 꺼려하는 무림을 벗어나 황제의 곁을 지키며, 무예와는 전혀 상관없어 보이는 문인과 결혼했는지는 알려지지 않았지만, 어찌되었던 그녀는 무림의 대가였고 그 때문에 그녀의 눈에 띄어 무림에서 무예를 닦는 이들이 한둘이 아니었다.

"한 2년만 수행하면 나를 능가할 고수가……."

"선하님, 황후가 될 여자입니다. 무림은 절대 안 됩니다."

후의 말에 선하가 놀리기 재미있다는 표정을 지었다. 세간에서는 황제가 냉혈한이라며 그를 무서워해도 그를 직접 키우며 곁에서 봐온 선하 그녀와 황태후만큼은 후를 누구보다도 잘 알았다. 이렇게 후를 건드리면 꼭 제 고집을 부리는 모습이 꽤나 재미있다.

"왔네요. 이곳을 들르셨으면 지전성과 천랑산에도 가실 예정이신 거죠?"

"그러합니다."

"가시는 동안 편히 모실 터이니, 그분과 좀 풀어보세요."

선하가 아들과도 같은 그에게 편안한 미소를 지으며 자신을 데리러 온 검은 무복을 입은 사람들을 바라보았다. 그리고 그들과 한 무리를 이루는 듯한 한 사람도 더 보였다.

"어, 당신은……?"

검은 무복을 입은 자들이 어디를 가나 했더니 성으로 향하는 것이었다. 처음에는 승상이 보낸 자객들인 줄 알고 발소리마저 죽였는데, 그들이 무릎까지 꿇고 인사하는 한 여인을 보던 랑은 눈이 커졌다.

"허허, 또 보는구려."

"아, 안녕하세요……."

감옥 안에서 몇 마디 나누지도 않았는데 자신을 보고 편하게 인사해주는 여인을 바라보며 랑은 고개를 갸우뚱 기울였다. 그리고 그 옆에 서 있는 후를 보며 표정이 싹 굳었다. 제 발로 다시 후를 찾아오게 된 꼴이 되고 말았다.

"경계하지 않아도 돼요. 내 저번에도 말했듯이 나는 지전성 성주의 부인이에요. 마침 때맞추어 남편이 이렇게 병사들을 보내 주었네요. 폐하와는 안면이 있는 몸이라 친한 겁니다."

저번에 감옥에서 그녀를 만났을 때도 느꼈지만, 마치 제 마음속을 읽는 듯한 기분이 들었다. 자신이 궁금해 하는 것의 10프로만 보여 주었을 뿐인데 그녀의 입에서는 자신이 원하는 대답이 술술 나왔다.

"그럼 폐하께서는 행선지를 지전성으로 정하신 겁니다?"

"뭐, 별 도리가 있습니까?"

후가 랑을 한 번 흘낏 보고, 그러고서 다시 대답을 하였다. 랑도 그런 후를 보고 어색해진 기분에 다른 곳을 바라보았다. 분명 며칠전만 해도 서로 보고 있어도 보고 싶었고 누구보다 행복한 연인이었는데, 지금은 마치 서로가 원수인 것마냥 쳐다도 보지 않았다.

'근데, 내가 왜 그의 마음을 풀어 줘야 하지? 난, 그를 위해서 행동한 것인데.'

후가 자신에게서 등을 돌려 쌩 하고 가버리자 랑은 그에게 화가 났다. 랑은 아까까지만 해도 그의 화를 풀어 주려고 어떻게 해야 하나 깊이 고민하면서도, 혹시라도 그 무리가 그를 해칠까 봐 안달 나서 이리 따라온 것이었다. 그런 자신의 마음을 모르고 자신에게 화가 난 후가 미웠다.

"랑님, 여기 계셨어요? 주군이 랑님을 찾……."

"몰라요! 그런 바보가 왜 나를 찾는지요!"

갑작스러운 랑의 신경질에 포희가 어리둥절한 얼굴로 랑을 바라보았다. 아까까지만 해도 랑이 울면서 후의 화를 어떻게 풀어 주지, 라며 걱정하던 모습을 본 포희는 후의 무언가가 랑의 심정을 바꾸었다고 생각했다. 자신도 겪어봐서 알지만, 남녀의 사랑싸움에 낀 제 3자가 제일 피곤한데, 포희는 저도 모르게 한숨을 내쉬었다.

"포희야, 홍랑님은 찾았어?"

유하가 옆에 가볍게 나타나 포희의 손을 잡으며 말하였다. 포희는 부군인 유하의 어깨에 제 머리를 올렸다. 이게 뭐야. 암행이라 해도 그래도 남편과 좀 같이 있을 시간이 많을 거 같아서 좋아했는데, 지금 상황은 폐하와 랑님 사이에 콕 껴서 신혼도 못 누리고 왠지 억울하다.
"무슨 일 있어? 마누라?"
한없이 무뚝뚝한 유하였지만, 제 아내와 단둘이 있을 때면 포희에게는 한없이 다정한 남편이자 동반자였다. 포희는 그런 유하에게 팔짱을 하면서 랑이 사라진 곳을 다시 바라보았다.
"아무래도 지전성까지 가는 길이 꽤나 피곤할 것 같은데……."

그 뒤로 일은 수월하게 풀려나갔다. 검은 무복을 입은 군사들이 호위하는 마차와 말들, 마차의 뒤로는 암행하는 네 명의 말이 뒤따르고 있었다. 그 마차 안에는 정적이 흐르고 있었다. 마차 안에서 후가 가운데 앉고 그 옆에는 유하와 포희가 마차의 왼편에, 그리고 마차의 오른편에는 선하와 랑이 앉아있었다.
랑과 후는 마차에 타기 전부터 눈도 마주치지 않았다. 왜 그런지 모르겠지만 랑은 아예 후에게 사과할 마음도 없이 몸을 틀어 마차의 정면만을 바라보았고 후는 마차의 왼편 끝을 바라보면서 가끔씩 랑을 힐끗힐끗 바라보았다. 그 사이에 낀 선하는 그저 조용히 웃을 뿐이었고, 포희와 유하는 그저 속으로 한숨을 푹푹 내쉬었다.
포희는 이 상황이 얼음판 위를 걷는 기분이었다. 이게 장수들과 신료들이 말하던 그 빙판이었나 보다. 백현성 전투 때 랑과 후의 신경전이 대단하였다고 그곳에 있던 이들이 하는 말을 들은 포희였다. 그때 폐하도 랑도 둘 다 너무 팽팽하였고, 둘 다 너무 무서워서 대신들은 마치 북쪽의 빙산 속에 머무는 기분 같다고 했었다.
서로 사랑하는 사이에 일어난 싸움인데도 이 정도로 살 떨리게 추운 기분인데, 그 당시는 서로 죽이지 못해 안달 난 적수였으니 더했으리라. 그저 누구든 먼저 사과하고 넘어가길 바랐다.

랑의 애교 한 번이면, 혹은 랑이 사랑한다는 말 한 마디면 스르르 녹을 제 주군이건만, 랑은 입도 뻥긋 하지 않은 채 꼿꼿하게 시선을 유지하였다. 또한 후가 미안하다. 다시는 화를 내지 않겠다는 말 한 마디면 랑도 분명 미안하다고 다시는 안 그럴 것이라고 말할게 분명한데 후 또한 절대 누군가에게 굽혀본 적 없는 자존심의 소유자였다.

실로, 대단한 기 싸움이었다.

"저기, 폐하?"

잠시 마차가 멈추고 마차 밖으로 나온 후에게 유하가 다가갔다. 평소에 말도 없고 무뚝뚝한 유하가 후에게 말을 거는 경우는 그리 많지 않았다. 몇 년을 그의 옆에서 그를 보좌했음에도 손에 꼽을 정도였으니까.

"왜 그러느냐."

"음……. 제가 예전에 포희와도 한 번 싸워봤는데……."

"그런데?"

"그냥, 폐하께서 한 번 숙이고 가시는 게 폐하께 편하시지 않을까 싶어서……."

유하의 말에 후가 유하를 살짝 노려보았다. 바로 송구하옵니다. 라는 말이 나오긴 했지만 유하는 후를 힐끗 보았다. 이미 유하의 표정에서 제 행동을 후회한다는 게 보였다.

"내가 여기서 랑의 행동을 봐 준다면, 랑은 다음에 또 위험한 일에 제 몸을 던질 것이다. 그러니, 내 지금 랑의 기분에 맞추어 풀어 줄 수 없다."

그의 말에는 강한 의지가 담겨 있었다. 그러나 그 말을 들은 유하는 가마에서 벗어나 차라리 말을 타고 따르고 싶었다. 지전성의 수도, 채남까지는 꽤나 먼 거리를 더 가야하는데 말이다.

'폐하, 남녀 싸움에는 남자가 지는 척이라도 하는 게 편히 사는 방법입니다.'

이 말이 유하의 목구멍까지 올라왔지만 유하는 꾸역꾸역 눌러 담아야 했다. 그래, 솔직히 잘된 것일 수도 있다. 폐하의 성정을 랑님이 눌러 줄 줄 어찌 알겠는가. 그러면서도 유하의 입에서도 포희와 같이 깊은 한숨이 흘러나왔다.

"이런, 아직도 이리 냉전중이십니까?"

선하는 마차에 타는 순간부터 계속 웃는 모습이었다. 그런 그녀의 뼈 있는 말에 둘 다 놀란 듯싶었지만 그저 목을 가다듬을 뿐이었다. 유하와 포희는 그런 선하를 보며 살려달라는 말똥말똥한 눈초리를 보였지만 선하는 어깨를 한 번 쓱 올릴 뿐이었다.

원래 사랑이 깊으면 싸움도 무섭게 하는 법이다. 거기다 한 명은 대륙의 황제폐하요, 다른 한 명은 그런 황제를 잡는 여인이자, 한때 대륙을 벌벌 떨게 한 인물이었으니, 둘의 싸움이 이렇게 무서운 건 당연한 것이었다.

어차피, 지전성의 성에 가면 저절로 풀리게 되어 있다. 선하가 무엇인가 생각해 두었다는 듯 혼자서만 속으로 웃었다.

7장. 사랑하는 이와 함께라면

"폐하, 오셨사옵니까?"

지전성의 성도, 채남의 산기슭에 위치한 성의 문이 열리고 후와 그의 일행이 들어서자 지전성의 성주인 임재우가 그들을 반갑게 맞이하였다. 그는 자신의 아내인 선하를 보자 그녀의 손을 꼭 잡아주었다.

"여보, 수고 많았소. 내 연락이 안 되어 무척 불안했다오."

"그래놓고 보름이나 저를 그곳에 놔두신 것입니까? 알면서 그리 하신 거지요?"

"허허……. 내 그대는 속이지 못하겠구려."

두 사람의 나이차가 열 살 가까이 나는데도, 둘의 모습은 마치 20대의 갓 만난 푸릇푸릇한 연인을 보는 듯한 착각을 일으켰다. 나이든 노부부임에도 불구하고 두 손을 꼭 잡고 걷는 그들이었다. 안으로 모시겠다며 앞장서는 그들 부부를 보며 후는 내심 부러운 눈치였다. 자신과 랑 또한, 저렇게 부부의 연을 맺고 나이 들어간다면 얼마나 좋을까. 그런 생각을 하며 랑을 힐끗 바라보았다.

후는 랑을 항상 정면에서만 바라보았다. 이렇게 눈치 보면서 바라볼 때마다 후의 심장은 불에 데인 듯 타들어가는 기분이 들었다. 그 붉은 눈을 제대로 보지 못한 지도 여러 날이 지났다. 분명 랑의 행동에 화가 나고 화를 낸 건 자신이었는데 왜 점점 자신이 죄인이 되어가는 기분일까.

"아내의 연통을 받고 방을 두 개만 준비해 두었는데, 괜찮으신지요? 듣자하니, 두 분은 부부라 들었고, 폐하께서도 좋은 짝을 찾으셨다며……."

"네에?"

랑이 당혹해 하며 선하를 바라보았다. 그 말인 즉, 후와 방을 같이 써야 한다는 이야기였다. 지금까지 어찌어찌해서 잘 피해왔는데, 선하의 표정에 이 상황이 재미있다는 듯 웃음이 만연한 것을 본 랑은 망연자실할 수밖에 없었다.

"유하와 포희도 결혼하고 이리 나온 것은 처음이 아니더냐. 더군다나 결혼한 지 얼마 안 되었으니, 둘이 얼마나 있고 싶겠어."

선하가 흑무의 제 후배들인 유하와 포희를 보며 말하였다. 그런 선하의 말에 두 사람의 얼굴이 빨갛게 달아올랐다. 랑은 물러설 수 있는 방법이 없어서 한숨을 내쉬었다.

"아참, 지전성의 온천이 유명한 건 알고 계시죠? 특별히 손님방은 방 뒤쪽에 개별 욕탕이 있으니, 이곳에서 그간 쌓인 피로를 푸시기 바랍니다."

성주의 말에 랑은 미간이 아파왔다.

'당신 현자라면서요. 이리 눈치가 없는 건가요?'

생각이 말로 변하여 목까지 차올랐으나 랑은 꾹 참았다. 랑은 너털웃음을 지으며 지전성의 온천에 대해 말한 임재우라는 청룡국의 현자를 당장이라도 태울 기세로 눈에 불을 켜고 바라보았다.

"방에 짐은 놔두었으니 들어가서 쉬십시오."

"그래, 다들 들어가 쉬어라. 이곳은 안전하니 따로 호위할 필요는 없다."

그의 말에 포희와 유하는 허리 숙여 인사하고서는 시종을 따라 가더니 이내 종적을 감추었다. 가만히 서 있는 랑을 보며 후는 한숨을 내쉬었다.

"과인은 성주와 논의할 이야기가 있으니 먼저 가서 짐을 풀고 쉬고 있으시오⋯⋯."

"⋯⋯."

랑이 후의 말에 뭐라 대답하지도 않았는데, 후는 재빠르게 성주와 사라졌다. 괜히 마음속에 차오르는 섭섭함에 랑은 아랫입술을 한 번 꾹 깨물었다. 분명 저를 배려한다고 하는 말이었을 텐데, 그에게 고마워해야 하는 말인데도 이상하게 기분은 묘하게 섭섭하였다.

그렇게 우울한 기분으로 방을 안내받은 랑은 문을 열고 들어갔다. 더운 남쪽지방인지라 대나무로 짠 대자리를 깔고 큰 창문들을 열어두었다. 산 위에 지은 성인지라 창밖으로 지전성 채남은 물론 좀 멀리 떨어진 도시들도 보일 정도로 경관이 너무나도 좋았다. 마루에 선 랑은 노천온천을 보며 왠지 기분이 좋아졌다.

주변은 싸리와 나무로 울타리를 높게 둘러싸고 있었고, 또한 위치 자체가 높은 곳에 있기에 사람들의 눈에 전혀 띄지 않는 순전히 손님만이 쓸 수 있는 개인 온천이었다. 홍국에서는 어쩌다 한 번씩 왕의 건강이 안 좋을 때만 온천에 행차하여 온천욕을 할 만큼 귀한 곳이었고 그 수도 매우 드물었다. 그러나 청룡국의 지전성은 채남 외에도 여러 도시가 온천으로 유명했다. 때문에 겨울만 되면 지전성은 사람들이 꽤나 북적였다.

여름임에도 불구하고 랑은 온천에서 몸을 담그고 싶었다. 그래, 그는 늦게 들어온다 했으니까. 랑이 조심스럽게 무복을 벗었다.

성주의 개별 업무를 보는 곳에서 후는 갓 우러난 녹차를 마시며 음미하였다. 유오성에서 있었던 일을 생각하면 지금도 그 피로가 몰려올 것만 같았다. 그래도 후가 가장 좋아하는 제국의 남쪽, 지전성에 오니 마음이 한결 편안해지는 기분이었다.

"안 그래도 암행어사들의 장계를 통해 어느 정도는 파악했다네. 그대가 내 옆에서 청룡국을 계속 이끌어 주었다면 좋았을 텐데……."

"과찬의 말씀이시옵니다. 폐하. 소신 이제 일흔을 바라보는 나이옵니다. 소신도, 소신의 아내도 시끄럽고 복잡한 중경보다는 이곳이 좋습니다."

"지전성의 온천 말인가?"

"하하, 저같이 노인에게 그런 온천이야말로 건강에 가장 좋지요."

하얀 수염을 쓰다듬으며 그는 황제의 말에 대답하였다. 대략적인 국정 모의는 끝났겠다. 이제 방으로 돌아 가야하는데도 후는 망설이는 듯 자꾸 말을 붙이려는 모습이 제 눈에 보였다. 그는 무언가 장난기가 어린 눈빛이 살짝 눈에 보였다.

"폐하, 근데 본디 이곳 온천의 효능은 치료가 아닙니다."

"그럼 무엇인가?"

"황실 대대로, 비기가 하나 전해지지요. 이곳 지전성의 채남의 온천에서 황제폐하와 황후마마가 머물고 가면, 꼭 후계자를 잉태하다는 보배로운 전설이 내려오고 있습니다."

"자네, 나를 놀리는가!"

"음, 제가 알기로는 욱제폐하와 황태후마마도, 혜제와 천예황후께서도 이곳을 머물고 가셨던 것으로 기억합니다만……. 특히 태후마마께서는 온천을 하고 가신 후에 폐하가 들어선 것으로……."

"그만하게."

제 눈앞에 있는 성주는 자신의 아버지와 할아버지를 모셨던 자였다. 아버지 욱제, 할아버지 혜제를 모셨던 그에게서 흘러나오는 말에 후는 괜히 민망하면서도, 한편으로는 솔깃한 기분이 들었다.

"이만 돌아가도록 하지."

왠지 방으로 향하는 후의 발걸음이 다급해 보이는 것은 그의 착각일까. 청룡국의 현자라 불리는 이의 입가에 조용히 미소가 걸렸다.

그렇게 다급하게 왔지만 별 소용은 없었다. 벌써 문 앞에서 이미 여러 차례 서성인 후는 숨을 한 번 크게 들이 마시고는 문을 두드렸다. 그런데도 안에서는 아무 반응이 없었다. 랑이 저에게 난 화가 아직도 안 풀린 것일까. 후가 괜히 죄인인 양 조심스럽게 문을 열었다.

"랑?"

방 안이 한적하니 조용하기 이를 데 없다. 어디를 간 것인지 두리번 거리던 그때 후의 눈이 베란다 틈으로 돌아갔다. 그곳을 살짝 열어본 후는 이내 입가에 미소를 짓고 말았다.

이 더운 여름에 온천 속에서 잠이 든 랑이었다. 어지간히 더울 텐데, 그 피로 때문인지 랑이 그만 물속에서 노곤하게 잠이 든 모양이었다.

후는 조심스럽게 온천으로 발걸음을 했다. 그가 얼굴에 붙은 랑의 잔 머리를 슬며시 뒤로 넘겨주었다. 비록 제 뜻대로 따라주지 않게 행동했지만, 어찌 생각하면 그것이 바로 랑이 아닌가 싶다. 단 한 번도 여인처럼 살아본 적 없던 사람이었던 랑이 여인의 마음으로 저를 사랑하니, 그것도 어지간히 이질적인 감정이었으리라는 생각이 든다.

어린 시절 랑을 처음 보았던 그 모습을 잊지 못한다. 루비 같은 눈동자가 반짝이며 자신을 보았을 때, 그는 정말 보석으로 만든 인형을 보는 것 같이 홀렸으니까. 이미 그때부터 자신은 랑을 사모했던 것이 아닌가 싶다. 다만 자신의 아집과 오해로 인해 랑을 미워하고 싫어했던 시기가 더 길었다.

이렇게 탕에 있는 랑을 보자니, 청락성 전투에서 처음 본 랑이 떠올랐다. 검은 머리의 아리따운 선녀가 다름없었다. 하얀 달빛이 반사된 피부가 고운 백자와도 같아, 이 세계의 사람이 아닌듯한 그 모습에 저도 모르게 그곳으로 발걸음을 했을 정도로 랑은 무척이나 아름답고 신비로웠다.

이렇게 눈을 감은 채 잠든 모습조차도, 제 심장을 두근거리게 만드는 사람은 전 세계를 통틀어 이 여인 하나일 뿐이다. 길게 뻗은 속눈썹이며, 적당히 솟은 코, 그리고 붉은 입술. 이 세상의 보석이란 보석은 다 그녀에게 있는 듯한 모습에 후는 저도 모르게 랑의 이마에 입술을 대었다.

"흐음······."

후의 인기척에 랑이 몸을 틀었다. 이내 게슴츠레 눈을 뜨던 랑은 제 눈에 보인 후의 존재에 깜짝 놀라 저도 모르게 팔다리를 휘저었다.

"폐······ 폐하!"

"랑아!"

랑이 굳어있다 갑작스럽게 움직인 팔다리 때문인지 물속에서 저도 모르게 팔다리를 휘저으며 갑자기 물속으로 끌려 들어가는 듯한 모습을 보이고 있었다. 그런 랑의 모습에 후가 탕으로 뛰어들었다.

"괜…… 괜찮은 것이냐?"

"하아, 하아……."

후가 랑을 진정시키며 물속에서 무릎을 꿇고 랑의 양 겨드랑이에 손을 넣어 랑을 탕 속의 기대는 곳으로 끌어올렸다. 랑은 여전히 놀란 건지 눈을 크게 뜬 채 숨을 가쁘게 쉬고 있었다.

"폐…… 폐하……. 갑자기 이렇게 들어오시면 어떡합니까……."

온천의 더운 습기 때문일까. 랑의 입술은 평소보다 더 붉어져 있었다. 하얀 얼굴마저 열기로 두 뺨이 붉게 물들어 있었다. 랑이 제 몸을 두른 수건이 물을 먹어서인지 자꾸 흘러내리려는 통에 랑은 간신히 가슴 쪽의 수건만을 꼭 쥘 뿐이었다.

"홍랑……."

"폐하……."

랑은 후의 눈동자를 바라보았다. 검은 동공 속으로 빨려들 것 같은 그의 눈은 과거에도 한 번, 보았던 그 눈빛이었다. 욕망이 가득한 그 눈빛에 랑은 저도 모르게 흠칫 몸을 떨었다.

"폐…… 흐읍……."

후가 랑의 입을 가볍게 막았다. 랑의 숨이 차오르기 직전에서야 잠깐 놓아 주고 다시 그녀의 입술을 막고, 그러기를 수차례, 랑은 이미 온천수에 몸의 온도가 잔뜩 올라가 있는 듯한 느낌을 들었다. 제 몸에 닿는 물보다도 후의 손길에 더욱 타들어 갈 것만 같았다.

후의 입술이 랑의 입술을 떠나서 목덜미를 타고 내려오자 랑은 후를 밀어내려 했지만 이상하게도 랑의 팔에는 언월도를 휘두를 때처럼 힘이 들어가지 않았다. 도무지 그의 힘을 감당할 수 없을 만큼 후는 랑을 꼭 안고 있었다.

"싫다고 하면 하지 않을 것이다."

"폐하……."

"생각할 시간을 충분히 주었지?"

랑이 뭐라 대답하기도 전에 후는 랑을 향해 사악하게 웃었다. 하지만, 이상하게도 랑은 예전처럼 그에게 대들 수가 없었다. 이미 온천수의 따뜻함에 풀릴 대로 풀려버린 몸이 오롯이 후를 의지하고 있었다.

후가 랑의 몸을 가리고 있던 수건을 뺏어 온천 속으로 흘려버렸다. 그리고 그의 입술이 더욱 아래로 내려왔다.

"사모한다. 이 세상이 모두 너를 부정한다 하여도, 나만큼은 너를 사모한다."

후의 말에 랑은 그를 밀어내던 손에서 힘을 빼었다. 그 틈으로 후가 더욱 깊이 랑의 품에 파고들었다. 두 사람이 맞닿은 체온은 온천수의 물보다도 더 뜨거웠다.

후의 입술이 닿는 곳마다 붉은 열꽃이 피어올랐다. 오랫동안 랑의 목에서 피어나던 그 열꽃이 이내 랑의 쇄골을 타고 내려왔고, 후의 손길이 랑의 피부를 쓰다듬고 있었다. 그런 연인의 손길에 랑은 혼이 빠질 것만 같은 기분에 사로잡혔다.

이런 낯선 기분은 처음이었다. 온몸이 들떴고 제 몸을 둘러싼 열에 휩싸일 것만 같았다. 주변의 그 어떠한 것도 보이지 않고 오롯이 후만이 눈에 들어왔다. 제 몸에 입을 대는 후의 감은 눈이 랑의 눈에 들어왔다. 그는 그 어느 때보다도 진지해 보였고 낯설었지만 이상하게 무섭지는 않았다.

"힘들면 말해."

후가 눈을 떠서 랑을 바라보며 조심스럽게 말을 했다. 그의 눈동자가 황금빛처럼 빛났다면 랑의 착각일까. 랑은 손을 들어 후의 얼굴을 쓰다듬었다. 그에게 대답하지 않아도 그는 자신의 뜻을 읽은 듯싶었다. 괜찮다는 의미, 그리고 허락의 의미를 말이다. 후는 다시 랑을 꼭 끌어안았다. 그리고는 랑에 대한 그의 사랑을 멈추지 않았다.

"흐으음……."

눈을 저절로 찌푸리는 햇빛에 랑은 그 빛이 익숙해질 때까지 기다렸다가 천천히 눈을 떴다. 얼핏 보아도 해는 이미 중천을 달려가고 있는 중이었다. 이상하게 이 나라에 온 이후로 이렇게 한낮에 눈을 뜨는 경우가 많다. 랑은 천천히 몸을 일으켰다.

"아윽!"

저도 모르게 느껴지는 온몸의 통증에 랑은 저도 모르게 입으로 소리를 내고 말았다. 옆자리를 내려다 본 랑은 비어있는 옆자리에 왠지 모를 허탈함이 들었다. 어제 저녁 그리고 새벽까지 후는 자신에게 사랑한다는 말과 그 표현을 여지없이 해 주었다.

겨우 몸을 일으킨 후에 가운을 입은 랑은 가운에서 툭 떨어진 편지조각을 들었다. 손끝마저도 아플 정도로 랑의 온몸의 뼈와 근육과 살이 다 아파왔다. 또한 이렇게 아픈 건 처음이라 랑의 얼굴에는 지친 기색이 역력하였다. 군사훈련으로 인해 쑤셔오던 근육통과는 차원이 다른 통증이었다.

'오늘 하루는 푹 쉬도록, 나의 황후.'

랑은 정갈하게 갈겨 쓴 후의 편지에 미소를 짓고 말았다. 랑 자신은 모르겠지만 후가 보았다면 분명 제 눈이 멀었다고 생각할 정도로 아름답고 환한 미소였다. 그에게 이렇다 할 사과는 못 받아 냈지만, 그리고 물론 저도 후에게 미안하다는 말은 안했지만…… 이미 그와의 싸움은 기억 저 멀리 날아가 버린 느낌이었다.

후는 성주의 방에서 징계를 살펴보고 있었다. 그러다 맞은편에 앉은 선하가 활짝 웃으며 묻는 안부에 후는 내심 쑥스러운 듯 그걸 숨기려고 차갑게 말했다. 하지만 그도 이미 선하의 눈을 속일 수는 없다는 것을 알고 있었다.

"폐하, 어젯밤 잘 주무셨습니까?"

"그런 사악한 웃음은 거두시지요."

그도 무림에 대해 잘 모르지만, 선하가 가진 능력만 보더라도 무림인이 왜 속세에 나오지 않고도 훈련만으로 잘 사는지 잘 알게 되었다. 무술, 기공은 물론 뭐 이런 다양한 능력이 있지만, 선하의 가장 특별한 능력은 사람의 마음을 읽어내는 것이었다. 거짓을 구분하는 능력을 가진 그녀를 왜 그리도 아버지 옥제가 가장 중요하게 생각했는지, 거기다가 왜 후의 대모가 될 수 있었는지 알 수 있는 부분이었다.

그녀의 능력은, 그녀의 남편이 정계에서 은퇴하고 이곳에서 후학을 양성하면서, 그녀의 무림 제자들에게도 전수되고 있었다. 그녀는 가끔씩 후에게 이곳에 내려와 무림을 배울 생각이 없냐고 할 정도로 후의 능력을 진심으로 안타까워했다.

"저와 낭군이 만난 곳도 바로 이곳, 지전성이었지요."

"영감이라 부를 때도 되지 않았습니까?"

"낭군님을 낭군이라 부르지, 그럼 뭐라 부른답니까?"

비록 선하의 이마에도 주름이 파였지만, 그녀의 눈동자와 목소리만큼은 젊은 사람 못지않았다. 낭군이라. 가끔씩 젊은 연인들의 애칭과도 같은 호칭을 이들 부부는 서로 낭군님 혹은 각시라 부르며 즐거워했다.

"유하 왔니?"

"네, 선배님."

포희 없이 홀로 등장한 유하의 모습에 선하는 후에게 보여 주었던 재미난 웃음을 유하에게 보였다. 유하도 그것이 무슨 의미인지를 아는 듯 저 홀로 귀까지 벌게져서는 혼자 헛기침을 해야 했다. 그제야 후는 왜 그의 곁에 포희가 없는지 알 수 있었다.

"포희도 지금까지 몸이 많이 힘들었겠지. 좀 쉬라 해."
"송구하옵니다. 폐하."
"그 능력은 이만 거두시지요."
"굳이 능력을 쓰지 않아도 다 압니다."

그녀의 농담 같은 말투에 유하나 후나 두 사람 모두 왠지 모르게 무언가를 훔쳐 먹다 걸린 소년들마냥 심장이 쿵쿵 뛰는 게 느껴졌다.

"아, 폐하 여기 계셨사옵니까? 외출하실 채비를 마련해 놓았습니다."
"내가 괜히 그대를 번거롭게 하는 듯싶어 송구하네. 암행을 하려 했는데, 어디 지전성에서는 그게 쉬운 일이던가."
"허허, 제 각시께서 좀 특별하셔야지요."
"어울리지 않는 두 분이라 생각했건만, 이리 보면 천생연분이오."

후의 말에 두 사람 모두 조용히 웃을 뿐이었다. 암행 복장을 마친 후가 유하와 더불어 성주가 붙여 준 호위들과 함께 길을 나서 성이 비었다. 그 고요함 속에서 재우는 자신의 아내를 바라보았다.

"정말 홍랑을 데리고 천랑산의 그분에게 보일 작정이오?"
"무림 일에는 신경 쓰지 않겠다 하지 않으셨사옵니까?"
"허나, 혹여 홍랑 그자가 그분의 눈에 띨까 그게 걱정스럽네."

재우의 표정에 근심이 어렸다. 평생 학자로 살아온 그에게 무림은 인연도 없고 생소한 곳에 불과하였지만, 그의 아내인 선하가 그곳에서 이름을 날리고 있는 고수라는 것은 알고 있었다. 그리고 그녀의 스승이자 한때는 후를 가르쳤던 무림의 최고수를 그분이라 부르는 것 정도는 그도 귀동냥으로 들은 사실이었다. 사실 이곳 남쪽 지전성으로 오게 된 것도 무림의 총산과 가까운 것도 상관이 있었다.
　서로의 일에 전혀 터치하지 않는 부부사이인지라 50년 가까운 세월을 그리 잉꼬부부처럼 살아온 것일지도 모른다. 허나 황제와 관련된, 국가에 직접적인 영향을 미칠 수 있는 일에서는 서로에게 물러섬이 없었다.
　"속세 일을 뒤흔들 만큼, 그렇게 영향을 주실 분이 아닙니다. 다만, 황후가 될 여인이라 폐하가 이야기하니, 어떤 사람인지 궁금해 하시는 것 같습니다. 저만큼이나, 황제폐하를 애지중지하셨던 분이니까요."
　선하는 괜찮다는 표정을 지었지만, 그래도 재우는 마음이 불안하였다. 혹시라도 저 두 사람 사이에 문제가 발생하는 일이 생기지 않기를 간절히 바라는 마음이었다. 재우의 시선이 후가 나간 시장 쪽으로 향하였다.

　"오늘 장이 섰나 봅니다."
　유하가 복잡한 인파를 둘러보며 후에게 언질을 주었다. 후도 고개를 끄덕였다. 항상 중경의 시장을 보다가 이렇게 백성들의 오일장을 보기는 그도 오랜만이었다. 중경의 깔끔함과는 다르게 시끌벅적한 것도 꽤 크고 오가는 사람들 사이에서는 여러 지역의 정보를 주고받았다. 후는 그런 사람들의 사이사이를 돌며 귀를 기울였다.
　그런 그의 눈에 갑자기 들어온 것은 방울장수가 좌판에 펼쳐놓은 보석들이었다. 갑자기 그게 왜 눈에 들어온 것인지 모르겠지만, 후는 저도 모르게 발걸음을 옮겼다.
　"허허 어서 오십시오. 제가 아주 오랜만에 채남의 장을 왔는데 정말 좋은 특급 물건들만 가지고 왔답니다. 어디서 들으신 소문이 있어서 이리 보는 눈이 높은 귀족 분들이 오셨습니다. 허허허."
　약간의 사투리임에도 그의 목소리는 꽤나 사람을 끌어당기는 힘이 있었다. 유하의 시선에도 신경 쓰지 않고 후는 좌판에 있는 물건들을 살펴보았다. 그러다 푸른 옥에 붉은 선들이 섞여 들어간 옥가락지 한 쌍이 눈에 들어왔다. 홍옥은 대체로 청룡국 최남단에서 나는 경우가 많아 황실에서는 최고급 진상품 중에 하나이기도 했다. 그러나 궁으로 들어오는 것들은 모두 깔끔하게 정제된 것들이었다.

비록 그러한 진상품들만큼 화려하거나 깔끔하지는 않지만 왠지 그 얽힌 모습이 자신과 랑의 모습 같아서 그는 저도 모르게 미소를 짓고 말았다. 그런 후의 표정을 읽은 상인은 후를 붙잡고 이야기하기 시작하였다.

"어휴, 나으리가 보는 안목이 있으시네. 아내 분에게 선물하시려 하십니까?"

"네? 아 네……."

"그렇게 청옥과 홍옥이 얽힌 옥을 찾기가, 얼마나 힘든 줄 아십니까? 그리고 그런 옥을 이리 정교하게 다듬는 건 얼마나 고난이도의 기술인데요. 이건 제가 장담하건데 황실의 그 어떤 쌍가락지보다도 훨씬 구하기 힘든 겁니다."

상인의 말에 후는 저도 모르게 피식 웃고 말았다. 한낱 방울장수 따위가 황실 진상품을 볼 일은 없겠지만 그의 농담이 유쾌하게 들렸다.

혼인하지 않은 연인에게 주는 반지는 흔히 혼약의 반지라 하여 평범한 반지를 많이 한다. 그리고 혼인한 아내에게 주는 반지는 쌍가락지를 한다. 그래서 청룡국에서도 가락지의 개수를 보고 혼인 여부를 짐작하는 경우가 많았다. 대부분이 가락지 하나를 줄 때는 은이나 옥가락지를 주고, 쌍가락지를 할 때에는 금으로 된 쌍가락지 가운데 금강석을 박아 두 가락지가 떨어지지 않게 하였다.

하지만, 후는 랑에게 그런 금으로 된 반지보다는 이런 옥가락지가 더 어울릴 거란 생각이 들었다. 옥가락지를 제 손에 집어 들어 만지던 후는 상인을 바라보았다.

"혹시, 이것하고 같은 옥으로 만든 옥패나 남성용 장신구가 있소?"

"어이구, 잠시만 기다려 보시지요……. 어디보자……."

좌판 아래로 쏙 숨은 상인이 잠시 뒤 낡은 상자를 꺼내더니 후 앞에 들이밀었다. 이내 위에 쌓인 먼지를 털어내고는 그의 눈앞에 반지와 같은 재질로 만든 듯한 둥근 옥패를 내밀었다.

매끈하니 어떤 문양도 없는 옥패였지만, 후는 제 손가락 두 개 마디 정도 되는 옥패를 조심스럽게 들었다. 그러더니 상인에게 내밀며 말하였다.

"이곳에 오조룡을 새겨 주시게. 그리고 이 옥반지도 함께 포장하고."

"네? 오조룡이요?"

"왜, 불가한가?"

"아, 아닙니다만……. 괜히 소인이 반역죄로 잡혀갈까 두려워 그러하옵니다."

방금 전까지 이 양반에게 얼마를 뜯어낼까라는 생각이 머리에 가득했던 그는 제 앞에 서 있는 꽤 높아 보이는 귀족에게서 오조룡을 새겨달라는 이야기를 듣고 흠칫 몸을 떨었다. 오직 황제만이 지닐 수 있다는 오조룡의 문양들을 그는 요구하고 있었다.

"그럴 일은 없을 것이다. 다만, 이 이야기를 어디 가서 하면 안 된다네. 내 그대에게 충분한 사례를 하지."

후의 미소에 상인은 그저 고개를 끄덕였다. 상인이 보기에는 옥가락지와 옥패를 사는 이가 참 담대한 성품을 가진 이라고밖에 보이지 않았다.

"살펴 가십시오! 아이고 다음에 또 찾아 주십시오."

후는 품에 옥가락지와 옥패를 포장한 물건을 조심히 넣었다. 비록 옥의 모양은 볼품없다만, 상인의 보는 눈은 정확했다. 그 때문에 유하도 상인이 말한 액수에 검을 뽑지 않고 저도 옆에서 같이 물건을 산 거겠지.

"왜 따라하냐?"

"흠흠, 제가 언제 따라했다 하십니까……."

결혼할 때 은비녀는 사 주었지만, 남들 다 해 준다는 가락지는 못해 주었던 것이 항상 마음에 걸렸던 유하였다. 포희가 손에 해 봤자 그녀가 혼인했다는 것이 다 들통이 날 터이니 가락지는 굳이 필요한 물건이 아니었던 것이다.

근데 후가 옥패에 구멍을 뚫어 목걸이에 단 것을 보고는 유하가 덥석 금강석이 박힌 가락지 하나를 고르더니 목걸이까지 사서 거기다 쏙 넣는 것이 아닌가.

"청옥과 홍옥이 섞인 경우야 드물다 하지만, 그런 금강석이 박힌 금가락지를 여기서 샀다 하면 포희가 분명 화 낼 텐데……."

"그렇다고 중경에서 샀다가 소문 퍼지면 그게 더 골치 아프지요."

"어째, 암행 나온 이후로 다들 과인의 말에 이리도 한 마디 지지 않지?"

후의 말에 유하는 송구하다는 말을 했지만 그의 입가에서 미소가 떠나지 않았다. 황궁에서 벗어난 만큼 후는 인간적이었고 그의 감정을 드러낼 줄 아는 사람이었다. 유하는 여러모로 기분이 좋아서인지 조용히 웃었다. 그런 유하의 모습을 보면서 후도 왠지 모르게 가볍고 편안한 감정을 오랜만에 느꼈다.

"어떻게 몸은 좀 추스르셨습니까?"

"온천수가 참 좋긴 좋은 듯합니다."

 시종이 올 거라 생각했는데 뜻밖에 성주의 부인인 선하가 직접 상을 들고 들어왔다. 안 그래도 허기가 돌던 랑은 그녀가 상을 내려놓자마자 잘 먹겠다고 말을 하고 허겁지겁 음식을 먹기 시작하였다. 청룡국의 음식이 비록 홍국과 아주 똑같지는 않았지만 맛은 꽤 좋았다.

 문득, 랑은 저도 모르게 따뜻한 흰 쌀밥을 바라보았다. 이내, 홍국에서 있던 가족모임이 떠올랐다. 그때 내가 몇 번이나 밥을 같이 먹었던가. 이렇게 따뜻한 쌀밥이 이리도 맛있던 음식이었던가. 항상 홍국에서 먹던 음식들은 밥조차도 차가운 돌덩이와 같아 몇 번 먹지 못하던 기억이 떠올랐다.

"모후께서는 어쩔 수 없는 선택이었을 겁니다."
"……어찌 그리 제 속을 잘 아시고 말하시는 겁니까."
"모후께서도 당신을 아끼고 사랑하지만, 그 방법이 틀렸던 것인 게지요. 홍국에 있어봤자 공주에 머물 뿐이지만, 그분이 생각한 당신의 운명은 그게 아니었으니까요."
"부인께서는 마치 태후마마 같으십니다. 태후마마와 성정이 비슷하신 듯싶어요."
"호호, 이거 과찬인데요."

 친 어미에게조차 받지 못했던 따뜻함을 랑은 이곳에 와서 태후에게 제일 먼저 받았다. 비록 후의 어머니이지만 그녀는 마치 자신의 친어머니와도 같은 느낌이었으니까. 그만큼 그녀를 따스하게 대해 주었으니까.

"사실, 젊은 날엔 태후마마께서 소첩을 시기 질투하셨습니다."
"네에? 태후마마께서요? 부인을요?"
"뭐, 깊은 이야기는 해드릴 수 없지만, 제가 선황이신 옥제 곁에서 많은 일을 도왔거든요. 사실 황제폐하도 제 품에서 많이 자라셨구요. 그런

점에서 태후마마와 저는 꽤나 비슷한 점이 많지요."

마치 오래전 이야기를 하는 것마냥 그녀의 눈에는 추억과 재미가 서려있었다. 랑은 저도 모르게 수저를 내려놓고 입가에 평온한 미소를 짓고 말았다. 창을 통해 들어오는 산바람이 꽤나 시원하게 느껴졌고, 지붕 아래 달린 풍경소리가 맑게 들려왔다.

"폐하의 어린 시절은 어떠했나요?"

"듣고 싶으시면 우선 식사를 다 하신 후에 들려 드릴게요."

랑의 눈에 웃음이 가득하였다. 다시 수저를 들고 힘차게 먹는 랑을 보며 그녀는 엄마와도 같은 따스한 미소를 지었다. 이내 그릇을 비운 랑은 반짝이는 눈으로 선하를 바라보았고 선하는 자신이 기억하고 있는 이야기보따리를 풀어내기 시작했다.

"하하, 부인께서는 정말 대단하십니다. 저는 다시 그 나이로 돌아간다 하여도 어린 태자전하의 성정을 못 맞추겠습니다."

"세자저하로서 청룡국에 오시던 그날, 제가 보아하니 저하 성격이나 전하 성격이나 보통은 아니겠구나 라고 느꼈지요."

"저를 보신 적이 있으신가요……?"

여인들의 수다는 끝이 날 줄을 몰랐다. 랑은 벌써 네 번째 우려먹는 녹차가 담긴 찻잔을 내려놓고 선하를 바라보았다. 자신은 알지 못하는, 그녀가 기억하는 후의 어린 시절은 꽤나 재미있었다. 그녀의 말에 의하면 태후마마조차 모르는, 황제를 잡고 있는 비밀병기라나. 그런 이야기가 오가던 중 자신을 보았냐는 말에 그녀는 고개를 끄덕였다.

"홍국의 세자저하의 등장으로 중경은 물론 청룡국이 술렁였지요. 저하가 너무나도 예뻐서 한 번 보면 홀린다는 이야기가 있기도 했으니까요."

"에이, 과장이 심하십니다."

"정말입니다. 저도 처음 보고 홀딱 반하였는걸요. 딸로 삼았으면 좋겠다는 생각을 할 정도였어요."

랑은 그녀의 말에 조용히 찻잔을 들었다. 만약 그녀가 홍국의 왕실이 아니라, 제 앞에 있는 여인의 딸이었다면 어떤 삶을 살았을까. 가끔 민가에서 태어난 상상은 했지만, 그 대상을 구체적으로 누구라고 생각은 하지 않았다. 하지만 랑은 이제 제 눈앞에 있는 여인을 바라보았다.

"물론, 부모를 선택해서 태어날 수는 없지요. 하지만, 제 딸로 태어났다면 아마 저하께서는 지금까지 살아온 삶보다 더 불행한 삶을 살게 되셨을 수도 있지요."

그렇게 말하는 그녀의 눈빛에는 슬픔이 서려있었다. 그녀는 조용히 차를 마시고 찻잔을 내려놓았다. 그러고 보니 이곳에서 그녀의 자녀들을 보지 못한 듯싶었다. 노부부만이 살고 있는 듯한 느낌이 들어 랑은 조심스럽게 입을 열었다.

"아……. 실례지만 부인께서는 자녀가……."

"없습니다. 제 몸이 아이를 밸 수 있는 몸이 아닌지라……. 그래서 폐하를 더욱 친자식처럼 대한 것일 수도 있구요."

"실례했습니다."

랑의 말에 그녀는 그저 씁쓸한 미소를 지었다. 혼인이란 평생 자신과 연관이 없는 단어라 생각하였고, 낭군이니 남편이니 하는 존재는 그저 사랑 놀음에 충실한 규방 여인들의 이야기라 생각했다. 돌이켜보면 지금 이런 자신의 모습은 젊은 시절 단 한 번도 생각해 보지 않은 일이기도 하였다. 즐겁고 유쾌하게 이야기를 나누다가 갑자기 분위기가 식어 버린 통에 랑은 조금 당혹스러운 느낌이 들었다. 조용히 차를 마시는데 그녀는 랑을 바라보며 포근한 미소를 다시 지어 주었다.

"그러니, 랑 아가씨도 더 이상 몸을 해치지 마십시오. 분명 폐하와 랑아가씨 사이의 아기씨는 예쁘고 사랑스러울 겁니다."

"아기씨라뇨, 저는 아직······."

랑이 손사래 치며 당혹스러운 얼굴을 하였지만, 그녀는 그런 랑을 보며 찻잔을 입에 대었다. 조용히 사람일은 모르는 것이라며 랑을 더욱 당혹스럽게 만드는 그녀 앞에서 랑은 대답을 할 수 없었다.

"선하님, 폐하께서 돌아오신답니다."

"어휴, 아가씨와 시간을 보내니 시간이 후딱 지나갑니다. 너무 즐거운 시간이었습니다."

"제가 괜한 시간을 빼앗은 게 아닌가 싶네요."

랑이 선하가 자리에서 일어나자 따라서 일어났다.

"홍랑님과는 즐거운 시간이 되었소? 어찌 여인들의 수다란 이리 긴 건지······."

"남 말 하십니다. 그려. 낭군과 폐하의 대화도 그리 짧지는 않습니다."

"허허······."

재우는 선하의 투정에 수염을 쓰다듬으며 너털웃음을 지었다. 두 사람을 의지해오며 산 지 벌써 50년에 가까운 시간이었다. 오래 전 무림에서 일어난 세력다툼으로 상처를 입었다. 그것도 자궁을 심하게 다친 선하는 살아난 것 자체가 다행이었다. 자신은 아이를 가질 수 없다며 그의 청혼을 100번이 넘게 무시했지만 그는 지금까지도 그녀를 무척이나 사랑했다.

주변의 걱정과 염려에도 불구하고 길어야 3년 정도밖에 안 될 거라 생각했던 결혼생활은 어느새 그들이 머리가 하애지기 시작하는 이날까지 계속되고 있었다.

"낭군, 정말 더도 말고 덜도 말고 폐하 같은 아들 하나, 랑 아가씨 같은 딸 하나 있었다면 얼마나 좋았을까요."

"어허, 나는 그대만 있어도 된다 하지 않았소."

"안 된다는 걸 알면서도, 참 부러운 일입니다."

선하의 말에 재우는 그녀의 손을 잡고 토닥여 주었다. 그는 선하와 사는 이 삶이 아쉬울 것이 하나도 없었다. 하지만 선하가 어린 아이들을 볼 때 짓는 황홀한 미소와 랑과 후 또래의 젊은 사람들을 볼 때 짓는 어머니와도 같은 웃음까지 무시할 수는 없던 그였다. 재우는 선하의 어깨를 감쌌다.

"그럼, 다음 생에 나는 황제로, 그대는 황후로 태어나 그런 아들딸을 낳으면 되지 않겠소."

"제가 황제로 태어나면 안 됩니까?"

재우의 위안에 선하가 웃으며 농담을 하였다. 그리하라며 여전히 사람 좋은 웃음을 하는 재우를 보며 선하의 아픈 마음이 다시 풀렸다.

성으로 향하는 길 내내 후의 표정은 밝은 듯했다. 날아갈 것 같은 기쁨을 감추느라 후의 얼굴은 마치 경련이 일어나려는 듯한 모습이었고, 그것을 옆에서 지켜보던 유하는 고개를 돌려 한숨을 내쉬었다.

저리도 좋을까.

두 사람의 관계가 어쩌다 이렇게 죽을 만큼 좋아지게 되었는지 유하는 한참을 고민했다. 결국 내린 결론은 남녀관계는 어느 누구도 알 수 없다는 것이었다. 하기야 저와 포희의 관계도 이렇게 결혼까지 하게 될 줄 누가 알았겠는가. 어린 시절부터 거의 친남매처럼 붙어있던 그들이었다. 세상이 무너져도 여동생 같은 포희와 결혼하지 않을 거라 살아왔지만 어쨌든 결론은 결혼하지 않았던가.

"유하!"

후가 들뜬 목소리로 유하를 부르는 통에 다른 생각을 하고 있던 유하는 깜짝 놀라 후를 바라보았다.

"포희와 부부의 연을 맺은 방법이 무엇인가?"

후의 물음에 유하는 쑥스러운지 뒷목을 긁적였다. 글쎄, 어떻게 얘기했더라. 그냥 어쩌다 암행 나가는 조에 함께 걸려서 나갔다가 국밥 한 그릇 먹으면서 함께 살자고 무뚝뚝하게 던진 말 한 마디에 포희가 고개를 끄덕였다. 그리고 그 다음날 저녁에 둘만이 조용히 휴가를 썼었더랬지.

"얼굴을 보아하니 답이 나오는군."

"어찌 했을 것 같습니까?"

"밑도 끝도 없이 혼인하자고 말을 한 것 같은데……."

무심한 듯 툭 내뱉는 후의 말에 유하는 괜히 등골이 서늘해지는 기분이었다. 하기야 오랜 세월 봐온 폐하였다. 게다가 하루에도 수십 명의 신하들을 상대하는 분이시니 사람 마음 읽는 거야 한순간이었다. 유하가 맞다고 하면서 고개를 끄덕이자 후는 한쪽 눈썹 꼬리를 올렸다. 그 모습이 왠지 자신을 낮춰보는 것 같아 유하는 소리라도 지르며 뭐라 반박 하고 싶었다.

"네게 물어본 내 잘못이 크다."

성문을 지나며 후가 즐겁다는 듯 내뱉는 노래에 유하는 자신이 패배한 것 같은 느낌이 강하게 들었다. 후의 발걸음이 가는대로 그도 따라갔고 바로 랑이 있는 방으로 갈 것 같던 후는 재우의 서재로 향했다.

"폐하, 오셨습니까?"

재우가 서재에 앉아 있다가 방에 들어오는 후를 바라보며 자리에서 일어났다. 그의 옆에 앉아있던 선하도 함께 자리에서 일어나 앞에 놓인 탁자 쪽으로 자리를 옮겼다. 조심스레 차를 우리는 동안 재우는 후와 가볍게 이야기를 나누었다. 그러던 중에 후의 목에 걸려있는 무언가에 눈길이 향하였다.

"폐하, 목에 건 그 옥은 무엇입니까?"

"이것 말인가?"

후가 제 목에 걸린 목걸이를 들었다. 아무 대답도 없는 중에 찻물을 따르던 선하가 빙긋 웃으며 후 대신 대답하였다.

"그에 걸 맞는 반지는 어디 있나요?"

"제발 내 속 좀 읽지 마시오."

후가 투덜거리며 대답하였지만 선하에게는 그저 어린아이의 투정인 것마냥 들려왔다. 후가 손에 쥐고 있던 반지를 만지작거리자 그것을 바라보던 재우의 눈빛이 반짝였다.

"옥으로 된 쌍가락지라……."

"금으로 된 반지야 많지만 이건 여기서밖에 못 구할 것 같아 구매했다네. 어여쁘지 않은가."

"그래서 그것을 어떤 방법으로 랑 아가씨 손에 끼어줄 요량이십니까?"

"그게 고민이오. 저 목석같은 유하에게 물어봤자 돌아오는 대답이라고는 쯧쯧……."

예전의 폐하가 더 목석같으셨습니다. 라는 원망하는 눈빛으로 매섭게 노려보는 유하를 보며 선하가 쿡쿡 웃었다. 과연 이 목석같은 황제폐하는 어떤 방식으로 제 연인에게 반지를 줄 것인가. 선하는 제 스승에게서 온 편지를 잠시 잊기로 하였다. 어차피 내일이면 스승의 수하들이 올 테니 오늘은 잠깐 행복함을 즐겨도 된다는 생각이 들었다.

"그나저나 고백을 백 번이나 하셨다는 그대는 어떤 방식으로 그대의 아내를 포섭하였는가?"

"네? 하하하……. 그걸 물어보려고 이리 다급하게 오신 겁니까?"

재우가 흰 수염을 쓰다듬으며 말하였다. 뭐, 별의별 방법을 다 써봤지. 선하가 무술을 하니 세상에서 가장 검을 잘 다루는 장인이 만든 검도 구해서 선물로 보내보고, 비단 백 필을 보내 보기도 하고, 꽃을 마당 가득 심어서 보여 주기도 하고, 선하가 수행하는 곳마다 따라 다녀보기도 하고, 갑자기 그때 생각이 나는지 재우는 피식 웃고 말았다.

"결국엔 그냥 달빛아래서 무릎 꿇고 고백했지요. 결혼 안 해 주면 같이 죽는 게 낫다고. 하하 그땐 이 여자가 얼마나 탐나던지……."

"청룡국에서 최고로 인자하다는 재상이 그대 아니오?"

"뭐, 그땐 그런 것도 없었지요. 젊은 패기에 못할 게 없던 나이였으니까요."

40년도 더 된 이야기를 이제는 웃으며 할 수 있다만, 재우는 그때를 생각하면 지금도 아찔하였다. 살면서 단 한 번도 칼을 잡아본 적이 없던 그였다. 긍지 높은 문인집안에서 태어나 오직 책과 붓만을 잡고 살아온 대쪽 같은 선비가 여자 하나 때문에 제 목숨을 상대로 칼을 들었으니 말이다. 집안에서 반대하였지만 집안의 긍지도 자신의 자존심도 한순간에 매료된 여인 앞에서는 소용이 없었다.

단 한 번도 잡아보지 못했던 칼이 그의 손에서 어색하게 쥐어져 있었다. 선하는 그런 그를 말리느라 더 고생이었다. 다행히 그는 제 목숨도 잃지 않고 제가 사랑하는 여인도 얻었지만 말이다.

"폐하의 진심을 보이는 고백을 하십시오. 그것이 어떤 고백이든 홍랑님은 기쁘게 받아 줄 겁니다."

자신감을 북돋는 재우의 말에 후는 크게 웃고 말았다. 왠지 그의 말에 믿음이 갔다. 후는 반지를 든 손을 꽉 쥐었고 자리에서 일어나 큰 걸음으로 방으로 향하였다. 문을 열고 들어서니 랑이 환한 미소를 지으며 그를 맞이하였다.
"오셨어요?"
후는 몸을 일으키는 랑을 꼭 끌어안았다. 아주 짧았던 그간의 냉전만으로도 충분히 힘든 시간이었다는 걸 그는 절실히 깨달았다. 후는 랑의 어깨에 제 얼굴을 묻었다. 오롯한 랑의 향기가 제 코에 스며들었다.
"혼자 바깥세상 구경하니 재미있었겠어요."
"아 미안하네……."
후가 랑을 더 품에 꼭 끌어안으며 대답했다. 랑이 손을 들어 제 어깨에 얼굴을 파묻은 후의 머리칼을 만지작거렸다.
"뭐가요?"
"응?"
"뭐가 미안한데요?"
생각지도 못한 기습공격에 후는 당황했다. 어, 음……. 그의 머리가 갑자기 백지처럼 하얗게 변해버리는 듯싶었다.
'그냥 모든 것이 다 미안하다고 얘기하면 랑이 화내려나?'
적당한 대답을 찾지 못한 후는 입을 뻐끔거리며 랑을 바라보았다.
"됐습니다. 피곤하니까 씻기나 하시지요."
자리에서 일어나는 랑을 후가 재빨리 랑의 팔을 붙잡아 제 옆에 앉혔다. 급작스럽게 눈이 마주치자 랑이 당황하는 눈빛이 역력했다. 후는 랑의 입술에 짧게 입맞춤을 했다. 그 이후에도 당황하는 랑의 눈을 바로 쳐다보며 후는 랑의 입에 서너 번 가볍게 입맞춤을 했다.
"같이 씻으면 아니 될까?"
귓가에 은밀하게 내뱉는 후의 목소리에 랑은 후의 어깨를 강하게 밀어냈다. 자리에서 일어난 랑의 얼굴은 충분히 붉어질 대로 붉어졌다.

"수건 갖다 줄 테니까 먼저 온천에 가 계세요."

방에서 나와 허겁지겁 나가는 랑의 뒷모습을 보며 후는 재미있다는 듯 웃고 말았다. 자리에서 일어난 후가 옷을 벗고 아랫도리만 가린 채 문을 열고 바로 연결된 노천온천에 몸을 담갔다. 은은한 달빛과 따뜻한 온천수에 후는 방금까지 쌓여있던 피로가 풀렸다.

드르륵거리는 소리와 함께 다시 방문 열리는 소리가 들리고 랑이 수건과 몸을 닦을 천을 넣은 통을 들고 들어왔다. 온천에 수건을 담가 물을 적신 후 그의 몸을 조심스럽게 닦았다. 달빛에 은은하게 비치는 후의 탄력 있는 몸을 보자 랑은 저도 모르게 침을 삼켰다.

전쟁터에서 수많은 사내의 벗은 몸을 보고 자란 랑이었다. 이런 몸쯤이야 아무 감흥 없이 볼 수 있었다만 이상하게도 후에게서 느껴지는 이 자극은 그것들과는 사뭇 달랐다. 어젯밤, 저를 몇 번이나 안아 준 그의 몸이었다.

랑의 긴장한 손의 느낌이 후에게 고스란히 전달되었다. 후는 이 상황이 즐거웠다. 랑의 손길이 그의 팔에, 그의 등에 닿을 때마다 움찔한 것은 랑만이 아니었다. 후도 같은 느낌이었다. 후는 살짝 고개를 돌려 랑을 바라보았다.

다시 수건을 적시기 위해 살짝 몸을 기울이는 랑을 놓치지 않는 후였다. 재빨리 몸을 돌려 랑의 팔을 붙잡고 그녀를 온천으로 빠뜨린 후는 버둥거리는 랑의 허리를 강한 힘으로 붙잡아 제 다리 위에 앉혔다.

"뭐예요!"

랑이 저도 모르게 큰 소리로 후에게 소리를 질렀다. 후의 얼굴에는 웃음기가 만연하였다. 오롯이 벗은 그 몸도 아름다웠지만, 이렇게 옷이 물에 젖어 딱 달라붙는 실루엣은 그만큼이나 후를 미치게 만들었다.

랑이 더 화를 내기도 전에 후는 랑의 뒷목을 잡고 거칠게 입을 맞추어왔다. 이전과는 다르게 가벼운 입맞춤이 아닌 깊이 있는 입맞춤에 후의 혀가 거칠게 랑의 입속으로 들어왔다. 랑의 숨이 멎기 직전에 겨우 숨 쉴 틈을 주고 다시 입을 맞춘 지 여러 번, 후는 다시 입술을 떼고 랑을 바라보았다.

"홍랑, 과인의 황후가 되어 주시오."

랑이 뭐라 대답해 줄 새도 없이 후가 다시 랑의 입술을 거칠게 훑었다. 잠시 놓아 준 그 입술에서 랑은 마치 달리기를 전속력으로 한 사람마냥 숨을 거칠게 쉬었다.

그리고 이내 제 손에 느껴지는 이질감에 깜짝 놀라 손을 들어올렸다. 살짝 헐렁한 감이 없지 않게 있지만 옥가락지 한 쌍이 네 번째 손가락에 끼워져 있었다.

"폐하, 이것은……"

"후!"

"네?"

"우리끼리 있을 때는 폐하라는 호칭 말고, 내 이름을 불러 주면 좋겠소."

후의 말에 랑은 우물쭈물 대답을 미루었다. 그런 랑의 태도가 마음에 안 들었는지 후가 더욱 강한 힘으로 랑의 허리를 제 쪽으로 밀착시켰다. 서로의 몸이 옷을 제외하고 밀착된 상태에서 서로의 입김이 와 닿았다. 젊은 두 남녀의 뜨겁게 달아오른 눈빛이 엉켰다.

"나와 혼인하자꾸나. 평생 내 옆에서, 오롯이 내 옆에서만 행복하게 해 주마."

후의 강한 어투에, 허리에서 느껴지는 그의 강한 팔 힘에, 그리고 자신을 태울 듯이 바라보는 그의 뜨거운 눈빛에, 랑은 제 몸이 녹아내릴 것 같은 느낌이 들었다. 온천수의 영향일까. 후의 고백 때문일까. 볼은 터질 것 같이 붉어져 있는 게 스스로 느껴졌다.

"좋아요."

랑이 후의 두 어깨에 손을 올리며 환하게 웃으며 대답하였다. 대답을 들은 후는 만족스럽다는 듯 랑을 더욱 꼭 끌어안았다. 후는 랑의 뒤통수를 잡고 입을 맞추는 그는 아까와는 다르게 부드러운 입맞춤을 랑에게 선사하였다.

"하아."

이제는 후와의 입맞춤이 좀 적응이 되었는지 입맞춤의 시간도 길어졌다. 입술을 떼자 저도 모르게 아쉬운 한탄이 나온 랑의 그 소리에 후는 이성의 끈이 끊어지는 것을 느꼈다. 다급하게 한 손으로는 랑의 허리춤에 묶여진 끈을 풀어내고 다른 한 손은 랑의 옷 섶 안으로 급하게 넣었다. 그런 후의 모습을 보며 랑은 저도 모르게 웃고 말았다. 이제야, 후가 오롯이 저만을 위한 남자가 된 것 같은 기분이었다.

아직 해도 뜨지 않은 새벽녘, 하늘이 가장 어두울 때, 모두가 깊이 잠든 그 시간에 두 사람의 눈이 번쩍 뜨였다. 한 사람은 선하였고, 다른 한 사람은 이제 겨우 눈을 부친 청룡국의 황제, 후였다.

후는 제 품안에 깊이 잠든 랑의 얼굴을 한 번 바라보았다. 그가 남긴 붉은 꽃봉오리들이 랑의 몸 여기저기에 펴 있었지만, 무엇보다 랑의 목 주변에는 후가 며칠이 가도 지워지지 않을 흔적들을 대거 남겨두었다. 후는 그런 랑을 사랑스럽다는 듯 바라보다가 이내 창문 너머로 느껴지는 기운에 미간을 찌푸렸다.

조심스럽게 랑의 머리에서 팔을 뺀 후는 옷을 정리하고 일어섰다. 하얀 저고리와 바지만 입고 문을 열자 예상이라도 한 듯 선하가 나타나 있었다. 그녀는 평소와는 달리 검은 무복 차림에 희끗희끗 샌 머리를 하나로 올려 검은 끈으로 동여맨 모습으로 후를 바라보았다.
"어제만 해도 아무 말이 없지 않았습니까."
"어차피 미리 말씀드려봤자 폐하의 기분을 불편하게 할 필요는 없을 것 같아 말씀 드리지 않았는데, 이리 일찍 올 줄 몰랐습니다."
선하를 가르치고, 후를 가르친, 숨어있는 무림의 고수인 천랑산 흑제 (黑帝)의 제자들이 이미 성문을 뛰어넘어 이곳 문 앞에 당도해 있었다.
"선하님 오랜만에 뵙습니다."
한 손은 주먹을 쥐고 다른 한 손을 펴 맞닿게 하여 가슴 앞에서 인사하는 사내 앞에서 선하는 마찬가지로 예를 갖추었다. 아침에 기습한 탓에 선하와 후가 가장 먼저 감지하고 일어났고, 유하와 포희도 후의 뒤에서 그를 호위했다. 아직 잠이 덜 깬 랑은 혼란스러운 눈빛으로 그들을 바라보았다. 모두가 검은 무복 차림에 검은 띠를 이마에 두르고 있었다. 그들은 선하를 향해 인사한 후에 후를 향하였다. 한 쪽 무릎을 꿇고 허리를 숙여 그에게 인사를 올렸다.
"황제폐하를 뵙습니다!"
"기립하라."
후의 말에 그들은 자리에서 일어났다. 평상시 귀공자의 모습이 아닌 하얀 저고리와 바지차림이었지만 그는 부끄러워하거나 그런 모습이 아니었다.
한편 인기척을 느끼고 달려온 포희와 유하는 후의 뒤에서 등에서 식은땀이 나는 게 느껴졌다. 이것이 말로만 듣던 무림의 고수들이었던가. 후가 어린 시절을 천랑산의 무림 속에서 수련했다는 이야기는 몇 번 들은 적이 있었고 실제로 이번 암행에서도 천랑산의 그의 스승을 찾아뵐 것이라는 이야기는 들었지만 실제로 그들을 보니 왠지 모를 기운에 그들은 숨을 제대로 쉴 수가 없을 정도였다.

"소운형님, 그 살기 좀 어떻게 하시면 안 되겠습니까. 저를 호위하는 자들입니다."

선하야 후에게는 대모님이기에 존댓말을 한다 해도 누가 뭐라 하지 않았지만, 후가 또 다른 이에게 하는 존댓말에 포희와 유하는 물론 가장 맨 앞에 있던 이를 제외하고 뒤의 사람들도 모두 경악하는 모습이었다. 본래 태후 이외에 어느 누구에게도 존대를 하지 않는 만인지상의 존재가 말이다.

무림과 속세는 불문율로 서로의 일에 개입하지 않았다. 때문에 선하의 목숨을 앗아갈 뻔했던 50여 년 전의 무림에서 일어난 전쟁에는 속세의 황제가 개입하지 않았고, 반대로 속세에서 일어난 청룡국과 홍국의 전쟁에서는 무림이 개입하지 않았다.

물론 무림의 고수가 어느 정도 경지에 오르면 자신의 의지대로 계속에 무림에 남을 수도 있었고 선하처럼 황실의 호위나 군대에도 들어가 공을 쌓을 수도 있었다.

그런데 그 불문율을 깬 사람이 바로 후였다. 청룡국이라는 제국의 황태자가 직접 황제가 쓴 칙서를 들고 천랑산에 나타났을 때 무림의 사람들은 모두 그를 받아들이면 안 된다고 하였다. 하지만 무림을 다스리는 최고의 실력자인 흑제는 그를 제자로 받아들였다. 그리고 3년 후 어쩔 수 없이 그가 무림에서 나갔을 때 흑제는 무척이나 아쉬워했다고 전해진다.

후의 앞에 서 있는 소운은 후의 선배이자 무림의 고수이며 흑제의 후계이기도 했다. 속세에서 아무리 높은 곳에 있는 자라 하여도 무림의 법도 앞에서 후는 그의 후배이자 동생에 불과하였다.

"하하, 알겠다."

방금 전까지 죽일듯한 살기를 갈무리하고서 소운은 사람 좋은 웃음을 지었다. 이내 성큼성큼 다가와 후를 꽉 끌어안으며 등을 토닥였다.

"이야, 이게 벌써 7년인가 8년만인가……. 속세는 살기 힘든가 보네. 이렇게 폭삭 늙은 걸 보면"

"불로초를 매일 드시고, 무공을 연마하시는 형님을 어찌 능가한단 말입니까."

후가 이렇게 편하게 말하는 건 처음 듣는 듯싶었다. 그의 옆에서 유하와 포희는 물론 잠에서 깨어난 랑까지 경악스러운 얼굴로 후를 바라보았다. 이내 소운은 후와 포옹을 끝내더니 후의 주변 사람들을 바라보았다.

"흐음…… 이 사람이 홍국의 그 혈랑인가?"

소운은 약간 미간을 찌푸리며 물었다. 후가 고개를 끄덕이자 그는 이번에는 랑을 향해 살기를 내뿜는 듯싶었고, 그런 소운의 모습에 랑은 저도 모르게 몸을 움찔 하는 게 느껴졌다. 전쟁에서 만난 후의 살기가 그 당시엔 정말이지 오금이 저릴 정도로 무서웠는데 그의 살기는 소운에 비하면 아무것도 아니었다.

소운 앞에서는 숨조차 쉬지 못할 만큼 힘들었다. 아무 생각이 들지 않은 채 죽겠구나. 라는 생각이 들 만큼 그의 살기는 어마어마했다. 랑이 몸을 움츠리는 걸 느꼈는지 후는 재빠르게 랑 앞에 섰다. 그는 얼굴에 살짝 가식용 미소를 비추었다.

"제 정인입니다. 형님."

"아, 그래? 미안합니다. 홍랑님."

소운의 태도에 랑은 당혹스러운 표정을 지으며 얼버무리듯 대답하며 고개를 끄덕였다. 왠지 정신없는 아침을 맞이할 것 같다는 기분이 들었다.

지전성의 채남 가까이에는 천랑산이 있다. 말을 타고 가면 반나절, 걸어가면 이틀이 걸리는 거리지만, 무공을 쌓고 무림에 사는 이들에게 천랑산에서 채남까지의 거리는 한 시간이면 충분하였다. 소운은 포희와 유하를 두고 후만을 천랑산에 데려가려고 온 것이었는데 호위무사로서 감히 황제 혼자 그곳에 보낸다는 것은 그들에게는 있을 수 없는 일이었다.

"아니, 유하와 포희는 갈 수 없는 곳이야. 폐하야 무공을 쌓은 분이니 괜찮다 치고, 랑 아가씨는……."

"괜찮을 것 같은데요?"

소운은 포희와 유하가 가는 것은 결사반대하면서도 랑이 가는 것은 너그럽게 대답하였다. 소운은 겉보기엔 스무 살의 약관의 청년이었지만 실제로 그의 나이는 쉰에 가까웠다. 그의 눈은 천랑산의 기운을 버틸 수 있는 자와 없는 자를 구분할 수 있는 능력을 갖고 있었다.

"네가 보기에 그렇다면 반대하지 않으마."

"저 아가씨는 천랑산에 간다고 하더라도 무난할 것 같습니다. 게다가 스승님이 꼭 데려 오라 하셨습니다."

"그래, 그건 눈치 채고 있었다만……."

선하와 후의 입에서 동시에 한숨이 터져 나왔다. 그들이 스승을 존경하고 따르면서도 천랑산에서 오는 무리들에 아침부터 분주하고 한숨을 쉬었던 이유는 바로 랑을 스승이 무척이나 탐낸다는 것을 눈치 채고 있었기 때문이었다.

한 번 눈독을 들인 자는 반드시, 어떻게 해서라도 제 사람으로 만드는 흑제였다. 때문에 그의 수하에는 실력 있는 인재가 꽤 많이 있었지만, 랑은 좀 특이한 케이스였다. 무공을 익히지도 않은 어린 녀석이 전쟁터를 쑥대밭으로 만들고 다니는 것이 그의 흥미를 일깨웠다.

황궁으로 피한다 하더라도 그의 눈을 피할 수는 없었다. 분명 황후의 자리에 오른다 하더라도 흑제는 어떻게 해서든 제 제자로 만들려고 하였을 것이다. 고귀한 인명을 함부로 살상하지는 않지만, 그는 그만큼이나 인재 욕심이 많은 자였다.

"랑은 제가 데리고 갑니다. 대신 천랑산 입구에 깔린 암기는 소운형님께서 처리해 주십시오."

"그래 좋다. 우리 황제폐하께서 무공이 얼마나 늘었는지 한 번 볼까나."

소운의 말에 후는 한숨을 내쉬었다. 랑은 그런 소운과 후의 알 수 없는 대화를 들으면서 후의 옷깃을 더욱 꽉 잡았다. 후가 랑의 걱정스러운 얼굴을 보며 랑의 손 위로 제 손을 올렸다.

랑은 전쟁터를 떠돌 때마다 군사들에게 듣는 이야기가 있었다. 무림 고수들이 나타나면 그들 한 사람이 군대 한 사단을 대신한다는 것이었다. 그리고 반대로 그런 그들끼리 전쟁이 났을 때 일반인으로 구성된 나라 하나 정도는 되어야 그들을 제압할 수 있다는 것이었다. 그만큼 그들은 강력한 존재였고, 두려움과 동시에 경외의 대상들이었다.

안타까운 것인지 다행인 것인지 홍국에는 무림파가 존재하지 않았다. 무림은 청룡국의 남쪽 산림이 무성한 곳에 은둔한 채 무공을 연마한다고 하였다. 때문에 3년 동안 청룡국의 태자가 보이지 않는 이유는 그가 무림에 들어갔다는 얘기가 파다하게 퍼졌다.

그러는 사이, 랑은 전쟁에서 연승하였고, 청룡국의 황제는 붕어하였으며, 3년 동안 보이지 않던 태자는 홀연히 나타나더니 황제의 자리에 앉았다.

무림에 대해 좋지 않은 소문만을 듣고 자란 랑은 그런 후가 싫었다. 그리고 무림이라는 존재들도 그리 달가운 인사들이 아니었다. 매번 전쟁을 치루면서도 혹여나 군사들 중에 그들이 있을까 봐 조마조마했던 순간들도 있었다.
 과실의 껍질은 단단할수록, 속은 연약하고 물렁물렁하다. 랑은 자신이 그러하다 생각하였다. 제 속은 물렁물렁해 터질지언정 사람들은 자신의 단단한 겉모습에 긴장하고 겁을 먹었다. 랑에게 무림은 자신의 가장 연약한 부분을 자극하는 존재이기도 하였다. 언제 어떻게 등장할지 모르는 그들이었다.

 랑은 제 머리카락이 휘날리며 수시로 바뀌는 장면에 고개를 후의 등에 폭 숙였다. 3년밖에 수행하지 않았다고 하기엔 후의 무공이 그들과 별 다를 것이 없었다. 사람들의 소문대로 나무 사이를 획획 뛰어다니는 정도까지는 아니지만 정말 매우 빠른 속도로 산을 올랐다 내렸다 하며 산속을 거침없이 내달렸다. 랑은 그런 후의 등 뒤에 조용히 업혀있었다.
 그는 얼마나 그의 무공을 감추고 산 것일까.
 랑은 이제야 왜 포희와 유하가 따라올 수 없었는지 알 것 같았다. 말로 달리는 속도보다도 서너 배는 더 빠른 듯한 느낌이었다. 랑은 후를 가운데 둔 채 선두에는 소운이, 그리고 나머지 열 명이 후와 랑을 호위하는 구조로 흐트러짐 없이, 숨을 거칠게 몰아쉬는 것도 없이 이렇게 달려 나가는 게 신기할 따름이었다. 암행 때 말을 타고 전속력으로 달리는데도 불구하고 후가 지금 굉장히 느리게 가는 것이라 했던 말이 이해가 되었다.
 랑은 한쪽 볼을 후의 등에 기대었다. 전혀 거친 맥박도 아닌, 일정한 속도로 뛰는 그의 심장소리가 랑의 귀에 들려왔다. 후의 체온조차 이 더운 여름이지만 랑에게는 그저 따뜻하게 느껴질 뿐이었다. 그렇게 마음을 놓고 후의 등에서 잠이 오려던 찰나였다.
 획.

무언가 빠르게 날아오는 소리에 랑은 저도 모르게 고개를 들었다. 그 순간 랑의 코앞으로 날카로운 무언가가 휙 날아 갔다. 후의 등에 머리를 대고 있던 아까의 자세라면 정확하게 랑의 머리에 꽂혔을 것이다. 숨을 쉬기가 어려울 정도로 놀란 랑은 등 뒤에 소름이 돋았다. 아까 소운을 본 듯한 그 느낌 그대로였다.

"소운 형님!"

무사히 본부 앞에 도착하여 랑을 내려 준 후의 얼굴에는 무시무시한 살기가 띠었다. 랑은 비록 후의 등 뒤에 서 있어 잘 몰랐지만 조그마한 기운에도 바로 감지하는 고수들은 후를 놀란 눈으로 바라보았다.

소운과 비슷한 기운이었다. 단 3년을 수행했다는 황제는 무려 50여 년을 가까이 살고, 수련한 소운과 무공이 비슷할 정도라고 느낄 정도였다. 황제가 떠날 때 흑제님이 왜 그리도 안타까워했는지 알만한 모습이었다.

본부 안 앞마당에서 수련하던 백여 명의 사람들도, 지나가던 고수들도, 보초를 서던 이들도 모두 말로만 듣던 황제폐하의 등장에 시선이 집중되었다. 그들에게 후의 존재는 황제폐하라서가 아니라 3년만의 훈련으로 무려 50년의 내공을 쌓은 소운을 대적한다는 고수라는 것 때문에 의미가 큰 것이었다.

"분명히 암기를 모두 형님께서 맡아주신다 하지 않으셨습니까!"

"폐하, 폐하, 진정……."

"지금 이게 진정할 일입니까? 하마터면 이 사람이 죽을 뻔했습니다. 무공을 전혀 익히지 못한 일반인이 말입니다!"

"허허……."

소운은 그저 난감한 웃음만 지을 뿐이었다. 천량산 앞에는 그들을 지킴과 동시에 수련을 하도록 숲속 곳곳에 암기를 숨겨두었다. 암기의 위치는 때때로 바뀌어서 나갈 때와 들어올 때 모두 그 암기를 피해야만 했다.

솔직히 랑을 시험해 보고자 하나쯤을 방치해 두었더니, 이렇게 천자의 노기를 살 줄이야. 아까와는 달리 이번에는 소운이 등 뒤에서 식은 땀을 흘리었다. 그때 소운은 등 뒤에서 또 다른 기운을 느낄 수 있었다.

"진후 왔느냐."

"흑제님!"

가운데 검은 기와로 지붕을 올리고, 기둥과 창문마저 모두 검은 그 건물에서 흑제가 나왔다. 무림에서 가장 높은 곳에 있는 자, 그의 모습에 천랑산이 울릴 정도로 사람들은 부르며 무릎을 꿇고 예를 갖추었다.

"오랜만에 뵙습니다. 스승님"

후가 예를 차려 인사를 했고 랑은 여전히 얼떨떨한 모습으로 후와 사람들, 그리고 흑제라 불리는 이를 바라보았다. 멀뚱멀뚱 눈을 뜨고 그를 바라보는데 왠지 모를 압박이 느껴지긴 했지만 랑은 그것이 소운이 아까 자신에게 준 살기와는 달리 그저 묵직하다는 느낌만 받을 뿐이었다.

"두 사람은 들어오라."

하얗고 긴 수염을 쓰다듬으며 흑제가 먼저 몸을 돌려 방으로 들어갔고, 후는 한숨을 내쉬더니 랑의 손을 잡고 당당하게 수련하는 이들을 거쳐 건물로 들어갔다.

"랑, 나를 믿거라. 그대를……. 이곳에 남겨두는 일은 없을 거다."

"왜 그래요……?"

후는 어리둥절해 하는 랑의 말에 대답을 하지 않고 랑의 손을 꼭 잡을 뿐이었다. 랑은 후가 왜 이렇게 불안해하는지 그 이유를 알 수 없었다. 후의 표정으로만 봐서 판단할 때는 무슨 일이라도 금방 터질 것 같았다.

흑제의 뒤를 따라 후와 랑이 발걸음을 옮겼다. 길은 굉장히 복잡했고 오른쪽과 왼쪽을 반복해서 들어가자 랑은 한숨을 내쉬었다. 도무지 길을 외울 수 없기 때문이었다. 후는 여전히 랑의 손을 꼭 잡고 있었다. 아까 그 암기를 랑이 피하지 못했다는 가정을 하니 섬뜩해지며 가슴을 쓸어내렸다. 소운이 대선배가 아니었더라면 그는 진즉에 그 사람을 죽이고 싶었을 것이다.

 방에 도착하니 아까와도 같은 묵직한 기운이 더 크게 느껴졌다. 하지만 랑은 그저 묵직하다라고 느낄 뿐, 숨이 가쁘거나 힘든 정도는 아니었다. 후는 그런 랑과 스승 사이에서 몰래 몰래 눈치를 보았다. 그러면서도 랑이 전혀 위축되는 모습 없이 두리번거리는 모습에 한 번 더 긴장하고 말았다. 어쩌면 자신보다 더 무림의 체질에 맞는 사람일 수도 있었다. 흑제님이 그리도 찾던 인재 중의 인재가 아닐까 싶다.
 후는 처음 이 방에 들어섰을 때 느낌이 떠올랐다. 열다섯 살, 처음 이 방에 발을 들였을 때 후는 그 기운의 압박에 숨을 제대로 못 쉬고 결국 무릎을 꿇고 말았다. 흑제가 기혈을 뚫어주었기에 망정이지, 죽음의 문턱까지 갔다 왔다고 느꼈다.
 그 기운은, 예로부터 청룡국 오악 중에서도 으뜸이라는 천랑산의 기운이 오롯이 모인 것이었다. 흑제의 방이야말로 무림에서는 최고의 기운을 모을 수 있는 곳이자, 수련하기에 가장 최적의 조건을 갖춘 곳 중 한 곳이었다. 그래서 일반인은 애초에 이곳에 발도 들여놓지 못한 채 그 기운에 압박이 되어 숨조차도 제대로 쉴 수 없었다. 하지만 랑은 그런 기색조차 보이지 않았다.
 자리에 앉으면서도 랑은 낯선지 계속 두리번거렸고, 후는 여전히 제 스승에 대해 경계의 눈빛을 보였다. 흑제는 슬며시 미소를 지으며 차를 따랐다. 그들이 올 것이라는 것을 알았다는 듯 차는 적당히 따뜻한 온도였다. 녹차 잎은 물에서 스르르 풀어졌다. 한 번 걸러내고 다시 따르는 동작 동안 흑제는 이미 몇 차례 랑을 흘깃 바라보았다.
'참 아까운 인재로구나…….'
차를 마시며 흑제는 입맛을 다셨다. 천년에 한 번 날까말까 하는 무림의 천재로 불리던 후조차도 처음 이 방을 무척이나 버거워했으니까. 무공을 익히기엔, 랑은 너무나도 세속적인 인물이었다. 아니 그것이 문제가 아니었다. 비록 중간에 지아비가 생긴 경우가 있긴 하나, 여자가 무공을 익힐 때는 처녀의 몸일 때가 가장 좋았다. 그런데 랑은 처녀도 아니었고, 더불어, 그녀가 무공을 익힐 수 없는 중요한 이유가 있었다.
'태에 아기씨를 담았구나.'
임신 중에 무공을 하면 그 기운으로 인해 새로 생성되는 뱃속의 아기의 기운이 온전하지 못하다. 그 때문에 무공을 익히는 여인들 중에 낙태를 하는 경우도 종종 있었고, 아기가 태어난다 해도 그 아이는 제 부모보다 훨씬 못한 경우도 있었다. 실상이 그러한데 황실의 핏줄이다. 세속의 일을 건드리는 것도 정도가 있는데 이건 아니었다. 아직 아기집이 형성되지 못하였다고 해도 말이다.
흑제는 저도 모르게 후를 노려보았다. 못난 녀석 같으니라고, 네 녀석이 건드리지만 않았어도 5년만 수련하면 무림에서 그 누구도 뛰어넘을 수 없는 무공을 다스릴 수 있는 자가 될 수 있건만. 흑제는 혀를 끌끌 찼다.
"소문과는 다르게 무척 고운 모습이구나."
"하하……."
흑제는 랑에게서 시선을 거두어 살짝 눈을 내리깐 채 다시 녹차를 입에 대었다. 단 한 번도 자신이 노린 인재를 놓친 경우가 없었다. 선하도, 소운도, 후도, 그 외에 무척이나 힘들게 얻은 제자들이 있다 하여도 놓친 적은 없었다.

전쟁에서 피바람을 불러일으킨다더니, 흑제는 눈을 살짝 찌푸렸다. 랑의 주변에 아직도 핏빛 아지랑이가 머물고 있는 것이 보였다. 청룡국 수천의 목숨이 그녀의 손에 의해 날아갔으니, 그 원한과 원망도 무시하지 못할 정도로 어마어마한 것이리라.

무림에서 무공을 익힌 자들이 어느 정도 경지에 오르면 일반인이 가질 수 없는 자신만의 능력을 갖게 되었다. 선하의 경우는 사람의 마음을 읽는 심리안을 터득했고, 소운의 경우에는 사람의 무공의 정도를 알 수 있었고, 어느 정도의 미래를 볼 수 있었다.

그리고 흑제 자신은 사람을 둘러싼 기운을 눈으로 볼 수 있었고, 먼 미래까지 내다보는 이였다. 때문에 후를 보낼 때 무척이나 아쉬운 마음을 가졌지만 그의 예지력 덕분에 후는 제 아버지의 임종만큼은 지킬 수 있었다. 그리고 후는 무사히 황위를 계승하여 청룡국을 다시 견고하게 지켜냈다.

흑제는 랑의 주위에 피어나는 핏빛 아지랑이가 여전히 랑을 괴롭히려는 것이 보였다. 제 눈에는 아지랑이로 보이나 아마 원혼들일 것이다. 가장 청결하다는 천랑산에서조차 저 정도로 보일 정도라면, 아마 평소에는 그 기색이 더할 것이다. 그런데 신기한 것이 후가 옆에 있으면 그 아지랑이들이 랑에게서 멀리 떨어졌다.

흑제는 저도 모르게 크게 웃고 말았다. 랑이라는 인재가 탐나다만 후가 없으면 랑은 계속 그 고통에 시달릴 것이다. 시간이 흐르고 무공을 쌓고 덕을 쌓는다면 해결될 일이지만 후가 있는 것만큼의 효과는 거둘 수 없다. 청룡국의 원한들은 죽어서까지 황제의 영향을 받고 있었다. 아마도 청룡국의 보호 속에 있으면 비록 그 원혼들이라 할지라도 랑을 함부로 건드릴 수 없는 듯싶었다. 그런 의미에서 황제의 보호막은 그중 가장 큰 보호일 것이다.

비록 저에게서 인재를 빼앗아간 못된 제자지만, 그래도 지아비로서는 최고로구나. 흑제는 녹차를 마저 마시고서는 자리에서 일어났다.

"조만간 중경에서 관리가 하나 내려오겠구나. 며칠 걸릴 듯싶으니, 천천히 쉬다 가거라. 특히 후 너는 그간 무공을 수련하지 못했으니 여기 있는 기간 동안이라도 나와 특.별.히 훈련하자꾸나."

흑제의 말에 후는 저도 모르게 등골이 서늘해지는 기분이었다. 분명 랑을 인재로 탐내는 눈빛이었는데 그의 눈빛은 이내 아쉬움으로 바뀌었다. 그러더니 살기 형형한 눈빛을 저에게 보내는 것이 아닌가. 열다섯 살에 처음 본 흑제의 눈빛을 다시 마주하는 것 같은 기분에 후는 긴장하였다.

흑제가 후를 데려가고서 랑은 수련하는 곳 이곳저곳을 살펴보았다. 아까처럼 들어갔다가는 왠지 헤매서 나오지도 못할까 봐 랑은 차마 건물 안에는 들어가지 않고 마당과 개별 건물에서 수련중인 사람들을 바라보았다.

순간 눈에 사람들 몸에서 무언가 기운이 뻗치는 것이 보였다. 랑이 헛것을 봤다는 생각에 눈을 비비고 다시 보았을 때는 그저 단전호흡을 하는 이들이었다. 그런가 하면 먼 거리에서 작은 손동작만으로 먼 거리에 있는 물건이 밀린다던가 하는 모습이 무척이나 신기하면서도, 이들이 전쟁에 참가하지 않은 것을 은근 감사하게 여겼다.

"흑제께서 이렇게 인재를 포기하는 경우는 처음 보는군요."

소운이 싱긋 웃으며 다가왔다. 소운의 말에 랑은 살짝 멋쩍은 듯 눈을 돌렸다. 왠지 이 사람은 좀 가까이 다가가기 힘들었다. 아까 느낀 살기도 그렇고 왠지 흑제보다 이 사람이 더 무섭다. 랑이 소운에게 시선을 주지는 않았지만, 소운은 랑을 바라보았다. 그러더니 품 안에서 무언가 종이에 싸인 것을 꺼내더니 랑 앞에 쑥 내밀었다.
"이것이 무엇입니까?"
"홍랑님에게 드리는 선물입니다. 사실 흑제님의 선물이지요."
"네?"
 소운은 여전히 웃고 있었다. 랑이 얼떨결에 소운이 내민 것을 받아들었고, 이내 한지에 쌓인 금색 환에 고개를 갸우뚱하였다.
"청심환……?"
"하하하, 그렇게 볼 수도 있겠군요. 아쉽게도 그렇게 손쉽게 구할 수 있는 약은 아닙니다."
 랑이 고개를 갸우뚱하며 소운을 바라보았다. 소운은 여전히 미소를 짓고 있었지만, 뭔가 씁쓸한 눈빛이었다.
"그 약을 먹게 되면, 죽게 되는 생명이 살아나게 됩니다."
"네? 그게 무슨 말씀이신지……"
"조만간 그대가 이 약에 대해 가장 간절한 순간이 다가올 것입니다. 이 시간 이후로 그 약을 절대 품에서 떨어뜨리지 마십시오."
 눈웃음이 부드러운 소운이었지만 소운의 말에 랑은 저도 모르게 손에 잡힌 약을 꼭 잡았다. 그가 도대체 왜 이 약을 주었는지 모르겠지만 랑은 그런 그의 웃음 속에 숨어있는 그의 날카로운 시선이 무섭게 느껴졌다. 그의 웃음보다도 그가 자신에게 한 말이 계속 머릿속에 맴돌았다.
 천랑산 가장 깊은 동굴에 도착한 후는 오랜만에 스승과의 대련으로 꽤나 애를 먹고 있었다. 나름 기공을 다스린다고 스스로 훈련도 했었는데 역시 속세에서의 수련과 이곳에서의 수련은 확연히 달랐다.
"하압!"
 오랜만에 누구의 눈치도 보지 않고 무공을 마음껏 쓰는 후의 입가에는 미소가 걸려있었다. 자신은 선하나 소운처럼 어떠한 능력이 생길만큼 훈련을 한 것은 아니지만, 그래도 남들 20년 해야 다다를 경지를 3년 동안 죽도록 해서 다다랐다. 천랑산이 그가 주로 무공을 익힌 곳이긴 하지만 그는 그곳 이외에도 무림의 나누어진 분파를 두루 돌아다니며 죽을 고비를 몇 번씩이나 넘기기도 했다. 그때 만난 자신의 가장 강력한 상대가 바로 지금은 랴스만국의 왕세자, 레스테였다.

"어디에 정신을 파는 것이냐!"

오랜만에 들어보는 흑제의 노성은 후의 가슴을 섬뜩하게 만들었다. 하얀 수염이 휘날리지도 않는 잔잔하고 고요한 공간이지만, 후는 온몸의 털들이 쭈뼛쭈뼛 서는 것이 느껴졌다. 그가 다시 기를 모아 흑제에게 쏘아 보냈다

그러나 그 순간 흑제 또한 후의 가슴팍으로 일체의 망설임도 없이 기공을 쏘아붙이는 단 한순간도 방심할 틈을 주지 않는 무서운 스승이었다. 후는 그런 흑제의 기공에 쓰러지고 말았다. 평소보다 흑제의 훈련이 더욱 거세진 것은 자신의 착각이었으면 하는 바람이 들었다.

늦은 저녁까지 흑제와 후의 모습은 보이지 않았다. 개인의 숙식공간은 남녀가 엄격하게 분리되어 있는지라 랑은 후가 돌아온다고 한들 그를 볼 수가 없었다. 전혀 새로운 잠자리가 조금은 불편하여 뒤척이던 랑은 자리에서 일어나 밖으로 나갔다. 어느덧 암행을 떠난 지 20여일이 되어가고 있었다. 그동안, 참 많은 것을 배우고, 참 많은 것이 바뀌어 있던 랑이었다.

달빛을 바라보던 랑은 가볍게 싸리 담장으로 구역을 나눈 곳 너머로 느껴지는 인기척에 저도 모르게 몸이 그쪽으로 향했다. 대청마루에 한 소녀가 앉아있었다. 소녀의 몸 주변으로 푸른 구름 같은 것들이 둘러싸

고 있었다. 얼핏 낮에 보았던 것들인 것 같아 눈을 비비고 보았지만 다시 보아도 이번에는 사라지지 않았다.
 너무나도 아름답고도 눈부신 파란 빛이었다. 랑이 눈을 떼지 못한 채 그 소녀를 계속 바라보았다. 랑의 시선을 느낀 것일까. 소녀가 눈을 뜨고 랑을 바라보았다.
 "왜 그리 쳐다보시는 겁니까?"
 소녀를 감싸고 있던 파란 빛은 순식간에 사라졌다. 무림의 사람들이 흔히 한다는 기공 훈련이 저런 것인가……. 랑은 왠지 모를 아쉬움이 느껴졌다.
 "당신에게서 보이는 파란 빛이 너무 아름다워 그만 정신을 놓고 바라보았습니다. 무례했다면 용서하시지요."
 "아닙니다. 당신이 낮에 오셨다는 홍국사람인가 봅니다."
 소녀의 말에 랑은 고개를 끄덕였다. 랑은 소녀를 보면서 자신을 보필했던 천을 떠올렸다. 천을 처음 만났을 때, 그때 받았던 그 느낌을 이 소녀에게서도 느낄 수 있었다. 소녀처럼 푸른빛을 보인 것은 아니지만, 천이 무림에서 기공을 다스린다면 분명 저 소녀처럼 그런 느낌이 날 것이다.
 천을 처음 만난 것은, 랑이 열 살이 되던 해였다. 당시 열다섯 살의 꽤 어린 나이로 무투 대회에 나온 천은 모든 이들이 주목할 정도로 뛰어난 실력을 갖고 있었다. 우승을 코앞에 둬두고 그가 우승자가 될 수 없었던 것은 그의 신분 때문이었다. 천한 광대 패에 소속되어 있던 것이었다. 마침 수도에 와서 공연을 하던 광대 패와 무투 대회가 맞물려 떨어져 그는 몰래 나와서 이 시합에 참가했던 것이었다.
 그 당시 무투 대회는 홍국 대장군의 차남에게 돌아간 것으로 기억한다. 실력도 없이 가문의 힘으로 우승자가 된 그 녀석은 안타깝게도 그 다음해 청룡국과의 전쟁에서 선봉장으로 임명되었다가 전쟁터에서 저세상 사람이 되었지만 말이다.

청룡국과의 전쟁이 시작되기 바로 직전 그 무투 대회로 수많은 젊은 인재들이 차출되었다. 랑은 그것을 나이가 들어서야 알게 되었고, 천이 미천한 신분 때문에 차라리 우승후보에서 떨어진 것이 후에는 다행으로 여겨졌다. 힘없이 시장바닥을 터덜터덜 걷던 그를 붙잡은 것은 바로 랑이었다. 그때부터 천은 궁에서건, 전쟁터에서건, 가장 훌륭한 실력으로 랑을 보필하였다.

랑은 소녀의 얼굴에서 어렴풋이 천의 느낌을 받았다. 물론, 자신의 눈은 꽤나 정확하다고 믿는 랑이었다. 때문에 제령성에서 청한에게 과감하게 외삼촌의 양자로 들이라 언급한 것이겠지.

"혹여, 속세로 나올 생각은 없습니까?"

"글쎄요. 선하님처럼 되고는 싶지만, 그것이 어찌 쉬운 일이겠습니까. 저는 아직 선하님의 발끝에도 못 미치는 걸요."

소녀는 당당하면서도 얼굴에는 꽤나 흥분된 모습이 보였다. 랑은 왠지 저도 모르게 얼굴에 미소를 띠고 있었다. 후를 따라서 암행에 나온 것이 다행이라 생각했다. 청한도 그렇고, 또 다시 자신에게 힘이 되어줄 사람을 만난 기분이다.

"전 홍랑이라 합니다. 이름이 어찌 되십니까."

"선이라 합니다."

이름마저 천과 비슷한 기분에 랑은 고개를 한 번 더 갸웃거렸다. 천에게 여동생이 있다는 말은 들어보지 못했지만, 왠지 여동생이 있다면 선과 같은 느낌일 것 같다. 아니면, 나이 때문일 수도 있다. 랑이 천을 처음 만났을 때 천의 나이 열다섯 살, 소녀도 비슷한 나이였다.

"먼 훗날, 선하님처럼 될 수 있다고 생각될 때, 이를 갖고 황궁으로

와 주세요."

"이것이 무엇입니까?"

"홍국 왕실의 인척, 태흘공의 집안이라는 것을 증명하는 옥패입니다."

"네에?"

소녀의 눈이 커지고 말았다. 다짜고짜 앞에 있는 자가 내민 것이 홍국 왕실의 인척이라니, 그의 귀한 신분도 신분이지만, 무엇보다 청룡국에 전쟁을 일으킨 자가 아니던가. 아무리 속세를 벗어나 있다지만 그 정도는 알고 있었다. 그럼 이자는 도대체 누구란 말인가.

"받을 수 없습니다. 당신이 어떤 사람인지도 모르고……."

"홍랑이라 하지 않았습니까. 한때 홍국의 왕세자였던 사람입니다."

랑의 말에 선은 여전히 충격이 가시지 않은 얼굴로 랑을 바라보았다. 하긴, 다짜고짜 이렇게 밀어부치는 게 어린 소녀에게는 이해가 되지 않을 상황이지. 랑은 그냥 입가에 웃음만 짓고 있었다.

"이걸 도대체 왜 제게 주시는 겁니까?"

선은 이해할 수 없다는 말투로 랑에게 따지듯이 물었다.

"내 인재 욕심이라 해두지요. 먼 훗날, 내 호위무사로 옆에 두고 싶어서 그럽니다."

"그게 무슨…… 당신은 홍국 사람이잖아요."

"글쎄요. 폐하께서는 내게 황후의 자리를 약속하셨습니다. 내가 무탈하게 황후의 자리에 오른다면 분명 그에 반발할 세력들이 있을 겁니다. 내가 아무리 내 몸을 지킬 수 있다고 하더라도 그게 언제까지 지속될 수는 없는 일. 그 때 내 옆을 지켜주는 이가 당신이었으면 좋겠습니다."

랑의 말에 선은 그저 어안이 벙벙했다. 도대체 자신의 어디를 보고 이리 덜컥 자신을 믿는단 말인가. 마치 홍랑이라는 귀신에게 홀린 듯한 기분이었다. 자신은 단순히 수련을 하러 나온 것뿐인데……. 평소와도 다를 것 없는 저녁이었는데 말이다.

"왜……. 저를……."

이제는 너무 놀라서 말도 잘 안 나오는 선이었다. 랑은 여전히 선하에게 좋은 웃음을 보여 주고 있었다.

"푸른빛이 너무나도 아름다워서 말입니다. 예전에 당신과 쏙 빼 닮은 사람이 한때 내 곁을 지켜 주었거든요. 지금 당장 내 옆을 지켜달라는 것이 아닙니다. 마음이 내키지 않는다면 굳이 오지 않아도 돼요. 하지만, 나는 당신을 선하님처럼 만들어 줄 수 있어요."

랑의 말에 선의 눈이 살짝 흔들렸다. 랑은 그런 선에게 패를 꼭 쥐어 주었다. 랑의 제안들이 선의 귓가를 맴돌았다. 선하님처럼 되는 것. 항상 존경하던 분처럼 될 수 있다는 랑의 말에 달콤한 사탕과도 같았다.

수련장에 선하가 나타나자 다들 허리를 굽혀 인사하였다. 무림의 초고수가 되는 것도 그들의 꿈이었지만, 한편으로는 저렇게 속세를 나가 황실의 안위를 지키며 사는 것도 그들의 꿈 중 하나였다. 그런 의미에서 선하는 그들의 목표가 되는 셈이었다.

"관리가 채남의 성으로 왔기에 제가 갖고 왔습니다."

후는 처음 왔을 때보다 더 늠름해지고 형형해진 눈을 하고 있었다. 중경에서 관리들과 두뇌싸움은 물론 항상 사람이 많던 탁한 공기 속에서 살던 그였는데 암행으로 온, 특히 이곳에서의 수련이 그를 이렇게 건강하게 만들어 놓았다. 이런 걸 보면서 여러 사람들은 그가 황실에서 두 번째 왕자로만 태어났어도 뛰어난 무림의 고수가 될 수 있었을 것이라는 아쉬움을 가졌다.

"……지금 당장 돌아가야 할 것 같다."

"폐하, 분노를 푸시지요……."

이미 후의 생각을 읽은 선하는 그를 진정하려 하였으나, 후의 눈빛에 노기는 사라질 기미가 보이지 않았다.

"감히, 짐이 주관하는 신성한 제천절을 더러운 정치적 술수로 이용하겠다. 이건가……."

후의 손에서 편지가 여지없이 구겨져 버렸다. 그런 후의 모습에 선하는 한숨을 내쉬었다. 가장 성스러운 제사인 제천절의 행사에서 이번만큼은 정치판에 의해 가장 더러워질 판국이었다.

"홍랑! 홍랑!"

후의 목소리에 랑이 깜짝 놀랐다. 후의 목소리가 저리도 컸던가, 산이 울릴 만큼 큰 목소리에 랑은 깜짝 놀라 숙소에서 재빠르게 수련장으로 향했다. 랑은 며칠 만에 본 후와 선하의 모습에 어리둥절한 모습이었다. 흑제와의 수련을 위해 며칠을 보이지 않던 그는 더욱 남성스러워져 있었고 더욱 멋있어졌지만 더불어 그의 얼굴에는 노기가 만연해 있었다. 랑이 선하를 보자 선하는 어쩔 수 없다는 표정을 지었다.

"지금 당장 중경으로 가야겠구나."

"네?"

후가 랑의 대답을 듣기도 전에 그녀의 등과 다리를 안아 올렸다. 졸지에 후의 품에 안긴 랑의 얼굴이 붉게 변하였지만, 후는 랑이 뭐라 하기도 전에 발걸음을 돌렸다. 빠른 속도에 랑이 저도 모르게 꺅 소리를 내며 후의 목에 팔을 감았다. 랑과 후가 흑제, 소운에게 인사도 못하고 떠나간 그 빈자리를 보며 흑제와 소운과 선하는 그저 허허 웃을 뿐이었다.

"속세 사람들이 잠시도 후를 가만두지 못하네요."

"속세 일이란 것이 다 그런 것이다. 그중에서도 황제란 자리가 가장 세속적인 자리가 아니겠느냐."

흑제는 그저 조용히 미소를 띠우며 말하였다. 처음 후가 왔을 때, 소운마저 왜 황태자를 받아 들이냐며 길길이 날뛰었다. 무림의 여섯 수장 또한 다들 어이없다는 듯 그를 대하였다. 한편으로는 황족과의 결탁이 껄끄럽기 그지없던 그들이었다. 하지만 그럼에도 흑제는 후를 받아들였다. 인재도 인재였지만, 한 번쯤 제 손으로 괜찮은 황제 한 명쯤 만드는 게 어쩌면 죽기 전의 가장 큰 대업이 되지 않을까 싶어서였다.

"소운아, 그 환약을 홍랑에게 주었느냐?"

"네, 그러하옵니다. 하오나 스승님."

"됐다. 거기까지만 말하자꾸나."

소운이 무언가를 말하려 했지만, 흑제는 손을 들어 제지했다. 그 약이 어떤 약인데 흑제께서 직접 환으로까지 만들어서 랑에게 챙겨 주었는지는 소운은 알지 못했다. 다만 그저 모든 일이 편안히 흘러가기를 바랄 뿐이었다.

"주군!"

유하와 포희가 이미 짐을 다 꾸려놓은 채 성문 앞에서 그들을 기다렸다가 후가 엄청난 속도로 그들을 향해서 오는 걸 보고 기겁을 하였다. 단 한 번도 주군의 저런 모습은 본 적이 없었다. 랑의 묶은 머리가 잔뜩 흐트러졌을 정도로 어마어마하게 빠른 속도였다.

"말을 빨리 몰아야 하는데 괜찮은가?"

"나를 무슨 여염집 아가씨로 생각하는 거예요?"

랑의 말에 후는 짧게 웃고 말았다. 그래, 세상 어느 여자보다 멋진 여성이지 않던가……. 성에서 빌린 말에 후와 랑이 단번에 올라타고, 뭐라 지체할 새도 없이 고삐를 휘둘렀다. 그간 나름 푹 쉬었으니 다시 싸워야 할 시간이었다.

한편 중경에서 하호는 편전을 좌우로 오가며 손에 차오르는 땀을 계속 닦아내야 했다. 한시라도 빨리 후가 궁으로 돌아오기를 간절히 바라고 있었다.

"폐하는? 아직도 도착하지 않으신 것이냐?"

상선에게 하호가 초조한 듯 말하였다. 제천절이 아직 한 달이나 남았는데, 정말 골치 아픈 일이 계속 터지고 있었다. 하국의 공주라니, 왜 그녀가 제천절에 온단 말인가! 무엇보다 하호는 준휘의 태도에 후를 빨리 오라고 재촉한 것도 있었다.

만약 민휘가 보낸 전서구를 제가 먼저 보지 않았다면 후는 된통 아무것도 모르는 채 하국 공주를 맞이하였을 것이다. 준휘가 없는 틈에 날아온 전서구에 하호가 먼저 전서구의 편지를 펼쳤다. 물의 연꽃이 움직인다. 라는 상징적 표현이었지만 황궁에서 흑무와 함께 암호를 배웠던 하호는 그것을 단번에 알아보았다.

혹시나 싶어 다시 편지를 전서구의 다리에 묶어 놓고 준휘의 태도를 살펴보았다. 준휘는 편지를 보더니 그저 무표정이었다. 그러더니 그것을 화로에 던지는 것이 아닌가. 하호가 준휘에게 무슨 내용이냐고 물었지만 준휘는 그저 별 일 아니라고, 외국에 나가있는 흑무가 보낸 안부라 하였다.

후는 제 수족인 준휘를 온전히 신임하지만, 하호는 그렇지 않았다. 하호에게는 준휘나 승상이나 후의 신하라면 모두 그에게는 처단할 수도 있는 대상이었다. 아무리 수족이라 하여도 황제의 뜻에 거스르는 자라면 말이다. 그것이 친왕의 자리였다.

마지막 문서에 주석을 달고 도장을 찍은 하호가 한숨을 내쉬더니 아직도 열리지 않는 편전의 문을 바라보았다. 어쩌면 이번 암행은 랑을 위해서도, 후를 위해서도 가지 말았어야 하는 것이었을 수도 있다.

'쪼르르르.'

그 시각, 준휘는 자신의 투박한 술잔에 따라진 뿌연 술을 바라보았다. 그 잔에 황화의 얼굴이 한 번, 후의 얼굴이 한 번 비춰졌다. 무슨 꿍꿍이로 이 노인네가 자신에게 술을 건네는지 알 수 없었다.

아버지의 정적, 그러면서 사랑하는 여인의 아버지. 승상 중에서도 최고 자리인 영승상에 앉아있는 그가 자신을 보며 비릿하게 웃었다.

"황화와 네 관계를 모두 들었다."

술잔을 만지던 그의 손이 멈추었다. 이미 그가 부를 때부터 이런 상황을 짐작은 하였으나 실제로 말을 할까 싶은 의문도 들었다. 그의 말에 준휘는 그의 말에 최대한 대답을 삼가며 그의 생각에 휘말리는 것을 조심하고 있었다.

"황화가 아이를 가졌다."

"!"

그러나 아이를 가졌다는 말에 준휘의 눈이 커졌다. 그날 이후로 준휘는 더 이상 황화를 볼 수 없었다. 아무리 쪽지를 보내도 그녀의 집 담장에서 기웃거려 보아도 황화의 모습은 그림자도 볼 수 없었다.

"네 까짓 게, 황후가 될 여인의 인생을 망쳐놓았단 말이다."

"······."

승상은 황화에게 거는 기대가 컸다. 태어나는 그 순간부터 황후로 키우려 했던 아이. 내 인생의 꿈, 자신의 정치적 목표의 정점. 티 하나 없이 순수하고 아름답게 키우려고 그간 노력했던 모든 고생이 헛수고로 돌아갔다.

이준휘는 자신의 정치적 라이벌인 이주학을 쏙 빼닮은 녀석이었다. 제 수하들은 잘도 감시하면서 어떻게 딸이 10여 년을 만난 이 녀석을 몰랐을까. 난생 처음 딸에게 손찌검까지 한 그였다. 황화는 울면서 제

다리를 붙잡고 황궁으로 가기 싫다며 울며불며 사정했다. 제발 준휘와 혼인하게 해달라고 말이다.

기가 차고 하늘이 무너지는 듯한 느낌이었다. 그간 쌓았던 모든 정치적 업적들이 이것 하나로 와르르 무너지는 느낌이었다. 그는 제 앞에 있는 준휘를 번뜩이는 눈으로 바라보았다.

"네가, 나와 내 딸 인생을 모조리 망쳐놓았다."

"송구하옵니다."

"그래서, 너에게 한 가지 조건을 제시하려 한다."

승상의 말에 준휘는 저도 모르게 오한이 드는 것이 느껴졌다. 황제폐하가 없는 지금 이 순간, 그의 호위무사이자 흑무의 장인 자신에게 황제의 가장 큰 적인 이자는 무슨 말을 할까.

"하국의 공주가 제천절에 들어올 것이다. 그녀를 황후로 세워라."

"하…… 하오나……."

"내 말에 따르지 않으면, 내 딸은 우리 가문의 법도에 따라 결혼 전에 아이를 잉태했으니 불태워 죽일 것이다."

"!"

준휘는 저도 모르게 그 좁은 방에서 승상에게 머리를 조아렸다. 그의 머리에는 황화가 떠올랐다. 그리고 지금까지 몰랐던 자신의 아이라는 존재도 같이 떠올랐다.

"하국의 공주가 황후가 되면, 너를 황화와 결혼시키겠다."

승상의 말에 준휘는 양 주먹을 꽉 쥐었다. 그의 머릿속에 수많은 사람들의 얼굴이 떠올랐다. 제일 먼저 떠오른 사람은 황제이자 주군인 후였고, 이어 흑무의 사람들이 떠올랐다. 그리고 랑의 얼굴도 떠올랐다. 어두운 밤에 자신이 내민 칼날을 받아쳐버린 당돌한 여인이었다. 마음에 들지 않았지만 그래도 후가 사랑하는 여인이었다.

어쩌면 후에게도 한때 적국의 세자였던 홍랑보다는 황제를 진심으로 사랑하며 또한 국제적으로도 친목관계인 하국의 공주가 나을 수도 있다. 이내 준휘가 몸을 일으켰다. 그리고 승상이 따라 준 술을 바라보더니 아랫입술을 꾹 깨물었다. 향화가도 아닌 이런 허름한 주점에서 자신 하나 죽는다고 신경 써 줄 이도 없을 것이다. 한 번, 승상을 믿어보기로 결심하였다. 준휘가 술을 단번에 들이켰다.

[2권에 계속]